William Faulkner

Idylle au désert
et autres nouvelles

Édition établie par
Joseph Blotner

Traduit de l'anglais par
Maurice Edgar Coindreau,
Didier Coupaye, Michel Gresset,
François Pitavy

Gallimard

Titre original :

UNCOLLECTED STORIES OF WILLIAM FAULKNER
EDITED BY JOSEPH BLOTNER

William Faulkner est né en 1897 dans l'État du Mississippi, d'une vieille famille ruinée par la guerre de Sécession. Élève plutôt indifférent, il fait son éducation avec son père et ses oncles au cours de leurs parties de chasse dans les marais près d'Oxford où il habite, ou dans la région du Delta. Après avoir passé quelques mois à La Nouvelle-Orléans, où il fait la connaissance de Sherwood Anderson, à Paris (en 1925), à New York, il revient habiter à Oxford, qu'il ne quittera guère que pour aller travailler à Hollywood, comme scénariste, notamment de Howard Hawks.

Oxford deviendra sous sa plume le Jefferson de presque toute son œuvre, tandis que le comté Lafayette, où la petite ville est *réellement* située, se métamorphosera en comté de Yoknapatawpha — ce « timbre-poste » où Faulkner a situé toutes ses chroniques du Sud : celle des Sartoris, des Compson, des Mac Caslin, des Snopes.

William Faulkner a reçu le prix Nobel en 1949. Il est mort en juillet 1962, après avoir partagé sa vie entre la gestion de ses terres et l'édification d'une œuvre qui a exercé une très grande influence sur la littérature contemporaine.

À Albert Erskine.

NOTE DE L'ÉDITEUR

Les nouvelles suivantes ont été traduites par M. E. Coindreau :
« Miss Zilphia Gant », « L'Après-midi d'une vache ».

Les nouvelles suivantes ont été traduites par F. Pitavy :
« Il était un petit navire » I et II, « Idylle au désert » et en collaboration avec D. Coupaye « Une Épouse pour deux dollars ».

Les nouvelles suivantes ont été traduites par D. Coupaye avec la collaboration de Renée Gibelin :
« Neige », « Frankie et Johnny », « Le Prêtre », « L'Esprit d'économie », « Mr. Acarius ».

Les nouvelles suivantes ont été traduites par M. Gresset avec la collaboration de D. Coupaye :
« Le Caïd », « Avec promptitude et circonspection ».

Toutes les autres, ainsi que l'introduction et les notes de J. Blotner, ont été traduites par M. Gresset.

AVANT-PROPOS

« *La Maison Faulkner* »

*Par la date de leur composition, les deux dou-
zaines de nouvelles qui suivent couvrent une
période d'une trentaine d'années, c'est-à-dire les
trois quarts de la période de production romanesque de William Faulkner, depuis « l'une des
toutes premières » qu'il ait écrites, avant 1925
(« Clair de lune »), jusqu'à « Mr. Acarius », qui fut
composée en 1953 mais dont la publication fut
posthume, et « Sépulture Sud », qu'il écrivit et qui
parut à la fin de 1954. C'est dire que, contrairement au grand recueil de 1950, que Faulkner organisa
lui-même en six parties[1], et pour lequel il envisageait une introduction qu'il n'écrivit malheureuse-*

---

[1]. Le contenu de ce volume en traduction française étant
réparti entre les trois volumes suivants : *Le Docteur Martino et
autres histoires* (1948), *Treize histoires* (1949), *Histoires diverses*
(1967), il peut être intéressant de citer ici, puisqu'ils n'ont
jamais été traduits, les titres de ces six parties : « The Country »
(La Campagne), « The Village », « The Wilderness » (La Terre
sauvage), « The Wasteland » (La Terre gaste), « The Middle
Ground » (L'Entre-deux-terres) et « Beyond » (Au-delà). Pour
un commentaire détaillé sur ces titres et sur la répartition des
textes dans *Collected Stories*, voir mon article « Nouvelles de
Faulkner » dans le *Dictionnaire des œuvres contemporaines* (Paris, SEDE, 1968).

*ment jamais, il serait vain de chercher ici une unité
d'aucune sorte (thématique ou formelle), d'autant
que ces nouvelles sont aussi variées par leur genre
et leur mode que par leur date de composition : certaines sont franchement comiques, comme « Al
Jackson », « Don Giovanni » ou « Avec promptitude et circonspection », tandis que d'autres sont
sur le mode grave, comme « Adolescence » ou « Le
Caïd », tragi-comique, comme « Une Revanche »,
ou tragique, comme l'étrange « Neige » ou le
superbe « Évangéline » — pour se limiter aux
treize nouvelles inédites qui constituent la première partie de ce volume. Quant aux autres, celles
qui n'avaient jamais été recueillies en volume, elles
couvrent aussi tout le champ des tonalités.*

*Comme le dit bien l'editor Joseph Blotner dans
son introduction, le fait que la moitié de ces nouvelles est restée inédite, et que l'autre n'a jamais été
recueillie en volume, ne signifie rien quant à la
valeur intrinsèque de chacune.*

*Il n'en reste pas moins que le présent recueil ne
constitue pas une anthologie : si certaines pages
méritent probablement de figurer parmi les plus
belles de Faulkner, on trouve aussi un ou deux
titres qui méritent non moins probablement de
prendre place sinon parmi ses échecs, du moins
parmi ses productions les moins heureuses dans
ce domaine : je pense en particulier à ce fâcheux
« Clair de lune », dont la gaucherie paraît être le
sujet même, et à cette malheureuse « Épouse pour
deux dollars » qui fut — ironie ! — récrite, sinon
écrite, pour un prix littéraire de cinq cents dollars
(prix qu'elle n'obtint d'ailleurs pas), et qui révèle
seulement un Faulkner capable d'écrire à la
manière de ce que publiait alors un magazine dont
le nom en dit long :* College Life.

Cependant, outre que pour certains qu'intéresse la génétique d'une œuvre littéraire, un grand écrivain se révèle sans doute davantage dans ses ratés que dans ses réussites, il y a beaucoup à glaner dans la lecture de la plupart de ces nouvelles, à commencer par celles de la période de formation, 1920-1925 (les cinq premières de la première partie, et les trois premières de la seconde). Dans « Clair de lune », par exemple, un Faulkner encore très vert paraît confondre urgence et nécessité, prurit et création, alors que l'économie et la vivacité du détail font échapper « Adolescence », qui ne lui est guère postérieure, à une tendresse qui pourrait être sentimentale.

Comme l'a bien remarqué Henri Thomas, le traducteur des Proses, poésies et essais critiques de jeunesse[1], *on a peine à croire qu'à la même époque (ou quelques années plus tard au plus), Faulkner était capable d'écrire un essai (auto) critique aussi lucide, aussi pénétrant, et même aussi ironique que « Vers anciens : pèlerinage », où il reconnaît qu'il vient de perdre quelques années à écrire des poèmes postromantiques ou postsymbolistes « dans l'intention, premièrement, de faire progresser des amourettes diverses où j'étais engagé, et, secondement, pour compléter la juvénile manifestation par laquelle je tenais à me prouver que je n'étais pas "comme les autres" dans une petite ville[2] » (On ne dira jamais assez à quel point on peut voir dans ce texte — autant que dans le « dou-*

---

1. Paris, Gallimard, 1966. Désormais PPECJ. (Voir abréviations, p. 612.)
2. PPECJ, p. 94. (Dans la NRF, n° 151, de juillet 1965, cet article figure, dans la même traduction, sous le titre « Poésie ancienne, poésie à naître » [pp. 188-192]. Le titre complet de l'original est « Verse Old and Nascent : A Pilgrimage ».)

blon » qu'à la même époque constituent « La Colline » et « Nympholepsie » — le véritable point de départ de la carrière romanesque de Faulkner, ne serait-ce que parce qu'il y renonce au moins implicitement à la carrière de poète dans laquelle il ne s'était pas moins entêté pendant une dizaine d'années.) Avec « Atterrissage risqué » et « La Colline » (Proses, poésies...) et avec les Croquis de La Nouvelle-Orléans *(à paraître en traduction française), ces huit « nouvelles de 1925 », comme je les appellerai sommairement, forment un véritable petit dossier sur la formation de l'écrivain, à mi-chemin de la poésie et des premiers romans.*

En vérité, c'est dans l'atelier même de l'écrivain que nous convient ces nouvelles ; non seulement on sait que cette image de l'atelier du menuisier lui tenait à cœur[1], mais il faut tenter de dire ici quel fut, dans la carrière romanesque de Faulkner, le statut de son activité de nouvelliste. Contrairement à ce que crut d'abord Malcolm Cowley[2], et en dépit de ce que paraît indiquer le succès, aux États-Unis, de quelques titres comme « Une rose pour Émilie », « Incendies de grange (L'Incendiaire) » et « L'Ours », Faulkner n'était ni ne fut jamais un nouvelliste avant d'être un romancier. Quoiqu'il tînt le genre dans le plus grand respect, allant même jusqu'à considérer qu'il convenait de le classer tout de suite après la poésie dans l'ordre de la difficulté[3],

1. Voir *Faulkner à l'Université,* 1964, pp. 83, 96, 127, 131, etc.
2. « Ce n'est pas principalement un romancier ; c'est-à-dire que ses histoires ne lui viennent pas en unités de la dimension d'un volume [...]. Presque tous ses romans ont une faiblesse de structure. » Malcolm Cowley, « Introduction », *The Portable Faulkner,* New York, Viking, 1946, p. 18.
3. Voir *Faulkner à l'Université,* pp. 61-62, et surtout sa déclaration à Cynthia Grenier, à Paris, en septembre 1955 : « Je crois

il est clair que la nouvelle fut d'abord et avant tout pour lui un moyen — le plus efficace après les séjours à Hollywood — de gagner sa vie. On le voit, par exemple, réussir le tour de force d'en publier seize (et non des moindres) en 1931 parce que, marié depuis le 20 juin 1929 à une femme déjà mère de deux enfants et notoirement dépensière, de surcroît propriétaire de Rowan Oak depuis le 12 avril 1930 (et endetté par cette acquisition jusqu'au 10 avril 1938), il a besoin d'un argent que ne lui a procuré aucun de ses cinq premiers romans et que ne lui procurera même pas, malgré un succès de librairie d'ailleurs très relatif, le sixième, Sanctuaire, *qui avait pourtant, à l'en croire, été écrit à cette fin, au moins dans la première version[1].*

La contre-preuve de ce que j'avance réside dans le fait qu'après 1950, lorsque l'attribution du prix Nobel de littérature aura enfin déclenché aux États-Unis la vague de notoriété tardive (et d'ailleurs un peu réticente[2]) qui le libérait de ses soucis d'argent, il cessera à peu près complètement d'écrire des nouvelles, se contentant de temps à autre, comme pour s'offrir une prime, de donner un fragment de roman à un magazine. Reste, donc,

que tout romancier est un poète raté. Je crois qu'on essaye d'abord d'écrire de la poésie, puis des nouvelles, qui sont la forme littéraire la plus exigeante après la poésie. C'est quand on a échoué aux deux qu'on se met au roman. » *Lion in the Garden : Interviews with William Faulkner*, 1926-1962, éd. James B. Meriwether et Michael Millgate, New York, Random House, 1968, p. 217.

1. James B. Meriwether, *The Literary Career of William Faulkner*, Princeton University Library, 1961, p. 167, et, du même, « Some Notes on the Text of Faulkner's *Sanctuary* », *Papers of the Bibliographical Society of America*, 55, 3, 1961, pp. 192-206.

2. Voir l'article que Maurice Edgar Coindreau publia aux États-Unis à cette occasion : « William Faulkner, prix Nobel de littérature », *France-Amérique*, n° 236, 26 novembre 1950, p. 9.

le fait, *simple et incontournable, qu'il gagna davantage en plaçant « Une Rose pour Émilie » dans* Forum *en avril 1930 qu'en touchant les avances qui lui étaient dues sur les droits de ses cinq premiers romans réunis*[1].

Cela ne signifie pas que la nouvelle était pour lui un genre mineur : non seulement, on l'a vu, il la plaçait très haut dans la hiérarchie des genres littéraires, mais l'usage qu'il en a fait lui-même (y compris et peut-être même surtout lorsqu'un titre ne trouvait pas d'acquéreur immédiatement) prouve bien qu'il essayait presque toujours d'en tirer le maximum. Témoin, d'une part, tel ou tel passage de sa correspondance, de l'autre, ce qu'on peut observer en lisant attentivement, et en comparant, les nouvelles qui suivent.

Dans sa correspondance, Faulkner se montre, à l'égard du problème de la nouvelle et de son marché très particulier, aussi conscient du critère de qualité, aussi sensible à telle ou telle critique, et somme toute aussi exigeant vis-à-vis de lui-même qu'en matière de romans. Le 7 juin 1940, par exemple, alors qu'il est au nadir de sa réputation littéraire et de sa situation financière, il écrit une longue lettre à Robert K. Haas, de Random House ; il y expose dans le plus grand détail ses difficultés d'argent, dressant, tel Robinson sur son île, une liste de ses dettes et dépenses inévitables, et une autre de ses atouts. Dans la seconde, il commence par compter « 35 arpents de futaie sur le territoire d'Oxford, que je veux vendre par lots... », etc., « 1 roman, approuvé par un éditeur, 1 an », « 5 nouvelles déjà écrites, deux autres en chantier,

1. Voir note 1 p. 17, première référence.

toutes deux vendables... », et enfin ceci : « *Quatre autres nouvelles non écrites, de premier choix, mais sur lesquelles je n'ose pas passer du temps, parce que les nouvelles de premier choix, en Amérique, ça ne rapporte rien*[1]. »

Par nouvelles « vendables », il faut entendre, par exemple, la série de nouvelles « historiques » qui constituent Les Invaincus, ou la série de nouvelles policières qui constituent Le Gambit du cavalier. Mais aucun de ces deux genres ne figure dans ce recueil, qui serait plutôt constitué de nouvelles « de premier choix » non abouties, au moins en ce qui concerne celles qui datent des années 1928-1942, années centrales de la carrière romanesque de l'auteur. Parmi les nouvelles non recueillies en volume, par exemple, « Miss Zilphia Gant » et « Idylle au désert » — et même « Neige » — ne sont pas indignes des meilleurs titres du grand recueil de 1950 ; et, même parmi les inédites, la petite trilogie que constituent, autour de la figure générique de Gavin Blount, le vieux garçon idéaliste, névrosé, et voué au passé, « Le Caïd », « Histoire triste » et « Une Revanche », n'est pas seulement intéressante parce qu'elle annonce, à divers titres, des œuvres majeures aussi différentes que Sanctuaire, Lumière d'août, Absalon ! Absalon ! et Le Hameau, mais aussi parce qu'on y voit Faulkner chercher la méthode de narration la mieux adaptée à la nature de la fiction.

Il est d'ailleurs caractéristique que, dans le cas du « doublon » « Le Caïd » - « Histoire triste », la meilleure version soit écrite selon la méthode qui devait devenir typiquement faulknérienne après

---

1. *Lettres choisies*, trad. D. Coupaye et M. Gresset, Paris, Gallimard, 1981, p. 163.

*avoir été jamesienne et conradienne, et qui
consiste à confier le récit à un narrateur parlant à
la première personne — comme dans « Évangéline ».*

*Il est également remarquable que, dans un cas
comme dans l'autre, la narration repose en fait sur
un couple d'amis (qui n'est autre selon J. Blotner,
que le couple William Faulkner/ William Spratling
voyageant en Europe en 1925 — décidément
l'année fondatrice), dont l'un est simplement « Je »
et l'autre « Don » (« Évangéline ») ou « Don
Reeves » (« Le Caïd ») — comme dans « Mistral »*
(Treize histoires) *et comme dans « Neige ». Or la
composition de ces nouvelles, qui n'ont d'ailleurs
pas grand-chose de commun, couvre une période
allant de la fin des années vingt au début des
années quarante : autrement dit, c'est la « grande »
période de Faulkner, celle qui culmine avec trois
chefs-d'œuvre de la maturité* (Absalon, Absalon !
en 1936, Le Hameau *en 1940, et* Descends, Moïse
*en 1942), dont le premier reste célèbre pour son
double dédoublement de l'instance dramatique (les
deux demi-frères Henry Sutpen et Charles Bon) et
de l'instance narrative (les deux étudiants amis,
Quentin Compson et Shreve McCannon), double
dédoublement que va couronner la double identi-
fication de Quentin à Henry et de Shreve à
Charles : nec plus ultra, roman limite, « limite de
la métaphore » romanesque*[1].

*Il y a là, à l'évidence, un axe, une constante, une
direction essentielle de la fiction faulknérienne,
qu'on pourrait nommer la dramatisation (ou mise*

---

1. J'emprunte ici le titre de l'excellent livre de James Guetti,
The Limits of Metaphor : A Study of Melville, Conrad, Faulkner,
Ithaca, N.Y., Cornell University Press, 1967.

en scène) non seulement du récit mais de la nar-
ration : c'est bel et bien, d'ailleurs, ce qu'on retrou-
vera, sous forme bénigne mais avec un art non
moins consommé, dans le tout dernier roman, Les
Larrons — *le paraphe, l'achèvement dans tous les*
sens du terme, l'adieu de Faulkner non seulement
à un univers de fiction, mais à une méthode au
sens heideggerien du terme : le chemin *pour par-*
courir la fiction.

Un autre axe, une autre constante, une autre
direction même, de la carrière de Faulkner résident
dans ce que j'appellerai, faute de mieux, le couple
gaucherie/acharnement. Il y a dans ce recueil
quelques nouvelles (en particulier « Avec promptí-
tude et circonspection ») dont une étude stylistique
attentive montrerait, je suis sûr, comment l'auteur,
en s'appliquant à une écriture qui ne peut pas
sacrifier à l'élégance parce qu'elle est trop...
consciencieuse, y accumule ce que Roland Barthes
nommait si justement les « effets de réel » afin,
sans doute, de convaincre le lecteur (et lui-
même ?) de la véracité *de ce qu'il avance. Cette*
notion de véracité — souci plus humblement tech-
nique du romancier que le problème de la vérité (le-
quel constitue sans doute la clé de voûte du sys-
tème de la fiction occidental) — forme d'ailleurs
non seulement l'objet, mais le sujet même de l'un
des plus remarquables Croquis de La Nouvelle-
Orléans, *« Le Menteur[1] », comme de plusieurs des*
nouvelles de ce recueil.

Gaucherie aussi quand, dans « Clair de lune »,
l'auteur veut communiquer à l'évidence, par le tru-
chement de notations concernant leur perception

1. « Le Menteur », trad. M. Gresset, N.R.F., n° 252, décembre 1973, pp. 53-64.

des lieux, du décor, l'intensité du désir et de l'appré-
hension de ses jeunes héros boutonneux. Et cepen-
dant acharnement, non seulement à remanier ces
nouvelles jusqu'à ce que quelqu'un les publie, mais
à leur donner finalement la forme que le propos
exige — en somme, acharnement à n'en abandon-
ner aucune, au contraire des romans qui, une fois
achevés, ne lui appartenaient plus. Il y avait chez
Faulkner comme, je suppose, chez tout grand écri-
vain, un souci et un sens étonnants — presque une
*obsession — de l'*économie *dans tous les sens du*
terme, à commencer par le premier : la direction
d'une maison.

J'ai parlé plus haut de l'atelier ; en vérité, dans
ces nouvelles, nous visitons déjà un peu tous les
lieux de la Maison Faulkner (y compris les dépen-
dances), depuis le cagibi de Gavin Blount jusqu'à
la cuisine, au salon et surtout au cimetière de
« Sépulture Sud » — tous ces lieux clos *dont a*
bien parlé Michel Mohrt[1]. Mais nous évoluons
aussi, et peut-être surtout, dans la plupart des exté-
rieurs qu'a connus Faulkner pendant sa vie : La
Nouvelle-Orléans (« Don Giovanni », « Peter »,
« Frankie et Johnny », « Le Prêtre »), les bayous
(« Al Jackson »), le golfe du Mexique (« Il était un
petit navire »), Memphis (« Le Caïd », « Histoire
triste »), la campagne du Mississippi (« Une
Revanche », « Évangéline ») et une petite ville avec
une gare : New Albany, Ripley, ou Oxford, peu
importe : Jefferson, en somme[2] (« Un Homme dan-
gereux ») — sans oublier New York (« Mr. Aca-

---

1. Michel Mohrt, *Le Nouveau Roman américain*, Paris, Gallimard, 1955, p. 92 : « Je me demande si l'on ne pourrait parler d'une obsession de la *réclusion* chez Faulkner. »
2. On pourrait risquer le néologisme « Jeffersomme ».

rius »), *la Suisse (« Neige, »), Paris (« Portrait d'Elmer »), ni surtout le ciel des aviateurs, sinon de la Première Guerre mondiale, du moins du Canada et du Mississippi : là où Faulkner apprit à piloter (« L'Esprit d'économie », « Avec promptitude et cironspection »).*

Il n'y a guère, tout compte fait, que Hollywood qui manque totalement ici ; hormis la bien et ironiquement nommée nouvelle « Pays de cocagne[1] », voilà bien la grande absence de l' « univers » de Faulkner qui, au cours d'une douzaine de séjours, entre 1932 et 1954, y a pourtant passé quatre ans de sa vie ; et voilà qui en dit long sur l'impressionnante capacité de résistance *du bonhomme (résistance qui n'est d'ailleurs que la vertu complémentaire de celle qu'il a tant prônée, l'endurance). À ce sujet, on pourrait — quoiqu'on n'ait pas fini de découvrir à quel point les méthodes pratiquées à Hollywood ont influencé sa technique (voyez, par exemple, le « découpage des plans » dans « Avec promptitude... ») — contester la belle formule par laquelle il clôt « Mississippi » » : « Tout cela lui est cher quoique haïssable par certains côtés, mais il sait bien qu'on n'aime pas parce que, mais malgré ; non pour les qualités, mais malgré les défauts[2]. » Pour ce qui est de la Californie, Faulkner, dont André Malraux avait bien compris, dès 1933 (dans sa préface à* Sanctuaire*), que la haine était l'un des grands ressorts de sa fiction, devait bien savoir que l'aversion n'est pas le symétrique de l'affection. On ne peut donc pas renverser sa formule : où que se*

1. « Pays de cocagne », trad. C. Zins, *Histoires diverses*, Paris, Gallimard, 1967, pp. 307. 329.
2. *Essais, discours et lettres ouvertes*, trad. J. et L. Bréant, Paris, Gallimard, 1969, p. 61.

pose le regard de Faulkner, il y a une vallée matri-
cielle, d'où monte une fumée tragique (le début de
Lumière d'août). Rien de tel en Californie.

  Voici exactement vingt et un ans, moins de deux
ans après sa mort en 1962, j'écrivais, sous le titre
« Faulkner ou la paternité », un avant-propos pour
l'édition française de Faulkner à l'Université.
J'y distinguais entre l'écrivain, le citoyen, et
l'homme, pour dire que nous les découvrons tous
trois, « par pans entiers », mais séparément, au
cours de ces entretiens de Virginie ; et je citais ce
mot admirable : « Tout dire dans chaque para-
graphe avant de mourir » pour conclure : « C'est à
la paternité de cette hubris *d'auteur que nous fait*
participer Faulkner à l'Université. *»*

  Je dirai aujourd'hui, après qu'ont paru non pas
deux, mais trois biographies[1] et qu'on découvre
peu à peu à quel point Sartre avait tort (ou était
naïf) de conclure son premier article par ce mot :
« Il faudrait le connaître », puisque c'est le
contraire qui se produit : la connaissance de
l'homme, Michel Mohrt peut en témoigner,
n'apprenait rien sur l'œuvre ; en revanche, lente-
ment, à mesure notamment que nous découvrons
des manuscrits de jeunesse[2], nous nous apercev-
vons que l'œuvre nous en apprend davantage sur

---

1. La seconde version, « revue, augmentée et condensée »
par l'auteur, de la grande biographie en deux tomes publiée en
1974, a maintenant paru : Joseph Blotner, *Faulkner : A Biography — One-Volume Edition*, New York, Random House, 1984.
On sait par ailleurs que la biographie de David Minter a paru
en traduction française sous le titre *William Faulkner* (Paris,
Balland, 1984), dans la traduction de Françoise Arnaud.
2. En particulier, la caisse de manuscrits découverte dans un
placard sous l'escalier de Rowan Oak huit ans après la mort
de l'écrivain, le 31 août 1970, et qui ont été définitivement
acquis par l'Université du Mississippi, le 5 août 1982.

l'homme qu'on ne croyait pouvoir en attendre, confirmant ainsi ce qu'on avait néanmoins cru pouvoir deviner, à savoir que, si Faulkner n'est pas un écrivain qui se raconte, c'est, à n'en plus douter et au plus haut point, un écrivain qui se dit — qui se dit constamment, parfois profondément (Le Bruit et la Fureur), *presque toujours, par la suite, obliquement* (Absalon ! Absalon !, Descends, Moïse), *avec un art consommé de ce qu'on appelle en anglais l'*indirection.

Toujours dans ce « Faulkner ou la paternité », je ne mettais pas moins le lecteur en garde en écrivant : « Il faut se méfier de Faulkner comme d'un vieux routier du roman... » Il s'agissait, bien sûr, du Faulkner de 1957-1958, celui qui pouvait dire, avec un clin d'œil : « Je suis le gibier à tirer, seulement levez-moi d'abord, ne me tirez pas au gîte. » Dans ce recueil de nouvelles inédites et non recueillies en volume, il est évidemment tout sauf ce vieux routier, puisqu'il en est encore à tracer ses voies (dont certaines se révèleront n'être que des impasses) : il bat non pas la campagne, mais sa campagne, cherchant à y construire son gîte. Ne le tirons donc pas : ce n'est pas si souvent, après tout, qu'on a ainsi l'occasion de se promener à loisir à la fois dans la propriété et sur les marches de la propriété d'un grand écrivain. Visitons la Maison Faulkner comme Quentin Compson visitait la Maison Sutpen : avec fascination.

Michel Gresset

INTRODUCTION

*Ce livre est composé de deux sortes de nouvelles :
celles que William Faulkner n'a jamais publiées et
celles qu'il a publiées mais qui n'ont jamais été
recueillies en volume*[1]. *Certains des textes du premier groupe sont manifestement des textes de jeunesse, mais il y a dans chacun des deux groupes*

1. En réalité, l'original de la présente traduction, sous le titre
Uncollected Stories of William Faulkner, comprend trois types
de nouvelles : outre les nouvelles « inédites » (par lesquelles il
faut entendre toutes celles qui n'avaient pas été publiées à la
date où ce recueil fut mis en fabrication, c'est-à-dire en 1977)
et les nouvelles publiées par Faulkner de son vivant mais non
recueillies en volume, il inclut une troisième catégorie de nouvelles, celles qui furent révisées par Faulkner pour être incor-
porées dans des ouvrages tels que *Les Invaincus, Le Hameau,
Descends, Moïse, Les Grands Bois* (*Big Woods*, recueil encore
inédit en français en tant que tel), et *Le Domaine*. Il ne nous a
pas paru indispensable de donner une version française de ces
nouvelles généralement bien connues : sur les vingt titres que
comporte cette partie de l'original, six ont été publiés, après
révision, dans *Les Invaincus*, huit dans *Descends, Moïse*, quatre
ont été incorporés dans *Le Hameau*, et un dans *Le Domaine* ;
le dernier, « Course matinale », qui figure dans *Big Woods*, a été
publié séparément en France. Sauf en ce qui concerne « Lion »
et la version de magazine de « L'Ours », l'intérêt de ces nouvelles relève plutôt de l'appareil critique d'une édition érudite.
(*N.d.T.*)

des textes qui sont dignes de ce qu'il a fait de mieux. Certaines de ces nouvelles ont été refusées, parfois même plusieurs fois, par divers périodiques — mais tel fut le cas de certaines de ses meilleures nouvelles, et il faut voir dans ces refus un reflet des conditions du marché littéraire ou du goût des rédacteurs en chef ou des directeurs de collection plutôt que de la valeur artistique intrinsèque des textes refusés.

Considérées globalement, ces nouvelles constituent une manière de panorama de l'évolution de l'art de Faulkner pendant plus de trente ans. On y retrouve une grande variété de sujets comme de styles. Quant à son attitude vis-à-vis de ces textes, elle fut tout aussi variée. Certains furent écrits parce qu'il vivait exclusivement de sa plume, et que souvent il devait écrire ce qu'il pensait pouvoir se vendre plutôt que ce qu'il avait envie d'écrire. D'autres furent écrits pour le plaisir. Enfin, certains furent écrits parce qu'ils l'engageaient en tant qu'artiste ; dans un cas au moins, une de ses plus grandes œuvres devait en résulter.

La stature de William Faulkner et l'importance de sa contribution à la littérature sont telles qu'il convient de mettre à la disposition du plus grand nombre tout ce qu'il a achevé. Parmi ces nouvelles, certaines intéresseront davantage les spécialistes et les critiques, lesquels jusqu'à présent devaient venir les consulter dans les bibliothèques où sont déposés les manuscrits. Mais la plupart, me semble-t-il, parleront aux simples amateurs de fiction. Et je ne doute pas que tous les admirateurs de son œuvre y trouveront leur compte.

Sont exclues de ce recueil les nouvelles déjà recueillies dans The Collected Stories of William

Faulkner[1] *et dans* Knight's Gambit[2], *ainsi que les nouvelles inachevées que sont « Love » et « And Now What's to Do ? »*[3] *et les extraits de roman publiés tels quels dans des revues. Sont aussi exclues* The Wishing Tree[4] *et* Mayday[5] *qui, comme la pièce en un acte* The Marionettes[6], *furent copiées et reliées par l'auteur lui-même pour les offrir à des amis, et qui sont maintenant disponibles en éditions séparées.*

Quand il existait deux versions de la même nouvelle, comme dans le cas de « Rose of Lebanon » et de « A Return », c'est celle qui a paru la meilleure qui a été reproduite.

Le texte des nouvelles inédites est celui des manuscrits dactylographiés par Faulkner. On a limité les corrections au strict nécessaire : les fautes d'orthographe et de dactylographie ont été corrigées, mais la ponctuation particulière à l'auteur, ainsi que certaines contradictions tex-

1. Ce recueil de 42 nouvelles publié par Faulkner en 1950 n'a jamais été publié en France en tant que tel ; pour le reconstituer, il faut additionner les treize nouvelles de *Treize histoires* (Gallimard, 1939), les quatorze nouvelles du *Docteur Martino et autres nouvelles* (Gallimard, 1948), et quinze des dix-sept nouvelles qui constituent le volume intitulé *Histoires diverses* (Gallimard, 1967).
2. *Le Gambit du cavalier*, traduction André du Bouchet, Gallimard, 1951. Cette édition omet la nouvelle intitulée « Fumée ». (*N.d.T.*)
3. « Love » reste inédit en français ; « And Now What's To Do ? » a paru, sous le titre « Et maintenant, que faire ? », dans le numéro « Faulkner » de *L'Arc*, 84/85 (1983), pp. 136-140. (*N.d.T.*)
4. *L'Arbre aux souhaits*, traduction Maurice Edgar Coindreau, Gallimard, 1969 ; « Folio Junior », 1977. (*N.d.T.*)
5. *Croquis de La Nouvelle-Orléans suivi de Mayday*, traduction Michel Gresset, Paris, Gallimard, 1988.
6. *Les Marionnettes*, traduction Michel Gresset, Paris, Gallimard, 1997.

*tuelles ont été conservées. Tout ce qui n'a pas pu
être clairement élucidé dans les manuscrits figure
entre crochets.*

*Le texte des nouvelles déjà publiées est celui des
revues ou des petits volumes dans lesquels elles
furent publiées, à ceci près que les erreurs et les
omissions y ont été corrigées. Dans le cas où on
dispose d'un dactylogramme, celui-ci a été colla-
tionné avec la version publiée. Quand ils éclairent
les intentions de Faulkner, les états manuscrits des
nouvelles sont discutés dans les Notices regroupées
en fin de volume (pp. 613-634), où l'on trouvera
aussi une description de la nature des variantes
entre le dactylogramme et la version publiée
lorsque celles-ci sont d'une autre nature que les
habituelles corrections de capitales, d'alinéas, de
ponctuation, et autres changements mineurs.*

*Dans presque tous les cas, la version publiée
n'est pas seulement plus achevée, mais encore plus
« efficace » que la version dactylographiée ; on peut
en conclure que, quoique dans certains cas (et parfois, à n'en pas douter, contre son gré), Faulkner
ait dû apporter les corrections requises par les
habitudes éditoriales de telle ou telle revue ou maison d'édition, il semble bien que les corrections les
plus substantielles furent dictées principalement
par son souci méticuleux de la révision.*

Joseph Blotner

I
NOUVELLES INÉDITES

Adolescence

I

Elle n'était pas du pays. Y ayant été assignée à résidence par les machinations aveugles de la destinée et par celles, plus aveugles encore, du conseil académique du comté, jusqu'à son dernier jour elle devait rester étrangère à cette région de pins, de collines ravinées par la pluie et de basses terres alluviales, alors qu'elle aurait dû vivre dans un milieu voué à une décadence légèrement teintée de sentimentalisme, où elle aurait évolué à l'aise entre des thés rituels et un certain nombre d'activités aussi délicates qu'inutiles.

Cette petite femme aux grands yeux noirs avait trouvé dans la cour physiquement très fruste que lui avait faite Joe Bunden le merveilleux de pacotille à l'aide duquel elle avait contenu le feu de ses inhibitions presbytériennes. Pendant les dix premiers mois de son mariage, qui furent une époque de travail manuel sans précédent pour elle, ses illusions refusèrent de céder : c'est sa vie mentale, entièrement projetée sur l'enfant qu'elle attendait, qui lui permit de survivre. Elle avait

espéré des jumeaux qu'elle aurait appelés Roméo
et Juliette, mais seule Juliette devait faire l'objet
de ses affections réprimées. Son mari pardonna
le choix de ce prénom en éclatant d'un rire tolé-
rant. La paternité ne pesait guère sur lui : comme
les mâles de sa race, il tenait l'inévitable arrivée
des enfants pour l'un des inconvénients inhérents
au mariage, comme le risque de se mouiller les
pieds quand on pêche.

En succession régulière vinrent ensuite Cyril,
qui devait un jour être élu représentant à la
Chambre de l'État ; Jeff Davis[1], qui finit au bout
d'une corde, au Texas, pour avoir volé un cheval ;
puis un autre garçon à qui, brisée, elle n'eut pas
même le courage de donner un prénom et qui,
par simple commodité, porta celui de Bud et
devint professeur de latin (entiché de Catulle)
dans une petite université du Middle West. Le
cinquième et dernier naquit quatre ans et sept
mois après son mariage ; cependant, la chance
voulut qu'elle ne s'en remît pas, ce sur quoi Joe
Bunden, soudainement et curieusement assailli
par un tendre remords, baptisa son dernier-né
de son propre prénom, et se remaria. La seconde
Mrs Bunden était un grand échalas de mégère
anguleuse qui, tel un ange vengeur, s'était fait la
réputation de rosser son mari de temps à autre
avec du bois de chauffage.

Le premier acte officiel du nouveau régime fut
d'abolir le nom de Juliette, qui devint Jule ; désormais Juliette et sa belle-mère, entre lesquelles
couvait depuis le début une antipathie instinctive
et réciproque, se vouèrent une haine qu'elles ne

---

1. Cf. Jefferson Davis (1808-1889), président des États confédérés pendant la guerre de Sécession. (*N.d.T.*)

cherchaient même pas à cacher. Deux ans n'en
passèrent pas moins avant que la situation ne
devînt intolérable. À sept ans, Juliette était un
petit elfe aussi svelte qu'un roseau et aussi brun
qu'une baie, avec des yeux fendus aussi noirs et
insondables que ceux d'un animal en peluche, et
une tignasse de cheveux noirs brûlés par le soleil.
C'était un garçon manqué qui talochait fort
impartialement ses frères moins lestes, et maudissait ses parents avec une facilité décon-
certante. Lors de ses fréquents accès d'ébriété
larmoyante, Joe Bunden s'apitoyait sur la désin-
tégration de sa famille et implorait sa fille de se
montrer plus tendre avec sa belle-mère. Mais le
gouffre qui séparait celles-ci était infranchis-
sable, de sorte qu'enfin, pour trouver un semblant de paix, le père dut envoyer Juliette chez sa
propre mère.

Là, tout était différent, au point que ses attitudes de défi à l'ordre établi firent place à une
hostilité déconcertée, puis, avec le temps, à une
sorte de bonheur négatif dû à l'absence de toute
tension émotive. Non qu'il n'y eût pas, ici aussi,
du travail à accomplir, tant à la maison que dans
le potager, mais la cohabitation ne posait pas de
problème. Sa grand-mère, qui était sortie du
labyrinthe de la sexualité, était sage, et elle s'y
prit si habilement avec Juliette qu'il n'y eut pas
de conflit entre elles. Enfin, celle-ci pouvait jouir
à son aise de la paix et de la tranquillité qu'elle
désirait.

La maisonnée dont elle avait été le foyer d'agitation ne l'aurait pas reconnue. Intervenant à un
moment décisif, le changement l'avait purgée de
son farouche orgueil d'écorchée, de sa nervosité,
et de son agressivité, tout comme sa vie précé-

dente l'avait purgée de tout amour filial instinctif. La moindre allusion à son père et à ses frères
réveillait en elle toute la turbulence naguère
déchaînée, maintenant assoupie, mais toujours
aussi dynamique.

À douze ans, elle n'avait pas changé. Elle était
peut-être un peu plus grande et un peu plus
calme, mais toujours aussi fauve, aussi svelte, et
aussi active qu'une chatte ; tête nue, vêtue de
calicot défraîchi, pieds nus ou chaussée de vieux
souliers déformés, fuyant les inconnus qui parfois s'arrêtaient à la maison, ou gauche et mal à
l'aise en chapeau et en chaussettes lorsque
— mais c'était rare — elle accompagnait sa
grand-mère au chef-lieu du comté. Avec une pro-
pension instinctive à la ruse animale, elle réussissait toujours à éviter son père et ses frères. Elle
savait grimper n'importe où plus vite et plus
sûrement qu'un garçon, et elle passait des heures
à nager dans un trou d'eau brune, nue et luisante
comme une anguille. Le soir, elle balançait ses
jambes au bord de la galerie tandis qu'à la porte,
sa grand-mère peuplait paisiblement le crépuscule des volutes et de l'odeur du tabac qu'elle
avait séché elle-même et qui grésillait dans sa
pipe.

II

Époque heureuse pour Juliette, rythmée de
tâches à accomplir, dominée par la fierté que lui
inspirait son corps plat, et passée à grimper, à
nager, à dormir. Plus heureuse encore de ce qu'au
cours de son treizième été, elle se trouva un compagnon. C'était un jour qu'elle nageait paresseu-

sement dans un trou d'eau. Un bruit lui fit lever les yeux et elle le vit qui la regardait de la berge dans sa salopette défraîchie. Auparavant, une fois ou deux, des passants, surprenant les éclaboussements de son plongeon, avaient écarté les broussailles pour l'apercevoir. Tant qu'ils se contentaient de l'observer en silence, elle ne leur retournait qu'une indifférence hostile, mais quand ils se mêlaient de la faire parler, elle quittait son trou d'eau et, animée d'une haine maussade et croissante, allait ramasser ses quelques vêtements.

Cette fois, c'était un garçon qui paraissait avoir son âge, qui portait un maillot de corps sans manches, dont le soleil éclairait la petite tête ronde et ferme manifestement vierge de tout coup de peigne, et qui la regardait silencieusement ; et il ne vint même pas à l'idée de Juliette de constater qu'elle n'en était pas troublée le moins du monde. Il suivit un instant ses mouvements lents avec la curiosité flegmatique des gens de la campagne, et sans grossièreté, mais les reflets bruns de l'eau fraîche finirent par avoir raison de son calme.

« Mince alors, fit-il, je peux entrer ? »

Paresseusement portée par l'eau, elle s'abstint de toute réponse, mais il n'en attendait pas : en quelques gestes simples, il s'était débarrassé de ses quelques hardes. Sa peau était couleur sépia. Il grimpa sur une branche qui surplombait l'eau et cria d'une voix aiguë : « Hé, regarde-moi ! » puis, se tordant maladroitement, il exécuta un plat prodigieusement bruyant.

« C'est pas un plongeon, ça, lui dit-elle calmement lorsqu'il réapparut à la surface en crachotant ; attends, je vais te montrer. » Et, pendant

qu'il faisait la planche pour la voir, elle grimpa
sur une branche et y trouva un équilibre précaire
pendant un moment, son corps plat et luisant
identique à celui du garçon. Puis elle plongea.

« Mince alors, c'est vrai ; je vais voir si je peux
en faire autant. » Pendant une heure, ils plon-
gèrent tour à tour. Enfin, fatigués, la tête bourdonnante, ils suivirent la rivière jusque-là où elle
n'était plus qu'un filet d'eau, pour aller s'allonger
sur le sable brûlant. Il lui dit qu'il s'appelait Lee,
et qu'il venait « de l'autre côté de la rivière ».
Allongés là par consentement tacite, ils finirent
par s'endormir. Quand ils se réveillèrent, ils
avaient faim. « Allons chercher des prunes », pro-
posa-t-il ; alors ils remontèrent jusqu'au trou
d'eau pour se rhabiller.

III

Ce fut l'époque heureuse, si transparente et si
limpide qu'elle en oublia que cela n'avait pas toujours été son sort, et qu'elle et lui ne sauraient
rester ainsi, comme deux animaux dans un éternel été, à chercher des baies quand ils avaient
faim, à nager sous le soleil brûlant des zéniths, à
pêcher au creux des après-midi silencieux, à fouler l'herbe perlée de rosée au crépuscule. Curieusement, Lee ne semblait pas avoir la moindre
responsabilité à exercer ; il semblait n'avoir
jamais eu à supporter aucune contrainte, et
d'ailleurs il ne parlait jamais de chez lui ni
d'aucune autre vie que celle qu'il menait avec
elle. Mais cela ne la surprenait pas, car son
enfance lui avait inculqué une connaissance pré-
coce de l'éternel conflit entre parents et enfants,

et il ne lui était jamais venu à l'idée qu'une enfance puisse être différente de la sienne.

Sa grand-mère n'avait jamais vu Lee, et les circonstances n'avaient pas encore trahi les vœux de Juliette, qui souhaitait qu'elle ne le vît jamais. Car Juliette craignait que la vieille femme ne crût de son devoir de s'en mêler d'une façon ou d'une autre. Elle prenait donc bien soin de ne pas négliger son travail, et plus généralement de ne pas éveiller le soupçon dans l'esprit de sa grand-mère. Avec la finesse qu'acquiert un enfant qui apprend jeune et de première main, elle comprit que leur camaraderie ne resterait intacte qu'aussi longtemps qu'elle resterait inconnue de ceux qui avaient autorité sur elle. Non qu'elle se méfiât particulièrement de sa grand-mère : elle ne faisait confiance à personne, pas plus qu'à la capacité de Lee à faire face à la désapprobation agissante d'un adulte. Elle n'était sûre que d'elle-même.

Août vint, puis septembre. En octobre et même au début de novembre, ils continuèrent à plonger et à nager ; mais quand arrivèrent les premières gelées blanches, l'air se fit nettement plus frais, bien que l'eau fût toujours tiède. Maintenant, ils ne nageaient plus qu'à midi, et ensuite ils se couchaient ensemble dans une vieille couverture de cheval, pour bavarder, sommeiller, bavarder encore. L'hiver succéda aux pluies de fin novembre, mais il y avait encore les bois roux et gorgés d'eau, où ils faisaient du feu pour y griller du maïs et des patates douces.

C'était l'hiver : temps des aubes sombres et dures et des sols gelés où les orteils de ses pieds nus se recroquevillaient pendant qu'elle s'habillait, temps des feux à allumer dans un poêle froid. Un peu plus tard, quand la chaleur avait embué les vitres de la toute petite cuisine et que vaisselle et barattage étaient achevés, elle essuyait un carreau avec le coin de son tablier pour voir dehors, et elle l'apercevait qui l'attendait, minuscule silhouette à l'orée brune des terres basses en contrebas de la maison. Il avait fait l'acquisition d'un vieux fusil de chasse à un coup et ils partaient chasser le lapin dans les chaumes de coton et de maïs, ou bien traquaient en vain le canard dans les eaux mortes des marais. Mais enfin l'hiver s'en fut.

Enfin l'hiver s'en fut. Le vent tourna au sud et vinrent les pluies ; la rivière était pleine et trouble, boueuse et froide. Puis vint le soleil, et ils découvrirent les premières pousses de saule et les premiers cardinaux traversant comme des flèches de feu les broussailles enchevêtrées. Les arbres fruitiers fleurirent en bouquets roses et blancs serrés comme des essaims odoriférants autour des ruches défraîchies et grises des maisons et des meules de foin décolorées ; et sous des cieux marbrés et capricieux contre lesquels, comme ivres, s'appuyaient des arbres graciles, le vent soufflait dans les pins des hautes terres en grondant comme le passage interminable d'un train lointain.

Une fois venue la première journée de chaleur, Lee l'attendait impatiemment. Et elle, affairée bruyamment et inefficacement devant un évier noir, ne tenait plus en place. « Le premier arrivé ! » lança-t-il dès qu'elle apparut en courant, un linge humide lui battant les fesses ; et ils coururent vers la rivière tout en se déshabillant. Les deux plongeons furent simultanés, mais, dans sa hâte, elle avait oublié de se déchausser.

Elle le fit alors, à la joie bruyante de Lee, tout en
haletant sous l'effet saisissant de l'eau glacée.

« Dis donc, t'es encore tout blanc », dit-elle,
surprise, quand il grimpa sur l'arbre pour plonger. Il était tout blanc, en effet : le hâle de l'été
dernier avait disparu de leurs peaux à tous deux
pendant l'hiver. Ils se sentirent presque étrangers
l'un à l'autre. Pendant les mois froids, et à mesure
que la température baissait, elle avait revêtu plusieurs épaisseurs de vêtements, si bien que maintenant, en comparaison, elle paraissait extrêmement mince. En outre, avec sa quatorzième
année, elle avait atteint l'âge ingrat ; et, à côté de
l'ivoire lisse et symétrique du corps de Lee, ses
bras et ses épaules frêles et ses petites hanches
osseuses la rendaient presque laide.

Mais l'eau était trop froide pour eux, de sorte
qu'après un ou deux plongeons ils sortirent, tout
tremblants, et se mirent à courir à travers bois
jusqu'à ce que leur sang se réchauffe. Puis ils
s'habillèrent, et Lee sortit deux lignes de pêche
et une boîte de conserve pleine d'une masse
grouillante de vers rouges. « Il fera plus chaud
demain », assura-t-il.

Non pas le lendemain, mais quelques semaines
plus tard, l'eau avait repris sa douce chaleur et,
les jours s'allongeant, l'étrange blancheur de leur
peau disparut au profit de leur hâle habituel. Une
autre année avait passé.

IV

Ils étaient couchés ensemble, enveloppés dans
la couverture de cheval sous le haut zénith d'un
octobre resplendissant, tantôt assoupis, tantôt

éveillés ; dans la chaleur engendrée par leurs deux jeunes corps, ils avaient presque trop chaud pour être parfaitement à l'aise. En raison de la chaleur et de la texture très rugueuse de la couverture, Juliette ne tenait pas en place ; elle se tournait, modifiant la position de ses membres, et se tournait de nouveau. Le soleil dardait sur leurs visages une lente succession de coups trop imparables pour qu'ils pussent ouvrir les yeux.

« Lee, dit-elle enfin.

— Oui, fit-il, somnolent.

— Lee, qu'est-ce que tu feras quand tu seras grand ?

— Je vais rien faire du tout.

— Rien du tout ? Mais comment est-ce que tu te débrouilleras si tu fais rien ?

— Je sais pas. »

Elle s'appuya sur le coude. La tête ronde et ébouriffée de Lee était enfouie dans le sable. Elle le secoua. « Lee ! Réveille-toi ! »

Dans le visage brun du garçon, les yeux surprenaient : ils avaient la couleur de cendres de bois. Il les ferma rapidement, en les couvrant de son bras replié. « Oh, zut, pourquoi est-ce que tu te demandes ce qu'on fera quand on sera grands ? Je veux pas être grand : je préfère rester comme ça, à nager, à chasser, à pêcher. Tu crois pas que ça vaut mieux que d'être un homme et de devoir labourer et couper le coton et le maïs ?

— Mais tu pourras pas toujours rester comme ça ; il faudra bien que tu grandisses et que tu travailles un jour.

— Eh bien, attendons d'être grands ; on verra bien après. »

Elle se rallongea et ferma les yeux. Des taches de soleil éclatantes dansaient devant et derrière

ses paupières, comme en un feu d'artifice écarlate. Mais elle n'était pas satisfaite : en elle il y
avait une exigence toute féminine qui ne se laissait pas apaiser si facilement. Elle connut un
vague et triste tourment, comme celui de l'année
qui passe ; l'obscure intuition de la mortalité, du
caractère éphémère des choses, et du fait que
rien n'échappe au changement hormis le changement. Ils jouissaient voluptueusement du silence
dans l'éclat vigoureux du soleil, quand un bruit
força Juliette à ouvrir les yeux.

Grotesquement renversée au-dessus d'elle se
tenait sa grand-mère, silhouette difforme, bos-
sue, sur le fond ineffablement uni et bleu du ciel.
La vieille femme et la jeune fille se regardèrent
un instant dans les yeux, puis Juliette les
referma.

« Debout ! » fit la vieille femme.

Juliette ouvrit les yeux et s'assit en repoussant
la masse de ses cheveux du creux de son bras nu.
Lee, immobile sur le dos, contemplait la silhouette qui se dressait au-dessus d'eux en tremblant de sénilité.

« Alors c'est ça que tu fais derrière mon dos ?
Et c'est pour ça que t'as jamais le temps de faire
la moitié de ton travail, hein ? C'est pour ça qu'il
nous faut un nègre pour faire la cuisine et le
ménage ? » Et, mi-marmottant mi-ricanant, elle
répéta : « Debout, je te dis ! »

Mais ils ne bougeaient pas. Tout cela était
arrivé si vite que leurs cerveaux assoupis refusaient encore de fonctionner. Ils restaient donc
allongés à la regarder tandis qu'elle hochait
au-dessus d'eux le masque qui lui tenait lieu de
visage.

« Debout, traînée ! » fit-elle en tremblant d'un soudain accès de colère.

Ils se levèrent et restèrent côte à côte, comme deux statues de bronze, sous le soleil implacable. La face édentée et grimaçante aux yeux troubles et chassieux vacilla devant eux.

« Et nus comme des vers, tous les deux ! Ton père m'avait bien dit que tu étais une sauvageonne, mais j'aurais jamais pensé que je te trouverais couchée avec quelqu'un que j'ai jamais vu de ma vie. Et je parie que c'est pas le premier ! Toi et tes façons innocentes, ton goût pour la pêche et pour les randonnées dans la campagne ! Sais-tu ce que t'as fait ? T'as gâché tes chances de trouver un bon mari avec de l'argent à lui, voilà ce que t'as fait ! »

Ils avaient les yeux fixés sur elle, muets de stupéfaction et d'incompréhension.

« Et me regarde pas comme ça, avec ton air de sainte-nitouche ; est-ce que t'espères me tromper, après que je vous ai pris sur le fait ? Ah, vous faites un beau couple, ça, pour sûr ! » Soudain elle se tourna vers Lee : « Et toi, quel est ton nom ?

— Lee, lui dit-il très calmement.

— Lee comment ?

— Lee Hollowell.

— Le fils de Lafe Hollowell, hein ? » Elle se retourna vers Juliette : « C'est du joli, de fréquenter un Hollowell ! Un fainéant, un bon à rien qui s'est jamais mis au travail honnêtement, voilà ce qu'est Lafe ; et tout ce que tu trouves à faire, c'est de coucher avec un de ses rejetons ! Qu'est-ce que tu feras s'il t'engrosse ? Tu reviendras me trouver pour que je m'échine pour toi, j'imagine. S'il te faut absolument un homme, tu ferais bien d'en choisir un qui peut t'entretenir, et ça sera jamais un Hollowell. »

Juliette bondit comme un fil trop tendu. « Vieille... Vieille mégère ! » hurla-t-elle du fond du naufrage de leur camaraderie lumineuse. « Lee, Lee ! » cria-t-elle avec la morne détresse du désespoir.

La vieille leva sa canne dans une main tremblante et frappa Juliette en travers des épaules. « Prends tes vêtements et rentre. Maintenant, je vais m'occuper de toi », disait-elle au moment où Lee bondit pour tenter de s'emparer de sa canne. Mais celle-ci frappa de nouveau, et plusieurs fois, sur le dos de Lee, qui dut sauter pour se mettre hors d'atteinte. « Fiche le camp d'ici, hurla-t-elle, fiche le camp, damné petit vaurien ! Et que je te voie plus jamais, ou je t'abats comme un chien ! »

Un moment leurs regards restèrent rivés l'un sur l'autre, celui du garçon prudent et perplexe et celui de la vieille femme implacable, que la rage rendait terrible. Puis Lee se détourna, enfila ses vêtements avec agilité et laissant la vieille sorcière encore toute tremblante, s'en fut dans les bois en criant à tue-tête, dans l'éclat d'un soleil vigoureux et paisible, sous la chute lente des feuilles écarlates.

V

Barricadée dans un quant-à-soi farouche, Juliette couvait comme braise. Pourtant, à la voir, on n'aurait perçu aucun changement dans son comportement. Elle découvrit que sa vie avec sa grand-mère n'avait pas été déplaisante, loin de là ; avant, la vieille la dominait, jusqu'à un cer-

tain point ; mais, maintenant qu'elle avait commis un impair, son autorité avait disparu à
jamais. Elles vivaient toutes deux dans une
espèce d'armistice un peu tendu, la vieille habituellement acariâtre, comme le voulait son âge,
et Juliette dans un état semblable à celui d'un
bouchon de champagne.

Sa grand-mère vieillissait, et, petit à petit, elle
abandonnait davantage de travail à Juliette.
Lorsque celle-ci eut quinze ans, elle se rendit
compte qu'elle avait la charge non seulement des
bêtes, mais de presque toutes les tâches domestiques — encore que, par le simple et morne exercice d'une volonté rigide, la vieille femme pous-
sât encore (bien inutilement) son corps usé et
perclus de rhumatismes à vaquer à des besognes
mineures. Maintenant, été comme hiver il lui fallait un feu, et c'est dans l'âtre qu'elle passait le
plus clair de son temps, tel un masque édenté,
indécent, une pipe d'argile au creux de sa main
flétrie et, de temps en temps, un jet de salive dans
les flammes.

« Grand-mère, dit Juliette (et ce n'était pas la
première fois), prenons un cuisinier.

— Y en a pas besoin.

— Mais tu vieillis, tu le sais bien, et un nègre
te soulagerait d'une grande partie du travail.

— Même si je faisais plus rien de mes mains,
est-ce que t'es pas assez vigoureuse, toi, pour
faire ce qu'il y a à faire ? Je l'ai bien fait toute
seule pendant vingt-deux ans.

— Mais ça sert à rien de se tuer au travail
quand on peut faire autrement ! »

La vieille ouvrit ses yeux chassieux et tira sur
sa pipe jusqu'à ce que le fourneau rougeoie.
« Écoute, ma petite ; tant que tu m'entendras pas

gémir, c'est pas la peine de te faire du souci pour moi. Attends d'en avoir vu autant que moi : d'avoir été mariée et de n'avoir pas cessé de porter des enfants pendant quatorze ans pour en voir mourir quatre sur neuf pendant que le reste allait s'installer Dieu sait où, sans lever le petit doigt pour m'aider. Est-ce que tu crois que, quand tout ça a été fini, et qu'Alex a été dans la tombe, ça m'a paru lourd de travailler un peu toute seule ?

— Je sais bien que t'as pas eu la vie facile ; on dirait que personne dans ce pays a la vie facile. Mais, grand-mère, je t'assure qu'on pourrait se la couler douce maintenant : les soucis, tu les as eus, et moi, je suis pas assez vieille pour en avoir.

— Hum, grommela la vieille femme. Ça, c'est du Joe Bunden tout craché : paresse pure et simple. T'es pas heureuse tant que t'as pas pu faire la sauvageonne dans les bois ; t'as jamais le temps de t'occuper de la maison. Une grande fille solide comme toi, renâcler devant un peu de labeur ! À ton âge, je faisais la cuisine et tout le reste pour sept personnes, alors que toi, t'as que moi à t'occuper. Je vais te dire, moi : t'as pas assez à faire, voilà ce qui va pas chez toi. » Elle émit un petit sifflement tout en hochant la tête dans le reflet des flammes bondissantes.

« Mais, grand-mère... »

L'autre redressa brusquement la tête. « Écoute, petite. Tes façons de faire, j'en ai eu mon compte. J'ai mis ton père au courant sur le petit Hollowell, et il va venir te voir ; il n'est pas impossible qu'il te ramène chez lui.

— Il peut toujours venir, je me cacherai pour qu'il me voie pas.

— Hum. T'en feras rien si je te le demande, et tu rentreras chez lui s'il le veut.

— Je veux pas rentrer chez lui. Je le tuerai plutôt que de le laisser me toucher.

— Et pour qui tu te prends, à parler comme ça ? Tu aurais bien besoin d'une bonne correction, et je veillerai à ce que Joe t'en donne une avant de partir. J'ai rien à faire ici de quelqu'un qui m'écoute pas, de quelqu'un qui veut toujours faire le contraire de ce que j' dis, comme par une diablerie naturelle.

— Mais qu'est-ce que j'ai fait qui soit pas ce que tu m'as dit de faire ?

— Qu'est-ce t'as pas fait, tu devrais dire. J'ai pas plus d'autorité sur toi que n'aurait un mauvais esprit ; c'est toi qui me ronges les intérieurs chaque jour un peu plus. Depuis que je t'ai prise avec ce vaurien de Hollowell, tu m'écoutes pas plus que si j'étais Joe, ou cette femme qu'il a prise.

— Parce que tu crois encore que Lee et moi... que Lee et moi... je... et c'est pour ça que t'es toujours après moi ? cria-t-elle farouchement. C'est donc ça que tu penses ? que lui et moi... Bon Dieu, comme je voudrais que tu ne sois pas aussi vieille ! Je t'enfoncerais ta vieille tête en plein dans le feu. Je... je... je te déteste ! »

Parmi les ombres dansantes, l'autre s'anima ; la pipe tomba de sa main tremblante et elle se courba sur l'âtre à sa recherche, mais en vain. « Me parle pas sur ce ton, petite traînée ! » Elle attrapa maladroitement sa canne et se leva. « Vieille ou pas, j'ai encore assez de vigueur pour te rosser avant de te chasser d'ici ! » Elle leva sa canne, et pendant un instant elles se foudroyèrent du regard dans les paisibles lueurs du feu qui tournoyaient par intervalles autour d'elles.

« Essaie donc de me toucher avec ta canne, essaye ! marmotta Juliette entre ses dents serrées.

— Te toucher ? Je te promets que Joe Bunden le fera plus qu'il ne faut quand il sera là. Et je te parie que le mari qu'il t'a choisi t'apprendra, lui aussi, quand il entendra ce que les gens disent sur ton compte et sur ce vaurien de Hollowell.

— Mari ? » répéta Juliette. L'autre croassa de plaisir.

« Oui, mari, j'ai bien dit. Mais tu as la tête si dure que j'avais pas prévu de te le dire avant que tout soit prêt. Ça sera à Joe de te dresser pour t'y préparer. Je lui ai fait dire que moi, je ne pouvais plus. Et comme ta famille n'a aucune envie de te revoir, Joe s'est mis en quête d'un mari ; quoique je me demande bien où il a pu en dénicher un qui veuille de toi. Mais ça, c'est son problème, pas le mien. Moi, j'ai fait ce que j'ai pu pour toi.

— Mari ? répéta Juliette comme une idiote. Est-ce que tu crois que Joe Bunden et toi vous pourrez me marier ? J'ai beau te détester, je préférerais mourir plutôt que de rentrer chez moi ; et avant que j'épouse qui que ce soit, je vous aurai tués, toi et Joe Bunden. Essayez donc ! »

La vieille femme leva sa canne : « Veux-tu te taire !

— Touche-moi donc ! Touche-moi donc ! répéta Juliette dans un murmure menaçant.

— Tu me mets au défi, c'est bien ça ? trembla la vieille. Eh bien prends ça, tiens, petite saleté ! » La canne tomba sur la poitrine de Juliette et un vent glacé souffla dans sa tête. Elle arracha la canne de sa grand-mère et la brisa sur son

genou ; l'autre recula de frayeur. Juliette jeta les
morceaux de la canne au feu, et d'une voix aussi
légère et aussi sèche qu'une coquille d'œuf, elle
répéta mécaniquement : « C'est de ta faute ! C'est
de ta faute ! »

La rage de la vieille femme avait disparu. « Me
tourmente pas, ma fille. Tu peux donc pas me
laisser tranquille au coin du feu sans venir me
harceler. J'ai pas encore vu un Bunden qui en faisait pas autant. Toi et ton nègre ! Attends donc
que j'aie disparu : ça va pas tarder, Dieu merci.
Alors tu pourras remplir la maison de nègres
pour te servir. » Elle traversa péniblement la
pièce et se dirigea vers l'ombre monstrueuse et
basse de son lit, qui restait fermé hiver comme
été. « Si ça te plaît pas ici, ton mari te fera peut-
être cadeau d'un cuisinier. » Elle gloussa
méchamment, puis grogna en tâtonnant dans
l'obscurité.

Dehors, le ciel était clair, comme un grand bol
renversé, plein d'une eau noire où flottaient des
étoiles ; ses cheveux humides frémirent sur son
front comme si une main les avait touchés. D'un
air décidé, elle alla seller le seul vieux cheval
qu'elles possédaient, grimpa sur l'abreuvoir pour
le monter, et prit la route de la ville sans même
prendre le soin de refermer la porte derrière elle.
Elle se retourna une seule fois vers la maison
enténébrée en répétant : « C'est de ta faute », puis
poursuivit son chemin dans l'obscurité. Bientôt,
le dernier petit nuage de terre soulevé par les
sabots du cheval fut retombé, et à nouveau la
route fut déserte.

VI

Les quelques années qui suivirent furent sans histoire. Tacitement, Juliette et sa grand-mère avaient choisi d'oublier la scène précédente et, en apparence, la vie se déroulait sans heurt, aussi mornement quotidienne qu'auparavant. Juliette était comme quelqu'un qui a jeté les dés et qui doit attendre une éternité que ceux-ci s'arrêtent de rouler. En outre, elle semblait vaguement indifférente à ce qu'ils risquaient de révéler : c'était comme si sa réserve de volonté avait été dépensée une fois pour toutes. La kyrielle de tâches quotidiennes et les rêveries solitaires au crépuscule avaient effacé sa terreur et l'appréhension que lui inspirait ce qu'elle avait fait.

La maison était plongée dans une obscurité que perçait seulement, sur la porte de la chambre de sa grand-mère, la lueur du feu qui dansait dans l'âtre. Tout d'abord elle ne vit pas la vieille femme, puis son regard accrocha une main flétrie tenant une pipe. « Juliette ? » dit une voix dans le coin ; alors Juliette entra, sentant croître en elle une hostilité pleine de mépris, et elle s'approcha de l'âtre. La chaleur montait agréablement le long de ses jambes à travers sa jupe. Sa grand-mère se pencha en avant jusqu'à ce que son visage paraisse suspendu comme un masque dans la lumière du feu, et elle cracha.

« Ton père est mort », dit-elle.

Le regard de Juliette était perdu dans l'immense ombre dansante que projetait le lit clos. À intervalles réguliers, comme des ailes de papillon battant doucement, parvenaient à ses

oreilles les bouffées de la pipe. Joe Bunden est
mort, pensait-elle sans émotion ; c'était comme
si les mots qu'avait prononcés sa grand-mère
étaient encore en suspens dans la pénombre de
la pièce, comme un échange de murmures.
Enfin, elle esquissa un geste.

« Papa est mort, grand-mère ? »

La vieille femme se pencha de nouveau en gro-
gnant. « Oui. L'idiot, l'idiot ! Tous les Bunden
naissent idiots : j'en ai pas encore vu un, sauf toi,
qui soit pas idiot de naissance. J'en ai épousé un,
mais il est mort avant d'avoir eu le temps de
nuire beaucoup, me laissant une ferme en piteux
état et toute une famille sur les bras. Et voilà Joe
qui abandonne sans le sou ceux qu'il a élevés
— à moins que cette femme qu'il a épousée ait
plus de ressort que je lui en connais. Lafe Hollowell valait pas mieux, d'ailleurs. Ah, ils vont faire
une belle paire en enfer ce soir !

— Qu'est-ce qui s'est passé, grand-mère ? »
Juliette s'entendit poser cette question d'une voix
sans passion.

« Ce qui s'est passé ? Joe Bunden n'était qu'un
idiot, et Lafe Hollowell valait pas mieux, en tout
cas depuis qu'ils étaient attelés ensemble... Joe et
lui ont été tués par les inspecteurs des impôts, la
nuit dernière, là où Lafe avait mis son alambic.
Quelqu'un est descendu en ville mercredi soir
pour le dire à Deacon Harvey, et la nuit dernière
trois inspecteurs leur sont tombés dessus. On n'a
jamais su qui avait parlé... ou plutôt, personne
veut le dire. » La vieille femme hocha la tête et
fuma un moment les yeux fermés. Juliette avait
les yeux perdus dans le tournoiement lent des
ombres, paisiblement abandonnée à un doux
mélange de tristesse et de profond soulagement.

Puis les mots marmottés par l'autre se matériali-
sèrent : « Et cette femme que Joe a épousée, dès
qu'elle a connu la nouvelle, elle a plié bagage et
elle est rentrée chez elle. Dieu sait ce que vont
devenir tes frères : c'est pas moi qui vais m'en
charger. Et le fils de Lafe — comment l'appelles-
tu, déjà ? Lee ? —, il a filé et on l'a pas revu. Bon
débarras, voilà ce que je dis, moi. »

Les ombres bondirent sur le mur et retom-
bèrent pendant que les paroles de sa grand-mère
s'attardaient dans la pénombre comme des toiles
d'araignée. Elle quitta la pièce et alla s'asseoir sur
la galerie, le dos au mur, les jambes étendues
toutes raides devant elle. Joe Bunden, elle ne le
détestait plus, maintenant ; mais Lee, c'était une
autre histoire. Son départ lui paraissait plus tangible que la mort de cent hommes : c'était
comme si elle assistait à sa propre mort. Aussi
resta-t-elle assise dans l'obscurité à regarder son
enfance la quitter. Dans une clarté presque dou-
loureuse, elle se souvint de ce printemps où, pour
la première fois, Lee et elle avaient nagé, pêché,
et sillonné les bois ; elle revit ces journées âpres
où un vent aigre chassait les cumulus au-dessus
des friches ravinées par la pluie ; elle pouvait
presque entendre encore les cris des hommes
labourant le sol boueux, et voir les écheveaux de
merles tanguant dans le vent comme des copeaux
de papier brûlé... changement, mort, et séparation.

Elle se leva enfin et, lentement, descendit la
colline vers la rivière ; alors elle aperçut une
petite silhouette sombre qui s'approchait d'elle.
Lee ! pensa-t-elle, les muscles de sa gorge se
nouant. Mais ce n'était pas Lee : la silhouette
était trop petite ; quand elle l'eut aperçue, celle-

ci s'arrêta, puis s'avança prudemment. « Jule ? fit
timidement la silhouette.

— Qui est-ce ? répliqua-t-elle sans tendresse.

— C'est moi, Bud. »

Ils se firent face avec curiosité. « Qu'est-ce que
tu fais ici ?

— Je m'en vais.

— Tu t'en vas ? Mais où ?

— Je sais pas, quelque part. Je peux pas rester à la maison.

— Pourquoi pas ? » Elle sentait sourdre en elle
des émotions abhorrées.

« Maman, c'est elle qui... Je la déteste, je vais
pas rester là-bas une minute de plus. De toute
façon, je suis jamais resté que pour papa ; et
maintenant, maintenant que papa... maintenant
qu'il... qu'il est... » — et il tomba à genoux, se
balançant sous l'effet du chagrin renouvelé. Dans
un accès de pitié, Juliette s'approcha de lui tout
en haïssant son geste. C'était un petit garçon vêtu
d'une salopette sale et usée ; non sans difficulté,
elle décida qu'il devait avoir dans les onze ans. À
côté de lui se trouvait un mouchoir noué en un
ballot qui contenait en tout et pour tout un morceau de pain immangeable et un pauvre livre
d'images jadis colorées. Il paraissait si petit et si
seul, à genoux dans les feuilles mortes ! Et le lien
de la haine partagée les unit. Il leva son petit
visage sale et sillonné de larmes. « Oh, Jule ! »
dit-il en jetant ses bras autour des jambes de sa
sœur et en enfouissant sa tête dans ses petites
hanches pointues.

Elle regarda les éclats intermittents du clair de
lune qui torturaient les rameaux nus des arbres.
Au-dessus d'eux, le vent soufflait comme un sifflement lointain ; silencieusement, un immense

V d'oies sauvages glissa sur la surface de la lune. La terre était froide et immobile dans l'obscure et quiète attente du printemps et du vent du sud. Quand la lune jeta un regard entre deux nuages, Juliette put voir la tignasse de son frère et le col usé de sa chemise, et des larmes douloureuses, qui montaient rarement en elle, coulèrent sur la courbe de ses joues. Enfin, elle pleura franchement, elle aussi, parce que tout lui paraissait si éphémère et si absurde, si futile ; chaque effort, chaque mouvement impulsif qu'elle faisait vers l'accomplissement du bonheur était contrecarré par l'intervention aveugle du sort, au point que même ce qu'elle avait tenté pour fuir une famille qu'elle haïssait se trouvait frustré par quelque chose au-dedans d'elle-même. La mort elle-même ne pourrait lui venir en aide, qui n'est rien d'autre que l'état où sont jetés les vivants abandonnés par le défunt.

Enfin elle sécha les larmes de son visage et repoussa son petit frère.

« Lève-toi. C'est idiot, tu peux pas partir comme ça, à ton âge. Viens jusqu'à la maison voir grand-mère.

— Non, Jule, non, je peux pas ; je veux pas voir grand-mère.

— Pourquoi pas ? Il faut faire quelque chose, non ? À moins que tu veuilles retourner à la maison, ajouta-t-elle.

— Retourner là-bas vivre avec elle ? Jamais.

— Alors, viens avec moi ; grand-mère saura quoi faire. »

Encore une fois il tenta de s'arracher à sa sœur. « J'ai peur de grand-mère, j'ai peur de grand-mère.

— Alors, qu'est-ce que tu vas faire ?

— J' vais partir, par là », dit-il en montrant du bras la direction du chef-lieu du comté. Cet entêtement lui parut familier, à elle qui savait qu'on ne saurait contraindre son petit frère, pas plus qu'elle-même. Il y avait pourtant quelque chose qu'elle pouvait faire ; aussi réussit-elle quand même à le persuader de l'accompagner jusqu'à la porte et le laissa-t-elle l'attendre dans l'ombre d'un arbre. Bientôt, elle revint avec une quantité substantielle de nourriture et quelques dollars en menue monnaie : toutes ses économies de l'année. Il prit le tout avec la maladroite apathie du désespoir et ensemble ils gagnèrent la grand-route où ils s'arrêtèrent en se regardant l'un l'autre comme des étrangers.

« Au revoir, Jule », dit-il enfin en esquissant un mouvement vers elle, mais elle recula ; aussi fit-il demi-tour, petite silhouette sans importance sur le fond vague et indistinct de la route. Elle le regarda jusqu'à ce qu'il disparaisse, et dès qu'il fut hors de vue, elle redescendit la colline.

Maintenant que le vent était tombé, les arbres étaient immobiles, comme sans corps et sans mouvement, tels des reflets : ils attendaient l'hiver et la mort comme des païens ignorant les rumeurs de l'immortalité. Loin, très loin à la surface de la terre d'octobre, un chien aboya, et, plus près, le son moelleux et prolongé d'un cor vibra, emplissant l'air comme un remous à la surface d'une eau stagnante avant d'être à nouveau absorbé par le silence, de sorte que l'univers ténébreux qui l'entourait retrouva son immobilité paisible, un peu triste, mais belle. Des chasseurs d'opossum, pensa-t-elle comme le bruit s'éteignait, se demandant si elle en avait vraiment perçu un.

Vaguement, dans une sorte de torpeur, elle se demanda comment elle avait jamais pu se faire du souci, comment les choses pouvaient la mettre dans une autre humeur que celle où elle était maintenant : tranquille et un peu triste. Elle était presque immobile, et il lui semblait que les arbres sortaient lentement de l'obscurité pour aller flotter au-dessus d'elle, traînant leurs branches les plus hautes dans des eaux piquées d'étoiles qui s'ouvraient à leur passage et se refermaient derrière eux, sans une ride, sans un changement.

À ses pieds s'étalait l'étang : des ombres, puis le reflet d'arbres immobiles, puis le ciel à nouveau. Elle s'assit et contempla l'eau dans un état de désespoir presque voluptueux. Le monde était là, au-dessous et au-dessus d'elle, éternel, vide, illimité. Le cor retentit encore quelque part, tout autour d'elle : dans l'eau, dans les arbres, dans le ciel ; puis le son mourut lentement, passant du ciel et des arbres et de l'eau jusque dans son propre corps, et laissant dans sa bouche un goût tiède et amer. Soudain, elle se tourna vers le sol et enfouit son visage dans ses bras frêles, éprouvant, à travers ses vêtements, le rude contact de la terre contre ses cuisses, contre son ventre et contre ses petits seins fermes. Le dernier écho du cor lui échappa sans laisser de trace, glissant le long de la colline lisse et infinie de la quiétude automnale comme la rumeur d'un lointain désespoir.

Bientôt, à son tour, l'écho se tut.

Al Jackson

Cher Anderson,

Le week-end dernier, je faisais une promenade en bateau sur le lac avec des amis, et, en remontant le fleuve, le pilote nous a montré la vieille maison des Jackson. Ce sont des descendants du Vieil Hickory[1], dont il ne reste qu'un seul représentant, Al Jackson. J'aimerais que vous fassiez sa connaissance : avec l'intérêt que vous portez aux gens, vous trouveriez en lui une mine d'or. Sans qu'il y ait été pour rien, sa vie a été fertile en aventures. C'est un homme extrêmement réservé, dont on dit que personne ne l'a jamais vu déshabillé ou même en costume de bain. C'est à cause de ses pieds, dit-on — encore que personne n'en soit sûr.

Le pilote m'a parlé de la famille Jackson. À l'âge de sept ans, sa mère détenait le titre de championne de dentelle de son école du dimanche, ce qui lui valut le droit d'assister pen-

---

1. *Old Hickory* : surnom d'Andrew Jackson, vainqueur de la bataille de La Nouvelle-Orléans (1815) dans la guerre contre les Britanniques, et septième président des États-Unis (1829-1837). (*N.d.T.*)

dant quatre-vingt-dix-neuf ans à toutes les céré-
monies religieuses de la communauté, sans avoir
à participer aux réunions de la paroisse. À neuf
ans, elle savait jouer du mélodéon que son père
avait troqué contre un bateau, une horloge et un
alligator domestiqué ; elle savait coudre et faire
la cuisine, et elle multiplia par trois l'assiduité
des fidèles de l'église en inventant une recette
secrète pour fabriquer le vin de la communion :
entre autres choses, elle y mettait de l'alcool de
grain. Le père du pilote dont je vous parle allait
à cette église ; d'ailleurs, tout le monde finit par
y aller. Ils détruisirent deux autres églises pour
en utiliser le bois à faire des pièges à poissons,
et l'un des pasteurs finit par trouver du travail sur
un bac. L'église fit cadeau à la petite d'une bible
où, en lettres d'or, étaient gravés son nom et celui
de sa fleur préférée.

Le vieux Jackson obtint sa main quand elle eut
douze ans. On dit qu'il fut conquis par ses
prouesses au mélodéon. D'après le pilote, le vieux
Jackson n'avait pas de mélodéon. C'était un personnage. À l'âge de huit ans, il savait par cœur
mille versets du Nouveau Testament, ce qui eut
pour effet de lui donner un accès de fièvre cérébrale. Pourtant, quand on finit par trouver un
vétérinaire, on apprit que ce n'était certainement
pas une fièvre cérébrale. Après cela, son comportement devint... disons qu'il devint curieux : il
achetait de la colle d'amidon pour en manger
chaque fois qu'il le pouvait, et il mettait un
imperméable pour se baigner. Il dormait dans un
lit pliant posé à même le sol, qu'il refermait sur
lui quand il allait se coucher, et dans lequel il
perça quelques trous pour laisser passer l'air.

Il eut finalement l'idée d'élever des moutons

dans son marécage en pensant que la laine devait pousser comme tout le reste, et que si les moutons passaient tout leur temps dans l'eau, comme les arbres, leur toison serait naturellement plus riche. Après qu'environ une douzaine d'entre eux se furent noyés, il leur fabriqua des ceintures de sauvetage en canne. Mais alors, il découvrit que les alligators les attrapaient.

L'un de ses fils aînés (il devait avoir environ douze fils) ayant découvert que les alligators ne mangeaient pas les béliers à cornes, le vieux sculpta des imitations de cornes de trois pieds dans des racines et les fixa sur la tête de ses moutons. Mais, pour donner le change aux alligators, il ne mit pas de cornes à tous les moutons. D'après le pilote, il avait prévu d'en perdre un certain nombre chaque année, mais de cette façon il réussit à limiter le nombre des décès.

Bientôt il leur apparut que les moutons apprenaient à aimer l'eau, qu'ils nageaient partout, et qu'au bout de six mois ils ne voulaient plus en sortir. Quand vint le temps de la tonte, il dut emprunter un canot à moteur pour leur faire la chasse. Quand ils finirent par en attraper un et qu'ils le sortirent de l'eau, il n'avait plus de pattes : elles s'étaient atrophiées, et avaient fini par disparaître.

Et ce fut le cas de tous ceux qu'ils attrapèrent. Non seulement les pattes avaient disparu, mais, au lieu de laine, la partie du mouton qui était immergée était couverte d'écailles ; quant à la queue, elle s'était élargie et aplatie, comme celle d'un castor. Six mois plus tard, ils n'en attrapèrent pas un seul avec leur canot à moteur. À force de regarder les poissons, les moutons avaient appris à plonger. Un an plus tard, Jackson les apercevait seulement quand ils montraient le museau pour respirer de temps en temps. Bientôt, des journées entières passèrent sans que la surface de l'eau fût troublée par un seul museau. De temps en temps, ils en attrapaient un avec un hameçon appâté au maïs, mais il n'avait pas de laine du tout.

D'après le pilote, le vieux Jackson se trouva comme découragé : tout son capital était là en train de nager sous l'eau ; il commença même à craindre qu'ils ne se transforment en alligators avant qu'il puisse en attraper un seul. C'est alors que Claude, son second fils, celui qui courait toujours après les femmes, dit à son père que s'il lui abandonnait la moitié de ce qu'il réussirait à prendre, il en attraperait quelques-uns. Marché conclu, et Claude se déshabilla pour se mettre à l'eau. La première fois, il n'eut pas beaucoup de succès : c'est tout juste s'il réussit à en coincer quelques-uns sous une souche pour les attraper. L'un d'eux le mordit même assez profondément, et il se dit : « Eh bien, il va falloir travailler vite ; avant un an, ces bêtes-là seront devenues alligators. »

Il se mit donc à la tâche, et chaque jour il faisait des progrès en natation et en attrapait un peu plus. Bientôt, il fut capable de rester sous l'eau une demi-heure ; mais, quand il se trouvait hors de l'eau, sa respiration n'était pas trop bonne, et ses jambes commençaient à présenter des anomalies au niveau du genou. Il prit alors l'habitude de rester dans l'eau toute la journée et même toute la nuit ; on lui apportait sa nourriture. Il perdit l'usage de ses bras jusqu'au coude et de ses jambes jusqu'au genou, et la dernière fois que sa famille le vit, ses yeux s'étaient déplacés vers les tempes, et une queue de poisson émergeait de sa bouche.

Un an plus tard environ, ils entendirent parler de lui. Un requin avait été signalé au large de la côte, qui n'arrêtait pas d'importuner les baigneuses blondes, surtout celles qui étaient un peu grasses.

« C'est Claude, dit le vieux Jackson. Il a toujours été porté sur les blondes. »

C'est ainsi que disparut leur seule source de revenu. La famille connut des jours difficiles pendant des années, mais ils furent sauvés par la Prohibition.

J'espère que vous trouverez cette histoire aussi intéressante que je l'ai trouvée.

Bien à vous,
William Faulkner

Cher Anderson,

J'ai bien reçu votre lettre concernant les Jackson. Je n'en reviens pas. Ce que j'avais cru n'être qu'une histoire recueillie au hasard semble donc être bien connue. Les Jackson doivent être une famille tout à fait extraordinaire, et je ne peux que reprendre votre expression : comme j'aimerais connaître Al Jackson !

De mon côté, je me suis livré à une petite enquête. C'est comme laver le minerai quand on cherche de l'or : un grain par-ci, un grain par-là. Il semble bien que l'histoire d'Elenor soit pleine de scandale. Une nuit, elle s'est laissée glisser le long d'une gouttière pour s'enfuir en compagnie d'un marchand de quincaillerie ambulant. On peut imaginer l'horreur qui dut s'emparer d'une famille aussi propre que doivent l'être celles des bergers de poissons quand elle apprit que « Perchie », comme on appelait Elenor, s'était enfuie avec un homme qui non seulement ne savait pas nager, mais n'avait même pas reçu une goutte d'eau sur le corps de toute sa vie. Il a tellement peur de l'eau qu'après avoir été pris dans un orage sur la route, il refusa de quitter sa charrette pour aller nourrir son cheval. L'orage dura neuf jours ; le cheval mourut d'inanition entre les brancards, et l'homme lui-même fut découvert inconscient après avoir mangé une paire de chaussures qu'il apportait en cadeau au vieux Jackson, et consommé les rênes aussi loin qu'il avait pu sans quitter la charrette. L'ironie de l'histoire est qu'il fut découvert, et donc sauvé, par Claude, l'un des frères d'Elenor Jackson, qui s'était arrêté pour jeter un coup d'œil sur la charrette dans l'espoir d'y trouver une femme. (Comme je vous l'ai écrit, Claude était plutôt porté sur les femmes.)

Mais c'est Al que j'aimerais rencontrer. Tous ceux qui le connaissent le considèrent comme un pur Nordique, la fine fleur de la masculinité américaine. Pendant la guerre, il a pris force cours par correspondance afin de soigner sa timidité et acquérir suffisamment de détermination pour faire des discours de quatre minutes destinés à vendre des bons de la liberté[1], et on raconte que c'est lui qui un jour a eu l'idée de récrire Goethe et Wagner et de changer leurs noms en Pershing et Wilson. Comme vous le voyez, Al Jackson est un type cultivé.

Je crois que vous vous trompez en ce

---

1. Obligations émises en 1917 par le gouvernement fédéral pour financer l'effort de guerre américain.

qui concerne la généalogie de Jackson. Spear-
head Jackson fut capturé et pendu à la vergue
d'une frégate britannique en 1799. Apparemment, il remontait les alizés avec une cargaison
de nègres quand la frégate l'aperçut et le prit en
chasse. Selon son habitude, il commença par
jeter quelques Noirs par-dessus bord pour tenir
le Britannique à distance, mais un grain se leva
tout d'un coup, qui le chassa vers le large à trois
jours de sa route. Sans cesser de larguer des
Noirs, il mit le cap sur l'île de la Tortue ; mais il
finit par se trouver à court de Noirs et les Anglais,
l'ayant rattrapé, l'abordèrent au large de Cara-
cas ; ils ne firent pas de quartier, et sabordèrent
son navire. C'est pourquoi Al Jackson ne peut pas
descendre de cette lignée-là. En outre, il ne peut
avoir eu pour ancêtre un homme qui avait si peu
de considération pour l'âme humaine.

Preuve supplémentaire : de toute évidence, ces
Jackson descendent d'Andrew Jackson. La
bataille de La Nouvelle-Orléans fut livrée dans un
marécage. Or, comment Andrew Jackson aurait-
il pu battre une armée qui lui était supérieure en
nombre s'il n'avait eu les pieds palmés ? Le détachement qui sauva la situation se composait de
deux bataillons de pêcheurs venus des marais de
Floride — ceux de Jackson — qui étaient mi-che-
vaux, mi-alligators. Enfin, si vous examinez la
statue de Jackson qui se trouve dans Jackson
Park (quel autre cavalier pourrait d'ailleurs,
maintenir un cheval de deux tonnes et demie en
équilibre sur ses postérieures ?), vous constate-
rez qu'il porte des chaussures à bandes
élastiques.

Oui, j'ai entendu raconter l'histoire des Noirs
trucidés. Mais, par ici, on dit que c'est de la

calomnie pure et simple, parce qu'il s'agit d'un homme répondant au nom de Jack Spearman qui tirait sur des Suédois dans le Minnesota pour une récompense d'un dollar. Mais il se peut que ma version soit elle-même inexacte.

Quant à ce Sam Jackson, qui est-ce donc ? J'avais entendu parler de lui, mais lorsque je le mentionnai à un vieux bouilleur de cru qui paraissait connaître et admirer la famille, mon interlocuteur se ferma comme une huître et se mit en colère quand j'insistai. Tout ce que je pus lui soutirer, c'est deux mots : « fieffé mensonge ».

La plupart des renseignements que je possède, je les tiens des gens qui étaient à l'enterrement d'Herman Jackson l'autre jour. Comme vous le savez, Herman avait une étrange passion pour l'éducation. Le vieux Jackson n'y croyait pas du tout, mais Herman était fou du désir d'apprendre à lire ; alors Al, qui semble être cultivé, lui apprit à fabriquer des boutons de perle avec des écailles de poisson. Herman économisa, et un jour il fut admis dans une université. Par la suite, naturellement, il dut travailler pour payer ses études. Pendant un temps, il fut trieur de poisson dans une criée, mais il comptait surtout sur ses boutons de perle. Dans la pension où il habitait, les gens se plaignirent de l'odeur, mais lorsqu'ils virent le jeune homme travailler jusque tard dans la nuit à coller ses écailles avec de la colle de poisson, ils furent pris de pitié.

À l'âge de dix-huit ans, il finit par savoir lire ; c'est alors qu'il établit un record. Il lut les œuvres complètes de Walter Scott en douze jours et demi. Pendant les deux jours qui suivirent, il parut complètement abruti : il ne se souvenait plus de l'endroit où il se trouvait. C'est pourquoi un de ses camarades de classe écrivit son nom sur un carton qu'Herman portait à la main, et qu'il montrait à tous ceux qui le lui demandaient.

Enfin, le troisième jour, il entra en convulsions et, d'une crise à l'autre, il ne devait plus en sortir : il mourut après plusieurs jours de souffrances horribles. On dit qu'Al en fut très attristé, car il se sentait coupable de la mort de son fils.

L'Ordre bienfaisant des carpes[1], aidé par la Fraternité à laquelle il appartenait (R.O.E. [2]), lui fit un enterrement solennel : on dit même que ce fut l'un des plus grands jamais vus dans le milieu des bergers de poissons. Al Jackson n'y était pas : il n'aurait pas supporté. Mais on dit qu'il déclara : « J'espère seulement que le pays que j'aime et la profession à laquelle j'ai consacré le meilleur de mes jours sauront faire preuve d'une égale gratitude quand ce sera mon tour. »

Si vous pouviez faire en sorte que je puisse rencontrer cet homme admirable, je vous prie de ne pas hésiter ; je vous en serais très obligé.

Wm Faulkner

1. Nom imaginaire et parodique d'une des nombreuses « organisations fraternelles » qui existent aux États-Unis.
2. Sigle imaginaire et humoristique, puisque « roe », signifie : œufs de poisson.

Don Giovanni

Épousé très jeune par une fille aux traits ordinaires qu'il essayait de séduire, il était maintenant veuf, à trente-deux ans. Comme la sécheresse pousse les poissons à descendre les rivières pour gagner les grandes étendues d'eau, son mariage l'avait poussé au travail ; mais la vie n'avait pas été rose pour le couple pendant tout le temps qu'il avait passé à changer d'emploi et de place avant de se trouver finalement et inévitablement attiré par le rayon des vêtements féminins d'un grand magasin.

Là, il eut enfin l'impression d'avoir trouvé sa voie (il avait toujours eu de meilleures relations avec les femmes qu'avec les hommes) et la confiance recouvrée lui permit d'accéder sans difficulté à la place enviée d'acheteur en gros. Il s'y connaissait en vêtements féminins, et l'intérêt qu'il portait aux femmes lui donnait à croire qu'à se familiariser avec leurs goûts, il avait acquis une exceptionnelle maîtrise de la psychologie féminine. Mais ce n'était là qu'une hypothèse. Il resta fidèle à sa femme quoique celle-ci fût clouée au lit par une maladie incurable.

Et puis, au moment où le succès se trouvait à

portée et où la vie se faisait enfin plus facile pour
le couple, elle mourut. Il était devenu si habitué
au mariage et si attaché à sa femme qu'il eut du
mal à se réadapter. Avec le temps, néanmoins, il
s'accoutuma à la nouveauté de la liberté retrou-
vée à l'âge adulte : il s'était marié si jeune que
l'indépendance était restée pour lui un domaine
inexploré. Il trouva du plaisir dans sa confortable
garçonnière et dans la routine quotidienne de ses
jours solitaires ; du plaisir à rentrer à pied chez
lui le soir, à examiner le corps soyeux des filles
dans la rue, sachant que s'il se sentait attiré, il n'y
en aurait pas une pour lui dire non. Son seul
souci était son début de calvitie.

À la longue, cependant, le célibat commença à
lui peser.

Assis sur son balcon à fumer un cigare, l'ami
chez qui il se rendait ce soir-là l'aperçut au
moment où il franchissait le coin de la rue sous
le lampadaire ; il laissa échapper une exclama-
tion et fut sur pied d'un bond, renversant sa
chaise. Puis il se baissa pour rentrer dans la
pièce, où il alla éteindre la lampe et se jeter sur
un divan en simulant le sommeil.

Il marchait vivement en balançant sa petite
canne souple :

« Elles aiment qu'un homme ne s'embarrasse
pas de préventions. Voyons : elle aurait des sous-
vêtements noirs... d'abord je ferai l'indifférent,
comme si je n'avais pas particulièrement envie
d'être avec elle, ou si je ne tenais pas spécialement à aller danser ce soir. Laisser tomber une
remarque, du genre : "Je suis venu parce que je
l'avais promis — il y a une autre femme que
j'aurais préféré retrouver." Elles aiment les
hommes qui ont d'autres femmes. Elle dira :

"Voulez-vous m'emmener danser ?" et je dirai :
"Oh, je ne suis pas sûr d'avoir envie de danser ce
soir", et elle dira : "Vous ne voulez pas m'y emmener ?" en s'appuyant sur moi, voyons, oui, c'est
ça, elle me prendra la main en me parlant d'une
voix basse et caressante, et moi, eh bien, je ne
réagirai pas, comme si je n'entendais pas ce
qu'elle dit. Elle continuera à me tenter, et alors
que je l'enlacerai, j'attirerai son visage dans l'obscurité du taxi et je l'embrasserai, un peu froidement et dignement — comme si ça m'était un peu
égal de l'embrasser — et je dirai : "Vous voulez
vraiment aller danser ce soir ?" et elle dira : "Oh,
je ne sais plus. Nous pourrions tout simplement
continuer à nous promener, ensemble", et je
dirai : "Non, allons donc danser un peu."

« Alors nous danserons et je lui caresserai le
dos. Elle aura les yeux fixés sur moi, mais moi je
ne la regarderai pas... » Il émergea soudain de sa
rêverie en découvrant qu'il avait dépassé la maison de son ami. Il rebroussa chemin, puis il tendit le cou vers les fenêtres qui étaient plongées
dans l'obscurité.

« Morrison ? » chanta-t-il.

Pas de réponse.

« Oh, Mor... rison ! »

Les fenêtres obscures restaient aussi impénétrables que deux Parques. Il frappa à la porte,
puis fit un pas en arrière pour achever son
aria. À côté se trouvait une autre entrée, dont la
porte était munie, à mi-hauteur, d'un treillis qui
la faisait ressembler à la porte d'un saloon et qui
laissait passer un flot de lumière ; derrière cette
porte, quelqu'un tapait à la machine comme un
forcené. Il tenta sa chance en frappant au volet.

« Oui ? » tonna une voix au-dessus du vacarme

de la machine. Après un instant de réflexion, il frappa de nouveau, plus fort.

« Entrez, bon Dieu ! Où vous croyez-vous : dans des toilettes ? » dit la voix, s'élevant au-dessus du tapage.

Il ouvrit la porte. Le géant débraillé qui se trouvait derrière la machine leva vers lui une tête léonine et le considéra d'un air agacé.

« Oui ? » La machine se tut.

« Pardonnez-moi, mais je cherche Morrison.

— C'est au-dessus », répliqua l'autre sèchement, les mains suspendues au-dessus du clavier. « Bonsoir !

— Mais il ne répond pas. Savez-vous s'il est chez lui ce soir ?

— Non. »

Il réfléchit encore, gêné. « Je me demande comment je pourrais le savoir. Je suis pressé...

— Comment diable voulez-vous que je le sache ? Montez voir, ou restez dehors à l'appeler.

— Je vais monter, merci.

— Eh bien, montez. » La machine reprit, pianissimo.

« Puis-je passer par ici ? risqua-t-il doucement, poliment.

— Oui, oui. Allez n'importe où. Mais pour l'amour de Dieu fichez-moi la paix. »

En murmurant des remerciements, il se glissa derrière le colosse frénétique. La pièce tout entière tremblait sous le martèlement des grosses mains du géant ; la machine crépitait, bondissant comme une folle. Il monta un escalier enténébré, et son ami l'entendit trébucher. Il poussa un grognement. « Tu me la paieras, celle-là », jura-t-il au-dessus du tonnerre provenant de l'imperturbable machine à écrire. La porte céda sous sa poussée, et il siffla « Morrison ! » en entrant dans la pièce obscure. Il jura de nouveau à voix basse. Le divan gémit, et son ami lui dit :

« Attends là où tu es, je vais allumer. Tu vas casser tout ce que j'ai, à tâtonner comme ça dans l'obscurité. »

Le visiteur soupira de soulagement. « Ouf ! J'avais presque abandonné tout espoir et j'allais repartir quand le type du dessous m'a gentiment proposé de passer par chez lui. »

La lumière surgit sous la main de l'autre.

« Oh, tu dormais ? Désolé de t'avoir dérangé. Mais j'ai besoin de ton conseil. »

En posant son chapeau et sa canne sur la table, il renversa un vase de fleurs qu'il rattrapa avec une étonnante agilité avant qu'il ne s'écrase, mais sans pouvoir empêcher que son contenu l'arrose copieusement. Il remit le vase à sa place et sortit un mouchoir, à l'aide duquel il éponegea immédiatement les manches et le devant de son veston. « Sapristi, fit-il, exaspéré. Et ce costume sort de chez le teinturier ! »

Son hôte le regardait en contenant une jubilation vengeresse ; il lui offrit un fauteuil. « Pas de chance, dit-il en sympathisant sans la moindre sincérité. Mais elle ne remarquera pas : c'est toi qui l'intéresses. »

Il leva les yeux, flatté mais enclin au doute en raison du ton qu'avait pris son ami. Il se lissa les paumes en les passant sur son crâne dégarni.

« Tu crois ? Mais, écoute, poursuivit-il avec un optimisme de commande, je sais maintenant l'erreur que j'ai commise la dernière fois. De l'audace, et de l'indifférence : c'est ça que j'ai négligé. Écoute, reprit-il sur un ton enthousiaste,

ce soir, je vais faire le coup. Mais j'ai besoin de
ton avis. »

L'autre poussa un nouveau grognement en se
rallongeant sur le divan.

Il poursuivit : « À partir de maintenant, à
chaque rendez-vous, je ferai comme si une autre
femme m'avait téléphoné, et comme si je n'étais
venu que parce que je l'avais promis : c'est pour
exciter la jalousie dès le début, tu comprends ?
Et puis, je ferai comme si ça m'était bien égal de
danser ; comme ça, quand elle me le demandera,
je l'embrasserai, mais d'un air tout à fait indifférent, tu vois ?

— Oui ? murmura son ami en bâillant.

— Alors nous irons danser, et je la peloterai un
peu, mais sans la regarder, comme si je pensais
à quelqu'un d'autre. Elle sera intriguée, et elle
dira : "À quoi penses-tu donc si fort ?" Et je dirai :
"Pourquoi veux-tu le savoir ?", et elle me sup-
pliera de le lui dire, et je dirai : "Je préfère te dire
à quoi tu penses, toi", et tout de suite elle dira :
"À quoi ?" Et je répondrai : "Tu penses à moi."
Hein ? Qu'est-ce que tu penses de ça ? Et qu'est-
ce que tu crois qu'elle dira ?

— Elle te dira probablement que tu ne te
prends pas pour rien. »

Les traits du visiteur s'affaissèrent. « Tu crois
vraiment ?

— Sais pas. Tu verras bien.

— Moi, je ne crois pas. J'ai plutôt l'impression
qu'elle pensera que je connais bien les femmes. »
Un temps, il sombra dans la rêverie. Puis il
recommença vivement : « Si elle dit ça, je dirai :
"Peut-être. Mais j'en ai assez d'être ici. Partons."
Elle ne voudra pas partir, mais je tiendrai bon.
Puis j'irai au culot : je l'emmènerai directement

chez moi, et quand elle comprendra, elle s'aban-
donnera. Elles aiment les hommes qui ont du
culot. Qu'est-ce que tu penses de ça ?

— Très bien, à condition qu'elle agisse comme
prévu. Il vaudrait peut-être mieux lui faire un
dessin avant, comme ça elle suivra tout ligne à
ligne.

— Allons, tu te fiches de moi. Mais tu ne crois
pas que mon plan est bon ?

— Parfait. Tu as vraiment pensé à tout, hein ?

— Absolument. C'est la seule façon de gagner
des batailles, tu sais. C'est Napoléon qui nous l'a
appris.

— Il a aussi dit quelque chose sur l'artillerie
lourde », remarqua méchamment son ami.

Il sourit avec complaisance. « Je suis comme
je suis, murmura-t-il.

— Surtout quand elle n'a pas servi depuis
quelque temps », continua son hôte. Le visiteur
prit l'air d'un animal blessé, et l'autre ajouta rapidement : « Mais est-ce que tu vas essayer ce plan
dès ce soir, ou est-ce que tu m'en parles seulement du point de vue théorique ? »

Il contempla sa montre avec consternation.
« Mon Dieu, il faut que je file. » Il bondit sur ses
pieds. « Merci pour tes conseils. Je crois vraiment avoir trouvé le système pour ce type de
femme, tu ne crois pas ?

— Sûrement », acquiesça son ami. À la porte
il s'arrêta et fit demi-tour pour lui serrer la main
en hâte. « Souhaite-moi bonne chance », fit-il
par-dessus l'épaule en disparaissant. Il ferma la
porte derrière lui et on entendit dans l'escalier le
bruit décroissant de ses pas. Puis ce fut la porte
de la rue, et son ami, de son balcon, le vit disparaître. Alors l'ami revint s'allonger sur le divan et

éclata de rire. Puis il se leva, éteignit la lumière et se recoucha dans l'obscurité, en gloussant. À l'étage au-dessous, la machine à écrire crépitait et tonnait infatigablement.

Trois heures plus tard, à peu près. La machine à écrire bondissait et dansait toujours sur la table.

« Morrison ! »

Le géant qui tapait sur sa machine éprouva un léger agacement, comme lorsque quelqu'un essaye de vous sortir d'un rêve agréable et que vous savez que si vous résistez, le rêve sera brisé.

« Oh, Mor... risoooooooon ! »

Le géant fit un effort de concentration, sachant déjà que la nuit tiède et paisible qui régnait dehors avait été privée de sa quiétude. Pour tenter d'exorciser le forfait, il tapa plus fort encore sur sa machine, mais il entendit un petit coup timide à son volet.

« Bon Dieu ! » cria-t-il en cédant. « Entrez ! » tonna-t-il en levant les yeux. « Mais d'où venez-vous donc ? Je vous ai fait entrer il y a dix minutes environ, non ? » Il regarda le visage de son visiteur et son ton changea. « Qu'est-ce qu'il y a, mon vieux ? Vous êtes malade ? »

Le visiteur resta un instant à cligner des yeux dans la lumière, puis il fit quelques pas hésitants et se laissa choir sur une chaise. « Pire que cela », dit-il, accablé.

Le géant fit lentement un demi-tour sur son fauteuil pour lui faire face.

« Vous avez besoin d'un médecin, ou de quelque chose ? »

Le visiteur s'enfouit le visage dans les mains. « Non, un médecin ne pourrait rien pour moi.

— Alors, qu'est-ce que c'est ? insista l'autre, de

moins en moins patient. J'ai à faire. Qu'est-ce que vous voulez ? »

Le visiteur soupira longuement et leva les yeux. « Il faut que je parle à quelqu'un, c'est tout. » Et il tendit au regard perçant de l'autre son visage consterné. « Il m'est arrivé une chose terrible ce soir.

— Alors, allez-y, mais faites vite, Bon Dieu ! »

Il soupira et tripotant mollement son mouchoir, il s'en essuya le front. « Eh bien, comme je viens de vous le dire, j'ai fait l'indifférent : j'ai dit que je ne tenais pas à aller danser ce soir. Et elle a dit : "Allons, allons : est-ce que vous croyez que je suis venue pour rester assise toute la soirée sur un banc de parc ?" Alors, je l'ai prise dans mes bras...

— Mais qui donc ?

— Elle. Et quand j'ai essayé de l'embrasser, elle a mis...

— Mais où est-ce que cela se passait ?

— Dans un taxi. Elle a mis son coude sous mon menton et elle m'a repoussé dans le coin en disant : "Est-ce qu'on va danser, oui ou non ? Si c'est non, dites-le, et je m'en vais. Je connais un homme qui m'emmènera danser", etc...

— Grand Dieu, mon ami, qu'est-ce que vous racontez là ?

— Je vous parle de la fille avec qui je suis sorti ce soir. Alors nous sommes allés danser et je l'ai caressée comme j'avais prévu, et elle a dit : "Bas les pattes, petit ; je n'ai pas de lumbago." Au bout d'un moment elle s'est mise à regarder par-dessus son épaule et à tendre le cou pour voir par-dessus la mienne, et chaque fois qu'elle faisait un faux pas, elle me disait : "Excusez-moi" ; je lui ai demandé à quoi elle pensait, et elle a dit "Hein ?",

et j'ai dit : "Je peux vous dire à quoi vous pensez",
et elle a dit : "Qui ? Moi ? Et alors, à quoi est-ce
que je pensais ?" sans arrêter de tourner la tête
par-ci par-là. Et puis j'ai vu qu'elle souriait à
quelqu'un et j'ai dit : "Vous pensez à moi." Et elle
a dit : "Ah, vraiment ?"

— Grand Dieu, murmura l'autre, les yeux fixés
sur lui.

— Oui. Alors j'ai dit, comme je l'avais prévu :
"J'en ai assez d'être ici. Allons-nous-en." Elle ne
voulait pas partir, mais j'ai tenu bon et elle a fini
par dire : "D'accord. Descendez chercher un taxi
pendant que je me prépare et je vous rejoins."

« J'aurais dû comprendre alors qu'il se passait
quelque chose, mais je n'y ai pas pensé. Je suis
donc descendu arrêter un taxi, et j'ai donné dix
dollars au chauffeur pour qu'il nous mène à la
campagne où il n'y a pas beaucoup de monde, et
je lui ai dit de s'arrêter en prétextant qu'il fallait
qu'il retourne chercher quelque chose sur la
route, et d'attendre que je klaxonne pour le
rappeler.

« J'ai attendu un bon moment, mais elle ne
descendait pas ; alors j'ai dit au chauffeur de rester là, que j'allais remonter la chercher, et je suis
remonté en courant. Comme je ne la voyais pas
dans le vestibule, je suis retourné dans la salle de
bal. » Il resta un moment plongé dans un désespoir silencieux.

« Eh bien ? » souffla l'autre.

Il soupira. « Je crois que je vais abandonner, je
vous jure : plus rien à voir avec les femmes.
Quand je suis entré, je l'ai d'abord cherchée des
yeux. Quand j'ai fini par l'apercevoir, elle dansait
avec un autre homme, un grand type comme
vous. Je ne savais que penser. J'ai décidé qu'il

devait être un de ses amis, et qu'elle dansait avec lui en attendant que je vienne la chercher : elle n'avait pas dû comprendre que je devais l'attendre dans la rue. C'est ce qui m'a trompé.

« Je suis resté sur le pas de la porte jusqu'à ce que son regard accroche le mien, et je lui ai fait signe. Elle m'a fait un geste de la main comme pour signifier qu'elle souhaitait que j'attende la fin de la danse, et c'est ce que j'ai fait. Mais quand la musique s'est arrêtée, ils sont allés vers une table et il a appelé un garçon pour commander quelque chose. Et elle ne m'a même pas regardé !

« Alors j'ai commencé à me fâcher. Je suis allé jusqu'à eux. Je ne voulais pas qu'ils voient, et que tout le monde voie, que j'étais en colère, alors je me suis penché vers eux, et elle m'a regardé et elle a dit : "Ça alors ! Voilà Herbie qui est de retour. Je croyais que vous m'aviez abandonnée, et ce charmant monsieur a aimablement proposé de me ramener chez moi. — Bien sûr que je vous ramènerai", dit le grand type en me regardant de ses gros yeux : "Qui c'est ? — Un de mes amis, dit-elle. — Eh bien, à cette heure, les petits garçons comme lui devraient être au lit."

« Il m'a jeté un regard dur, et je l'ai regardé en disant : "Miss Steinbauer, notre taxi nous attend." Il a dit : "Herb, tu n'essayes pas de me doubler, j'espère ?" J'ai pris mon air le plus digne pour dire au type qu'elle était avec moi, et elle a dit : "Filez donc, vous êtes fatigué de danser. Pas moi. Alors je vais rester un petit peu."

« Elle arborait une sorte de sourire : je comprenais qu'ils me ridiculisaient, et puis il s'est mis à rire très fort — comme un cheval. "Fous le camp, mon vieux, dit-il. Elle t'a plaqué. T'as plus qu'à revenir demain." Quand j'ai vu sa grosse tête

rouge pleine de dents, j'ai eu envie de le frapper.
Mais j'ai pensé que j'allais me faire remarquer, et
que les journaux en parleraient en citant mon
nom, et je me suis contenté de faire demi-tour,
non sans lui jeter un dernier regard avant de sortir. Naturellement, tout le monde avait tout vu et
tout entendu ; il y a même un garçon qui m'a dit :
"Pas de chance, mon vieux, mais il faut s'attendre
à ça avec les femmes" pendant que je sortais.

« Et, pour couronner le tout, le chauffeur
de taxi avait filé avec mes dix dollars. »

L'autre le regardait avec admiration. « Grand
Dieu, contemple ton chef-d'œuvre ! Balzac, voilà
l'espoir qui s'envole ! Et moi qui gâche ma vie
à essayer de faire vivre les gens par le truche-
ment des mots ! » s'écria-t-il, le visage soudain
empourpré. Puis il rugit : « Sortez d'ici ! Vous
m'avez rendu malade ! »

Le visiteur se leva et resta planté là comme une
chiffe molle.

« Mais que dois-je faire ?

— Faire ? Faire ? allez donc au bordel, s'il
vous faut une fille ! Ou si vous avez peur que
quelqu'un ne vienne vous la soulever, allez en
chercher une dans la rue : vous pouvez même
l'amener ici, si vous voulez. Mais pour l'amour de
Dieu, ne venez plus me parler. J'essaie d'écrire un
roman et vous avez déjà démoli mon ego ! »

Ce disant, il prit le visiteur par le bras et,
ouvrant la porte d'un coup de pied, il le poussa
gentiment mais vivement dans la rue. Le volet se
referma derrière lui. Il resta un moment immobile à écouter le bruit frénétique de la machine
à écrire, à regarder les divers plans d'ombre, à
attendre que la nuit l'apaise. Un chat le considéra
furtivement puis s'en fut, comme un trait

d'ombre, dans la rue. Il le suivit des yeux avec
envie, en proie à un tourment prolongé. L'amour,
c'était si simple pour les chats — surtout du
bruit : le succès, pour eux, ça n'avait pas beaucoup d'importance. Il soupira, puis s'éloigna,
laissant derrière lui la machine à écrire et son
tapage.

Ses pas comptés l'éloignèrent des rues mysté-
rieuses que l'obscurité rendait intéressantes ; il
marchait en s'étonnant qu'il pût être intérieurement si désespéré alors que son apparence
n'avait pas changé. « Je me demande si cela se
voit ? pensa-t-il. C'est parce que je vieillis : c'est
pour ça que je n'attire pas les femmes. Et pourtant, le type de ce soir avait à peu près mon âge.
C'est quelque chose que je n'ai pas : quelque
chose que je n'ai jamais eu. »

Mais il ne supportait pas d'en rester là. « Non,
ce doit être quelque chose que je peux faire, ou
dire, mais que je n'ai pas encore trouvé. » En
tournant le coin de la rue tranquille où il habitait, il vit deux personnes s'embrasser dans l'obscurité d'une porte cochère. Il pressa le pas.

Enfin rendu dans sa chambre, il ôta lentement
sa veste et son gilet et alla se planter devant sa
glace pour examiner son visage. Ses cheveux se
faisaient tous les jours plus rares (suis même pas
fichu de garder mes cheveux, pensa-t-il), et ses
trente ans se lisaient sur son visage. Il n'était
pas corpulent, et pourtant la peau, sous son menton, se faisait lâche, un peu molle. Il soupira et
acheva de se déshabiller. Puis il s'assit, les pieds
dans une cuvette d'eau tiède, en mâchant lentement un comprimé pour la digestion.

En montant lentement le long de ses membres
minces, la chaleur de l'eau l'apaisa, et, fort au

goût, entre ses mâchoires placides, le comprimé le libéra de son tourment. « Voyons », songea-t-il au rythme lent de sa mastication, passant en revue les événements de la soirée, « où ai-je commis une erreur ? Mon plan était bon : Morrison lui-même l'a reconnu. Réfléchissons. » Ses mâchoires s'immobilisèrent et son regard vint se poser sur une photographie qui ornait le mur d'en face. « Pourquoi faut-il qu'elles n'agissent jamais comme on le prévoit ? On a beau s'attendre à tout, elles trouvent toujours le moyen de faire autre chose. J'ai toujours été trop doux avec elles : je ne devrais jamais leur laisser l'occasion de me ridiculiser. C'est ça qui a toujours été mon erreur : leur offrir un dîner, ou le spectacle, tout de suite. Ce qu'il faut, c'est avoir du culot, les amener directement ici, les dominer dès le début. Bon Dieu, oui, c'est ça. »

Il se sécha rapidement les pieds, puis les glissa dans ses chaussons et se dirigea vers le téléphone. « C'est ça, c'est exactement ça », se disait-il, exultant, à voix basse, quand la voix ensommeillée de Morrison parvint à ses oreilles.

« Morrison ? Désolé de te déranger, mais j'ai enfin trouvé. » Au bout du fil il y eut un grognement assourdi, mais il se hâta de poursuivre : « J'ai tout compris en faisant une erreur ce soir. L'ennui, c'est que je n'ai jamais eu assez de culot avec les femmes : je craignais d'aller trop loin, de leur faire peur. Écoute : ce que je vais faire, c'est l'amener directement ici. Et je serai dur et cruel, brutal même, si nécessaire, pour la forcer à me faire des avances. Que penses-tu de ça ?... Allô ! Morrison !... »

Il y eut un silence sur lequel vint s'inscrire une

sonnerie lointaine, puis il entendit une voix de femme lui dire :

« C'est ça, mon gros ; vas-y au culot. »

Un déclic, et il tenait dans sa main un objet inerte en bakélite, qui le contemplait aussi stupidement qu'un O.

Peter

Le printemps était là, entre deux murs, dans la rue pavée, et Peter était là, assis sur un tabouret, à agiter ses petites jambes court vêtues et à donner des coups de talon rythmés dans une marche de bois. Derrière lui, une arcade spacieuse naviguait entre deux hautes murailles d'azur ineffable où l'on s'enfonçait comme dans le sommeil ; elle décrivait une ample courbe et revenait s'ouvrir sur la lumière — une petite cour sans grâce et une diabolique verdure plaquée contre le mur du fond.

« Hello », dit Peter d'une voix claire qui domine le martèlement de ses talons et le rythme rauque et syncopé d'un gramophone où les Noirs ont emprisonné tout leur tourment. La tête de Peter est ronde comme une tasse de lait additionnée d'une larme de café.

« Mon frère, il est blanc », remarque Peter sur un ton désinvolte, dans son costume marin. « Est-ce que vous allez encore dessiner ? » nous demande-t-il au moment où un vieil ami s'arrête à côté de nous. Un vieil ami de Peter, s'entend. Son visage plat de Mongol est aussi jaune que celui de Peter ; il demande : « Comment ça va,

Petuh ? Comme tu es beau, aujourd'hui ! Ta
maman, elle est chez elle ?

— Oui, elle est en haut, en conversation avec
un monsieur.

— Et ton papa, il est là ?

— Non, répond Peter. J'ai pas d'papa, mais j'ai
un frère. Il est blanc. Comme vous », ajoute-t-il
à l'adresse de Spratling, que Peter affectionne. Je
l'interroge :

« Mais tu es blanc, toi aussi. Tu voudrais être
plus blanc ?

— J'sais pas. Mon frère il est petit. Quand il
sera grand comme moi, j'sais pas s'il sera encore
aussi blanc.

— Pitter, interrompt le Chinois. Ta maman est
en conversation : tu vas lui dire qu'elle a assez
parlé au monsieur, tu veux ? Sois gentil.

— Allez-y vous-même, ça lui est égal. Elle dit
qu'elle peut s'en débarrasser comme elle veut.
Quelquefois, elle dit qu'elle les laisse même pas
enlever leur chapeau. Je crois bien qu'elle sait
jamais quand Bec d'Aigle va rentrer. »

Le regard du Chinois, dont le visage était
inondé de désir, se porta vers les murailles d'azur
ineffable, jusque-là où le soleil formait comme
une flaque d'or entre les murs.

« Bec d'Aigle ? répétai-je.

— Oui, c'est ça. C'est celui qui dort avec
maman. Il travaille au dock n° 5. C'est le plus cos-
taud de tous les débardeurs du dock n° 5.

— Et tu l'aimes bien, Bec d'Aigle ?

— Ouais, ça va. Il m'apporte des bonbons.
L'autre, il a jamais fait ça.

— Il a jamais fait ça ?

— Non. Il m'a jamais rien apporté. Alors
maman l'a vidé. »

Le Chinois avait pénétré sous l'arcade : on vit sa silhouette sombre se franger d'un halo de soleil, puis tourner et disparaître.

« Bec d'Aigle est un type bien. Nous aimons bien Bec d'Aigle », ajouta Peter au moment où un Hercule de bronze nous croisait. « Salut, Baptis', cria-t-il.

— Salut, mon grand, répliqua le Noir. Comment que ça va ? » La lumière s'empara en un éclair de quelque chose qui décrivit un arc de cercle, et Peter immobilisa une pièce de cinq *cents* sous son talon. L'homme poursuivit son chemin, et un coin de rue l'absorba. Dédaigné par la pierre et le bois, le printemps avait pris possession de l'air, emplissant l'atmosphère elle-même de son impatience troublante. Peter ajouta : « Ouais, ça va. C'est la question qu'il pose toujours. C'est comme ça qu'il faut faire avec eux, c'est maman qui le dit. Et c'est ce qu'on fait. »

Un instant, le visage rond et jaune comme une pièce toute neuve prit l'air rêveur. Que voit-il, me demandai-je en le comparant à une pièce de monnaie occasionnelle frappée entre deux détresses séparées et pourtant semblables : ceux des deux races.

« Dites, fit-il enfin, vous savez faire tourner une toupie ? Il y a un garçon qui habite ici et qui sait en faire tourner une et la ramasser sur une ficelle.

— Tu n'as pas de toupie ? demandai-je.

— Si, le Baptis' m'en a donné une, mais j'ai pas encore eu le temps d'apprendre à la faire tourner.

— Tu n'as pas eu le temps ?

— C'est que j'ai beaucoup à faire, vous comprenez. Il faut que je reste ici pour leur dire quand maman est occupée à parler à quelqu'un. Et pis les autres, aussi, il faut que je les guette.

— Que tu guettes quoi ?

— Je sais pas. Seulement les guetter. Y a des gens bien ici. Le Baptis', il dit que c'est ici qu'on trouve les filles les plus chic de la ville. Mais, dites, vous faites pas de dessin, aujourd'hui ?

— Si, je vais dessiner ton escalier. Tu viens ?

— Pourquoi pas ? dit Peter à Spratling. Je les verrai aussi bien. Mais vous allez pas monter dans la chambre de maman, dites ?

— Non, non. Je vais seulement dessiner l'arcade. Mais pourquoi tu demandes ça ?

— C'est parce qu'elle est occupée avec ce Chinetoque qui vient d'monter, et elle aime pas être dérangée quand elle parle à quelqu'un.

— Alors je ne la dérangerai pas. Je vais seulement faire un dessin de l'escalier.

— Comme ça, ça ira, je crois. »

En entrant, nous eûmes l'impression de nous noyer dans une mer d'azur tiède. « Est-ce que je peux regarder ? demande Peter.

— Bien sûr. À propos, est-ce que ça te plairait que je fasse ton portrait ? »

Peter : Je sais pas. Est-ce que vous pouvez ?
Spratling : Oui, je crois.
Peter : Dites, c'est vrai, vous pouvez me mettre dans le dessin ?
Une voix : Va pas prendre froid avec tes sous-vêtements !
Spratling : Bien sûr que je peux, si tu veux bien.

Le gramophone se remit à cracher un rythme syncopé. Il y avait là des arbres sombres, et des étoiles voguant sur une eau inconnue — toutes les détresses du temps et de la chair.

Une voix : Chérie !
Une autre : C'est ça, casse-moi les ressorts. Essaye donc.
Peter : Ça, c'est Euphrasie ; maman dit qu'elle a plus de bon sens qu'aucune des autres filles.

C'était un escalier couleur saumon, légèrement bombé, aussi satisfaisant qu'un ventre de femme. Des Noirs nous frôlèrent — faces noires, brunes ou jaunes toutes tendues par l'imminence de la satisfaction physique. Ils nous doublèrent, laissant Peter en proie à l'importance qu'il se donnait et Spratling occupé à étaler son papier et à choisir un crayon, et d'autres Noirs nous croisèrent en sortant, leur démarche ralentie par l'assouvissement et (ce qui est pire) par l'inévitabilité imminente du labeur, et tous disaient un mot à Peter qui posait, si tendu par l'occasion qu'il offrait à la vue sa propre caricature tourmentée.

Une voix : Chérie, serre-moi !
Une voix : Saloperie de putain, je te couperai la gorge !
Une voix : « Et tu sentiras fondre ton cœur à force d'éprouver le malheur. »

Un tonnerre de pas en haut de l'escalier tandis qu'une brise agitait le linge mis à sécher : des Noirs venaient, bouffis de désir, des Noirs s'en allaient, dolents de satiété. Le Chinois descendit : « Salut, Peter ! Beau p'tit garçon », puis il disparut. Mais Peter ne fit pas attention à lui.

Spratling : Adosse-toi au mur, Peter. Et cesse de
     gigoter ! Tiens-toi comme si Dieu te regardait.
Peter : Comme ça ? Son petit costume sombre de
     marin prit une forme impossible en contraste
     avec le pan de mur azuréen. Son jeune corps
     était impossible et terrible.
Spratling : Et puis zut. Il ne saura jamais rester
     tranquille.

     « Continue à dessiner », conseillai-je, mais déjà
il s'était remis au travail. « Si tu veux bouger,
Peter, dit-il, vas-y, fais-le. »
     Mais Peter avait mis son point d'honneur à ne
pas bouger. Spratling dessina donc, en fermant
un œil pour le regarder. Et je savais que Peter
allait pleurer. Le soleil était aussi immaculé
qu'une vierge : la lessive qui séchait faisait des
plans de lumière, et, comme un funambule, une
corde à linge prit un reflet du midi d'or.

Voix : Chérie, j'ai le soleil sur la peau comme une
     camisole d'or. À force de rouler ces tonneaux.
     De rouler ces tonneaux pour toi, chérie.
Une voix : Gagné trois cents dollars aux dés la
     nuit dernière.
Une voix : Allez, mon gros, finis-en. J'peux pas
     rester couchée ici toute la journée.
Une voix : Tout ce que j'ai fait, j'l'ai fait pour toi.
     Quand tu es triste, je suis triste ; quand tu ris,
     je ris aussi.
Une voix : Nom de Dieu, n'fais pas ça ! J't'assure
     que j'ai pas voulu... Non !
Peter (*pleurant*) : J'ai mal au bras.
Spratling : D'accord, bouge.

Peter : Mais je peux pas ! Sans ça vous me dessi-
    nerez plus.

Une voix : Sale putain.

Peter (*changeant de position en espérant que
    Spratling ne le verra pas*) : Ça, c'est Joe Lee.
    C'est lui qui passe son temps à rosser Imogène.
    Il est méchant, Joe Lee.

Moi : Méchant ?

Peter : Oui. Il a tué trois types. Mais il est malin !
    Ils arrivent pas à le prendre sur le fait. Maman
    demande toujours à Imogène pourquoi diable
    elle le garde, mais elle en sait rien, Imogène.
    C'est comme ça, les femmes, qu'elle dit,
    maman.

Des pas en haut de l'escalier, et voici la mère
de Peter, aussi langoureuse qu'un pétale de
magnolia offert.

Sa peau est aussi claire que celle de Peter. Une
passante :

« Hum, je savais bien que tu aurais des ennuis.
Je t'avais dit que si ta mère te surprenait là...

— Vous en faites pas, Imogène me battra
jamais autant qu'elle vous a battue la semaine
dernière quand elle a surpris Joe Lee dans vot'
chambre. J'en dis pas plus. Elle vous a crêpé le
chignon, pas vrai ?

— Tu devrais lui flanquer une correction,
Mable, dit la femme avant de poursuivre son
chemin.

— Peter, dit sa mère.

— Il fait mon portrait, maman, il fait un
tableau. Il te dessinera aussi, si tu veux bien rester. »

Langoureuse comme un lis défraîchi, elle
s'approcha et jeta un coup d'œil sur l'esquisse.

« Hum, fit-elle. Allez, viens avec moi », dit-elle à
Peter.

Peter se mit à pleurer. « Mais il fait mon portrait ! lui dit-il.

— Est-ce que je ne t'ai pas dit de ne pas traîner par ici ?

— Mais il me dessine ! » Se cachant le visage
au creux du coude, Peter pleurait : on eût dit
qu'en voyant sa vie temporairement troublée par
une femme, il faisait jouer, comme un homme,
sa réserve secrète de vanité masculine. Mais elle
lui prit la main et, à sa suite, il gravit l'escalier
saumon. Au tournant, elle fit une pause, avec
toute la langueur d'un lis abîmé, et elle nous
regarda un moment de ses yeux noirs dans lesquels était toute la détresse d'une race assujettie
et d'un sang appauvri et devenu stérile, mais
pleins de la connaissance des douleurs séculaires
des Noirs et des Blancs : tout comme un chien
voit et entend des choses que nous ne voyons ni
n'entendons. Puis elle disparut, et bientôt les sanglots de Peter s'apaisèrent.

Tandis que Spratling achevait son dessin,
j'assistais à l'avènement de l'après-midi ; je vis,
dans la lumière du soleil, l'argent faire place à l'or
(si je m'éveillais d'un long sommeil, je crois que
je distinguerais l'après-midi du matin à la seule
couleur du soleil) dans un souverain mépris pour
l'art, le vice, et tout ce qui fait un monde ; et
j'entendais les phrases entrecoupées d'une race
qui répond immédiatement aux appels de la
chair et puis qui va son chemin et, momentanément libérée des compulsions du corps, s'en va
travailler dans la sueur et les chansons pour se
voir de nouveau attirée par une satisfaction temporaire, éphémère, qui ne peut pas durer. Le

monde : mort et détresse, faim et sommeil. Et c'est la faim qui traîne le corps tout au long du chemin jusqu'à ce que la vie se lasse du fardeau.

Spratling acheva son dessin, et nous passâmes dans le couloir d'azur ineffable, aussi paisible que le sommeil. Là, entre deux murs, dans la rue pavée, était le printemps et là, à une fenêtre, son chagrin oublié, était Peter, qui disait :

« Quand vous reviendrez, je parie que je saurai faire tourner cette toupie. »

Clair de lune

Comme il s'en approchait par-derrière, dans le clair de lune d'août, la maison de son oncle avait l'air impénétrable et ténébreux, parce que son oncle et sa tante l'avaient quittée depuis deux jours pour prendre leurs vacances d'été. Il traversa l'allée, courant presque, mais furtivement, la bouteille de whisky de maïs sautant et gargouillant sous sa chemise. De l'autre côté de la pelouse (il l'apercevait déjà au-dessus de la ligne basse du toit, piqué nettement et massivement, mais sans profondeur, sur le ciel) se dressait un magnolia dans lequel, à cet instant même, chantait un oiseau moqueur probablement perché sur la plus haute branche, près de la lune. Il passa rapidement la porte du jardin et alla se tapir dans l'ombre des arbres. À partir de là, on ne pouvait plus le voir : sur ses semelles de caoutchouc, il traversa rapidement la pelouse tachetée de lumière et inondée de rosée, pour atteindre enfin le sanctuaire de la galerie plongée dans l'obscurité derrière un rideau de plantes grimpantes. Ce n'était pas tant un passant occasionnel qu'il redoutait, qu'un voisin quelconque penché à une fenêtre de côté, ou même assis dans une galerie également plongée dans l'obscurité — une femme, par exemple, une vieille femme qui, représentant tout à la fois la classe et la caste des mères, des parents, se déclarerait immédiatement, comme par un réflexe purement instinctif, son mortel ennemi.

Mais il atteignit la galerie sans être vu, et là, il n'y avait personne pour le voir ; alors seulement, depuis qu'il avait reçu le billet, il commença à croire en sa chance. Il y avait dans tout cela une sorte de fatalité : la maison vide, le fait qu'il était parvenu à la galerie sans être vu. C'était comme si le fait d'être arrivé à la galerie sans opposition lui avait fait prendre l'augure, saigner l'oiseau — et maintenant sa fortune, sa chance étaient là, dans l'instant où coïncident le désir et la contingence. Il s'agissait même de mieux qu'une coïncidence : non seulement, en effet, la contingence absolvait le désir, mais elle allait jusqu'à lui prêter main-forte, avec beaucoup de tact. À tel point, pensa-t-il, que s'il devait échouer maintenant, si ça ne devait pas être cette nuit-là, si quelque chose devait survenir à cette heure pour le trahir et le laisser frustré, il pourrait se considérer automatiquement exempté de toute allégeance aux notions d'ordre et de conduite, et même au devoir de respirer.

Il y avait là, donnant accès à la maison obscure, une porte-fenêtre fermant à clé. Il sortit de sa poche la lame brisée du couteau de cuisine, fruit et symbole de l'interminable attente de l'après-midi, marquée par la dissolution périodique de ses entrailles en eau salée pendant qu'il attendait que la tombée de la nuit vienne tremper la chair morne et asservie dans les feux éclatants et doux de l'espoir. Appuyé de l'épaule

contre la porte, ayant introduit la lame dans la
fente sous le pêne, tremblant déjà, il prit
conscience de la bouteille qui était sous sa chemise, entre l'étoffe et la chair. Quand il l'avait placée là, entre la chemise et la peau, elle était
froide, désagréable et lourde, sa chair avait tres-
sailli. Mais maintenant elle était tiède, et il ne la
sentait même plus du tout, parce qu'à nouveau,
rien qu'à y penser, ses intérieurs se dissolvaient,
devenaient liquides, eux aussi : l'enveloppe extérieure de son corps n'était qu'un contenant sans
vie, tout comme le verre de la bouteille qui y était
placée. Elle (la bouteille), c'était le flacon médical de huit onces qu'il avait vidé, rincé et rempli
à la bonbonne de whisky de maïs que son père
croyait cachée dans le grenier. Accroupi dans
l'espace étouffant qui s'étendait sous le toit tout
proche et surchauffé par le soleil, les yeux douloureux, son être entier se révoltant, se rétractant
à l'odeur âcre du whisky qu'il entonnait maladroitement dans le petit goulot de la bouteille,
il avait pensé que le champagne aurait mieux
convenu. Bien sûr, il aurait fallu un grand roadster séduisant, un habit de soirée, et l'océan Paci-
fique derrière quelques eucalyptus (ses parents
avaient une automobile, et son père un habit de
soirée, mais ses chances d'obtenir l'une ne
valaient pas mieux que celles d'obtenir l'autre, et
il avait oublié l'océan et les arbres sans jamais
avoir su ni même supputé le nom de l'un ou de
l'autre), mais il n'y avait aucun doute quant au
champagne, qu'il n'avait jamais goûté ; il est vrai
qu'il n'avait goûté le whisky qu'une seule fois,
sans l'apprécier. Mais nulle part il n'aurait pu se
procurer du champagne ; et, en pensant au
whisky, à cette eau-de-vie domestique et brûlante

à laquelle il était réduit, il pensa, soudain saisi par une sorte de désespoir, par le doute, par ce sentiment que nous éprouvons lorsque l'objet de notre plus cher désir, que celui-ci soit affectif ou sensuel, nous tombe tout cuit sur les genoux — le sentiment que c'est trop beau pour être vrai : *C'est comme si j'allais tout rater maintenant, simplement du fait que je n'ai pas eu le temps de travailler pour m'enrichir.*

Mais ce n'était encore que le début de l'après-midi. Il avait fallu qu'il choisisse le moment où sa mère faisait encore la sieste et où son père ne risquait pas encore de rentrer au magasin. Depuis, il avait pu lire et relire à loisir le billet qu'il avait reçu, et qui valait tout ce qu'il avait vu à l'écran :

> Chéri Pardonne à mon gardien il est vieux il ne comprend pas que je suis à toi. Vois Skeet et arrange-toi pour qu'il vienne me donner rendez-vous pour ce soir tu n'auras qu'à nous retrouver quelque part et je serai à toi même si demain ce doit être non pas au revoir mais adieu pour toujours. Détruis ce billet. S.

Il se garda bien de le détruire. Il l'avait sur lui, glissé dans sa poche arrière boutonnée, comme nourriture à donner au vampire qui se nourrit de la honte et du scandale. Comme il aurait voulu que Mr. Burchett puisse le voir ! Travaillant mal-adroitement à glisser la lame derrière la serrure, il pensait que, n'avait été l'honneur de Susan, il aurait posté le billet dès le lendemain. Il imaginait Mr. Burchett recevant le billet, constatant que Susan parlait de lui non pas comme d'un

oncle, mais comme d'un gardien, et comprenant
l'erreur irrévocable qu'il avait commise en considérant qu'il avait affaire à des enfants. C'était ça :
la honte, le scandale, non la blessure. Il savait
que Mr. et Mrs. Burchett n'avaient pas une haute
opinion de lui — mais il le leur rendait bien. En
réalité, il ne pensait jamais à eux sauf quand ils
se mettaient en travers de leur chemin, à Susan
et à lui. Et, même dans ce cas, il ne pensait à eux
que comme il pensait à ses propres parents :
comme à un appendice naturel mais gênant de
sa propre existence, comme l'écueil inexplicable
dans l'aventure qu'il voulait tenter. Susan et lui
étaient dans le hamac du côté ombragé de la
pelouse de Mr. Burchett. Susan avait déjà dit :
« Il faut que je rentre à dix heures et demie » ; ils
avaient entendu sonner dix heures, et ils
essayaient de deviner la durée d'une demi-heure.
(Il portait sa montre, mais ceci sera expliqué plus
tard.) Mais ils — lui, du moins — avaient perdu
du temps quelque part dans cette nuit d'été parfumée de l'odeur fraîche et sucrée d'une chair
féminine invisible, quelque part entre ses lèvres
à elle et les tâtonnements maladroits des mains
qu'il avançait et qu'elle repoussait à moitié, de
sorte qu'il n'y eut rien pour le prévenir du
monstrueux coup de pied qu'il reçut dans
l'arrière-train, coup venu par en dessous du
hamac, et qui l'en expulsa si violemment qu'il se
retrouva à quatre pattes par terre, le regard
révolté tourné vers l'homme furibond qu'il vit,
échevelé, vêtu d'une chemise de nuit démodée
qui lui tombait sur les chevilles, à la main une
torche, se courber lestement pour éviter la corde
du hamac. Avant même qu'il pût se relever,
Mr. Burchett lui avait de nouveau botté les fesses

du plat de l'une des chaussures qu'il avait enfilées sans les lacer. C'est tout juste si, au moment
où résonnait dans ses oreilles le premier hurlement de Susan, il put sans mal distancer son aîné
dès les dix premiers mètres. C'était ça, la honte,
la torture. *Il n'avait même pas de revolver, il
n'avait pas même un bâton*, pensa-t-il. *Il n'a même
pas dit un mot. Il m'a simplement donné un coup
de pied comme on fait à un chien errant qui monte
sur une galerie pour pisser.*

Pendant les dix heures qui suivirent, souffrant
le martyre, il ne pensa qu'à se venger. Mais la
seule vengeance qu'il pouvait imaginer consistait
en un grand coup de pied dans le postérieur de
Mr. Burchett, et il savait qu'il lui faudrait
attendre au moins dix ans pour pouvoir le faire
sans l'aide d'un complice. Et la seule personne
qu'il pouvait envisager comme complice, c'était
Skeet ; or, avant même d'y avoir pensé, il savait
que c'était inutile. Il essaya les mathématiques
pour exorciser, sinon Mr. Burchett, du moins
l'outrage. Couché dans son lit mais privé de sommeil, écrivant (il lui semblait que la chaussure
outrageante était là, entre le lit et lui, comme
l'inévitable symptôme d'une malédiction, un
objet rivé à son postérieur pour toujours, où qu'il
se tournât, comme l'albatros du Vieux Marin), il
fit l'addition de son âge et de celui de Skeet : 16
et 16, cela faisait 32, et Mr. Burchett avait au
moins quarante ans. Puis il ajouta son poids en
livres à celui de Skeet, et le résultat fut meilleur.
Mais il y avait encore l'inconnue que constituait
Skeet lui-même. Ou plutôt le trop bien connu,
car à supposer que Skeet vienne le trouver en lui
disant : Je voudrais que tu m'aides à botter les
fesses du Dr West ou de Mr. Hovis, il savait très

bien qu'il refuserait. C'est alors qu'arriva le billet, et tout cela disparut comme par enchantement : Mr. Burchett, le coup de pied, la honte et le reste, tout fut exorcisé par un morceau de papier rose au parfum bon marché couvert d'une écriture maladroite à l'encre violette ; accroupi contre la porte dans l'obscurité, travaillant la serrure avec la lame brisée, il pensait seulement, s'abandonnant encore une fois à une sorte de désespoir, combien la séduction était un art difficile. Parce qu'il était vierge, lui aussi. Skeet et la plupart des autres, eux, quelquefois, la nuit, descendaient au Creux-aux-Nègres, et ils essayaient de le convaincre de venir avec eux ; mais il avait toujours refusé. Il ne savait pas pourquoi ; toujours est-il qu'il n'y était jamais allé. Et maintenant, il était probablement trop tard. Il était comme le chasseur qui trouve enfin le gibier, mais qui découvre à ce moment précis qu'il n'a jamais appris à charger son fusil. Même l'autre nuit, couché dans le hamac avec Susan, la tête toute brouillée par sa propre inaptitude à vaincre des défenses pourtant fragiles, il n'y avait guère pensé. Mais il le faisait maintenant : *Peut-être aurais-je dû m'entraîner sur des négresses pour commencer.*

La serrure céda et la porte sombre s'ouvrit vers l'intérieur ; la maison, déserte, proche, secrète, semblait pleine du murmure de mille attitudes amoureuses. C'était parce que son oncle et sa tante étaient encore jeunes. Son père et sa mère, eux, étaient des vieux. Il se refusait fermement (et sans difficulté) à imaginer ou à évoquer ses parents couchés ensemble. Mais l'oncle et la tante, c'était différent : outre le fait qu'il ne les sentait pas particulièrement proches par la

parenté, ils étaient jeunes. *Si seulement j'arrivais
à la faire entrer,* pensa-t-il, *dans cette maison où
on a déjà fait l'amour, il y a peut-être seulement
deux nuits, la veille de leur départ.*

Il ferma la porte de façon à ce qu'elle s'ouvre
sous une simple poussée, puis, toujours furtif et
rapide, il rebroussa chemin en traversant la cour
et l'allée, puis en suivant celle-ci, cette fois désinvolte et plus du tout furtif, jusqu'au croisement
de l'allée avec la rue ; là, il se retrouva dans
l'ombre déchiquetée des chênes d'août. Dans le
magnolia, l'oiseau moqueur chantait toujours : il
n'avait jamais cessé. Dans la rue, d'un côté
comme de l'autre, chaque maison abritait sur sa
galerie une silhouette murmurante dans un fauteuil à bascule. Il n'eut pas longtemps à attendre.
« Salut, tête de pipe, dit Skeet. Où est-elle ?

— Où est quoi ?

— Tu sais bien quoi. » Skeet palpa sa chemise,
y saisit la bouteille à travers le tissu, et tenta
d'ouvrir la chemise avec son autre main. Il
repoussa la main de Skeet.

« Dégage, dit-il. Va d'abord la chercher.

— C'est pas ce que t'as dit, remarqua Skeet. Je
vais pas risquer une balafre sans avoir pris
quelque chose. » Ils reparcoururent l'allée, péné-
trèrent dans la cour de son oncle, et gagnèrent le
magnolia où l'oiseau moqueur chantait toujours,
et sous lequel se trouvait une prise d'eau. « Allez,
donne », dit Skeet.

Il donna la bouteille à Skeet. « Doucement, lui
dit-il. Je vais en avoir besoin. » Skeet inclina la
bouteille. Peu après, son ami se baissa pour apercevoir la tête carrée de Skeet et la bouteille inclinée sur le fond du ciel — ce sur quoi il se releva
et lui arracha la bouteille. « Attention ! cria-t-il.

Je viens de te dire que j'allais en avoir besoin ! Va la chercher ; t'es déjà en retard.

— D'accord », dit Skeet. Il quitta la prise d'eau et le filet d'eau tiède au goût de rouille, et se dirigea vers la rue en traversant la pelouse.

« Grouille-toi, lui lança-t-il.

— Qu'est-ce que tu crois que je vais faire ? répliqua Skeet sans se retourner. Tailler une bavette avec le vieux Burchett ? J'ai un cul, moi aussi, et j'tiens pas à me le faire botter. »

De nouveau l'attente dans l'ombre épaisse du magnolia. Celle-ci aurait dû lui être facile, puisqu'il avait eu tout l'après-midi pour s'entraîner, pour s'habituer à l'attente. Mais c'était encore plus difficile, dans l'ombre, sous l'oiseau à la voix d'argent, infatigable et absurde ; la bouteille, qui avait repris sa place sous sa chemise, lui paraissait maintenant brûlante, car sa chair, son être même respiraient maintenant le froid — un état de suspension, comme dans l'eau, dû à l'incrédulité étonnée, presque rêveuse, que lui inspirait le fait de se trouver là, en personne, à attendre Susan tout près de la porte-stratagème. D'un geste automatique, il leva la main pour regarder sa montre-bracelet, sachant pertinemment qu'il ne pourrait pas lire l'heure même si cela avait été important ; c'était la montre que sa mère lui avait donnée l'été passé, quand il avait réussi ses premières épreuves de scoutisme : elle portait l'emblème des scouts sur le cadran, qui était lumineux jusqu'au jour où il avait oublié, et avait plongé avec. De temps à autre elle marquait encore l'heure juste, mais, à cette heure, dans l'obscurité, on ne voyait ni le cadran ni les aiguilles. *C'est tout ce que je demande,* pensa-t-il. *Je demande simplement de la séduire. J'irais même jusqu'à l'épouser après, même si je ne suis pas du genre à me marier.*

C'est alors qu'il l'entendit — le petit rire aigu, absurde et semblable à un hennissement, mais délicieux, qui faisait fondre ses entrailles — et qu'il vit la petite robe pâle et le corps de roseau au moment où, accompagnée de Skeet, elle traversait la pelouse et s'avançait vers le magnolia. « Et maintenant, tête de pioche, où est-il ?

— Tu l'as déjà eu.

— Tu m'as dit que tu m'en redonnerais un coup quand je l'aurais amenée.

— Non, j'ai pas dit ça. J'ai dit que t'attendrais de l'avoir amenée pour boire le coup dont je t'ai parlé cet après-midi, mais t'as pas voulu attendre.

— C'est pas vrai. Cet après-midi j'ai dit que si tu me donnais un coup, j'irais la chercher et t'as dit d'accord, et puis ce soir t'as dit que tu m'en donnerais un quand je serais revenu avec elle ; elle est là ; où est la bouteille ? » De nouveau Skeet saisit la bouteille à travers la chemise, et de nouveau il le repoussa. « D'accord, dit Skeet. Si tu veux pas m'en donner un, je bouge pas d'ici. » Alors, une fois de plus, il s'accroupit pour voir contre le ciel le profil carré de Skeet pendant que celui-ci buvait à la bouteille, et une fois de plus il la lui arracha : cette fois, sa colère n'était pas feinte.

« Tu veux tout boire ? cria-t-il, d'une voix rendue sifflante par l'affolement.

— Bien sûr, dit Skeet, pourquoi pas ? Elle en veut pas, et toi t'aimes pas.

— T'en fais pas pour ça, dit-il en tremblant. Il est à moi, non ? Il est pas à moi, peut-être ?

— Si, si, t'énerve pas. » Il les contempla tous les deux. « Vous venez en ville, maintenant ?

— Non.

— Mais j'ai dit à tante Etta que j'allais voir le film, dit Susan.

— Non, répéta-t-il, nous n'allons pas en ville. Tu peux t'en aller, maintenant. Vas-y. »

Skeet les contempla encore un moment. « D'accord », dit-il enfin. Ils le regardèrent s'éloigner sur la pelouse.

« On ferait mieux d'aller au cinéma, répéta-t-elle. J'ai dit à tante Etta que j'irais, et quelqu'un pourrait... » Il se tourna vers elle ; maintenant, il tremblait ; ses mains lui parurent étranges et gauches quand elles la touchèrent.

« Susan, dit-il, Susan... » Maintenant, il la tenait dans ses mains engourdies : ce ne furent pas ses mains qui lui dirent qu'elle était un peu tendue et qu'elle le regardait curieusement.

« Qu'est-ce qui t'arrive, ce soir ? demanda-t-elle.

— Rien », dit-il. Il la relâcha et tenta de lui mettre la bouteille dans les mains. « Voilà, dit-il. Il y a de l'eau là-bas, à la prise d'eau ; on peut boire...

— J'en veux pas, dit-elle, j'aime pas ça.

— S'il te plaît, Susan, dit-il, s'il te plaît. » Il la tenait, tendue et immobile, son corps légèrement arqué. Puis elle saisit la bouteille. Un moment, il crut qu'elle allait boire, et une vague brûlante de triomphe farouche l'engloutit. Mais il entendit bientôt le petit bruit mat que fit la bouteille en heurtant le sol ; alors il l'embrassa — le corps de roseau gracile qui lui était familier, la bouche, le baiser frais et agréable mais sans désir de l'adolescence, auquel il succomba comme d'habitude pour se trouver comme flottant, nageant sans effort dans une eau fraîche et sombre qui sentait le printemps ; pour le moment, trahi, tondu par Dalila, mais pas pour longtemps : ce fut peut-être sa voix, ou ce qu'elle dit :

« Maintenant, allons-y. Allons au cinéma.

— Non. Pas au cinéma. » Il la sentit se figer sous le coup d'un pur étonnement.

« Tu veux dire que tu veux pas m'y emmener ?

— Non », dit-il. Il était maintenant à quatre pattes, à la recherche de la bouteille. Mais le besoin de se hâter se fit de nouveau sentir, d'autant qu'il tardait à trouver la bouteille ; en outre, cela n'avait guère d'importance. Il se leva. Le bras avec lequel il l'enlaçait tremblait, et il eut la conviction immédiate qu'à cause de son engourdissement et de son tremblement, il risquait de la perdre, sur le seuil même.

« Oh, fit-elle, tu me fais mal !

— Bon, dit-il. Mais viens.

— Où allons-nous ?

— Là-bas, dit-il, tout près. » Il l'aida à franchir l'escalier de la galerie obscure. Elle le retenait, elle tirait même sur son bras et sur ses doigts, mais il ne s'en rendait pas compte, du fait de son engourdissement. Il continua donc, trébuchant un peu sur les marches, la traînant presque, et disant : « J'ai cru que j'allais mourir et alors j'ai reçu la lettre. J'ai cru que je ne pouvais pas m'empêcher de mourir et puis la lettre est arrivée », ajoutant à ces phrases quelque chose de plus profond que cela, quelque chose qui n'avait pas de voix : *Susan ! Susan ! Susan ! Susan !* Dans l'angle de la galerie, il y avait une balançoire, où elle essaya de s'arrêter, pensant manifestement que c'était là qu'il se dirigeait. Quand

elle aperçut la balançoire, elle cessa même de
résister, et quand ils passèrent devant l'objet, elle
suivit docilement, comme devenue passive, du
fait non pas de l'étonnement, mais de la simple
curiosité ; à ce moment, il atteignit la porte-
fenêtre et la poussa vers l'intérieur. Alors elle
s'arrêta et commença à se débattre.

« Non, dit-elle. Non. Non. Non. Non.

— Mais si. Tout le monde est parti. Ce sera
seulement... » dit-il en résistant, essayant de
l'attirer vers la porte. Alors elle se mit à pleurer :
une longue plainte de stupéfaction choquée,
comme celle d'un enfant qu'on frappe.

« Chut ! dit-il. Grand Dieu, tais-toi ! » Elle était
acculée au mur à côté de la porte ouverte, pleurant avec l'abandon vociférant d'un enfant de
cinq ou six ans. « Susan, dit-il, s'il te plaît, cesse
de brailler ! On va nous entendre ! Tais-toi ! » Il
l'attrapa et tenta de la faire taire en lui plaquant
la main sur la bouche.

« Ôte tes sales mains de là, cria-t-elle en se
débattant.

— Bon, bon ! » Il la tenait toujours, et il commença à l'éloigner vers la balançoire, où il l'attira
sans la lâcher.

« Tais-toi, tais-toi. Bon Dieu, tais-toi !

— Laisse-moi tranquille, gémit-elle. Arrête ! »
Mais elle ne hurlait plus maintenant, quoiqu'elle
pleurât toujours avec ce même et total abandon ;
et elle ne se débattait plus : elle luttait vraiment
contre lui, qui la tenait toujours pour essayer de
la faire taire.

« Je ne voulais rien faire, dit-il. C'est seulement
ce que disait ton billet. J'avais cru que...

— Non, cria-t-elle, non !

— D'accord, d'accord ! » dit-il, la tenant toujours. Il la tenait maladroitement ; il se rendit compte que maintenant elle s'accrochait à lui. Il se sentait comme du bois — la carcasse d'où toute sensation, toute sensibilité avait fui en même temps que les feux doux et fous de l'espoir ; il pensa, à la fois étonné et muet : *Je ne lui aurais pas fait de mal. Tout ce que je voulais, c'était seulement séduire quelqu'un.*

« Tu... tu m'as fait si peur, dit-elle en se serrant contre lui.

— Oui, bon d'accord. Je suis désolé. Je ne voulais pas. Chut !

— Peut-être demain soir. Mais tu m'as fait si peur !

— D'accord, d'accord. » Il la tenait. Il ne sentait plus rien : ni désespoir, ni regret, ni même surprise. Déjà, il pensait à Skeet et à lui-même dans la campagne, allongés au flanc d'une colline, quelque part, sous la lune, une bouteille entre eux, sans qu'un mot soit nécessaire.

Le Caïd

À l'époque où il travaillait à *La Sentinelle*, Don Reeves passait six soirées sur sept à jouer aux dames au poste de police. Le septième soir, on jouait au poker. Voici l'histoire qu'il m'a racontée.

Martin est assis dans son fauteuil. Govelli, lui, est assis sur le bureau de Martin, une jambe pendante, son chapeau sur la tête et les pouces passés dans son gilet, la cigarette dansant sur sa lèvre inférieure pendant qu'il raconte comment Popeye, au volant d'une auto pleine de whisky, avait brûlé un feu rouge et raté de justesse un piéton. Exaspérés par la conviction qu'ils avaient d'être d'irréprochables citoyens, à la fois vulnérables et patients, les témoins — les autres piétons — avaient poussé l'auto jusque sur le trottoir, et ils retenaient Popeye prisonnier. Pendant que les femmes glapissaient, la victime, grimpée sur le marchepied, brandissait un petit poing vengeur sous le nez de Popeye quand, soudain, celui-ci sortit son revolver. C'était un petit gringalet au visage sans vie, aux cheveux et aux yeux aussi noirs que la mort, avec un nez délicatement busqué et pas de menton du tout ; hargneux, il

s'était réfugié derrière un pistolet automatique
d'un bleu métallique élégant. Vêtu d'un costume
noir cintré comme en portaient les acteurs de
boulevard il y a vingt ans, il avait l'air d'un petit
oiseau mort, avec une cruelle voix de fausset ou
d'enfant de chœur. Mais, dans son milieu social
et professionnel, il avait droit à la considération
qu'on réserve aux personnalités. Si j'ai bien compris, son départ a laissé plus d'un cœur meurtri
chez les sœurs de la communauté nocturne de
De Soto Street. C'est que, voyez-vous, il n'avait
rien d'autre à faire de son argent que de le distribuer. Et c'est bien là notre tragédie, à nous autres
Américains : nous ne pouvons pas nous empêcher de distribuer notre argent, et nous n'avons
personne à qui le donner, si ce n'est aux poètes
et aux peintres. Mais si on le leur donnait, les
poètes et les peintres cesseraient probablement
d'être ce qu'ils sont. Toujours est-il que ce petit
revolver plat doué d'ubiquité avait surmené plus
d'une glande masculine ; il y en a même une qui
cessa tout bonnement de fonctionner — tout
comme le cœur, d'ailleurs. Mais si Popeye susci-
tait l'intérêt, voire l'admiration de ses semblables, c'était surtout au titre de la visite qu'il
rendait chaque été à sa vieille mère, à Pensacola ;
il lui racontait qu'il était employé d'hôtel. Avez-
vous remarqué à quel point les personnes qui
vivent des vies équivoques, pour ne pas dire
chaotiques, s'émeuvent au spectacle des vertus
domestiques ? Il faut aller au bordel ou au pénitencier si l'on veut entendre chanter les mérites
de « fiston » et de « maman ».

Le flic a donc embarqué tout le monde : l'auto
pleine d'alcool, le piéton hystérique et scandalisé,
Popeye et son revolver, suivis par la nuée sans

cesse grossissante des citoyens indignés à laquelle s'étaient joints deux reporters qui passaient par là.

Tout compte fait, c'est peut-être la présence des deux reporters que Martin avait trouvée insupportable. Rien à redire au fait qu'il y avait de l'alcool dans l'auto, ni à celui que Popeye allait livrer chez Martin lui-même quand il a brûlé le feu rouge : ça, les flics s'en seraient débrouillés, la physionomie de Popeye leur étant encore mieux connue que celle de Martin. Il n'y avait pas dix jours, Martin avait sorti Popeye d'une situation semblable, et il ne fait guère de doute que les flics avaient déjà planqué l'auto quand ils sont arrivés au poste. Ça devait être la présence de ces deux reporters, ces symboles de la vox populi que même ce Napoléon de la loi Volstead[1], ce petit caporal des isoloirs n'osait pas bafouer ou scandaliser au-delà d'une certaine mesure.

Il est donc assis dans l'unique fauteuil de la pièce, derrière le bureau. « J'ai la tête sur les épaules, moi, dit-il. J'ai la tête sur les épaules. Je vous ai pourtant dit et redit de ne pas laisser cet avorton porter un revolver. Vous avez donc oublié, vous comme lui, ce qui s'est passé l'an dernier ? »

C'était quand on avait jeté Popeye en prison sans bénéfice de caution en raison de ce meurtre. On ne l'avait pas raté. Il faut dire que le meurtre avait été exécuté avec un rare sang-froid, même si Popeye s'était rendu d'utilité publique en l'accomplissant (comme dit Martin lui-même en

1. Loi votée en octobre 1919 pour rendre le gouvernement fédéral responsable de l'application du XVIIIᵉ amendement, instituant la prohibition de l'alcool aux États-Unis. (*N.d.T.*)

apprenant la nouvelle : « Si seulement il pouvait couronner ça par un suicide, je leur ferais bâtir un monument à tous les deux. ») En tout cas, il était bel et bien en prison, allongé sur un grabat, bizarrement convaincu de son invulnérabilité ; mais peut-être tous les drogués sont-ils comme ça ? Il avait un certain code, limité mais positif, tout comme il avait un certain code en matière de vêtements — ses petits costumes noirs collants. Souvent, une fois dopé, il se lançait dans des diatribes contre le trafic de l'alcool, diatribes qu'il ponctuait à l'aide de son revolver. Il ne voulait pas boire, ou peut-être ne pouvait-il pas ? En tout cas, il détestait l'alcool plus encore qu'un diacre baptiste.

Pour autant qu'on ait jamais pu le savoir, il n'avait jamais fait le moindre effort pour cacher ou atténuer sa responsabilité dans l'affaire. Il ne se prononçait ni pour ni contre : il n'en parlait même pas, et il refusait de lire les journaux qui mentionnaient son nom. Il se contentait de rester toute la journée allongé sur le dos, dans sa cellule, et de raconter à ses visiteurs — les avocats payés par Govelli pour sauver sa tête, les reporters, tout le monde — comment, dès qu'il serait libéré, il allait s'occuper tout spécialement de l'un des geôliers qui l'avait traité de drogué. Et il racontait ça sur le ton qu'il aurait employé pour commenter un match de base-ball — s'il en a jamais vu un. Tout ce que j'ai entendu dire de ses activités, c'est qu'il s'est fait pincer par des agents de la circulation au volant d'une auto pleine d'alcool appartenant à Govelli, et qu'il allait à Pensacola voir sa mère : l'avocat n'a pas manqué d'insister lourdement là-dessus au cours du procès. Pas bête, cet avocat. Au début du procès, la question était de savoir si Popeye avait commis un meurtre et, à la fin, de savoir si Popeye avait bien été à Pensacola, et s'il avait vraiment une mère là-bas. Après tout, le témoin qu'ils ont cité, c'était peut-être bien sa mère. Il a bien fallu qu'il en ait une un jour, ce petit homme froid, immobile et silencieux qui donnait l'impression que dans ses veines coulait de l'encre — en tout cas, quelque chose de froid et de moribond. « J'ai la tête sur les épaules, moi », dit Martin.

Govelli, les pouces passés dans son gilet, ne bouge pas, et la fumée de sa cigarette s'élève lentement, en frôlant l'estafilade qu'il a sur le visage. La cicatrice descend de la commissure de ses lèvres comme un cordon blanc. « Ils n'ont pas réussi à l'assaisonner, dit-il d'une voix neutre.

— Et pourquoi, je te le demande ? Parce que je les en ai empêchés. Pas toi, pas lui, moi.

— Bien sûr, dit Govelli. Et tout ça, pour ses beaux yeux. Parce que t'as le cœur sur la main. Mais la note, c'est moi qui la paye, et elle est salée. Et quand j'en ai pas pour mon argent, je sais ce qu'il me reste à faire. »

Ils se regardent tandis que la fumée de la cigarette monte lentement en frôlant le visage de Govelli, qui est demeuré impassible depuis qu'il l'a allumée. « C'est une menace ? demande Martin.

— Non, ce n'est pas une menace, dit Govelli. C'est une information. »

Martin tambourine sur le bureau. Il ne regarde pas Govelli ; il ne regarde rien. C'est un homme trapu, pas très grand, qui est assis à son bureau avec l'immobilité dynamique d'une locomotive au repos ; ses doigts pianotent rêveusement sur le bureau. « Sale petite crapule, dit-il. Si au moins il picolait. Un ivrogne, on peut savoir ce qu'il va faire. Mais pas question avec un camé.

— Bien sûr, dit Govelli, c'est sa faute si on trouve de la came en ville. C'est lui qui laisse faire... »

Martin ne le regarde toujours pas, et ses doigts continuent à pianoter sur le bureau. « Sale petite crapule. Tu devrais te débarrasser de ces ritals et de ces camés et prendre des Américains, des types bien, sur qui on peut compter... Ça fait pas dix jours que je l'ai sorti de cabane, et le voilà qui se croit obligé de jouer du revolver en pleine rue. Moi, j'ai la tête sur les épaules, moi. » Ses doigts tambourinant toujours sur le bureau, il leva les yeux et son regard, traversant la pièce et la fenêtre, alla se poser sur les buildings : sa ville. Car il en avait construit une partie, attribuant en sous-main les marchés et se servant au passage, bien sûr, mais exigeant des offres en bonne et due forme, et du travail bien fait. (Vous savez, nos vertus ne sont bien souvent que le sous-produit de nos vices : c'est pourquoi il est toujours bon d'introduire un égocentrique de n'importe quelle espèce dans le système circulatoire de nos cités.) Et, de cette pièce où, pour tout meuble, il y avait ce bureau jaune bon marché et ce fauteuil verni, il commandait tout. C'était sa ville, et tant pis pour ceux qui n'étaient pas contents — ces imbéciles indécrottables qui règnent sur une chambre garnie et sur un petit emploi minable, debout derrière un comptoir ou assis sur le bord d'une chaise, à attendre en vain que monte la marée mythique des vertus outragées.

Au bout d'une minute, toujours sous le regard de Govelli, il fit un geste : il tira le téléphone à lui et demanda un numéro. Le numéro répondit.

« Ils ont emmené Popeye au poste, dit-il dans l'appareil. Occupez-vous-en. Popeye, oui... Et tenez-moi au courant. » Il poussa le téléphone et regarda Govelli. « Je te l'ai déjà dit : c'est la dernière fois. Je ne plaisante pas. S'il s'attire encore des ennuis, il faudra s'en débarrasser. Et si on le retrouve en possession d'un pistolet, c'est moi qui l'enverrai au pénitencier. Compris ?

— Je lui dirai, dit Govelli. Je lui ai déjà dit qu'il n'avait pas besoin de ce feu. Mais nous vivons dans un pays libre, et s'il tient à se promener avec un revolver, après tout, c'est son affaire.

— Dis-lui que maintenant c'est la mienne. Va là-bas, prends l'auto, et fais livrer la marchandise chez moi. Et puis dis-lui ce que je t'ai dit. Je ne plaisante pas.

— Et toi, dis à toutes ces putes usagées de lui ficher la paix, rétorqua Govelli. Tout irait bien si elles le laissaient tranquille. »

Après le départ de Govelli, Martin resta dans son fauteuil, immobile comme peuvent l'être les paysans, dans cette immobilité qui se situe bien au-delà de la patience. Il était né, et il avait passé son enfance, dans une ferme du Mississippi. Des métayers — vous voyez le genre : toute la famille pieds nus neuf mois sur douze. Il m'a raconté qu'une fois son père l'avait envoyé porter un message à la grande maison, celle du propriétaire, du patron. Il s'était présenté à la grande porte pieds nus, en combinaison rapiécée ; c'était la première fois qu'il venait là, et peut-être même n'avait-il aucune idée de ce qu'il allait trouver, lui pour qui une maison servait tout juste à tenir au sec les paillasses et la farine de maïs. Il se peut, d'ailleurs, que le patron ne l'ait même pas reconnu : il devait ressembler à une douzaine de

rejetons de ses métayers, et à une centaine
d'enfants du comté.

Toujours est-il que le patron lui-même vint
ouvrir. Alors, levant les yeux, l'enfant découvrit
tout à coup, à portée de la main, l'être qui symbolisait pour lui tout le confort et tous les plai-
sirs de la terre : le farniente, un cheval qu'on peut
monter toute la journée, des souliers toute
l'année. On le voit d'ici quand le patron lui dit :
« Ne t'avise pas de te présenter deux fois à cette
porte. Quand tu viens ici, passe par la porte de
la cuisine et dis au nègre ce qui t'amène. » C'est
tout. À la porte, derrière le patron, était arrivé un
domestique noir, les yeux tout blancs dans la
pénombre du vestibule : pour les gens de l'espèce
de Martin qui, sans en avoir jamais rencontré,
considéraient les républicains et les catholiques
sous un jour d'horreur mystique comparable à
celui sous lequel, au xvᵉ siècle, les paysans
d'Europe étaient dressés à regarder les démo-
crates et les protestants, l'hostilité entre leur
espèce et les Noirs était un sentiment immédiat
et total procédant de la Bible, de la politique et
de l'économie. Sur cette terre dure, implacable,
à la monotonie brisée seulement par de rares
accès de démagogie et d'hystérie religieuse ou
névrotique, c'étaient les trois instincts qui donnaient forme et sens à leur vie noueuse. Vous
comprenez, sans le savoir ils trouvaient là de
quoi justifier leur besoin de se sentir supérieurs
à quelqu'un.

L'enfant garda le message pour lui. Il fit demi-
tour et redescendit l'allée, encore conscient de la
blancheur des dents du nègre qui se tenait derrière son patron dans la pénombre du vestibule,
et marchant tout raide tant qu'il n'était pas hors

de vue. Alors il prit ses jambes à son cou. Il courut sur la route jusqu'aux bois où il resta caché toute la journée, à plat ventre dans un fossé, la face contre terre. Il m'a raconté que, de temps en temps, il rampait jusqu'au bord du champ pour voir son père, ses deux sœurs aînées et son frère penchés sur le sol à couper le coton — et ce fut, me dit-il, comme s'il les voyait pour la première fois.

Il ne rentra chez lui qu'à la nuit tombée. Je ne sais ce qu'il leur a raconté, ni ce qui est arrivé ; peut-être rien du tout. Peut-être le message en lui-même n'avait-il aucune importance ; j'ai du mal à imaginer que ces gens-là aient quoi que ce soit d'important à communiquer verbalement. Ou peut-être fallut-il envoyer un nouveau message. Les gens de son espèce ne réagissent pas à la désobéissance ni à l'insouciance, sauf si la conséquence en est un manque à gagner ou des bras en moins. S'ils n'avaient pas besoin de lui dans le champ ce jour-là, ils ne s'étaient probablement même pas aperçus de son absence.

Il ne s'approcha jamais plus du patron. Il le voyait de loin, sur son cheval, et il se mit à l'observer — la façon dont il se tenait en selle, ses gestes et ses manières, la façon qu'il avait de s'exprimer ; il me disait que quelquefois il se cachait pour se parler à lui-même, dans sa langue pauvre et truffée d'incorrections, imitant les gestes et le ton du patron en s'adressant à l'ombre qu'il projetait sur le mur de la grange ou sur un talus : « Ne t'avise pas de te présenter deux fois à cette porte. Passe par la porte de la cuisine et dis au nègre ce que tu veux. Ne t'avise pas de te présenter deux fois à cette porte. » Le tout souligné par les gestes copiés sur cet homme paresseux et

arrogant qui, à son insu, avait porté un coup
mortel à ce qu'il signifiait et symbolisait, à
l'image même à laquelle il devait de respirer à
son aise. Quoiqu'il ne l'ait pas dit, je suis sûr qu'il
abandonnait le champ, le sillon et la houe pour
aller se tapir près de la porte de la grande maison et y attendre le patron. Il m'a seulement dit
qu'il n'avait jamais éprouvé de haine à son égard,
pas même le jour où il l'avait rencontré à sa porte
avec, derrière son épaule, un nègre tout en dents.
Et s'il se cachait pour le regarder et l'admirer,
c'était que sa famille attendait de lui qu'il le haïsse
alors qu'il savait, lui, qu'il ne le pouvait pas.

Ensuite il s'était marié, et il était devenu propriétaire d'un magasin au croisement de deux
routes. Pour lui, l'histoire a dû se réduire à l'énu-
mération suivante : soudain, il était devenu
adulte, il avait pris femme, et il avait acquis un
magasin situé loin, mais pas trop loin, de la
grande maison. Je ne crois pas qu'il ait pu se souvenir du processus par lequel il était devenu
adulte et avait acquis le magasin, pas plus qu'il
ne se souvenait de la route, du chemin qu'il
devait traverser pour arriver à la porte et se tapir
à temps dans les fourrés. Il n'y avait pas eu de différence : le temps, la fuite des jours, tout s'était
condensé en un seul instant oublié ; son corps
étrange (ce véhicule qui nous transporte, comme
un train, d'une gare inconnue à l'autre, sans
qu'on sache quand on change de locomotive,
quand on ajoute ou abandonne un wagon, un
étrange coup de sifflet nous revenant seulement
en mémoire) s'était métamorphosé, lui inventant
de nouveaux désirs mineurs, des instincts à
suivre ou à négocier, à vaincre ou à subir, ou
encore à soudoyer à l'aide de la menue monnaie

héritée du rêve opiniâtre qu'il nourrissait tandis qu'il était tapi dans les fourrés près de la porte, attendant de voir passer l'homme qui ne connaissait ni son nom ni son visage, encore moins l'implacable projet qu'il avait fait naître chez cet enfant qui comme tout autre possédait cette part femelle où l'ambition attend d'être fécondée.

C'est ainsi qu'il était devenu marchand, franchissant un degré de plus que son père dans l'échelle sociale, tandis que ses frères restaient rivés à la terre inexorable, inéluctable. Il ne savait ni lire ni écrire ; il vendait à crédit des bobines de fil, du tabac à priser, des mousquetons et des lames de soc. Il gardait en tête toutes les transactions de la journée et, le soir, après le dîner, sans se tromper d'un sou, il les dictait à sa femme qui, sur la table de la cuisine, les consignait dans le livre de comptes.

L'épisode suivant lui inspirait à la fois quelque honte et quelque fierté : il y est question de sa nature d'homme, de son moi, et du rêve en conflit avec la réalité. Il en parlait comme d'un tableau, d'un tableau vivant. À l'époque, le patron était devenu vieux, et il était tranquillement retourné à ses petits vices sans conséquence. Il sortait encore un peu à cheval, mais il passait la majeure partie de son temps allongé dans son hamac tendu entre deux arbres de la cour, déchaussé — lui qui naguère pouvait se permettre de porter des souliers toute la journée, toute l'année. « C'est ça qui m'a décidé, disait Martin. Il fut un temps où je ne rêvais que de porter des chaussures toute la journée. Et puis j'ai découvert qu'il en fallait davantage. J'ai voulu dépasser le désir de porter des chaussures tout le temps pour me retrouver de l'autre côté, là où je pourrais posséder cinquante paires de chaussures si je voulais, et ne pas en porter si cela me chantait. » Alors qu'il me faisait cette déclaration, il était assis à son bureau, dans son fauteuil pivotant, ses pieds déchaussés appuyés sur un tiroir ouvert.

Mais revenons au tableau. Il fait nuit ; une lampe à huile brûle sur une caisse posée verticalement sur le sol d'un petit cagibi qui n'est autre que l'arrière-boutique du magasin, et qui est plein de caisses encore cerclées et de barils, avec, sur les murs, des rouleaux de ficelle neuve et des pièces de harnais toutes neuves ; ils sont là tous les deux, le vieillard avec sa moustache d'un blanc sali, ses yeux qui ne voient plus très bien et ses mains incertaines aux grosses veines bleues, et le jeune homme, le paysan dans la force de l'âge, avec son visage froid et sa vieille habitude de déférence, d'émulation, peut-être même d'affection (pour singer, il faut aimer ou haïr) à quoi s'ajoute sûrement un peu de terreur ; ils sont face à face (assis), les cartes sur la caisse entre eux deux (et des clous de ferronnerie servant de jetons) ; il y a aussi, à la main du vieux, un gobelet et une cuiller, et, par terre, dans l'ombre de la caisse, une cruche de whisky.

« J'ai trois reines, dit le patron en étalant ses cartes d'un seul geste tremblotant et triomphant à la fois. Essaie donc de faire mieux !

— Bon, ça va, patron, dit l'autre, vous m'avez encore possédé.

— C'est bien ce qu'il me semblait. Vous autres, les jeunes, vous comptez un peu trop sur la chance, sacrebleu... »

L'autre a posé son jeu sur la table. Ses mains sont noueuses, déformées par le labour. Il manie les cartes avec une sorte de détermination qui paraît empreinte d'une raideur maladroite, et qui vise à dissuader le partenaire d'y regarder à deux fois — à plus forte raison un partenaire qui a la vue basse et qui a l'esprit un tantinet brouillé par l'alcool. Mais je ne pense pas que l'alcool ait été placé là à dessein ; ce n'était pas son seul atout, si je peux dire. À mon avis, il était aussi sûr de lui, il avait pris autant de précautions lentes et patientes que s'il était sorti s'entraîner au maniement de la hache avant d'aller nettoyer une futaie pour vendre les arbres à l'unité. « Ouais, faut dire qu'elle me lâche pas », dit-il.

Déjà, le patron a la main tendue vers les clous. Lentement, il se penche en avant ; sa main tremblante demeure en suspens. Il se penche un peu plus, clignant des yeux, tous ses mouvements ralentis maintenant, comme dépourvus de conviction, de même qu'en rêve on cherche à saisir de l'argent tout en sachant qu'on n'est pas éveillé. « Approche ton jeu, dit le vieux. Bon Dieu, crois-tu que je peux le voir de si loin ? » L'autre s'exécute : le 2, le 3, le 4, le 5 et le 6. Le patron regarde les cartes. Sa respiration est un peu haletante. Puis il se redresse et, de sa main tremblante, il prend sur le bord de la table un cigare froid déjà mâchonné qu'il suce entre ses lèvres agitées de petits spasmes, sous le regard attentif de l'autre. Celui-ci n'a pas bougé : le visage un peu baissé, il a la main prête à rafler les clous. Le patron jure tout en suçant son cigare. « Fais-moi un toddy », dit-il.

C'était comme ça qu'il avait commencé. Il avait vendu le magasin et, avec sa femme et sa fille encore bébé, il était venu en ville, à la grande ville. Il y était arrivé exactement quand il fallait,

en l'an trois de l'ère Volstead[1]. Sinon, le mieux
qu'il aurait pu espérer, c'était un autre magasin.
Et, à soixante ans peut-être, il aurait pris sa
retraite. Mais maintenant, à quarante-huit ans
seulement (il y a une certaine ironie qui préside
aux faits et gestes des grands de ce monde. Tout
se passe comme si, à quelque table qu'ils soient
assis, veillaient des ombres partisanes penchées
sur les dossiers des chaises, faisant les gestes
familiers et séculaires qui garantissent la fortune
et la chance et qui, à chaque coup réussi,
poussent un cri de triomphe perceptible sous la
jubilation du joueur — et puis, un jour, celui-ci
tout à coup se retourne, effrayé par l'éclat de rire
sardonique), à quarante-huit ans, donc, il était
millionnaire et il habitait avec sa fille — elle en
avait dix-huit ; sa femme, elle, gisait depuis dix
ans sous un cénotaphe de marbre qui avait coûté
vingt mille dollars, au milieu des noms les plus
réputés, dans la plus vieille partie du cimetière ;
il avait acheté la concession à l'occasion d'une
liquidation judiciaire — dans une maison de style
espagnol sur une propriété de deux hectares
située dans le quartier le plus récent de notre
ville. Et, tous les matins, sa fille le conduisait
dans un roadster couleur citron roulant à quarante ou cinquante milles à l'heure et salué au
passage par tous les policiers de l'avenue,
jusqu'au bureau où il s'installait, après s'être
déchaussé, pour prendre *La Sentinelle* et y chercher la liste annuelle des jeunes filles qui seraient
présentées au bal des Gardes Chickasaw en

1. C'est-à-dire en 1922. (*N.d.T.*)

décembre : c'est ainsi qu'il entretenait ses illusions, non dénuées de calcul ni de patience.

La maison de style espagnol était récente. La
première année, ils avaient loué un appartement,
et la seconde, parce qu'il avait passé son enfance
à la campagne, ils avaient emménagé dans la
plus grande maison qu'il put trouver près du
centre ville, au milieu des tramways, de la circulation automobile et des enseignes lumineuses.
Sa femme avait insisté pour tenir seule son intérieur sans aide aucune. Son plus cher désir était
encore de retourner vivre à la campagne, ou, au
pis, d'acquérir une de ces petites villas impec-
cables entourées d'un jardin microscopique, de
plates-bandes et de poulaillers, et situées en bordure d'une grand-route, juste en dehors des
limites de la ville.

Mais, déjà, cette maison de briques à colonnes
au milieu d'une grande pelouse un peu négligée
mais piquée de magnolias était une image de son
ambition ; déjà, dans les journaux et dans
l'annuaire municipal, il savait distinguer du premier coup d'œil les noms qui comptaient : Sandeman, Blount, Heustace. Il avait payé la maison
trois fois trop cher, et sa femme en mourut. Ce
n'était pas parce qu'il avait payé la maison trop
cher, mais parce qu'elle avait vu cet homme
jusqu'alors supérieur en toutes occasions se
mettre à singer ses voisins avec le naturel et la
patience dont il avait fait preuve pour se cacher
dans les fourrés près de la porte de la grande maison ; il avait ainsi conclu une sorte de traité de
non-agression avec ses voisins — avec les maris,
du moins, car les épouses restaient de glace et
s'abstenaient de regarder de l'autre côté de la
haie de buis et de troènes lorsqu'elles rentraient

ou sortaient dans leurs limousines légèrement
démodées.

Elle mourut, donc, et il embaucha un couple
d'Italiens pour tenir la maison. Remarquez bien
que ce n'étaient pas des Noirs : il n'était pas
encore prêt. S'il avait la maison, le contenant, en
quelque sorte, il n'était pas encore sûr de lui, pas
encore prêt à affirmer dans la réalité l'intime
conviction qu'il avait de sa propre supériorité ; il
ne pouvait pas encore risquer cette image de lui-
même qui naguère l'avait sauvé. Il n'avait pas
encore appris que l'homme est le jeu des circonstances.

La maison fit son apparition il y a cinq ans, au
moment où, commençant à apprendre, il brada
sa première propriété pour faire construire ce
palais de stuc plein de terrasses, de patios et de
fer forgé : l'expression superlative de la station-
service. L'idée était peut-être qu'en faisant cela,
lui et eux — le paysan sans passé et les Noirs sans
avenir —, ils se donnaient paradoxalement
l'occasion de partir de zéro.

Il n'avait donc que des Noirs à son service :
trop de Noirs, plus qu'il n'en fallait. Mais il n'était
pas parvenu à se faire à eux, ni même à se sentir
à l'aise avec eux : le murmure continu des voix
douces en provenance de la cuisine, tristes et
pourtant toujours sur le bord du rire, le ramenait
malgré lui — lui qui disait toujours « C'est pas »
au lieu de « Ce n'est pas » et qui prisait son tabac
bon marché en présence des hommes politiques
locaux, des magistrats et des entrepreneurs de
travaux publics — jusqu'à ce jour où, percevant
la présence des dents et des yeux d'un nègre dans
la pénombre du vestibule, il descendit, le dos
raide, l'allée qui l'éloignait définitivement de la

grande maison et de son enfance, flanqué de
deux voix, l'une disant : « Tu ne dois pas courir »
et l'autre : « Tu ne dois pas pleurer. »

« Alors j'ai gardé Tony et sa femme pour surveiller les Noirs, me dit-il, pour les occuper. »
Peut-être croyait-il ce qu'il disait. Peut-être ne
s'était-il pas encore avoué que son ambition
— son illusion — était monstrueuse. En tout cas,
il ne l'avait certainement pas avoué à sa fille qui,
chaque matin, partait avec lui dans sa voiture, au
moins jusqu'à ce qu'elle eût seize ans. Un an plus
tard, c'était un Noir qui le conduisait en ville, car
sa fille ne se levait plus avant dix ou onze heures,
ayant passé la majeure partie de la nuit à danser
et à se promener en voiture.

« Avec qui étais-tu hier soir ? » lui demandait-
il ; et elle lui répondait de son air impassible et
secret, elle qui, en dix-sept ans, en avait appris
sur ce monde régenté par les femmes — un
monde divorcé de toute réalité, de toute nécessité, et qui avait tué sa mère — plus que son père
ne l'avait fait en quarante-huit ans. Elle lui citait
les noms qu'il voulait entendre : Sandeman,
Heustace, Blount. Et, quelquefois, elle ne men-
tait pas : il était vrai qu'elle avait rencontré l'un
ou l'autre à un bal. Elle négligeait seulement de
lui dire à quel bal, et en quel endroit : c'était le
pavillon des jardins du West End, où les fils
Blount, Heustace et Sandeman venaient, le
samedi soir, avec de l'alcool de Govelli, séduire
les dactylos et les vendeuses. Je l'ai vue là-bas,
jeune fille presque fluette et un peu trop pom-
ponnée malgré les deux mois passés dans un
couvent de Washington. Martin lui-même l'y
avait conduite, sans oublier une liste d'adresses
soigneusement relevées dans *La Sentinelle*

— « Miss Untel, fille de Mr. Untel, Sandeman Place, de retour dans notre ville pour les vacances ». Je les vois tous les deux lors de ce voyage de trente-six heures (c'était probablement pour l'un et l'autre leur premier contact avec l'univers des pullman, en dépit de sa situation à lui et du mince vernis qu'elle avait acquis à fréquenter le petit monde obséquieux des commis de magasin), tandis que derrière la fenêtre de la voiture-salon le paysage défilait et leur procurait cette inoubliable excitation des premiers voyages, cet amenuisement du moi, ce sentiment d'isolement et de séparation que nous éprouvons lorsque, pour la première fois, nous admettons l'évidence irréfutable de la nature sphérique de la Terre alors même que mentalement nous retombons à quatre pattes pour mieux nous cramponner, décontenancés que nous sommes par la rupture de l'armistice conclu avec l'horreur de l'espace.

Il est peu probable qu'ils échangèrent leurs impressions sur le paysage nouveau, sur les montagnes lointaines et profondes qui s'imposaient comme la dimension même de l'inconnaissable face à la conscience alors diminuée du paysan à la lèvre gonflée par le tabac à priser, muni de sa liste d'adresses notées au crayon, et accompagné de cette petite paysanne au cheveu couleur filasse qui est la marque et le pedigree du *redneck*[1]. Il n'empêche qu'avec son petit minois maquillé, elle demeurait sur ses gardes. Elle était de moins en moins bavarde. Chez son père, elle avait un certain naturel : elle était toujours à la

---

1. Littéralement, « cou rouge » : terme dédaigneux associé à la classe rurale laborieuse du Sud. (*N.d.T.*)

hauteur des circonstances ; mais, à Washington, du seul fait de la distance et de ses origines rurales, tout se passait comme si elle avait perdu le bénéfice de ses prudentes années. J'aime les imaginer dans une auto de location, en train de faire le tour obligatoire des adresses utiles ; je la vois, elle, silencieuse, attentive, avec, poignant sur son petit minois superficiel et alerte, cette expression obscure, muette et profonde qu'on peut lire dans le regard des chiens, paraissant plus désavantagée, plus immanquablement paysanne que lui, qui tirait une certaine assurance de ses propres limites parce qu'il n'en avait pas la moindre conscience, tant il est vrai que les femmes réagissent plus vite.

C'est lui qui fit toute la conversation en attendant dans des salles de réception qui évoquaient des parloirs de couvent où des sœurs et des mères supérieures (il avait opté pour une institution catholique car, voyez-vous, il nourrissait des rêves de grandeur à la Napoléon : lui aussi savait à l'occasion se hisser au-dessus des voix ancestrales qui déterminent un homme à son insu) apparaissaient dans un bruissement tranquille, leurs visages à fossettes empreints de la sérénité d'un autre monde. Il la laissa donc là, cette petite silhouette fluette et maladroite aux joues sillonnées de larmes et aux grands yeux mornes et rêveurs. « Si tu veux faire la connaissance de ces jeunes filles, disait-il, il faut bien que tu restes ici. Tu t'en feras des amies, et puis vous pourrez rentrer à Memphis dans la même voiture au moment du bal. » Il voulait dire le bal des Gardes Chickasaw. Je vais revenir là-dessus.

Il la laissa donc et rentra chez lui sans avoir changé de vêtements depuis son départ ; mais il

avait une nouvelle boîte de tabac à priser. Il m'a
raconté comment, se trouvant démuni de tabac,
il avait dû quitter Washington pour la nuit et descendre loin en Virginie pour s'en procurer. Il m'a
montré la boîte en la tripotant de ses doigts.
« Elle m'a coûté cinq *cents* de plus, dit-il, et ça
vaut pas ce qu'on trouve chez nous. Pas du tout.
Si j'avais vendu ça quand j'avais le magasin, ils
m'auraient forcé à décamper. » Il était assis, les
pieds déchaussés, et il avait ouvert *La Sentinelle*
à la page mondaine, où commençaient à apparaître les premières allusions au bal des Chickasaw.

Ce bal annuel, dit « bal des Gardes Chickasaw », était une institution. Le régiment avait été
levé en 1861, et le premier bal datait de la même
année. Blount, Sandeman, Heustace — ils s'y
étaient tous retrouvés dans leurs uniformes flambant neufs entre les pizzicati de l'orchestre et les
havresacs empilés dans le vestibule. À minuit, le
train militaire partit pour la Virginie. Quatre ans
plus tard, dix-huit d'entre eux étaient de retour,
portant encore à la boutonnière de leur tunique
élimée les roses fanées de cette soirée-là. Pendant
les quinze années qui suivirent, les choses prirent
un tour politique : les Gardes devinrent pratiquement une organisation secrète, dont les membres
étaient disséminés dans le Sud, et sous le coup
d'une interdiction fédérale. Puis le régime des
carpetbaggers[1] mit fin à l'entreprise ; alors les
Gardes devinrent une organisation mondaine
tout en conservant un cadre militaire — celui

1. Littéralement, porteurs de sacs en moquette : aventuriers
venus du Nord profiter de la « restauration » dans le Sud après
la guerre de Sécession. (*N.d.T.*)

d'une unité de la Garde nationale. Désormais, il y avait donc deux organisations distinctes, dotées d'un état-major minimum d'officiers de carrière — un colonel, un commandant, un capitaine et un officier de grade inférieur — qui, par tolérance, était admis à la principale manifestation annuelle : le bal de décembre, au cours duquel étaient présentées les débutantes. En fait, la hiérarchie était sociale et pratiquement héréditaire : on conférait aux officiers des grades intrépidement copiés sur ceux de l'armée, mais, avec un mépris souverain de la tradition militaire, on inversait l'importance croissante des grades. Ainsi, pour être colonel il suffisait de le demander, alors que le grade de caporal porte-enseigne créditait son titulaire d'un sens de l'honneur comparable à celui que possédait Lancelot, d'une pureté de motivation égale à celle de Galaad, d'un pedigree tel que celui de Man O'War[1]. Lorsque la guerre éclata en Europe, les Gardes reprirent du service — les Sandeman, les Blount, les Heustace — sans oublier le caporal porte-enseigne.

Ce porte-enseigne était le Dr Blount, un célibataire d'environ quarante ans. Il y avait trente-cinq ans que la présidence était dans sa famille, et, quand Martin était allé le voir quinze jours après avoir laissé sa fille à Washington, il y avait douze ans qu'elle lui était échue à lui personnellement. Ce n'est pas Martin qui m'a raconté cela. Non qu'il eût reculé devant l'aveu d'un revers temporaire ; mais il sentait probablement qu'il allait essuyer un échec, peut-être parce que, pour la

1. Nom d'un cheval de course célèbre aux États-Unis à l'époque. (*N.d.T.*)

première fois de sa vie, il était contraint de sortir de son bureau pour acheter au lieu d'y rester pour vendre.

Comprenez : il n'y avait personne qu'il pût interroger. Il savait que dans cette affaire, les magistrats et les commissaires qu'il avait dans sa poche ne pesaient pas lourd, malgré leurs cols de chemise de lin. Il n'aurait certes pas hésité à les solliciter ; en effet, encore une fois comme Napoléon, il n'aurait pas hésité à mettre ses illusions au service de ses desseins — ou l'inverse, si vous préférez. C'est ainsi qu'un homme acquiert du savoir-faire en mettant ses desseins au service de ses illusions. S'il met les réalités au service de ses desseins, il s'enferme dans la routine.

Il alla donc trouver le Dr Blount, le président héréditaire, qui avait, tel un avoué, une sorte de clientèle héréditaire de vieilles dames qui le faisaient venir à leur chevet pour des questions de régime alimentaire et divers maux convenables ; on lui offrait parfois une tasse de café ou un verre de vin servi par un maître d'hôtel noir qui l'appelait « Mister Harrison » et lui demandait des nouvelles de Madame sa mère.

Il n'en avait pas moins un cabinet médical, et c'est là que Martin et lui se trouvèrent face à face de part et d'autre de son bureau — le docteur avec son visage émacié et son regard interrogateur au-dessus du nez fin que chaussait son pince-nez, le visiteur dans son costume piteux et froissé, avec sur son visage cet air maladroit et ce sentiment de l'échec à la fois présent et informulé que sa fille avait éprouvé à Washington ce jour-là.

Après un moment, Blount dit : « Vous souhaitiez me voir ? »

— Je crois pas que vous savez qui je suis », dit Martin. Ce n'était pas une question ni une manière de s'effacer ; c'était tout bonnement une incitation à dresser un simple constat, dont l'objet n'avait pas plus d'importance pour l'un que pour l'autre.

« Je n'ai pas ce plaisir, en effet... Vous désiriez peut-être...

— Je m'appelle Martin. » Blount le regarda. « Dal Martin. » Blount le dévisagea en levant un peu les sourcils. Puis ses yeux se vidèrent d'expression tandis que Martin le regardait.

« Ah, dit Blount, je me souviens maintenant. Vous êtes... entrepreneur, n'est-ce pas ? Je me souviens d'avoir vu votre nom dans le journal à propos du pavage de Beauregard Avenue. Mais je ne fais pas partie du conseil municipal, et je crains bien... » Son visage s'éclaira. « Ah, je vois. Vous êtes venu me parler du projet de nouveau manège pour les Gardes Chickasaw. Je vois. Mais je...

— C'est pas ça », dit Martin.

Blount se tut, les sourcils légèrement levés. « Alors qu'est-ce que... » Et Martin le lui dit. Je suppose qu'il lui dit la chose carrément, en une seule phrase, sans fioritures. Et, pendant une minute, le cœur de Martin dut cesser de battre, tandis que les ombres qui veillaient sur lui se penchaient un peu plus et retenaient un cri d'exultation en constatant que le docteur restait silencieux derrière son bureau. « D'où votre famille est-elle originaire, Mr. Martin ? » demanda Blount. Il le lui dit, et il parla aussi de sa fille. Blount écoutait avec un intérêt froid auquel se mêlait cette connaissance du monde féminin qui manquait à Martin, qui lui manquerait toujours, et qui avait déjà permis à Blount de percer à jour les illusions qu'il nourrissait sur sa fille.

« Ah, dit Blount. Je ne doute pas que votre fille est tout à fait digne des honneurs auxquels elle est évidemment destinée. » Il se leva. « Est-ce tout ce que vous me vouliez ? »

Martin ne bougea pas. Il regarda Blount. « Je paye en liquide. Il est pas question d'un chèque.

— Vous avez l'argent sur vous ?

— Oui, dit Martin.

— Bien le bonjour, monsieur », dit Blount.

Martin ne bougea pas. « Je double la mise, dit-il.

— J'ai dit : Bien le bonjour, monsieur », répéta Blount.

Ils se regardèrent l'un l'autre. Martin ne bougeait toujours pas, si bien que Blount appuya sur un bouton sous les yeux de Martin. « Vous savez sûrement que je peux vous fourrer des bâtons dans les roues », dit-il. Blount traversa son cabinet et ouvrit la porte. La secrétaire apparut.

« Veuillez raccompagner monsieur », dit-il.

Mais Martin n'abandonna pas. Je le vois, assis à son bureau, ses pieds déchaussés posés sur le tiroir ouvert, la lèvre inférieure légèrement gonflée ; il était convaincu que les hommes se laissent mener par leurs désirs. « C'est l'argent, dit-il. Comment un type pareil peut-il avoir de tels besoins d'argent ? Je n'y comprends rien. »

Il ne comprit qu'un an plus tard. Sa fille était rentrée, deux mois après qu'il l'eût quittée à Washington, et une semaine avant le bal. Il alla la chercher à la gare. Elle descendit du train en pleurant, et ils restèrent tous deux un moment sous l'auvent du quai, elle pleurant dans le par-dessus de son père, et lui, lui tapotant maladroitement le dos. « Allons, allons, dit-il. Allons, allons. Ça n'a pas d'importance. Ça ne change rien. Tu peux rester chez nous si tu préfères. »

L'absence lui avait été bénéfique ; le chagrin, le mal du pays, la nostalgie lui avaient physiquement réussi ; la nostalgie, cette peur innée des villes que le paysan ne perd que lorsqu'il a réussi à se tailler dans une ville donnée un coin de vie plus bucolique parce que plus confortable que l'existence qu'il a menée à la campagne, et que sa chair a connue avant d'être sa chair. Martin se dit d'abord que c'étaient les autres filles du couvent qui l'avaient rendue malheureuse. « Tu vas voir, dit-il, tu vas voir. Elles ne perdent rien pour attendre. » La mère supérieure déclara dans une lettre que la jeune fille avait été sérieusement malade. Cela se voyait. Mais elle allait beaucoup mieux. C'était comme si, pour la première fois de sa vie, elle avait dû affronter une situation telle qu'elle n'avait pas pu se cacher derrière ce coûteux petit masque de rouge à lèvres et de poudre de riz affublés de noms pseudo-français et appliqués avec le chic d'une serveuse de buffet de gare toquée de Hollywood — se cacher derrière ces petites manies citadines et cette inépuisable passion que les femmes mettent au service des menus travaux domestiques auxquels elles s'accrochent avec un art consommé, beaucoup plus ancien et beaucoup plus adapté qu'aucun des articles de foi qu'ont pu s'inventer les hommes.

Cette phase ne dura pas longtemps. Bientôt, on revit son petit minois alerte et maussade en une série d'apparitions successives dans les night-clubs affublés de faux air new-yorkais — les

« Chinese Gardens », les « Gold Slippers », les
« Night Boats » — ; mais toujours il y avait dans
son visage cette expression dominante d'incrédulité, de doute : c'était en elle le sang paysan qui
se refusait encore à accepter tout à fait la réalité
du crédit illimité dont elle jouissait chez les mar-
chands de lingerie, de fourrure et d'automobiles.
Et elle continuait de dire à son père que ses cavaliers avaient pour nom Blount et Sandeman.

Il ne les voyait jamais. Il était trop occupé ;
d'ailleurs, il avait trouvé comment influencer ce
type pour qui l'argent ne comptait pas. De toute
façon, il n'aurait pas fait d'objection du moment
que ce n'étaient pas des voyous du genre Popeye,
Monk, ou Red, ceux qu'il utilisait « ni plus ni
moins qu'une mule ou qu'une charrue. Mais pas
de voyous, disait-il. Je ne veux pas te voir avec
des voyous ».

C'était la seule restriction qu'il imposait à sa
fille. Car il était trop occupé ; c'était l'année suivante, à la fin de l'hiver, alors qu'il était assis à
son bureau, les pieds posés sur le tiroir, pensant
au Dr Blount, que tout à coup il découvrit la solution. Il était évident qu'on ne pouvait pas influencer cet homme-là par l'appât du gain ; la solution,
c'était de lui proposer de financer la construction
du nouveau manège, en échange de quoi le nom
de sa fille figurerait sur la liste annuelle des invités du bal.

Il ne lui venait pas à l'esprit qu'il pût échouer.
Il partit aussitôt, à pied, sans se presser. C'était
comme si tout était réglé, comme si deux lettres,
l'une posant la question, l'autre fournissant la
réponse, tombaient simultanément dans une
boîte aux lettres. Tant qu'il n'avait pas franchi le
seuil du bâtiment, il ne pensait même pas à

Blount. Je l'imagine, cet homme si ordinaire qu'on le remarquerait à peine dans la rue, marchant d'un pas assuré, entrant dans l'immeuble après avoir marqué un temps d'arrêt, son visage s'éclairant d'une illumination subite, d'une certitude, tandis que les ombres tutélaires levaient haut derrière lui leurs mains triomphantes. Et puis il reprend sa marche après cette pause à peine perceptible, il monte au dixième étage et pénètre dans le cabinet qu'on lui a naguère enjoint de quitter ; en une seule phrase, il fait carrément son offre : « Mettez le nom de ma fille sur la liste, et je ferai construire un musée qu'on baptisera du nom de votre grand-père qui a été tué dans la cavalerie de Forrest en 1864. »

Et maintenant j'imagine le Dr Blount. On peut presque l'entendre se dire : « C'est pour la ville, c'est pour mes concitoyens ; je n'en tirerai aucun avantage personnel, rien de plus que le plus modeste habitant de la ville. » Mais le fait même qu'il fût obligé d'en débattre intérieurement en dit long. Peut-être était-ce en partie parce que, tout en étant dans l'impossibilité de dire la vérité, il ne pouvait pas non plus laisser la ville croire à une fable ; peut-être lui arriva-t-il de penser que c'était un rêve, qu'il avait seulement rêvé les mots irrévocables ; peut-être, de temps en temps, ce printemps-là, sut-il croire à cette fiction pour se demander : *Comment ai-je pu dire oui ? Comment ai-je pu accepter ?* C'est que, voyez-vous, quelque chose parlait en lui : c'était la voix du sang, ce vieux sentiment de l'honneur qui est mort partout aux États-Unis hormis dans le Sud, où il a été entretenu par quelques vieilles dames qui, bien qu'elles aient dû s'incliner en 1865, ne se sont jamais rendues.

Ainsi donc un jour, le jour où les choses étaient devenues irréversibles — où, sur le site proposé, apparut la plaque de métal avec, en lettres toutes neuves, les mots : « Musée Blount. Architectes : Windham et Healy » — il alla dans la soirée rendre visite à l'une de ses patientes, l'une de ces dames qui, depuis quinze ans, le consultaient presque chaque fois qu'elles ouvraient une fenêtre. Elles aussi, elles l'entendaient, cette voix. N'allez pas croire qu'elle lui conseilla de faire ce qu'il fit : elle se contenta probablement de rire, moitié par sympathie, moitié par mépris — et c'est peut-être cela qu'il ne put supporter — ce soir-là, donc, il alla voir Martin. Il avait vieilli de dix ans, raconta Martin ; il refusa de s'asseoir et, debout au beau milieu de la pièce, il annonça sans détour ce qui l'amenait :

« Je me vois dans l'obligation de rompre notre engagement.

— Vous voulez dire que...

— Oui. Une annulation pure et simple.

— Le contrat est signé et on est prêt à commencer les fondations », dit Martin.

Blount fit un geste bref. « Je sais. » De sa poche intérieure il tira une liasse de papiers. « J'ai ici des titres d'une valeur de cinquante mille dollars qui m'appartiennent personnellement. » Il s'approcha et les posa sur la table à la portée de la main de Martin. « Si cela ne suffit pas, vous accepterez peut-être un billet à ordre pour la somme qui vous conviendra.

— Non », dit Martin sans même regarder les titres.

Blount demeurait immobile à côté de la table, la tête penchée. « Je n'ai peut-être pas été suffisamment explicite. Je veux dire que...

— Vous voulez dire que, quelle que soit ma réponse, vous avez décidé d'ôter son nom de la liste ? » Blount ne répondit pas. Il demeurait près de la table. « Vous ne pouvez pas faire ça. Sinon, il va falloir que j'explique tout à l'entrepreneur, peut-être même aux journaux. Ça ne vous était pas venu à l'idée ?

— Si, dit Blount, ça m'était venu à l'idée.

— Alors je vois pas très bien ce qu'on peut faire. Et vous, vous voyez ?

— Non », dit Blount. Sur la table il prit quelque chose qu'il reposa, puis il fit demi-tour et se dirigea vers la porte. Il jeta un coup d'œil autour de la pièce. « Vous êtes bien installé, ici, dit-il.

— Ça nous convient », répondit Martin. Blount se dirigeait vers la porte, suivi des yeux par Martin. « Vous avez oublié vos titres », dit celui-ci. Blount fit demi-tour. Il revint sur ses pas, prit les titres, et les remit soigneusement dans la poche de son veston.

« Je voudrais que les choses soient claires entre nous, dit-il. Mais si je pouvais les rendre claires, vous ne seriez pas ce que vous êtes, et je n'aurais pas à le faire. Et je ne serais pas non plus ce que je suis, de sorte que ça n'aurait aucune importance. »

Il sortit alors, et le valet noir — qui le connaissait — referma la porte derrière lui. Déchaussé comme à l'ordinaire, Martin resta assis dans son salon caverneux où résonnèrent les gloussements étouffés mais exultants de ses ombres.

Il était toujours déchaussé quand j'entrai dans son bureau le lendemain matin. « Vous avez vu la nouvelle ? lui dis-je.

— Quelle nouvelle ? demanda-t-il. J'ai pas encore vu le journal.

— Comment ? Vous ne savez pas que Blount s'est suicidé la nuit dernière ?

— Le Dr Blount ? Fichtre alors ! Il avait donc flambé son argent !

— Quel argent ? Comment aurait-il pu faire ça, puisque le patrimoine de la famille a été confié à un avocat ?

— Alors pourquoi il s'est suicidé ? demanda Martin.

— C'est ce que, depuis huit heures ce matin, cent mille personnes se demandent.

— Fichtre alors, dit-il. Pauvre gars. Quel idiot ! »

Martin, lui, ne voyait pas le rapport. Avec la méfiance innée et dénuée d'inhibition qu'ont les paysans à l'égard de toutes les femmes, même les leurs, il ne pouvait pas concevoir que la présence d'une femme de plus ou de moins où que ce soit pose problème à un homme : quant au sens de l'honneur... À sa manière, il n'en était pas dépourvu. Ou peut-être s'agissait-il simplement pour lui de respecter le marché conclu. Quoi qu'il en soit, la construction du musée continua ; en novembre, quand *La Sentinelle* publia la liste annuelle des débutantes où figurait le nom de sa fille, la structure sereinement attique du bâtiment était achevée, pour ce qui est de l'extérieur, avec, en arrière-plan, le parc aux frondaisons flétries.

C'est donc ainsi que, quinze jours avant le début de cette histoire, il avait pu lire le nom de sa fille là où sa conviction, ou son illusion, l'avait inscrit dix ans auparavant ; et, maintenant, assis à son bureau, il ne bougeait pas plus que lorsque

Govelli l'avait quitté. Le téléphone sonna. Sans changer de position, il tendit la main, tira l'appareil vers lui, et décrocha. C'était Govelli.

« Oui... Ils l'ont relâché ? La voiture aussi ?... Conduisez-la chez moi et dites-lui ce que je vous ai dit. » Il raccrocha le récepteur. « Sacrés ritals, dit-il. Heureusement que j'ai la tête sur les épaules... » Sans bouger, il regarda le téléphone. « Oui, dit-il, heureusement que j'ai la tête sur les épaules. » Il ouvrit le tiroir et en sortit une boîte de tabac à priser, une boîte pareille à celles qu'on aurait pu trouver dans les poches de dix mille combinaisons dans un rayon de dix milles autour de la ville ; il l'ouvrit et se versa soigneusement une petite mesure de tabac qu'il plaça à l'intérieur de sa lèvre inférieure ; puis il rangea la boîte. Sa lèvre inférieure faisait légèrement saillie, comme celle de milliers de paysans accroupis sur les galeries délabrées des petits magasins perdus dans la campagne.

Il était toujours assis à son bureau quand le détective en civil apporta le procès-verbal, la citation à comparaître. « C'est un de ces blancs-becs, dit le détective. Il aurait dû y regarder à deux fois. J'ai dit à Hickey qu'on devrait le renvoyer pour n'avoir pas reconnu cette auto jaune, et que si personne ne lui avait jamais appris à la reconnaître, c'était pas seulement lui mais Hickey qu'il fallait renvoyer. » De son veston de serge, sale et lustré, il extirpa un portefeuille graisseux d'où il tira la citation, qu'il posa sur le bureau. « Mais cet imbécile a continué : il a rédigé le procès-verbal et il a procédé à l'arrestation en raison du fait qu'elle refusait de payer. Il l'a emmenée au poste alors même qu'elle ne cessait de lui dire qui elle était. Alors Hickey a mouché le jeune flic, mais il était trop tard : l'imprimé était déjà rempli, il y avait ces deux journalistes qui traînaient là, au commissariat, à cause de Popeye, et toutes ces satanées bonnes femmes qui criaient à la corruption. »

Martin jeta un regard sur la citation, sans la toucher. C'était la première fois qu'elle lui causait un réel désagrément. Comprenez : il avait la maladresse en horreur, car la maladresse ne passe jamais inaperçue, même s'il ne s'agit que d'un feu rouge grillé. Mais sa fille en grillait un de temps en temps, et il y a fort à parier que cet agent devait être le seul habitant de la ville à ne pas connaître son roadster citron. Son père ne cessait de le lui dire : plus une loi est insignifiante, plus il faut la respecter. Il ne le disait pas dans ces termes, bien sûr. Il devait lui faire des sermons sur l'obéissance aux lois qui auraient eu leur place dans des bulletins paroissiaux. Il n'empêche que ces lois, elle ne les respectait pas toujours. Ses infractions n'étaient pas fréquentes mais trop quand même pour lui, qui, maintenant que son ambition était satisfaite, ne comprenait sans doute pas comment elle pouvait éprouver le besoin de faire autre chose que végéter dans l'attente de ce fameux jour de décembre.

Il resta donc immobile à regarder la citation, et le détective, comme Govelli, installa sa jambe sur le bord du bureau et ôta son chapeau melon, du ruban duquel il tira un demi-cigare qu'il ralluma. Depuis que le Sud s'est réveillé, il y a environ vingt-cinq ans, nos villes n'ont eu de cesse qu'elles n'imitent Chicago et New York. Nous y sommes arrivés, mieux que nous ne pouvions l'espérer. Mais nous demeurons aveugles à l'évidence : nous ne voulons pas voir que de son modèle on ne copie que les vices, que la vertu est accidentelle même chez ceux qui la pratiquent. Dans notre corruption il reste donc une sorte de maladresse joviale, une espèce d'innocence anarchique, exaspérante ; et, pensif, les yeux fixés sur la citation, il ruminait sans doute toutes ces heures qu'il passait à huiler la machine de la corruption. Ils entendirent dans le corridor le claquement d'une paire de talons aiguilles : la porte s'ouvrit, c'était sa fille.

Le détective se laissa glisser du bureau, ôta le cigare de sa bouche et souleva son chapeau. « B'jour, Miss Wrennie », fit-il. La jeune fille lui jeta un seul et bref regard, méfiant et pugnace, et elle se dirigea vers le bureau, dont elle fit le tour. Martin prit la citation.

« L'affaire est réglée, dit-il. Tu peux dire à Hickey que je m'en occupe.

— Je lui dirai, dit le détective. Si ça tenait qu'à nous, mademoiselle pourrait griller autant de feux qu'il lui plaît, qu'ils soient rouges, verts, bleus ou violets. Mais vous savez comment ils sont, ceux qui veulent tout chambarder dès qu'ils trouvent l'occasion de protester. Moi, je dis que si les femmes restaient simplement chez elles à s'occuper de ce qui les regarde, elles y trouveraient de quoi rester tranquilles. Mais vous les connaissez, et puis les journaux s'en mêlent.

— Oui. J'en fais mon affaire. Merci beaucoup. » Le détective sortit. Martin reposa la citation sur le bureau et se cala dans son fauteuil. « Je t'ai pourtant bien prévenue, dit-il, que je ne voulais pas de ça. Pourquoi faut-il que tu recommences ? Tu as quand même bien le temps de t'arrêter aux feux ! »

Debout près du fauteuil, la jeune fille répondit :

« J'avais déjà traversé à moitié quand il est passé au rouge. Je... » Il la regardait. « J'étais pressée... » Il la voyait penser, il savait à l'avance ce qu'elle allait lui dire : ses yeux, derrière son petit masque maquillé, couraient en tous sens comme des souris effarées.

« Où allais-tu donc pour être pressée à ce point ?

— Je... nous... nous allions déjeuner au Gayoso. Nous étions en retard.

— Nous ?

— Oui. Jerry Sandeman.

— Il est à Birmingham aujourd'hui. Je l'ai lu dans le journal.

— Il est rentré hier soir. » Elle parlait avec cette voix légère, rapide et sèche que prennent les enfants pour mentir. « Le déjeuner était en son honneur. »

Il la regarda à travers cet aveuglement, cette stupidité qui accompagnent la réussite. « C'est pour le bal qu'il était venu te voir ?

— Le bal ? » Il y avait entre eux comme un abîme de désespoir, et elle le regarda comme un animal aux abois, traqué, débusqué, paralysé. « Non et non, s'écria-t-elle d'une petite voix fluette, je ne veux pas y aller !

— Allons, allons ! » dit-il. Puis il regarda de nouveau la citation. « Les feux rouges, tu sais, c'est pour ton bien, à toi aussi. Imagine que tu renverses quelqu'un. Imagine que quelqu'un grille un feu rouge et te renverse alors que tu fais tes courses. Faut pas oublier qu'il y a du bon comme du mauvais dans les lois. Ça marche dans les deux sens, si tu veux bien te donner la peine d'y réfléchir.

— Oui. C'est promis. Je ne recommencerai plus.

— C'est ça. Ne recommence plus. »

Elle se pencha pour l'embrasser sur la joue. Il ne bougea pas. Il la regarda traverser la pièce sur ses petits talons aiguilles, avec sa robe de couleur vive, dans un cliquetis de bijoux. La porte claqua sur elle. Il s'essuya la joue avec son mouchoir et soumit tranquillement la faible trace écarlate à un examen. Puis il déchira la citation et en jeta les morceaux dans le crachoir.

Une demi-heure plus tard il était toujours assis à la même place, parfaitement immobile. Seule sa lèvre inférieure était animée de mouvements lents. Le téléphone sonna. C'était encore Govelli.

« Quoi ? dit Martin. Si c'est encore à propos de ce camé...

— Attendez, dit Govelli. C'est une sale histoire. Il a renversé une femme en pleine rue en allant vous livrer la marchandise. Elle était sur la chaussée, et un flic l'aidait à changer une roue. Il l'a coincée entre les deux voitures. Le flic qui l'aidait à réparer l'a immédiatement épinglé. » La main crispée sur le récepteur, Martin ne cessait de jurer — et la petite voix poursuivait : « ... grièvement blessée... l'ambulance... s'ils le cuisinent et s'il se met à table...

— Le quitte pas d'un pouce, dit Martin. Empêche-le de parler. » Il reposa brutalement le récepteur, puis il se dirigea rapidement vers un coffre-fort, qu'il ouvrit pour en sortir un second téléphone. Il n'eut pas besoin de demander un numéro. « L'un des types de Govelli vient de renverser une femme dans la rue. Il est au poste. Il faut qu'il quitte la ville immédiatement. »

Le fil bourdonna un moment. Puis la voix

répondit : « Ça sera pas facile, cette fois. Les journaux sont déjà...

— C'est les journaux ou c'est moi que tu préfères avoir aux fesses ? »

Il y eut un nouveau silence. « D'accord. Je m'en occupe.

— Et tu me rappelles dès que tu sais quelque chose. »

Il raccrocha, mais il ne remit pas le téléphone dans sa cachette. Il resta debout devant le coffre ouvert, le téléphone à la main, pendant presque vingt minutes. Il était immobile. Seul son menton remuait lentement. Le téléphone sonna.

« Ça y est, dit la voix. On lui a fait quitter la ville avant qu'il se mette à parler.

— Bien. Et la femme ?

— Elle est à l'hôpital de la Charité. Dès que j'aurai des nouvelles, je vous les communique.

— Bien. »

Il replaça le téléphone dans le coffre, qu'il referma. Puis il le rouvrit et en sortit une bouteille de whisky. En se versant à boire, il se souvint des deux caisses qui devaient être livrées chez lui, et qui étaient maintenant dans l'auto de Popeye, au poste de police. « Sacrés ritals », dit-il. Après avoir avalé son whisky, il revint à son bureau. Au moment où il allongeait le bras vers le téléphone, la sonnerie retentit. Il attendit longtemps, la main posée sur l'appareil, sa lèvre inférieure remuant lentement contre sa gencive. La sonnerie s'interrompit. Il porta le récepteur à son oreille. C'était l'hôpital de la Charité qui lui annonçait que la jeune fille était morte sans reprendre connaissance, et que...

« La jeune fille ? demandai-je.

— Celle que Popeye avait renversée, dit Don Reeves en me regardant. Je ne vous l'avais pas dit ? C'était sa fille. »

Histoire triste

I

Assis derrière son bureau sobre et impeccable,
le Dr Blount regarda son visiteur : c'était un
homme trapu, épais, un peu chauve, au visage
gris et impassible, au regard embrumé ; il portait
un costume froissé de serge très ordinaire et une
cravate nouée de façon négligée, et il tenait à la
main un chapeau sale en feutre noir. « Vous vouliez me voir ? dit le Dr Blount.

— Vous êtes bien le Dr Blount ? dit l'autre.

— Oui », répondit Blount. Surpris, il dévisagea l'homme d'un air interrogateur, et il jeta rapidement un coup d'œil à droite et à gauche,
comme un homme qui cherche une arme ou une
issue. « Asseyez-vous donc, je vous en prie. »

Le visiteur saisit l'unique chaise de la pièce,
une chaise à dossier droit qui se trouvait de
l'autre côté du bureau. Il garda son chapeau à la
main. Ils se dévisagèrent un moment ; à nouveau
Blount esquissa un rapide mouvement de la tête,
à droite puis à gauche. « Vous devez pas savoir
qui je suis, dit le visiteur.

— J'avoue que non, dit Blount, se tenant toujours droit et immobile dans son fauteuil, et gardant les yeux fixés sur le visiteur. Puis-je... ?

— Je m'appelle Martin. » Blount ne broncha pas, les yeux toujours fixés sur le visiteur. « Dal Martin.

— Ah, dit Blount. Je me rappelle votre nom. Je l'ai vu dans les journaux. Vous faites de la politique. Mais je crains que vous ne soyez venu pour rien. Je n'exerce plus. Il faudra...

— Je suis pas malade », dit le visiteur. Épais, immobile, débordant du siège étroit et dur sur lequel il était assis, il regardait Blount. « Je suis pas venu pour ça. Mais je crois bien que j'en sais plus sur vous que vous sur moi.

— Pourquoi êtes-vous venu me voir ? »

Le visiteur ne l'avait pas quitté des yeux ; pourtant, Blount se laissa aller dans son fauteuil, où il se cala confortablement en jetant sur l'homme un regard curieux. « Qu'est-ce que vous me voulez ?

— Vous êtes le président de cette société, les Gardes Nonconnah... » Il parlait avec un fort accent du terroir.

« Oui. J'occupe ce poste. » Il regarda le visiteur ; ses yeux se plissèrent, son regard devint absent : il réfléchissait. « Oui, je me souviens maintenant. On a parlé de vous à propos du pavage de Beauregard Avenue. Et vous êtes venu me voir au sujet du nouveau bâtiment des Nonconnah. Je vais vous décevoir...

— C'est pas ça, dit Martin.

— Non ? » Ils se regardèrent.

Le visiteur parlait d'une voix lente, monocorde, comme un paysan, sans cesser de regarder Blount, et son visage restait impassible. « J'ai de l'argent, et je suppose que vous le savez. C'est

pas un secret. Et j'ai une fille. Elle est gentille, ma
fille. Mais ma femme est morte et nous n'avons
pas de famille à Memphis. Y a pas de femme
pour la guider dans la vie. Faudrait lui faire rencontrer les gens comme il faut et éviter les autres,
comme une femme peut le faire. Parce que je
veux qu'elle fasse son chemin. Moi j'ai pas eu de
chance au départ, je veux qu'elle en ait et ses
enfants encore plus. Faut que je fasse le maximum pour elle.

— Oui ? » dit Blount. Il ne s'était pas vraiment
raidi, mais il commençait à se redresser lentement, à se carrer dans son fauteuil, sans quitter
des yeux le visage gris de l'homme qui lui faisait
face de l'autre côté du bureau. Le visiteur poursuivit son exposé, sans hâte, sur un ton
monocorde.

« Elle a beaucoup de succès. Elle sort tous les
soirs, elle va aux bals du West End et dans les
dancings de banlieue. Mais c'est pas ça que je
veux pour elle.

— Et qu'est-ce que vous voulez ?

— Les Gardes...

— Nonconnah.

— Ils donnent un bal chaque hiver. Là où vont
les jeunes filles, les débi...

— Les débutantes, dit Blount.

— Oui, les débutantes. C'est comme ça qu'elle
les appelle, celles qui ont leur photo dans le journal. Celles qui ont toujours habité à Memphis, et
qui ont des rues à leur nom. C'est pareil pour les
hommes. Les garçons, les jeunes gens. Elle est
gentille, ma fille, même si j'habite pas Memphis
depuis qu'elle est née et qu'il y a pas de rue qui
porte son nom — pas encore. N'empêche que sa

maison vaut bien les leurs. Et je suis tout à fait capable de construire une Martin Avenue.

— Ah bon ! dit Blount.

— Oui. Je peux faire ce que je veux, ici.

— Tiens, dit Blount.

— Je me vante pas. Je vous le dis, c'est tout. Y a beaucoup de gens à Memphis qui peuvent vous le dire.

— Je n'en doute pas, dit Blount. Mes souvenirs se précisent en ce qui vous concerne. L'un de vos monuments se trouve tout près de chez moi.

— Un de mes monuments ?

— Une rue. Elle a été pavée il y a trois ans, et ça n'a duré qu'un an : il a fallu tout refaire.

— Ah ! dit Martin. Wyatt Street. Des escrocs. Mais je les ai bien eus. Sont finis maintenant.

— Mes félicitations pour votre civisme. Mais, maintenant, vous voulez... exactement quoi ? »

Ils se regardaient fixement. Les mots ne venaient pas. Martin, le premier, détourna les yeux. « Elle est gentille, dit-il d'une voix lente et monocorde. Elle vaut bien toutes les autres. Elle vous ferait pas honte. Elle ferait honte à personne. J'en fais mon affaire.

— À ce que je vois, vous êtes expert et prophète aussi bien pour l'éducation des filles que pour les adjudications de travaux.

— J'en fais mon affaire. Je vous donne ma parole. C'est promis. »

Blount se leva brusquement ; debout derrière son bureau, c'était un homme fluet, plus petit que son visiteur. « Sans aucun doute vous saurez pousser votre fille beaucoup plus haut que je ne le pourrais moi-même, avec le peu d'influence dont je dispose. Au niveau qu'elle mérite, de toute évidence, pour la simple raison qu'elle est la fille de son père. Est-ce tout ce que vous me vouliez ? »

Martin, lui, ne s'était pas levé. « Vous vous trompez si vous pensez que c'est un chèque, et qu'il faudra le déposer à la banque. C'est du liquide.

— Vous l'avez sur vous ?

— Oui.

— Bien le bonjour, monsieur », dit Blount.

Martin ne bougeait toujours pas. « Dites un chiffre, et je le double.

— Bien le bonjour, monsieur », dit Blount.

Une fois dans le couloir, l'homme remit lentement son chapeau, puis il s'immobilisa quelque temps, remuant lentement les mâchoires comme s'il avait mastiqué quelque chose. « C'est l'argent, dit-il enfin. Pourquoi diable un type pareil peut-il avoir de tels besoins d'argent ? On ne me fera pas croire qu'un type comme ça... »

II

Au croisement de Madison Avenue et de Main Street, là où les tramways amorcent la descente en brinquebalant et en grinçant dans un tintement de cloches qui annonce et déclenche le passage du feu rouge au feu vert, Memphis a des allures de grande ville. Mais si l'on remonte ou si l'on descend Main Street, ce n'est qu'une petite ville de campagne — en plus grand : la rue pourrait avoir été prélevée tout entière sur l'arrière-pays de l'Arkansas ou du Mississippi. Ce sont les mêmes espaces réservés aux automobiles, soigneusement mais inutilement matérialisés par des bandes de peinture défraîchie et marquée de traces de pneus, les mêmes vitrines crasseuses encombrées de bottines, de souliers vernis de couleur vermillon et de sous-vêtements soldés encore munis de leurs étiquettes souillées de chiures de mouches ; ce sont les mêmes annonces, emphatiques et enthousiastes, de soldes pour cause d'incendie, peintes sur des calicots de fabrication domestique usagés qui claquent dans le vent.

Mais au croisement de Madison et de Main, à l'endroit où quatre grands buildings se dressent à angles droits pour former un tunnel vertical en haut duquel le bourdonnement continu de la circulation résonne comme au fond d'un puits, règnent la vie remuante et l'agitation des grandes villes, le va-et-vient incessant d'une foule décidée ; on dirait autant de composants atomiques lâchés en pluie sur une zone donnée, se ruant vers n'importe quelle issue, puis disparaissant comme des flocons de neige, aussitôt remplacés, aussitôt oubliés. À cet endroit, il y a toujours des grappes de gens : des mendiants munis de sébiles qui vendent des crayons, des camelots qui font danser des jouets et proposent des remèdes de bonne femme ; des dactylos, des employés et des lycéens en culotte de golf et en chandails aux couleurs vives qui attendent le tram ; des types qui racolent pour le compte des cercles de *craps*[1] ou de poker clandestins et des tripots ; des paysans de l'Arkansas ou du Mississippi venus passer une journée en ville, des banquiers et des avocats, ou des femmes et des filles de banquiers et d'avocats des quartiers chics de Peabody, Belve-

---

1. Jeu de dés. (*N.d.T.*)

dere ou Sandeman Park Place attendant leur
mari ou leur automobile. Qui que vous soyez, si
vous passez là trois fois de suite, vous rencontre-
rez quelqu'un que vous connaissez, et vous serez
remarqué par cinquante autres personnes qui ne
manqueront pas de s'intéresser au fait que vous
passez par là. C'est pourquoi chaque après-midi,
quand le Dr Blount quittait son cabinet, à deux
pas du carrefour, il s'arrêtait sur le pas de la porte
et, en hiver, serrait son foulard de soie sur sa
gorge et sur son menton, boutonnait son
pardessus et disait : « Et maintenant, en route
pour le supplice » avant de sortir dans la rue
comme on entre dans un bain glacé. Il aurait pu
passer par-derrière, mais il ne le faisait pas. Il
s'arrêtait un instant sur le pas de la porte avant
de se mêler au flot de la foule et de remonter
jusqu'à Madison, où il tournait vers le fleuve en
direction du parking découvert où il laissait sa
voiture ; arrivé là, il pressait un peu le pas pour
l'atteindre, ouvrait la portière, s'installait, la
refermait sur lui. Alors seulement il se rendait
compte qu'il avait transpiré abondamment.
« C'est parce qu'ils ne me connaissent pas, pensait-il. Ils ne me connaissent que par mon apparence, mon apparence que je déteste. Ils ne
savent pas qui je suis. »
   Il ne regardait ni à droite ni à gauche. Les gens
qui attendaient pour traverser — paysans de
l'Arkansas ou du Mississippi en chemises de laine
ou de coton, sans cravate ; employés, mécaniciens, sténodactylos portant des bas de rayonne
brillants et maquillées de cosmétiques achetés
chez Woolworth — voyaient un petit homme un
peu frêle, tiré à quatre épingles, et ils pensaient
que ce visage tendu de grand nerveux et de grand

timide était celui d'un homme prospère, propriétaire d'auberge, marchand de coton ou commerçant ; en tout cas, quelqu'un qui avait un solide
compte en banque et qui dormait bien la nuit,
dans un bon lit chaud ou frais à son gré, placé
dans une chambre où les bruits de la ville ne parvenaient qu'étouffés. Ils ne pouvaient pas savoir
que sous ce manteau bien ajusté, il y avait un
homme qui depuis si longtemps s'entraînait à
absorber l'impact de ces regards — regards qui
n'étaient probablement ni curieux ni interroga-
teurs ni sarcastiques ni même conscients de sa
présence — qu'il les portait maintenant sur son
corps comme autant de grains de poivre sur une
plaie à vif. Ce n'est qu'une fois assis dans la voiture, lorsqu'il avait refermé la porte sur lui, qu'il
se sentait mieux. Puis il devait repasser par le carrefour, quelquefois attendre le passage au feu
vert signalé par la sonnerie stridente et brutale,
conscient, certes, des gens qui étaient là, mais ce
n'étaient plus maintenant des individus, des pensées, des interrogations, des regards. C'étaient de
simples éléments du décor : les alignements de
réverbères, globes lumineux formant de part et
d'autre de l'asphalte deux lignes de fuite qui, en
s'inclinant légèrement vers le fleuve, semblaient
se rejoindre à l'infini et dessiner comme un collier de perles sur la peau brune d'une gorge
étroite ; les immeubles, les enseignes, le
vacarme : c'était Memphis, où il était né dans la
maison même où était né son grand-père.

Il avait quarante ans. Il ne s'était jamais marié.
Il vivait avec sa grand-mère, infirme, qui avait
quatre-vingt-dix ans, et une sœur de son père qui
était vieille fille. Il était fils unique. Sa mère était
morte à sa naissance. Son père était un homme

à la voix forte et aux façons carrées, un homme à l'esprit pratique, médecin de second ordre mais heureux en clientèle qui aimait se lever à trois ou quatre heures du matin pour aller rendre visite aux émigrés grecs ou italiens qui habitaient à la lisière de la ville. Quand Blount était enfant, son père le taquinait, le faisait marcher, l'amenant à se dévoiler, à lâcher des aveux innocents, abandons de dignité que les enfants ressentent de manière si tragique. Poursuivi par la voix tonitruante de son père, il sortait de la pièce en courant et montait l'escalier quatre à quatre pour se réfugier dans un cagibi obscur qui servait de lingerie et où il allait se tapir, tremblant, près de s'évanouir, suant et se tordant dans le noir, torturé par sa propre impuissance. Mais il ne pleurait pas. Il restait accroupi dans l'obscurité, les yeux grands ouverts, l'oreille extraordinairement aux aguets quoique son attention fût sans objet, sentait la sueur adhérer à ses vêtements et son corps se refroidir en conséquence, et pourtant suant toujours. Il pensait au dîner, qui allait l'obliger à descendre se mettre à table, et son estomac se tordait et se nouait comme un poing. Pourtant, il avait peut-être eu faim avant que son père ne le pousse à se trahir. À mesure qu'approchait l'heure où on sonnerait le dîner, le temps pour lui s'étirait en années, et il connaissait les affres de l'indécision, car la sudation excitait le fonctionnement de ses glandes ; il n'avait à la bouche que le goût de sa propre salive, et il avait très faim. Il se glissait dans la salle à manger avant que le repas fût servi. Quand les autres entraient, ils le trouvaient à sa place, immobile, la tête penchée comme s'il attendait non pas d'être frappé, mais plutôt de recevoir un seau

d'eau sans avertissement. Entre-temps, sa tante
avait parlé à son père, et on le laissait tranquille.
Assis à sa place, c'est avec une sorte d'horreur
qu'il se voyait se gorger de nourriture. Après
quoi, il savait qu'une fois couché, il s'endormirait
rapidement, pour se réveiller une demi-heure
plus tard comme sous l'effet d'un réveil interne,
et qu'il serait pris de violentes nausées. C'est
parce qu'il savait cela qu'une fois assis dans la
bibliothèque où son père lisait le journal et où sa
tante cousait, il éclatait en sanglots, sans que personne comprît pourquoi — lui non plus — sauf
sa tante, qui voulait croire qu'elle comprenait.
« Ça fait un jour ou deux qu'il n'est pas bien »,
disait-elle avant de lui administrer un remède
dont il n'avait pas besoin, et de le mettre elle-
même au lit, où il s'endormait presque immédiatement. Une demi-heure plus tard, il se réveillait,
pris de violentes nausées, et attendait que la
nature le soulage à la fois du dîner et du remède.
Plus tard, quand il fut étudiant en médecine, puis
médecin lui-même, il eut plusieurs fois l'occasion
de découvrir, avec le même mélange d'horreur et
de désespoir, que les circonstances le poussaient
parfois à trahir ses propres principes de bien-
séance ; mais il avait appris à se passer du cagibi,
tout comme il avait appris à maîtriser la fringale
qui s'ensuivait. Il n'empêche que, ces jours-là, il
se réveillait toujours une demi-heure après s'être
endormi, en nage et en proie à la nausée,
quoiqu'il eût l'estomac vide et qu'il eût froid intérieurement. Alors il se prenait à croire qu'il allait
mourir et, assis dans son lit, ses cheveux rares en
broussaille, le visage blême et préoccupé, ses
sens en alerte comme si la peau de son visage
était tendue par l'attention, il mesurait son pouls

et prenait sa température avec un thermomètre qu'il portait toujours sur lui, dans un étui muni d'une pince, comme un stylo.

Il avait hérité la clientèle de son père ; après une quinzaine d'années, celle-ci s'était réduite à quatre ou cinq vieilles dames souffrant de goutte ou d'indolence, à qui il rendait des visites de pure routine ; mais il avait largement de quoi vivre, même si sa grand-mère et sa tante percevaient sur l'héritage des droits de revenu et de réversion. Il n'en avait pas moins conservé un cabinet en ville, cabinet qui, à son insu, jouait exactement le rôle du cagibi de son enfance ; aussi, lorsqu'il marquait une pause sur le seuil de la porte pour prendre mentalement son souffle avant de mettre le pied dans la rue, la phrase qu'il prononçait : « Et maintenant, en route pour le supplice », constituait-elle le pendant du martyre d'indécision qu'il éprouvait naguère quand, accroupi dans le cagibi obscur, il attendait l'heure du souper.

Quant à ses relations avec ses clients, on ne pouvait guère dire qu'elles constituaient des contacts avec le théâtre de la vie contemporaine — avec aucun théâtre vivant, en fait. Les maux dont souffraient ses clients n'étaient pas de la sorte qu'un médecin peut soulager ou guérir : ils souffraient du temps et de la chair. Ils vivaient dans des pièces confortables, bien protégées, à l'atmosphère confinée, où ils passaient l'heure de sa visite à parler de leur enfance, de leurs parents et des enfants qu'ils avaient eus dans les années qui suivirent immédiatement la guerre de Sécession ; et Blount, lui, avec son visage calme mais toujours un peu préoccupé, un peu perdu, racontait des histoires qu'il avait entendues de la

bouche de sa grand-mère, des histoires de cette
époque-là, comme s'il l'avait vécue lui-même. Un
jour, alors qu'il était encore jeune, il avait brève-
ment pris conscience du fait qu'il ne s'était toujours pas débarrassé du cagibi. « Au fond, je ne
suis qu'une vieille dame, se dit-il. On s'est simplement trompé de corps : on m'a glissé dans
celui qu'il ne fallait pas, et trop tard. » C'est pourquoi, quand il fut en France comme membre du
personnel d'un hôpital de campagne, il chercha
délibérément querelle à un homme plus grand
que lui ; il tremblait de terreur (et non de peur)
en allant au combat sans plus d'espoir que de
préparation, et il avait pris une raclée. Mais la
fierté, l'aura de satisfaction ne le menèrent même
pas jusqu'au sommeil. « Ça n'aurait pas été différent si je l'avais battu », se dit-il, et le jour suivant, il avait eu honte de son œil au beurre noir
et de ses dents cassées. Il demanda et obtint son
transfert dans un autre hôpital de campagne, où
il raconta qu'il avait été pris à partie par un
malade qui souffrait des séquelles d'un bombardement.

Une fois libéré, il passa les dix années suivantes à voir sa clientèle se réduire à quatre ou
cinq vieilles dames qui se mouraient lentement
et plaintivement dans d'immenses demeures
aussi cossues que laides, demeures qui se dressaient en bordure de rues portant les noms évo-
cateurs de généraux et de champs de bataille
confédérés : Forrest Avenue, Chichamauga Place,
Shiloh Place ; et il passait des après-midi entiers
assis entre quatre murs massifs et moisis, à l'abri
du vacarme et de la fureur. « C'est parce que
j'aime l'odeur, se disait-il, l'odeur de la chair des
vieilles femmes. »

Le seul contact qu'il avait avec le théâtre social dont il faisait partie, il le devait à la présidence de la société des Gardes Nonconnah, fonction qu'il exerçait depuis douze ans. Chaque année, en décembre, il présidait le bal au cours duquel étaient présentées les débutantes. Quoique, dans ce cas, il n'y eût pas d'odeur de vieille femme, et que ce fût toujours à son insu, cette charge — l'honneur insignifiant, illusoire qui consistait à choisir la musique, les décorateurs et les traiteurs, et à vérifier pour l'approuver la liste des invités —, c'était encore un cagibi.

La société avait été organisée en 1859 par cinquante et un jeunes gens de la ville, tous célibataires. Le bataillon élut ses officiers, et se vit conférer le statut d'unité de la Garde nationale, sous le commandement du grand-père du Dr Blount. Cette année-là et les deux suivantes, en décembre, un bal fut organisé. En 1861, le bataillon renonça à son statut et rejoignit l'armée confédérée. En 1865, seize des membres fondateurs rentrèrent au foyer. La société fut interdite par le gouvernement fédéral, et les seize s'éparpillèrent dans le Sud pour prendre la tête de bandes vouées à des activités nocturnes qui consistaient à terroriser et à intimider les Noirs, tantôt avec et tantôt sans raison. Quand les derniers *carpetbaggers* furent expulsés et que les commissaires de police et les élus noirs qui administraient les États depuis la guerre furent renvoyés aux champs de coton, les Gardes se réorganisèrent, retrouvèrent leur statut, et donnèrent un nouveau bal, qui fut répété chaque année, en décembre. Lors de sa restauration, la société s'était dotée d'un état-major minimum d'officiers de l'armée régulière, mais il y avait aussi une hié-

rarchie parallèle, sociale celle-là, composée
d'officiers élus, le plus haut en grade étant le
porte-enseigne : c'est à ce rang que Blount avait
été élu en 1918, dans un café parisien.

III

Une fois que son coupé avait descendu Main
Street, tourné dans Union Avenue en fendant la
circulation, et se trouvait hors de la zone embou-
teillée, dans l'une des deux files parallèles d'automobiles qui échappaient rapidement aux feux et
aux sonneries, il se calmait : la sueur s'évaporait,
une couche de vide et de fraîcheur semblait se
glisser entre sa peau et ses vêtements. Il sentait
son corps se raffermir, comme si le mouvement
avait eu pour effet de l'isoler, de le remodeler,
pour faire de lui un homme lancé à toute vitesse
dans une cabine de verre bien close et bien iso-
lée sur l'asphalte lisse et chuintant. C'est alors
seulement qu'il commençait à regarder autour de
lui et devant lui, nommant les rues avant de les
atteindre ; et les noms évoquaient de vieilles
batailles perdues et des hommes qui — du moins
aimait-il à les imaginer ainsi — habitaient maintenant quelque Walhalla des invaincus, y galopant à jamais sur des montures infatigables, cheveux longs flottant au vent et sabres au clair :
Beauregard, Maltby, Van Dorn ; Forrest Park
avec sa statue d'un homme intrépide montant un
cheval intrépide ; Forrest : un homme sans éducation, soldat comme Goethe était poète, dont la
tactique, pour gagner les batailles, consistait à
« aller le plus loin possible avec le plus d'hommes
possible », et sous le commandement de qui était

tombé son grand-père. En ralentissant, il passa
une rue dont tout un côté était déjà éventré, et
ponctué de petits drapeaux rouges mollement
cloués sur des bâtons, et au milieu de laquelle
une équipe de Noirs et d'italiens travaillait à
coups de pelles et de pioches. « Un monument,
se dit-il. Mais, Dieu merci, pas plus solide que le
laiton ! »

IV

La pièce était une vaste chambre à coucher carrée encombrée de meubles massifs et lourds.
Près de l'âtre, dans un gros fauteuil, une vieille
dame reposait, emmitouflée dans des châles. À
côté d'elle, assis sur une chaise droite et penché
en avant, Blount parlait. « Je ne l'avais jamais vu
avant. Il était là, dans mon cabinet, à m'offrir de
l'argent pour que j'autorise sa fille à assister au
bal. Il avait l'argent sur lui, en liquide. Mais je ne
l'avais jamais vu avant. J'avais entendu parler de
lui, naturellement, surtout pendant les périodes
électorales, quand vos clubs de femmes pré-
sentent des listes avec pour seul programme de
chasser de la ville le grand prêtre de la corruption. Mais je ne le connaissais pas. Je ne savais
même pas qu'il n'était pas d'ici. Si je l'avais su,
peut-être que mon amour-propre de citoyen de
Memphis... Vous comprenez : si nous devions
être volés, autant l'être par des gens de chez nous.

— Il n'est pas d'ici ? demanda la femme.

— Il est du Mississippi. Il était propriétaire
d'une épicerie, peut-être aussi d'une station-ser-
vice, en bordure d'une petite ville. Le magasin le
faisait vivre, lui, sa femme et sa fille ; et, à en

juger par sa résidence actuelle, ça ne se passait pas il y a aussi longtemps que vous pourriez le croire. Il a une belle maison, plus spacieuse que ne l'était le Fort Moro à l'Exposition de Saint Louis[1]. Il doit y avoir huit ou dix arpents de tuiles rouges sur le toit.

— Comment savez-vous cela ?

— N'importe qui peut voir sa maison : on ne peut pas faire autrement ; elle se voit d'aussi loin que le magasin Sears et Roebuck.

— Je veux dire, comment en savez-vous autant sur lui ? » Elle regardait attentivement Blount.

« Je me suis renseigné, j'ai demandé. Croyez-vous que je vais laisser un homme essayer de me corrompre sans tenter d'en savoir le plus possible sur lui ?

— Est-ce pour deviner si la tentative a des chances d'aboutir ? »

Blount se figea. Il regarda son interlocutrice. « Est-ce que vous... Grand Dieu ! Je... Vous me mettez en boîte, comme disent les enfants de nos jours. Il est possible que, par corruption, je sois amené à me trahir moi-même, et je pense que c'est le cas de tous les hommes modernes : qui n'est pas à vendre, pourvu qu'on y mette le prix ? Mais pas à trahir les gens dont j'ai la confiance.

— Vous parlez de votre élection à la tête d'un club de danse », dit la femme.

Déjà, sa bouche formait des mots de réfutation, mais il les ravala. « Balivernes, dit-il. Pourquoi discuter avec vous ? Vous n'êtes qu'une

---

1. Exposition organisée en 1904 à l'occasion du centenaire de la cession de la Louisiane aux États-Unis ; le « Fort Moro », réplique des remparts de Manille, tirait son nom du village indigène reconstitué à l'intérieur. (*N.d.T.*)

femme. Vous ne pouvez pas vous mettre à la place d'un homme pour savoir comment il réagit aux choses sans valeur, celles qui n'ont pas la marque du dollar. Si ce dont je vous parle avait une valeur marchande, un prix sonnant et trébuchant, je vous croirais immédiatement. Il est évident que ça leur est bien égal, aux autres. Les filles ne la connaîtraient même pas, et les garçons ne l'inviteraient pas à danser. Elle s'ennuierait à mourir. Nous savons cela, ce n'est pas d'elle qu'il est question.

— Alors de quoi est-il question ?

— Je ne sais pas, c'est là le problème. Je ne sais rien du tout de cette affaire.

— Ce n'était pas la peine d'aller le revoir, votre homme.

— Comment savez-vous... » Il la regarda, bouche bée. Il avait les traits tirés et l'air tendu, souffrant. Il ferma la bouche. « Oui, je lui ai envoyé un mot, je l'ai convoqué. Et il est revenu, dans le même costume. Il m'a proposé de faire construire de nouveaux quartiers pour les Gardes. Nous avons parlé. Il m'a raconté...

— Et vous avez accepté ?

— Non, et vous le savez très bien. Je ne pouvais pas lui vendre les Gardes, parce qu'une fois qu'il les aurait achetés, ils auraient perdu toute valeur. Ce ne seraient plus les Gardes. Ce serait comme si je lui vendais Forrest Park, ou ce que représente Van Dorn Avenue. Alors on a parlé. Il est né dans une plantation du Mississippi, et il y a passé son enfance. Des métayers, vous connaissez : toute la famille pieds nus neuf mois sur douze. Il y avait six enfants dans une cabane à une seule pièce, avec un toit à une seule pente, et il était le plus jeune. De près ou, plus souvent, de loin, il voyait le propriétaire, monté sur un cheval de selle, inspectant ses champs où travaillaient ses métayers, appelant ceux-ci par leur prénom et eux l'appelant Monsieur ; et, de la route qui passe devant la grande maison, après s'être échappé de chez lui alors que le reste de la famille était aux champs, il voyait le propriétaire allongé dans un hamac entre les arbres, à deux, trois ou quatre heures de l'après-midi, alors que, dans les champs de coton chatoyants, ses parents, ses frères et ses sœurs suaient dans leurs vêtements de calicot et sous leurs chapeaux de paille comme des objets sauvés de la poubelle.

« Un jour, son père l'envoya porter un message à la grande maison. Il se présenta à la porte d'entrée, que lui ouvrit un nègre, l'un des rares nègres de ce pays, de cette région : le représentant d'une race que la sienne haïssait de naissance par suspicion, par jalousie économique et, dans ce cas, par envie. Lui et les siens exécutaient des travaux que les nègres refusaient de faire, et mangeaient ce que les nègres de la grande maison auraient refusé de manger. Le Noir lui barrait le passage, et ils restèrent tous deux plantés là jusqu'à ce que le patron, surgissant des profondeurs du vestibule, vienne jeter un coup d'œil sur l'enfant dans sa combinaison tout usée, et lui dise : "Ne t'avise pas de te présenter deux fois à ma porte. Quand tu viens ici, passe par la cuisine. Ne t'avise pas de te présenter deux fois à ma porte." Le nègre était passé derrière le patron, et il riait dans son dos. Martin m'a dit qu'en redescendant l'allée après avoir fait demi-tour, il sentait les yeux tout blancs du nègre posés sur lui, et il savait qu'il riait de toutes ses dents blanches.

« Il n'est pas rentré chez lui. Il est allé se cacher

dans les sous-bois. Il avait faim et soif, mais il y est resté toute la journée, à plat ventre dans un fossé. Le soir approchant, il a rampé jusqu'au bord du champ, et là, il a aperçu son père, son frère et ses deux sœurs aînées, toujours attelés au travail. Il n'est rentré chez lui qu'à la tombée de la nuit, et il n'a jamais plus adressé la parole au patron. Jusqu'à ce qu'il soit devenu adulte, il ne l'a d'ailleurs jamais revu de plus près que pendant ses inspections à cheval dans les champs. Mais il l'observait : la façon dont il montait, la manière qu'il avait de porter son chapeau et de parler ; quelquefois, il allait se cacher pour se faire de grands discours où il imitait les gestes du patron tout en regardant l'ombre qu'il projetait sur le mur de la grange ou sur le talus du fossé : "Ne t'avise pas de te présenter deux fois à ma porte. Passe par la cuisine. Ne t'avise pas de te présenter deux fois à ma porte." C'est alors qu'il s'est juré d'être lui-même riche un jour, avec un cheval que les Noirs selleraient et desselleraient, et un hamac pour se reposer pendant les heures chaudes, les pieds déchaussés. Pour lui qui n'avait jamais possédé de chaussures, le comparatif consistait à en porter tout le temps, été comme hiver, le superlatif à en avoir sans même les porter.

« Puis il fut adulte. Il avait femme et enfant, et il était devenu propriétaire d'un petit commerce en pleine campagne, non loin de là. Sa femme savait lire, mais lui n'avait jamais eu l'occasion d'apprendre. Aussi enregistrait-il au fur et à mesure dans sa mémoire les recettes de la journée — les bobines de ficelle, les cinq sous de lard, de graisse à essieu, ou de pétrole — pour les réciter, le soir après le dîner, à sa femme qui les

inscrivait dans un livre de comptes. Il n'a jamais
fait la moindre erreur, parce qu'il ne pouvait pas
se le permettre.

« Le soir, dans le magasin, il jouait au poker
avec le patron. À la lumière de la lampe, ils
improvisaient une table et utilisaient des clous de
ferronnerie en guise de jetons. Il disposait aussi
une cruche de whisky, un verre, une cuiller et un
sucrier ébréché. Quant à lui, il ne buvait pas ; et
il m'a affirmé qu'il ne connaissait toujours pas le
goût de l'alcool. Le patron était devenu vieux,
avec une moustache blanche souillée par le
tabac, des mains tremblotantes, et des yeux qui
ne voyaient plus très bien, même en plein jour. Il
ne devait pas être bien difficile de le rouler. Quoi
qu'il en soit, ils pariaient tous les deux tour à
tour, avec les clous. "J'ai trois dames, disait le
patron en tendant la main vers les clous. Essaye
donc de faire mieux." Alors l'autre abattait son
jeu ; le patron se penchait pour voir, maintenant
les mains au-dessus des clous. "C'est une
séquence, dit l'autre. J'ai encore eu de la chance."
Le patron jure, ramasse un cigare refroidi dans
sa main tremblotante, et se met à le sucer. "Fais-
moi un autre toddy, dit-il. Et donne."

« Une fois installé à Memphis, il a commencé
par une épicerie dont les clients étaient les Italiens et les Noirs de la banlieue. Sa femme et sa
fille habitaient un deux-pièces au-dessus du
magasin, avec un petit potager par-derrière. Sa
femme était contente. Mais quand il se fut enrichi et quand, s'étant installé en ville, il se fut
encore enrichi, elle n'était plus contente. Ils habitaient tout près, dans une rue où, de la fenêtre
du premier étage, ils pouvaient voir les enseignes
électriques ; et chaque campagne électorale lui

rapportait beaucoup d'argent ; mais il n'y avait
plus de potager. C'est ça qui a tué sa femme : pas
l'argent, mais le fait qu'ils n'avaient plus de jardin et qu'il y avait dans la maison un domestique
noir dont la présence lui déplaisait. Alors elle
mourut, et il l'enterra dans un terrain privé. Il
m'a dit que le cénotaphe lui avait coûté douze
mille dollars. Mais, a-t-il ajouté, il pouvait se le
permettre : d'après lui, il aurait pu y consacrer
cinquante mille dollars, à l'époque. "Ah, ai-je fait
remarquer, c'est vrai : vous aviez des contrats de
voirie. — Il faut bien que les gens marchent sur
quelque chose, dit-il. — Il faut bien qu'ils votent,
aussi, ai-je ajouté. — Très juste", a-t-il répondu.
Il m'a précisé qu'il disposait de huit cent dix voix
qu'il pouvait glisser dans n'importe quelle urne
comme autant de cacahuètes.

« Ensuite, il m'a parlé de sa fille. Il m'a dit
qu'elle connaissait des tas de gens qui vont au bal
des Gardes, et qu'elle les avait rencontrés dans les
bals du West End et dans des auberges. C'est elle
qui lui en a parlé ; presque chaque soir, elle changeait de bal en compagnie de Harrison Coates,
des fils Sandeman, ou du jeune Heustace
— j'oublie son prénom. Comme elle avait une
auto à elle, elle pouvait quitter la maison pour
partir toute seule les retrouver "au bal", comme
elle disait. Et il le croyait : il disait même "les
bals", au pluriel. "Mais elle les vaut bien, disait-
il. Même s'ils ne viennent pas la chercher à la
maison, comme on faisait de mon temps, quand
on était jeunes. Ils ne savent peut-être pas. Mais
il y a rien qui puisse leur faire honte. Elle les vaut
bien, tous autant qu'ils sont."

« L'autre jour, dans la rue, je suis tombé sur
Harrison Coates ; je veux dire le jeune Harrison,

celui qui a été exclu de Sewanee[1] l'an dernier.
"J'ai entendu parler de ces bals à la Grotte", lui
dis-je. Il me regarde. "C'est comme ça qu'elle les
appelle, lui dis-je. C'est comme ça qu'elle les
décrit à son père. Elle a dit qu'elle vous y retrouvait, avec les fils Sandeman.

— Qui a dit ça ? a-t-il demandé.

— Vous y étiez donc", lui ai-je dit. Puis je lui
dis de qui il s'agissait.

— "Oh, fit-il.

— Vous la connaissez donc.

— Vous savez comment ça se passe : un soir,
on décide de changer d'horizon, on fait une virée
là-bas, et, sur le chemin, on passe prendre une
fille ou deux.

— Sans leur demander leur nom ? Est-ce
comme ça que vous avez fait sa connaissance ?

— La connaissance de qui ?" a-t-il demandé.
Je lui redis le nom. "Vous ne parlez pas de la fille
Martin ?

— Elle-même, lui dis-je. Ceci restera entre
nous, naturellement.

— Je me demandais où vous aviez pu faire sa
connaissance, dit-il. Fichtre. Moi qui pensais..."
Puis il s'interrompit.

— "Pensais quoi ?" Il me regardait. "De quoi
a-t-elle l'air ? lui demandai-je.

— Tout en fard et en bas, comme la plupart
d'entre elles. C'est Hack Sandeman qui l'a rencontrée le premier, je ne sais où, je ne le lui ai pas
demandé. C'est bien celle qui a une Duplex couleur citron, n'est-ce pas ?

---

1. Nom familier donné à University of the South, dans le
Tennessee (*N.d.T.*)

— Oui, c'est ça. C'est la seule voiture de ce genre en ville.

— Ouais, dit-il. Fichtre. Moi qui pensais..." Mais il s'interrompit de nouveau.

"Quoi ? Pensais quoi ?

— Eh bien, elle était sur son trente et un, elle portait une robe avec des diamants et des machins. Quand je me suis approché d'elle pour me présenter, j'ai trouvé qu'il y avait quelque chose en elle... quelque chose de..." Il me jeta un regard.

"Quelque chose de provocant ? dis-je.

— Je ne sais rien sur elle. Je ne l'avais jamais vue avant. Autant que je sache, elle est peut-être très bien. Oui, elle...

— Je ne voulais rien dire de particulier en disant provocant, dis-je. Je me demandais seulement si elle vous observait, si elle avait l'air méfiant : elle attendait peut-être d'être sûre d'en savoir plus sur votre compte.

— Oh, dit-il. Oui, c'est ça. Alors j'ai pensé...

— Quoi ?

— Avec cette auto et le reste, on a pensé qu'elle était peut-être la petite amie d'un type qui lui avait prêté la sienne, qu'elle faisait la bringue ce soir-là, et qu'il allait peut-être rappliquer tout d'un coup pour récupérer la fille et l'auto. Un type de Manuel Street[1] ou de Toccopola, ou dans ces parages.

— Oh, dis-je. C'est donc ce que vous avez pensé ?

— On ne savait pas que c'était la fille Martin. Je n'ai guère fait attention à son nom, parce que

---

1. Mulberry Street dans la réalité : quartier réservé de Memphis. (*N.d.T.*)

j'ai cru que ça devait être un faux nom. Elle donnait un rendez-vous, comme ça, et on allait
l'attendre, et puis elle arrivait dans son auto
jaune et on y montait, mais on regardait tout le
temps derrière, au cas où le type aurait été là.

— Oui", dis-je. Mais Martin m'avait dit qu'elle
était gentille, et je sais que c'est vrai. Je sais
qu'elle n'est rien d'autre qu'une petite paysanne
et qu'elle est encore plus perdue en ville que son
père parce que, contrairement à lui, elle n'a pas
idée de ce qu'elle veut faire. Vous comprenez, elle
n'a pas eu de mère. Tout ce dont elle a envie, c'est
d'avoir des bas de soie, et de brûler les feux
rouges à toute vitesse avec cette auto jaune pendant que les flics la saluent. Mais ça ne faisait pas
l'affaire de son père, ça. Il l'a emmenée à
Washington, et il l'a mise dans un couvent. C'était
la première fois qu'ils mettaient les pieds dans un
pullman, l'un comme l'autre. Au bout de trois
semaines son père, qui était rentré, a reçu une
lettre de la mère supérieure. Depuis qu'il était
parti en taxi en la laissant là, elle pleurait sans
arrêt. Quand il est venu la chercher à la gare, elle
pleurait encore, mais elle s'était poudrée et far-
dée pour cacher les larmes. D'après lui, elle avait
perdu quinze livres.

« Et maintenant, le bal des Gardes. C'est peut-
être à ça qu'il la prépare depuis toujours. Et elle
aurait été capable d'y aller, bien qu'à contre-
cœur ; elle aurait fait preuve de plus d'intelligence que lui : on ne l'aurait même pas remarquée, et on n'en parlerait plus. C'est du bal que
je parle, et de son désir de voir sa fille y assister
malgré elle, pour son bien, comme il veut le
croire. Mais il y a là quelque chose qui lui
échappe, et qui lui aurait toujours échappé,

même le lendemain, où il se serait retrouvé seul
contre elle, contre Memphis, contre tout le
monde. Il resterait convaincu que la chair de sa
chair l'avait trahi et que, tout simplement, elle
n'était pas l'homme qu'était son père. Qu'est-ce
que vous pensez de ça ?

— Rien », dit la femme. Ses yeux étaient fermés, et sa tête reposait sur l'oreiller. « J'ai déjà
entendu cette histoire. C'est celle de la mouche
et du miel.

— Vous pensez que j'aurais... ? que je vais... ?»
La femme ne répondit pas. Peut-être dormait-
elle.

V

Cela se passait au début du printemps. Deux
mois plus tard, par un beau matin de mai, au
moment où il sortait de l'ascenseur à l'étage de
son cabinet, le Dr Blount vit, à l'extrémité du
palier et à contre-jour sur le fond des fenêtres
lumineuses, une silhouette informe, patiente,
minable — celle d'un homme qui l'attendait à la
porte de son cabinet. Ils entrèrent et, une fois de
plus, ils s'assirent face à face de part et d'autre
du bureau sobre et impeccable.

« Il y a une rue qui porte le nom de votre
grand-père, dit Martin. Donc ça ne vous intéresse
pas. Il y en a qui ont des parcs à leur nom : ces
gens-là n'ont pas plus de valeur, mais ils ont plus
d'argent. C'est ça que je propose. » Il portait la
même cravate, le même costume bon marché,
miteux, il avait à la main le même feutre souillé,
et il parlait de la même voix uniforme et plate
— celle des gens de la campagne. « Et je ferais

plus. Je ferais ce qu'ont pas fait ceux qui ont votre
qualité, vous et votre grand-père. Je veux parler
de celui qui a été tué avec Forrest. Mon grand-
père a été tué, lui aussi. On n'a jamais su avec
quelle armée il était parti, ni où il était allé. Un
jour, il est parti, et il est jamais revenu. Il en avait
peut-être assez de rester chez lui. Mais les gens
de mon genre, ça ne compte pas. C'est pas rare,
ça l'a jamais été, et ça n'est pas près de l'être. C'est
ceux de votre genre qui ont le nom que les rues
et les parcs aimeraient bien porter. » Pendant
tout ce discours, il regardait Blount, le visage
émacié, nerveux, imprévisible qui se cachait derrière des lorgnons de l'autre côté du bureau. « Y
a pas de vrai musée à Memphis, et c'est pas
demain qu'y en aura un, si je m'y mets pas. Met-
tez-la sur votre liste, et je ferai construire un
musée dans Sandeman Park. Et puis on lui donnera le nom de votre grand-père qui a été tué
avec Forrest. »

VI

Dans le parc, devant l'immense excavation et
surmontant l'amoncellement brutal et désor-
donné du remblai, un grand panneau se dressait
en tout temps, peint en lettres rouges sur fond
blanc : *Musée Blount. Architectes : Windham et
Healey.* Tous les jours, il passait devant, mais il
ne s'arrêtait jamais. Il entrait dans le parc, et soudain, dominant la verdure taillée des haies qui
couronnaient une éminence, il découvrait le panneau — et il appuyait sur l'accélérateur. « Ce n'est
pas pour moi », se disait-il, bien à l'abri de sa
cabine de verre lancée à toute vitesse, tandis que

le panneau disparaissait de sa vue, « c'est pour les citoyens, pour la ville. Je n'en tirerai aucun profit, pas plus que n'importe quel habitant de Beale Street ou de Gayoso qui peut s'offrir cette promenade. » Et il poursuivait sa route. Les visites qu'il faisait encore étaient brèves. Il restait assis sur des chaises à dossier droit, attendant patiemment que ses clientes goutteuses et alitées en entendent parler, comme, dans l'obscur cagibi de son enfance, il attendait la cloche du souper. Puis, toujours protégé par une espèce d'immunité, il rentrait dîner avec sa grand-mère et sa tante, qui n'avaient pas plus de mémoire que ses clientes. « C'est gentil, de la part de la municipalité, disait la tante. Mais, je dois le dire, ça n'est pas trop tôt. » Et puis elle fixait son regard sur lui, avec ses yeux pénétrants et curieux, et cette affinité instinctive qu'ont les femmes avec le mal. « Mais que diable as-tu bien pu leur faire ou leur dire... ?

— Rien, dit-il au-dessus de son assiette. Ils ont fait ça de leur propre chef.

— Est-ce que tu veux dire que tu n'en as rien su jusqu'à ce que commencent les travaux ?

— Rien du tout », dit-il. Après le dîner, il sortait de nouveau et, lancé à toute allure sur l'asphalte dans l'obscurité trouée par les lampadaires, il entrait de nouveau dans le parc enténébré, et il arrivait brusquement en vue du spectre maintenant indéchiffrable du panneau, tout en se disant : « Comment ai-je pu dire oui ? Comment ai-je pu ? »

Un jour, en fin d'après-midi, il arrêta sa voiture devant la grande maison de sa vieille malade. Après avoir gravi les escaliers, il entra dans la même chambre à coucher et la trouva assise dans le même fauteuil et couverte du même châle qu'auparavant. « Je me demandais ce qui pouvait bien vous être arrivé », dit-elle. Il lui expliqua, penché en avant sur la chaise dure à dossier droit, parlant d'une voix tranquille tandis qu'elle observait son visage dans la lumière du jour qui tombait. « Je ne savais pas que vous étiez si riche, dit-elle. Et je ne pensais pas que la municipalité...

— Si, dit Blount. C'est lui qui a raison. Tout homme est à vendre, pourvu qu'on y mette le prix. C'est là où le bât blesse : il a raison, et avoir raison, ça vaut finalement mieux que d'avoir du courage ou même le sens de l'honneur.

— On dirait, en effet, dit la femme.

— Les autres, ils ont des parcs à leur nom, et que sais-je encore. Et tout ça, c'est parce qu'ils avaient de l'argent disponible au moment voulu. Peu importe la façon dont ils l'ont acquis. Parce qu'à l'époque, dans ce pays, il n'y avait pas tellement de façons respectables de trouver de l'argent. Le problème, c'est qu'il fallait en avoir eu. En avoir eu : vous comprenez ? Si, il y a soixante ans, grand-père ou son père avaient fait ce que j'ai fait, ce serait parfait. Vous voyez ?

— Mais ils ne l'ont pas fait, dit la femme. D'ailleurs, ça n'a aucune importance. Aucune importance.

— C'est vrai, dit Blount. C'est fait. C'est fini, maintenant. Mais pas tout à fait. Grand-mère et moi, nous avons de quoi payer le travail déjà fait et dédommager l'entrepreneur. Arrêter tout. Et laisser le panneau : ce sera ça, le monument.

— Alors, faites-le, dit la femme.

— Vous voulez dire qu'il faut se dédire ?

— Il suffit d'enlever son nom de la liste. C'est tout ce que vous avez besoin de faire. Laissez-le

construire le musée. Il doit bien ça à la municipalité. Après tout, c'est l'argent de la ville qu'il utilise pour creuser le trou. Vous ne saviez pas cela ?

— Non », dit Blount. Elle le regardait depuis
un moment. Maintenant, sa tête reposait sur
l'oreiller et, de nouveau, ses yeux étaient clos,
comme si elle s'était endormie.

« Ah, vous, les hommes, dit-elle. Pauvres niais !

— Oui, dit Blount. Pauvres niais. Mais nous ne
sommes que des hommes, justement. Si la municipalité se laissait voler par lui, je me sentirais
responsable, d'une certaine façon. Seulement, la
municipalité n'a rien à voir là-dedans. Il fut un
temps où je me racontais des histoires. Je me
disais que c'était la ville, et pas moi, qui en tirerait profit. Mais même un homme ne peut pas
longtemps se raconter de telles histoires. Je dis
bien, un homme. Avec les femmes, c'est différent.
Mais nous ne sommes que des hommes, nous n'y
pouvons rien. Alors, que dois-je faire ?

— Je vous l'ai dit. Biffez son nom. Ou bien laissez-le. Après tout, quelle importance ? Imaginez
qu'il y ait cent filles de son genre au bal. Quelle
différence est-ce que cela ferait ?

— Ça en ferait une. Elle n'aimera pas ça. Elle
regrettera. Et ce sera terrible pour lui.

— Pour lui ?

— N'avez-vous pas dit "Pauvres niais" ?

— Allez le voir, dit la femme.

— Pour me dédire ?

— Ah ! vous, les hommes... », dit la femme. Sa
tête reposait sur l'oreiller, et ses yeux étaient clos.
Sur les bras du fauteuil étaient posées ses mains,
des mains épaisses, molles, enflées, couvertes de
bagues. « Pauvres niais ! »

VII

La maison de Martin trônait sur un tertre dans un quartier neuf. Elle était de style espagnol, spacieuse, agrémentée de patios et de balcons. Au crépuscule elle paraissait immense. Quand Blount arrêta sa voiture en haut de l'allée, le roadster jaune se trouvait dans la remise. Il fut reçu par un Noir en manches de chemise, qui ouvrit la porte et le regarda avec une sorte de brusquerie insolente. « Je veux voir Mr. Martin, dit Blount.

— Il mange, dit le nègre en tenant la porte. Qu'est-ce que vous lui voulez ?

— Laissez-moi passer », dit Blount. Il repoussa la porte et il entra. « Dites à Mr. Martin que le Dr Blount désire le voir.

— Le docteur qui ?

— Blount. » Le vestibule était si opulent qu'on s'y sentait oppressé et qu'on y avait froid. À droite se trouvait une pièce éclairée. « Est-ce ici que je dois entrer ?

— Qu'est-ce que vous lui voulez, à Mr. Martin ? » demanda le Noir.

Blount s'arrêta et se retourna. « Dites-lui que c'est le Dr Blount. » Le Noir était jeune ; il avait le teint bistre et la peau grêlée par la petite vérole. « Allez ! » ajouta Blount. Le Noir cessa de le regarder ; il s'éloigna dans le vestibule et se dirigea vers un couloir éclairé. Blount, lui, pénétra dans un immense salon à poutres apparentes ; on aurait dit la vitrine d'un magasin de meubles. Les tapis donnaient l'impression que personne n'avait jamais marché dessus, les meubles et les lampes, que le vendeur venait de les apporter pour approbation : tout était mort, pétrifié, dispendieux. Quand Martin entra, il portait son éternel costume de serge bon marché, et il était en chaussettes. Ils ne se serrèrent pas la main. Ils ne prirent même pas la peine de s'asseoir. Blount se tenait près d'une table couverte d'objets qui, eux aussi, donnaient l'impression d'avoir été empruntés ou volés à une vitrine. « Je me vois dans l'obligation de vous prier de bien vouloir me libérer de mon engagement, dit Blount.

— Vous avez changé d'avis, dit Martin.

— Oui, dit Blount.

— Le contrat est signé, et les travaux ont commencé, comme vous avez pu le constater, dit Martin.

— Oui », dit Blount. Il glissa la main dans l'ouverture de son veston. De derrière la porte leur parvint le claquement rapide d'une paire de petits talons durs et cassants, et la fille de Martin entra, parlant déjà :

— Je m'en... » En voyant Blount, elle s'arrêta ; c'était une fille menue, aux cheveux filasse, qui donnaient l'impression d'avoir été torturés pour encadrer un petit minois fardé de façon criarde, et aux yeux à la fois pleins de défi et incertains : provocants. Sa robe était trop longue et trop rouge ; sa bouche aussi était trop rouge, et ses talons trop hauts. Elle portait des boucles d'oreilles et, sur le bras, elle avait glissé un manteau de fourrure blanche, bien qu'on ne fût encore qu'en août.

« Voilà le Dr Blount », dit Martin.

Elle n'esquissa aucune réponse, pas même un geste ; son regard se posa un moment sur lui, alerte, provocant et voilé, puis il se détourna. « Je

m'en vais », dit-elle en courant sur ses petits
talons durs et cassants qui martelaient le plancher. Blount entendit la voix du Noir à la peau
grêlée à la porte d'entrée : « Vous allez où, ce
soir ? » Puis la porte claqua. Un instant plus tard,
il entendit la voiture, le roadster jaune, qui gei-
gnait en passant en seconde à toute vitesse sous
les fenêtres. De la poche intérieure de son veston,
Blount tira une liasse de papiers à en-tête en
relief.

« J'ai ici des titres pour une valeur de cinquante mille dollars », dit-il. Il les posa sur la
table. Martin n'avait pas bougé : il était resté
immobile, en chaussettes sur le tapis coûteux.
« Peut-être accepterez-vous ma signature comme
gage de la somme à laquelle vous fixerez la différence.

— Vous n'avez qu'à rayer son nom de la liste,
dit Martin. Personne ne saura que c'est vous qui
l'avez fait.

— Je pourrais prendre une hypothèque sur ma
maison, dit Blount. C'est ma grand-mère qui en
est légalement propriétaire, mais je ne doute pas
que...

— Non, dit Martin. Vous gaspillez votre
argent. Rayez son nom de la liste. Vous pouvez
faire ça. On n'y verra que du feu. Personne ne
saura que c'est vous. Votre parole pèse plus lourd
que la mienne. »

Blount prit sur la table un presse-papiers en
jade sculpté. Il l'examina, puis le reposa et resta
un moment immobile à regarder sa main. Puis il
esquissa un mouvement vers la porte, l'air un peu
hébété, comme s'il venait de découvrir qu'il était
en mouvement. Ses traits étaient tendus, vagues,

et pourtant calmes. « Vous êtes bien installé, ici, dit-il.

— Ça nous convient », dit Martin, toujours immobile, minable, en chaussettes, l'observant. Le chapeau de Blount était resté sur la chaise où il l'avait posé. « Vous avez oublié quelque chose, dit Martin. Vos titres. » Blount retourna prendre les titres sur la table. Il les rangea soigneusement dans sa poche intérieure, le visage baissé. Puis il se remit en mouvement.

« Bien, dit-il. Si ma démarche avait pu servir à quelque chose, vous ne seriez pas ce que vous êtes. Ou bien c'est moi qui ne serais pas ce que je suis, et dans ce cas ça n'aurait aucune importance. »

Il était à mi-chemin de sa voiture quand le Noir grêlé le rattrapa. « Votre chapeau, dit le Noir. Vous l'avez oublié. »

VIII

Au croisement de Main Street et de Madison Avenue, le jour suivant, les passants, paysans du Mississippi et de l'Arkansas, employés et sténographes, lisaient, à la une des journaux : SUICIDE DU PRÉSIDENT. *Un de nos éminents concitoyens se tire une balle dans la tête. L'héritier d'une vieille famille de Memphis met fin à ses jours ; il laisse une grand-mère et sa tante célibataire... Le Dr Gavin Blount... issu d'une vieille famille... personnage éminent de la vie sociale de notre ville... président des Gardes Nonconnah, la plus prestigieuse de nos associations... la famille n'était pas dans la gêne... son geste demeure inexplicable...*

La sensation dura trois jours. Elle fut le sujet de conversation des pronostiqueurs de maison de jeu, des sténographes et des employés, des banquiers et des avocats qui habitaient les belles demeures de Sandeman Avenue et de Blount Avenue. Puis on n'en parla plus : la nouvelle avait été chassée par une élection ou quelque autre événement. Ceci se passait en août. En novembre, l'enveloppe arriva à l'adresse de Martin : le carton aux armoiries consistant en tiges de coton égrenées croisées de sabres, et les lettres gravées en relief : *Bal des Gardes Nonconnah, le 2 décembre 1930 à 22 heures* ; enfin, tracés d'une main experte, les mots : *Miss Laverne Martin et son cavalier.*

Comme l'avait prédit le Dr Blount, elle ne s'y amusa pas. Elle rentra avant minuit, en taille, dans sa robe noire un peu trop élégante, un peu trop soignée, et elle trouva son père, ses pieds déchaussés posés sur le manteau de la cheminée, plongé dans une dernière édition du journal qui donnait les noms des filles, des débutantes, ainsi que, pour chacune, une photographie un peu floue, prise au flash. Elle entra en pleurant et en courant sur ses petits talons durs et cassants. Il la prit sur ses genoux, lui donnant de petites tapes dans le dos, tandis qu'elle continuait à sangloter dans un total et abject abandon. « Allons, allons », disait-il en tapotant le dos agité de soubresauts sous la robe neuve, la robe de dentelle noire coûteuse et recherchée qui, pendant deux heures, était restée juxtaposée aux robes blanches et pastel des filles des grandes familles de Sandeman et de Belvedere, comme si elle avait habillé un spectre, et qu'on verrait peut-être encore deux fois, chatoyante, impérieuse, provocante, aux bals de la Grotte, de chez Pete et autres lieux équivoques des environs de la ville. « Allons, allons. L'imbécile. Le bougre d'imbécile. On aurait pu faire quelque chose de cette ville, lui et moi. »

Une Revanche

I

Le jour où la voiture était attendue, le petit Noir prenait position dès l'aube au bord de la route qui venait du Mississippi en s'asseyant sur les talons à côté d'un mulet attelé aux oreilles pendantes, et il frissonnait au-dessus du feu qui mourait sous la pluie de décembre, tenant un bouquet de la taille d'un balai enveloppé dans un morceau de toile cirée, tandis que cent mètres plus loin sur la route, Charles Gordon en personne, en selle sous la pluie, lui aussi, s'abritant vainement sous un arbre dénudé, observait l'enfant et l'horizon. Quand apparaissait la voiture toute crottée, Gordon s'assurait que le bouquet était bien remis à sa destinataire, puis il s'éloignait sur son cheval, tête nue sous la pluie, et, de sa selle, il saluait d'un signe de tête la main délicate entrevue en un éclair les vitres de la voiture, et les yeux de velours dominant la masse de roses rouges.

On était en 1861, et c'était la troisième fois que Lewis Randolph venait du Mississippi dans la voiture crottée contenant des briques chaudes

qu'un valet de pied retirait à intervalles réguliers
pour les réchauffer à un feu de nœuds de pin
ramassés tout exprès le long du chemin, accompagnée — les deux premières fois — de sa mère
et de son père, pour recevoir l'hommage du bouquet de Gordon sur la route ruisselante, et pénétrer à son bras, le soir même, à Memphis, dans
les quartiers des Gardes Nonconnah, où l'on dansait la *scottish*, le *reel* et même la toute récente
valse sous la bannière étoilée qui pendait mollement au balcon où trônaient les nègres de
l'orchestre de cordes et de triangles. Mais, cette
fois, en ce mois de décembre 1861, seule sa mère
l'accompagnait, parce que son père organisait
une compagnie d'infanterie dans le sud du Mississippi, et l'étendard qui pendait au balcon des
musiciens n'était autre que le nouveau drapeau
des Gardes, la croix de Saint-André piquée
d'étoiles, aussi insolite et aussi neuf que le gris
immaculé que portaient maintenant les jeunes
gens au lieu du bleu de naguère.
    Le bataillon, uniquement constitué de jeunes
hommes, tous célibataires (on perdait automatiquement sa qualité de membre par le mariage),
avait été formé pour aller au Mexique. C'était une
unité de la Garde nationale, mais il y avait aussi
une hiérarchie parallèle, sociale celle-là, composée d'officiers élus dont la charge était héréditaire ; et, au moins dans l'ouest du Tennessee et
dans le nord du Mississippi, le président du
comité avait un rang égal à celui de n'importe
quel commandant ou capitaine, nonobstant
Washington, les États-Unis et tout le reste.
Cependant, le bataillon fut formé trop tard pour
qu'il pût participer à la guerre du Mexique ; c'est
pourquoi le tout premier déploiement de sa force

au grand complet n'eut pas lieu en uniforme de combat dans les plaines empoussiérées du Texas, mais quelques jours avant Noël, dans les ors et les bleus des tenues d'apparat, dans la salle de bal d'un hôtel de Memphis sous le drapeau des États-Unis pendu au balcon des musiciens. Par la suite, le bal eut lieu chaque année, dans les Quartiers des Gardes, si bien qu'avant peu les jeunes filles du nord du Mississippi et de l'ouest du Tennessee y étaient présentées solennellement, et qu'une invitation (ou plutôt une convocation) conférait au destinataire un cachet social non moins irrévocable que si elle avait émané de la cour de Saint James ou du Vatican.

Mais, au bal de 1861, les hommes portaient du gris, et non du bleu ; au balcon, un nouvel étendard avait remplacé l'ancien ; et, à la gare, un train militaire attendait pour partir vers l'est à minuit. Souvent, Lewis Randolph parlait de ce bal à quelqu'un qui était seul à l'écouter et qui, en un sens, à vingt-quatre heures près, aurait pu y assister. Elle lui en parla d'ailleurs plus d'une fois, et la première occasion dont il se souvînt remontait à l'époque où il avait environ six ans — les jeunes hommes (ils étaient cent quatre) dans leurs uniformes gris flambant neufs sous le nouveau drapeau, les uniformes gris et les robes à cerceaux virevoltant en cercles tandis que derrière les hautes baies la pluie, qui, au crépuscule, s'était changée en neige, tombait en un murmure, un chuchotement ; elle lui avait raconté comment, à onze heures et demie, la musique s'était arrêtée au signal donné par Gavin Blount, lequel était à la fois président du comité et commandant du bataillon ; la piste avait été dégagée, la grande piste qui s'étendait sous les sévères lustres militaires et, sous le drapeau que surmontaient les faces penchées des musiciens noirs, le bataillon s'était aligné en ordre de parade tandis que les jeunes filles, dans leurs robes à cerceaux, leurs robes à fleurs, étaient massées à l'autre extrémité de la salle, les invités — chaperons, mères, tantes, pères, oncles, jeunes hommes n'appartenant pas au bataillon — assis le long des murs sur des chaises dorées. Et elle, campée au beau milieu de la cuisine de la maison du Mississippi qui déjà s'affaissait sur leur tête, vêtue d'une robe de calicot et la tête coiffée d'une capeline, s'appuyant sur le mousquet yankee dont ils se servaient pour attiser le feu comme Gavin Blount s'appuyait sur son sabre, avait même tenu à son auditeur de six ans, mot pour mot, le discours qu'avait tenu Gavin Blount, négligemment appuyé sur son sabre planté au sol, face au bataillon tout de gris vêtu. Et, en l'écoutant, il semblait à l'auditeur de six ans qu'il pouvait voir la scène, que ce n'était pas la voix de sa mère qu'il entendait, mais bien celle du jeune homme qui était déjà mort au moment où il naissait — les mots pleins d'emphase, de courage et d'ignorance de cet homme qui, vraisemblablement, avait déjà vu la poudre exploser en direction de son propre corps et entendu siffler la balle, mais qui n'avait pas encore vu la guerre :

« Beaucoup d'entre vous sont déjà partis. Ce n'est pas à eux que je parle. Beaucoup d'entre vous se préparent à partir. Ce n'est pas à eux non plus que je parle. Mais il en est parmi vous qui pourraient et voudraient partir, seulement ils croient que tout sera fini avant qu'ils ne participent à l'action, avant qu'ils n'aient vu les basques d'un Yankee. C'est à eux que je parle. »

L'auditeur les voyait ; la rangée rectiligne des uniformes gris sous le nouveau drapeau, les yeux
tout blancs des Noirs au balcon, l'homme à
l'écharpe cramoisie et au sabre négligemment
planté qui serait mort sept mois plus tard, les
jeunes filles pareilles, dans leurs robes étalées, à
un vol de papillons, les rangs de chaises dorées
sous les hautes fenêtres où susurrait la neige.
« Vous avez entendu parler de la Virginie après
Bull Run[1]. Mais vous ne l'avez pas vue. De
Washington, de New York. Mais vous ne les avez
pas vus. » Puis il sortit de sa veste le document
timbré et scellé, le décacheta et lut : « *... par autorisation du Président de la Confédération...* »

Alors tous ensemble, les femmes aussi, ils
poussèrent un cri. Peut-être certains n'avaient-ils
jamais vu l'uniforme gris, mais il est probable
qu'aucun d'entre eux n'avait entendu ce cri ; la
première fois qu'il frappa leurs oreilles, il émanait donc de leur propre gorge : ce n'était pas une
invention individuelle, mais le fait spontané et
simultané de toute une race, l'invention — si c'en
était une — non pas des hommes, mais de leur
destin. Et le cri devait survivre au destin lui-
même. L'auditeur, un enfant de six ans, grandit,
devint homme, digne de confiance et la méri-
tant ; il fit carrière et atteignit à une position plus
haute que la plupart de ses rivaux dans la structure sociale et économique du milieu qu'il avait
choisi. À quarante-cinq ans, lors d'un voyage
d'affaires à New York, il fit la connaissance du
père de celui qu'il était venu voir, un vieil homme

_____

1. Cuisante défaite infligée aux attaquants nordistes en
juillet 1861. (*N.d.T.*)

qui était dans l'armée de Shields dans la Vallée[1]
en 62, et qui se souvenait de tout : « Quelquefois,
je peux encore entendre, dit-il au Sudiste. Même
après cinquante ans. Et je me réveille tout en
sueur. » Et il y en avait un autre, dont l'enfant
devait faire la connaissance plus tard, un homme
du nom de Mullen, qui avait servi dans la cavalerie de Forrest et, qui, après être parti dans
l'Ouest, était revenu rendre visite à des parents
et qui racontait l'histoire d'un jeune homme qui
descendit une rue du Kansas en 78 en hurlant
« Yaaaiiihhh ! Yaaaiiihhh ! » tout en tirant des
coups de feu dans les portes des saloons jusqu'à
ce qu'un policier caché derrière un tas d'ordures
le fasse tomber de cheval d'un coup de feu tiré
avec une carabine à canon scié ; quand ils firent
cercle autour du jeune homme saignant à mort
à même le sol, Mullen lui dit : « Fiston, contre qui
ton père a fait la guerre ? » et le jeune homme
répondit : « Contre les Yankees ! Youpi ! Moi
aussi ! »

Et l'auditeur entendit également raconter ceci :
à un autre signal donné par Blount, la musique
reprit et les jeunes filles se mirent en file derrière
la cavalière de Blount pour défiler devant le
bataillon rangé, déposant sur le front de chacun
un baiser, Lewis Randolph parmi elles, déposant
un baiser sur le front de cent quatre hommes, ou
plutôt de cent trois, parce qu'à Charles Gordon
elle donna une rose rouge du bouquet même
qu'elle avait reçu de lui et, trente ans après,
l'auditeur entendait encore dire à un témoin que
le baiser qui accompagnait ce don n'était pas un

---

1. La vallée de la Shenandoah. (*N.d.T.*)

simple effleurement de lèvres rieuses aussi bref
que le bref contact d'un pied en fuite sur le galet
d'un gué. Et quand le train militaire s'ébranla,
elle était à bord, s'y étant fait hisser par une
fenêtre du côté opposé au quai où les jeunes
filles, avec des robes évasées pareilles à des
corolles, paraissaient flotter comme autant de
fleurs coupées à la surface d'une sombre rivière,
et qu'à un mille de là, dans les Quartiers, sa mère
l'attendait en bavardant tranquillement. Elle fit le
voyage de Nashville dans un wagon plein de soldats, sa robe de bal couverte de la capote de Gordon, et ils furent unis par un soldat de deuxième
classe qui se trouvait être pasteur au milieu d'un
bataillon en instance d'embarquement, avec tout
un régiment pour témoin, sur un quai de gare
enneigé, tandis qu'au-dessus de leurs têtes, les
grandes courbes des fils télégraphiques givrés
craquetaient et bourdonnaient en transmettant
les messages scandalisés que sa mère expédiait à
toutes les gares de la ligne Memphis-Bristol ; elle
fut donc mariée sous la neige, en robe de bal et
sous une capote d'officier, sans sourciller bien
qu'elle n'eût pas dormi pendant trente heures, au
centre d'un carré formé par des jeunes hommes
dont aucun n'avait encore entendu siffler une
balle, mais qui tous étaient convaincus qu'ils
allaient mourir. Quatre heures plus tard, le train
partait et quinze heures après, elle était de retour
à Memphis portant une lettre écrite par Gordon
au dos d'un menu taché de chiures de mouches
provenant du buffet de la gare et destinée à sa
mère, laquelle n'était plus affolée, mais simplement scandalisée au point d'avoir perdu toute
aménité, toute chaleur. « Mariée ? mariée ?
s'écria-t-elle.

— Oui ! Et je vais avoir un enfant !

— Sottise ! Je n'en crois pas un mot.

— Mais si ! Mais si ! J'ai fait tout ce qu'il fallait. »

Elles rentrèrent chez elles, dans le Mississippi. C'était une grande maison carrée à vingt-cinq milles de toute agglomération. Il y avait un parc, des parterres de fleurs et une roseraie. Pendant ce premier hiver, les deux femmes tricotèrent des chaussettes et des cache-nez, cousirent des chemises et préparèrent des nécessaires de premier secours pour les hommes de plus en plus nombreux de la compagnie qui s'était installée là, et elles en brodaient les couleurs tandis que les Noires venues des communs choisissaient et repassaient les fragments de soie brillante. La cour et les écuries étaient pleines de chevaux et de mulets inconnus, les pelouses et le parc piqués de tentes et jonchés d'ordures ; de la pièce où elles travaillaient, à l'étage, les deux femmes entendaient à longueur de journée de lourdes bottes déambuler dans le vestibule et des voix sonores monter de la salle à manger où était le saladier plein de punch, tandis que, dehors, au moment du dégel, la glace et le givre de l'hiver finissant s'accumulaient dans les empreintes laissées par les talons des lourdes bottes au milieu des rosiers brisés, dévastés. Le soir, on faisait un grand feu et des discours, la lueur rouge et farouche du feu jouant sur les orateurs successifs tandis que les têtes des esclaves se dessinaient, immobiles, le long de la palissade qui séparait le feu de la galerie où les femmes, blanches et noires, maîtresse, fille et esclaves, se serraient sous leurs châles en écoutant les voix sonores, pompeuses et dénuées de signification s'élever au-dessus des gesticulations de l'absurde pantomime.

Enfin la compagnie prit la route. Finis les discours, les bottes dans le vestibule et même, après un temps, les ordures et les débris ; peu à peu la pelouse ravagée cicatrisa ses blessures sous les pluies du printemps ; les seuls signes de dévastation restaient les parterres de fleurs et les haies de cornouiller ; la maison respirait à nouveau le calme, peuplée seulement des deux femmes et des Noirs dans les communs, les voix, les coups de hache à intervalles réguliers, et l'odeur des feux de bois montant paisiblement au cours des longs crépuscules de printemps. Et c'est maintenant que commence la longue histoire bien connue et dénuée d'originalité. Histoire banale, qui se répéta des milliers des fois dans le Sud cette année-là et les deux suivantes, histoire non pas vraiment de souffrances, ou du moins pas encore, mais histoire d'épreuves en sourdine, histoire d'une incessante sollicitation de l'endurance, endurance privée de tout espoir et même de tout désespoir — répétition torturante qui est la tragédie de la Tragédie, comme si celle-ci nourrissait une foi enfantine en l'efficacité de l'intrigue en raison du fait qu'elle avait bien fonctionné une fois — avec un système économique qui n'avait plus sa place dans le temps, une terre vidée de ses hommes qui en étaient partis à cheval non pas, comme ils le croyaient, pour chercher l'affrontement avec un ennemi mortel, mais pour aller se fracasser contre une force avec laquelle, tant du fait de l'hérédité que par inclination, ils n'étaient pas aptes à se mesurer et dont ceux qu'ils chargeaient et contre-chargeaient étaient eux-mêmes moins les champions

que les victimes ; hommes armés de convictions
et de croyances dépassées depuis mille ans qui
galopèrent vaillamment derrière le drapeau d'un
jour et disparurent, absorbés non par la fumée
des champs de bataille mais par l'irrévocable
baisser de rideau d'une époque, d'une ère, dans
un pays où, immolés et désincarnés, ils peuvent
à loisir livrer des assauts sans risques ni douleurs
contre d'inexistants ennemis, dans des champs
élysées, sous un soleil à jamais arrêté ; après leur
passage, extinction des feux de la rampe et du
proscenium. Il est vrai que certains revinrent,
mais ce n'étaient qu'ombres abasourdies, hébé-
tées, impuissantes, retrouvant en rampant le chemin de la scène obscurcie où naguère le conte
avait été narré jusqu'à satiété : en vérité, ce fut
une femme, ou ce furent des femmes qui, quand
eurent disparu les piétinements, les étendards et
les clairons, jetèrent un regard alentour et se
trouvèrent seules dans des maisons lointaines,
dispersées sur une terre peu peuplée hormis
— et ceci dans une proportion accablante — par
une race noire imprévisible même en temps normal, une race mi-enfantine mi-primitive ; terre,
mode de vie qui durent être sauvegardés par des
mains inaptes à tout ce qui n'était pas fil et
aiguille, tâche qui ne pouvait procurer qu'une
seule certitude, à savoir que l'année suivante
réserverait moins encore de nourriture et de
sécurité que celle-ci ; terre et mode de vie où les
comptes rendus des lointaines batailles parvenaient comme les éclairs zébrant silencieusement un ciel d'orage, irréels, presque oniriques,
colportés oralement des mois après que les
hommes abattus eurent commencé de pourrir
(morts anonymes d'ailleurs, père, frère, mari, fils

ou pas, nul compte rendu ne le disait) — puis,
s'amplifiant rapidement, les rumeurs de violence
et de pillage toujours plus proches, de sorte que
la femme ou les femmes devaient passer des
nuits dans l'obscurité à attendre le repos nocturne des communs pour aller enterrer en secret
dans le jardin ou le verger un peu d'argenterie,
de leurs mains qui n'étaient plus si douces, sans
savoir même alors quelles oreilles pouvaient les
épier, dans quel amas d'ombre. Donc la sur-
veillance et l'attente, la lutte quotidienne, incessante et pitoyable pour l'existence, pour l'alimentation : orées et talus passés au peigne à la
recherche d'herbes et de glands destinés à maintenir en vie des corps privés même de la grâce de
l'inanition, privés non de vie mais seulement
d'espoir, comme si la seule finalité de la débâcle
était clinique : tester, seulement tester les limites
d'endurance du vouloir et de la chair.

Elles — les deux femmes — furent à la hauteur.
Quand le calme fut revenu dans la maison, elles
commencèrent à se préparer pour la venue de
l'enfant, attendu en automne. C'est la mère qui
s'en occupa, parce que la fille, elle, surveillait la
plantation annuelle du coton et des fourrages
— la mère dans la pièce à l'étage où elles avaient
fabriqué les étendards, avec une Noire pour
l'aider au repassage et à la minutieuse couture
des rubans, tandis que sa fille suivait les labou-
reurs aux champs, à cheval jusqu'à ce que sa
mère l'oblige à y renoncer, ensuite dans une carriole délabrée qui obligeait les journaliers à
défoncer les clôtures pour la laisser passer, et surveiller du haut de la carriole la récolte du coton
pendant les chaudes et éclatantes journées de
septembre, comme son père l'avait fait avant

elle — récolte qui fut égrenée et envoyée au chef-
lieu du comté pour y être vendue, mais qui y disparut, s'y volatilisa — au profit de qui, elles ne le
surent jamais et n'eurent d'ailleurs pas le temps
de le découvrir, car l'enfant naquit pendant la
dernière semaine de septembre ; c'était un garçon, qu'elles nommèrent Randolph ; il y avait une
sage-femme noire mais pas de médecin, et une
semaine plus tard un voisin qui habitait à dix
milles, un homme trop âgé pour le combat,
arriva à cheval pour dire : « Il y a eu une grande
bataille de l'autre côté de Corinth[1]. Le général
Johnston a été tué, et maintenant *ils* sont à Memphis. Vous feriez mieux de venir chez nous. Au
moins il y aura un homme dans la maison.

— Merci, répondit la mère, mais Mr. Randolph (il avait participé à cette bataille et n'en
était pas revenu, tout de même que Gavin Blount,
dont on devait retrouver le corps) s'attendra sûrement à nous trouver ici à son retour. »

Ce jour-là tombèrent les premières pluies
d'équinoxe. Avec le soir arriva le froid, et cette
nuit-là la fille se réveilla soudain avec la certitude
que sa mère n'était plus dans la maison, et la certitude de savoir où elle la trouverait. La négresse
qui s'occupait du bébé dormait sur sa
paillasse dans le vestibule, mais la jeune femme
s'abstint d'appeler ; elle se leva en se tenant aux
colonnes du lit pour lutter contre les vagues de
faiblesse et de vertige, et elle alla couvrir l'enfant
chaudement. Puis, chaussée des gros souliers de
son père, ceux qu'elle portait aux champs, la tête
et les épaules couvertes d'un châle, elle descen-

---

1. Ville du nord du Mississippi, lieu d'une victoire nordiste
sur Van Dorn en octobre 1862. (*N.d.T.*)

dit les escaliers en se tenant à la rampe et elle sortit sous la pluie, dans le fort vent noir plein de particules de pluie glacée qui la soutenait, la maintenait droite tandis qu'elle avançait tête baissée, serrant le châle ruisselant à son cou, gardant le silence jusqu'à ce qu'elle atteigne le verger, et, même là, appelant d'une voix non pas forte, mais urgente, péremptoire : « Mère ! Mère ! » La réponse lui parvint non moins calmement, sur un ton presque irrité, de quelque part à ses pieds :

« Fais attention. Ne fais pas comme moi : je suis tombée. C'est ma jambe. Je ne peux plus bouger. » Maintenant, la fille pouvait voir un petit peu, comme si les particules de pluie étaient devenues faiblement incandescentes, chaque goutte détenant quelque chose du jour disparu et le disséminant ; elle pouvait voir la lourde malle que sa mère avait traînée seule jusque-là (comment, elle ne le sut jamais), et le trou qu'elle avait creusé et dans lequel elle était tombée.

« Depuis combien de temps êtes-vous là ? » cria la fille en faisant déjà demi-tour pour se précipiter vers la maison quand sa mère, l'appelant de la même voix froide, impérieuse, lui interdit d'aller chercher les Noirs, répétant : « L'argenterie, l'argenterie », la fille n'en appelant pas moins ceux de la maison, mais toujours sans forcer la voix, simplement urgente et péremptoire. Bientôt la nourrice arriva, accompagnée de deux Noirs. Ils sortirent la femme du trou.

« Joanna pourra m'aider à regagner la maison, dit-elle. Reste ici pour t'assurer que Will et Awce enterrent bien la malle. » Mais il fallut que les deux hommes la portent, encore qu'ils dussent attendre le lendemain matin pour découvrir

qu'elle s'était cassé la hanche. Et, malgré la visite
d'un médecin le jour même, la mère mourut trois
jours plus tard de pneumonie, gardant jusqu'au
bout le silence sur la façon dont elle s'y était prise
pour transporter la malle tout autant que sur le
nombre d'heures qu'elle avait passées couchée
dans le trou qui s'emplissait lentement d'eau. Ils
la portèrent en terre, et ils dissimulèrent soigneusement toutes les traces qui auraient pu laisser
deviner la présence de la malle enterrée ; et maintenant, de nouveau juchée sur la carriole et flanquée de son fils emmitouflé dans une couverture,
la fille surveillait la construction d'un enclos
secret pour les porcs au fond des terres basses ;
elle assistait aussi à la moisson et à l'engrange-
ment du maïs. Ils ne manquaient pas de nourriture, mais à peu près tout le reste leur manquait,
puisque le coton, qui était la récolte sur laquelle
ils comptaient pour gagner quelque argent, avait
disparu. Dans une rangée de flacons et de bouteilles hétéroclites mais soigneusement étique-
tées par son père se trouvaient les graines du
potager qu'il conservait pendant l'été ; le printemps suivant, elle les fit semer et, portant maintenant un pantalon de son père tout comme elle
portait ses chaussures, toujours dans la carriole
et flanquée de l'enfant (c'est là qu'il devait être
sevré et apprendre à parler et à marcher ; c'est là
aussi qu'il mangeait et qu'il dormait, couché sur
les genoux de sa mère, la masse dure du derringer qu'elle portait dans sa poche lui entrant un
peu dans le côté), elle assista aux semailles et à
la moisson du maïs. Pendant cette année-là, elle
reçut deux lettres. La première était écrite par la
main tremblante d'un vieil homme (que d'abord
elle ne reconnut point comme celle de son propre

père) sur du papier sale et bon marché glissé
dans une enveloppe également sale en provenance de la prison de Rock Island et adressée à
sa mère. La seconde, elle la reconnut immédiatement. C'était la même écriture intrépide, un
peu brouillonne mais élégante, qu'elle avait rap-
portée de Nashville sur le menu taché de chiures
de mouches. Il avait été blessé, mais ce n'était pas
grave ; le paragraphe qu'il consacrait à son séjour
à l'hôpital de Richmond était écrit sur un mode
presque lucullien. Il avait été muté au départe-
ment des Affaires de l'Ouest ; il passait une journée unique auprès de ses parents, après quoi il
allait rejoindre l'escadron de cavalerie de Van
Dorn pour une expédition dont il taisait la destination, mais dont la conclusion devait le laisser
à une journée de cheval de ce fils qu'il n'avait
jamais vu mais auquel il faisait parvenir toute
son affection. Mais il ne devait jamais rentrer
chez lui. Une nuit, suivant les longs cheveux flot-
tants de Van Dorn, il était entré au galop et en
vociférant dans Holly Springs et le lendemain
son corps fut identifié à l'aide de l'une des lettres
de sa femme, qu'il portait sur lui, par un vieil
homme qui, tirant de la porte de sa cuisine,
l'avait abattu alors qu'apparemment il s'apprêtait
à faire irruption dans le poulailler.

II

De tout cela, l'auditeur — l'homme de
soixante-neuf ans, le banquier sûr, avisé, prospère qui avait été cet enfant de quatre, cinq et six
ans qui usait jusqu'à la corde les vêtements que
sa mère lui taillait dans ceux que son grand-père

avait laissés à la maison (il y avait un vieux setter qui vivait, depuis son enfance de chiot, sur un
tapis près du lit du grand-père, et qui, aveugle
maintenant, suivait l'enfant tout au long des
jours monotones d'une solitude qui n'en était pas
une puisqu'il n'avait jamais appris ce qu'était le
contraire de la solitude, qui suivait en fait les
vêtements) — de tout cela il se souvenait. Mais
ce n'était pas sa mère qui le lui avait appris,
c'étaient les trois Noirs qui restaient sur les quarante, et même à six ans ceci n'était pas pour le
surprendre, lui qui savait déjà, sans en avoir
conscience, que les gens ne parlent pas de ce
dont ils souffrent vraiment, car ce n'est pas
nécessaire ; il savait que celui qui parle de la
souffrance n'a pas encore souffert, et que celui
qui parle de fierté n'est pas fier. Aussi lui sem-
blait-il que pour sa mère, la débâcle, la catastrophe lors de laquelle toute sa vie s'était affaissée sur sa tête comme commençait à le faire la
grande maison carrée, trouvait à jamais son
expression dans l'image de ce jeune homme à
l'écharpe cramoisie appuyé sur son sabre sous
l'éclat martial des lustres sans abat-jour en cette
nuit de décembre 1861, qu'elle allait accompagner vers sa destinée — petite femme (mais
forme, flacon aussi, plein des essences de tout ce
qu'elle allait penser et commettre : désir, témé-
rité, courage, lâcheté, vanité, orgueil, honte)
vieillie avant l'âge, vêtue d'une robe de calicot
défraîchie et coiffée d'une capeline, appuyée sur
le canon d'un mousquet yankee dans la cuisine
déserte de la maison délabrée, disant : « Qui veut
aller cracher dans le Potomac avant le dimanche
de Pâques ? »

Oui, il se souvenait, assis dans son bureau (le

bureau privé, le cagibi qu'il tenait à conserver au dernier étage de sa banque, où il se retirait, en fin d'après-midi, une fois passées les heures actives, pour regarder en fumant le soleil se coucher sur le fleuve), il se souvenait de choses qui s'étaient produites avant le commencement du souvenir et dont il savait pertinemment qu'il ne les connaissait pas par le souvenir mais par ouï-dire, et que pourtant il avait entendu dire et redire si souvent et si abondamment qu'il avait depuis longtemps cessé de tenter le partage entre l'écoute et le souvenir. Il avait d'ailleurs maintenant lui-même un auditeur : c'était un homme qui n'avait pas la moitié de son âge et qui, voici dix ou douze ans, avait fait irruption, sans s'annoncer, dans son petit cagibi en disant : « Vous êtes son fils. Vous êtes le fils de Lewis Randolph. » Il avait un visage intelligent et malade qui donna immédiatement à Gordon l'impression qu'il n'avait pas d'autre vie, qu'il n'existait nulle part ailleurs, qu'il faisait partie des paisibles crépuscules d'un vieillard exactement comme en faisaient partie le bureau nu, les deux fauteuils et les lentes et familières mutations des ombres saisonnières décrivant le zodiaque, du solstice à l'équinoxe — un visage malade qui ne paraissait pas être le cadre de la vue ni le masque de la pensée, mais seulement l'enveloppe d'une écoute vorace, et qui n'employait la parole que pour dire : « Encore. Dites-le encore. À quoi ressemblait-elle ? Qu'est-ce qu'elle faisait ? Qu'est-ce qu'elle a dit ? » Et lui, Gordon, ne pouvait le lui dire. Il ne pouvait même pas la lui décrire, parce qu'elle avait été trop constante dans sa vie ; il n'avait connu personne d'autre, de sorte qu'il la percevait seulement par rapport à lui et,

quand il essayait de le dire, il ne le disait que par
rapport à lui : comment, dans la carriole, il avait
d'abord été couché dans un couvre-pieds, puis
assis sur le siège ; puis comment il avait joué par
terre à côté de la carriole pendant que sa mère,
vêtue de la robe de calicot dont la poche était
gonflée par la masse du derringer, lequel venait
immédiatement après ses seins dans l'ordre des
premiers objets dont il se souvînt, les extrémités
nerveuses de sa chair aussi constamment sensibles à la forme compacte et dure que son ventre
de bébé l'avait été au sein qui gonflait le calicot,
pendant que sa mère, dressée, les bras croisés,
sur le plus haut rondin de la barrière, surveillait
le Noir qui labourait de l'autre côté de la clôture.
« Et il travaillait vite, ajoutait-il, quand elle était
là. » Il parlait aussi du derringer lui-même ; pourtant, il ne se souvenait pas de la scène, quoiqu'il
y eût assisté, dans la cuisine, d'abord endormi
dans le berceau fabriqué à l'aide d'une caisse de
bois posée près du fourneau, puis debout dedans,
éveillé mais muet, regardant avec les yeux ronds
du premier âge la scène qui s'offrait à lui : la
femme dans sa robe de calicot défraîchie se
retournant près du fourneau, l'homme en bleu
entrant, les cliquetis et ferraillements bleutés des
carabines, baïonnettes et sabres ; il ne savait
même pas, ne pouvait pas se souvenir, s'il avait
vraiment entendu l'explosion du derringer : tout
ce dont il croyait se souvenir, c'était que la cuisine était vide à nouveau, et que soudain il avait
été serré sur les genoux de sa mère, serré fort par
des mains qui faisaient mal, et peut-être — mais
peut-être seulement —, une odeur âcre de
poudre dans l'air, et peut-être aussi les hurlements de l'une des négresses — puisqu'en fait

tout ce dont il croyait se souvenir, c'était du
visage caché par la capeline défraîchie, et encore
ceci n'était-il que le visage qui surveillait le laboureur noir ou qui était penché sur le canon du
mousquet posé au sol, de sorte qu'il n'était sûr
que d'une chose : après ce jour-là, le derringer
avait disparu ; il ne devait plus jamais en sentir
la forme contre sa chair quand elle le tenait ; et
l'auditeur : « Ils sont venus et ils l'ont trouvée
seule ? Qu'est-ce qu'elle a fait ? Essayez de vous
souvenir !

— Je ne sais pas. Je crois qu'ils n'ont rien fait.
Nous n'avions rien qui pût être volé, et ils n'ont
pas brûlé la maison. Je suppose qu'ils n'ont rien
fait.

— Mais elle ? Qu'est-ce qu'elle a fait ?

— Je ne sais pas. Même les nègres n'ont pas
voulu me dire ce qui s'était passé. Peut-être n'en
savaient-ils rien, eux non plus. "Vous lui deman-
derez vous-même quand vous serez assez homme
pour l'entendre", voilà ce qu'ils me disaient.

— Mais vous n'étiez pas assez homme, dit ou
plutôt cria l'auditeur avec une sorte de joie,
d'exultation. Même si vous étiez né d'elle.

— Peut-être pas, dit Gordon.

— Oui », dit l'auditeur, maintenant calmé, son
visage intelligent et malade maintenant vidé de
tout, même de l'écoute. « Elle l'a tué. Elle l'a
enterré, elle a caché le corps. Elle a fait ça toute
seule. Elle n'avait besoin d'aucune aide. Enterrer
un Yankee, ça n'avait rien d'extraordinaire pour
la fille de la femme qui avait creusé toute seule
un trou pour enterrer une malle d'argenterie en
pleine nuit. Oui, elle ne l'aurait dit à personne,
pas même à vous. Et **vous** n'étiez pas assez

homme pour demander, même si vous étiez son fils. »

Il n'avait pas demandé ; le temps avait passé, et un jour il avait pénétré dans le souvenir ; il le savait, il l'avait vu ; il était là ; c'était un an après la reddition, le jour où son grand-père était rentré de la prison de Rock Island. Il était arrivé à pied, en haillons. Il n'avait plus de cheveux ni de dents, et il ne parlait pas. Il ne voulait pas manger à table : il prenait son assiette à la cuisine et il allait se cacher comme une bête ; il n'ôtait pas ses vêtements pour aller se coucher, il ne dormait pas dans son lit mais au pied de son lit, comme son vieux chien, et sa fille et les Noirs devaient nettoyer après lui les os rongés et les ordures, comme s'il n'avait été qu'un chien ou un bébé. Il ne souffla mot de la prison ; ils ne savaient même pas s'il savait que la guerre était finie. Et puis, un matin, la négresse Joanna était venue voir sa fille dans la cuisine pour lui dire : « Le vieux maître est parti.

— Parti ? dit la fille. Tu veux dire...

— Non. Pas mort. Simplement parti. Awce le cherche depuis l'aube. Mais personne l'a vu. » Ils ne devaient jamais le revoir. Ils cherchèrent dans les citernes, dans les vieux puits, et même dans la rivière. Ils enquêtèrent dans tout le pays. Mais il était parti sans laisser de trace, hormis les os de la veille, dans la chambre qui était sienne, pas même les vêtements qui pendaient dans le placard depuis longtemps usés par l'enfant, pas même le vieux setter aveugle mort depuis longtemps.

Il n'avait donc rien demandé sur le Yankee et, pour l'enfant de cinq ans, le retour et le départ du vieillard en haillons et muet, c'était comme si

un étranger était venu et reparti, quelque chose
d'à peine humain, qui n'avait pas fait de marque,
qui n'avait pas laissé de trace ; quoiqu'il fût alors,
depuis quelque temps déjà, entré en possession
de son héritage et qu'il fût devenu l'esclave de la
mémoire, il ne pouvait même pas se souvenir s'il
avait même jamais demandé à la négresse ce
qu'était devenu le vieil homme qui avait vécu à
la maison pendant un court mois d'été. Ce fut la
dernière des invasions ; la prochaine fois, ce
serait l'exode, et c'est lui qui le conduirait. Car il
grandissait, maintenant : pas vite, mais régulièrement. Il ne serait jamais aussi grand que son
père, non du fait de la petite taille de sa mère,
mais du fait de la rareté de la nourriture qu'elle
avait pu absorber pendant qu'elle l'allaitait, et qui
était la cause de ce que son lait n'avait pas la qualité qui aurait fait à son fils les os vigoureux auxquels il avait droit. Mais, cette époque passée, il
ne souffrit jamais de malnutrition ; d'une façon
ou d'une autre, les deux femmes, la blanche et la
noire, trouvaient de quoi le nourrir, de sorte qu'il
promettait de devenir, sinon grand, du moins
sain et fort — un vrai gaillard solide qui, à douze
ans, coupait le coton aussi bien que les Noirs et,
à quinze, relayait à la charrue le laboureur, un
vieux Noir qui avait l'âge de son grand-père.
Maintenant, des lettres arrivaient et repartaient ;
l'été de la disparition de son grand-père vit arriver la première lettre envoyée de Memphis par
ses grands-parents paternels. C'était invariablement sa grand-mère qui écrivait, de son écriture
de dentelle couchée sur un beau papier défraîchi
qui sentait encore la lavande du tiroir où les
lettres étaient probablement restées cachées
depuis 1862, et cela commençait toujours par

« Mr. Gordon dit » ou « Mr. Gordon m'a demandé d'écrire. » Elles n'étaient pourtant pas froides, ces lettres, elles étaient simplement pleines de perplexité, d'incompréhension ; l'enfant y était toujours « le petit Charles » ; écrites en un autre temps, une autre époque, elles se risquaient timidement à demander : « Nous aimerions le voir, vous voir tous les deux. Mais comme Mr. Gordon et moi-même ne voyageons plus, à notre âge... comme il semble qu'il n'y ait plus de danger à circuler maintenant... en espérant que vous viendrez nous voir, que vous viendrez habiter chez nous... » Peut-être sa mère y répondait-elle, il ne le savait pas. Il avait trop à faire. À huit et neuf ans, il savait traire, assis sur la réplique en miniature du tabouret de sa mère dans l'étable (elle trayait, elle maniait la fourche et nettoyait l'étable comme un homme, mais elle se refusait à faire la cuisine et le ménage), et à douze et quatorze ans il remplaçait les rayons des roues de charrette et ferrait les chevaux, et puis, le soir, il s'asseyait face à sa mère devant l'âtre de la cuisine, muni d'un copeau de chêne blanc bien lisse et d'un bâtonnet aiguisé et calciné, tandis que la petite femme en calicot défraîchi qui n'avait pas changé d'un iota lui tenait le vieil abécédaire ou la table de multiplication en le surveillant exactement comme elle aurait surveillé le Noir qui labourait de l'autre côté de la clôture. C'est pourquoi, jusqu'à ce qu'arrive cette lettre qui lui était adressée quand il eut seize ans, les grands-parents de Memphis signifiaient encore moins pour lui que celui qu'au moins il avait pu suivre silencieusement jusqu'à sa chambre et observer par le trou de la serrure, accroupi dans un coin devant son assiette comme un ani-

mal — rien, moins que rien : l'apparition semes-
trielle d'enveloppes délicatement défraîchies portant la suscription légèrement tremblée qui ne
donnait pas l'impression d'avoir été tracée légèrement ou d'une main tremblante mais d'avoir
abouti dans la maison délabrée du Mississippi
par quelque transition prolongée, d'être arrivée
là presque par accident, comme la chute à peine
remarquée de la toute dernière feuille d'une saison à l'agonie. Puis l'enveloppe arriva qui lui était
adressée. Sa mère la lui tendit sans un mot. Il la
lut en secret, et puis deux jours plus tard, alors
qu'ils étaient assis de part et d'autre de l'âtre de
la cuisine, il dit : « Je vais aller à Memphis »,
après quoi il ressembla à un cheval qui sait qu'il
n'atteindra pas l'écurie et qui fait face à l'orage
dont le front approche, tout en goûtant un dernier instant de tranquillité. Mais l'orage n'éclata
jamais. Sa mère ne cessa même pas de tricoter ;
c'est sa propre voix qui s'éleva :

« J'ai bien le droit. C'est mon grand-père. Je
veux...

— Est-ce que j'ai dit le contraire ?

— Je vais être riche. Je vais être riche comme
n'importe quel *carpetbagger*. Alors je pourrai... »
Il allait dire *en faire plus pour vous,* mais il comprit qu'elle ne permettrait jamais à quiconque,
même à lui, d'en faire plus pour elle que ce qu'elle
était capable de faire pour elle-même. « Ne
croyez pas que j'y vais seulement parce qu'ils
sont riches et parce qu'ils n'ont pas de famille !

— Et pourquoi pas, si tu le souhaites ? C'est
ton grand-père, comme tu l'as dit. Et il est riche.
Pourquoi ne te promènerais-tu pas toute la journée en costume de fil sur un cheval pur-sang, si
c'est ce que tu veux ? Quand veux-tu partir ? » Et

maintenant, c'était son tour de dire : *Entendu. Je
n'irai pas. Si vous avez pu nous faire vivre ici tous
les deux jusqu'à ce jour, je peux nous faire vivre
tous les deux à partir d'aujourd'hui.* Mais il ne le
dit pas. Parce qu'elle croyait vraiment qu'il y
allait pour le pur-sang et le costume de fil, et
c'était trop tard maintenant ; il allait falloir que
passent des années avant que, dans son petit
cagibi nu de l'après-midi, la fumée d'un bon
cigare planant paisiblement autour de lui, il se
dise avec une admiration pleine d'humour :
« Bon Dieu ! Je me demande même si ce n'est pas
elle qui avait écrit cette lettre en imitant l'écriture. » Donc il ne dit rien, et après un moment
elle cessa de le regarder et, par-dessus son épaule,
elle s'adressa à la négresse (c'est alors qu'il
constata qu'elle n'avait même pas cessé de tricoter) : « Va chercher la malle dans le grenier,
Joanna. Et dis à Awce de tenir la carriole prête à
l'aube. »
   Elle ne l'accompagna pas à la gare. Elle ne
déposa même pas un baiser d'adieu sur son
front : elle se contenta de rester debout dans
l'embrasure de la porte de la cuisine au moment
où se levait le soleil de cette journée de l'automne
finissant — toujours la même petite femme à la
robe de calicot défraîchie, non pas tellement
marquée par l'âge que dépourvue d'âge et
presque de sexe, qui, mainte année auparavant,
avait, du jour au lendemain et à jamais, renoncé
à la jeunesse et aussi à la féminité, comme une
jeune fille range sa robe de confirmation, et qui,
impavide, avait fendu le temps comme la proue
d'un navire fend l'eau, sans que les mers traversées la marquent de façon permanente. Le che
min de fer était à vingt-cinq milles. Il avait un

costume, quatre chemises filées par les femmes, une paire de draps et deux serviettes faites de toile à sac, une brosse à dents de gommier noir, un petit pain de savon fait à la maison dans une boîte de fer-blanc, dix dollars en pièces d'argent et cousue dans sa ceinture, la lettre qui portait l'adresse de ses grands-parents. Avant de grimper dans le wagon de marchandises avec sa malle en peau de vache, il n'avait jamais vu un train. Il y passa seize heures sans une goutte d'eau à boire. Et pourtant, quand enfin le train s'arrêta pour la dernière fois, il ne descendit pas tout de suite. Il prit dans sa ceinture la page qui portait l'adresse de son grand-père et, après l'avoir pliée soigneusement, il la déchira en tous sens jusqu'à ce que ses doigts n'y trouvent plus prise, et il regarda les fragments voleter en tombant sur la voie. *Je lui écrirai*, pensa-t-il. *Je lui écrirai tout de suite pour le lui dire.* Puis il pensa : *Non. Je n'en ferai rien. Si elle veut croire ça de moi, qu'elle le croie.*

Son premier emploi, dans une usine à presser le coton, consistait à charger les balles dans des wagons, puis sur des vapeurs. Ses compagnons de travail étaient des Noirs, un Noir aussi son chef d'équipe. Une fois par mois, il écrivait chez lui pour dire que tout allait bien, c'est tout. *Si elle veut croire que je me promène à cheval en redingote, qu'elle le croie*, pensa-t-il. Et puis, un jour, on appela son nom et, en levant les yeux, il vit un vieil homme bien vêtu qui s'appuyait sur une canne en tremblant, et qui disait d'une voix chevrotante : « Charles. Charles.

— Je m'appelle Randolph, dit-il.

— Oui, oui, bien sûr, dit le grand-père. Pourquoi n'as-tu... nous n'aurions jamais su si ta mère

n'avait pas... la seule lettre que nous avons reçue
en un an...

— Ma mère ? Mais elle n'a pas pu savoir... Voulez-vous dire qu'elle savait que je n'habitais pas
chez vous ?

— Oui. Elle savait seulement que tu étais à
Memphis, et que tu travaillais. Et nous, nous
n'aurions jamais su, nous n'aurions jamais... »

Elle savait, se dit-il, dans un élan de fierté et de
justification. *Elle a toujours su que je ne ferais rien
de tel. Elle l'a toujours su.* Le dimanche suivant,
il essaya de lui dire la grande maison sombre
mais solide et haute et silencieuse construite au
milieu des magnolias, la petite femme grassouillette toute en noir, aux mains douces et
minuscules, tremblotantes et maladroites, aux
beaux yeux bleus étonnés, l'imposant parloir aux
volets fermés, le portrait, le visage intrépide et
noble sous le vieil étendard déployé, et le sabre,
au-dessus de la cheminée ; il essaya d'expliquer.

« Tu n'as pas besoin de travailler, surtout parmi
les Noirs, dit le grand-père. Le collège, l'université, une place prête pour toi à la banque. » Il
regarda le visage calme et têtu. « Est-ce que c'est
parce que j'ai un associé yankee ? Il a perdu son
fils, lui aussi. C'est pour cela qu'il est venu dans
le Sud, pour tenter de le retrouver. Au moins, nos
fils sont morts chez nous.

— Non, ce n'est pas ça. C'est parce que je voudrais... c'est-à-dire qu'elle voudrait... » C'est alors
qu'il comprit que cela ne souffrait pas d'être dit,
surtout à un étranger, pas même au père de son
père. Il répéta donc : « Je veux être riche. Et, dollar pour dollar, je ne connais pas de meilleur
argent que celui qu'on gagne soi-même. Or dans
le Sud, l'argent c'est le coton. Et, à mon avis, la

meilleure façon de s'y connaître en coton, c'est d'être là où on peut le toucher, le ramasser. On peut toujours essayer, ajouta-t-il avec une ironie narquoise qui surprenait chez un garçon de son âge. On peut toujours attaquer le champ par un bout.

— Mais tu vas venir habiter chez nous ? Tu peux faire ça !

— Est-ce que vous me laisserez payer ma pension ? » Puis il ajouta : « Non, merci. Il faut que je m'y prenne à ma façon. Comme je... ma mère ne... Je viendrai vous voir tous les dimanches. »

Il venait le dimanche et le mercredi soir aussi, de sorte que deux fois par semaine il allait à l'église. Jusqu'alors, il n'y était allé qu'une seule fois, dans une église noire où il avait accompagné Joanna, un dimanche après-midi, à un baptême. Il avait filé, c'est-à-dire qu'il n'avait pas dit à sa mère qu'il y allait. Non qu'il crût à des objections, moins encore à une interdiction ; mais, quoiqu'ils acceptassent Dieu comme une force dans le monde qui n'appelait aucun commentaire favorable ou hostile, comme le temps qu'il fait, et avec laquelle, comme avec le temps, ils avaient depuis belle lurette conclu un pacte de non-agression, ils n'allaient pas à l'église — cela, sans doute, pour la raison principale qu'il n'y avait pas d'église blanche à proximité et parce que sa mère n'avait pas encore appris, comme les hommes l'avaient fait, à comprimer le travail d'une semaine en six jours. Mais voilà qu'il allait à l'église, les yeux grands ouverts, d'ailleurs : même à seize et dix-sept ans, il se disait avec un humour à la fois flegmatique et narquois : *Quand elle apprendra ça, elle dira probablement que tout ça, c'est du chiqué.* Il lui annonça donc la nouvelle

lui-même en lui écrivant, et elle finit par accuser
réception de sa lettre, mais sans faire allusion à
l'église ; en réalité, ses lettres étaient fort rares :
quelques bouts de papier griffonnés d'une écriture farouchement masculine et qui compor-
taient toujours, à la fin, à la troisième personne,
les salutations de rigueur à ses grands-parents ;
et quand, au terme de sa première année, il lui
écrivit qu'il avait économisé deux cents dollars et
qu'il allait la chercher pour la ramener à Memphis, il ne reçut aucune réponse. Il rentra donc
chez lui, cette fois encore dans un wagon de marchandises malgré les deux cents dollars qu'il
avait placés dans une vieille ceinture achetée à
cet effet chez le prêteur sur gages. À la gare
l'attendait la même carriole, avec les mêmes
mulets et le même vieux Noir dans les mêmes
vêtements rapiécés : tout cela aurait pu l'avoir
attendu là depuis un an. Il trouva sa mère à
l'étable, une fourche à fumier à la main. Elle
refusa de l'accompagner à Memphis et, pendant
un temps, elle refusa même les deux cents dollars. « Prenez-les, dit-il. Je n'en ai pas besoin. Je
n'en veux pas. J'ai trouvé un meilleur emploi. Je
vais être riche », dit-il, cria-t-il, fanfaronnant,
exprimant à haute voix, fièrement, son rêve de
dix-sept ans : « Bientôt je vais pouvoir commencer à réparer la maison. Et vous pourrez rouler
en voiture » — puis il s'arrêta en découvrant le
regard froid qui était fixé sur lui, non pas sur son
visage mais sur sa bouche. « Ne vous en faites
pas, dit-il. Ce n'est pas l'argent que j'aime, que je
veux. Je pensais que vous l'aviez compris. »

Et elle a compris, pensa-t-il quand elle prit
l'argent pour le fourrer sans le compter dans la
poche de sa robe défraîchie. Dans la carriole qui

le reconduisait au train, il se retourna une seule
fois et la vit debout à la porte de l'étable, un seau
de lait à chaque main. Il était maintenant garçon
de courses chez un courtier en coton, et il
envoyait de l'argent chez lui tous les mois, même
s'il ne rentrait plus chez lui tous les ans maintenant, les mois s'accumulant en années marquées
seulement par les jambons fumés qu'elle lui
envoyait à Thanksgiving et à Noël et qu'il mangeait en compagnie de ses grands-parents. « Je
n'aime pas écrire, lui écrivit-elle. Et maintenant
tu es bien là où tu es. Moi aussi, tu devrais le
savoir. Je n'ai jamais eu de problème. » *Et elle
n'en aura jamais,* pensa-t-il. *Mais c'est seulement
maintenant que je découvre combien peu j'ai dû
compter dans sa vie naguère.* Cette fois, il attendit donc d'avoir accumulé douze cents dollars. Il
rentra chez lui : il arriva dans la maison pourris-
sante au crépuscule pour la voir sortir de l'étable
avec deux seaux pleins de lait cette fois, comme
si, comme dans le cas de la carriole, le temps ne
s'était pas écoulé depuis la dernière fois, trois ans
auparavant. Elle refusa de le laisser réparer la
maison. « Awce la consolidera avant qu'elle
tombe », lui dit-elle. Mais elle accepta les douze
cents dollars, comme d'habitude sans commentaire, mais cette fois sans protestation non plus ;
alors le temps se mit à passer très vite, comme
c'est le cas pour les jeunes qui poursuivent une
seule fin. Il était maintenant employé dans la
maison de courtage, et dans six ans il serait associé. Il avait un vrai compte en banque, où il avait
déposé ce qu'il ne pouvait plus transporter dans
une ceinture, et il était marié. Parfois il s'arrêtait,
comme étonné, non pas à bout de souffle mais
comme un cheval vigoureux s'arrête, simplement

pour respirer, et il pensait : *J'ai trente ans. Quarante.* Et il ne savait plus exactement quand, quel
été, il l'avait vue pour la dernière fois pour lui
présenter ses petits-enfants, les circonstances
étant désormais identiques et interchangeables :
les mêmes deux seaux de lait pleins ou vides, la
même petite femme toute droite et mince sur qui
le passage du temps semblait n'avoir aucun effet,
dont les cheveux grisonnants maintenant ne faisaient que confirmer son indifférence au temps,
la même robe et la même capeline défraîchies, la
seule différence étant dans le dessin du calicot,
comme si le changement de robe constituait la
seule altération ; et puis, un jour : *J'ai cinquante
ans et elle en a soixante-neuf ;* alors, dans sa
limousine évoquant un corbillard et maintenant
président de cette banque où il avait fait son premier versement, et millionnaire à son tour, lui qui
avait hérité de son grand-père vingt ans plus tôt
et refusé l'héritage, en faisant don à une maison
de retraite pour vieilles femmes sans enfant, il
prit la route du Mississippi en longeant le chemin
de fer où avait roulé le vieux wagon de marchandises, puis la petite route qui lui avait paru interminable dans la pénible carriole, et il arriva à la
maison consolidée par Awce (qui était mort
depuis longtemps, et avait été remplacé par un
petit de quatorze ans qui était devenu un homme
et qui savait labourer vite, lui aussi, quand la
femme blanche se tenait à la barrière pour le surveiller). Mais elle ne voulut pas le suivre à Memphis. « Je vais très bien, te dis-je. Est-ce que je ne
me suis pas bien débrouillée avec Joanna pendant des années ? Je ne vois pas pourquoi je n'en
ferais pas de même avec Lissy (c'était la fille de
Joanna et d'Awce, et son nom était Melissande,

bien qu'il fût probablement le seul à s'en souvenir).

— Mais vous n'auriez plus à traire la vache »,
dit-il. Elle ne répondit rien. « Et il n'est pas question que vous m'écriviez plus souvent, j'imagine ? » Comme c'était exact, il s'arrêta au petit
magasin de campagne le plus proche, dont le
propriétaire accepta de rendre visite à sa mère
une fois par semaine et de lui en faire part, ce
qu'il fit, la lettre lui parvenant cinq mois plus tard
où il disait qu'elle était malade. Quand il arriva,
pour la première fois de sa vie il devait la voir ali-
tée, avec son air toujours aussi froid et indomp-
table, seulement un peu vexée parce que sa chair
l'avait trahie.

« Je ne suis pas malade, dit-elle. Je pourrais me
lever tout de suite si je le voulais.

— Je sais. Et il va falloir vous lever. Vous
m'accompagnez à Memphis. Je ne vous le
demande même pas, cette fois. Je vous le dis. Ne
vous occupez pas de vos affaires. Je reviendrai les
prendre demain. J'emmènerai même la vache en
voiture. » Peut-être était-ce parce qu'elle était
couchée, et qu'elle ne pouvait rien faire, ce qu'il
savait pertinemment. Mais après un moment elle
dit :

« Je veux que Lissy m'accompagne. Donne-moi
la boîte qui est sur la cheminée. » C'était une
boîte à chaussures en carton. Elle était là depuis
trente ans, il s'en souvenait, et elle contenait
chaque sou qu'il lui avait envoyé ou apporté ; les
billets n'avaient même pas été dépliés.

C'est alors que, comme il le dit à son auditeur,
Gordon découvrit qu'elle n'avait jamais vu une
automobile. Une automobile en mouvement, en
tout cas ; car elle s'était assise un moment dans

la première auto qu'il avait amenée chez elle : elle avait posé ses deux seaux de lait et elle y était entrée en robe et en capeline défraîchies pour y rester une seconde, émettre un grognement peu favorable et en sortir au plus vite, alors que Lissy, elle, avait fait un tour sur la grand-route avec le chauffeur noir. Mais cette fois elle y entra sans mot dire, refusant de se laisser porter, marchant vers la voiture et restant debout à la portière tandis que la négresse surexcitée, presque hystérique, allait chercher les quelques effets hâtivement réunis. Il l'aida à monter et ferma la portière en pensant que ce claquement marquerait la fin de ses ennuis, comme le claquement des menottes marque celle de la liberté du captif — mais il avait tort, comme il ne manqua pas de le raconter. Il faisait presque nuit maintenant, et la voiture roulait sur une route goudronnée ; déjà on pouvait voir les lueurs de la grande ville ; il était assis à côté de la petite silhouette immobile, drapée dans un châle et serrant un panier sur ses genoux, et il pensait, toujours avec le même étonnement, que jamais auparavant il ne l'avait vue rester couchée ou assise aussi longtemps, quand soudain elle se pencha et avant et dit d'une voix faible mais péremptoire : « Arrêtez. Arrêtez », et même son Noir à lui obéit, tout comme Awce et le successeur d'Awce ; la voiture ralentit dans un grincement de freins, tandis qu'elle se penchait par-dessus le panier pour regarder dehors. « Je veux m'arrêter ici », dit-elle ; alors il regarda à son tour et vit ce qu'elle semblait regarder : un petit bungalow propret, pareil à un jouet, au milieu des arbustes d'un petit terrain bien entretenu.

« Oui, c'est joli, accorda-t-il. Lucius, tu peux repartir.

— Non, dit-elle. Je n'irai pas plus loin. Je veux m'arrêter ici.

— Dans cette maison ? Mais elle appartient à quelqu'un. Nous ne pouvons pas nous arrêter ici.

— Eh bien, achète-la et fais partir les gens, si tu es aussi riche que tu le dis. » Il raconta aussi qu'ils étaient restés là, assis dans la voiture arrêtée et pleine de la consternation sonore de la négresse Lissy, qui voyait disparaître de sa vie la perspective de Memphis. Mais sa mère ne céda pas. Elle refusa même d'aller attendre à Memphis. « Ramène-moi à Holly Springs, dit-elle. J'irai chez Mrs. Gillman. Tu l'achèteras demain, et puis tu viendras me chercher.

— Vous me promettez de ne pas rentrer chez vous ?

— Je n'ai rien à promettre. Tu n'as qu'à acheter cette maison. Parce que je n'irai pas plus loin. » Il la ramena donc à Holly Springs, chez la vieille amie avec qui elle avait été à l'école, sachant qu'elle n'y resterait pas — et, de fait, il dut aller la chercher une dernière fois dans le Mississippi, avec la négresse, pour les emmener toutes deux dans la nouvelle maison où la vache et les poulets étaient déjà installés, et il l'y laissa. Elle n'accepta jamais qu'il l'emmène en ville, quoiqu'il pût maintenant venir la voir tous les dimanches. Il la retrouvait toujours vêtue de l'éternel calicot et de ses capelines défraîchies, debout au milieu d'une nuée de poulets, à la tombée des jours d'été, l'ourlet de son tablier dans une main et l'autre bras accomplissant le geste immémorial du semeur. Et puis, un après-midi, alors qu'il était tranquillement installé dans le

petit cagibi qu'il appelait son bureau, la porte
s'ouvrit brusquement sur le visage malade de
l'homme qui lui criait : « C'est votre mère ! Lewis
Randolph est votre mère ! », hurlant maintenant : « Je m'appelle Gavin Blount, moi aussi. Je
suis son petit-neveu », hurlant encore : « Vous ne
saviez pas ? Charles Gordon et lui étaient tous les
deux amoureux d'elle. Ils l'ont demandée en
mariage tous les deux le même jour : ils s'en sont
remis aux cartes pour décider qui le ferait le premier, et c'est Gavin Blount qui a gagné. Mais c'est
à Charles Gordon qu'elle a donné la rose. »

III

Chaque après-midi, de la fenêtre de ce bureau,
Gordon pouvait regarder Battery Park et y
découvrir Blount, assis sur un banc face au
fleuve. Toujours seul, en manteau l'hiver et en
chemise d'été, il restait là une heure quelquefois,
même sous la pluie, à côté du vieux canon
désarmé et des plaques de commémoration en
bronze.

Il connaissait Blount depuis douze ans, et
pourtant, après tout ce temps, il le considérait
toujours avec un mélange de tolérance, d'affection et de mépris. Parce que aux yeux de cet
homme sain, bien organisé, à l'esprit robuste et
plein de bon sens, la vie que menait Blount n'était
pas une vie d'homme. Ce n'était pas même une
vie de femme. Médecin, Blount avait hérité de
son père une clientèle qu'au terme de vingt ans
d'efforts incessants, il avait réduite au minimum
absolu ; les maladies qui entraient maintenant
dans son cabinet le faisaient par le biais de publi-

cations médicales, et il était à lui-même son seul
et unique client.

Il était malade. Pas physiquement, mais de
naissance. Il habitait en compagnie de deux
vieilles filles, ses tantes, dans une grande maison
massive et bien entretenue construite sans orne-
ment de briques dans une rue qui, cinquante ans
auparavant, était l'une des plus chics des quartiers résidentiels, mais qui n'était plus maintenant qu'un amas de garages, de boutiques de
plombiers, de pensions croulantes adossés à un
quartier noir ; chaque matin, il se rendait en ville,
non pas, comme Gordon, pour aller à son bureau
(il y avait des jours où il ne passait même pas à
son cabinet, dont la porte mentionnait toujours
le nom de son père), mais pour passer la matinée au club des Gardes Nonconnah, et l'après-
midi au bord du fleuve, dans Battery Park, assis
entre le vieux canon désarmé et les bas-reliefs
pleins d'emphase, et, une fois par semaine au
moins, pour aller passer dix minutes ou une
heure dans ce pigeonnier dont le propriétaire et
l'occupant avait depuis longtemps décidé qu'il
n'existait nulle part ailleurs. « Vous devriez
prendre femme, lui avait dit un jour Gordon.
C'est le seul mal dont vous souffrez. Quel âge
avez-vous ?

— Quarante et un ans, dit Blount. Admettons
un instant que je souffre de quelque chose.
Savez-vous pourquoi je ne me suis jamais
marié ? C'est parce que je suis né trop tard.
Toutes les dames sont mortes depuis 1865. Il ne
reste plus que des femmes. De plus, si je me
mariais, il faudrait que j'abandonne la présidence des Gardes. » Ces Gardes Nonconnah,
c'était là, selon Gordon, à la fois le mal et la cure

de Blount. Il y avait dix-sept ans qu'il en était président, depuis qu'il avait hérité la fonction d'un homme du nom de Sandeman, qui l'avait héritée lui-même d'un homme du nom de Heustace, qui l'avait héritée, sur le champ de bataille de Shiloh, du premier Gavin Blount. Le mal était là, dans cet homme encore jeune qui n'avait pas hésité à se retirer du monde des vivants pour exister dans un temps irrévocablement révolu, dont le seul contact avec le monde des vivants était l'évaluation et le choix des noms qui étaient proposés, noms de jeunes filles anonymes souhaitant assister au bal, choix effectué en fonction de critères imposés par des morts qui n'en avaient cure ; un homme chez qui l'équipement vital restait aussi vierge, intact et immobile que le jour où il l'avait reçu, comme la coque d'un navire pourrirait lentement en cale sans qu'il soit jamais lancé, un homme qui passait son temps assis avec pour seule compagnie quelques vieux canons muets et rouillés et des plaques de bronze couvertes de vert-de-gris quand il n'était assis face à un homme qui avait deux fois son âge, à qui il disait : « Parlez-moi encore de cette scène. Elle est appuyée sur le canon du fusil et elle vous tient le discours. Redites-le. Il y a peut-être des choses que vous avez oubliées quand vous me l'avez dit. »

Alors il recommençait : les jeunes filles en rang qui embrassent les soldats l'une après l'autre, les nègres qui s'étaient remis à jouer sauf que sa mère avait dit qu'on ne les entendait pas, ce à quoi il avait objecté (il avait alors quinze ans et il lui semblait avoir entendu l'histoire un nombre de fois considérable) : « Comment savez-vous qu'on n'entendait pas la musique ? » Appuyée sur le canon du fusil, le foudroyant du regard, elle s'était arrêtée, la bouche encore ouverte pour parler sous la capeline qu'elle portait à l'intérieur comme à l'extérieur, si bien que, comme il le dit à Blount, il se demandait si le matin elle ne la mettait pas avant même d'enfiler son jupon et ses chaussures. « Quand vous êtes arrivée à Charley Gordon, je parie que les soldats ne voyaient même plus les bras des violonistes noirs », ajouta-t-il.

« Ils n'avaient pas besoin d'écouter, c'est ça que vous voulez dire, dit Blount. On entendait très bien *Look away, look away* sans avoir à écouter. Je connais des gens qui l'entendent encore, même après soixante-dix ans, ajouta-t-il. Ils n'entendent plus rien d'autre.

— Mais on ne peut pas vivre à la fois dans le passé et dans le présent, dit Gordon.

— On peut essayer jusqu'à la mort.

— Vous voulez dire que c'est ce que vous faites.

— Soit. Admettons. À qui est-ce que je nuis en le faisant ? »

C'était la première fois que Gordon lui disait qu'il devrait prendre femme, et il le répéta le jour où Blount fit irruption avec son invraisemblable proposition, dans un état plus hystérique encore que lorsqu'il avait fait irruption douze ans auparavant en criant : « Vous êtes son fils, vous êtes le fils de Lewis Randolph » — le visage fou, malade, intelligent — médecin qui, comme il le disait lui-même, préférait une anecdote à une appendicectomie, qui passait son temps à peser le nom des candidates à un bal annuel comme le chef d'un nouveau et encore relativement précaire gouvernement révolutionnaire pèse ceux de ses ministres. « Ainsi, vous voudriez que je la traîne, elle, une femme de presque quatre-vingt-dix ans, que je la sorte d'un endroit où elle se trouve bien pour la forcer à assister à un bal plein de jeunes godelureaux caracolants ?

— Mais ne voyez-vous pas ? Elle a assisté au premier. Je veux dire le vrai premier, celui qui signifiait vraiment quelque chose, au cours duquel eut lieu la création des Gardes, où ils chantèrent *Dixie* sous ce drapeau que la plupart n'avaient encore jamais vu, et où elle embrassa cent quatre hommes pour finir par donner sa rose à Charles Gordon. Vous ne voyez pas ?

— Mais pourquoi ma mère ? Il doit bien y avoir à Memphis une femme, au moins, qui était présente cette nuit-là.

— Non, dit Blount. C'est la dernière. Et même s'il y en avait encore d'autres, elle serait toujours la dernière. Nulle autre qu'elle n'est partie cette nuit-là dans un train militaire avec une capote de confédéré jetée sur sa robe de bal à cerceaux et la fleur toujours piquée dans ses cheveux, pour aller se marier tête nue sous la neige au milieu d'un carré de soldats comme si elle était passée en cour martiale, et pour passer quatre heures avec un mari qu'elle ne devait jamais revoir. Et maintenant, la voir assister au der... au bal de cette année, la voir entrer dans la salle de bal à mon bras comme elle l'a fait il y a soixante-dix ans au bras de Charles Gordon !

— Vous étiez sur le point de dire le dernier. S'agit-il du dernier que vous organiserez, ou du dernier auquel vous espérez assister en personne ? Je croyais que seule la mort — ou le mariage — était susceptible de vous ôter la présidence.

— Je ne rajeunis pas.

— Vous dites ça en pensant au mariage, ou à la mort ? » Blount ne répondit pas. Apparemment, il n'écoutait pas non plus, son visage intelligent et tragique baissé, malade, songeur. Soudain il leva la tête et regarda son interlocuteur dans les yeux — et celui-ci comprit qu'il était encore plus malade que lui-même ou quiconque ne le suspectait.

« Vous me dites qu'il faut que je me marie, dit-il. Mais je ne peux pas. Elle ne voudrait pas de moi.

— Qui donc ?

— Lewis Randolph. »

Après son départ, c'est Gordon qui resta songeur. Mais il n'y avait rien de malade en lui, en cet homme trapu, vigoureux, grisonnant, prospère et sain, assis dans son costume sobre mais d'excellente qualité, avec ses énormes manchettes aussi immaculées que démodées, son cigare coûteux brûlant lentement dans la main aux ongles soignés et à la peau devenue douce, sans avoir pour autant oublié la forme d'un mancheron de charrue, qui sursauta, comme réveillé, et dit tout haut : « Nom d'une pipe ! On va bien voir si je ne le fais pas. »

Deux jours plus tard, sa secrétaire téléphonait chez Blount, qui arriva dans son bureau une heure après. « Eh bien, je l'ai persuadée, dit-il. Elle viendra. Mais pas au bal. Je crois que ce serait trop pour elle. Nous appellerons ça un dîner chez moi, avec quelques invités choisis. Il y aura Henry Heustace et sa femme. Elle n'a que vingt ans de plus qu'eux, à peu près. On parlera du bal plus tard. » Mais Blount n'écoutait même plus.

« Vous l'avez persuadée, dit-il. Lewis Randolph

au bal des Gardes Nonconnah. Charley Gordon,
et maintenant Gavin Blount. Comment avez-
vous fait ?

— Devinez. Quelle était la seule façon absolument sûre de persuader une femme, n'importe
laquelle, vierge, épouse ou veuve, d'aller où que
ce soit ? Je lui ai dit qu'il y avait un jeune homme
de très bonne famille qui voulait l'épouser. »

Trois semaines plus tard, il se trouvait donc
assis parmi ses invités au-dessus du linge fin, des
cristaux, de l'argenterie et des fleurs coupées
dans sa lourde salle à manger, et il pensait : *Peut-
être Gavin Blount ne l'avait-il jamais vue auparavant mais moi en tout cas Bon Dieu c'est bien la
première fois que je la vois à table avec du vrai
linge et plus d'un plat et des couverts et de la ver-
rerie* — la petite silhouette frêle mais droite
comme un i avec ses cheveux d'un blanc parfait,
vêtue d'un châle et d'une robe de soie toute noire
sur laquelle on voyait encore les plis et qui exha-
lait encore l'odeur ténue mais âcre de l'écorce
dans laquelle elle avait été serrée, atteignant
enfin Memphis après avoir été en route vingt ans
moins quelques mois, y arrivant une fois de plus
par une mourante soirée de décembre et pénétrant dans la maison qu'elle n'avait jamais vue,
le regard froid, perspicace et toujours aussi vif
posé immédiatement sur le bouquet de roses
rouges qu'un domestique et non le donateur lui
offrait, lequel donateur, de la pièce que Gordon
à l'ancienne mode appelait l'office, les yeux rivés
sur elle, s'écriait : « Ça n'est pas elle. Ce n'est pas
possible. Mais si, c'est elle. Ça ne peut être
qu'elle », ajoutant : « Non. Pas à côté d'elle. Je
veux être en face d'elle à table. Comme ça, je
pourrai la regarder, l'observer », le fils disant :

« L'observer en train de quoi faire ? De se battre avec tout un tas de couverts modernes ? », et l'autre : « De se battre ? Lewis Randolph ? Croyez-vous que la femme qui a promené un der- ringer dans la poche de son tablier pendant trois ans jusqu'au jour où elle a eu l'occasion de s'en servir puisse être décontenancée ou confondue par tous les présupposés de l'existence ? »

Il avait raison. Sous les yeux de son fils, précé- dée du maître d'hôtel lui-même précédé de Heus- tace qui la fit s'asseoir, elle observa seulement une courte pause pour regarder le déploiement d'argenterie d'un coup d'œil rapide et sagace de paysanne, et ce fut tout. Il comprit alors qu'il s'était inquiété pour rien ; il se dit même, non sans une once de son vieil humour, qu'il avait de la chance qu'elle ne sût pas qu'il s'était inquiété. Parce que, comme Blount aurait pu le dire et comme son fils à lui, Gordon, le dit effective- ment, on n'avait déjà d'yeux que pour elle, tant du côté de Heustace, le seul invité dont l'âge n'était pas trop éloigné du sien, que du côté de l'autre couple qui avait l'âge de Gordon, une jeune femme qui était l'invitée de son fils et un jeune homme qui était l'invité de sa fille, sans parler du visage qui flottait en face d'elle au-des- sus d'un pot de fleurs comme une lune déclinante sur le point de sombrer derrière une haie ; si bien qu'il cessa de surveiller sa mère pour se mettre à surveiller Blount. Il vit sa mère lever une cuille- rée de potage et il pensa : *Elle ne va pas aimer ça et elle va le dire tout haut* et, puis les yeux tour- nés vers Blount, il pensa : *C'est de lui qu'il faut s'inquiéter,* pensant : *Oui. Il est bien plus atteint qu'on ne le croit.* Il fut donc pris par surprise, non, comme il devait le comprendre après coup,

qu'il se fût vraiment attendu à ce que la soirée se
déroule sans incident, mais parce qu'elle avait
commencé si vite, avant même qu'ils eussent le
temps de s'installer à table ; il regardait Blount
en ayant conscience que Heustace entretenait sa
mère des années de guerre à Memphis, de l'occu-
pation yankee, dont il se souvenait ; il entendit
Heustace dire : « À la campagne, c'était différent,
évidemment. Les paysans n'ont guère connu le
frein de la morale », puis il vit Blount s'agiter un
peu, repousser sa chaise, le visage malade et
lunaire penché sur son assiette de potage intact
comme il commençait à parler avec une hâte et
une intensité insolites ; et soudain Gordon sut ce
qui allait arriver comme s'il avait pu lire dans
l'esprit de Blount, et il vit les autres têtes penchées également, dans un silence qui était brusquement tombé, comme si l'intensité de Blount
s'était communiquée à eux tous.

« L'ennui, dit Blount, c'est que nous n'avons
jamais su limiter les arrivages de Yankees. Nous
étions comme une cuisinière qui dispose de trop
de matière première. Si nous avions pu limiter le
rapport à dix ou douze pour un, nous aurions pu
faire une bonne guerre. Mais quand ils se sont
mis à ne plus jouer franc jeu, quand leur nombre
fut tel qu'ils se mirent à rôder la nuit dans les
campagnes où seuls restaient les femmes et les
enfants, peut-être même une femme seule avec
un enfant et une poignée de nègres épouvan-
tés... » La mère avait les yeux rivés sur Blount.
Elle venait de mordre dans un morceau de pain
qu'elle tenait toujours à la main, en mastiquant
comme le font les personnes édentées ; tout à
coup, elle cessa de mastiquer, surveillant Blount
exactement comme elle surveillait le nègre qui

labourait de l'autre côté de la clôture. « Quand la
moitié d'entre eux se mit à rôder près des maisons isolées pendant que tous les hommes se bat-
taient au loin contre l'autre demi-million de Yankees, eux qui étaient partis de bonne foi en
croyant que leurs femmes et leurs enfants étaient
en sécurité, que même les Yankees... » Elle se
remit à mastiquer, par deux fois ; Gordon vit les
deux brefs mouvements de ses mâchoires avant
qu'elle ne s'arrête à nouveau pour jeter un regard,
aux deux extrémités de la table, sur les autres
visages penchés avec la même expression de stupéfaction, un regard bref et froid, les yeux froids
ne s'arrêtant pas plus longtemps sur le visage du
fils que sur les autres. Puis elle posa les mains sur
la table et commença à repousser sa chaise.

« Allons, mère, dit Gordon. Mère ! » Mais elle
ne se levait pas : ce fut comme si elle s'était
contentée de repousser la chaise pour se donner
la place de parler, la repoussant carrément et se
penchant en avant, ses mains dont l'une tenait
encore le morceau de pain entamé posées sur le
rebord de la table, les yeux rivés sur l'homme qui
lui faisait face, avec exactement le même regard
que celui qu'elle avait posé sur les autres, et
maintenant sa voix s'élève, calme, mais aussi
froide et efficace que son regard : et le fils, attendant que son corps lui obéisse pour réagir,
pensa : *Comment espérer l'arrêter alors qu'elle a dû
attendre soixante-dix ans pour trouver quelqu'un
à qui le raconter.*

« Je n'en ai jamais vu plus de cinq, dit-elle.
Joanna a dit qu'il y en avait d'autres devant la
maison, encore à cheval. Mais je ne les ai jamais
vus. Il n'y en a que cinq qui ont fait le tour pour
entrer par la porte de la cuisine. Ils sont arrivés

à la cuisine et ils sont entrés. Ils sont entrés sans
même frapper. Joanna venait de crier dans le vestibule que la cour était pleine de Yankees et je
venais de me détourner du fourneau où je faisais
chauffer du lait pour lui... » Pas un geste, pas
même un mouvement de la tête ou des yeux pour
indiquer Gordon. « Je venais de lui dire : "Cesse
de glapir et prends-moi ce bébé" quand ces cinq
vagabonds sont entrés dans ma cuisine sans
même soulever leurs chapeaux... » Gordon était
toujours incapable de bouger. Comme les autres,
il restait là, entouré de visages ahuris au milieu
desquels ceux de sa mère et de Blount étaient
penchés l'un vers l'autre au-dessus du pot de
fleurs, l'un froid mais plein de vie sous les cheveux blancs, l'autre évoquant quelque fragile
objet de prix sur le point de choir d'une cheminée ou d'une étagère sur un sol dallé, la voix s'élevant comme un murmure plein de passion et de
mort :

    « Oui. Oui. Continuez. Et puis quoi ?

    — La casserole où bouillait le lait était posée
sur le fourneau comme ceci. Je l'ai prise, exactement comme cela... » Alors elle bougea, et Blount
aussi, au même instant, comme s'il s'était agi de
deux marionnettes mues par un même fil. Une
seconde, un instant, ils se firent face, figés
comme deux poupées de Noël dans une vitrine
au-dessus des scintillements de la table et avec en
arrière-plan le cercle de visages ahuris et incré-
dules. Puis elle souleva son assiette de potage et
la lança au visage de Blount et, toujours lui faisant face, son couteau à beurre bien serré dans
sa main et dirigé sur Blount comme un petit
pistolet, elle répéta l'expression qu'elle avait lancée aux soldats pour leur enjoindre de quitter la

maison. C'était une expression telle qu'en utilisent les matelots des bateaux à vapeur et que,
d'après son fils, elle ne savait pas qu'elle savait
jusqu'au jour où, soixante-dix ans auparavant,
elle en eut besoin.

Plus tard, après que se furent calmés le
tumulte, les vivats et les hurlements, il fut en
mesure de reconstruire au moins partiellement
l'événement : les deux protagonistes, tous deux
petits, raides, penchés en arrière, se faisant face,
l'une armée du petit couteau luisant pointé sur
le ventre de Blount, l'autre, le visage et le plastron tout éclaboussés de potage, la tête droite,
son visage malade exalté comme celui d'un soldat qui se fait épingler une décoration, et tout
autour le vacarme, le tumulte des voix excitées.
Quand Gordon l'eut finalement rattrapée, elle
était assise dans un fauteuil du salon, toute tremblante et pourtant toujours aussi droite.
« Appelle Lucius, dit-elle. Je veux rentrer.

— Mais c'était très bien, dit-il. Vous ne les
entendez pas ? Vous n'avez jamais entendu tant
de bruit depuis le jour où vous êtes arrivée au bal.

— Je veux rentrer, dit-elle en se levant. Appelle
Lucius. Et je veux sortir par la porte de derrière. » Il la mena donc dans la pièce qu'il appelait l'office, où ils attendirent la voiture.

« Est-ce à cause des mots que vous aviez
oubliés jusqu'à tout à l'heure ? demanda-t-il.
Aujourd'hui, ça ne compte plus. On les trouve
partout dans les livres. Enfin, un certain nombre
d'entre eux.

— Non, dit-elle. Je veux seulement rentrer. » Il
la mena donc jusqu'à la voiture, et rentra dans
l'office, où Blount était venu s'asseoir en silence,
avec à la main une serviette mouillée et tachée.

« Je vais vous chercher une chemise propre, dit Gordon.

— Non, dit Blount. N'en faites rien.

— Vous n'allez tout de même pas vous rendre au bal dans cet état ? » L'autre ne répondit pas. Gordon prit une carafe qui était sur la table, la déboucha et versa une bonne dose dans un verre qu'il poussa vers Blount. Mais celui-ci ne fit pas un geste pour le prendre.

« Maintenant, j'ai compris pourquoi, après cela, vous n'avez plus senti le derringer, dit-il. Ce n'était pas que le besoin d'en porter un eût cessé. Ils auraient pu revenir, ou d'autres du même genre. Peut-être d'ailleurs sont-ils revenus. Vous ne l'auriez pas su. C'est parce qu'elle a compris qu'elle n'était pas digne d'être protégée par une balle, une balle bien nette à laquelle Charles Gordon aurait pu applaudir, quand il lui est apparu qu'elle pouvait se laisser surprendre et pousser par traîtrise à employer un langage qu'elle ne savait pas qu'elle savait, pas plus que Charles Gordon ne le savait, et à l'employer devant des Yankees et des nègres. » Il regarda Gordon. « J'ai besoin de votre revolver. » Gordon le regarda. « Allons, Ran. Je peux rentrer en chercher un chez moi. Vous le savez bien. » Gordon le regarda encore un moment. Puis il dit, immédiatement et presque à voix basse :

« Bien. Voilà. » Il prit le revolver dans le bureau et le tendit à Blount. Pourtant, après le départ de son interlocuteur, il éprouva quelques doutes — lui dont le métier consistait à juger les caractères, à prévoir l'enchaînement des actions humaines, et qui le faisait depuis si longtemps que parfois ses jugements lui paraissaient irréfléchis alors qu'ils ne l'étaient pas, jugements dans lesquels il avait entièrement confiance, et pas seulement parce qu'ils lui avaient presque toujours donné raison. Il n'empêche que cette fois il n'était plus si sûr, quoiqu'au bout d'un moment il dut admettre que c'était moins en raison de l'affection qu'il portait à Blount que du fait de l'orgueil que lui inspirait son jugement. Quoi qu'il en fût, qu'il eût raison ou tort, c'était fait maintenant, et il attendit en fumant tranquillement que la voiture revienne. Bientôt le Noir, Lucius, entra : « J'attends un message, dit Gordon. Je ne pense pas qu'il arrivera avant demain matin, mais il n'est pas exclu qu'il arrive cette nuit. Dans ce cas-là, apportez-le-moi.

— Bien, Monsieur, dit le Noir. Même si vous dormez ?

— Oui, dit Gordon. Que je dorme ou pas. Dès qu'il arrivera. »

Le message n'arriva pas avant le lendemain matin. Ou plutôt, il ne le trouva pas avant qu'il apparaisse sur le plateau avec sa tasse de café matinale. Mais quand il découvrit que ce n'était pas une enveloppe, mais un paquet, il n'écouta même pas la réponse à la question qu'il avait posée concernant la raison pour laquelle il n'avait pas été réveillé la nuit précédente ; il se contenta d'extraire la note jointe au paquet enveloppé de papier journal et de rendre celui-ci au Noir en lui disant : « Remets ça dans le bureau. »

C'était donc du soulagement qu'il éprouvait, une émotion comparable à celle que pourrait ressentir une femme, n'importe laquelle, et non la justification d'un jugement d'homme, de banquier (*je me fais vieux*, pensa-t-il) comme pénitence, pour affermir son âme. Il finit son café avant de lire la note, qui était écrite au crayon au dos du prospectus tout taché d'une épicerie à succursales multiples : *Il semblerait que vous ayez eu raison une fois de plus, si avoir raison vous procure encore la moindre satisfaction. J'ai dit un jour que le problème, c'est qu'une femme comme elle, que les femmes de son espèce, savent encaisser, alors que nous, nous en sommes incapables. Alors, vous m'avez dit : Peut-être. Et je me trompais, ce qui ne nous a surpris ni l'un ni l'autre. Mais vous aussi, vous vous trompiez : je sais encaisser, et comment n'accepterais-je pas d'encaisser ? Gavin Blount a eu sa revanche. C'est peut-être à Charles Gordon qu'elle a donné la rose, mais c'est sur Gavin Blount qu'elle a jeté son assiette de soupe.*

Un Homme dangereux

Les femmes savent des choses que nous ne savons pas, que nous n'avons pas encore apprises et que nous n'apprendrons peut-être jamais. Est-ce parce que chez un homme, tout est bien étiqueté, catalogué, systématisé : ce qu'il croit être bien et ce qu'il croit être mal, ce qu'il croit devoir arriver et ce qu'il croit inévitable, ce qu'il croit ne pas devoir arriver et ce qu'il croit impossible ?

Nous pensions que Mr. Bowman était un homme dangereux parce qu'il réagissait d'une façon proprement et totalement masculine : il obéissait à un certain code masculin très simple avec une sorte de hâte violente, sans la moindre hésitation ni le moindre remords. Un matin, Zack Stowers fit irruption dans le bureau des messageries, un revolver dégainé à la main. Un commis voyageur avait insulté sa femme ; il avait rattrapé le fautif au moment où celui-ci sautait dans le bus de la gare et s'éloignait de l'hôtel.

« Hein ? » dit Mr. Bowman (il est un peu sourd) en se penchant, l'oreille tendue, derrière la grille du guichet. Stowers répéta, en brandissant son revolver. Le commis voyageur était accompagné d'un ami, et lui, Stowers, aurait peut-être besoin d'aide.

« Bien sûr », dit immédiatement Mr. Bowman. Il prit dans le tiroir-caisse le revolver qui appartenait à la compagnie, le glissa dans sa poche-revolver et, s'arrêtant un instant à la porte de derrière, jeta à sa femme : « Je vais faire un tour à la gare. » Puis il contourna la cloison sans même s'arrêter pour enfiler sa veste, et suivit Stowers dans la rue, où attendait le buggy de Stowers. Ils montèrent et filèrent au grand galop vers la gare ; dans la rue, les passants se retournaient sur eux.

Ils étaient deux. « Les voilà, dit Stowers. Vous voyez le grand avec un chapeau vert, et le petit qui porte deux valises ?

— Vous voulez dire l'homme au petit cul qui a une veste sur le bras ? » dit Mr. Bowman en se penchant un peu en avant alors qu'ils traversaient au galop la vaste place de la gare. Ils parlaient tous deux d'une voix tendue mais calme, presque impersonnelle, comme s'ils avaient été occupés à lever une grande perche ou une échelle.

« Non, non, dit Stowers, rênes, fouet et revolver confondus aux mains, le grand au chapeau vert qui vient de se retourner pour regarder par ici.

— Ah, oui, dit Mr. Bowman, je vois. Vous voulez qu'on l'abatte, maintenant qu'il nous a regardés ?

— Non, non. Braquez-les, ça suffit pour l'instant : je voudrais d'abord lui parler.

— Vaudrait mieux tirer, dit Mr. Bowman. Il a eu le temps de nous regarder.

— Non, non. Faites comme je vous dis.

— D'accord, dit Mr. Bowman. Mais maintenant ça sera pas dans le dos, puisqu'il nous regarde. »

Ils descendirent sans attendre d'attacher l'attelage. Le petit gros s'était retourné, lui aussi, et, sans lâcher les valises, il les regardait s'approcher, comme pétrifié par l'horreur. Il portait son chapeau rejeté en arrière, et avec ses yeux ronds et sa bouche arrondie, il évoquait la photographie d'un petit garçon grassouillet en béret de marin. Il lança un regard par-dessus son épaule, et constata que son compagnon et lui-même étaient maintenant aussi seuls que s'ils avaient été les deux derniers hommes sur la terre.

« Lequel vous voulez ? dit Mr. Bowman en exhibant son revolver et en contemplant les deux commis voyageurs comme un chien relativement bien nourri contemplerait deux quartiers de bœuf.

— Attendez, bon sang, dit Stowers. Contentez-vous de les regarder.

— Hein ? » dit Mr. Bowman en tendant l'oreille avec l'aide de la main qui tenait le revolver. Stowers, lui, avait posé le sien et commençait à ôter sa veste.

« De quoi s'agit-il, mon ami ? demanda le grand mince.

— Vous allez vous battre à mains nues ? dit Mr. Bowman.

— Écoutez, mon ami », dit le grand mince. Il jeta un regard par-dessus son épaule. « Messieurs, attendez, j'exige que...

— Laissez-moi m'en occuper..., dit Mr. Bowman. Vous avez qu'à continuer à les braquer pour qu'ils s'échappent pas.

« — Non, dit Stowers en jetant sa veste à terre. C'est mon affaire.

— Je les prendrai tous les deux, insista Mr. Bowman. Tous les deux ensemble.

— Non, répéta Stowers les dents serrées, fusillant du regard le grand mince.

— Messieurs, messieurs, dit le grand mince en jetant de rapides coups d'œil alentour, mais sans oser quitter Stowers trop longtemps des yeux. J'exige que... »

Stowers le frappa, exécutant un grand bond pour ce faire, et ils s'empoignèrent. Là-dessus, Mr. Bowman s'écarta un peu et s'approcha du petit gros, qui tenait encore les deux valises.

« C'est une erreur, monsieur, dit le petit gros. J'en jure devant Dieu. Je jure devant Dieu qu'il n'a rien fait à sa femme. Il ne la connaît même pas. Et même s'il la connaissait, y a pas un homme vivant qu'ait plus de respect pour les femmes que lui.

— Vous voulez vous battre, vous aussi ? demanda Mr. Bowman.

— Je le jure et que Dieu me vienne en aide, monsieur.

— Allez. Je vais poser le revolver par terre entre nous. Allez. »

Le train entrait en gare dans un rugissement et un crissement de freins. Le grand mince jeta un regard par-dessus son épaule, allongea un coup de poing à Stowers, puis fit demi-tour et s'éloigna d'un bond. Stowers bondit à sa poursuite, puis fit volte-face et revint en courant ramasser son revolver ; à ce moment deux badauds se saisirent de lui et l'immobilisèrent malgré ses mouvements forcenés et ses jurons.

« Allons, allons, disaient les badauds. Allons, allons. »

Quand le train s'ébranla, Mr. Bowman et Stowers revinrent au buggy ; Stowers se tapotait la
bouche et crachait. « Nom de Dieu, dit-il, je me
suis laissé emporter un moment. J'étais si
furieux... Il arrêtait pas de dire qu'il était pas
celui que je cherchais.

— Aucune importance, dit Mr. Bowman. Il
s'est pas mal défendu. Le mien a même pas levé
le poing. »

C'est l'employé des messageries. C'est un
homme trapu, sans âge. Il a le teint rougeaud, un
nez un peu crochu, des yeux brûlants, couleur
noisette, qui biglent un peu, et ses cheveux roux
sont rares, mais fins et vigoureux, avec ce qui
serait, chez un homme plus soucieux ou plus
averti de son apparence, un début de calvitie. Il
marche sur la demi-pointe des pieds, ce qui lui
donne une allure légère et un peu sautillante,
comme un boxeur dont les articulations se
seraient un peu rouillées, et ses vêtements sont
toujours un peu trop courts ou trop serrés ou
trop voyants, mais d'une façon innocente,
négligée.

Il a l'air d'avoir dans les trente-huit ans, et
pourtant il a un neveu marié et père de famille ;
c'est un garçon dont Mr. et Mrs. Bowman disent
qu'il est le neveu de Mr. Bowman. Mais ma tante,
elle, dit que c'est un enfant adopté, qu'on a trouvé
dans un orphelinat. Il a grandi dans la petite maison exiguë où il habite avec sa femme ; il a été à
l'école, et, dès qu'il en a eu l'âge, il s'est mis à travailler au bureau des messageries ; et puis il est
devenu un homme, il est parti et il s'est marié.
Et maintenant ils n'ont plus que deux chiens, des
fox-terriers, des bêtes grasses, insolentes, mal
lunées, aux yeux rouges et mauvais, qui font avec

eux la promenade en voiture le dimanche et, pendant la semaine, ne les quittent jamais d'un pas, que ce soit au bureau ou dans la rue, en grondant et en donnant des coups de dents méchants quand nous essayons de les caresser. Ils font la même chose avec Mr. Bowman, mais pas avec Mrs. Bowman. Ce n'est pas exactement qu'ils l'évitent, mais enfin ils lui accordent un certain respect, plein d'insolence, mais aussi de vigilance ; ils ne restent au bureau que si Mr. Bowman y est aussi.

Minnie Maude, qui habite la pension de Mrs. Wiggins en face de chez eux, m'a dit qu'un jour ils s'étaient battus parce que Mr. Bowman voulait laver les chiens dans la cuisine alors qu'il faisait froid. Elle a dit que la cuisinière de Mrs. Bowman avait dit à celle de Mrs. Wiggins qu'après cela, Mrs. Bowman ne voulait même plus qu'il laisse les bêtes la nuit dans la cuisine, que Mr. Bowman devait se lever en catimini pour y faire entrer les chiens, et qu'il donnait chaque semaine un dollar supplémentaire à la cuisinière pour qu'elle les fasse sortir le matin et qu'elle nettoie la cuisine.

Mr. Bowman, c'est l'employé ; mais, pour nous, les messageries, c'est Mrs. Bowman. Elle est au bureau toute la journée dans un grand tablier propre avec des manchettes en alpaga noir aux bras ; c'est une femme au visage plat, à l'œil vif, avec un grand sourire plein de dents en or et une profusion de virulentes boucles cuivrées dont on sait qu'elles ne peuvent être authentiques. La poitrine opulente, des hanches larges, des jambes de canard ; infatigable, toujours amène mais sans douceur, elle ressemble à une belle et prospère blanchisseuse — plus encore le dimanche : alors, elle s'habille de soie fleurie, elle arbore un grand chapeau rouge, et ils partent en voiture avec les chiens pour une promenade à la campagne ; ils en reviennent avec force aubépine, eucalyptus et sumac qu'elle utilise pour décorer leur petite maison sombre où les visiteurs sont rares.

« Tu en prends trop », dit Mr. Bowman. Elle s'abstient de répondre, le dos tourné, les bras levés, sa robe tendue sur ses bras et ses épaules fermes, et sur ses larges cuisses. Puis ils retournent à la cuisine, les chiens aux talons de Mr. Bowman, l'œil prudemment rivé sur Mrs. Bowman ; là, il prend dans le placard une grosse bonbonne de whisky de fabrication clandestine qu'ils boivent sans eau dans de grands gobelets, en quantité égale : « On sera à sec dans deux jours, ajoute-t-il. Si tout le monde en prenait autant que toi, il n'y aurait plus rien dans cinquante ans.

— Et alors ? dit-elle. Tu crois que tu seras toujours là, toi ? Moi je n'y compte pas. »

Le matin suivant, alors que, déjà impatiente, Mrs. Bowman l'attend dans la voiture en klaxonnant, il arrose les branches maladroitement, en renversant de l'eau partout ; et le soir, à leur retour du bureau, il recommence. « Tu vas les noyer, dit-elle.

— De toute façon, ça ne vaut plus rien, dit-il.

— Alors jette-les. Je ne veux pas d'éclaboussures partout chez moi. »

Le matin suivant, ils sont en retard, ils se dépêchent, et il ne s'attarde même pas à les arroser ; le soir, ils rentrent en retard. Le jour suivant, il est trop tard, mais il prend le temps d'arroser tout de même. Le soir, à leur retour, la cuisinière a tout jeté. Mr. Bowman l'oblige à l'accompagner dans la cour pour qu'elle lui montre où elle a tout mis : il veut s'assurer que les branches étaient bien desséchées et mortes.

« Quand même, il faut les voir, dit la cuisinière. Ils se battent pour les chiens, et quand c'est pas les chiens, c'est à nouveau la chambre de Mr. Joe : elle veut qu'il en change pour qu'ils aient chacun leur chambre à coucher, et lui, il jure et gueule comme c'est pas permis dès qu'elle en parle. Et puis, il faut voir quand ils s'installent dans ma cuisine pour boire ce qu'il y a dans cette bonbonne et s'insulter comme deux hommes ! Mais il y a pas à dire, elle lui tient tête : elle l'oblige à mettre les chiens au garage pour les laver, même quand il fait froid. »

Le bureau des messageries, c'était une sinécure. Bowman avait commencé dans un tout petit village. Un soir qu'il faisait ses comptes, seul dans le bureau, il entend un bruit, il tourne la tête et se trouve face à face avec la gueule d'un revolver.

« Haut les mains », dit le voleur. Tout en levant les mains il jette un regard rapide autour de lui, et sa main droite, en se levant, saisit la lourde caisse en métal que, dans un seul et même mouvement, il jette au visage du voleur tandis qu'il bondit dans l'explosion du revolver. Puis, luttant silencieusement avec le voleur couché au sol comme lui, il lui prend son arme et le tue d'un seul coup ; c'était un homme qui avait un lourd casier judiciaire et dont la tête avait été mise à prix cinq mille dollars. Avec cet argent il s'est acheté une maison, et la compagnie lui a donné le poste en or qu'il occupe maintenant.

À son arrivée dans notre ville, il avait également ouvert un petit restaurant près de la gare, dont sa femme s'est occupée jusqu'au jour où il y a eu une histoire avec un mécanicien de loco- motive, après quoi il a vendu, et sa femme est venue l'aider au bureau. Ce n'est pas qu'il ne lui faisait pas confiance ; c'était simplement sa conception simple mais inflexible de la conduite humaine. La confiance ou l'amour qu'il portait à sa femme ne s'en trouvèrent pas diminués, ni sa haine du mécanicien accrue — encore que, pen- dant un an après l'événement, le mécanicien, chaque fois qu'il entrait en gare, prît soin de rejoindre le chauffeur et de s'accroupir derrière la chaudière.

Bientôt, sa femme faisait tout au bureau ; quant à lui, il s'occupait surtout des travaux exté- rieurs, comme les transports en camion : tou- jours flanqué de ses deux chiens, il allait attendre le train du matin et celui du soir, sans même un manteau, même par les temps les plus froids. C'est un homme actif mais peu bavard, vigoureux au point d'être insensible au froid, si bien que c'est peut-être la chaleur même de son désir de progéniture qui a consommé et stérilisé sa semence, si profonde est cette disposition que la nature a prise pour frustrer ceux qui voudraient la forcer à aller au-delà de ses propres disposi- tions, tant il est vrai que Bowman n'aurait pas manqué de vouloir faire de son fils un Bowman plus Bowman que Bowman — ou bien il l'aurait tué à force de s'y employer.

C'est pourquoi on le voit rarement au bureau, comme l'atteste l'absence des chiens. Pourtant, jusqu'à tout récemment, on ne le voyait jamais traîner sur la place ou bavarder avec les oisifs, malgré tout le temps dont il dispose.

Les femmes savent des choses que nous ne savons pas. Minnie Maude a vingt-deux ans : elle mâche de la gomme derrière le guichet du cinéma Rex, juste en face du bureau des messageries. « Attendez, dit-elle. Il est un peu en retard aujourd'hui, mais attendez un peu et vous verrez. » C'est ce que nous faisons et, au bout d'un certain temps, voilà une voiture qui se gare, et il en descend un homme du nom de Wall, qui est assureur ou quelque chose de ce genre. C'est un petit homme vif et qui a dans les traits un charme un peu triste, un peu efféminé, comme ceux d'une belle femme qui serait capitaine au long cours, avec ce regard froid. Nous le voyons entrer au bureau des messageries.

« Bon Dieu, m'écriai-je, il va...

— Est-ce que vous voyez les chiens quelque part ? » demande Minnie Maude. Je la regarde. « Il a été livrer les colis express du train 24. Vous pensez bien qu'il est au courant.

— Bon Dieu », répétai-je.

Le doigt de Minnie Maude est fin, qui barre la fraise doucement écrasée de sa bouche peinte ; la surface lisse et finement ondulée de la gomme qu'elle mâche rêveusement apparaît entre ses dents mignonnes. Sur un ton rêveur, les yeux perdus, lointains, plus anciens que le temps ou le péché, elle dit : « Les grosses, elles doivent tout le temps lutter contre leur physique : on les retrouve toujours avec ces petits roquets d'hommes. » J'avais pensé à ça, moi aussi, me souvenant de ce que Wall m'avait montré : un carnet tout usé qu'il appelait son *stud-book*, et qui contenait probablement une centaine de noms féminins avec les numéros de téléphone couvrant tout le nord du Mississippi et même jusqu'à Memphis. Et pourquoi fallait-il qu'il défie cet homme à propos de cette femme qui devait être assez âgée pour être sa mère ou au moins sa tante ? Mais voilà bien une des choses que les femmes savent et que nous n'apprendrons jamais, pas même Wall, malgré son carnet rempli de noms.

Mais il faut admirer son courage, sa foi dans sa propre invulnérabilité ; et quand Minnie Maude, percevant encore le doute dans mes yeux, précise : « Ils ont passé l'autre week-end ensemble à Mottson, inscrits à l'hôtel comme mari et femme », je lance :

« Taisez-vous. Voulez-vous être à l'origine d'un meurtre ? »

Elle me regarde. « Le meurtre de qui ?

— Si vous êtes prête à donner ces précisions à tous ceux qui s'arrêtent ici comme je l'ai fait, pouvez-vous douter que Mr. Bowman l'apprendra ? S'ils s'en sont tirés jusqu'ici et, d'ailleurs, je ne vois pas comment ils... »

Elle me regarde avec des yeux qui ne sont plus lointains, qui possèdent maintenant cette tolérance curieuse et lasse qu'elles ont quelquefois quand elles contemplent des enfants. « C'est du cinéma, ça, mon chou, dit-elle.

— Que voulez-vous dire ? » Mais je suppose qu'elle n'en sait rien, et j'ajouterai qu'à mon avis, comme elles savent tout ce qui tombe sous le sens, elles n'ont pas besoin de savoir. C'est pourquoi je la quittai.

Il porte des chemises de couleur ; chaque après-midi, il prend un café au bar avec les clients qui ne font qu'entrer et sortir, tandis qu'à l'extérieur les deux chiens sont couchés, sur le qui-vive, irascibles, tendant le cou et montrant les dents chaque fois qu'un petit garçon s'arrête pour les taquiner. Dès qu'il sort, ils se mettent à ses talons, et ils s'arrêtent de nouveau quand il entre au drugstore pour acheter un magazine ; puis, le magazine roulé sous le bras, les mains dans les poches, et la veste ouverte sur sa chemise et sur sa cravate criardes, il rentre chez lui.

Une fois, dans la rue, je l'ai arrêté, comme à l'improviste. Il pleuvait ce jour-là, mais la seule concession qu'il fit au temps fut de boutonner le bouton supérieur de son veston, d'où dépassait un magazine.

« Un temps à lire, en effet, dis-je.

— Hein ? dit-il en tendant l'oreille et en fixant sur moi ses yeux légèrement apoplectiques, mais non dénués d'aménité.

— Votre magazine, dis-je en l'effleurant du doigt. Est-ce qu'il vous arrive de lire Balzac ?

— Qu'est-ce que c'est ? Une revue de cinéma ? Je crois pas l'avoir jamais vue.

— C'est un homme, dis-je. Un écrivain.

— Qu'est-ce qu'il écrit ?

— Il a écrit une bonne histoire sur un banquier du nom de Nucingen.

— Je fais pas attention à leurs noms », dit-il : il a sorti le magazine et il l'a entrouvert. C'était le *Ladies' Home Journal*.

« Je ne sais pas s'il y en a une dans le numéro de ce mois, dis-je. Attention, vous allez le mouiller. »

Il reboutonna son veston après y avoir glissé le magazine et poursuivit son chemin, les chiens à ses talons. Je le suivis jusqu'au coin de la rue et le vis passer devant le bureau des messageries qui était sur le trottoir d'en face, sans hâter ni ralentir le pas, courbant la tête sous la pluie. Après un moment, je le vis traverser la rue et entrer chez lui, dans la petite cour exiguë dont il tint la porte pour que ses chiens l'y précèdent.

« Il les lave tous les jours, dit encore la cuisinière. Il s'est acheté une paire de ces gants à manches longues pour les attraper. Il met le baquet au beau milieu de la cuisine, et il enlève ses gants ; alors les chiens lui tailladent la peau, comme des rasoirs, et il se met à jurer, faut entendre ça ! Mais sûr qu'il arrive à les laver, même qu'ils mordent, et elle, elle dit rien du tout. Ensuite il sort son magazine et il s'installe dans ma cuisine pendant que j'essaye de faire le dîner, et il se met à lire des conseils sur la façon d'élever les enfants correctement et à me demander si je sais faire des plats comme il les trouve illustrés dans son magazine. Moi qui ai travaillé pendant quarante ans pour des Blancs qui les valent bien ! S'il aime pas ma cuisine, il ferait mieux de se trouver une autre cuisinière. »

Évangéline

I

Je n'avais pas vu Don depuis sept ans, et je n'avais pas eu de nouvelles de lui depuis six ans et demi, quand je reçus en P.C.V. le télégramme suivant : T'AI TROUVÉ UN FANTÔME VIENS LE CHERCHER SUIS ENCORE ICI QUELQUES JOURS. Sans réfléchir, je pensai : « Que diable veut-il que je fasse d'un fantôme ? »; puis je relus le télégramme et le nom du lieu d'expédition — un village du Mississippi si petit qu'après quelques jours, un voyageur pouvait se contenter de ce nom en guise d'adresse postale —, et je pensai : « Que diable fait-il là-bas ? »

J'eus la réponse le lendemain. Don est architecte de profession, mais son violon d'Ingres est la peinture, et il passait ses quinze jours de vacances, accroupi derrière un chevalet planté çà et là dans la campagne, à dessiner des porches coloniaux, des maisons, des cabanes et des portraits de Noirs — les Noirs des collines, qui sont différents de ceux des plaines et des villes.

Ce soir-là, pendant que nous dînions à l'hôtel, il me parla du fantôme. La maison était à six

milles environ du village, inoccupée depuis quarante ans. « Il semble que cet oiseau, du nom de
Sutpen...

— Le colonel Sutpen, dis-je.

— Tu ne joues pas le jeu, dit Don.

— Je sais, dis-je. Continue, je t'en prie.

— Il semble donc qu'il ait découvert la terre,
ou qu'il l'ait troquée contre le stéréoscope qui faisait rêver les Indiens, ou encore qu'il l'ait gagnée
au vingt et un. Quoi qu'il en soit — nous sommes
en 1840 ou en 1850 —, il se procura un architecte
étranger, il se construisit une maison dont il dessina le parc et les jardins (on peut encore voir les
allées et les parterres bordés de briques) pour servir d'écrin à son bijou solitaire...

— Une fille du nom de...

— Attends, dit Don. Une seconde ; je...

— ... du nom d'Azalée, dis-je.

— Maintenant nous sommes à égalité, dit
Don.

— Je voulais dire Seringa, dis-je.

— Alors je marque un point, dit Don. Elle
s'appelait Judith.

— C'est bien ce que je voulais dire. Judith.

— Bon. Alors c'est toi qui racontes.

— Non, continue, dis-je. Je reste tranquille. »

II

Apparemment, il avait non seulement une fille,
mais un fils, ainsi qu'une femme. C'était un
homme rubicond, corpulent, un peu fanfaron
qui, le dimanche, aimait se rendre à l'église
à bride abattue. C'est ce qu'il fit lors de sa dernière visite, couché dans un cercueil de fabrica-

tion domestique en uniforme d'officier confédéré, avec son sabre et ses gants à crispin brodés. Nous sommes en 1870. Depuis cinq ans — c'est-à-dire depuis la guerre —, il vivait seul dans la maison délabrée avec sa fille qui était veuve sans avoir été femme, comme on dit. Tout le bétail avait disparu à l'exception d'un attelage de chevaux de labour cagneux et d'un couple de mulets de deux ans qui n'avaient jamais été attelés jusqu'au jour où on les mit dans les brancards de la carriole qui devait emmener le colonel jusqu'à la chapelle épiscopalienne. Naturellement, les mulets s'emballèrent et la carriole versa dans le fossé, y culbutant le colonel avec son sabre et tous ses plumets ; Judith le fit tirer de là et ramener à la maison, où elle lut elle-même le service funèbre avant d'aller l'enterrer dans le bois de cyprès où reposaient déjà sa mère et son mari.

D'après ce que les nègres confièrent à Don, le caractère de Judith s'était déjà bien endurci à l'époque. « On sait comment les femmes, les jeunes filles ont dû vivre à l'époque. En recluses, ou presque. Inactives n'est pas le mot, puisqu'elles devaient surveiller les nègres et tout le reste. Mais l'époque n'était pas aux agents immobiliers survoltés ni aux capitaines de commerce en jupons. Toujours est-il qu'avec sa mère elle s'occupa de la propriété tant que les hommes furent à la guerre, et qu'après la mort de sa mère en 1863, elle resta seule. C'est peut-être d'attendre le retour de son mari qui lui soutenait le moral. Car elle savait qu'il reviendrait. Les nègres m'ont dit que ça ne l'inquiétait pas le moins du monde, qu'elle tenait sa chambre prête tout comme elle tenait prêtes celles de son père et de son frère, qu'elle changeait les draps chaque semaine jusqu'au jour où il n'y en eut plus qu'une paire par lit, tous les autres étant partis en charpie. Elle ne pouvait plus les changer.

« Puis ce fut la fin de la guerre et elle reçut une lettre de lui — il s'appelait Charles Bon, de La Nouvelle-Orléans —, une lettre écrite après la reddition. Elle n'en fut ni surprise ni ravie, rien. "Je savais que tout se passerait bien", dit-elle à la vieille négresse, la très vieille, l'arrière-grand-mère, celle qui porte aussi le nom de Sutpen. "Ils seront bientôt rentrés. — Seront ? dit la négresse. Vous voulez dire lui et not' jeune maître Henry ? Après ce qu'il s'est passé, ils rentreraient tous les deux sous le même toit ?" Et Judith : "Oh, je vois. Mais à l'époque ils n'étaient que des enfants. Maintenant, Charles Bon est mon mari. Est-ce que tu l'aurais oublié ?" Et la négresse : "Je l'ai pas oublié. Et Henry Sutpen l'a pas oublié non plus." Et Judith (l'une comme l'autre occupées à faire le ménage) : "Ils auront dépassé ce stade. Tu ne crois pas que la guerre peut avoir cet effet ?" Et la négresse : "Ça dépend de ce que la guerre est censée régler."

— Qu'est-ce que la guerre était censée régler ?

— C'est bien le problème, dit Don. Ni l'une ni l'autre ne paraissaient le savoir. Ou même s'en soucier, ce serait plutôt ça. Peut-être y avait-il trop longtemps. Ou peut-être est-ce parce que les Noirs sont plus sages que les Blancs, qu'ils ne se préoccupent pas de savoir pourquoi on fait les choses, mais seulement de savoir ce qu'on fait, et encore. En tout cas, c'est ce qu'ils m'ont dit. Pas la vieille, celle qui portait aussi le nom de Sutpen. Je n'ai pas réussi à lui parler ; je me suis contenté de la voir, assise dans son fauteuil près de la porte de la cabane ; on aurait dit qu'elle avait déjà neuf ans quand Dieu est né. Elle est beaucoup plus blanche que noire ; c'est peut-être pour ça qu'elle a une allure si impériale. Les autres, tout le reste de ses descendants, noircissent à chaque génération, un peu comme des marches d'escalier. Et tout ça vit dans une cabane à un demi-mille environ de la maison : ils s'entassent tous dans deux pièces et un vestibule, ou plutôt toutes : enfants, petits-enfants, arrière-petits-enfants, il n'y a que des femmes. Il n'y a pas un homme de plus de onze ans dans la maison. Donc, elle passe ses journées assise là où elle peut voir la grande maison, à fumer la pipe, ses pieds nus crochant un barreau de chaise comme le font les singes, pendant que les autres sont au travail. Et il ferait beau voir qu'il y en ait un qui s'arrête, ne serait-ce qu'une minute. On l'entend à un mille, elle qui n'a pas l'air plus grande que l'une de ces "poupées du monde entier" qu'on trouve dans les ventes de charité et qui sont moitié de la grandeur nature. Elle ne bouge pas, sauf pour ôter sa pipe de sa bouche, et elle n'a rien d'autre à dire que : "Eh, Sibey !", ou "Eh, Abum !", ou "Eh, Rose !"

« Mais les autres ont parlé ; la grand-mère, la fille de la vieille, m'a parlé de ce qu'elle avait vu quand elle était enfant, ou de ce qu'elle avait entendu dire à sa mère. Elle m'a dit que jadis, la vieille avait beaucoup parlé, qu'elle racontait toujours les mêmes histoires, jusqu'il y a environ quarante ans. Alors elle a cessé de parler, de raconter ses histoires, et sa fille a dit que quelquefois elle se mettait en colère, qu'elle disait que c'était faux, que telle et telle chose n'était jamais arrivée, et qu'ils n'avaient qu'à se taire et sortir de la maison. Mais elle a dit qu'avant cela, elle les avait tellement entendu raconter, ces his-

toires, qu'elle ne savait plus si elle avait vu les
choses ou si elle les avait seulement entendu
raconter. J'ai été les voir plusieurs fois pour
qu'elles me parlent de l'avant-guerre, des violons
et du vestibule illuminé, des beaux chevaux et des
voitures dans l'allée, des jeunes hommes qui parcouraient trente, quarante ou même cinquante
milles pour venir faire la cour à Judith. Et il y en
avait un qui venait de plus loin que cela : c'était
Charles Bon. Il avait le même âge que le frère de
Judith. Ils s'étaient rencontrés à l'université...

— ... de Virginie, dis-je. Copie conforme du
chevalier Bayard atténuée par un parcours de
mille milles. Régurgitation périodique du noble
sauvage.

— Non, dit Don. C'était l'université du Mississippi. Ils faisaient partie de la dixième promotion
depuis la fondation — disons que c'étaient
presque des membres fondateurs, en quelque
sorte...

— Je ne savais pas qu'il pouvait y avoir jusqu'à
dix Mississippiens à l'université à cette époque.

— ... en quelque sorte. Ce n'était pas loin de là
où habitait Henry, et, une fois par mois, peut-
être, il chevauchait toute la nuit (il avait deux
chevaux de selle, un palefrenier et un chien, le
rejeton d'un couple de bergers ramené d'Allemagne par le colonel, probablement les premiers
chiens policiers qu'on eût jamais vus dans cette
partie du Nouveau Monde) pour passer le
dimanche chez lui. Un jour, il amena Charles Bon
avec lui. Charles avait probablement entendu
parler de Judith. Henry avait peut-être un portrait d'elle, ou bien il s'était un peu vanté. Et
Charles s'était peut-être fait inviter à venir passer le week-end avec Henry sans que celui-ci se

rendît compte de ce qui s'était passé. À mesure
que le caractère de Charles se révélait (ou comme
il devenait moins énigmatique à mesure que se
précisait le dessein du destin, si tu préfères), la
possibilité que Charles soit ce genre de type commença à apparaître. Il en allait de même avec
Henry, en quelque sorte.

« Et maintenant, écoute bien. Voilà les deux
jeunes hommes qui arrivent à cheval au porche
colonial, et Judith, appuyée contre le pilier, en
robe blanche...

— ... une rose rouge dans ses cheveux bruns...

— D'accord. Je te laisse la rose. Mais elle était
blonde. Et ils se regardent, elle et Charles. Elle
était sortie un peu, bien sûr. Mais dans des maisons semblables à la sienne, où la vie n'était pas
différente de celle qu'elle connaissait : patriar-
cale, assez généreuse, mais bel et bien provin-
ciale. Et voilà Charles, jeune... » Tous les deux,
d'un même souffle, nous ajoutâmes : « et beau ».
(« Ex aequo », dit Don) « ... et originaire de La
Nouvelle-Orléans, c'est-à-dire l'archétype de ce
que, de nos jours et hors de nos frontières, serait
un archiduc des Balkans. Surtout après cette première visite. Les nègres m'ont dit qu'après cela,
tous les mardis matin, le nègre de Charles, après
avoir chevauché toute la nuit, arrivait, porteur
d'un bouquet de fleurs et d'une lettre, et qu'il faisait un somme dans la grange avant de repartir.

— Judith utilisait-elle toujours le même pilier,
ou en changeait-elle, par exemple, deux fois par
semaine ?

— Pilier ?

— Pour s'appuyer. En surveillant la route.

— Oh, dit Don. Pas tant qu'ils furent à la
guerre, son père, son frère et Charles. J'ai

demandé aux nègres ce qu'elles faisaient, les deux femmes, tant qu'elles durent vivre seules à la maison. "Elles faisaient rien. Elles ont caché l'argenterie dans le jardin, et elles mangeaient ce qu'elles trouvaient." C'est pas bien, ça ? C'est si simple. La guerre, c'est beaucoup plus simple qu'on ne le croit. Il suffit d'enterrer l'argenterie et de manger ce qu'on trouve.

— Oh, la guerre, dis-je et j'ajoutai : À mon avis, la question suivante ne compte que pour un point : lequel a sauvé la vie à l'autre, Henry ou Charles ?

— Maintenant j'ai deux points d'avance, dit Don. Parce que, justement, ils ne se sont pas vus pendant la guerre, au moins jusqu'au dernier jour de la guerre. Voici les faits. Tu les vois tous les deux, Henry et Charles, aussi proches l'un de l'autre que mari et femme, logeant ensemble à l'université, passant leurs vacances et leurs congés sous le toit de Henry, où Charles était traité comme un fils par la génération des vieux et reconnu comme le favori parmi les soupirants de Judith ; et même, au bout d'un certain temps, reconnu comme tel par Judith elle-même. Peut-être avait-elle triomphé de sa modestie virginale, ou mis un terme à sa dissimulation virginale, plus probablement.

— Oui, plus probablement.

— Oui. Toujours est-il que le nombre de chevaux de selle et de bogheis rapides diminua, et qu'au cours du second été, quand Charles (qui était orphelin, et qui avait un tuteur à La Nouvelle-Orléans ; je n'ai jamais compris pourquoi il avait été faire ses études dans le nord du Mississippi) rentra chez lui, s'étant avisé qu'il ferait peut-être bien d'aller se montrer en chair et en os à son tuteur, il emporta le portrait de Judith dans une petite boîte de métal qui se fermait comme un livre et qu'on verrouillait à l'aide d'une clé, et il laissa une bague.

« Et Henry l'accompagna pour aller passer l'été chez Charles, dont il était cette fois l'invité. Ils étaient partis pour passer l'été ensemble, mais Henry revint trois semaines plus tard. Eux, les Noirs, n'avaient aucune idée de ce qui avait pu se passer. Ils savaient seulement que Henry fut de retour trois semaines au lieu de trois mois plus tard, et qu'il tenta d'obtenir de Judith qu'elle renvoyât sa bague à Charles.

— Et ainsi Judith mourut de chagrin : voilà comment s'explique la présence du malheureux fantôme.

— Elle n'en fit rien. Refusant de renvoyer sa bague à Charles, elle mit Henry au défi de lui dire où était la faute de Charles, ce qu'il refusa de faire. Alors les vieux essayèrent d'amener Henry à le dire, mais il s'y refusa. Ça devait donc être assez grave, au moins aux yeux de Henry. Mais les fiançailles n'avaient pas encore fait l'objet d'un faire-part ; peut-être les vieux avaient-ils décidé de rencontrer Charles et de voir si une explication n'allait pas naître entre Henry et lui, puisque, quoi qu'il arrivât, Henry ne dirait rien. Apparemment, c'était son genre.

« Vint l'automne, et Henry retourna à l'université. Charles y était aussi, bien entendu. Judith lui écrivit et reçut des lettres en retour, mais peut-être attendaient-ils que Henry le ramène en week-end, comme auparavant. Ils attendirent un bon moment ; le nègre de Henry racontait qu'ils ne logeaient plus ensemble et qu'ils ne se parlaient plus quand ils se rencontraient sur le cam-

pus. Et, quand il était là, Judith ne parlait plus à
son frère non plus. Henry ne devait pas rire tous
les jours. Il récoltait ce qu'il avait semé en refusant de parler.

« Peut-être Judith pleurait-elle quelquefois, car
c'était encore l'époque où, comme le disent les
Noirs, sa nature n'avait pas changé. Et peut-être,
aussi, les vieux tentèrent-ils leur chance auprès
de Henry, mais en vain. C'est alors qu'à l'occasion
de Thanksgiving, on apprit à Henry que Charles
viendrait passer Noël avec eux. La scène se passe
à huis clos entre Henry et son père, mais ils
racontent qu'on entendait tout à travers la porte :
"Dans ce cas, je ne serai pas là, dit Henry. — Tu
y seras, dit le colonel, et tu donneras à Charles
et à ta sœur une explication satisfaisante de ta
conduite à leur égard" : quelque chose de ce
genre, j'imagine.

« L'explication entre Henry et Charles eut lieu
de la façon suivante. À l'occasion du bal de la
veille de Noël, le colonel Sutpen fait part des fiançailles — ce qui n'était une nouvelle pour personne. Le lendemain matin, à l'aube, un nègre
vient réveiller le colonel, et le voilà qui se préci-
pite dans l'escalier, les pans de sa chemise de nuit
fourrés dans son pantalon, bretelles pendantes ;
il saute à cru sur un mulet (le premier animal attrapé par le nègre dans l'enclos) et
court jusqu'au pré derrière la maison, où il
trouve Henry et Charles en train de se viser l'un
l'autre avec leur pistolet. C'est à peine si le colonel a le temps d'arriver sur les lieux que voilà
Judith, elle aussi en chemise de nuit, couverte
d'un châle, elle aussi à cru sur un poney. Qu'est-
ce qu'elle ne dit pas à Henry ! Sans pleurer,
d'ailleurs, même s'il allait falloir attendre la fin

de la guerre pour qu'elle cesse de pleurer pour de bon, ayant changé de nature, etc. "Dis ce qu'il a fait, dit-elle à Henry. Accuse-le en sa présence." Mais Henry persiste à se taire. Alors Charles déclare qu'il ferait mieux de déguerpir, mais le colonel ne l'entend pas de cette oreille. En conséquence, une demi-heure plus tard, c'est Henry qui s'éloigne à cheval, sans avoir pris son petit déjeuner et sans avoir même dit au revoir à sa mère. Ils ne devaient pas le revoir avant trois ans. Le chien policier s'était mis à hurler à la mort, et il ne laissait personne l'approcher ou le nourrir. Une fois rentré à la maison, il est monté dans la chambre de Henry et pendant deux jours il n'a laissé personne approcher.

« Henry fut absent pendant trois ans. Deux ans après ce jour de Noël, Charles acheva ses études et rentra chez lui. Après le départ de Henry, ses visites avaient été suspendues par consentement mutuel, pourrait-on dire. C'était une sorte de mise à l'épreuve. Judith et lui se voyaient de temps à autre ; elle portait encore sa bague et, quand il eut fini ses études et fut rentré chez lui, on fixa la date du mariage à un an, jour pour jour. Mais quand le jour prévu arriva, tous les hommes se préparaient pour Bull Run[1]. Ce printemps-là, Henry revint, en uniforme. Judith et lui se dirent simplement : "Bonjour, Henry. — Bonjour, Judith." Et ce fut tout. Ni l'un ni l'autre ne souffla le nom de Charles ; sa présence était sans doute suffisamment affirmée par la bague que portait Judith. Et puis, trois jours environ après l'arrivée de Henry, un nègre vint du village appor-

1. Voir plus haut, p. 187.

ter une lettre de Charles Bon qui, non sans un
certain tact, il faut bien le reconnaître, était descendu à l'hôtel — l'hôtel où nous sommes.

« J'ignore ce qui fit la décision. Peut-être Henry
fut-il convaincu par son père, ou peut-être par
Judith. Ou peut-être est-ce simplement l'histoire
des deux jeunes chevaliers qui partent au combat ; je crois t'avoir dit que c'était le genre de
Henry. En tout cas, Henry s'en va au village : pas
même une poignée de mains mais, au bout d'un
certain temps, les voilà qui rentrent ensemble ;
on marie Judith et Charles l'après-midi, et le soir
même Charles et Henry s'éloignent ensemble à
cheval pour rejoindre le Tennessee et l'armée qui
affronte Sherman. Leur absence dura quatre ans.

« Ils s'étaient dit qu'ils seraient à Washington
pour le 4 juillet de cette première année, et qu'ils
seraient de retour chez eux pour engranger le
maïs et le coton. Mais, le 4 juillet, ils n'étaient pas
à Washington, de sorte qu'à la fin de l'été, le colonel jeta son journal, monta sur son cheval et s'en
alla lever les trois cents premiers hommes qu'il
rencontra, bien nés ou pas ; il leur déclara qu'ils
constituaient un régiment, il se signa à lui-même
un brevet de colonel et il les emmena, lui aussi,
jusque dans le Tennessee. Ainsi, les deux femmes
restèrent seules à la maison pour "enterrer
l'argenterie et manger ce qu'elles trouvaient". Pas
question de s'adosser à une colonne, de surveiller
la route, ou même de pleurer. C'est alors que la
"nature" de Judith commença à changer. Mais il
fallut attendre une nuit, trois ans plus tard, pour
qu'elle change vraiment.

« Cependant, il apparaît que la vieille dame ne
mangeait pas à sa faim. Ou peut-être n'était-elle
pas bonne maraudeuse. Toujours est-il qu'elle

mourut et que, le colonel étant empêché de rentrer à temps, Judith dut l'enterrer toute seule.
Quand le colonel put enfin rentrer, il tenta de persuader Judith d'aller habiter au village, mais
Judith répondit qu'elle resterait dans la maison,
ce sur quoi le colonel repartit pour la guerre, où
qu'elle fût ; ce n'était d'ailleurs pas très loin.
Judith resta donc à la maison à surveiller les
nègres et le peu de récoltes qui leur restait, à
aérer les chambres des trois hommes et à changer leurs draps de lit chaque semaine tant qu'il y
eut des draps de rechange. Pas question de rester debout sur la galerie à regarder la route. Se
trouver quelque chose à manger était devenu si
simple que ça vous prenait tout votre temps. En
outre, elle n'était pas inquiète. Elle pouvait dormir sur les lettres qu'elle recevait chaque mois de
Charles, et elle était convaincue qu'il s'en tirerait.
Elle n'avait donc qu'à rester prête et à attendre,
ce à quoi elle avait eu amplement le temps de
s'habituer.

« Elle n'était pas inquiète. Pour être inquiet, il
faut être impatient. Elle ne fut même pas impatiente lorsque, peu après avoir appris la nouvelle
de la reddition et reçu de Charles une lettre où il
disait que la guerre était finie et qu'il allait bien,
l'un des nègres arriva en courant, un beau matin,
en disant : "Missy, Missy." Elle est debout dans le
vestibule quand Henry monte sur la galerie et
entre. Elle est en robe blanche (et je te laisse la
rose, si tu y tiens), et elle est immobile ; peut-être
sa main est-elle un peu levée, comme devant
quelqu'un qui vous menace d'une baguette,
même pour rire. "Oui, dit-elle, oui ? — J'ai
ramené Charles", dit Henry. Elle le regarde ; la
lumière tombe sur son visage à elle, pas sur le

sien. Ce sont peut-être ses yeux qui parlent, parce
que Henry précise, sans même un geste de la
main : "Dehors. Dans la charrette. — Oh", dit-
elle, très tranquillement, sans baisser les yeux ni
esquisser un geste. "Le voyage a-t-il... a-t-il été
dur pour lui ? — Le voyage n'a pas été dur pour
lui. — Oh, dit-elle. Je vois. Oui, bien sûr. Il a bien
fallu qu'il y ait un dernier... un dernier coup de
feu, pour marquer la fin. Oui, j'avais oublié."
Alors elle bouge, tranquillement, délibérément.
"Je te suis obligée. Je te remercie." Ensuite elle
s'adresse aux nègres qui, à la porte d'entrée,
scrutent le vestibule en chuchotant. Elle les
appelle par leur nom, très calme, presque impassible. "Portez Mr. Charles dans la maison."

« Ils le montèrent dans la chambre qu'elle
tenait prête depuis quatre ans et, sur le lit tout
fait, ils étendirent, en uniforme, avec ses bottes,
celui qui avait été tué par le dernier coup de feu
de la guerre. À leur suite, le visage calme, posé,
presque froid, monta Judith. Elle pénétra dans la
chambre, en fit sortir les nègres et ferma la porte
à clé. Quand elle sortit le lendemain matin, son
visage n'avait pas changé d'un iota. Le surlendemain, Henry avait disparu. Il était parti à cheval
pendant la nuit, et aucun de ceux qui connaissaient son visage ne devait le revoir.

— Lequel d'entre eux est le fantôme ? »
demandai-je.

Don me regarda. « Il y a beau temps que tu as
cessé de compter, n'est-ce pas ?

— Exact, dis-je. Il y a beau temps que j'ai cessé
de compter.

— Je ne sais pas lequel est le fantôme. Le colonel rentra et mourut en 1870, et Judith l'enterra
à côté de sa mère et de son mari ; mais la

négresse, la grand-mère (pas la très vieille, celle qui porte le nom de Sutpen), qui était déjà une grande fille à cette époque — elle raconte que, quinze ans après ce jour, quelque chose d'autre eut lieu dans la grande maison délabrée. Elle raconte que Judith y vivait seule, toujours active, vêtue d'une vieille robe comme celles que portent les femmes des petits Blancs. Son élevage de poulets, elle y travaillait dès l'aube et jusqu'après la tombée de la nuit. Elle se souvient qu'un matin, elle s'est réveillée sur sa paillasse pour trouver sa mère, tout habillée, déjà penchée sur le feu, soufflant dessus pour l'allumer. Sa mère lui dit de se lever et de s'habiller, et les voilà toutes deux qui, au petit jour, gagnent la grande maison. Elle dit qu'elle avait déjà compris avant même d'arriver là et de trouver, dans le vestibule, leurs yeux tout blancs dans la pénombre, trois autres Noirs, un homme et deux femmes, d'une famille qui habitait à trois milles de là. Et elle dit que, pendant toute cette journée, la maison parut chuchoter : "Chut ! Miss Judith. Miss Judith. Chut !"

« Elle m'a raconté qu'entre les petites missions qu'on lui confiait, elle était restée accroupie dans le vestibule, à écouter les Noirs aller et venir à l'étage et autour de la tombe. La tombe était déjà creusée, et les mottes de terre humide et fraîche séchaient lentement au soleil levant. Elle me dit aussi qu'elle entendit quelqu'un descendre l'escalier en traînant lentement les pieds (elle s'était cachée dans un placard sous la cage de l'escalier) ; elle entendit les pas traverser le palier du premier, franchir une porte, et puis plus rien. Elle n'en resta pas moins dans sa cachette. Elle n'en sortit qu'en fin d'après-midi, pour découvrir qu'on l'avait enfermée dans la maison vide. Et tandis qu'elle essayait de sortir, elle entendit le bruit à l'étage : alors elle se mit à crier et à courir. Elle dit qu'elle ne savait plus ce qu'elle essayait de faire. Elle dit qu'elle ne faisait que courir en tous sens dans le vestibule enténébré, jusqu'à ce qu'elle trébuche sur quelque chose qui se trouvait près de la cage de l'escalier, et qu'elle tombe en hurlant ; et, comme elle gisait sur le dos au pied de l'escalier, elle vit en l'air, juste au-dessus d'elle, un visage, une tête à l'envers. Et puis elle dit qu'elle ne se souvient plus de rien, sinon qu'elle s'est réveillée dans la cabane, qu'il faisait nuit, et que sa mère était penchée sur elle. "Tu as rêvé, disait sa mère. Ce qui est dans la maison appartient à la maison. Tu as rêvé, tu entends, négresse ?"

— Ainsi, les Noirs d'ici ont un fantôme à leur disposition, dis-je. Je suppose qu'ils prétendent que Judith n'est pas morte ?

— Tu oublies la tombe, dit Don. On peut la voir, avec les trois autres.

— C'est juste, dis-je. Et puis il y a ces nègres qui l'ont vue morte.

— Ah, dit Don. Il n'y a que la vieille qui l'ait vue morte. C'est elle qui l'a mise en bière. Elle n'a laissé personne approcher jusqu'à ce que le corps soit dans le cercueil et que celui-ci soit fermé. Mais il y a encore autre chose. Autre chose que des nègres. » Il me regarda. « Il y a des Blancs aussi. La maison est encore saine. Surtout l'intérieur. Ça fait quarante ans qu'elle est disponible : il n'y a qu'à payer les impôts. Mais il y a autre chose. » Il me regarda. « Il y a un chien.

— Et alors ?

— C'est un chien policier. De la même race que celui que le colonel Sutpen avait ramené

d'Europe et que Henry avait emmené à l'université...

— ... et qui attend qu'il revienne depuis quarante ans. Voilà qui nous remet à égalité. Si tu
veux bien me payer mon billet de retour, je te
tiendrai quitte du télégramme.

— Je ne parle pas du même chien. Celui de
Henry, celui qui avait hurlé à la mort après son
départ, mourut, et son fils était déjà vieux quand
Judith fut enterrée. Il faillit d'ailleurs inter-
rompre la cérémonie. Il dut être chassé à coups
de bâton de la tombe, où il voulait creuser. C'était
une fin de race, et il est resté à hurler près de la
maison. Il ne laissait personne approcher. Les
gens le voyaient chasser dans les bois, aussi
maigre qu'un loup, et, de temps en temps, il se
mettait à hurler. Mais il était déjà vieux ; bientôt,
il ne s'éloigna plus guère de la maison, et je suppose qu'il y avait des tas de gens qui attendaient
qu'il meure pour approcher enfin et jeter un coup
d'œil sur la maison. Un jour, un Blanc le trouva
mort dans un fossé où il avait cherché à manger
et d'où il s'était trouvé trop faible pour sortir, et
il se dit : "Maintenant je vais pouvoir y aller." Il
était presque arrivé à la galerie quand un chien
policier apparut au coin de la maison. Il resta
peut-être un moment à le regarder, pétrifié de
stupeur et comme scandalisé, avant de décider
que ce n'était pas un fantôme — et de grimper à
un arbre, où il passa trois heures à crier, jusqu'à
ce que la vieille négresse chasse le chien et dise
à l'homme de décamper et de ne plus revenir.

— Bien joué, dis-je. J'aime assez le coup du
fantôme du chien. Je parie que celui de Sutpen
a aussi un cheval. Je suis surpris qu'on n'ait pas
parlé d'un fantôme de dame-jeanne !

— Ce chien n'était pas un fantôme. Demande à cet homme si c'en était un. D'ailleurs il a fini par mourir, lui aussi. Mais il a été remplacé par un autre chien policier, et le jour où ils trouvèrent celui-là mort, un autre chien policier en chair et en os apparut en pleine course au coin de la maison, comme si quelqu'un en avait frappé la pierre angulaire d'un coup de baguette magique. J'ai vu le dernier de mes yeux ; ce n'est pas un fantôme.

— Un chien, dis-je. Une maison hantée qui porte un chien policier comme un prunier porte des prunes. » Nous nous regardâmes.

« Et la vieille négresse a pu le chasser. Et elle s'appelle Sutpen, elle aussi. À ton avis, qui donc habite cette maison ?

— Qu'en penses-tu ?

— Ce n'est pas Judith. Ils l'ont enterrée.

— Ils ont enterré quelque chose.

— Mais pourquoi ferait-elle croire qu'elle est morte si elle ne l'est pas ?

— C'est bien pour ça que je t'ai fait venir. À toi de prouver.

— Comment ça ?

— Tu n'as qu'à aller voir. Tu n'as qu'à t'approcher de la maison et crier en entrant : "Bonjour. Il y a quelqu'un ?" C'est comme ça qu'ils font, par ici.

— Ah, vraiment ?

— Oui. C'est comme ça. C'est facile.

— Ah, vraiment.

— Oui, dit Don. Tu n'as pas peur des chiens, et tu ne crois pas aux fantômes. Tu me l'as dit toi-même. »

Je fis donc comme Don avait dit. J'y allai, et j'entrai dans la maison. Et j'avais raison, mais Don avait raison aussi. Le chien était bel et bien en chair et en os, mais le fantôme aussi était un fantôme en chair et en os. Il habitait la maison depuis quarante ans, avec la vieille négresse pour lui donner à manger. Et personne n'en savait rien.

III

Cette nuit-là, je me trouvai juste au-dessous de l'une des fenêtres à volets de la maison, dans l'obscurité touffue d'épais fourrés de plantes grimpantes, et je pensai : « Il suffit que j'entre dans la maison. Alors elle m'entendra et elle appellera. Elle dira : "C'est toi ?" et elle nommera la vieille négresse. Comme ça je saurai aussi comment s'appelle la vieille négresse. » Voilà ce que je pensais, planté là en pleine nuit près de la vieille maison, à écouter le bruit décroissant de la course du chien qui s'éloignait vers le ruisseau du pré.

J'étais donc là, dans la végétation touffue du vieux jardin, à côté du mur tout écaillé de la maison qui se dressait dans la nuit, l'esprit occupé par le problème mineur du nom de la vieille. Au-delà du jardin et du pré, je distinguais une lumière dans la cabane où, l'après-midi, je l'avais trouvée sur le seuil de la porte, fumant sa pipe dans un fauteuil consolidé avec du fil de fer. « Ainsi, dis-je, vous aussi, vous vous appelez Sutpen. »

Elle ôta sa pipe. « Et vous, quel est donc votre nom ? »

Je le lui dis tandis qu'elle me fixait des yeux tout en fumant. Elle était incroyablement vieille ; c'était une petite femme au visage sillonné de

millions de rides, de la couleur d'un café pâle,
aussi immobile et aussi froide que du granit. Les
traits n'étaient pas négroïdes : la coupe du visage
était trop froide, trop implacable, et soudain je
pensai : « C'est du sang indien. Mi-indien mi-Sut-
pen, d'esprit comme de chair. Pas étonnant que
Judith s'en contente depuis quarante ans. »
Immobile comme granit, et tout aussi froide. Elle
portait une robe de calicot propre et un tablier.
Sa main était ceinte d'un linge blanc et propre.
Elle avait les pieds nus. Je lui dis ce que je faisais tandis qu'elle caressait sa pipe et me fixait
avec des yeux qui n'avaient pas de blanc : d'un
peu plus loin, on aurait dit qu'elle n'avait pas
d'yeux du tout. Son visage était complètement
dénué d'expression, tel un masque où les orbites
auraient été brutalement enfoncées, et les yeux
tout simplement oubliés. « Vous faites... quoi ?
dit-elle.

— Je suis écrivain. C'est un homme qui écrit
des choses pour les journaux et le reste. »

Elle grommela. « Je les connais. » Elle grommela de nouveau sans cesser de tirer sur le tuyau
de sa pipe, parlant dans un nuage de fumée,
modelant ses mots dans la fumée pour que l'œil
les entende. « Je les connais. Vous êtes pas le premier écrivain à qui on a eu affaire.

— Non ? Quand... »

Elle tira une bouffée sans me regarder. « Pas
longtemps, du reste. Not' maître Henry, il est descendu en ville, il a été le trouver dans son bureau,
et il l'a chassé dans la rue à coups de fouet, même
que le fouet s'enroulait autour de lui comme
autour d'un chien. » Elle fumait en tenant sa pipe
dans sa main, qui n'était pas plus grande que
celle d'une poupée. « C'est comme ça que vous

prenez avantage du fait que vous êtes écrivain pour venir vous mêler de ce qui vous regarde pas dans la maison du colonel.

— Ce n'est plus la maison du colonel Sutpen, maintenant. Elle appartient à l'État. À n'importe qui.

— Et pourquoi ça ?

— Parce que les impôts n'ont pas été payés pendant quarante ans. Vous savez ce que c'est les impôts ? »

Elle fumait sans me regarder, mais il était difficile de dire ce qu'elle regardait. Puis je trouvai ce qu'elle regardait. Elle tendit le bras, pointant le tuyau de sa pipe vers la maison, vers le pré.

« Regardez là-bas, dit-elle. Regardez ce qui traverse le pré. » C'était le chien. Il paraissait aussi gros qu'un veau ; il était énorme, sauvage et solitaire sans le savoir, comme la maison elle-même. « Ça n'appartient pas à l'État, ça. Essayez donc d'aller voir.

— Oh, le chien. Il ne m'empêchera pas de passer.

— Comment ça ?

— Il ne m'empêchera pas de passer. »

Elle fuma un moment. « Jeune homme, allez donc vous occuper de vos affaires, et laissez les autres s'occuper des leurs.

— Ce chien ne m'empêchera pas de passer. Mais si vous acceptiez de parler, je n'aurais pas à y aller.

— Passez d'abord le chien. On verra après.

— C'est un défi ?

— Passez ce chien.

— Entendu, dis-je. C'est ce que je vais faire. » Je fis demi-tour et retournai à la route. Je sentais ses yeux rivés sur moi, mais je ne me retournai

pas. Je pris la route. Alors elle m'appela d'une
voix forte ; comme le disait Don, sa voix doit porter à un bon mille, et sans forcer. Je me retournai. Elle était toujours dans son fauteuil, pas plus
grande qu'une grosse poupée, et elle tendit le
bras, la pipe toute fumante, vers moi. « Partez
d'ici et ne revenez pas, cria-t-elle. Décampez ! »

C'est à cela que je pensais quand j'étais posté
près de la maison à écouter le chien. Il m'avait
été facile de le passer : il m'avait suffi de découvrir où coulait le ruisseau : un morceau de bœuf
cru enroulé autour d'une boîte à demi-pleine de
poivre avait fait le reste. J'étais donc là sur le
point de pénétrer par effraction, l'esprit occupé
par le problème mineur du nom de la vieille
négresse. J'étais un peu tendu : je n'étais pas
encore assez vieux pour ne plus l'être. Je n'étais
pas assez vieux pour que la proximité de l'aventure ne me prive quasiment de bon sens ; autrement, il me serait venu à l'idée que quelqu'un qui
vit caché dans une maison depuis quarante ans,
qui ne sort que la nuit pour prendre l'air, et dont
la présence n'est connue que d'un seul autre être
humain et d'un chien, n'a pas besoin, en entendant un bruit dans la maison, de crier : « C'est
toi ? »

Aussi, quand je me trouvai enfin dans le vestibule enténébré, au pied de l'escalier où, quarante ans auparavant, la petite négresse, couchée
sur le dos et criant éperdument, avait vue la tête
à l'envers en l'air au-dessus d'elle, et comme je
n'entendais toujours aucun bruit, nulle voix ne
disant : « C'est toi ? », j'étais presque prêt à être
attaché, moi aussi. C'est dire comme j'étais jeune.
Je restai là quelque temps, et au bout d'un
moment je sentis que mes yeux me faisaient mal,

et je pensai : « Qu'est-ce que je fais ? Le fantôme doit dormir. Je ne vais pas le déranger. »

C'est alors que j'entendis le bruit. C'était quelque part de l'autre côté de la maison, et au rez-de-chaussée. Un bouillant sentiment de triomphe m'envahit. Je me voyais déjà dire à Don : « Tu vois, je te l'avais bien dit ! » J'avais dû m'hypnotiser et il m'en restait quelque chose, parce que en fait le bon sens aurait déjà dû reconnaître le bruit pour ce qu'il était : celui, très métallique, d'une clé dans une serrure ; quelqu'un entrait dans la maison par-derrière, d'une façon logique et très humaine, et à l'aide d'une clé non moins logique. Et je suppose que le bon sens savait qui c'était : il suffisait de se souvenir que les rugissements du chien du côté du ruisseau avaient également dû être perçus des habitants de la cabane. Toujours est-il que, planté là dans l'obscurité la plus totale, je l'entendis pénétrer dans le vestibule par-derrière, sans hâte mais sans hésitation, comme un poisson aveugle se glissant entre les rochers obscurs dans une eau obscure au fond d'une grotte. Puis elle parla, tranquillement, sans forcer ni baisser la voix :

« Ainsi, le chien ne vous a pas empêché d'arriver jusqu'ici.

— Non », murmurai-je. Elle approchait, invisible.

« Je vous ai dit, dit-elle. Je vous ai dit de ne pas vous mêler de ce qui ne vous regarde pas. Qu'est-ce qu'ils vous ont donc fait, à vous et aux vôtres ?

— Chut, chuchotai-je. Si elle ne m'a pas encore entendu, je peux peut-être sortir. Elle ne saura peut-être pas...

— Il ne vous entendra pas. Et même s'il vous entendait, ça lui serait bien égal.

— Lui ? dis-je.

— Sortir ? » dit-elle. Elle s'approcha. « Vous êtes venu trop près. Je vous avais dit de ne pas le faire, mais ça ne vous a pas arrêté. Il est trop tard pour sortir maintenant.

— Lui ? » répétai-je. Elle passa près de moi sans me toucher, et je l'entendis commencer à monter l'escalier. Je me dirigeai au bruit qu'elle faisait, comme si j'avais pu la voir. « Qu'est-ce que je peux faire ? »

Elle ne s'arrêta pas. « Faire ? Vous en avez déjà trop fait. Je vous l'avais dit. Mais vous avez une jeune tête de mule. Venez avec moi.

— Non, je...

— Venez avec moi. Vous aviez votre chance et vous ne l'avez pas prise. Venez avec moi, maintenant. »

Nous montâmes l'escalier, elle progressant avec sûreté, invisible, moi me tenant à la rampe, tâtant devant moi, les yeux douloureux. Soudain je l'effleurai : elle s'était arrêtée, immobile. « Nous sommes en haut, dit-elle. Il n'y a pas d'obstacle où vous cogner. » Je me remis à la suivre au bruissement de ses pieds nus. Je heurtai un mur, entendis le déclic d'une poignée de porte et sentis la porte s'ouvrir sur un flot d'air renfermé, fétide, aussi chaud que celui d'un four — une odeur de vieille chair, de chambre confinée. Je sentis aussi autre chose. Mais je ne savais pas encore ce que c'était, pas avant qu'elle referme la porte et gratte une allumette au-dessus d'une bougie fixée sur une assiette de porcelaine. Comme je regardais la flamme vaciller, je me demandai tranquillement, tout jugement suspendu, comment elle pouvait brûler, vivre, dans cette chambre morte, dans cet air de sépulcre.

Puis je regardai la chambre, le lit — je m'approchai du lit et m'y arrêtai, enveloppé par cette odeur de chair sale et confinée, cette odeur de mort que tout d'abord je n'avais pas reconnue. La femme approcha la bougie du lit et la posa sur la table, sur laquelle était posé un autre objet : une boîte plate, en métal. « Mais c'est le portrait, pensai-je. Le portrait de Judith que Charles Bon avait emporté et rapporté de la guerre. » Puis je regardai l'homme qui gisait sur le lit — la tête décharnée, blême, squelettique, auréolée de cheveux longs ébouriffés de la même couleur ivoire, et une barbe qui descendait presque jusqu'à la ceinture ; il reposait dans une chemise de nuit crasseuse et jaunâtre, sur des draps également crasseux et jaunâtres. De la bouche entrouverte émanait un souffle paisible, lent et faible, qui faisait à peine frémir la barbe. Les paupières, closes, étaient si minces qu'on eût dit des morceaux de papier de soie mouillés collés sur les globes oculaires. Je regardai la femme, qui s'était approchée. Derrière nous, nos ombres projetées étaient plaquées haut sur le mur couvert de squames et couleur de poisson. « Mon Dieu, dis-je. Qui est-ce ? »

Elle répondit sans esquisser un geste, sans que ses lèvres parussent bouger, de cette voix ni forte ni basse. « C'est Henry Sutpen », dit-elle.

IV

Nous étions redescendus dans la cuisine plongée dans l'obscurité, et nous étions face à face. « Et il va mourir, dis-je. Depuis combien de temps est-il dans cet état ?

— Depuis une semaine environ. Il avait l'habitude de sortir avec le chien, la nuit. Mais, il y a
huit jours environ, les hurlements du chien m'ont
réveillée, une nuit ; je me suis habillée et, en arrivant ici, je l'ai trouvé étendu dans le jardin, avec
le chien qui hurlait au-dessus de lui. Alors je l'ai
amené ici, je l'ai mis au lit, et, depuis, il n'a pas
bougé.

— Vous l'avez mis au lit ? Vous voulez dire que
vous l'avez ramené dans la maison et que vous
l'avez monté ici toute seule ?

— J'étais seule aussi pour mettre Judith en
bière. Il ne pèse plus rien, maintenant. Et je le
mettrai en bière toute seule.

— Dieu sait que ça ne va pas tarder, dis-je.
Pourquoi n'appelez-vous pas un médecin ? »

Elle grommela ; sa voix émanait d'un endroit
qui ne paraissait pas plus haut que ma taille.
« C'est le quatrième à mourir dans cette maison
sans avoir besoin d'un médecin. Je me suis occupée des autres. Je m'occuperai bien de lui aussi. »

Alors elle se mit à parler, là, dans la cuisine
enténébrée, tandis que dans cette chambre
immonde, à l'insu de quiconque y compris de lui-
même, Henry Sutpen agonisait tranquillement.
« Il faut que je me libère, maintenant. Je porte le
fardeau depuis longtemps, et maintenant je vais
m'en décharger. » Elle raconta de nouveau l'histoire de Henry et de Charles Bon, qui avaient
vécu comme deux frères jusqu'à ce deuxième été
où, à son tour, Henry avait accompagné Charles
chez lui. Et Henry, qui devait y rester trois mois,
était rentré au bout de trois semaines, parce qu'il
avait découvert le secret.

« Quel secret ? » dis-je.

Il faisait nuit dans la cuisine. L'unique fenêtre

formait un pâle rectangle de nuit estivale au-dessus du jardin-jungle. Sous la fenêtre de la cuisine, quelque chose bougea, un animal aux pattes puissantes et feutrées ; on entendit un premier aboiement, puis un deuxième, à pleine voix. Je pensai tranquillement : « Je n'ai plus ni viande ni poivre. Maintenant je suis piégé dans la maison. » Mais la vieille femme se dirigea vers la fenêtre, dans le cadre de laquelle son torse vint se découper. « Chut », fit-elle. Le chien se tut un moment, puis, comme la femme se détournait de la fenêtre, il émit de nouveau un cri brutal, sauvage, profond, qui se prolongea en écho. Cette fois, c'est moi qui m'approchai de la fenêtre.

« Chut », fis-je à voix presque basse. « Chut, mon vieux. Reste tranquille. » Il se tut, et le bruit feutré de ses pattes puissantes s'amenuisa et disparut. Je me retournai. La femme était de nouveau invisible. « Qu'est-ce qui s'est passé à La Nouvelle-Orléans ? »

Elle ne répondit pas tout de suite. Elle était complètement immobile ; je ne l'entendais même pas respirer. Puis sa voix sortit de l'immobilité où tout souffle était suspendu. « Charles Bon était déjà marié.

— Oh, fis-je. Il était déjà marié. Je vois. C'est pourquoi... »

Maintenant elle parlait, pas plus rapidement, ce n'est pas le mot ; je ne sais comment le dire : c'était comme un train qui avance sur une voie, pas vite, mais suffisamment pour qu'on ne reste pas sur la voie. Elle me dit que Henry donna sa chance à Charles Bon. Quelle chance, pour quoi faire ? Elle ne le précisa pas. Il ne pouvait pas s'agir d'un divorce ; elle me dit, et la conduite ultérieure de Henry le prouve, que c'est seulement beaucoup plus tard, peut-être pendant ou même après la guerre, qu'il apprit qu'il y avait eu mariage en bonne et due forme. Il semble qu'il y avait autre chose à propos de La Nouvelle-Orléans, quelque chose de plus honteux que le problème du divorce ne l'eût été. Mais quoi, elle ne voulut pas me le dire. « Inutile que vous sachiez ça, dit-elle. Ça ne peut plus rien changer maintenant. Judith est morte et Charles Bon est mort et j'imagine que celle de La Nouvelle-Orléans est morte aussi là-bas, malgré toutes ses robes de dentelle, ses éventails tarabiscotés et ses domestiques noirs, mais tout doit être différent là-bas. D'ailleurs, c'est ce que Henry a dû dire à Charles Bon à l'époque. Et maintenant Henry n'en a plus pour longtemps à vivre, alors ça n'a plus d'importance.

— Est-ce que vous pensez que Henry va mourir cette nuit ? »

Sa voix sortait de l'obscurité à peine plus haut que la ceinture. « Si Dieu le veut. Il donna sa chance à Charles Bon, mais Charles Bon n'en profita jamais.

— Pourquoi est-ce que Henry ne dit jamais à Judith et à son père de quoi il s'agissait ? Si c'était un motif grave pour Henry, ça devait bien l'être aussi pour eux.

— Est-ce que Henry allait dire à sa propre famille, sans avoir tout essayé avant de parler, quelque chose que je veux pas vous dire à vous qui n'êtes pas de la famille ? Est-ce que je suis pas justement en train de vous dire que Henry a d'abord essayé d'autres choses, et que Charles Bon lui a menti ?

— Lui a menti ?

— Charles Bon a menti à Henry Sutpen.

Henry a dit à Charles Bon que c'étaient pas des manières Sutpen, et Charles Bon a menti à Henry. Est-ce que vous vous figurez que si Charles Bon n'avait pas menti à Henry, Henry aurait laissé Charles Bon épouser sa sœur ? Charles Bon a menti à Henry avant ce jour de Noël. Et il a menti à Henry après ce jour de Noël ; sans ça, Henry n'aurait jamais laissé Charles Bon épouser Judith.

— Comment a-t-il menti ?

— Est-ce que je viens pas de vous dire comment Henry a découvert le secret à La Nouvelle-Orléans ? Probable que Charles Bon a emmené Henry la voir, pour lui montrer comment on faisait à La Nouvelle-Orléans, et que Henry a dit à Charles Bon que c'étaient pas des manières Sutpen. »

Mais je ne comprenais toujours pas. Si Henry ne savait pas qu'ils étaient mariés, il apparaissait comme un jeune homme plutôt prude. Il est vrai que de nos jours, on ne peut peut-être plus comprendre les gens de cette époque. C'est peut-être pour cela qu'à nos yeux, leurs actions, qu'elles soient écrites ou racontées, ont cet air un peu grandiloquent — courageux, vaillant même, mais non dénué d'absurdité. Et je pensai tranquillement : « Voilà donc quelque chose que je ne saurai jamais. Et sans cela, toute l'histoire ne rime à rien, et je perds mon temps. »

Il y avait tout de même quelque chose qui devenait un peu plus clair ; c'est pourquoi, quand elle se mit à raconter comment Henry et Charles étaient partis ou la guerre en bons termes, du moins apparemment, et comment Judith, avec son alliance vieille d'une heure, était restée seule à s'occuper de la maison, enterrant sa mère et

tenant tout prêt pour le retour de son mari ; comment ils apprirent que la guerre était finie et que
Charles Bon allait bien — et comment, deux
jours plus tard, Henry arrive avec un corps dans
la charrette, le corps de Charles Bon mort, tué
par le dernier coup de feu de la guerre, je dis :
« Le dernier coup de feu tiré par qui ? »

Elle ne répondit pas tout de suite. Elle était restée tout à fait immobile. Il me semblait que je
pouvais la voir, figée là, la tête un peu baissée
— ce visage aux traits immobiles et sillonnés de
mille rides, impassible, implacable et parfaitement maîtrisé. « Je me demande comment Henry
a découvert qu'ils étaient mariés », dis-je.

Elle ne répondit pas non plus. Puis elle se remit
à parler, d'une voix égale et froide ; elle dit comment Henry apporta le corps de Charles dans la
maison, comment ils le montèrent dans la
chambre que Judith lui avait préparée, et comment elle les renvoya tous et s'enferma dans la
chambre avec le corps de son mari et le portrait.
Et elle — la négresse : elle avait passé la nuit
assise dans le vestibule — entendit un bruit de
martèlement en pleine nuit et, le matin venu,
Judith réapparut sans le moindre changement
dans son expression par rapport à la veille.
« Alors elle m'a appelée, je suis entrée, et nous
l'avons mis en bière ; et puis j'ai pris le portrait
sur la table et j'ai dit : "Missy, est-ce que vous voulez qu'on l'y mette aussi ?", et elle m'a répondu
que non, elle ne le voulait pas, et j'ai vu qu'elle
avait pris le tisonnier et qu'elle avait martelé le
fermoir pour qu'on ne puisse plus jamais l'ouvrir.
Nous l'avons enterré le jour même, et le lendemain j'ai emporté la lettre à la ville pour qu'elle
parte par le train...

— À qui était destinée cette lettre ?

— Je savais pas. Je sais pas lire. Tout ce que je savais, c'était qu'elle était adressée à La Nouvelle-Orléans, parce que je savais reconnaître les mots Nouvelle-Orléans depuis que j'avais posté des lettres qu'elle écrivait à Charles Bon avant la guerre, avant qu'ils soient mariés.

— À La Nouvelle-Orléans, dis-je. Mais comment Judith avait-elle découvert où habitait la femme ? » Puis je dis : « Y avait-il... Il y avait de l'argent dans l'enveloppe.

— Pas encore. On n'en avait pas, à cette époque. On n'en a eu que plus tard, après que le colonel est rentré, qu'il est mort et qu'on l'a enterré ; alors Judith a acheté les poulets, et on a fait l'élevage pour les vendre avec les œufs. À ce moment-là, elle a pu mettre de l'argent dans les lettres.

— Et la femme a pris l'argent ? Elle l'a vraiment pris ?

— Elle l'a pris », grommela-t-elle. Elle reprit son récit, sa voix toujours froide et régulière comme une huile qui coule. « Et puis, un jour, Judith a dit : "Nous allons préparer la chambre de M. Charles. — On va préparer quoi ?" que j'ai dit. Et elle a dit : "On fera ce qu'on pourra." Alors on a fait ce qu'on a pu, et huit jours plus tard la charrette est allée à la gare à l'heure du train de La Nouvelle-Orléans, et elle est revenue avec elle. Elle était couverte de bagages, et elle avait cet éventail et cette voilette contre les moustiques sur la tête et une négresse pour l'accompagner ; et elle n'avait pas aimé le voyage en charrette. "Je n'ai pas l'habitude de voyager en charrette", qu'elle a dit. Et Judith qui l'attendait sur la galerie avec une vieille robe, et elle qui descend avec

toutes ses malles et cette négresse et ce petit
garçon...

— Petit garçon ?

— Le fils qu'elle avait de Charles. Environ neuf
ans, qu'il avait. Mais dès que je l'ai vue, j'ai compris, et dès que Judith l'a vue elle a compris.

— Compris quoi ? Qu'est-ce qu'elle avait donc,
cette femme ?

— Vous saurez ce que je dirai. Ce que je dirai
pas, vous le saurez pas. » Elle était toujours invisible, calme et froide. « Elle est pas restée longtemps. Ça lui a pas plu, ici. Y avait rien à faire
et personne à voir. Elle se levait jamais avant
l'heure du déjeuner. Et quand elle descendait,
c'était pour aller s'asseoir sur la galerie dans une
de ces robes qu'elle avait sorties des malles, pour
s'éventer en bâillant pendant que Judith travaillait dans le fond depuis l'aube, avec une robe
qui ne valait pas mieux que la mienne.

« Elle n'est pas restée longtemps. Juste le
temps de mettre toutes les robes qu'elle avait
dans ses malles, j'imagine. Elle disait à Judith
qu'elle devrait faire réparer la maison, et avoir
davantage de nègres pour pas avoir à s'occuper
des poulets elle-même, et puis elle se mettait au
piano. Mais ça ne lui plaisait pas, parce qu'il était
pas accordé comme il fallait. Le premier jour, elle
est sortie pour aller voir où Charles Bon était
enterré, avec son éventail et son ombrelle qui
n'arrêtait même pas la pluie ; elle est rentrée en
pleurant dans son mouchoir de dentelle, elle est
allée s'allonger et la négresse lui a frotté la tête
avec un baume. Mais au dîner, elle est descendue
avec une autre robe, elle a dit qu'elle comprenait
pas comment Judith pouvait supporter cette vie,
et puis elle a joué du piano en pleurant, et elle

s'est mise à parler de Charles Bon comme si
Judith ne l'avait jamais vu.

— Vous voulez dire qu'elle ne savait pas que
Judith et Charles étaient mariés, eux aussi ? »

Il n'y eut pas la moindre réponse, et je sentis
qu'elle me regardait avec une sorte de souverain
mépris. Elle poursuivit : « Elle a beaucoup pleuré
sur Charles Bon, la première fois. L'après-midi,
elle s'habillait pour aller se promener jusque-là
où sont les tombes, avec l'ombrelle et l'éventail,
et le garçon et la négresse la suivaient avec des
sels et un oreiller pour qu'elle puisse s'asseoir
près de la tombe, et de temps en temps elle se
prenait à pleurer Charles Bon dans la maison, en
se jetant presque sur Judith, et Judith dans sa
vieille robe, aussi roide que le colonel et avec
l'expression qu'elle avait en sortant de la
chambre de Charles Bon ce matin-là ; et puis elle
cessait de pleurer, elle allait se poudrer et elle se
mettait au piano et à raconter à Judith comment
ils faisaient pour s'amuser à La Nouvelle-
Orléans, et qu'elle devrait vendre cette vieille
maison pour aller s'installer là-bas.

« Et puis elle est partie, assise dans la charrette, toujours vêtue d'une de ces robes contre les
moustiques, avec cette ombrelle ; elle a commencé par pleurer dans son mouchoir, et puis
elle l'a agité vers Judith qui était toujours sur la
galerie dans sa vieille robe et qui n'en a pas bougé
jusqu'à ce que la charrette disparaisse. Alors elle
m'a regardée et elle a dit : "Raby, je me sens fatiguée, terriblement fatiguée."

« Et moi aussi, je me sens fatiguée. Ça fait si
longtemps que je porte ça. Mais il fallait bien
s'occuper des poulets pour mettre de l'argent
dans la lettre chaque mois...

« — Et elle le prenait toujours ? Même après être venue voir ? Et Judith en envoyait toujours, même après avoir vu ? »

Cette fois elle répondit immédiatement, brusquement mais sans forcer la voix. « Qui êtes-vous donc pour mettre en question ce que fait un Sutpen ?

— Je suis désolé. Quand est-ce que Henry est rentré ?

— Juste après le départ de la femme, j'ai porté deux lettres à la gare, et il y en avait une qui avait le nom de Henry Sutpen dessus. Ces mots-là, je savais aussi les reconnaître.

— Oh ! Judith savait donc où était Henry. Et elle lui a écrit après avoir vu cette femme. Pourquoi a-t-elle attendu jusqu'alors ?

— Est-ce que je vous ai pas dit que Judith avait compris dès qu'elle avait vu la femme, tout comme moi j'avais compris en la voyant ?

— Mais vous ne m'avez pas dit ce que vous aviez compris. Quel mystère y a-t-il dans cette femme ? Est-ce que vous pouvez comprendre que si vous ne me le dites pas, l'histoire pour moi n'aura aucun sens ?

— Elle a eu assez de sens pour envoyer trois personnes dans la tombe. Que voulez-vous de plus ?

— Bien, dis-je. Donc Henry est rentré.

— Pas tout de suite. Un jour, un an à peu près après le séjour de la femme, Judith m'a donné une autre lettre avec Henry Sutpen dessus. Elle était prête à être portée à la gare. "Tu sauras quand l'envoyer", dit Judith. Et en effet je lui dis que je saurais quand le moment serait venu. Quand le moment est venu, Judith a dit : "Ça fait trois jours qu'elle est partie."

« Et quatre nuits plus tard, Henry est arrivé à cheval. Nous sommes allés voir Judith qui était couchée, et elle a dit : "Henry, Henry. Je suis fatiguée, Henry. Je suis si fatiguée." Et on a eu besoin ni de médecin ni de pasteur, et j'en aurai pas besoin maintenant non plus.

— Et ça fait quarante ans que Henry reste caché dans cette maison. Mon Dieu.

— Ça fait quarante de plus qu'aucun des autres y est jamais resté. Il était jeune, à l'époque, et quand les chiens commençaient à vieillir, il sortait la nuit, il restait absent deux jours, et il rentrait la nuit avec un autre chien exactement pareil. Mais maintenant il est plus jeune et, la dernière fois, c'est moi qui suis allée chercher un nouveau chien. Mais maintenant c'est fini ; plus besoin de chien. Et moi non plus je ne suis plus jeune, et bientôt je vais m'en aller. Parce que je suis fatiguée, comme Judith. »

Dans la cuisine tout était calme, immobile, noir de poix. Dehors, la nuit d'été était pleine d'insectes ; quelque part, un oiseau moqueur chanta. « Pourquoi avez-vous fait tout cela pour Henry Sutpen ? Est-ce que vous n'aviez pas, vous aussi, une vie à vivre, des enfants à élever ? »

Elle parla, sa voix pas plus haute que la taille, égale, paisible. « Henry Sutpen est mon frère. »

V

Nous étions toujours dans la cuisine obscure. « Et il ne passera pas la nuit. Et vous êtes seule ici.

— Je me suis bien débrouillée pour les trois précédents.

— Il vaudrait peut-être mieux que je reste, pour le cas où... »

Sa voix, toujours égale, vint immédiatement : « Le cas où quoi ? » Je ne répondis pas. Je ne l'entendais même plus respirer. « Je me suis très bien débrouillée pour les trois autres. J'ai besoin de personne. Vous avez trouvé, maintenant. Allez-vous-en. Allez écrire votre article.

— Je n'écrirai peut-être rien du tout.

— C'est sûrement ce que vous feriez si Henry Sutpen avait toute sa tête et toute sa force. Si je devais monter maintenant pour lui dire : "Henry Sutpen, voici un homme qui va écrire dans les journaux sur vous et votre père et votre sœur", qu'est-ce que vous croyez qu'il ferait ?

— Je ne sais pas. Qu'est-ce qu'il ferait ?

— Peu importe. Vous savez, maintenant. Partez d'ici. Laissez Henry mourir en paix. C'est tout ce que vous pouvez faire pour lui.

— C'est peut-être ça qu'il ferait ; il se contenterait de me dire : "Laissez-moi mourir en paix."

— En tout cas, c'est ce que je fais, moi. Partez d'ici. »

C'est donc ce que je me décidai à faire. Elle appela le chien à la fenêtre de la cuisine et elle parlait tranquillement pendant que je me glissais dehors par la porte de devant et que je commençais à descendre l'allée. Je m'attendais à voir le chien apparaître au coin de la maison et me charger de sorte que je devrais, moi aussi, me réfugier dans un arbre, mais il n'en fit rien. C'est peut-être ce qui m'a décidé. Ou peut-être était-ce simplement la façon qu'ont les hommes de justifier l'intérêt qu'ils portent aux affaires des humains ? Toujours est-il que je m'arrêtai là où le portail de fer rouillé et privé de gonds ouvrait sur la route, et restai là un moment dans la campagne, sous la nuit d'été, innombrable et paisible. Dans la cabane, la lumière ne brillait plus, et la maison était également invisible au-delà du tunnel des cyprès de l'allée, cachée qu'elle était par la masse déchiquetée des arbres qui se détachait sur le fond du ciel. Nul bruit, non plus, hormis les cigales, les insectes au crissement argentin dans l'herbe, et le chant dénué de sens de l'oiseau moqueur. Je fis donc demi-tour et remontai l'allée jusqu'à la maison.

Je m'attendais toujours à voir le chien apparaître au coin de la maison et foncer sur moi en aboyant. « Et alors elle saura que je n'ai pas joué franc jeu, pensai-je. Elle saura que je lui ai menti comme Charles Bon a menti à Henry Sutpen. » Mais le chien n'est pas venu. Je ne l'ai pas vu avant d'être assis un certain temps sur la plus haute marche de la galerie, adossé à l'une des colonnes. Alors il apparut soudain, sans un bruit, au pied de l'escalier de la galerie, inquiétant, ténébreux, les yeux rivés sur moi. Je ne fis ni geste ni bruit. Après un moment il s'en alla aussi silencieusement qu'il était venu. Son ombre fit un mouvement qui s'évanouit lentement, puis disparut.

Tout était immobile. Haut dans les cyprès, il y avait comme un soupir, à peine perceptible mais constant, et j'entendais les insectes et l'oiseau moqueur. Bientôt il y en eut deux, qui dialoguèrent en brefs répons modulés. Bientôt les cyprès soupirants, les insectes et les oiseaux s'harmonisèrent en un seul son logé au fond du crâne comme une mélopée miniature, comme si la terre entière s'était contractée et réduite aux dimensions d'une balle de base-ball où aboutis-

saient et d'où émergeaient des formes alternativement présentes et absentes, absentes et
présentes :

« Et vous avez été tué par le dernier coup de
feu de la guerre ?

— Oui, c'est ainsi que j'ai été tué.

— Qui a tiré le dernier coup de feu de la
guerre ?

— Est-ce le dernier coup de feu que vous avez
tiré, Henry ?

— Oui, j'ai tiré un dernier coup de feu.

— Vous comptiez sur la guerre, et elle vous a
trahi, vous aussi. Est-ce bien cela ?

— Est-ce bien cela, Henry ?

— Quelle était la faute de cette femme,
Henry ? Il y avait quelque chose de plus grave
pour vous que le mariage. Était-ce l'enfant ? Mais
Raby a dit qu'il avait neuf ans quand le colonel
Sutpen est mort en 70. Il a donc dû naître après
le mariage de Charles et de Judith. Le mensonge
de Charles Bon portait-il sur ce point ?

— Qu'est-ce que Judith et Raby ont su dès
qu'elles l'ont vue ?

— Oui.

— Oui quoi ?

— Oui.

— Oh. Et vous vivez caché depuis quarante
ans.

— Je vis ici depuis quarante ans.

— Avez-vous vécu en paix ?

— J'étais fatigué.

— N'est-ce pas la même chose ? Pour vous
comme pour Raby.

— C'est la même chose ? Comme pour moi. Je
suis fatiguée, moi aussi.

— Pourquoi avez-vous fait tout cela pour Henry Sutpen ?

— C'était mon frère. »

VI

La maison prit feu comme une boîte d'allumettes. Je fus tiré du sommeil par les rugissements profonds et véhéments du chien qui aboyait au-dessus de ma tête, et, peut-être avant même d'être complètement réveillé, je m'éloignai en descendant les marches d'un pas trébuchant. Je me souviens des voix ténues, harmonieuses et lointaines des Noirs qui me parvenaient de la cabane au-delà du pré ; puis, toujours à demi endormi, je fis volte-face et vis la façade chamarrée de feu comme en une enluminure, ainsi que les embrasures de fenêtres naguère aveugles, de sorte que le devant de la maison tout entier paraissait se pencher sur moi en proie à une exultation folle et furieuse. En hurlant, le chien se rua sur la porte d'entrée, qui était fermée à clé ; puis il sauta de la galerie et disparut en courant vers l'arrière de la maison.

Je le suivis en courant et en criant, moi aussi. La cuisine avait déjà brûlé, et tout l'arrière de la maison était en feu, ainsi que le toit ; les bardeaux légers et desséchés s'envolaient en tournoyant comme des morceaux de papier enflammés, et ils se consumaient dans leur ascension vers le zénith comme autant d'étoiles filantes inversées. Toujours criant, je revins en courant vers le devant de la maison. Le chien me doubla, affolé, hurlant à pleine gorge ; comme je regardais les silhouettes des négresses qui accouraient en traversant le pré rougeoyant, je l'entendis se ruer sans relâche contre la porte d'entrée.

Les Noirs arrivèrent, au grand complet de leurs trois générations, leurs yeux tout blancs, leurs bouches béant sur leurs gorges roses. « Ils sont dedans, je vous dis ! hurlai-je. Elle a mis le feu à la maison et ils y sont tous les deux. Elle m'a dit que Henry Sutpen ne serait plus de ce monde ce matin, mais je ne... » À cause du rugissement de l'incendie, c'est à peine si je pouvais entendre ma propre voix et, pendant un moment, je n'entendis pas du tout celle des Noirs. Je pouvais seulement voir leurs bouches ouvertes et leurs yeux fixes et cerclés de blanc. Puis le rugissement atteignit ce niveau où l'oreille ne le perçoit plus car il est aspiré vers le ciel dans une sorte de silence, et j'entendis les Noirs. Ils émettaient de concert une longue plainte sauvage et rythmée, dans un unisson où se mêlaient harmonieusement les voix aiguës des enfants et le soprano de la plus vieille des femmes, la fille de celle qui était dans la maison embrasée ; on aurait pu croire qu'ils avaient répété pendant des années dans l'attente de ce moment irrévocable hors de tout temps mesurable. Alors nous vîmes la femme dans la maison.

Nous nous tenions au pied du mur, regardant les planches se détacher et se consumer, les fenêtres disparaissant l'une après l'autre, quand nous vîmes la vieille Noire apparaître à la fenêtre du premier. Elle traversa les flammes et se pencha un moment à la fenêtre, les mains sur la tablette embrasée, pas plus grande qu'une poupée et aussi impassible qu'une effigie de bronze, sereine et dynamique comme un personnage méditant au premier plan de l'Holocauste. Puis

la maison tout entière sembla s'écrouler, s'effon-
drer sur elle-même en état de fusion ; le chien
surgit de nouveau, mais il ne hurlait plus, venu
d'en face, il fit demi-tour et, d'un seul bond, se
précipita sans un cri, sans un bruit, au sein de
l'incendie rugissant.

Je crois avoir dit que le bruit avait maintenant
dépassé les capacités saturées de l'oreille scandalisée. Purs spectateurs, nous vîmes donc la maison se dissoudre, se liquéfier, se volatiliser dans
un ciel écarlate plein de silence et de fureur ; en
bondissant, les flammes allaient lécher les
branches flamboyantes des cyprès fous, de sorte
que flamboyant, se dissolvant elles aussi sur le
fond suave du ciel d'été piqué de pâles étoiles,
elles aussi tanguaient et tournoyaient follement.

VII

La pluie commença de tomber juste avant
l'aube. Bientôt elle tombait dru, sans tonnerre ni
éclairs, et il plut à verse pendant toute la matinée ; le squelette de la maison fut tellement
inondé qu'au-dessus des lugubres cheminées
intactes et du bois calciné flotta bientôt, immobile, un épais dais de vapeur. Mais au bout d'un
moment la vapeur se dispersa, et nous pûmes
errer au milieu des poutres et des planches à
demi calcinées. Nous nous déplacions à pas pru-
dents, les Noirs vêtus de ce qui leur était tombé
sous la main pour se protéger de la pluie, silencieux maintenant, ayant cessé leur mélopée sauf
la plus vieille, la grand-mère, qui chantait sans
relâche un cantique en arpentant les ruines,
s'arrêtant çà et là pour ramasser quelque chose.

C'est elle qui trouva le portrait dans sa boîte métallique, le portrait de Judith qui avait été la propriété de Charles Bon. « Je le prendrais volontiers », dis-je.

Elle me regarda. Elle était légèrement plus noire que la mère, mais il y avait toujours, dans son visage, presque imperceptible, une trace d'Indien, une trace de Sutpen. « Je sais pas si Mammy aimerait ça. Elle était jalouse de tout ce qui appartenait aux Sutpen.

— Je lui ai parlé la nuit dernière. Elle m'a tout raconté. Ça ne pose pas de problème. » Elle me regardait, droit dans les yeux. « Si vous voulez, je vous l'achète.

— C'est pas à moi de dire si c'est à vendre.

— Alors laissez-moi le regarder un moment. Je vous le rendrai. Je lui ai parlé la nuit dernière, ça ne pose pas de problème. »

Alors elle me le donna. Le boîtier avait un peu fondu, et la serrure que Judith avait martelée pour qu'elle reste à jamais fermée n'était plus qu'une petite traînée le long du couvercle : on pouvait croire qu'une lame de couteau suffirait à l'ouvrir, mais il y fallut une hache.

Le portrait était intact. Je contemplai le visage et je pensai tranquillement, stupidement (j'étais un peu hébété, du fait que je n'avais pas dormi, que j'étais trempé et que j'étais à jeun), je pensai tranquillement : « Tiens, je croyais qu'elle était blonde. On m'avait dit que Judith était blonde... » Je revins brusquement à la vie. J'étudiai tranquillement le portrait : le visage lisse, ovale, sans défaut, les lèvres charnues, pleines, un rien relâchées, les yeux brûlants, somnolents, secrets, les cheveux noirs de jais imperceptiblement mais indiscutablement crépus — tous les sceaux indé-

lébiles et tragiques du sang noir y étaient.
L'inscription était en français : *À mon mari. Toujours. 12 août 1860.* Et, tranquillement, je
contemplai de nouveau ce visage intensément
marqué par la fatalité et respirant cette satiété
lascive qu'ont les fleurs de magnolia — ce visage
qui, à son insu, avait détruit trois vies — et je
compris pourquoi son tuteur avait envoyé
Charles Bon dans une université du nord du Mississippi, et ce qui, aux yeux d'un Henry Sutpen,
considérant ce qu'il était et par quelle longue tradition il avait été formé, son être et sa pensée
mêmes avaient été formés, dut paraître pire que
le mariage et vint aggraver le péché de bigamie
à tel point que le recours au pistolet était non
seulement justifié, mais inévitable.

« C'est tout ce qu'il y a », dit la négresse. Sa
main sortit de la capote militaire tout usée et
crottée qu'elle avait jetée sur ses épaules, et prit
le portrait. Elle n'y jeta qu'un seul coup d'œil
avant de refermer le boîtier : un coup d'œil indifférent ou stupide, je ne sus le décider. Je ne sus
décider si elle avait jamais vu la photographie ou
le visage auparavant, ou si elle ne savait même
pas qu'elle ne les avait jamais vus. « Je crois qu'il
vaut mieux que vous me le laissiez. »

Portrait d'Elmer

I

À la terrasse du Dôme, Elmer boit un demi en compagnie d'Angelo. À côté de lui, serré tout contre sa jambe, se dresse un carton à dessins aussi plat que neuf. De sa place parmi les artistes, Elmer porte le regard de l'autre côté du boulevard Montparnasse, et son regard paraît traverser l'immeuble d'en face, gris sous un toit mauve douillettement protégé par ses tuiles du ciel qui s'obscurcit, et embrasser tout Paris, puis la France, et même la monotonie froide et sans cesse agitée de l'Atlantique — de sorte que, l'espace d'un crépuscule empreint de nostalgie, il découvre, comme le seul spectateur d'une perspective cavalière, ce lieu du Texas où sa mère, animée par une ambition laborieuse et pleine d'abnégation, avait réussi, au terme d'une longue et implacable patience, à traîner le personnage statique et résigné qu'était son père ainsi que le seul enfant qui leur restait : lui-même, en blondinet mal dégrossi ; et il se fait la réflexion que le Sort possède l'inépuisable détachement de l'administration des Postes, lui qui expédie les

humains çà et là, les utilise mystérieusement
— ou pas — et les réexpédie — ou pas — avec
une efficacité aussi tardive qu'impersonnelle.

Elmer fait une remarque à ce sujet. Comme
toujours attentif au plaisir de son ami, infailible-
ment courtois et plein de cet esprit de laisser-
faire qui préside à leur relations, Angelo
exerce son droit de réponse — en italien. Aux
oreilles d'Elmer, les mots d'Angelo sonnent
comme des mots d'amour ; et, tandis que l'automne et le crépuscule montent gravement à
l'assaut de Montparnasse, Elmer, plongé dans un
bain de mots tièdes qui ne signifient rien pour
lui, caresse son demi qui tiédit et regarde passer
les filles vêtues de toilettes uniformément exci-
tantes et accompagnées d'hommes avec ou sans
barbe ; puis, abaissant une main légère et furtive,
il effleure le carton à dessin en se demandant qui,
parmi ces hommes, est peintre, et bon peintre ;
et il pense : *Hodge l'artiste. Hodge l'artiste.* Gravement, l'automne et le crépuscule montent à
l'assaut de Montparnasse.

Sanglé dans un gilet en pointe qui met en
valeur sa cravate bouffante, multicolore et défraîchie, un verre plein d'un apéritif couleur pourpre,
Angelo continue de pérorer en oubliant cavaliè-
rement qu'Elmer ne sait pas un mot d'italien.
Dénués de signification, pleins d'une intensité
passionnée mais impersonnelle, ses mots
semblent posséder une valeur esthétique, si bien
qu'enfin Elmer cesse de penser : *Hodge l'artiste* et,
jetant sur son ami un regard empreint de la
consternation impuissante que celui-ci lui inspire depuis le début, il se demande comment,
avec sa brusquerie d'Américain, il pourrait inter-
rompre le flot incessant de son amitié poliment

protectrice. En effet, avec un tact et une prévenance qu'Elmer estime inaccessibles à un Américain, Angelo a instauré entre eux une relation
qui se situe bien au-dessus et au-delà de toute
vulgaire question d'argent : il s'est installé dans
la vie d'Elmer avec la prévenance raffinée d'un
prince exilé dans une ville peuplée de barbares.
Que faire maintenant, telle est la question que se
pose Elmer. Il va bientôt falloir qu'il se sépare
d'Angelo. À Paris, il ne va pas tarder à rencontrer
des gens ; bientôt, il fera partie d'un atelier (de
nouveau, sa main effleure légèrement et furtivement le carton dressé contre sa jambe) — dès
qu'il aura eu le temps de s'acclimater, dès qu'il
saura un peu mieux le français ; et il pense, rapidement : *Oui. Oui. Dès que je saurai un peu mieux
le français, pour que je puisse choisir à qui montrer mon travail. Il faut que ce soit le meilleur. Oui.
Oui. C'est cela.* Il y a aussi le risque qu'il court de
tomber sur Myrtle, dans la rue, n'importe quand.
Il ne faudrait pas qu'elle apprenne qu'Angelo et
lui sont inséparables, ni que son ami lui est indispensable, même pour son alimentation. Maintenant qu'ils sont loin de Venise et du cachot du
Palazzo Ducale, il ne regrette plus son incarcéra-
tion, car c'est cela — la vie à l'état brut — qui fait
les artistes. Il n'en regrette pas moins d'avoir dû
partager sa prison avec Angelo ; parfois, il lui
arrive même, avec une ingratitude dont il sait son
ami incapable, de regretter qu'il en soit sorti. Et
puis, soudain, regain d'espoir, à nouveau mêlé
d'une honte secrète : Peut-être, après tout, serait-
ce la meilleure solution. Oui, Myrtle trouvera le
moyen de se débarrasser d'Angelo ; Mrs. Monson, en tout cas.
   La voix d'Angelo achève une période harmo-

nieuse, mais Elmer a cessé de s'interroger sur le
sens de ses paroles ; de nouveau son regard,
dépassant la terrasse où, entre les petites tables
piquées dans le désordre, se dressent les bustes
serrés qui consomment en deux sexes et en cinq
langues, se porte sur la foule apparemment interminable des passants, et surtout sur les filles
pâles, suaves, enjôleuses et stupides, corps trou-
blants dont il s'oblige à penser qu'ils ont bien dû
être vierges un jour ; et il se demande pourquoi
certaines vous choisissent et d'autres pas. Il fut
un temps où il croyait qu'on peut les séduire ;
maintenant, il ne sait plus : il pense qu'elles choisissent un homme quand elles en ont envie et
qu'il leur tombe sous la main. Pourtant, il ne fait
pas de doute que l'expérience (ce par quoi on
entend les coups qu'on a bel et bien reçus du sort,
par opposition à ceux auxquels on a pu échapper) est supposée vous apprendre sinon le moyen
d'obtenir ce que vous désirez, du moins la raison
pour laquelle vous ne l'avez pas obtenu. Mais
pourquoi tenir à l'expérience, quand toutes
sortes de succédanés sont disponibles. Au diable
l'expérience, pense Elmer, puisque de toute façon
la réalité est insupportable. Comme tout le
monde, je veux ce que je crois vouloir quand je
crois le vouloir ; je n'ai rien à faire d'une recette
de stoïcisme, d'un antidote contre tous les désirs
frustrés. Gravement, l'automne et le crépuscule
montent à l'assaut de Montparnasse.

Son verre d'apéritif à la main, Angelo pérore
toujours abondamment, avec une totale insouciance. Ses cheveux gominés sont plaqués en
arrière, et son menton rasé de près est bleu
comme celui d'un pirate. Bien écartés de part et
d'autre de son petit nez camus, ses yeux noisette

sont fondants et tristes comme ceux d'un chien
de race. Son costume n'a pas mal survécu aux six
dernières semaines, de même que ses souliers à
dessus de toile, et il a toujours sa canne. C'est
l'une de ces cannes de bambou souple qui
conservent un air impérieusement neuf jusqu'au
moment où on les perd ou on les jette ; mais son
costume, à l'exception du fait qu'il n'a pas encore
dormi dedans, est l'exacte réplique de celui
qu'Elmer lui a fait jeter à Venise. C'est une
mosaïque de carreaux bruns et gris qui semble
couvrir Angelo d'une série continue de petites
explosions, et le priver de toute forme ; en outre,
il est piqué de boutons d'ambre en nombre suffisant pour constituer un costume pare-balles, à
condition que celles-ci ne soient pas tirées à bout
portant.

Tout en caressant de la main son verre d'apéritif de couleur pourpre, Angelo continue de
pérorer avec insouciance. Depuis qu'il a quitté
Venise, il ne s'est pas curé les ongles.

II

Elmer avait rencontré Myrtle à Houston, au
Texas, où il avait déjà un fils bâtard. La première
femme de sa vie n'avait été qu'un feu de paille :
les délices du jaillissement s'étaient vite dissipées
en fumée. Mais l'étoile, à ses yeux, c'était Myrtle,
que sa jeunesse et sa fortune rendaient arrogante, et qui restait inaccessible malgré ses
courbes roses et fondantes. Il préférait ne pas
savoir qu'avec le temps, ces hanches rondes à
rendre fou deviendraient épaisses, lourdes,
presque embarrassantes ; que ce nez droit était

un peu trop court ; que ces yeux d'un bleu ineffable étaient un rien trop candides ; et que ce front bas, pur et large était un peu trop bas et un peu trop large sous la masse resplendissante des cheveux couleur de miel.

Il l'avait rencontrée à l'occasion d'un bal, ou plutôt d'une cérémonie semi-officielle en l'honneur des soldats qui partaient. C'était en 1917. De la place qu'il occupait le long du mur et d'où il n'avait pas bougé de la soirée, il la regardait passer dans un scintillement de bottes neuves, d'éperons et d'épaulettes rutilantes fièrement arborées, que les saluts militaires n'avaient pas encore usées ; avec son dos blessé et sa queue-de-pie de location, il ne pouvait que rêver. Ancien combattant déjà, il était blessé et sans le sou, alors que le père de Myrtle était connu, même au Texas, pour ses puits de pétrole. Il avait fait la connaissance de la jeune fille un peu avant la fin de la soirée ; elle avait fixé sur lui ses grands yeux couleur de paradis et totalement vierges de pensée ; elle avait dit : « Vous habitez Houston ? » puis, de sa bouche entrouverte pour signifier l'intérêt, elle avait soufflé : « Vraiment. » Là-dessus, une manchette chamarrée l'avait enlevée. Il avait aussi fait la connaissance de Mrs. Monson, et il s'était très bien entendu avec elle : c'était une femme brusque au regard froid, qui semblait contempler Elmer, les danseurs, et même le monde qui s'étendait au-delà du Texas, avec une perspicacité pénétrante et sardonique.

Il ne l'avait pas revue. En 1921, cinq ans après que l'aventure guerrière d'Elmer se fut soldée par un échec, Mr. Monson avait découvert par hasard trois ou quatre puits de pétrole supplémentaires, et Mrs. Monson accompagna Myrtle en Europe

afin de parachever son éducation, puisque deux
années à l'université de Virginie et une à l'université d'État du Texas n'y avaient pas suffi.

Myrtle traversa donc l'Atlantique, abandonnant Elmer au souvenir de la robe couleur citron,
des lèvres rouges et humides entrouvertes pour
signifier l'intérêt, et, sous le miel pur des cheveux,
des grands yeux ineffables qu'il avait découverts
quand enfin il lui avait été présenté. Car soudain,
avec une sorte d'horreur, il avait entendu une
voix parler par sa propre bouche : « Voulez-vous
m'épouser ? » et il voyait encore, avec une stupeur horrifiée, les grands yeux s'écarquiller en le
fixant — car il préférait ne pas croire qu'une
femme pût s'offenser qu'on lui demandât son
corps. « Je suis sérieux », dit-il, et puis la manche
chamarrée l'entraîna. Je suis sérieux ! s'écriait-il
silencieusement en lui-même tandis que, dans sa
robe couleur citron, le corps aux jambes courtes
qui laissait présager un empâtement imminent
s'éloignait, escorté de bottes et de ceinturons
étincelants, aux accents d'une musique déjà
devenue martiale et que son dos l'empêchait de
suivre. *Je le suis encore ! s'écrie-t-il silencieusement, serrant sa bière au milieu des soucoupes
empilées de Montparnasse. Il a vu dans le* Herald
*que Mrs. Monson et Myrtle sont à Paris ; il ne se
demande pas ce qu'est devenu Mr. Monson depuis
tant d'années, oubliant qu'il le sait toujours en
Amérique, et qu'il y est toujours plus occupé par
ses puits de pétrole et par une certaine Gloria
qui chante et qui danse dans un cabaret de La
Nouvelle-Orléans, vêtue en tout et pour tout d'une
robe de soie foncée qui, tirée sur ses cuisses
accueillantes et moulant ses fesses vulgaires, prête
à ses lourdes jambes blanches un air incroyable-*

ment inoffensif, comme un émincé de bœuf. Peut-être, pense-t-il dans un élan de triomphe exultant et presque insupportable, m'ont-elles vu, elles aussi, dans le journal — peut-être même un journal français : Le millionair americain Odge, qui arrive d'être peinteur, parce-qu'il croit seulment en France faut-il L'ame d'artiste rever et travailler tranquil ; en Amerique tout gagne seulment[1].

III

À Johnson City, dans le Tennessee, alors qu'il avait cinq ans, un incendie avait détruit la maison où sa famille s'était temporairement installée. « T'as même pas eu le temps de nous faire déménager une fois de plus », avait dit son père à sa mère avec un humour sardonique. Et Elmer, qui n'avait jamais pu supporter qu'on le vît nu, et dont la modestie était outragée même par la présence de ses frères, avait été brutalement arraché au sommeil et emporté tout nu, à travers les âcres crépitements, jusque dans un univers écarlate et furieux où, paradoxalement, la température avoisinait zéro ; et là, tout un côté de lui recroquevillé par le froid mordant, il avait passé son temps à essayer de soustraire alternativement un pied, puis l'autre, à l'emprise du sol glacé, les oreilles pleines du rugissement des flammes et de hurlements dénués de sens, et les narines de l'odeur du feu et des gens qu'il ne connaissait pas, tout en s'agrippant à l'une des jambes grêles de sa mère. Il se souvient encore

---

1. Les quatre dernières lignes sont, dans cette orthographe, en français dans le texte. (*N.d.T.*)

du visage de celle-ci, au-dessus de lui, sur le fond d'une gerbe d'étincelles semblable à un voile follement agité ; et il se souvient de s'être posé la question : Est-ce bien celui de ma mère, ce visage dur et amer ? Où était l'être plein d'amour et de sollicitude qu'il avait connu ? Et son père, avec ses mollets maigres, sautant d'une jambe sur l'autre pour tenter d'enfiler son pantalon, il se souvient que sous sa chemise de nuit, les poils de ses jambes velues eux-mêmes semblaient avoir pris feu. Plantés côte à côte près de lui, ses deux frères glapissaient et versaient des larmes qui roulaient de leurs orbites hâves et creusaient des sillons sur leurs joues sales avant de tomber comme des bulles, tandis que leur bouche bée s'emplissait de jappements incarnats. Seule Jo ne pleurait pas — Jo avec qui il couchait et avec qui il n'avait pas peur d'être nu. Elle seule était immobile, droite et farouche, fixant le feu d'un regard noir et famélique. Elle rendait ses frères ridicules du fait même de sa laideur, agressive et arrogante.

Mais, dans son souvenir, elle n'était pas laide cette nuit-là : la lueur écarlate lui conférait une beauté amère comme celle d'une salamandre. Il aurait bien été vers elle, mais sa mère le retenait fermement contre sa jambe, l'unissant à elle avec le pli de sa robe de chambre, dont elle couvrait sa nudité. Il resta donc collé à sa jambe grêle, observant tranquillement les volontaires qui criaient dans la maison et qui, du haut d'une fenêtre de l'étage, précipitaient sur le trottoir de brique les maigres objets qu'ils traînaient depuis tant d'années à la surface du sous-continent nord-américain : la chaise basse dans laquelle sa mère se balançait farouchement alors qu'il était agenouillé devant elle, la tête enfouie dans son giron ; la boîte métallique où le mot Pain figurait en lettres d'or décollées et racornies, dans laquelle il conservait toujours une aile d'oiseau séchée et maintenant presque anonyme ; un panier sculpté dans un noyau de pêche ; un portrait écorné de Jeanne d'Arc auquel il avait ajouté, en s'appliquant, en tirant la langue, une moustache indigo et une impériale (les Anglais avaient fait d'elle une martyre, les Français une sainte, et on attendait Hodge, l'artiste, pour faire d'elle un homme) ; et une collection de bouts de cigare en divers états de conservation.

Non, elle n'était pas laide cette nuit-là. Puis, entre deux de ces déménagements qu'ils ne comptaient plus depuis longtemps, elle avait disparu ; à part lui, le petit, tous les enfants s'étaient envolés ; depuis, il l'avait revue en une seule occasion, mais, chaque fois qu'il pensait à elle, c'était pour la revoir dans cette position aussi droite que celle d'un jeune arbre grêle et disgracieux, flairant le bruit même que faisait ce cauchemar, ce charivari, par ses narines dilatées, frémissantes comme celles d'une fière jument.

C'est à Jonesboro, dans l'Arkansas, que Jo les quitta. Auparavant, les deux frères avaient refusé le double gambit de leurs parents : la pure inactivité du père et l'énergie sourcilleuse de la mère. Le second fils, un triste rustre à la face couverte de boutons, les avait abandonnés à Paris, dans le Tennessee, pour aller travailler dans une écurie de louage dont le propriétaire était un homme au visage lourd et cruel où trônait un nez d'alcoolique et qui arborait une chaîne de montre de plus d'une livre ; et, à Memphis, l'aîné, un frêle et taciturne jeune homme qui avait les traits de sa mère mais qui n'en avait pas l'irrépressible frustration, était parti pour Saint Louis. Jo, elle, les quitta à Jonesboro — et bientôt Elmer, sa mère et son père eurent déménagé une nouvelle fois.

Mais, auparavant, il était arrivé par le courrier, sans nom d'expéditeur (« C'est Jo », dit sa mère. « Je le sais », dit Elmer), une boîte de peinture : des couleurs à l'eau, bon marché, accompagnées d'un invraisemblable pinceau dont les poils émergeaient fièrement du collier de celluloïd où le manche de bois ne resterait jamais solidement fixé. Quant aux couleurs elles-mêmes, elles n'étaient pas seulement tout aussi invraisem- blables, elles étaient dotées d'une permanence qu'aucun élément ne paraissait devoir compro- mettre — sauf le bleu. Celui-ci compensait tout le reste : il semblait doué d'une énergie dyna- mique que la seule présence de l'eau libérait comme la présence du printemps dans la terre libère la semence qui y est cachée. Sensuel, pro- vocant, il était aussi virulent qu'une petite vérole, et il s'étalait sur tout ce qu'il touchait avec l'ubi- quité fébrile d'un fléau déchaîné.

Elmer n'en apprit pas moins à le maîtriser, et, son corps dégingandé vautré à même le sol, il pei- gnit, sur du papier d'emballage quand il en trou- vait ou sur des journaux dans le cas contraire, des personnages, des maisons et des locomotives bleus. Mais, après deux nouveaux déménage- ments, le bleu fut épuisé : le godet de bois vide le contemplait au milieu des autres godets vernis, qui avaient tous pris la même teinte fauve : on aurait dit l'œil mort d'un maquereau fixé sur lui dans un reproche bleuâtre.

Bientôt ce furent les vacances, et, une fois de

plus, Elmer, qui, à quatorze ans, était encore en
sixième, ne fut pas admis dans la classe supérieure. Pourtant, contrairement à ses frères et
sœur, il aimait aller à l'école. Il n'y cherchait pas
la sagesse, pas même la connaissance : il aimait
seulement aller à l'école. Il n'avait aucun appétit
pour les livres mais, comme il fallait s'y attendre,
il s'était pris d'une belle passion asexuée pour son
institutrice. Cette année, pourtant, sa constance
avait été distraite par un garçon, un jeune animal
qui lui paraissait aussi beau qu'un dieu — et
aussi cruel. Pendant toute l'année scolaire, il
avait adoré le garçon à distance, lui vouant un
culte aveugle et impérissable auquel le garçon
mit lui-même un terme en abordant soudain
Elmer pendant une récréation et en le projetant
brutalement à terre d'un croc-en-jambe — sans
la moindre raison, du moins à la connaissance de
l'un ou de l'autre. Ce sur quoi Elmer se releva
sans rancœur, alla baigner son coude écorché,
et, quoique ainsi remis en liberté affective,
s'empressa de fuir cette liberté comme une malédiction ; cette fois, il transféra sur l'institutrice le
besoin qu'il éprouvait d'un attachement docile.

L'institutrice avait un visage épais et gris
comme une lourde pâte, et il émanait d'elle cette
odeur caractéristique de la chair des vieilles
filles. Elle habitait une petite maison de bois où
régnait la même odeur, et derrière laquelle se
trouvait un petit jardin où nulle fleur ne prospé-
rait, pas même les robustes zinnias couleur
d'octobre. L'après-midi, quand l'école était finie
et qu'elle restait avec les élèves qui n'avaient pas
eu la moyenne à leurs devoirs du jour, Elmer
l'attendait pour l'accompagner chez elle. En effet,
elle lui destinait tout le papier d'emballage qu'elle

mettait de côté pour lui. Et bientôt, la ville
entière trouva sujet de commentaire et de spécu-
lation dans le couple que formaient la vieille fille
grise et mal fagotée et le grand garçon blond et
maladroit dont le corps était presque un corps
d'homme. Elmer ne savait pas cela, et peut-être
elle non plus ; pourtant, un jour, elle cessa brusquement de rentrer chez elle en empruntant les
rues principales : deux jours de suite, toujours
flanquée d'Elmer, elle prit les raccourcis ; puis
elle lui demanda de ne plus l'attendre à la sortie
de l'école. Il fut surpris, sans plus. Il rentra chez
lui pour peindre allongé à même le sol. Au bout
d'une semaine, il eut épuisé sa provision de
papier d'emballage. Le lendemain matin il passa
chez l'institutrice, comme il en avait l'habitude.
La porte était fermée. Il alla frapper, mais en
vain. Il attendit encore, puis il entendit sonner la
cloche de l'école à quelques rues de là : il dut se
mettre à courir. Il ne vit pas l'institutrice sortir
de chez elle dès qu'il fut hors de vue et se hâter,
elle aussi, en empruntant une rue parallèle, avec
son visage épais comme une pâte et ses yeux de
myope derrière ses lunettes, vers la cloche qui
sonnait encore. Puis le printemps était venu. Un
jour, comme les élèves sortaient en rang de la
classe, elle l'arrêta pour lui dire de venir chez elle
après le dîner : elle avait du papier à lui donner.
Il avait oublié depuis longtemps à quel point sa
vie intérieure, ajourée, un peu balourde et
blonde, avait été marquée et rythmée par le plaisir tout simple qu'il prenait à la raccompagner
chez elle l'après-midi et à aller la chercher le
matin pour l'accompagner à l'école, jusqu'à ce
qu'elle mette un terme à cette habitude ; et, ayant
oublié, il avait pardonné, avec la capacité qu'ont

les chiens à pardonner et, tout aussi facilement,
à oublier. Il la regarda sans voir ses yeux et sans
avoir accès à ce qui l'animait. « Oui, madame »,
dit-il.

La nuit tombait quand il arriva chez elle et
frappa à la porte ; à la verticale des érables que
les premiers froids teintaient de rouge, les étoiles
scintillaient et, quelque part dans la haute obscurité, retentit le cri solitaire des oies qui
gagnaient le nord. Elle ouvrit la porte, lui sem-
bla-t-il, avant même qu'il eût fini de frapper.
« Entre », lui dit-elle en le menant vers une pièce
éclairée où il resta, casquette à la main, à balancer d'un pied sur l'autre son corps trop grand ;
derrière lui, sur le mur, énorme, était projetée
son ombre. Elle lui prit sa casquette et la posa sur
une table où avaient été placés un napperon en
papier à frange et un plateau portant une théière
et quelques restes. « Le soir, je mange ici, dit-elle.
Assieds-toi, Elmer.

— Bien, madame », fit-il. Elle portait encore le
chemisier blanc et la jupe sombre dans lesquels
il la voyait toujours et dans lesquels il croyait
peut-être même qu'elle dormait. Il s'assit précautionneusement sur le bord d'une chaise.

« C'est le printemps, cette nuit, dit-elle. L'as-tu
senti ? » Il la vit écarter le plateau et ramasser
une croûte qui était restée cachée dans l'ombre
du plateau.

« Oui, madame, dit-il. J'ai entendu des oies
passer. » Il commençait à transpirer ; la pièce
était tiède et sentait le renfermé.

« Oui, ce sera bientôt le printemps », dit-elle.
Il ne voyait toujours pas ses yeux, car maintenant
elle paraissait regarder la main qui tenait la
croûte. Au milieu de l'arène de lumière impi-

toyable qui tombait de l'abat-jour, la main se
contractait et se dilatait comme un poumon
désincarné ; bientôt, Elmer vit des miettes apparaître entre les doigts. « Et un an de plus aura
passé. Tu seras content ?

— Pardon ? » dit-il. Il avait chaud, il était mal
à l'aise ; il pensa à la nuit claire qui régnait
dehors, et aux cris qui retentissaient dans le ciel.
Brusquement, elle se leva ; elle jeta presque violemment sur le plateau la boule de pain maintenant informe.

« Mais tu veux ton papier, je suppose ? dit-elle.

— Oui, madame », dit Elmer. *Maintenant je
serai bientôt sorti*, se dit-il. Il se leva, lui aussi, et
leurs regards se croisèrent. C'est alors qu'il vit ses
yeux et les murs semblèrent lui tomber lentement dessus, en précipitant sur lui un air brûlant
et fétide. Il était en nage. Il passa sa main sur son
front. Mais il était encore rivé sur place. Elle fit
un pas vers lui : maintenant, il voyait bien ses
yeux.

« Elmer », dit-elle. Elle fit un autre pas. Elle
souriait à pleines dents : on eût dit que son visage
épais avait été tordu et immobilisé en cette gri-
mace pénible et tragique, et le regard d'Elmer
toujours immobile parut remonter péniblement
de la contemplation de la jupe noire informe vers
celle du chemisier blanc orné à la gorge d'une
broche en faux lapis-lazuli, et enfin de ses yeux
mêmes. Il eut, lui aussi, un sourire forcé, et ils
restèrent là, plantés face à face, inondant la pièce
de leurs sourires à dents découvertes. Puis elle
mit la main sur lui. Alors il prit la fuite. Une fois
sorti il courut encore, les oreilles encore pleines
du fracas de la table renversée. Il courait, emplis-

sant son corps de grandes gorgées d'air, tandis
que sa sueur s'évaporait.

*Toi et ton petit blanc de fille : Montparnasse et
Raspail baignés de mouvement comme de
musique : perpétuelles et subtiles fugues de cuisses
sous la lune croissante de la mort :*

Elmer, quinze ans, à la main une tasse de thé
sans anse, descend un escalier, traverse une
pelouse rare, passe un portail ; traverse une rue,
puis une pelouse fournie, monte un escalier entre
des massifs de fleurs, frappe à la porte grillagée
avec politesse mais sans hésitation.
Son nom est Velma : seize ans, bien en chair
et toute en courbes rose tendre, chez elle, seule.
Elmer entre avec sa tasse de thé ; il traverse un
espace de pénombre silencieuse entre des reflets
de simili-acajou ; un picotement lui signale la
présence quelque part de courbes rose tendre ; il
pressent délicieusement le mouvement d'un four-
reau de hanches ; il gagne l'office. Il aide à descendre le sucrier placé haut dans une cuvette
pleine d'eau contre les fourmis, mais dans la
pluie blanche du sucre il ne voit que de petites
dents blanches sur lesquelles les lèvres tendres
pleines et rouges ne sont jamais complètement
closes ; un corps potelé gonflant des vêtements
coûteux et souillés ; un cagibi odorant dans la
demi-obscurité. Jeux de mains sucrées dans la
demi-obscurité chuintante effleurées saisies puis
dérobées pas perdues dérobées ; formes rondes
et gonflées évoquant le lapin sous la soie souillée
tendrement tendue, pluie chuintante et incessante de sucre versé maintenant sur le sol chuintant : jeu.

Blancheur et bruissement de la chute du sucre dans l'abîme émaillé de la tasse débordante ; un petit cri et la voilà qui s'enfuit, Elmer pesamment lancé à sa poursuite, dans sa gorge un goût de sel tiède, épais. Il atteint la porte de la cuisine, elle a disparu, mais jetant dehors un regard vide étonné il surprend dans un éclair une jupe aussitôt disparue et d'un trait il traverse la cour et pénètre dans la haute caverne odorante de la grange.

Elle n'est pas en vue. Elmer reste décontenancé, refroidi, au milieu de la surface de terre battue saturée de bouse, déconcerté, dans le doute, refroidi par la perspective d'avoir irrémédiablement perdu ce qu'il n'a jamais gagné, et il pense : *Elle n'a donc jamais voulu. J'imagine qu'elle se moque de moi maintenant. Il ne me reste plus qu'à ramasser tout le sucre répandu avant le retour de Mrs. Merridew.* Au moment où il se tourne vers la porte, un petit bruit venu d'en haut l'immobilise. Un instant, son cœur défaille sous la montée du triomphe et de la frayeur. Puis il retrouve sa mobilité et se dirige vers l'échelle verticale qui mène au grenier.

Odeur âcre de cuir imprégné de sueur et d'ammoniaque, odeur animale et de poussière sèche, pénétrante ; odeur de silence et de solitude, de triomphe, de frayeur, de changement. Il grimpe à l'échelle grossière, à la bouche de nouveau ce goût de sel épais et tiède, le cœur battant la chamade ; il sent le poids de son corps osciller d'une épaule à l'autre alors qu'il monte, puis il voit, formant un treillis où tourbillonnent des grains de poussière dorée, les rayons jaunes du soleil emprisonné. Il gravit le dernier échelon et la trouve, à bout de souffle et apeurée, dans le foin.

En proie à la puberté — ce malaise obscur et suave comparable à une musique oubliée, un parfum ou un objet remémoré quoique jamais respiré ni perçu, ce mélange de terreur et de désir — il se mit en devoir de dessiner des gens. Ce n'étaient plus des lignes jouissant de la liberté absolue de prendre tel ou tel sens, mais des hommes et des femmes qu'il essayait de dessiner en conformité avec une forme vague qu'il avait maintenant dans la tête, et auxquels il essayait de conférer ce qu'il croyait être splendeur et vitesse. Plus tard, la forme se précisa, se fit concrète et vivante : c'était une fille à jamais vierge des atteintes du temps et du sort ; elle était brune, petite, et fière ; arrogante, elle lui jetait des os comme à un chien, ou des piécettes — comme s'il n'avait été qu'un mendiant lépreux au pied d'un portail empoussiéré.

IV

Quand il partit pour la guerre, il laissa ses parents à Houston. Mais quand il revint, la maison avait changé de locataire — comme d'habitude. Il alla voir l'agent immobilier, qui était un homme encore jeune, chauve, vif et affairé. Un temps, l'agent troublé par l'abîme qui les sépare fixa du regard la canne jaune de blessé de guerre, tournant et retournant visiblement le nom de Hodge dans sa tête. Puis il sonna, et une jolie juive accorte nimbée d'un parfum d'eau de toilette et non de savon fit son entrée et dénicha la lettre qu'ils avaient laissée à son intention.

L'agent offrit à Elmer une cigarette et lui expliqua que, du fait de la guerre, il n'avait plus le loisir de fumer des cigares. Notre Guerre, disait-il. Il parla brièvement de l'Europe, posant à Elmer quelques questions du genre de celle qu'un marchand de vêtements pourrait poser à un missionnaire de retour d'Afrique, y répondant lui-même et, en retour, gratifiant Elmer de quelques faits : à savoir, que la guerre était une mauvaise affaire, et qu'il était copropriétaire d'un terrain près de Fort Worth où le gouvernement de Sa Majesté avait installé un camp d'entraînement à l'usage des aviateurs. Enfin, Elmer put lire sa lettre et partir en quête de ses parents.

Son père avait toujours aimé Houston, mais sa mère, naturellement, avait tenu à déménager ; et, assis dans le wagon de voyageurs fleurant la cacahuète et les couches mouillées, caressant le bec de sa canne jaune au vernis depuis longtemps usé, il se remémora le personnage de Job qu'était son père avec une compassion nuancée d'un sentiment inavoué et quelque peu coupable de soulagement : lui, au moins, il ne se laisserait pas traîner à la surface de la terre au hasard des caprices de sa mère. Bénéficiant de la perspective offerte par l'absence, par ce qu'on pourrait presque appeler le sevrage, il se demandait maintenant quand elle se déciderait à abandonner ; et, comme pour compenser la culpabilité secrète qu'il avait récemment éprouvée, cette question était à son tour tempérée par un brusque et farouche élan de tendresse pour l'âpre et invincible optimisme de sa mère. Car il était décidé à retourner vivre à Houston maintenant que ses parents n'avaient plus besoin de lui et qu'en conséquence il n'y avait plus personne pour attendre qu'il fît ceci ou cela. Il allait s'installer à Houston pour peindre.

C'est son père qu'il vit d'abord, assis sur la petite galerie, et déjà il savait exactement à quoi ressemblerait la maison. Son père n'avait pas changé : il était toujours statique, affable et résigné ; son visage de chérubin madré et sa toison vigoureuse et hirsute n'avaient pas plus vieilli que d'habitude. Elmer n'en discerna pas moins quelque chose d'autre, quelque chose que son père avait acquis pendant son absence : une manière de jovialité qui, pour rester discrète, n'en trahissait pas moins la satisfaction. Et puis (ayant à son tour pris place sur la galerie où son père n'avait pas bougé, et assis dans un fauteuil jaune verni du genre de ceux qu'on peut acheter n'importe où pour un ou deux dollars), sans éprouver la moindre émotion, il avait entendu la voix joviale de son père lui dire que sa mère, cette femme invincible et passionnée, était morte. Tandis que son père énumérait les détails élogieux en y prenant un plaisir presque gourmand, il découvrait la maison de bois peinte en brun, placée au milieu d'une petite cour poussiéreuse sans herbe ni arbre, et il se souvenait de toute une série de maisons tout à fait semblables qui s'étirait derrière lui, telle une rue sans fin, jusqu'à cette époque où il s'éveillait dans l'obscurité à côté de Jo, la petite main dure et farouche de sa sœur lui caressant les cheveux et sa voix moins farouche lui murmurant dans la nuit : « Elly, quand tu veux faire quelque chose, ne laisse personne t'en empêcher, tu m'entends ? » et, plus loin même, jusqu'à l'époque dont, quoiqu'il l'eût connue, il n'avait plus aucun souvenir. Assis dans son fauteuil de bois jaune verni et caressant le bec de sa canne jaune vernie, il laissait son père parler sans fin dans le crépuscule qui, ayant traversé sans obstacle une distance de deux cents milles, envahissait la maison où la présence infatigable de sa mère s'attardait encore comme une odeur, comme si elle n'avait pas eu le temps de mourir ni même de dormir.

Il préféra ne pas accepter l'invitation à dîner de son père, qui lui expliqua comment trouver le cimetière d'une façon qui, selon Elmer, exprimait le soulagement. « Je me débrouillerai très bien, dit-il.

— Oui, reprit son père cordialement, tu te débrouilleras très bien. Ça fait toujours plaisir de rendre service aux militaires. De toute façon, c'est pas un endroit pour les jeunes, ici. Si j'avais encore ton âge... » S'évanouit le rêve d'un monde fécond, plein de patience prometteuse en attendant d'être conquis, et Elmer se leva en pensant à sa mère, qui se refusait toujours à croire que sa progéniture pouvait se débrouiller au-delà du rayon de sa sollicitude sourcilleuse. Oh, je me débrouillerai bien, répéta-t-il, cette fois à l'adresse de l'impalpable émanation qui hantait encore la maison devant laquelle elle avait fini par s'avouer vaincue, et il lui sembla l'entendre rétorquer aussitôt, avec une sorte de jubilation : C'était bien l'avis de ta sœur, oubliant qu'ils n'avaient plus jamais entendu parler de Jo et que, pour autant qu'ils le savaient, elle pouvait fort bien être devenue Gloria Swanson ou la femme de J.P. Morgan.

Il ne souffla pas mot de Myrtle à son père. Celui-ci n'aurait fait aucun commentaire, mais la pétulance qui était le secret de l'énergie de sa mère aurait sûrement tranché : Myrtle n'avait

rien d'un parti pour lui. Peut-être le sait-elle, là
où elle est, pensa-t-il tranquillement, appuyé sur
sa canne au pied de la tombe qui semblait elle
aussi participer de l'instabilité nerveuse et infatigable de la défunte, tout comme les vêtements
finissent par se faire à la mesure de leur propriétaire. À la tête de la tombe était une petite stèle
de pierre compacte, visiblement du marbre, surmontée d'une tourterelle dodue en pierre grandeur nature. Au-dessus, par-delà la colline
intacte, s'étendait un infini crépuscule où étaient
piquées d'immenses étoiles aussi impersonnelles
que la folie, dans l'univers desquelles Adam
et Ève, morts depuis les temps immémoriaux de
la Genèse, cherchaient peut-être encore le paradis qu'on leur avait fait miroiter.

Elmer ferma les yeux et connut le goût du chagrin, du deuil et de la solitude sentimentale où
l'on se trouve lorsqu'on prend conscience du
temps. Pas pour longtemps : déjà, sur le fond de
ses paupières, il voyait le corps élancé de Myrtle
dans sa robe couleur citron, ses lèvres humides,
rouges et entouvertes, et ses yeux ineffablement
grands sous le miel somptueux de ses cheveux,
et il pensa qu'il lui fallait de l'argent. De l'argent.
De l'argent. *Il n'empêche, maintenant, je sais
peindre*, pensa-t-il en fichant sa canne dans la
terre meuble et muette. *Un nom. Peut-être la
gloire. Hodge le peintre.*

V

Angelo fait partie de cette grande masse anonyme, de cette classe vigoureuse mais encore
dominée, refoulée même, de jeunes gens qui, dit-

on, ont été rendus malades par la guerre. Mais Angelo n'a pas été rendu malade par la guerre. En temps de guerre, il a pu accomplir des actes qui, en temps de paix, auraient été rendus impossibles par la police, le gouvernement et tous ceux qui, du seul fait de la naissance ou du rang, auraient été en mesure de prévaloir contre lui. Bien entendu, la guerre est détestable, mais la circulation aussi, tout comme le fait que le vin n'est pas gratuit et celui que si toutes les femmes avec qui un homme peut s'imaginer au lit devaient y consentir, les quelque soixante-dix ans qui nous sont alloués n'y suffiraient pas. Quant à être blessé, il n'est pas un Autrichien ni un Turc ni même un carabinier qui tirerait sur lui, surtout pas pour la revendication d'un territoire qu'il n'a jamais vu et ne souhaite pas voir. Si c'était pour une femme... Il contemple le flot apparemment incessant de femmes et de jeunes filles avec un plaisir silencieux et enfantin, exprimant le contentement et l'approbation en aspirant de petites bouffées d'air entre ses lèvres pincées. En face de lui est attablé son protecteur et compagnon, l'incompréhensible Américain qui se délecte d'une boisson qu'Angelo, quant à lui, comparerait volontiers au liquide qu'on pompe dans les entrailles d'un navire. Depuis deux mois, Angelo le regarde vivre, évoluer et respirer dans une espèce d'univers statique, enfantin, furieux et méditatif, sans aucun rapport avec les faits et la chair, et, un moment, à son insu, il le regarde avec une perplexité qui confine au mépris. Mais bientôt, il recommence à émettre ses petits bruits d'approbation et de plaisir, tandis que l'automne qui envahit Montparnasse s'infiltre dans la circulation des boulevards Montparnasse et Raspail et

vient taquiner les seins et les cuisses des jeunes
filles qui passent comme une musique dans le
crépuscule lavande et chatoyant, entre de vieux
murs et sous un ciel semblable à un patient anes-
thésié expirant après une opération.

À Houston, Elmer a un petit bâtard. Les choses
n'ont pas traîné. Il avait dix-huit ans, il était
grand, blond et gauche, avec des cheveux bouclés. Ils allaient au cinéma, disons deux fois par
semaine, car (son nom est Ethel) elle avait beaucoup de succès auprès de plusieurs amis dont elle
lui parlait. Il avait donc accepté ce rôle secon-
daire avant même qu'on ne le lui offrît, comme
si c'était la place qu'il désirait et qui consistait à
lui tenir la main dans l'obscurité tiède et chucho-
tante tandis qu'elle lui disait auquel des hommes
qu'elle connaissait ressemblait l'acteur qu'on
voyait sur l'écran. « Tu n'es pas comme les autres,
lui disait-elle ; avec toi, je n'ai pas besoin d'être
toujours... » — vêtue de ce satin noir miteux
qu'elle affectionnait, et le contemplant avec, dans
son regard, quelque chose d'immobile, de spécu-
latif et de complètement dérobé. « C'est parce
que tu es tellement plus jeune que moi, vois-tu :
presque deux ans. Comme un frère. Tu vois ce
que je veux dire ?

— Oui », dit Elmer, baignant immobile dans
l'intimité secrète de leurs mains nouées et transpirant légèrement. Il aimait cela. Il aimait rester
assis dans l'obscurité discrète, à regarder l'inéluctable ballet des comportements humains tels que
l'avaient réglé des expatriés de Brooklyn devenus
fabricants de boutons et de pantalons, projetant
Ethel dans chaque baiser, chaque étreinte en celluloïd, sans savoir qu'elle en faisait autant,

quoiqu'il pût sentir sa main se détendre et s'épa-
nouir comme un baromètre dans la sienne. Il
aimait aussi l'embrasser, lors de ce qu'il
croyait être des moments volés entre l'ascension
des marches de la galerie et l'ouverture de la
porte, et de nouveau lorsque à l'étage les bruits
avaient cessé et que la lampe allumée sur la table
commençait à la rendre nerveuse.

Puis ils allèrent voir quatre films de suite, et le
cinquième soir ils restèrent chez elle : sa famille
était de sortie, et elle n'aimait pas laisser la maison vide. Il voulut commencer tout de suite, mais
elle le fit s'asseoir à la table, en face d'elle, et elle
se mit à lui expliquer quel type d'homme elle
épouserait un jour, qu'elle se marierait uniquement
ment parce que ses parents y comptaient, et enfin
qu'elle ne se donnerait jamais à un homme hormis — par devoir — au mari qu'ils choisiraient
pour elle et qui ne manquerait pas d'être vieux et
riche ; comme ça, elle ne perdrait jamais l'amour,
parce qu'elle ne l'aurait jamais connu. Elle ajouta
qu'Elmer était la sorte d'homme qu'elle, qui
n'avait pas de frère, avait toujours voulu
connaître, parce qu'elle pouvait lui dire des
choses qu'elle n'avait jamais pu discuter avec sa
mère.

C'est ainsi que pendant les semaines qui suivirent, Elmer vécut dans un milieu saturé de
jeune chair féminine ardente et humide apparemment insatiable (la façon dont elle s'offrait à
lui avec ferveur fit penser Elmer, qui découvrait
le détachement visuel propre à l'homme qui subit
un anéantissement temporaire ou permanent, à
un ballon mal gonflé dans lequel un doigt aurait
été enfoncé), encore qu'au début rien ne se soit
passé. Mais bientôt ce fut le contraire. « C'est

trop », lui dit-elle, le tenant à bout de bras, les mains nouées derrière sa nuque, et l'enveloppant d'un regard plein d'une sombre et ardente dissimulation.

« Eh bien, marions-nous », dit Elmer sortant de la transe où le plongeait l'enveloppement subreptice de seins et de cuisses.

« Oui », dit-elle. Sa voix était détachée, impassible, presque résignée ; Elmer pensa : *Elle ne me regarde même pas.*

« Je vais épouser Gover. » C'était la première fois qu'il entendait parler de Gover.

Je ne prends pas la fuite, se disait Elmer, assis dans l'obscurité du wagon de marchandises dont les chariots sans ressorts cognaient et claquaient sous lui. C'est parce que jamais je n'aurais cru que ça pourrait m'affecter à ce point. Il avait pris le train du Nord, parce qu'il pourrait aller plus loin dans le Nord que dans le Sud. Il y avait aussi, en lui, quelque chose qui dépassait même la surprise et la peine, et à quoi il refusait de donner le nom de soulagement ; ce qu'il se disait, c'était : Peut-être dans le Nord, où les choses sont différentes, pourrais-je me mettre à peindre. Peut-être, en peignant, oublierai-je que je n'avais pas idée que ça pourrait m'affecter à ce point. Et puis peut-être avait-il tardivement atteint le stade où sa sœur et ses frères étaient l'un après l'autre sortis du cercle infernal de la mobilité forcée où leur mère les avait enfermés comme des toupies dans leur ficelle.

L'Oklahoma le reçut ; il travailla dans les champs de blé du Missouri ; pendant deux jours, il mendia son pain à Kansas City. À Noël il était à Chicago, où il passa des journées à dormir debout devant des tableaux dans les galeries à

entrée libre ; et les nuits passées dans les gares
jusqu'à ce que les employés les réveillent tous et
que ceux qui n'avaient pas de billet s'en aillent
par les rues amères et fouettées par le vent,
jusque dans une autre gare, et ainsi de suite. De
temps en temps, il mangeait.

En janvier, il se trouva dans un camp de bûcherons du Michigan. Malgré son grand corps, il travaillait dans les cambuses vociférantes et saturées de vapeur, invariablement plongées dans
une odeur soporifique de nourriture et de laine
humide, à récurer le ventre des bassines d'alumi-
nium qui, dans l'atmosphère assoupie et monotone des longues matinées, lui rappelaient le petit
godet de bois vidé de son bleu dans la boîte à
peinture de son enfance.

La nuit, il disposait de tout le papier d'emballage qu'il voulait. Il commença par utiliser du
charbon de bois, puis il découvrit une boîte de
lessive bleue. Avec la lessive, le marc de café et
un flacon d'encre rouge appartenant au cuisinier,
il commença à peindre. Bientôt les chauffeurs,
les bûcherons et les scieurs eurent découvert qu'il
savait faire un portrait. L'un après l'autre, il les
dessina tous, sur commande, chacun lui disant
quels vêtements il désirait porter pour son portrait (complet, costume à carreaux de champ de
course ou vareuse), puis se prêtant patiemment
à la pose, et se lançant dans de grands débats
esthétiques à coups de jurons gravement pro-
férés.

Quand février arriva, il avait grandi de cinq
centimètres et il avait pris du poids : son corps
était maintenant le corps de cheval de course des
garçons de dix-neuf ans ; assis dans le bain de
vapeur du dortoir, les hommes parlaient de lui

avec tout le détachement d'un chirurgien ou d'un turfiste. On approchait de l'époque où les muscles rigides de la couche de neige allaient se détendre peu à peu, comme à regret. Lourdement, silencieusement, des paquets de neige glissaient des branches des sapins et des épicéas, et celles-ci se redressaient brusquement, libérées de l'obscure servitude de la neige ; bientôt, dans le haut ciel bleu, les cris des oies planeraient comme des feuilles d'automne, sauvages, irréels et tristes. Le soir, autour du poêle du dortoir, au cours des conversations à sujet sexuel qui se faisaient de plus en plus fréquentes, on évaluait les aptitudes physiques d'Elmer dans ses relations avec les femmes. Un soir, poussé par le vague désir de s'imposer à leurs yeux et de mettre un terme à son noviciat en la matière, il leur parla de son aventure avec Ethel à Houston. Ils écoutèrent, tout en crachant gravement sur le poêle orange qui sifflait. Quand il eut fini, ils échangèrent des regards pleins de tolérance blasée. Puis l'un d'entre eux lui dit gentiment : « T'en fais pas, petit. C'est moins facile qu'on le croit de s'en faire une. »

Mars arriva. Le train de grume flottait sur la rivière, et, dans la cabane, attablés à leur dernier repas, ils se regardèrent tranquillement les uns les autres, eux qui ne se reverraient peut-être jamais, tandis qu'Elmer et le cuisinier s'empressaient dans l'espace compris entre le poêle et la table. Le cuisinier était le supérieur immédiat d'Elmer, et le tsar du camp. Il rappelait quelqu'un à Elmer, qui était à la fois son protégé et son souffre-douleur ; il le maudissait avec tant d'impitoyable gentillesse qu'Elmer finit par le craindre avec une sorte de fascination, lui abandonnant toute sa liberté d'action, sans joie, avec résignation. Il était mince et colérique : quand les hommes arrivaient à table en retard, il piquait des rages quasi meurtrières. On le traitait sans égards mais avec précaution, en criant plus fort que lui quand il jurait, mais sans jamais faire mine de le toucher. Cela dit, la cuisine était bien tenue, la nourriture bonne, et il ravaudait les vêtements. Quand un homme était blessé, il le soignait en multipliant à l'excès les signes de sollicitude experte et empressée, tout en maudissant l'invalide ainsi que ses ancêtres et sa postérité pendant des générations.

Quand le repas fut terminé, le cuisinier demanda à Elmer ce qu'il avait l'intention de faire. Elmer n'y avait pas pensé ; il crut soudain qu'on lui rendait sa propre destinée, comme si on lui avait tendu un bébé inconnu dans la salle d'attente d'une gare. Le cuisinier donna un coup de pied furibond dans la porte du poêle : « Et si on allait la faire, cette putain de guerre ? »

Aucun doute, il rappelait quelqu'un à Elmer, surtout quand il vint le voir la veille du jour où le bataillon d'Elmer devait prendre le train pour Halifax. Il s'assit sur la couchette d'Elmer et se mit à maudire la guerre, le gouvernement canadien, le corps expéditionnaire canadien — corps d'armée, brigade, bataillon et escouade — lui-même et Elmer — passé, présent et avenir — parce qu'on l'avait fait caporal et cuisinier. « Alors, j'y vais pas, dit-il. Et je crois que j'irai jamais. Il va falloir que tu débrouilles tout seul. Tu peux t'en sortir. Te laisse pas bourrer le mou par les Canadiens français ou par ces salopards d'Anglais, nom de Dieu. Tu les vaux bien, même si t'as pas de galons sur les manches ou de ces

saloperies de glands de cuivre sur les épaulettes.
Tu les vaux bien, et tu vaux même dix fois mieux
que la plupart, l'oublie pas. Tiens, prends ça, et
le perds pas. » C'était une boîte à tabac. Elle
contenait des aiguilles de toutes tailles, du fil, une
paire de petits ciseaux, un rouleau de papier
adhésif et une douzaine de ces objets que les
Anglais appellent malicieusement *French letters*,
et les Français non moins malicieusement des
capotes anglaises. Puis, toujours en jurant, il
quitta Elmer, qui ne le revit jamais.

À terre, la vie militaire avait consisté à défiler
çà et là avec sa compagnie, à astiquer l'insigne de
sa casquette, ses boutons de tunique et son fusil,
et à ne pas oublier à qui on devait le salut. Mais
c'est à bord d'un navire de guerre, où l'espace
était restreint, qu'ils reçurent l'entraînement au
combat. Il fallait manier la grenade, et Elmer en
avait peur. Il avait fini par accepter le fusil : en le
pointant et en appuyant sur la détente, on obte-
nait des résultats immédiats — mais pas avec cet
engin, auquel on faisait quelque chose d'infime
et puis qu'on gardait dans la main en comptant
jusqu'à trois dans le silence de l'attente avant de
le jeter. Il s'était dit que le moment venu, il
n'attendrait pas une seconde pour jeter l'engin
après l'avoir dégoupillé, mais le sergent trapu,
aux yeux comme des billes de verre et à la poitrine décorée d'un ruban, leur apprit que les
Boches avaient l'habitude de ramasser les gre-
nades et de les renvoyer comme des balles de
base-ball.

« Et maint'nant, dit le sergent en parcourant
leurs visages graves de ses yeux morts, comptez
jusqu'à trois, et regardez bien. » Il fit quelque
chose d'infime à l'engin sous leurs regards pétri-

fiés par la fascination. Puis il repoussa la goupille et fit sauter la bombe légèrement dans sa main. « Comme ça. Vous voyez ? »

Vint le moment où quelqu'un poussa Elmer du coude. Il cessa d'avaler sa salive brûlante et salée, prit l'engin et l'examina, muet, d'un air curieux et horrifié. C'était un ovale dont la surface mate, compacte et rassurante était fragmentée comme celle d'un ananas : au creux de la main, le contact de cette petite masse compacte était confortable, presque sensuel. Au loin, il perçut la voix tranchante du sergent : « Allez. On vous a montré comment faire.

— Oui, sergent », dit la voix d'Elmer tandis que ses yeux regardaient ses mains, ces mains familières qu'il ne maîtrisait plus, jouer avec la bombe, la caresser, puis, simiesques, esquisser un geste infime et s'immobiliser, comme béatement satisfaites, tandis que, pendant un laps de temps complètement vide et complètement intemporel, ses yeux restaient fixés sur l'objet niché au creux de sa main.

« Lance-le, bordel ! » cria son voisin avant de mourir. Elmer avait toujours les yeux rivés sur sa main et attendait. Puis la main se décida à lui obéir et bascula en arrière. Mais elle heurta un étai avant d'avoir atteint l'extrémité de la courbe décrite, et il vit le visage de son voisin comme un masque suspendu à son épaule, absolument vide d'expression, tandis que la petite masse mate et ovale suspendue en l'air entre eux atteignait une dimension monstrueuse, comme une noix de coco obscène. Alors son corps lui dicta de se retourner et de s'aplatir au sol.

Comme c'est vert, pensait Elmer faiblement. Plus tard, pendant les mois qu'il passa couché sur le ventre en attendant que son dos guérisse, et tandis que des femmes, jeunes et vieilles, regardaient son corps nu avec un surprenant manque d'intérêt, il se rappela l'étonnant amas de verdure qui couvrait les rives de la Mersey. À peu de chose près, c'était là tout le souci qu'il avait à se faire. Là où il était, les gens ne savaient même pas où était le Texas ; à les écouter lui parler de leur manière tendue, en avalant les finales, ils devaient s'imaginer que c'était une ville de la Colombie britannique. Sur un lit de camp voisin, et souvent en proie au délire, était un homme de son âge, un aviateur qui avait eu le dos brisé et les deux pieds brûlés. Il est aussi difficile de faire mourir les gens que de les posséder, méditait Elmer, qui pensa : *C'est donc ça, la guerre :* des rangées de lits blancs alignés dans une pièce semblable à un tunnel tout blanc, des infirmières vêtues de gris, prévenantes mais relativement indifférentes, puis une chaise roulante parmi d'autres chaises roulantes et, de temps à autre, l'apparition d'une femme lieutenant en manteau bleu orné d'un insigne de cuivre ; il pensa : *Comme c'était vert* quand l'aviateur fut parti et que tout rentra dans l'ordre. Elmer ne savait ni ne se souciait de savoir s'il était mort.

L'estuaire lui parut plus vert encore quand il le revit du pont du navire qui s'éloignait avec la marée. Et, lorsque l'Angleterre fut enfin derrière lui, il lui parut encore plus vert, et enveloppé d'une paix si parfaite qu'on n'imaginait pas qu'une guerre pût la troubler. Tandis qu'ils traversaient la Zone et atteignaient de nouveau l'océan de gris qu'est l'Atlantique, il passa son temps à dormir et à s'éveiller, effleurant de temps à autre l'endroit de son crâne où d'innombrables

oreillers avaient usé le cheveu, et se demandant
si celui-ci repousserait jamais.

Mars revint. Depuis onze mois, la peinture lui
était sortie de l'esprit. Lorsque avril arriva, ils
étaient à peine à mi-chemin ; un jour, au large de
Terre-Neuve, la radio leur apprit que l'Amérique
était entrée en guerre. Ce jour-là, son dos ne le
fit pas souffrir : il le démangea.

Il dépensa une partie de sa solde à New York,
où il alla visiter les galeries publiques et semi-
publiques ; en outre, l'amabilité d'une grosse
femme bien conservée lui permit d'accéder aux
collections privées. Sa bienfaitrice, qui travaillait
dans une cantine, avait naguère été toute en
courbes roses et moelleuses, mais depuis longtemps elle était la femme d'un homme qui, dis-
posant d'un revenu de cinquante mille dollars, travaillait à Washington pour un salaire symbolique
d'un dollar par an. Elle avait rencontré Elmer
dans la cantine de son poste et avait fait preuve
de beaucoup d'amabilité à son égard, s'apitoyant
sur la pauvre touffe qui restait de ses cheveux jadis
bouclés. Puis il partit pour le Sud. Avec sa claudication et sa canne jaune, il fit à La Nouvelle-
Orléans un séjour qui fut un hiatus d'oisiveté. Il
n'avait nulle part où aller ni ne voulait aller nulle
part ; il ne vivait pas, il existait dans un état d'iner-
tie langoureuse qui faisait paraître dérisoire tout
désir de hâte et de vivacité : graves et contagieux,
les crépuscules s'étendaient sur la cité comme une
fumée douceâtre et oppressive, et restaient suspendus au-dessus du fleuve éternel plongé dans le
silence et des quais où ils se promenait en respirant les odeurs de la terre féconde en perpétuelle
parturition — sucre et fruits, résine, pénombre et

chaleur, comme le soupir d'une femme sombre et
passionnée qui n'est plus de la première jeunesse.

Un jour, sur Canal Street, il fut arrêté par un
attroupement au milieu duquel, debout sur une
chaise, un homme rondouillard et prospère, tout
en sueur, faisait d'une voix rauque un discours en
faveur des bons de la liberté[1] : comme un mendiant, il faisait appel à la générosité publique.
Soudain, de l'autre côté de l'attroupement, Elmer
aperçut une silhouette menue et tendue, toujours
aussi droite, toujours aussi farouche, qui
contemplait l'orateur et son public avec le même
dégoût hautain. « Jo ! cria-t-il. Jo ! »

l'argent que nous gagnons à la sueur de notre
front afin que nos enfants   n'aient pas à
subir l'épreuve que nous traversons   le
gagnons-nous, cet argent ? Grâce à la protection
que ce pays, cette nation américaine qui
*   montre aux pays du vieux monde   la*
liberté   la nation attend de vous

La foule se dispersait, en proie à une hystérie
au ralenti ; de tout son corps mutilé, Elmer plongea, essayant de se frayer un chemin jusqu'à
l'endroit où il apercevait encore le petit chapeau dressé farouchement. « Bon Dieu », dit
quelqu'un : c'était un jeune homme coiffé de la
nouvelle casquette de campagne et vêtu d'un uniforme kaki dont les plis trahissaient un engagement tout récent, « qu'est-ce qui te prend, mon
vieux ? ».

nos hommes outremer   achever avant que
d'autres ne tombent   le devoir du monde civi-
lisé de laisser à jamais son empreinte

« Peut-être qu'y veut s'engager », cria un autre

---

1. Voir plus haut, p. 64.

— un juif grassouillet qui serrait dans sa main un billet de mille dollars tout neuf. « Cette guerre... en Lituanie j'ai vu décha, Grand Dieu », hurla-t-il à la face d'Elmer.

« Excusez-moi, excusez-moi », psalmodiait Elmer en essayant de se frayer un chemin sans perdre de vue cette tête au port à nul autre pareil.

« C'est pas par là », dit le soldat en lui barrant le chemin. « L'officier recruteur est de l'autre côté, mon vieux. » Par-dessus son épaule Elmer aperçut encore une fois le chapeau ; puis il le perdit de vue.

le prix que nous devons payer notre première place parmi les nations   la Parole de Dieu dans la Bible

La foule déferla de nouveau, sans ménagements pour les filaments de feu qui couraient le long de son épine dorsale. « Cette guerre ! » hurla de nouveau le juif dans sa direction. « Ces hommes qui se font tuer décha, Grand Dieu. Ça va faire marcher les affaires. En Lituanie j'ai vu...

— Attention ! cria vivement une troisième voix. Il boite : vous ne voyez pas sa canne ?

— Ouais, bien sûr que je la vois, rétorqua le soldat. Ils se précipitent tous sur des béquilles dès qu'on a donné l'ordre de rompre les rangs.

— Excusez-moi, excusez-moi », psalmodiait Elmer parmi les rires. Le chapeau noir n'était plus en vue. Il était en sueur ; tandis qu'il s'efforçait de se frayer un passage, des fourmis de feu lui parcouraient le dos. L'orateur remarqua l'agitation : il vit le soldat et le visage malade et tendu d'Elmer ; il s'arrêta en s'épongeant le front.

« Qu'est-ce que c'est ? dit-il. Un volontaire ? Venez ici, mon vieux. Faites place, vous tous ; laissez-le passer. » Elmer tenta de s'opposer aux

324	Portrait d'Elmer

mains tendues qui commençaient à le tirer et à le pousser en avant tandis que la foule lui frayait un passage.

« Je veux seulement passer », dit-il. Mais les mains le poussaient. Il se retourna pour jeter un regard par-dessus son épaule en pensant : Je vais vomir, je crois, puis : Je vais y aller, je vais y aller mais, pour l'amour de Dieu, ne touchez pas à mon dos ! Le chapeau noir avait disparu. Il commença à se débattre. Enfin son dos fut au-delà du stade de la douleur. « Lâchez-moi, nom de Dieu ! » dit-il d'une voix blanche. « J'y ai déjà... »

Mais l'orateur, se penchant en avant, l'avait déjà attrapé par la main ; d'autres mains le hissèrent et le poussèrent sur l'estrade, et une fois de plus l'orateur se tourna vers la foule et prit la parole. « Messieurs, dames, regardez bien ce jeune homme. Certains d'entre nous, la plupart d'entre nous, sommes jeunes et vigoureux : nous pouvons partir. Mais regardez ce jeune homme : il est infirme, et pourtant il veut relever le défi du monstre d'intolérance assoiffé de sang. Regardez sa canne : il boite. Laisserons-nous dire de ceux d'entre nous qui sont sains dans leur corps et dans leurs membres qu'ils ont moins de courage et d'amour de la patrie que cet homme ? Et ceux d'entre nous qui sont inaptes ou incapables, ceux qui ne peuvent pas partir...

— Non, non, dit Elmer en libérant d'un coup la main que tenait l'autre. Je veux seulement passer. J'ai déjà été...

— ... homme ou femme, il faut que nous fassions tout ce que veut faire cet homme qui a été frappé dans la fleur de sa jeunesse. Si nous ne pouvons pas partir nous-mêmes, que chacun d'entre nous puisse dire : J'ai envoyé un homme au front. Même si nous sommes trop vieux ou inaptes, il faut que chacun d'entre nous puisse dire : J'ai fait partir un soldat pour protéger cette Amérique que nos ancêtres ont créée de leurs souffrances et qu'ils nous ont léguée en versant leur propre sang. Il faut que nous puissions dire : J'ai fait ce que j'ai pu afin que cet héritage soit légué sans tache à mes enfants et aux enfants de mes enfants à naître... » La voix rauque, inspirée, continuait à parler, emportant orateur et auditeurs vers une immolation verbale, un holocauste sans chaleur, un embrasement sans lumière ni son, qui ne laisserait pas de cendres.

En vain Elmer chercha encore une fois des yeux le petit chapeau et le visage farouche et méprisant : il avait disparu, et la foule, emportée par l'éloquence de l'orateur, eut tôt fait de l'oublier, lui aussi. Jo était bel et bien partie, comme une flamme soufflée. Dans un accès de désespoir, il se demanda si elle l'avait vu sans le reconnaître et sans comprendre. La foule, maintenant, le laissa passer.

que le monstre allemand n'aille pas s'imaginer que nous, vous et moi, baissons la tête et les bras au moment où nos hommes, nos fils, se battent pour la bonne cause et, en payant de leur sang, de leurs souffrances et même de leur mort, font en sorte que soit à jamais balayée de la face du monde

Il fit passer sa canne dans la main dont la paume s'était durcie à son contact. Il revit le juif qui essayait toujours de faire don de son billet de mille dollars, et il entendit décroître derrière lui l'intarissable voix rauque, pleine de passion, d'ineptie et de sincérité. De nouveau, son dos le fit souffrir.

VI

Montparnasse et Raspail baignés de mouvement comme d'une musique : le soir se pâme et expire comme une faible senteur d'héliotrope devenue visible dans une constellation de feux orange, vert, rouge. Angelo parvient enfin à attirer l'attention d'Elmer ; du pouce, il indique, à une table voisine, le regard grave de deux yeux lourdement aguicheurs et, au-dessus d'une étole de fourrure neuve et bon marché, un sourire étincelant. Du coude, il réitère son appel, tout en émettant entre ses lèvres pincées un sifflement d'admiration : le regard grave est fixé sur Elmer en une invitation stoïque, et le sourire aux dents d'or est dirigé vers lui, mais il détourne vivement son regard. Pourtant, Angelo continue à lui adresser grimaces et petits signes de tête, mais Elmer est inflexible, et Angelo se rencogne avec un geste indescriptible qui exprime à la fois la soumission, la lassitude et le dégoût.

« Il y a six semaines, dit-il en italien, on t'a détenu comme prisonnier politique à Venise, où j'étais déjà, et on t'a pris ta ceinture et tes lacets, sans que tu saches pourquoi. Deux jours plus tard, je me suis libéré, j'ai été voir ton consul, qui à son tour t'a libéré. Tu ne savais toujours ni comment ni pourquoi. Et maintenant, depuis vingt-trois jours, nous sommes à Paris. Je dis bien, à Paris. Et qu'est-ce qu'on fait ? On va au café, on mange, on retourne au café ; et puis on va se coucher. Voilà ce qu'on a fait, sauf pendant les sept jours qu'on a passés dans la forêt de Meudon pour que tu peignes trois arbres et une vue

médiocre de rivière médiocre, sans toujours trop
savoir pourquoi, puisque tu n'en as rien fait :
voilà treize jours que, sans la montrer à personne, tu la transportes d'un café à l'autre dans
ce truc que tu as contre la jambe ; on dirait que
tu la couves comme une poule couve un œuf.
C'est-il que tu espères en voir éclore d'autres ? Ou
peut-être attends-tu qu'elle vieillisse et qu'elle
devienne une toile de maître ? Et tout ça à Paris.
Je dis bien, à Paris. Autant être au paradis. Ou
même en Amérique, où il n'y a rien d'autre que
du travail et de l'argent. »

Musique du mouvement, des lumières et des
sons, et les taxis flatulents et leurs pets de vapeur
pâle dans les feux du crépuscule. Elmer jette un
nouveau regard sur la terrasse : les deux femmes
se sont levées, et elles s'éloignent entre les tables
serrées sans jeter un coup d'œil en arrière ; de
nouveau, Angelo émet son signal d'exaspération,
explosif mais résigné. Montparnasse et Raspail
baignent toujours dans la musique du va-et-vient
des filles, et bientôt Angelo, oubliant son ami et
protecteur dans le spectacle de la chair qui
s'affiche, exprime son plaisir et son approbation
à l'aide de ses lèvres pincées, et abandonne son
protecteur à la contemplation solitaire et rêveuse
du bâtiment gris qui lui fait face et à travers
lequel il voit la petite colline du Texas où, debout
à côté de la tombe de sa mère, il avait rêvé à
Myrtle Monson et à Hodge, peintre riche et
connu.

La mort d'un parent avait laissé à son père
deux mille dollars avec lesquels il avait acheté
une maison, presque pour se venger, pourrait-on
dire. La maison se trouvait dans une petite ville
dénuée d'arbres où, d'après Elmer en veine de

paraphrase humoristique, il y avait plus de vaches et moins de lait, plus de rivières et moins d'eau, et où la vue portait plus loin, mais où il y avait moins à voir, que partout ailleurs sous le soleil. Suspendant enfin le cours incessant de son activité amère, Mrs. Hodge contempla avec stupéfaction son mari sédentaire, effacé, aussi fatal et inéluctable que la maladie ; cette fois, elle était farouchement choquée. « Je croyais pourtant que tu cherchais une maison qui te plaise », dit Hodge.

Elle examina toutes les pièces identiques qui s'offraient à ses yeux, ainsi que les boiseries (chambranles et châssis de fenêtres étaient couverts d'une mince couche de blanc tout neuf qui n'avait d'autre effet que de faire ressortir les empreintes de mains parties depuis longtemps souiller d'autres maisons du même type sur la surface du globe) et les murs tendus d'un papier havane qui présentait le double avantage de n'être pas trop salissant et d'absorber la lumière comme une éponge. « C'est par pure méchanceté que tu as fait ça », dit-elle amèrement avant de se mettre à emménager pour la dernière fois.

« Est-ce que tu n'as pas toujours voulu avoir une maison à toi pour y élever tes enfants ? » demanda demanda Hodge. Mrs. Hodge s'immobilisa, une courtepointe pliée dans les mains, et elle jeta un regard circulaire sur la chambre que ses deux aînés ne verraient probablement jamais et que Jo aurait fuie en la découvrant ; et maintenant le petit dernier, Elmer, qui était parti faire une guerre qui n'était pas la sienne...

Non, ni la nature ni le temps ni l'espace ne pouvaient pas l'avoir affectée, elle sur qui l'eau, le feu, le temps et la distance n'avaient aucun effet, et qui restait inflexible devant les contrats qui les obligeaient à louer une maison pour une année entière. C'est probablement le fait d'être devenue propriétaire, l'enracinement, qui brisa son énergie, comme un oiseau mis en cage. Toujours est-il qu'elle tenta de faire pousser des belles-de-jour dans la galerie toute tailladée de coups de scie ; et elle abandonna. Hodge la fit enterrer sur le sommet dénudé d'un semblant de colline ; là, les vents, qui soufflaient sans obstacle, lui rappelleraient l'espace quand, toute morte qu'elle serait, elle aurait de nouveau envie de déménager — ce qui était inévitable ; là, le temps et l'espace pourraient se jouer de l'incapacité dans laquelle elle se trouvait maintenant de s'animer, de se lever et de se mettre en mouvement. Quant à Hodge, il écrivit à Elmer, qui était alors couché sur le ventre, immobilisé par un plâtre, dans un hôpital britannique, l'épine dorsale à vif et la chair emprisonnée par le plâtre de plus en plus semblable à une mince couche de salive tiède dont l'odeur lui était devenue familière ; il lui écrivit que sa mère était morte et que son père se portait comme d'habitude. Il ajoutait même qu'il avait acheté une maison, mais il oubliait de dire où. Plus tard, non sans une sorte de scrupule macabre, il fit suivre à Elmer la lettre qui lui avait été retournée trois mois après ce bref après-midi où son fils était revenu les voir avant de reprendre la route de Houston.

Après la mort de sa femme, Hodge, qui faisait bien la cuisine (mieux que sa femme ne l'avait jamais faite) et négligemment le ménage, prit l'habitude, après le dîner, d'aller passer un moment sur la galerie, à se tailler une carotte de tabac en prévision de la pipe du lendemain, et à

pousser des soupirs qui prenaient immédiatement un petit goût de soulagement, de sorte
qu'invariablement, animé qu'il était par le respect dû aux défunts, il se les reprochait. Quelques
minutes plus tard, il ne savait plus très bien ce
que signifiaient ces soupirs. Il envisageait l'avenir comme une série décroissante d'années pendant lesquelles il n'aurait plus jamais à aller nulle
part contre son gré, et il en éprouvait comme un
léger malaise. Par son infatigable optimisme, sa
femme lui avait-elle communiqué l'instinct du
mouvement, le prurit de la progression physique ? L'avait-elle, en mourant, privé de toute
aptitude à la détente ? Comme il n'allait jamais
à l'église, il était intensément religieux, et il
n'envisageait pas sans éprouver une sourde et
statique inquiétude, le jour où lui aussi franchi-
rait le voile pour retrouver sa femme qui l'attendrait, valises faites, prête à déménager.

Et puis, quand à leur tour ces sentiments
s'atténuèrent, et quand il eut décidé, puisqu'il n'y
pouvait mais, de laisser la volonté du Ciel
s'accomplir non seulement parce que cela valait
mieux, mais parce qu'il ne pouvait rien y changer, un beau jour trois hommes bottés apparurent et, sous ses yeux étonnés et même
inquiets, creusèrent un puits dans sa cour, si près
de la maison que, debout à la porte de la cuisine,
il pouvait cracher dedans. Il lui fallait donc redé-
ménager, ou se laisser chasser du comté par le
pétrole. Mais cette fois, il se contenta de déménager la maison elle-même : il la fit retourner de
manière à ce que, de la galerie où il était assis, il
puisse contempler la scène grouillante d'activité
qui se déroulait dans la cour naguère abandonnée aux poules avec un étonnement statique et

même, pour tout dire, avec consternation. Il avait donné l'adresse d'Elmer à Houston à l'un des hommes en le priant de prendre contact avec son fils la prochaine fois qu'il serait en ville, pour le tenir au courant. Après cela, il n'eut plus rien à faire qu'à rester à attendre, assis sur sa galerie, en méditant sur le caractère imprévisible du destin. Ce soir, par exemple, celui-ci l'avait laissé sans allumettes ; aussi, plutôt que de décortiquer toute sa carotte de tabac pour le fumer, en réserva-t-il suffisamment pour chiquer en attendant le lendemain, où quelqu'un viendrait bien avec des allumettes ; et, assis sur le premier meuble un peu plus large qu'un lit de camp qu'il eût jamais possédé, sa toute dernière mésaventure découpée sur le ciel mourant en forme de squelette ou de treillis métallique, il chiquait, crachant de temps à autre dans le crépuscule immaculé. Il y avait des années qu'il n'avait pas chiqué, et il y fut d'abord un peu maladroit. Mais bientôt il fut capable de projeter son jus en une courbe mince, brune et sifflante, au-dessus de la galerie, jusque dans un parallélogramme de terre perturbée où, naguère, quelqu'un avait essayé de faire pousser quelque chose.

Le médecin de La Nouvelle-Orléans envoya Elmer à New York où il passa deux ans pendant qu'on s'employait à soigner son épine dorsale, et une année de plus à s'en remettre, encore une fois allongé sur le ventre ; dans la tête, il avait toujours l'image mentale d'un corps aux jambes courtes vêtu d'une robe couleur citron — d'un corps qui s'éloignait, mais moins rapidement désormais puisque déjà, quoiqu'il fût couché sur le ventre sous des poids, il pouvait se déplacer plus vite. Avant de partir, il ne fit pas moins une

courte visite au Texas. Son père n'avait pas
changé, pas vieilli. Sous le nouveau coup que lui
avait asséné la destinée, Elmer le trouva aussi
résigné et tranquillement équanime que jamais.
Le seul changement intervenu dans son installa-
tion était la présence d'une cuisinière : c'était une
femme maigre et jaune qui n'était plus toute
jeune, et qui considérait la présence d'Elmer avec
un mélange d'assurance et d'inquiétude. Par
inadvertance, celui-ci entra dans la chambre de
son père et il constata que le lit, qui à midi n'avait
pas encore été fait, avait manifestement accueilli
deux personnes. Néanmoins, son intention
n'était pas de se mêler des affaires de son père,
car déjà il regardait vers l'est et déjà la pensée,
l'espoir et le désir avaient traversé l'océan gris,
glacé et toujours mouvant qu'était l'Atlantique, et
il pensait : *Maintenant j'ai l'argent. Ensuite ce sera
la gloire et enfin Myrtle.*

Il est donc à Paris depuis trois semaines. Il ne
s'est pas encore inscrit à un atelier de peinture ;
il n'a pas non plus visité le Louvre, car il ne sait
pas où se trouve le Louvre, quoique en compagnie d'Angelo il ait plusieurs fois traversé la place
de la Concorde en taxi. Avec l'instinct qui le porte
vers tout ce qui brille et vers tout ce qui fait du
bruit, Angelo a eu vite fait de découvrir l'Exposition, et il y a emmené son protecteur. Mais celui-
ci ne considère pas ce qu'il y a vu comme de la
peinture. Pourtant, il s'y est attardé ; il a tout vu,
tout en se disant, dans un brusque accès d'hon-
nêteté envers lui-même : Ce n'est pas Myrtle qui
viendra ici d'elle-même ; c'est Mrs. Monson qui
la fera venir, qui l'amènera. Il ne doute pas que
les deux femmes sont à Paris. Il est en Europe
depuis suffisamment longtemps pour savoir que

c'est à Paris qu'on cherche un Américain en
Europe : quand il est ailleurs, c'est seulement
pour le week-end.

En arrivant à Paris, il connaissait deux mots de
français, qu'il avait appris dans le livre qu'il avait
acheté dans la même boutique que ses tubes de
peinture. (C'était à New York. « Je veux des couleurs, les meilleures que vous ayez », avait-il dit
à la jeune femme, qui portait une blouse d'artiste.
« Cette boîte a vingt tubes et quatre pinceaux, et
celle-ci a trente tubes et six pinceaux. Nous en
avons une qui a soixante tubes, si vous préférez », dit-elle. « Je veux ce qu'il y a de mieux »,
dit Elmer. « Vous voulez la boîte qui a le plus de
tubes et de pinceaux, monsieur ? » dit la femme.
« Je veux ce qu'il y a de mieux », répéta Elmer.
Arrivés dans cette impasse, ils restèrent à se
regarder l'un l'autre ; alors le propriétaire arriva ;
lui aussi était vêtu d'une blouse d'artiste. Il descendit du rayon la boîte qui avait soixante tubes
— laquelle, soit dit en passant, valut à Elmer de
payer des droits d'importation à la douane française de Vintimille. « Bien chur que monzieur
veut che qu'il y a de mieux, dit le propriétaire.
Cha che voit, non ? Écoutez, che vais vous dire.
Ch'est chelle-là qu'il vous faut. Che vais vous dire.
Combien de toiles pouvez-vous peindre avec dix
tubes ? Hein ? — Je ne sais pas, dit Elmer. Mais
je veux ce qu'il y a de mieux — Naturellement,
dit le propriétaire, il vous faut chelle avec
laquelle vous peindrez le plus de toiles. Allez,
dites-mooi combien de toiles vous pouvez
peindre avec dix tubes, et che vous dirai combien
vous pourrez en peindre avec soixante. — Je la
prends », dit Elmer.)

Les deux mots étaient *rive gauche*. Il les pro-

nonça au bénéfice du chauffeur de taxi à la gare
de Lyon ; celui-ci répondit : « Certainement,
monsieur » et le regarda avec une vive attention
jusqu'à ce qu'Angelo lui parle dans une langue
bâtarde où Elmer entendit les mots *millionair
americain* sans alors être capable de les reconnaître. « Ah », dit le chauffeur. Il jeta les bagages
d'Elmer, puis Angelo lui-même, dans la voiture
où était déjà Elmer, et il conduisit le tout à l'hôtel
Lutétia. Ainsi donc, voilà Paris, se disait Elmer
en voyant défiler follement, sans qu'il pût rien
distinguer, rues et maisons, cafés à auvent, ves-
pasiennes couvertes d'affiches, ainsi que toutes
sortes de véhicules à deux ou quatre roues
conduits par des fous du même genre que leur
chauffeur ; légèrement penché en avant, les
mains agrippées au siège, Elmer avait sur le
visage une expression d'inquiétude statique.
L'inquiétude subsista quand le taxi s'arrêta
devant l'hôtel. Lorsqu'il entra dans l'hôtel et jeta
un regard autour de lui, l'inquiétude s'accrut au
point d'atteindre la dimension d'un malaise
caractérisé. Il y a quelque chose qui ne va pas,
pensa-t-il — mais il était trop tard. Déjà, Angelo
avait émis son petit sifflement de plaisir et
d'approbation, et il s'était adressé dans sa langue
bâtarde à un homme sanglé dans l'uniforme
d'apparat d'un maréchal, lequel à son tour beugla le plus sérieusement du monde : « *Encore
un millionnaire américain.* » Il était trop tard ;
déjà, cinq hommes en uniforme ou pas s'employaient, avec douceur mais fermeté, à lui faire
apposer son paraphe au bas d'une déclaration
sur l'honneur concernant son existence, alors
qu'il pensait : *C'est une mansarde qu'il me fallait*,
ajoutant avec une sorte de désespoir non dénué

d'humour : *Je crois que ce qu'il me faut c'est la pauvreté.*

Bientôt, pourtant, il s'échappa — à la surprise, à l'étonnement, puis à la résignation fataliste et vaguement méprisante d'Angelo. Il se mit à rôder dans les quartiers voisins de l'hôtel, muni du livre où il avait appris les mots *rive gauche*, levant la tête vers les mansardes sous les toits de plomb, puis la baissant vers le livre avec un sentiment de consternation impuissante qui ne pouvait, il le savait, que le mener au désespoir et de là à la résignation, à l'acceptation des galons dorés, des redingotes funèbres, des tapis empilés et des lumières tamisées au milieu desquels il avait été jeté par le sort et par Angelo, comme si son horoscope avait été réglé une fois pour toutes et irrévocablement au moment où s'était refermée sur lui la porte de la prison du *Palazzo Ducale* de Venise. Il n'avait même pas ouvert sa boîte de peinture. Comme celle-ci lui avait déjà coûté des droits, il aurait fort bien pu, en la vendant, continuer à être le commerçant que les Français avaient fait de lui. Puis, un jour, ses pas le menèrent jusqu'à la rue Servandoni. Il ne faisait qu'y passer, encore plein d'un espoir décroissant, lorsque à travers une porte ouverte il jeta les yeux dans une cour. Même à ce moment fatal il se disait : *Encore un hôtel. La seule différence, c'est que si j'habitais ici la vie serait un peu plus exigeante, un peu plus mesquine, un peu plus agaçante.* Mais, une fois encore, il était trop tard : déjà, il l'avait vue. Les mains sur les hanches et vêtue d'une robe sévère et propre, elle morigénait un homme obèse mollement occupé à laver le sol à l'aide d'un balai ; c'était une femme dans la quarantaine, maigre et nerveuse, dont le visage

harassé trahissait l'infatigable activité ; un
moment, il se crut à la place de son père à huit
mille milles de là, au Texas, sans même savoir
qu'il pensait : *J'aurais dû me douter qu'elle ne resterait pas morte*, sans même penser, comme s'il
avait soudain été doué d'une perspicacité omni-
sciente : *Je n'aurai même pas besoin du livre.*

Il n'eut pas besoin du livre. La femme écrivit
le prix du loyer des chambres sur un bout de
papier : elle aurait pu écrire n'importe quoi. C'est
ce qu'il se dit lorsqu'il fut de nouveau chez
lui, terrassé par un mélange de consternation et
de soulagement, tandis qu'elle le harcelait à
cause de ses vêtements sales, qu'elle examinait
puis raccommodait, et que furieusement elle
furetait dans ses affaires, et que non moins
furieusement elle faisait sa chambre (Angelo
avait celle du dessus) tout en lui fourrant dans la
bouche et en lui faisant répéter des expressions
et des mots français. Peut-être, après qu'elle se
sera endormie, pourrai-je m'échapper pour aller
louer une mansarde sur l'autre rive — sachant
pertinemment qu'il n'en ferait rien, qu'il avait
déjà abandonné, qu'il s'était rendu à elle ; et que,
comme devant un tribunal correctionnel, nul
homme n'échappe deux fois au même destin.

Très vite (le lendemain il alla donner sa nouvelle adresse à l'American Express) il n'eut plus
en tête que les mots Paris, le Louvre, Cluny, le
Salon — et la ville elle-même : les mêmes toits et
les mêmes pavés, les mêmes statues bien-
veillantes aux cuisses faites pour la procréation ;
cette ville joyeuse, élégante, insensible et mourante où de temps à autre Cézanne se laissait
traîner comme une vache réticente, où Manet et
Monet s'opposèrent à propos de couleurs et de

lignes, où Matisse et Picasso peignaient encore : demain, il irait s'inscrire. Le soir même, il ouvrit pour la première fois sa boîte de peinture. Et pourtant, en les contemplant, il marqua un temps d'arrêt. Les tubes étaient là, en rangs serrés et immaculés, carrés, massifs, dotés de tout un potentiel comme une torpille. Ils contiennent tant de choses, pensa Elmer. Ils contiennent tout. Ils peuvent tout faire — il pensait à Hals, à Rembrandt, à tous les grands maîtres immortels d'autrefois, si bien que soudain il tourna la tête comme s'ils étaient tous dans sa chambre et la remplissaient, la faisant paraître plus petite qu'un poulailler, les yeux fixés sur lui... Il ferma la boîte avec un sentiment d'effroi tranquille. Pas encore, se dit-il. Je ne suis pas encore digne. Mais je peux travailler. Je vais travailler. Je veux travailler, et même souffrir, si c'est nécessaire.

Le lendemain, il acheta des couleurs à l'eau et du papier (pour la première fois depuis qu'il était en Europe, il ne fut ni timoré ni impuissant dans ses rapports avec les commerçants étrangers) et, en compagnie d'Angelo, il alla à Meudon. Il ne savait pas où il allait ; il se contenta d'indiquer au chauffeur de taxi la direction d'une colline bleue qu'il aperçut. Ils y passèrent une semaine — le temps qu'il lui fallut pour peindre son paysage. Il en détruisit trois avant d'être satisfait. Quand les crampes commençaient, et que la fatigue brouillait sa vue, il se disait : Je veux que ce soit dur. Je veux que ce soit cruel, et qu'à chaque fois cela m'arrache quelque chose. Je veux n'être jamais satisfait d'aucun tableau pour avoir à peindre sans cesse. C'est pourquoi, dès le premier soir, lorsqu'il revint rue Servandoni, la toile achevée serrée dans le carton à dessin neuf,

quand il aperçut les grands spectres qui attendaient, il éprouva de l'humilité, mais il n'éprouva
plus d'effroi.

Comme ça, maintenant, j'ai quelque chose à lui
montrer, pense-t-il en caressant sa bière tiédie ;
à côté de lui, le petit sifflement d'Angelo est
devenu un bruit continu. Maintenant, quand
j'aurai trouvé le meilleur maître de Paris et que
j'irai le voir pour lui dire : Apprenez-moi à
peindre, je n'aurai pas les mains vides ; et il
pense : *Et puis la gloire. Et puis Myrtle,* tandis que
le crépuscule monte gravement à l'assaut de
Montparnasse sous le poids de l'année qui se
retourne à regret, comme une jeune fille vers le
vieux corps émacié de la mort. C'est alors qu'il
ressent les premiers symptômes, nonchalants
mais implacables, de l'éveil de ses entrailles.

VII

Le petit sifflement d'Angelo est devenu continu,
manifestation ouverte et neutre d'urbanité ; mais
voici que son protecteur se lève, son carton à dessin sous le bras. « On va manger, hein ? » dit-il, lui
qui, en trois semaines, a appris non seulement le
français, mais l'anglais aussi, alors qu'Elmer ne
sait pas encore demander où sont le Louvre et le
Salon. Puis, en montrant la bière d'Elmer du
doigt : « Pas finir ? »

« Il faut que je parte », dit Elmer, le visage
empreint de cette expression d'extase introver-
tie qu'ont les dyspeptiques, comme s'ils étaient
à l'écoute de leurs entrailles. C'est exactement
le cas d'Elmer, qui déjà s'éloigne. Immédiatement, un garçon apparaît. Toujours avec cet air

d'extase qui exclut la simple inquiétude, et sans se laisser retarder, Elmer lui tend un billet et poursuit son chemin ; c'est Angelo qui arrête le garçon, reçoit la monnaie et laisse un pourboire à l'européenne que le garçon ramasse avec mépris non sans lui dire quelques mots de français ; en guise de réplique, et puisque son protecteur s'éloigne en marchant un peu plus vite que d'ordinaire, Angelo prend seulement le temps d'inverser son sifflement d'admiration en soufflant plutôt qu'en inspirant l'air entre ses lèvres pincées.

Et maintenant c'est le boulevard Saint-Michel qui baigne dans la musique du mouvement ; mais c'est sur la place de l'Observatoire qu'Angelo rattrape son protecteur, et même là il doit encore trotter pour ne pas se laisser distancer. Un sourcil levé, il jette un coup d'œil alentour : « On ne mange pas ?

— Non, dit Elmer. L'hôtel.

— L'otel ? dit Angelo. Manger d'abord, non ?

— Non ! répète Elmer sur un ton agacé, mais pas encore exaspéré ni désespéré. L'hôtel. J'ai besoin de me retirer.

— Rittire ? dit Angelo.

— Aux cabinets, dit Elmer.

— Ah, dit Angelo. Aux cabinets. » Levant les yeux vers le visage soucieux, à la fois sur le qui-vive et introverti, de son protecteur, il le prend par le bras et commence à courir. Au bout de quelques pas Elmer, d'un coup sec, se libère ; il a maintenant l'air vraiment inquiet.

« Laisse-moi, Bon Dieu, crie-t-il.

— C'est vrai, dit Angelo en italien. Dans ton cas, il ne faut pas courir. J'oubliais. Il faut y aller doucement, mais pas trop lentement.

Coraggio, dit-il. On va bientôt y arriver. » Des
cabinets publics sont en vue. « Voilà ! » dit
Angelo. De nouveau il saisit son protecteur par
le bras, sans se mettre à courir, mais de nouveau
Elmer se libère et s'éloigne. Angelo lui montre
encore les cabinets, le sourcil unique levé haut
sur le front, les yeux doux, inquiets, curieux ; et
de nouveau il inverse son sifflement d'admiration
en indiquant les cabinets du pouce.

« Non ! » dit Elmer. Maintenant sa voix est
désespérée, et son expression aussi, quoiqu'on
puisse y lire une grande détermination.
« Hôtel ! » Au Luxembourg, qu'Elmer traverse à
grandes enjambées excédées tandis qu'Angelo
trotte à son côté, le crépuscule dans les arbres est
gris et ouaté ; sur le fond de la grande tapisserie
aux formes fondues, les passants se dirigent déjà
vers les grilles. Dans l'ombre du soir où pointe
l'automne, les deux amis longent rapidement les
silhouettes sculptées dans le marbre, puis les
figures de bronze aux reflets maintenant confus
mais solennels, mystérieux et rêveurs ; au trot
maintenant, ils passent devant le Verlaine de
pierre et devant Chopin, cet homme maladif et
féminin comme une neige pourrissant sous une
lune morte ; déjà, la lune de la mort est présente
au-dessus d'eux, plaisante, affable et exsangue
comme une entremetteuse. Trottant avec terreur
et précaution, comme s'il portait de la dynamite,
Elmer s'engage dans la rue de Vaugirard ; c'est
Angelo qui le retient en attendant une pause dans
la circulation.

Puis il est rue Servandoni, courant, maintenant, dans la rue pavée en pente. Il ne pense
plus : *Qu'est-ce que les gens vont penser ?* Tout se
passe comme s'il portait la vie, la volonté, tout,

niché dans l'ombre aveugle de sa ceinture pel-
vienne, et comme s'il lui restait juste assez
d'intelligence pour comprendre, il passe le seuil.
Et là, prête à sortir, tête nue, est sa propriétaire.

« Ah, monsieur Odge, dit-elle. Justement je
vous cherchais. Vous avez de la visite. Deux
dames, des millionnaires américaines, les Monson, vous attendent dans votre chambre.

— Oui, dit Elmer en s'écartant pour l'éviter, et
sans même se rendre compte qu'il lui parle
anglais. Dans une minute je... » Puis il s'arrête,
et lui jette un regard éperdu. « Mohsong ? dit-il.
Mohsong ? Puis : Monson ! *Monson !* » Le carton
à dessin serré sous le bras, il lève la tête et jette
un regard fou vers la fenêtre de sa chambre, puis
il le baisse vers sa propriétaire, qui le regarde
ahurie. « Qu'elles ne bougent pas ! lui lance-t-il
férocement. Vous m'entendez ? Qu'elles ne
bougent pas ! Ne les laissez pas partir. Dans une
minute je.... » Mais déjà il a fait demi-tour, se
dirigeant vers l'extrémité opposée de la cour. Toujours au galop et le carton sous le bras, il se pré-
cipite vers l'escalier sombre, tandis que, quelque
part dans sa tête affolée, le mécanisme de la pensée fonctionne tranquillement : *Il y aura déjà
quelqu'un. J'en suis sûr* et il pense avec désespoir
qu'il est sur le point de perdre Myrtle une
seconde fois à cause de son corps : la première
fois, c'était à cause de son dos, qui ne lui permettait pas de danser, et cette fois c'est à cause de
ses entrailles, qui vont lui faire croire qu'il se
défile. Mais les cabinets sont vides, et son soupir
de soulagement se fait l'écho du petit chuinte-
ment que fait son pantalon en lui tombant sur les
talons. Dieu merci, pense-t-il. Dieu merci. Myrtle.
Myrtle. Puis même cette pensée disparaît, et il lui

semble voir sa vie entièrement soumise à l'activité secrète, implacable et aveugle de ses propres
entrailles, comme en une immolation, murmurant comme le Samuel d'antan : Me voici. Me
voici. Puis ses entrailles le libèrent. Revenu à lui,
il tend la main vers la niche où d'habitude se
trouvent des morceaux de journaux, et il s'immobilise, pétrifié ; le temps semble siffler à ses
oreilles comme un obus.

Sa tête pivote, et il regarde la niche vide tandis que siffle autour de lui, comme par dérision,
le vent noir : c'est comme si ce vent noir avait
tout soufflé dans la niche. Il ne rit pas ; la précipitation l'a laissé le ventre vide, sans réaction. Il
plaque sa main sur la poche intérieure de son
veston ; de nouveau, la main croisée sur la poitrine comme pour saluer, il s'immobilise ; puis,
saisi d'une terrible hâte, il fouille toutes ses
poches, d'où émergent deux morceaux de crayon
brisés, une montre à un dollar, quelques pièces,
la clé de sa chambre et la boîte à tabac (maintenant usée jusqu'au métal) qui contient les
aiguilles et le fil que le cuisinier lui a donnés,
voici dix ans, au Canada. C'est tout. Aussi ses
mains s'arrêtent-elles. Dotées un instant d'une vie
et d'un besoin autonomes et furieux, elles
s'immobilisent ; pendant un moment, il reste
assis à regarder le carton à dessin à ses pieds, et,
de nouveau, comme quand il les regardait caresser la grenade à bord du transport de troupes en
1916, il regarde ses mains prendre le carton,
l'ouvrir et en tirer la toile. Mais cela ne dure
qu'un instant, car la précipitation fond de nouveau sur lui et il ne regarde plus du tout ses
mains quand il pense : Myrtle. Myrtle. *Myrtle.*

Et maintenant l'heure, le moment est venu. **Au** Luxembourg, au-delà du crépuscule et de la foule qui se dirige lentement vers les grilles, commence à sonner le cor, caché on ne sait où. Issues du crépuscule même, viennent les notes graves et cuivrées qui rattrapent les promeneurs, passent les agents en pèlerine aux abords des grilles, et vont mourir de par la ville où, sous la lune croissante et exsangue, le soir s'est enfin trouvé. Et pourtant, au cœur du couchant qu'encadrent les arbres, retentit la sonnerie mesurée, altière, triste.

Avec promptitude
et circonspection

I

Debout au soleil et dans le vent, flanqué de son aide de camp, de son second — le colonel commandant la base aérienne — et aussi de quelques épouses, légitimes ou non, le général lisait à voix haute le document qu'ils connaissaient tous depuis la veille :

> « ... à la date du... mars 1918, l'escadrille prendra l'air immédiatement et sans délai, en état d'armement, avec promptitude et circonspection, pour une destination désignée ici sous le nom de destination zéro. »

Il plia le papier, le rangea, et son regard se posa sur les trois chefs d'escadrille au garde-à-vous, puis sur les hommes qui se tenaient derrière eux, jeunes gens recrutés aux quatre coins de l'Empire (sans oublier Sartoris, le Mississippien, qui avait cessé d'être britannique depuis cent quarante-deux ans) puis, encore derrière, sur les avions bien alignés qui attendaient, ternes et mats, dans l'éclat intermittent du soleil à travers lequel leur parve-

nait encore la voix du général égrenant une fois
de plus la vieille rengaine : Waterloo, les terrains
de jeux d'Eton, et ce coin de l'Angleterre éternelle.
Enfin la voix s'enfonça dans les profondeurs du
temps, évoquant du néant tout un peuple ombreux
de cavaliers : Fontenoy, Azincourt, Crécy, le Prince
Noir — et Sartoris murmura du coin des lèvres, à
l'adresse de son voisin : « Qui c'est, ce nègre ?
Peut-être bien Jack Johnson[1]. »

Le général avait achevé sa harangue. Il leur faisait face, vieil homme bienveillant sans doute
mais infiniment moins martial que son superbe
aide de camp, un capitaine des Horse Guards,
tout d'acier et de sang avec le bandeau rouge de
sa casquette, les pattes de collet, le brassard et les
pattes d'épaules[2] — entrelacs d'acier soigneusement fourbis qui brillaient telles des pierres pré-
cieuses, à l'endroit même de son corps où un vent
violent soufflant depuis des siècles lui avait arraché l'antique cotte d'armes de Crécy et d'Azincourt, laissant pour seuls vestiges ces tortillons.
« Au revoir et bonne chance, et flanquez-leur une
peignée », dit le général. Il répondit au salut des
trois chefs d'escadrille. Ceux-ci exécutèrent un
demi-tour. Britt, le plus ancien dans le grade,
avec sa *Military Cross*, son Étoile de Mons, sa *Distinguished Flying Cross* et son ruban de Gallipoli
(il était encore plus chamarré au-dessus de la
poche gauche que le capitaine des Guards lui-
même), dévisagea d'un regard froid chacun des
pilotes et parla comme il savait le faire, d'une
voix coupante, aussi précise qu'un bistouri, une

1. Boxeur américain, célèbre au début du siècle. (*N.d.T.*)
2. En mailles métalliques dans certains régiments de cavalerie britanniques. (*N.d.T.*)

voix qui atteignait toujours les oreilles qu'elle visait, sans aller plus loin, et en tout cas sans jamais revenir jusqu'au général.

« Débrouillez-vous pour rester en formation au moins jusqu'à la Manche ; en tout cas, donnez aux contribuables une bonne impression de vous tant que vous survolerez l'Angleterre. Question : si vous êtes à la traîne, si vous devez atterrir derrière les lignes ennemies, qu'est-ce que vous faites ?

— On met le feu au coucou, répondit une voix.

— Si vous avez le temps. Ça n'a pas grande importance. Mais si vous cassez du bois derrière nos lignes en France et même en Angleterre, qu'est-ce que vous devez faire, absolument ? »

Cette fois, douze voix répondirent : « Rapporter la montre de bord.

— Très bien. Alors, on y va. »

La musique s'était mise à jouer, mais bientôt elle fut noyée par le vrombissement des moteurs. Ils décollèrent l'un après l'autre, montèrent à mille pieds et s'étagèrent en formation : Britt avait pris la tête du dispositif B, où Sartoris était en position trois. Pour la parade, il leur fit faire une petite descente en piqué au-dessus de l'aérodrome. Ils effectuèrent un passage à basse altitude, salués par les femmes agitant leurs mouchoirs ; Sartoris aperçut le battement cadencé du bras du tambour-major, et les reflets scintillants des cuivres : c'était comme si le son de la fanfare allait devenir visible puis audible. Mais non : à nouveau les moteurs vrombirent, et les escadrilles reprirent leur ascension vers l'est et le sud.

C'était le début du printemps, une journée embrumée, somnolente. Vue de cinq mille pieds, l'Angleterre verdissante se déroulait lentement,

découpées en parcelles bien nettes, bien délimi-
tées ; les appareils évoluaient ensemble, dans un
glissement lent et régulier, montant et descendant sans jamais rompre leur formation serrée,
enfermés dans leur bourdonnement assourdis-
sant. Subitement — c'est du moins ce qui sembla à Sartoris — la Manche apparut, surface luisant d'un éclat mat et, au-delà, le banc de nuages
qui était la France. Juste au-dessous d'eux, il y
avait un aérodrome. Britt fit des signaux aux
pilotes. Il allait leur faire exécuter un looping en
formation : un salut, un adieu à la mère patrie.
Il fallait bien que quelqu'un s'avise de faire le
zigoto : en France, sur le front, il n'y avait rien
de nouveau à part l'offensive boche qui avait
laminé la Ve armée et acculé le général Haig, sans
pourtant nous faire abandonner l'idée que notre
cause était juste et sacrée. Ils exécutaient leur
looping : ils étaient en haut de la boucle, la tête
en bas. Il vit un Camel penché sur l'aile gauche
se diriger en plein sur lui : ce devait être un appareil du dispositif A dont la position était immédiatement derrière la sienne. Avait-il, lui Sartoris, perdu de l'altitude et quitté la formation, la
boucle, sans s'en apercevoir ? Mais non : l'avion
de Britt se trouvait au bout de son aile droite,
exactement là où il devait être.

Il s'écarta brusquement d'un coup de palonnier
et poussa sur le manche. Aucun doute, il allait
décrocher ; et c'est ce qui arriva : il partit en
vrille. Sans trop savoir comment, il avait évité
l'autre Camel ; de peu car au passage, il avait
senti le souffle de son hélice. Il coupa les gaz puis,
une fois sorti de la vrille, les rouvrit brusquement
et se retrouva en ascension, bleu de peur, furibond. L'escadrille était maintenant au-dessous de

lui : entre Britt et Atkinson en position cinq,
l'intervalle où il aurait dû se trouver avait été soigneusement respecté. Il vit Britt s'écarter de la
formation pour monter, lui aussi. « Parfait, dit
Sartoris. Si c'est ça que tu veux ! » Si au moins
ç'avait été Britt qui avait failli lui rentrer dedans.
Mais comment savoir ? Il n'avait pas eu le temps
de lire la lettre ou le numéro sur la carlingue. Il
pensa : *Je devais être sacrément près, je n'ai même
pas pu repérer une lettre ou un chiffre ; il faudrait
que je me présente de face, que j'aie le nez dessus
pour que je repère celui qui a une goupille tordue
dans la tête de l'un des écrous saillants du capot.*
Il plongea sur Britt, qui amorça un virage
brusque pour se dérober. Sartoris agit de même
et s'installa dans sa queue. Mais il ne réussit pas
à placer Britt dans le champ de son aldis[1] : il
avait filé, il était trop fort pour lui. Il était dans
sa queue, pas besoin de se retourner pour le
savoir. Ils exécutèrent deux loopings, l'un dans le
sillage de l'autre, comme attachés l'un à l'autre.
*Il a dû se placer derrière la bride de mes lunettes
de vol pendant toute la durée d'une boucle,* pensa
Sartoris.

L'altimètre n'arrivait pas à suivre, mais il indiquait environ sept mille pieds quand il décrocha
volontairement en haut de la troisième boucle ;
tout juste avant de se mettre en vrille, il vit Britt
le passer en amorçant un immelmann. Il se laissa
tomber en feuille morte d'une hauteur qu'il
estima à mille pieds, puis il sortit de sa vrille par
un piqué ; il piqua à pleins gaz puis remonta en
chandelle à une vitesse fantastique, si bien qu'il

---

1. Appareil servant à transmettre des signaux lumineux.
(*N.d.T.*)

montait encore quand le Camel se mit à trépider,
à fatiguer. À deux mille pieds au-dessous de lui,
l'escadrille finissait paisiblement de décrire un
autre cercle. L'un des deux autres chefs d'escadrille, Sibleigh ou Tate, avait pris la place de
Britt. Celui-ci, à cinq cents pieds au-dessous de
Sartoris, décrivait également un cercle et, les
yeux levés dans sa direction, lui intimait, d'un
geste véhément, l'ordre de redescendre. « Volontiers », fit Sartoris — et il piqua du nez. Quand
il dépassa Britt, il allait à plus de deux cent
soixante à l'heure, et lorsqu'il coupa la route à
Tate ou à Sibleigh ou à quiconque avait pris la
tête de la formation, son moteur était à la limite
de sa puissance : il faisait un raffut du diable. Si
le Camel voulait bien tenir bon, il aurait suffisamment de vitesse pour remonter en chandelle
de deux mille pieds, ou peut-être même pour
décrire une ou deux boucles autour de l'escadrille. C'est alors que son manomètre rendit
l'âme. Il interrompit son piqué, actionnant déjà
la pompe à main — sans résultat ; il passa sur le
réservoir à alimentation directe, par gravité,
mais toujours sans résultat : l'hélice continuait à
tourner mollement dans son vent apparent. Il
était à moins de deux mille pieds, à présent ; il
se souvint de l'aérodrome qui se trouvait au-dessous d'eux quand Britt avait décidé de faire un
looping, et il l'aperçut à trois kilomètres. Mais le
vent était contraire : dans un silence rompu
seulement par le sifflement des haubans, il
renonça à l'aérodrome. Soudain, il entrevit Britt
qui arrivait derrière lui ; il lui fit au passage le
signal « moteur en panne ». Il aperçut un champ
— une bande de terre couverte de blé en herbe,
bordée de haies des deux côtés, d'un petit bois à

une extrémité et d'un muret de pierre à l'autre.
Le champ se présentait dans le lit du vent. Britt
le dépassa de nouveau en brandissant le poing.
« Je n'y suis pour rien, fit Sartoris. Si tu ne me
crois pas, viens donc voir mon manomètre et la
position du clapet de la pompe. » Il effectua un
dernier virage contre le vent ; il allait se présenter par l'extrémité du champ qui était bordée
d'un muret. Le terrain convenait à la perfection ;
même un pilote de Camel avec quarante heures
de vol aurait été capable d'y atterrir, mais, pour
en repartir, c'était autre chose ; même Sibleigh,
le meilleur pilote de Camel qu'il eût jamais vu,
n'aurait pas pu réussir son décollage. Il se présentait comme il fallait, avec un peu trop d'altitude. Il agita légèrement son gouvernail de direction, tout en gardant un supplément d'altitude et
de vitesse pour le cas où il en aurait besoin. Il
coupa le contact et actionna encore un peu le
palonnier de façon à lever d'un poil le nez de
l'appareil ; au moment où il passa au-dessus du
muret de pierres, il avait déjà abaissé la queue de
l'avion ; il accentua sa descente vers le leurre de
verdure. C'était un atterrissage magnifique, le
meilleur qu'il eût jamais effectué ; c'était le plus
bel atterrissage de Camel moteur arrêté qu'il eût
jamais vu. Il avait réussi son coup, le manche
contre l'estomac, il avait touché le sol et cherchait déjà la boucle de sa ceinture de sécurité
quand le Camel s'enfonça dans un creux de terrain humide et se planta lentement, le nez dans
le sol. Debout à côté de l'appareil, il épongeait le
sang qui lui coulait du nez après qu'il eut heurté
la crosse de l'une de ses mitrailleuses, quand
Britt repassa au-dessus de lui à toute vitesse en

brandissant le poing et continua en direction de l'aérodrome en sautant par-dessus les haies.

L'aérodrome n'était pas aussi loin qu'il l'avait cru ; il n'avait pas terminé sa cigarette qu'une moto et un side-car surgirent dans une trouée de la haie et s'approchèrent : un soldat et un caporal. « Vous ne devriez pas fumer, mon lieutenant, dit le caporal. Le règlement interdit de fumer près d'un avion accidenté.

— Mon avion n'est pas accidenté, dit Sartoris. J'ai seulement bousillé l'hélice.

— L'avion est accidenté, mon lieutenant, répéta le caporal.

— Ça va, je m'éloigne, dit Sartoris. Mais vous pourrez témoigner l'un comme l'autre que quand vous avez pris l'appareil, la montre de bord était encore en place.

— Pas de problème, mon lieutenant », dit le caporal. Il prit place dans le side-car. En route, ils croisèrent un camion qui amenait une escouade pour démonter l'appareil. Le soldat le conduisit au P.C. transmissions. S'y trouvaient un capitaine avec un bandeau noir sur l'œil, portant un brassard bleu, comme tous les militaires détachés, et un commandant portant l'aile unique des observateurs.

« Blessé ? demanda le commandant.

— Seulement mon nez qui a saigné un peu, répondit Sartoris.

— Qu'est-ce qui s'est passé ?

— Le manomètre a sauté.

— Vous êtes passé sur le réservoir à gravité ?

— Oui, mon commandant, dit Sartoris. Votre caporal a dû trouver le clapet de la pompe encore ouvert.

— Sans aucun doute », dit le commandant. *Tu*

aurais dû venir voir ça là-haut, pensa Sartoris.
J'aurais voulu te voir négocier cet atterrissage.
« Vos camarades ont poursuivi leur route. À mon
avis, vous n'avez plus qu'une chose à faire : vous
présenter au dépôt.

— Oui, mon commandant, dit Sartoris.

— Harry, appelle-moi le dépôt », dit le commandant à son second. Le capitaine parla dans
le récepteur pendant quelques instants, puis ce
fut au tour du commandant. Sartoris attendait.
Dans la pièce bien chauffée, sa peau commençait
à le démanger un peu sous la combinaison de vol.
« Ils veulent vous parler », dit le commandant.
Sartoris prit l'appareil. C'était la voix d'un colonel, peut-être même d'un général — mais il
décida aussitôt qu'elle était trop au courant pour
être celle d'un général.

« Eh bien, que s'est-il passé ?

— Le manomètre a sauté.

— À la suite d'un piqué, j'imagine, dit la voix.

— Oui, mon colonel, dit Sartoris en regardant
par la fenêtre et en se grattant là où le tricot de
corps s'était mis à le démanger pour de bon sous
sa chemise.

— Qu'est-ce que vous dites ?

— Mon colonel ?

— Je vous ai demandé si vous aviez fait exprès
de plonger en piqué jusqu'à ce que votre
manom...

— Non, non, mon colonel. Je croyais que vous
me demandiez si j'étais passé sur le réservoir à
gravité.

— Évidemment, que vous y êtes passé, fit la
voix. Je n'ai encore jamais vu un pilote avec un
moteur en panne qui n'ait pas tout fait pour
relancer son hélice, y compris marcher sur une

aile. Présentez-vous dès ce soir à votre aérodrome. Demain matin, vous irez à Brooklands.
On vous fournira un autre Camel. Vous prendrez
l'air... » *avec promptitude et circonspection*, pensa
Sartoris. Mais la voix ne le dit pas. Elle dit :
« ... sans faire sauter le manomètre, et vous
rejoindrez votre escadrille. Vous êtes capable de
la trouver ?

— Je peux toujours me renseigner en route, dit
Sartoris.

— Qu'est-ce que vous dites ? » Mais cela
n'avait plus aucune importance : la communica-
tion était coupée et, se dit Sartoris, les liaisons
téléphoniques étant ce qu'elles sont dans
l'armée, il faudrait au moins une demi-heure
pour rappeler ; à ce moment-là il ferait route vers
Londres.

Il prit le train des permissionnaires, qui partait
tous les jours de Douvres, soldat parmi les autres
soldats, comme eux dans une situation provi-
soire, mais lui n'était pas encore mutilé. Une fois
arrivé à Londres, il décida de ne pas se rendre à
l'aérodrome. Officiellement en France mais
corporellement en Angleterre, il n'existait pas et
décida de maintenir son incognito. À supposer
qu'il ne lui advînt aucune mésaventure particulière à l'aérodrome, il connaissait et redoutait
non pas tant l'imagination fertile de la hiérarchie, formaliste par définition, que l'initiative
d'un officier style culotte de peau, qu'il aurait
brutalement dérangé dans son somme. Nul doute
qu'on l'aurait invité à rendre compte auprès de
l'officier transports de la zone Manche-Angle-
terre Sud. Et lui qui, depuis la veille au soir,
n'existait plus sur le sol anglais bien qu'il y occu-
pât toujours de l'espace, s'imaginait tout à coup

projeté parmi les gratte-papier, les sous-officiers, les officiers subalternes et enfin les commandants, des types qui ne l'avaient jamais vu, et n'avaient aucun désir de le voir : absorbés par la routine de leurs tâches quotidiennes, occupés à contresigner leurs bordereaux, ils seraient tout simplement exaspérés par cet intrus qui venait troubler leurs travaux paisibles : sa requête patiente et sereine ne provoquerait que de la fureur.

Il déposa donc son équipement d'aviateur au Royal Automobile Club ; étranger sans attache, déboussolé, il s'était arrêté sur le bord du trottoir de Londres, dans cette Angleterre du printemps de 1918 ; avec les femmes, les soldats, les femmes, W.A.A.C. [1], V.A.D. [2], femmes en uniforme de receveuses d'autobus et femmes sans uniforme exerçant le plus vieux métier du monde, toujours florissant en temps de guerre, car les hommes mariés à la sauvette savent pertinemment que de toute façon la mort les cocufiera ; avec les affiches : L'ANGLETERRE ATTEND DE VOUS..., les slogans publicitaires : BATTONS LES BOCHES AVEC BOVRIL, les communiqués : LE FRONT TIENT DEVANT AMIENS SUR LES ANCIENNES POSITIONS DE LA SOMME ; et puis, il s'était mêlé à eux, lui qui était venu d'un autre pays par curiosité pour risquer sa vie dans des querelles de vieillards sans même se rendre compte qu'il voyait peiner le cœur d'une nation à l'une de ses heures les plus sombres.

Le lendemain matin, il pleuvait quand il arriva à Brooklands. Le Camel était prêt, encore que les

1. *Women's Auxiliary Army Corps. (N.d.T.)*
2. *Voluntary Aid Detachment. (N.d.T.)*

mitrailleuses ne fussent pas installées. En outre, on tenta de le dissuader de partir, avec toutes les ressources de la logique et de la raison. « Le temps sur la Manche va être abominable, tu rejoins une nouvelle affectation, tu ferais mieux d'aller prendre un bain, de retourner en ville et de revenir demain. »

Mais non. « J'ai déjà un jour de retard, sans parler de l'avion que j'ai bousillé, hier. Britt m'a regardé de travers. Il va piquer une crise si je n'arrive pas avant le déjeuner. » On lui avait préparé toutes les cartes, sa route était tracée jusqu'à l'escadrille (qui était juste au sud d'Amiens), sans oublier les aérodromes intermédiaires où faire le plein. Il n'avait pas de papiers officiels pour son Camel, mais il avait toujours su que le gens auxquels il aurait affaire ne seraient pas des militaires de carrière mais des volants, en tout cas des hommes qui, malgré les trois ans et demi qui s'étaient écoulés, pensaient, sentaient, se conduisaient encore comme des civils, et n'avaient donc qu'une hâte : que la guerre finisse. Ils lui firent simplement signer une décharge et lui lancèrent son hélice. Alors qu'il mettait les gaz, il crut entendre quelqu'un lui crier quelque chose, mais il roulait déjà ; il décolla. Quand l'aérodrome revint dans son champ de vision, il aperçut les rampants qui lui faisaient de grands signes, puis quand il eut décrit un nouveau cercle, il vit qu'ils avaient déployé une bâche avec le symbole « ordre d'atterrir ». À supposer que l'avion présentât une défectuosité quelconque, ils n'auraient pas jugé utile de dérouler une bâche pour le faire descendre : si, par exemple, il manquait une roue, il pouvait attendre d'être en France pour casser du bois à l'atterrissage. En outre, le Camel volait normalement ; il le fit rouler et tanguer un peu ; c'était un bon Camel, sinon que l'empennage était un peu léger (c'était le cas de tous les Camel ; ils devaient sortir comme ça de l'usine ; il aimait les avions qui montaient comme des ascenseurs dès qu'on relâchait un peu le manche, mais les mécanos de l'escadrille pourraient arranger ça), et il était aussi maniable qu'une plume. Il descendit jusqu'au champ de courses et fit rouler l'appareil sur toute la longueur de la piste opposée aux tribunes ; puis, avec l'aide d'un vent de travers qui soufflait à cet endroit il effectua un trois quarts de tour en dérapant un peu (à cause de la boue) avant d'être obligé de décoller pour éviter d'accrocher la barrière extérieure de l'hippodrome.

Il monta jusqu'à mille pieds et prit son cap. Les nimbus étaient au rendez-vous ; il resta juste au-dessous, passant d'une poche de pluie à l'autre. Le temps n'était pas trop mauvais, encore qu'il n'y eût pas la moindre éclaircie ; c'est pourquoi, une fois la boussole établie et le régime de son moteur réglé à un poil près, il se fourra la tête dans l'espace ménagé sous le pare-brise, pour s'abriter de la pluie. Bientôt celle-ci redoubla d'intensité. Au loin, sur sa gauche, il apercevait le reflet mat de l'embouchure de la Tamise : il n'avait pas maintenu le cap, sa route était trop à l'est. Il apporta la correction requise et poursuivit son vol ; soudain, alors que rien ne l'avait laissé prévoir, il entra de plein fouet dans une zone saturée d'eau, où la visibilité était nulle. D'un geste qui n'avait pas pris naissance dans son cerveau, mais dans ses mains, il abaissa le nez de son appareil. Son avion avait disparu : il n'y avait

plus que le tableau de bord, et les contours du
pare-brise et du cockpit. La boussole donnait des
signes d'affolement. Quand il essaya de la calmer,
elle se mit à osciller violemment de quatre-
vingt-dix degrés et plus ; puis la vitesse de l'air
chuta, bien que la manette des gaz fût ouverte à
fond. L'espace d'une seconde, toute pression disparut dans le manche à balai, et une trépidation
fantastique s'installa ; le fichu zinc amorçait une
vrille alors qu'il était à moins de mille pieds.

Dans sa chute, il traversa la couche nuageuse
et, sous une pluie battante, se retrouva parmi des
lambeaux de nuages que poussait un vent
violent. Quand il eut repris son souffle et récupéré son sang-froid, il volait plein est à plus de
deux cents kilomètres à l'heure et à moins de cinq
cents pieds de la terre qui défilait sous lui à toute
vitesse. Une fois qu'il eut réussi à stopper les
folles girations de la boussole et à reprendre sa
route, il n'eut plus devant lui une étendue d'eau
luisante ou scintillante. À la place, c'était
l'immuable liséré de l'Angleterre, c'était aussi un
mur compact de pluie dense que le vent rabattait
vers l'est. Au-dessous de lui, une ville : Douvres
ou Folkestone ? Sur un promontoire, un phare,
mais où ? Quelque part entre le cap Lizard et les
Downs, c'était tout ce qu'il pouvait dire. Il y avait
sûrement par là des terrains d'aviation pour assurer la défense des côtes ; mais, s'il y atterrissait,
dès l'instant où ses roues toucheraient le sol, il
devrait renoncer, une fois de plus et sans recours
possible, capituler sans conditions devant les
rigides feuilles de chêne, bronze sur fond écar-

late[1]. Après tout, les choses n'allaient pas si mal ;
il avait une visibilité de quinze cents mètres, il lui
suffisait d'éviter les nuages qui, tant que la pluie
tomberait, resteraient à cinq cents pieds au
moins, soutenus par des milliers de hallebardes.

C'est pourquoi il ne chercha même pas à repérer un terrain. Avec la ligne de foi en plein sur le
12 de son compas de route, il laissa derrière lui
les escarpements de la côte, bastions granitiques
de la terre britannique, et, fonçant à cent quatre-
vingts kilomètres à l'heure, il se laissa descendre
jusqu'à environ cinquante pieds de la surface de
l'eau et rentra la tête derrière le pare-brise pour
se protéger de la pluie. La largeur minimum de
la Manche est de quarante et un kilomètres ; à
supposer qu'il fût précisément dans l'axe de cette
plus petite largeur, ce qui était improbable, il disposerait d'au moins dix minutes avant d'avoir à
s'inquiéter des falaises ou de toute autre forme
que prendrait la côte française. Il fonça donc, la
tête à l'abri dans le cockpit ; d'un œil il fixait sa
montre et de l'autre la mer, aperçue entre le
rebord de l'habitacle et son épaule gauche : la
direction des vagues lui servait de repère pour
tenir son cap et son altitude. Il n'avait pas quitté
la côte depuis six minutes — il n'était qu'à
mi-chemin — que, soudain, l'air et la pluie
s'emplirent d'un formidable mugissement. Le
bruit ne venait pas d'en face, il était partout :
au-dessus, en dessous, au-dedans de lui. Il le respirait, il volait dans ce bruit, comme il venait de
respirer l'air et d'y voler. Il leva les yeux : juste en
face de lui, à dix mètres, peut-être, il vit un

---

1. Allusion aux pattes de collet des officiers généraux. (*N.d.T.*)

immense pavillon brésilien peint sur la coque
d'un bateau plus long qu'un pâté de maisons et
plus haut qu'une falaise. *Ça y est*, se dit-il, *je me
suis écrasé*. Simultanément, il ouvrit les gaz au
maximum, tira le manche à fond vers lui et ferma
les yeux. Le Camel monta au flanc du navire
comme un faucon, un goéland à l'assaut d'une
falaise. Il pensa : *Je ne me suis pas encore écrasé ?*
Il rouvrit les yeux : le Camel était suspendu à son
hélice, immobile. Plus haut, le mât du bateau se
terminait par une vigie bâchée d'où émergeaient
deux visages figés dans un hurlement muet, qui
le foudroyaient du regard. Plus tard, il se souvint
qu'à ce moment précis, il avait pensé : *Ils n'ont
pas des têtes d'Espingos ; ils ont des têtes d'Anglais.*
Mais rien ne bougeait : dans le vide traversé par
la pluie, l'avion et la vigie restaient suspendus,
aussi solitaires, aussi pacifiques que deux nids de
l'année écoulée. *Mon hélice et mes roues sont déjà
passées*, pensa Sartoris. *Si au moins je pouvais
faire passer la queue.* Mais à manœuvrer son gouvernail, il risquait de décrocher et de tomber en
vrille. *Non*, se dit-il, *j'ai déjà décroché.* Alors, il
tenta une manœuvre d'inversion : il abaissa violemment une aile et donna un coup de palonnier
du côté opposé, en plaquant le pied contre la
paroi pare-feu. Il avait passé la queue : la vigie
disparut de son champ de vision. Alors surgit
l'aileron de la passerelle : là aussi, il y avait un
visage d'Anglais figé dans un hurlement muet. Il
y avait une chaloupe sur ses bossoirs : était-il
passé au-dessus, ou entre la chaloupe et les bor-
dages ? Tout ce qu'il savait, c'était qu'il n'avait
encore rien heurté. Puis il comprit qu'il était
passé sous l'un des étais de la cheminée. Il progressait en oblique sur le dessus de la cale

arrière ; il aperçut une manche à air dans l'angle
formé par ses ailes et sa carlingue — toujours pas
de choc, cependant — et deux matelots qui couraient comme des dératés vers une porte
s'ouvrant dans la paroi verticale du château
arrière. Il coupa le contact. *Si je ne m'écrase pas
immédiatement*, se dit-il, *je traverse le pont et je
me retrouve à l'eau.* Le second matelot, en se
ruant à l'intérieur, avait laissé la porte ouverte
derrière lui. Sartoris comprit que le Camel manifestait l'intention de le suivre. Cette fois, il faudrait quand même tenter d'éviter les deux crosses
de mitrailleuses. Encore heureux qu'on ne lui
avait pas remis un Camel équipé pour le vol de
nuit, avec des fusées d'aile. Ou encore, avec des
bombes !

Quand cessa le vacarme du métal embouti, de
la toile déchirée et du bois fracassé, Sartoris, le
nez derechef ensanglanté, se retrouva sur le pont,
assis à côté d'un trou béant aux bords déchiquetés (la manche à air s'était volatilisée : avait-elle
d'ailleurs jamais existé ?) d'où montaient une
odeur de mazout brûlé ainsi que le martèlement
sourd et paisible des machines. Alors il entendit
une voix de pêcheur de Liverpool qui lui lança
d'un ton dur, acerbe : « Maintenant, ton compte
est bon. Tu sais donc pas qu'on risque la taule
pour la durée de la guerre à atterrir en pays
neutre ? »

II

Il se trouvait à côté d'un maître-bosco à
l'accent de Liverpool ; penché en avant pour éviter que le sang qui jaillissait de son nez ne le

salisse, il cherchait la poche de la jambe de sa
combinaison où, la veille, il avait fourré son mouchoir. À la passerelle, une voix forte et furibonde
rugissait dans un mégaphone : « Débarrassez-
moi de ça ! Par-dessus bord, et que ça saute ! »
Une autre voix, plus calme, ajouta sur un ton
raisonnable :

« Il ne coulera pas.

— Peu importe ! Débarrassez-moi le pont !
Sortez les haches et flanquez les morceaux par-
dessus bord !

— Eh là, dit Sartoris, il faut que je récupère la
montre de bord.

— Et saisissez-moi ce type, rugit le mégaphone. Assommez-le s'il le faut ! » Il découvrit un
second marin à son côté et se sentit poussé vigoureusement vers la porte du château arrière que
le Camel avait tenté de forcer.

« Attendez, dit-il. Il faut que je récupère la
montre... » Il franchit la porte. Il entendait déjà
derrière lui le fracas des haches ; il se retourna
et vit deux hommes qui couraient vers le bastingage, portant la queue de l'appareil.

On le poussait le long d'une coursive, éclairée
à l'extrémité par une ampoule unique, blafarde.
Le plancher lui parut non seulement froid, mais
visqueux : c'est alors qu'il constata qu'il portait à
la main sa bottine droite, la boucle encore rabat-
tue, et qu'à son pied droit ses deux chaussettes
avaient disparu, celle de laine et celle de soie. Les
hommes s'arrêtèrent et le maintinrent immobile ;
le maître-bosco ouvrit une porte qui donnait sur
une cabine éclairée par une autre ampoule blafarde et crasseuse ; il avait encore en mémoire le
transport de bétail sur lequel, un an auparavant,
il s'était embarqué pour aller s'engager en

Europe ; il comprit qu'il s'agissait d'une cabine de troisième lieutenant ou de troisième mécanicien. « Minute, dit-il. Attendez... » Une main vint se plaquer contre son dos, et, presque impersonnellement, elle le propulsa à l'intérieur. Il trébucha contre le surbau de la porte, reprit son équilibre et se retourna au moment même où on lui claquait la porte à la figure. Il saisit la poignée, mais le verrou avait déjà été tourné. « Je suis un officier aviateur, nom de Dieu ! Vous n'avez pas le droit... » Mais il fallait afficher encore un peu plus d'hystérie, il fallait qu'il crie derrière cette porte verrouillée qu'ils n'avaient pas le droit de faire ce qu'ils avaient déjà fait. Car il ne pourrait pas se passer de leur témoignage : la montre de bord, il avait bien essayé de la récupérer.

Il se lava le nez précautionneusement au lavabo. Il n'y avait pas de glace, mais il n'eut pas de mal à localiser son nez ; s'il devait bousiller un autre appareil, il lui faudrait un périscope rien que pour se déplacer. Puis il ôta son autre bottine et mit la chaussette de laine à son pied gauche ; il avait maintenant une chaussette à chaque pied, il enfila les bottines et alla s'allonger sur la couchette. Il écoutait les pulsations et les vibrations des machines, et regardait se balancer légèrement les vêtements accrochés aux patères de la cloison : les manches ne portaient aucun galon, les boutons aucun emblème.

À présent, Britt allait être fou furieux. Il allait devoir retourner à Brooklands prendre un autre Camel. En d'autres termes, pas question d'espérer rejoindre l'escadrille avant le lendemain. La montre qu'il portait à l'intérieur de son poignet marchait toujours, mais la protection, le verre et les trois aiguilles avaient disparu, happés par ce

fouillis hétéroclite où se perdent les chaussures,
les chaussettes, les porte-bonheur, les lunettes de
vol et parfois même les cravates et les bretelles
des aviateurs accidentés ; il ne savait pas quelle
heure il était. Mais, une seconde avant qu'il n'ait
levé les yeux et découvert le pavillon peint sur la
coque, il était 12 h 04 ; et, à supposer qu'il attei-
gnît Brooklands à temps pour décoller l'après-
midi même, il était probable qu'ils ne lui donne-
raient pas un second Camel sans autorisation
officielle. En d'autres termes, non seulement il
faudrait qu'il passe le reste de l'après-midi à
signer des paperasses expliquant ce qu'il était
advenu du premier mais, en plus, il devrait expliquer comment il se l'était procuré sans respecter
la procédure habituelle. À supposer qu'il atteigne
la côte le soir même ; à supposer même qu'il
revoie l'Angleterre. Il n'avait pas reconnu le
pavillon qu'il avait presque traversé avec son
Camel mais, s'était-il dit, il y a trop de jaune et
trop de vert pour que ce ne soit pas un pavillon
sud-américain, et pourtant les hommes qui
l'avaient récupéré et flanqué là sans même chercher à savoir s'il était blessé, étaient des Anglais.
Il y avait là quelque chose de louche ; Dieu sait
où se dirigeait ce bateau : Scandinavie ? Russie ?
Il y avait un hublot juste au-dessus de la couchette et, derrière une solide grille, le verre était
couvert d'une épaisse couche de peinture noire.
Si seulement il avait un tournevis, un pic à glace,
ou un instrument suffisamment long pour
atteindre et briser le verre, il apercevrait probablement la terre. La France, sans doute : cela ne
l'avancerait pas à grand-chose ; même si on voulait bien le débarquer sur le sol français, dans le
meilleur des cas il ne rejoindrait pas l'escadrille

avant la nuit, à pied. Le navire faisait route vers
l'est, et il s'était écrasé à tribord : le Camel avait
achevé sa course obstinée, intrépide, alors qu'il
tentait une manœuvre d'évitement sur la droite ;
or il se trouvait toujours à tribord. Il savait même
à quoi ressemblerait la côte quand enfin elle
apparaîtrait, juste au-dessus de l'étendue désolée
de la houle ; c'est comme ça qu'il l'avait vue après
quinze jours passés sur le transport de bétail :
soudain, à l'aube, émergeant du brouillard, une
masse abrupte, énorme, verticale avait surgi
d'une horizontalité mouvante et stérile hachée de
lames glauques, démontées, et un timonier qui
allait prendre son quart et qu'il avait croisé sur
le passavant lui avait dit que c'était le Bishop's
Rock.

Dix heures plus tard, il se réveilla sous l'œil
impitoyable d'une torche électrique. Au plafond,
l'ampoule blafarde était éteinte ; les vêtements
pendaient immobiles au milieu des ombres projetées par la torche. Cette fois, les deux hommes
pivotèrent pour l'encadrer ; leurs mouvements
étaient si raides, si solidaires qu'il n'eut pas
besoin des guêtres blanches ni des fusils pour
comprendre qu'il s'agissait de fusiliers marins.
« Eh, Kitchener », dit une voix derrière la torche,
et cette voix-là, il la reconnut aussi : c'était la voix
composite de l'officier des équipages qui était à
trois ou quatre ans d'une honorable retraite, et
dont le seul supérieur portant ou non l'uniforme
était son homologue en âge et en grade sur le
navire amiral. « Qui est-ce qui commande cette
escouade ? dit Sartoris. Vous avez affaire à un
officier. Si je suis en état d'arrestation, vous
devez...

— Ouste », dit la voix derrière la torche. D'un

pas sonore ils remontèrent la coursive obscure ;
il n'y avait plus la moindre vibration, la moindre
pulsation. Ils tournèrent. La torche disparut derrière lui, et ils tournèrent à nouveau. Il était
maintenant assailli par un vent noir, mauvais ; il
ne pleuvait plus, mais il faisait nettement plus
froid : les nuages filaient dans un ciel bas. Puis
il distingua quelque chose : c'était le pont sur
lequel il s'était écrasé. Trois ombres l'attendaient.

« Paré, bosco ? dit une voix nouvelle — une
voix d'officier.

— Paré, capitaine », dit la voix de l'homme à
la torche. Sartoris put alors distinguer la forme
et l'angle de la casquette de l'officier.

« Dites-moi... commença Sartoris.

— Allons-y », dit la voix nouvelle. Ils traver-
sèrent le pont. Une échelle de corde pendait au
bastingage : peut-être que, lancée le long de la
coque noire et aveugle du navire, elle plongeait
dans les profondeurs de la mer du Nord. Mais
une forme vaguement humaine se manifesta
brusquement, s'approcha de lui, disparut, puis
réapparut à la hauteur de ses pieds ; des mains
le touchèrent, puis une voix lança : « Larguez
tout » et il se trouva dans une chaloupe ou
quelque chose de ce genre. Il était assis sur un
banc de nage entre ses deux fusiliers marins ; de
chaque côté, dans l'ombre, les avirons plon-
geaient en cadence, et il sentait, séparé de lui par
l'épaisseur d'une simple planche, le courant puissant de la mer obscure, les profondeurs obscures
de la mer puissante. Puis une autre échelle, une
autre coque métallique, noire ; par comparaison
avec la première, elle lui parut si basse que,
debout dans la chaloupe, il aurait pu saisir le
plat-bord. Mais non, elle était bien trop haute. Il

se retrouva sur un pont plongé dans l'obscurité, et fort encombré. Il y avait là une forme qui était celle d'un tube lance-torpilles (il ne le savait pas), un canon pointé à l'oblique qui était un canon de D.C.A. (il le savait) et une batterie de quatre cheminées également à l'oblique, démesurées par rapport à la coque d'où elles surgissaient ; alors qu'il avançait sur le pont, le navire se souleva, soudain animé d'une violente trépidation. Il se mit à gîter et parut se ramasser avant de bondir en avant, dans un tumulte d'eau bouillonnante, manifestant une capacité d'accélération supérieure à celle d'un avion.

Cette vitesse, il ne la vit qu'une fois. Il suivait l'officier. Ils montaient des échelles ; brusquement il fut plaqué par un vent violent, mauvais : apparut une silhouette immobile, une masse de vêtements informes, avec une paire de jumelles et, au-delà du tablier de la passerelle, il aperçut la mince et puissante étrave déployant deux formidables ailes d'écume blanche. Puis le vent disparut. On le fit passer à côté d'une lanterne blafarde et il aperçut les rayons d'une roue en acajou qui bougeait légèrement. Une porte se ferma derrière lui et, près d'une table sur laquelle était étalée une carte qu'éclairait une lampe à abat-jour, il distingua bientôt un homme vêtu d'une veste de cuir, qui le regardait. L'homme ne dit rien. Il restait de l'autre côté de la table et regardait Sartoris, puis, sans faire le moindre mouvement, il cessa de le regarder. « Par ici », fit l'officier. Ils se frayaient un chemin dans une coursive resserrée, toute vibrante de vitesse et aussi étroite qu'une tombe, une tombe bien éclairée.

« Qu'est-ce qu'il me voulait ? demanda Sartoris.

— Rien, répondit l'officier. Il voulait seulement vous voir. » Le carré des officiers était tout en longueur, de couleur gris acier, et ne contenait guère qu'une longue table. Lorsqu'ils entrèrent, le maître-bosco lança un ordre et les deux fusiliers se mirent au garde-à-vous : une fois de plus, ils vinrent l'encadrer avec une précision de métronome. Tout à coup apparurent six midships qui se mirent au garde-à-vous ; dans leur uniforme bleu sans marques apparentes d'aucune sorte, ils faisaient penser à six lycéens américains portant les couleurs de leur école dans une équipe sportive ; six jeunes choisis parmi toute une classe d'âge en fonction de critères d'une progidieuse rigueur. « Sacré nom, s'écria l'officier, je vous avais pourtant dit d'aller vous faire voir ailleurs. » Ils s'éclipsèrent, disparurent, s'évanouirent. L'officier déboutonna son caban et rabattit son col. Son visage, abrupt, plutôt froid, indiquait la trentaine. Sur tout un côté, une cicatrice lui fronçait la peau : il avait l'air d'avoir été frappé par un éclair en nappe. Sous le caban, Sartoris découvrit une décoration, unique, et d'une couleur si semblable à celle de la tunique qu'elle s'en distinguait à peine : le ruban de la *Victoria Cross*.

« Quel grade vous octroyez-vous ? demanda l'officier.

— Sous-lieutenant, R.F.C., dit Sartoris. Regardez. » Il ouvrit sa combinaison et montra les ailes sur son insigne. L'officier jeta un coup d'œil, mais sans manifester le moindre intérêt.

« Facile !

— Facile ? répliqua Sartoris. Ça m'a pris huit mois. Je ne connais personne qui ait fait plus vite.

— Pourquoi étiez-vous sur ce bateau ?

— J'ai eu un accident.

— Je sais. Pourquoi ?

— Je ne l'ai pas vu. Je m'étais abrité de la pluie à l'intérieur du cockpit. Quand j'ai entendu la sirène, j'ai tout juste eu le temps de redresser, et j'ai décroché. Est-ce qu'on voulait que je boive le bouillon ?

— Je n'en sais rien, fit l'autre. Où alliez-vous ?

— J'essayais de rejoindre mon escadrille, dit Sartoris. Qu'est-ce que j'aurais bien pu faire d'autre à un endroit pareil ?

— Je n'en sais rien, répondit l'autre. On vous a donné quelque chose à manger ?

— Pas depuis ce matin.

— Faites-lui apporter ce qu'il y a.

— À vos ordres », dit le maître-bosco.

La pièce où il se trouvait maintenant était encore plus petite que celle de l'autre bateau ; le fusilier qui montait la garde à la porte, l'arme au pied, la tête à dix centimètres du plafond, semblait remplir la pièce, la réduire aux dimensions d'une maison de poupée. Pendant un court instant, elle lui parut identique à la précédente. Il y avait la couchette encastrée — mais celle-ci avait des couvertures propres — et puis le lavabo. Mais il n'y avait même pas de hublot peint en noir ; les cloisons étaient aveugles, et il retrouvait maintenant non seulement le bruit de la vitesse, mais celui de l'eau. Il lui aurait suffi, pensa-t-il, de poser la main sur la paroi pour sentir la coque d'acier vibrer à l'unisson du tumulte incessant de l'eau qui rugissait de l'autre côté.

Un matelot entra, apportant de la cambuse un bol fumant de thé fort et amer, accompagné de viande froide et de pain. Il mangea, puis il eut

envie d'une cigarette. Mais il avait mis le paquet
dans la poche de pantalon où, la veille, il avait
fourré son mouchoir taché de sang ; le paquet
avait disparu. Il resta donc allongé sur la couchette propre, sous une ampoule unique qui
jetait une lumière crue, à cinquante centimètres
du cran de sûreté du fusil de la sentinelle, attentif au bouillonnement, au rugissement de l'eau
derrière la paroi d'acier ; au bout d'un certain
temps, il lui parut que la fragilité invulnérable de
la coque devait son invulnérabilité à la seule
vitesse, tout comme les avions, et que si cette
coque ralentissait, elle serait écrasée par la masse
même de l'eau où elle s'immobiliserait. Il ignorait sa destination. La veille, il avait cru la
connaître, et il s'était trompé. Mais comment un
torpilleur aurait-il pu remonter la Tamise jusqu'à
Londres ? Le jour précédent, il avait dormi au
moins dix heures avant d'être réveillé par la
torche électrique. Il devait donc se trouver maintenant en pleine mer du Nord, et il essaya de se
rappeler des noms de ports sur la côte est, mais
sans succès. De toute façon, ils devaient se trouver maintenant à proximité de l'embouchure du
Forth — et c'était peut-être dans cette direction
qu'ils faisaient route. Autrement dit, il n'allait
probablement pas pouvoir retourner à Brooklands avant le surlendemain pour y toucher un
autre Camel ; et cette fois, quand il se présente-
rait à l'escadrille, Britt allait sûrement le faire
fusiller. La *Victoria Cross*, pensa-t-il, en accord
avec la trépidation de la coque lancée à pleine
vitesse. Mais pour ça, il fallait être britannique
de naissance, comme pour la *Military Cross* de
Britt qui, à ses yeux, venait aussitôt après. *Mais
je vais me décrocher quelque chose*, pensa-t-il. Il

se décrocherait une médaille le 5 juillet[1] prochain. Pour ça, il suffisait d'être né. *Il y a peut-
être une croix de fer qui traîne quelque part*, se dit-
il, *que je pourrais gagner aux dés*.

Cette fois, on le secouait pour le réveiller.
C'était un lieutenant de vaisseau portant un brassard de la prévôté. Le bateau était immobile à
présent ; l'eau ne bouillonnait plus, ne rugissait
plus, et quand il traversa le pont entre deux gendarmes de la prévôté, fusils à l'épaule, il n'y avait
ni chaloupe ni océan noir. Non, le bateau était
mouillé le long d'un quai de pierre ; il y avait un
port sur lequel l'aube commençait à poindre et,
tout autour, une ville encore plongée dans l'obscurité. Mais ce n'était pas Londres. « Ce n'est pas
Londres, dit-il.

— Non, pas exactement », dit l'officier. Il était
donc quelque part sur l'embouchure du Forth,
comme il l'avait prévu. À Édimbourg, peut-être,
puisque ça avait des allures de grande ville
— du moins si Édimbourg descendait jusqu'à la
mer. Dans ces conditions, il pourrait être à
Londres le soir même. Le lendemain, il pourrait
s'expliquer sur le sort de son premier Camel et
en toucher un autre. Le surlendemain, il réussirait peut-être à rejoindre l'escadrille. Il y avait
une sentinelle au bout de la jetée. Il fallut appeler
l'officier de garde. Pourquoi toutes ces histoires,
se demandait Sartoris, le lieutenant de vaisseau et
les deux gendarmes se sont déjà présentés à l'aller,
le poste de garde doit penser : qu'ils passent et
qu'on n'en parle plus. Mais il lui avait suffi de deux
jours pour oublier la terre, la vieille odeur de

1. C'est-à-dire le lendemain de la fête nationale américaine.
(*N.d.T.*)

moisi que dégageait la casquette du colonel commandant la base. Dans deux jours, peut-être serait-il en France ; s'il en croyait Britt, Tate et Sibleigh, plus on se rapprochait de la guerre, moins on sentait son emprise.

Ils roulaient dans des rues sombres et désertes ; bientôt, ils tournèrent dans une cour où allaient et venaient d'autres voitures et des estafettes à moto, devant une grande bâtisse éclairée. Ce n'était peut-être pas l'image qu'il se faisait d'une cour d'immeuble à Édimbourg, mais ce n'était nullement une gare, pas même une gare écossaise : ne connaissait-il pas celles de Turnberry et d'Ayr ? Il constata que cela non plus ne lui causait aucune surprise. Il se trouvait à l'intérieur du bâtiment, dans une salle immense, un P.C. transmissions, où s'activait dans l'ordre une foule d'estafettes, de porteurs de plis, de caporaux-fourriers, de téléphonistes, et il reconnut l'antique, la tenace odeur. On lui prêtait à peu près autant d'attention que s'il était venu réclamer un autre avion. « Écoutez, dit-il, j'ai deux jours de retard — deux jours s'étaient écoulés depuis leur départ pour la France, mais il avait le sentiment d'avoir vécu une semaine —, il faut que je rejoigne mon escadrille. Vous feriez peut-être mieux de téléphoner. » Il donna le nom du colonel commandant la base d'où avait décollé l'escadrille.

« C'est leur affaire, dit le lieutenant.
— L'affaire de qui ?
— Leur affaire. Ils appelleront s'ils jugent bon d'appeler. »

Comparé aux deux autres, son nouveau local avait la taille d'un aérodrome. Il s'allongea sur le lit de fer, ôta son casque de cuir — avant de couper les gaz sur son Camel, il avait repoussé sur le haut de son crâne ses lunettes de vol qui n'avaient pas souffert — car il allait devoir attendre un bon moment avant qu'on vienne le chercher, et il se dit qu'il n'aurait pas dû dormir autant depuis hier midi. Bientôt, on lui apporta un petit déjeuner. Pas trop mauvais mais, à en juger par son odeur, il se ressentait lui aussi de la malédiction qui frappe l'union du ceinturon et de la machine à écrire ; et, puisqu'il était en Écosse, un petit déjeuner à l'écossaise ne lui aurait pas déplu. D'ailleurs, leur petit déjeuner, ils pouvaient le garder. Et il pourrait boire un bon coup dans deux ou trois jours, une fois arrivé en France. Il resta donc allongé sur le lit tandis qu'au revers de son poignet sa montre dépourvue d'aiguilles continuait à émettre son tic-tac. *Je suis ici depuis deux heures, se dit-il. Je suis ici depuis deux heures.* Il était là depuis six heures quand un caporal apparut enfin à la porte, qui lui donna une cigarette et lui dit qu'il était dix heures quarante-huit. Alors, il cessa d'attendre ; non, on ne viendrait plus le chercher : il n'irait jamais en France. Il avait essayé, et il se retrouvait en Écosse. La prochaine fois, il se retrouverait dans les pays baltes ou en Scandinavie et, la fois suivante, ce serait la Russie ou l'Islande. Il deviendrait pour les armées alliées une véritable légende : il s'imaginait dans une cinquantaine d'années, vieillard à la barbe blanche, aux yeux hagards, en train de gravir frénétiquement une falaise quelque part entre Brest et Ostende, criant d'une voix de fausset le numéro de son escadrille dissoute et oubliée : « Où est la guerre ? Où est le front ? »... La sentinelle et tou-

jours le même lieutenant de vaisseau apparurent
à la porte. Sartoris se leva et demanda :

« Ils sont prêts à s'occuper de moi ?

— Oui », dit le lieutenant. Sartoris s'avança
vers la porte. « Vous ne prenez pas votre couvre-
chef ? demanda le lieutenant.

— Je ne reviens pas ? s'enquit Sartoris.

— Je l'ignore. Vous en avez envie ? » Sartoris
fit donc demi-tour et prit son casque. Ils enfi-
lèrent tous trois un long couloir. Puis Sartoris et
l'officier grimpèrent des étages et débouchèrent
dans un autre couloir où allaient et venaient des
porteurs de plis. Le lieutenant disparut ; un autre
homme se tenait debout devant lui, à contre-jour.
C'était Britt.

« Qu'est-ce qui vous amène en Écosse ?
demanda Sartoris.

— Sacré nom d'une pipe, dit Britt, flanquez-
vous ça sur la tête et filons d'ici. »

III

« Je suis en France », dit Sartoris. Ils se trouvaient dans la cour, que traversaient à toute
vitesse les motos pétaradantes des estafettes ; il
y avait une auto qui avait l'air d'être celle d'un
officier supérieur et un side-car dont le conducteur, un mécanicien d'aviation, attendait.

« Vous êtes en France, dit Britt. Ici, ça s'appelle
Boulogne. Quel âge avez-vous ?

— J'aurai vingt et un ans le mois prochain. Si
on ne me jette pas au trou d'ici là.

— Vous devriez écrire vos Mémoires. Si vous
attendez d'avoir trente ans, il vous sera arrivé
tant de choses que vous ne vous en souviendrez

plus. Vous choisissez le seul bateau qui navigue dans les eaux européennes sans avoir la moindre envie qu'on vienne le regarder de près, et vous atterrissez dessus...

— Ce n'étaient pas des Espingos, dit Sartoris. Il y avait une espèce de pavillon sud-américain, mais l'équipage était anglais. Ils m'ont tiré de ce Camel sans même prendre le temps de s'assurer que je n'étais pas blessé, et ils m'ont fourré au...

— Mais qui vous a donné l'ordre de patrouiller la Manche en allant regarder les bateaux sous le nez ?

— Il y avait quelque chose de bizarre dans[1]...

— Je n'en doute pas, dit Britt. C'est pour cette raison qu'ils se sont dépêchés de vous enfermer et qu'ils ont demandé qu'on vienne vous chercher. Ils ont certainement dû penser qu'ils avaient affaire à un espion boche ou, pire encore, à un espion venu de La Haye. De toute façon, ce bateau, ça n'est pas votre affaire ; c'est celle des grands manitous de la guerre, à Londres ou ailleurs. Il va falloir oublier que vous l'avez vu, ce bateau. Je l'ai promis en votre nom. Il y a des tas de choses qui se passent dans cette guerre, comme dans toutes les guerres, je suppose, que les officiers subalternes et même les commandants ont le devoir d'oublier.

— Compris, dit Sartoris. Et ensuite, qu'est-ce que j'ai fait ?

— Ensuite, on vous a embarqué sur un torpilleur. Pas un bateau ordinaire : un navire de guerre de Sa Majesté (ç'aurait été un cuirassé de

---

1. On peut rappeler que l'Amirauté britannique équipait des navires de commerce pour la lutte anti-sous-marine, en camouflant l'armement de ces bateaux-pièges (« Q-ships »). (*N.d.T.*)

première classe, c'était du pareil au même) détaché de sa patrouille de protection sous-marine à quatre cent cinquante kilomètres de là, dépêché de nuit, à allure forcée, pour vous intercepter, vous embarquer comme si vous étiez le premier Lord de l'Amirauté, et vous ramener à terre. Vous ne trouvez pas que ça mérite de figurer dans vos Mémoires ?

— Ça ne mérite pas les arrêts. » Britt le regardait. En levant la tête, Sartoris rencontra son regard froid.

« Ça n'est pas pour ça que vous avez été mis aux arrêts. » Leurs regards se croisèrent. « Ça fait trois jours que vous avez été affecté à l'escadrille, et vous n'avez toujours pas rejoint votre poste. »

Sartoris laissa passer un moment, puis il dit : « Alors ils ont pensé que j'avais peur. Et vous aussi.

— Qu'est-ce que vous auriez pensé, à ma place ? Vous êtes affecté en France pour la première fois. Vous prenez le départ mais vous n'atteignez même pas la Manche. Vous quittez la formation sans raison...

— Il y avait un avion du groupe A juste devant moi dans ce looping ! J'étais si près de lui que je pouvais voir une goupille tordue dans son moyeu de roue !

— ... sans raison, vous montez à huit mille pieds, et vous piquez jusqu'à faire sauter le manomètre ; et puis, alors qu'un aérodrome long de huit cents mètres vous attend à trois kilomètres, vous trouvez le moyen de vous poser en pylône sur un lopin de terre cultivée d'où Sibleigh lui-même n'aurait pas réussi à faire décoller un Camel — et vous disparaissez. On vous dit de vous rendre à un endroit donné, vous ne le faites pas. On n'entend plus parler de vous jusqu'au jour suivant. Quand vous arrivez à Brooklands sans être annoncé, ordre leur a été donné d'avoir à votre intention un avion prêt à décoller. Ils vous laissent monter à bord, alors que vous n'avez pas encore l'autorisation de le faire. Vous décollez juste avant que n'arrive l'ordre de vous en empêcher. On vous fait le signal d'atterrissage obligatoire, mais vous n'en tenez pas compte. Et puis vous disparaissez avec votre avion. Aux yeux de tous, vous êtes parti rejoindre votre escadrille en France, et vous devriez l'avoir fait une heure et demie plus tard, au plus. Mais non ; vous disparaissez. Un peu plus tard le même après-midi, le patron de ce bateau fulmine à la radio : il pense que vous vous êtes délibérément écrasé sur ce que vous avez sans doute pris pour un navire neutre — et cela, ça signifie l'internement jusqu'à la fin de la guerre, comme vous ne pouvez manquer de le savoir.

— Mais je ne l'ai même pas vu, rétorqua Sartoris. J'ai juste eu le temps de tirer sur le manche pour décrocher. C'était le bateau ou le bouillon. Je...

— N'en parlons plus, dit Britt. Je me suis fait mon opinion : personne ne va s'amuser à poser volontairement un Camel sur un pont d'acier de vingt mètres de long en plein milieu de la Manche. On oublie donc tout. Vous n'avez jamais vu de bateau, et ça ne regarde personne de savoir où vous avez été. Vous avez eu un accident, et ce matin je suis allé vous chercher à Boulogne.

— Et maintenant, qu'attendez-vous de moi ?

— Le side-car est pour vous. Il va vous emmener à Candas, où Atkinson vous attend pour vous

ramener à l'escadrille. Vous et lui, vous allez recevoir deux Camel neufs. Vous garderez celui qui
vous reviendra. Et on repart du bon pied, hein ?

— Pas de problème », répliqua Sartoris en
montant dans l'habitacle du side-car. Il avait pu
entrevoir la France, au moins l'arrière du front.
Ainsi ils ont pensé que j'avais eu peur, pensa-t-il.
Atkinson l'attendait là où étaient parqués les
appareils.

« Où est-ce que tu... ? demanda-t-il.

— Si on te le demande... » dit Sartoris. Les
Camel étaient prêts. Atkinson lui fit un clin d'œil.

« Viens, dit-il, on nous attend pour déjeuner.

— Je n'ai pas faim. Vas-y, toi. » *Alors ils ont
pensé que j'avais eu peur*, pensa-t-il. Atkinson lui
fit un nouveau clin d'œil.

« Moi non plus, dit-il. On pourra se faire servir quelque chose au mess. » Les mécaniciens
lancèrent leurs hélices et ils décollèrent. Ce fut
comme s'il n'avait pas même vu un avion depuis
un mois. Mais il n'avait pas oublié. Il n'oublierait
jamais le pilotage — même s'il avait peur. Il prit
l'air en exécutant un audacieux virage ascendant.
L'appareil était encore plus léger de la queue que
celui de Brooklands, et il montait encore mieux.
Il était déjà là-haut alors qu'Atkinson décollait à
peine. Il vira, le rattrapa et alla fourrer son aile
entre l'aile et l'empennage de l'autre appareil ; le
pilote tourna brusquement la tête, le visage
déformé par un hurlement d'effroi. Atkinson, qui
lui faisait des signes désespérés pour qu'il
s'éloigne, réussit finalement à dégager, ce sur
quoi Sartoris mit son avion en cabré, monta et
revint à la charge, cette fois par-derrière ; il vit
Atkinson tourner nerveusement la tête pour
regarder par-dessus une épaule puis par-dessus

l'autre, le visage terrorisé ; il fit mine de le défier
en duel et se mit à le harceler puisque, furieux,
Atkinson se refusait à faire plus que lui signifier
de s'éloigner ; il plongea, remonta en chandelle,
plongea de nouveau et, mettant toute la gomme,
entreprit de se donner assez de champ pour vol-
ter et refoncer doit sur Atkinson. Quand il vint à
nouveau fourrer son aile entre l'aile et l'empennage d'Atkinson, celui-ci se contenta cette fois de
brandir un poing menaçant ; mais il continuait
de se retourner nerveusement pour surveiller le
bout de l'aile de Sartoris, qui bientôt constata
qu'Atkinson dérivait de plus en plus vers la
droite : d'ici peu ils allaient prendre une direction
qui devait être celle de Paris. En outre, il avait du
mal à retenir son Camel, qui ne tenait pas en
place : lorsqu'il entreprit de réduire doucement
les gaz, les vibrations devinrent telles qu'il ne
pouvait même plus lire la boussole.

Il manœuvra donc pour dégager et, une fois
réglé le régime du moteur, il entreprit de dépasser Atkinson. Il savait où se trouvait l'aérodrome
et Atkinson le regarda s'éloigner sans manifester
d'inquiétude. Il allait dans la bonne direction. De
toute manière, un aérodrome, il en trouverait un.
Tant pis, si ce n'était pas le bon. On ne peut pas
en vouloir à un type qui a pris peur. Et en effet,
au loin, il aperçut quelque chose qui se dressait
dans la plaine : c'était probablement la cathédrale d'Amiens ; il vit les innombrables ramifica-
tions de la Somme, et puis la route d'Amiens à
Roye, incroyablement droite. Il vit enfin l'aérodrome. C'était bien un aérodrome parce qu'il y
avait, tout à côté, l'habituelle voie de chemin de
fer. Il se retourna. À cinq ou six kilomètres derrière, Atkinson le suivait tranquillement. C'était

donc bien le terrain qu'il cherchait et, quand il
vit un train se déplacer le long de l'aérodrome,
au maximum de sa vitesse, c'est-à-dire nettement
plus vite qu'un homme au pas, sa certitude fut
acquise. Il n'y avait pas de ligne téléphonique le
long de la voie, mais le train suffirait sans doute
puisqu'il allait devoir atterrir avec vent de travers, ou se présenter au-dessus du train, car s'il
restait là-haut à attendre que le convoi soit passé,
il risquait la panne d'essence, un Camel n'ayant
que trois heures d'autonomie de vol en passant
sur le réservoir à gravité une fois que l'autre était
à sec. Mais n'est-ce pas, il avait peur ; il n'était
pas fichu de se rappeler ceci, il était incapable
d'oublier cela ; peut-être avait-il aussi peur des
trains ? Une chose au moins était sûre, il avait
peur de la France et on ne pouvait attendre de lui
qu'il y atterrît : ce qu'on attendait de lui, c'était
qu'il se posât sur la piste, devant la porte du
mess. Il se présenta donc à pleins gaz, avec vent
de travers, à trois mètres au-dessus du convoi en
mouvement comme s'il s'apprêtait à atterrir dessus, mais il vira dans le vent, en direction du
mess ; et quand il crut avoir assez de vitesse
acquise pour rouler jusqu'à la porte du mess, il
coupa le contact et laissa le Camel se poser au
sol. Certes, il allait un peu vite, mais il avait en
tête un de ces dérapages dont Sibleigh avait le
secret, un de ces atterrissages où il fallait réussir
son coup car une fois lancé, on ne pouvait plus
changer d'avis ; il se laissa donc déraper juste
assez pour pouvoir rouler jusqu'au mess et entreprit d'abaisser l'empennage afin de redresser
l'appareil, l'abaissa encore un peu plus, pas assez
cependant : il le comprit dans la demi-seconde
qui précéda la manœuvre. L'appareil rebondit sur

le sol. Le mess apparut, encore plus proche que naguère le navire, moins imposant tout de même. Mais il fallait sauter l'obstacle. Il donna donc de la gomme mais, au lieu de la manette des gaz, sa main heurta la commande du mélangeur. Le moteur toussota, puis se tut. À nouveau, le Camel rebondit — et acheva sa course les roues en l'air.

Il était plus loin du mess qu'il n'avait cru. Les gens qui le regardaient, debout devant le bâtiment, ne lui semblaient plus installés sur son aile inférieure. C'était un terrain d'une bonne longueur et il lui fallut couvrir une certaine distance pour les atteindre ; il marchait le nez penché en avant pour ne pas tacher de sang ses vêtements (car il n'avait toujours pas de mouchoir). Un planton l'accueillit, quasiment à la porte du mess, avec une serviette mouillée. Britt le regardait : « Ça va mieux ?

— Oui, à part mon nez, dit Sartoris. Depuis le temps, il devrait s'y être habitué.

— Il est encore très jeune, dit Britt, il faut lui laisser le temps de se faire. Dites donc, continua-t-il, mettons les choses au point. Votre manière de voir me paraît discutable. En comptant votre entraînement et les frais de transport, vous avez coûté au gouvernement l'équivalent de trois appareils ennemis. Et vous nous en avez bousillé trois des nôtres avant même d'avoir vu le front. Vous me suivez ? Il va falloir que vous abattiez six avions boches avant de pouvoir inscrire quoi que ce soit à votre tableau de chasse. » Le planton apporta quelque chose. Des lunettes de vol. Sartoris découvrit alors qu'il n'avait plus sur le front que la monture des siennes. Britt prit les lunettes et les lui tendit.

« C'est pour quoi faire ? demanda-t-il.

— Pour voler, répondit Britt. Ce sont des lunettes de vol. Vous allez à Candas, pour y prendre un Camel. Dans la mesure du possible, celui-là, démolissez-le avant l'heure du thé. » Sartoris prit les lunettes.

« Disons plutôt avant le dîner, dit Sartoris. Avec un peu de chance, l'avion consentira à brûler. Ce serait plus joli dans l'obscurité.

— Non. Avant l'heure du thé. Le général Ludendorff sera probablement arrivé, avec votre croix de fer. Pour l'instant, il est encore de l'autre côté d'Amiens. »

Neige

« Papa, dit l'enfant, c'était comment l'Europe avant que tous les gens là-bas se mettent à les détester, les Allemands, et à avoir peur d'eux ? »

L'homme ne répondit pas. Il était assis en train de lire un journal déployé devant lui ; seules apparaissaient ses mains sortant de manches kaki galonnées, ses jambes dans un pantalon de gabardine sans revers, et ses pieds dans des chaussures militaires à brides. Le dimanche de l'attaque de Pearl Harbor, il était architecte ; c'était un architecte de renom, un mari, un père, approchant de la quarantaine. Le lendemain, après de laborieuses recherches, il avait retrouvé le dossier remontant aux années de sa jeunesse passées dans une école militaire, et maintenant il était officier subalterne dans le génie, et il passait trois jours de permission chez lui après avoir terminé son stage de perfectionnement, dans l'attente de son ordre de route, pour quelle destination, il n'en savait encore rien.

Il ne répondit pas à la question de l'enfant. Le journal ne trembla pas lorsqu'il lut dans une page intérieure ce qui n'était même pas un titre d'article mais la légende d'une photo : LE GAULEI-

TER DE CZODNIE ASSASSINÉ PAR SA COMPAGNE, et sous le titre, deux bélinogrammes un peu flous, l'un représentant le visage aux traits réguliers d'un Prussien au regard froid et à l'expression blasée — un visage qu'il n'avait jamais vu, qu'il ne verrait jamais à présent, et que d'ailleurs il avait aucune envie de voir — et l'autre, le visage de cette femme qu'il avait vue autrefois et qu'il n'avait aucune envie de revoir ; un visage qui avait un peu vieilli depuis quinze ans et qui n'était plus du tout celui d'une paysanne, car les montagnes et la vallée paisible qui l'avaient modelé avaient disparu à jamais de ce visage, effacées par l'éclat triomphal de quatre ou cinq années de domination, de ravages, de souffrances infligées, de sang versé, et sous les deux photos, il y avait trois lignes de texte dans un encadré bien net, semblable à une notice nécrologique : *On apprend de Belgrade que le général von Ploeckner, gauleiter de Czodnie, a été assassiné la semaine dernière à coups de poignard par une Française qui était sa compagne depuis de longues années.*

« Elle n'était pas française, dit l'homme. Elle était suisse.

— Qu'est-ce que tu dis, papa ? » demanda l'enfant.

Quand nous eûmes contourné l'épaule de la montagne, nous retrouvâmes le soleil. Au-delà de la courbe du rempart de neige sale que le chasse-neige avait entassé sur les bas-côtés, la vallée tout entière apparaissait à nos pieds, gorgée de soleil ; c'était une sorte de lac de lumière tranquille, silencieux, doré, aussi immobile que la retenue d'un bief, gardant en suspension la neige aux reflets violets du fond de la vallée, et effleurant dans l'ultime instant de la tombée du jour le clocher de l'église, les cheminées de l'usine qui le dépassaient et les flancs de la montagne qui se ruaient en vagues de pierres rigides et silencieuses jusqu'à la neige des sommets, neige rose, safran et lilas qui ne fondrait jamais, alors que dans la vallée c'était le printemps et qu'à Paris les marronniers étaient déjà en fleur.

Et puis nous aperçûmes le cortège funèbre. Don s'était arrêté auprès du muret sale et à moitié effondré et il examinait le fond de la vallée avec ses jumelles Zeiss. Il les avait achetées cinquante lires chez un brocanteur de Milan. Ce n'était en fait que des demi-jumelles Zeiss car elles n'avaient qu'un seul verre mais, disait Don, après tout elles m'ont coûté quelque chose comme deux dollars quarante et à ce prix-là, même des jumelles sans verres, même des boîtes de conserve avec la signature de Zeiss seraient une affaire. Au temps de leur splendeur, c'était probablement les meilleures jumelles que Zeiss ait jamais fabriquées car aujourd'hui, dans la mesure où l'utilisateur, privé du secours de l'autre œil, voulait bien endurer la souffrance, il avait l'impression que son globe oculaire était arraché de son orbite comme s'il s'agissait d'une bille d'acier soumise à l'attraction d'un puissant aimant. Mais bien vite nous avions compris qu'il fallait changer d'œil toutes les cinq ou dix secondes pour répartir la tension ; c'est ce que Don faisait maintenant, collé au parapet sale, jambes écartées, tel un officier de quart appuyé contre le rebord de la passerelle. Il était californien. Il avait la forme, et presque le volume d'un

silo à blé. « La neige, j'adore ça, dit-il en changeant d'œil. Chez nous, il n'y en a jamais, sauf à
Hollywood. Demain, quand on quittera la Suisse,
en souvenir de toi, je remplirai de neige la
jumelle qui n'a pas de verre.

— Un peu de neige, ça ne peut lui faire que du
bien.

— Et un steak, pourquoi pas un steak ? »

Bientôt je constatai qu'il n'avait pas changé
d'œil depuis cinq... six... huit... dix secondes ; je
sentais moi aussi venir ce moment de douleur
insupportable avant que jaillissent les larmes
aveuglantes, cautérisantes ; puis il abaissa les
jumelles, tourna la tête, l'œil humide, en se penchant un peu comme s'il saignait du nez tandis
que les larmes ruisselaient sur son visage. « Ils
transportent un homme, dit-il.

— *Qui* transporte un homme ? » demandai-je.
Je pris les jumelles et je la sentis, cette douleur ;
ce n'était pas seulement le globe oculaire collé au
verre qui semblait me sortir du crâne, mais on
eût dit qu'il attirait l'autre œil, le faisait passer
derrière le nez et finalement s'installer dans
l'orbite devenue vide. Je passai les jumelles d'un
œil à l'autre. Mais j'avais déjà repéré le cortège.
Ils avançaient lentement au fond de la vallée,
minuscules, et se dirigeaient vers le village, projetant devant eux sur la neige des ombres déme-
surément longues. Un point, puis deux fois deux
points qui faisaient bloc avec leur fardeau, puis
un autre point, puis deux autres l'un derrière
l'autre, et le personnage qui était juste derrière
ceux qui portaient le corps était en jupe.

« Le type qui ouvre la marche, c'est un curé, dit
Don. Passe-moi les jumelles. » Nous nous les passâmes à tour de rôle mais, derrière le cortège, on

ne voyait qu'un éboulis de rochers au pied de la
montagne, à l'endroit où ils étaient soudain appa-
rus ; pas une maison, pas une cabane d'où l'on
aurait pu sortir un corps mais seulement ce
chaos de rochers au pied de la montagne et ce
fracas silencieux d'escarpements où même la
glace ne pouvait s'accrocher, jusqu'à l'endroit
là-haut où l'ombre du rebord rocheux qui disparaissait dans une courbe avait la minceur d'un fil.
Puis je m'aperçus que les traces que laissaient
dans la neige les fourmis humaines ne se
voyaient pas seulement derrière leurs pas mais
qu'elles se poursuivaient en avant du cortège. Je
tendis les jumelles à Don et m'essuyai le visage
avec mon mouchoir. « Ils sont allés le chercher
et maintenant ils reviennent, fit Don. Il a dû
tomber.

— C'est peut-être un sentier ou une route ? »
Don prit les jumelles et se passa la courroie
par-dessus la tête. Le brocanteur de Milan n'avait
jamais pu trouver l'étui ; il l'avait peut-être vendu
auparavant pour cinquante lires. « Il a dû tomber, dit Don. Toi pas aimer ?

— J'ai dit, ça va, répondis-je. Il faut partir. Tu
as vu le soleil ? » En effet le soleil avait disparu ;
il avait quitté la vallée pendant que nous demeu-
rions là à observer la scène ; à présent, seules les
cimes le retenaient, qui, couvertes d'une neige
aussi rose et aussi immatérielle qu'un nuage, se
découpaient sur un ciel virant déjà du vert au violet. Nous reprîmes notre marche. La route descendait en lacet, et en contrebas s'enfonçait dans
la pénombre. On commençait à voir des lumières
dans le village, vacillantes et tremblotantes, tels
des points lumineux perçus au-delà d'une
étendue d'eau ou bien à travers une épaisseur

d'eau. Puis soudain il n'y eut plus de neige du
tout ; elle était derrière nous, nous en étions sortis ; la température avait baissé instantanément,
comme si l'éclat de la neige avait dégagé une
sorte de chaleur ; maintenant au contraire c'était
le crépuscule et le froid. Tout à coup le village que
nous avions pourtant aperçu quelques instants
auparavant avait basculé, et je me dis une fois de
plus que dans ce pays il n'y avait pas un mètre
carré de terrain vraiment plat ; c'était d'en haut
seulement que les villages au fond des vallées
semblaient construits à l'horizontale. Lorsqu'on
faisait une chute, la terre entière paraissait peut-
être plate comme ça, ou bien peut-être on n'osait
pas regarder, ou au contraire on ne pouvait
s'empêcher de regarder. « Tu aimes toujours la
neige ? On ferait peut-être bien de remplir les
jumelles tout de suite pendant qu'il y en a encore
un peu.
   — Peut-être moi pas aimer maintenant »,
répondit Don. Il marchait devant ; d'ailleurs il
descendait toujours plus vite que moi. Il arriva
dans la vallée le premier ; les montagnes avaient
disparu, tout comme la neige, et puis ce fut la vallée, et très vite le village ; nous marchions dans
une rue pavée, qui montait à nouveau ; là aussi
Don arriva en haut le premier. « Ils sont dans
l'église, dit-il, plusieurs en tout cas, un ou deux
à coup sûr, un au moins est entré. » À mon tour,
je vis le petit clocher carré en pierre, aux lignes
sévères, qui aurait pu dater des rois lombards, et
la lumière des cierges qui, par la porte ouverte,
tombait sur un groupe de personnes, des
hommes, des femmes, et même un ou deux
enfants rassemblés là devant la porte, en silence.
Un jour, devant le mur nu d'une petite prison en

Alabama, j'avais vu un groupe semblable qui attendait pour assister à une pendaison. Nos chaussures à clous frappaient vigoureusement le pavé et résonnaient comme les sabots de chevaux de trait montant une côte sans même avoir à modifier leur allure. Don obliqua vers le groupe.

« Attends un peu, lui dis-je. D'accord, il est tombé mais moi, j'ai faim. Allons manger.

— Peut-être qu'il n'a pas fait une chute ; peut-être qu'un ami l'a poussé ; peut-être qu'il a sauté à la suite d'un pari ; c'est pour étudier les coutumes qu'on est venus en Europe ; tu n'as jamais vu un enterrement comme ça même en Alabama.

— Bon, suppose que... » Mais nous étions trop près maintenant. Dans tous les pays d'Europe que nous avions traversés on ne savait jamais exactement quelle langue parlaient les habitants, ni d'ailleurs combien de langues ils ne parlaient pas tout à fait couramment. Nous nous dirigeâmes donc vers ce qui semblait être une église vide puisque tout le monde était dehors. Tandis que nous nous approchions, on nous dévisageait en silence.

« Messieurs, mesdames, fit Don.

— Messieurs », répondit quelqu'un après un instant de silence ; c'était un petit homme d'une cinquantaine d'années, un peu crasseux, un facteur sûrement, je ne pouvais pas me tromper ; il y avait aussi un facteur avec sa grosse sacoche de cuir ce jour-là devant la prison en Alabama. Les autres visages étaient toujours tournés vers nous et continuaient de nous observer mais ils cessèrent de le faire quand nous arrivâmes parmi eux, et que nous aussi nous jetâmes un coup d'œil à l'intérieur de l'église. C'était une sorte de boîte en pierre, pas tellement plus grande qu'une

guérite, dans laquelle la lumière douce et froide
des cierges montait pour aller mourir sur un crucifix grandeur nature portant un Christ en
plâtre ; la lumière semblait aggraver le froid glacial qui s'était installé en nous quand nous avions
quitté la zone de neige, tout comme les cierges,
le cercueil, la femme agenouillée à côté vêtue
d'un manteau de fourrure et d'un chapeau qui
n'avaient sûrement pas été achetés dans une ville
suisse, le curé qui s'activait en arrière-plan pareil
à une ménagère s'affairant à ses tâches, et un
autre homme, un paysan assis sur un banc près
du bas-côté vers le milieu de l'église, qui portait
sur son visage l'empreinte de la montagne, même
s'il n'avait pas forcément conduit son bétail au
petit matin de l'étable à la pâture et le soir de la
pâture à l'étable. Juste au moment où nous regardions à l'intérieur, le curé traversa la nef derrière
le cercueil, et s'arrêta sous le crucifix, dans un
bruissement étouffé de soutane qui semblait
émaner de la froide et faible lumière des cierges ;
il fit une génuflexion, puis une révérence comme
celle que l'on enseigne aux petites filles, et disparut peut-être par-derrière, peut-être sur le côté,
tandis que l'autre homme se levait de son banc,
et commençait à marcher le long du bas-côté en
s'avançant dans notre direction. Je ne vis personne bouger ; j'avais seulement senti le mouvement. Quand l'homme arriva à la porte et sortit
de l'église, nous n'étions plus que trois : Don, moi
et le petit facteur. L'homme se baissa, ramassa un
petit piolet sur lequel se trouvaient cinq ou six
pitons, passa devant nous sans même nous regarder et disparut. Et si le facteur était toujours là,
c'est parce que Don lui avait saisi le bras, et je me
rappelai qu'avant notre départ de Paris,

quelqu'un nous avait dit qu'on peut dire tout ce
qu'on veut à un Européen mais qu'il ne faut
jamais le saisir par le bras, et sûrement celui-là
était en plus un fonctionnaire et c'était aussi
grave que d'outrager un gendarme ou un chef de
gare. Je ne voyais pas les autres ; je pouvais seulement sentir leurs regards dans l'obscurité tandis
que Don tenait par le bras le facteur comme s'il
s'était agi d'un gamin surpris en train de voler des
pommes ; et, dans l'encadrement de la porte,
nous apercevions la femme au manteau de fourrure et au chapeau parisien, toujours agenouillée, la tête posée contre le cercueil comme
si elle s'était assoupie. Le français de Don était
convenable ; il disait rarement ce qu'il croyait
dire, mais on le comprenait toujours.

« Ce mort, demanda-t-il, il est tombé ? Il a
cassé son cou sur le pied de la montagne ?

— Oui, monsieur, répondit le facteur.

— Et la femme qui pleure, la madame de
Paris ? Sa femme ?

— Oui, monsieur. » Le facteur essaya de se
dégager.

« Je vois, continua Don, un étranger, un client
alpiniste. Un riche Français, ou peut-être un
milord anglais qui achète les vêtements de sa
femme à Paris. » Le facteur se débattit de plus
belle. « Non, pas français, pas anglais, d'ici. Assez
monsieur, laissez-moi, assez... »

Mais Don le retenait toujours. « Pas le guide
qui a sorti de l'église et qui a ramassé le pic et
les petits bijoux. Non, l'autre qui reste. Le mari
mort dans la boîte. »

Mais je n'arrivais plus à suivre. Le facteur
s'était libéré et pendant un moment Don resta là
comme un silo qu'on arroserait d'eau, ou de gra-

villons peut-être ; puis le facteur s'arrêta de parler, fit un vague geste du bras et disparut. Don
restait là, clignotant des paupières, la jumelle
Zeiss pareille à un jouet sur sa poitrine.

« D'ici, dit-il. Son mari. Un chapeau acheté à
Paris et un manteau qui a dû coûter dans les
trente ou quarante mille francs.

— Ça, j'ai compris ; mais qu'est-ce qu'il a dit
quand il s'est décidé à vider son sac ?

— Qu'ils étaient guides tous les deux, celui qui
a pris le piolet et l'autre dans le cercueil. Ils sont
tous les trois du village, y compris la femme au
chapeau et au manteau de fourrure ; c'est la
femme du type qui est dans le cercueil. Un jour
de l'automne dernier, ils sont partis tous les
quatre faire une ascension...

— Comment, tous les quatre ?

— Moi non plus... Ils sont partis faire une
ascension ; c'est pas très courant, un guide professionnel qui fait une chute, c'est pourtant ce
qui est arrivé à celui-là et il était trop tard pour
récupérer le corps ; alors il a fallu attendre le
printemps, la fonte des neiges ; la neige a fondu.
Hier sa femme est revenue, et ils sont allés le
chercher cet après-midi, pour qu'elle puisse
repartir, mais comme il n'y a pas de train avant
demain matin, on pourrait profiter de sa présence pour satisfaire notre curiosité, ou alors on
laisse tomber, et bonsoir la compagnie.

— Elle est revenue d'où ? Elle repart où ?

— Moi non plus. Allons, il faut trouver
l'auberge. »

Elle ne pouvait être que dans une direction
puisqu'il n'y avait qu'une seule rue et que nous
nous y trouvions ; et bientôt nous l'aperçûmes ;
nos chaussures à clous résonnaient dans l'air

froid de la nuit noire, l'air froid de la montagne qui était comme de l'eau glacée. Mais on sentait déjà le printemps, cet air vif et nouveau qui faisait vaciller et trembloter les lumières aux rares fenêtres éparpillées à diverses hauteurs sur les pentes invisibles, comme lorsque nous avions aperçu le village au loin. Pour accéder à l'auberge, il y avait deux marches à descendre ; Don ouvrit la porte et nous nous trouvâmes dans une salle au plafond bas, bien éclairée, bien chauffée, bien astiquée, avec son poêle, ses tables et ses bancs de bois ; à un bout du comptoir dans une sorte de cage, était assise l'inévitable dame en train de tricoter ; à notre entrée, les visages des montagnards s'étaient tournés vers nous d'un seul mouvement.

« Grüss Got, messieurs, fit Don.

— C'est seulement en Autriche qu'on dit ça », lui dis-je.

Mais, après une fraction de seconde, quelqu'un répondit : « Grüss Got. »

« Tu vois bien que non. » Nous posâmes nos sacs à dos, et nous nous assîmes à une table ; la femme, une blonde platinée arborant une permanente toute neuve, s'adressa à nous sans lever les yeux, tout en continuant de tricoter à bonne allure.

« Messieurs ?

— Deux bières, madame, fit Don.

— Brune ou blonde, messieurs ?

— Blonde, madame, et on veut dormir aussi.

— Très bien, messieurs. »

Et la bière arriva, blonde, dorée, dans des chopes fabriquées peut-être à Pittsburgh ou Akron ou Indianapolis ; nous étions servis presque avant d'avoir parlé, comme si quelqu'un avait préparé les chopes sachant que tôt ou tard nous allions arriver. Le garçon portait une veste de smoking par-dessus son tablier ; c'était peut-être la seule veste de smoking de toute la Confédération, si l'on met à part le Palais de la Paix à Lausanne. Quelques dents gâtées déparaient son beau visage de palefrenier phtisique, et il ne nous fallut pas plus de dix secondes pour constater non seulement qu'il parlait mieux l'anglais que nous, mais qu'il parlait mieux l'américain lorsqu'il ne s'appliquait pas trop.

« Cet homme-là, dit Don, cet homme du voisinage qui tomba...

— C'est donc vous les gars qu'avez mis le grappin sur Papa Grignon, dit le garçon.

— Sur qui ? demanda Don.

— Le maire, là-bas, à l'église.

— Je croyais que c'était le facteur », dis-je.

Le garçon ne me fit pas l'honneur d'un regard. « Et la rapière et le tombereau plein de fumier, vous les avez vus ? Vous êtes obsédés par Hollywood ; on est en Suisse ici. » Il n'avait même pas regardé nos sacs à dos ; ce n'était pas nécessaire. Il aurait pu débiter tout un paragraphe ou toute une page, mais il se tut.

« Oui, reprit Don, on fait de la marche, on aime ça. Cet homme qui est tombé ?

— Oui, dit le garçon, et alors ?

— C'est un guide, fit Don, et sa femme porte un manteau de fourrure de quarante mille francs et un chapeau à la mode de Paris ; elle était avec eux en montagne lorsqu'il est tombé. Qu'un guide fasse une chute, ça peut arriver, mais qu'un guide emmène sa femme dans une ascension qu'il fait avec un client, c'est bien la première fois que j'entends ça. C'est pourtant bien ce qu'a dit le maire, qu'ils étaient quatre et qu'il y avait un autre guide...

— Mais oui, dit le garçon. Il y avait Brix, sa femme, Emil Hiller et le client. Ce jour-là, Brix et sa femme avaient décidé de se marier ; c'était l'automne dernier ; la saison était terminée ; Brix avait fait un maximum de sorties pour gagner du fric pendant la saison ; il n'y avait plus rien à attendre, que l'hiver ; c'était le bon moment pour se marier. Seulement voilà que, la veille du mariage, la veille au soir, Brix reçoit une dépêche d'un de ses clients : le client est déjà à Zurich et désire le rencontrer le lendemain matin. Brix remet le mariage à plus tard et, accompagné de Hiller, va chercher à la gare le client qui descend du train avec les huit ou dix mille francs de matériel qu'il a acheté ces cinq dernières années sur les conseils de Brix et de Hiller et, l'après-midi même, ils font l'ascension des Bernardines ; le lendemain...

— Et la fiancée ? demanda Don.

— Ils l'emmènent avec eux ; ils s'étaient mariés le matin comme Brix l'avait décidé. Quand il avait reçu la dépêche, il avait remis le mariage pour que Hiller et lui puissent accompagner le client dans la randonnée de son choix, le ramener dans la vallée et le raccompagner à la gare, mais quand le client avait appris à sa descente du train que Brix allait se marier, il avait immédiatement décidé de s'occuper de tout.

— Doucement, fit Don.

— C'est que, du fric, il en avait le caïd », dit le garçon qui n'avait pas bougé d'un pouce ; on s'attendait à ce qu'il essuyât la table, mais non, ç'aurait été parfaitement inutile. Il demeurait là debout, immobile. « Depuis quatre ou cinq ans,

Brix et Hiller le baladaient dans la région... des
ascensions faciles, entre deux fusions de sociétés
qui lui rapportaient chaque fois deux millions de
couronnes, de francs ou de lires. Remarquez, il
aurait pu faire des ascensions plus difficiles ; il
était un peu plus âgé que vous, pas tellement,
après tout, mais ça ne lui disait rien. Il faisait de
la montagne pour s'accorder une détente, ou
peut-être pour avoir sa photo dans son journal
local. Mais on ne fait pas de la montagne pour
se détendre. C'est se voler soi-même ; en plus du
temps, vous dépensez tout votre argent, même
celui qui devait servir à payer le dentiste de
Madame ; mais il y avait l'appât du gain, de la ral-
longe, et l'échéance du mariage était maintenant
assez proche pour que Brix se dise sans doute
qu'il n'aurait plus guère l'occasion de mettre un
sou de côté. Toujours est-il que Rupin prit tout
en main ; la cérémonie eut lieu ; c'est lui qui
conduisit l'épouse à l'autel et signa le registre.

— Elle n'avait pas de famille ? demanda Don.

— Si, la fille de la demi-sœur de sa mère et le
mari de ladite, répondit le garçon. Elle vivait
chez eux, mais peut-être que ce n'est pas dans
toutes les familles qu'une demi-cousine germaine
épouse un homme dont le patron non seulement
est plein aux as mais dépense sans compter, enfin
tant que c'est lui qui décide où va sa galette. Donc
Rupin signe le registre et, par-dessus le marché,
le curé bénit l'ascension ; ce sera les Bernardines ; Rupin offre le dîner de mariage et ils
doivent redescendre le lendemain pour qu'il
puisse prendre le train de Milan où on l'attend
pour une nouvelle fusion de sociétés, car un
gamin peut presque la faire tout seul, cette ascension, du moins par beau temps. Ils arrivent donc

cet après-midi-là au sommet des Bernardines ; le
repas de noces a lieu là-haut, offert par Rupin et
le lendemain matin les voilà sur un éperon glacé
où Brix n'avait nullement prévu de se retrouver,
mais ils avaient eu des ennuis ; le temps s'était
peut-être gâté, c'est toujours ce qu'on raconte, et
ils auraient peut-être mieux fait de rester au
refuge, mais il fallait que Rupin redescende pour
prendre son train, et c'est pas tout le monde,
n'est-ce pas, qui veut passer sa vie à trimbaler des
empotés dans la montagne. Brix aurait peut-être
dû laisser son épouse au refuge des Bernardines,
mais c'est pas tout le monde, n'est-ce pas, qui
convole. Voilà donc Rupin à l'endroit où Brix
n'aurait jamais dû l'amener, et il commence à
faire toutes les âneries que Brix et Hiller auraient
dû savoir qu'il ferait ; il glisse et entraîne dans sa
chute Mme Brix, tous deux entraînent Brix, et
voici le tableau : Hiller, premier de cordée solidement arrimé, puis Mme Brix, Rupin et Brix qui
se balancent dans le vide, contre la paroi glacée,
à l'autre bout de la corde. Toujours est-il que
Rupin lâche son piolet et rate Brix de peu, ce qui
est une chance car Brix est incapable d'atteindre
le surplomb avec son piolet, et aucun guide n'a
jamais pu remonter tout seul trois personnes qui
se balancent au bout d'une corde, du moins pas
dans ce pays, et bien sûr Brix ne peut guère
demander au type qui paie la note de couper la
corde pour que Hiller puisse remonter une
femme de guide qui est depuis le début un poids
mort, et dont la présence même en cet endroit est
une aberration. Alors Brix coupe la corde entre
lui et Rupin, Hiller réussit à remonter Mme Brix
et Rupin qui, le lendemain après-midi, prennent
le train ; et plus tard la neige...

— Quoi ? fit Don, la mariée... la veuve ?

— Ils ont attendu vingt-quatre heures. Rupin
a retardé son départ d'une journée entière. Hiller les avait ramenés au refuge des Bernardines
cet après-midi-là, et ils devaient regagner le village par la route le matin suivant ; dans la soirée, Hiller, accompagné d'un de ses frères, était
descendu le long de la paroi pour essayer de
retrouver le corps de Brix, mais il y avait trop de
neige et Hiller était retourné au village chercher
du secours (Rupin assumait les frais et promettait une grosse récompense à qui retrouverait
Brix) ; à l'aube Hiller et les autres recommencèrent les recherches en partant du fond de la
vallée. Mais il y avait trop de neige — elle ne dis-
paraîtrait qu'au printemps — et finalement
même Hiller dut reconnaître que la seule solution était d'attendre. C'est pourquoi Mme Brix et
Rupin ont pris le train, et plus tard la neige...

— Mais sa famille ? Vous avez dit... intervint
Don.

— Oui, la fille de la demi-sœur de sa mère, et
son mari. Le curé était peut-être au courant ; il
était sur le quai de la gare l'après-midi où ils ont
pris le train. Peut-être que la cousine et son mari
s'en étaient remis au curé. Peut-être que le fric
avait arrangé les choses. Peut-être qu'elle ne pouvait même pas entendre ce que disait le curé. Cet
après-midi-là, quand elle est montée dans le
train, elle donnait l'impression d'être incapable
de rien voir, de rien entendre.

— Rien, vraiment rien ? fit Don.

— Disons qu'elle se tenait debout et marchait,
dit le garçon. Qu'est-ce que vous voulez manger ?
Le ragoût, ou désirez-vous des œufs au jambon ?

— Mais elle est revenue, pourtant, continua Don.

— Bien sûr, elle est arrivée par le train hier soir. Comme depuis un mois la neige commençait à fondre, la semaine dernière Hiller a télégraphié à Rupin pour lui dire qu'à son avis le moment était venu ; alors elle a débarqué au train de minuit, elle a mis sa valise à la consigne, et elle a attendu à la gare ; Hiller est venu la chercher à l'aube ; ils sont partis dans la montagne, ils ont trouvé le corps de Brix, ils l'ont ramené ; et s'il fait trop froid dans l'église ce soir, elle peut toujours aller à la gare et attendre le train de demain matin. Bon, qu'est-ce que vous voulez manger ?

— Mais sa famille, cette cousine... continua Don.

— Qu'est-ce que vous voulez manger ? dit le garçon.

— Ils sont peut-être mariés, maintenant, continua Don.

— Qu'est-ce que vous voulez manger ? dit le garçon.

— Peut-être bien qu'elle l'aime à présent, continua Don.

— Qu'est-ce que vous voulez manger ?

— Vous parlez bien l'américain, fit Don.

— J'y ai vécu. Dix-huit ans à Chicago. Qu'est-ce que vous voulez manger ?

— Il a peut-être été gentil avec elle. Il a beau être italien, étranger.

— Non, il est allemand, dit le garçon. On n'aime pas les Allemands par ici. Qu'est-ce que vous voulez manger ?

— Du ragoût », répondit Don.

Nous dînâmes ; la nourriture était bonne

comme elle l'est partout en Europe, et partout
dans le monde là où on parle français ; puis nous
gravîmes l'escalier bien ciré jusqu'à la petite
chambre bien propre sous le toit fortement pentu,
et nous nous glissâmes dans les draps propres et
glacés d'où semblait émaner une odeur de neige.
Le soleil apparut derrière la montagne, projetant
de longs rayons obliques qui peu à peu devinrent
plus courts. Il ne poussait pas devant lui l'ombre
des montagnes, mais plutôt il l'éliminait, comme
la marée montante avale une plage, et quand nous
quittâmes l'auberge, la vallée était inondée de
soleil. Et à nouveau je me disais que ce pays n'est
pas vraiment plat, que ce sont les différents gra-
dins qui sont plats car, une fois arrivés à la gare,
nous nous retournâmes et nous aperçûmes une
fois de plus le village en contrebas ; nous jetâmes
un coup d'œil dans la vallée proprement dite, de
l'endroit même que nous avions pris précédem-
ment pour la vallée. À nouveau nous nous trouvions dans la neige, entre les remparts de neige
tassée que les chasse-neige avaient formés, et dans
cette sorte de fossé couraient non seulement les
rails étincelants mais aussi la lumière vibrante du
soleil, jusqu'à l'orifice sombre du tunnel, et bientôt le tunnel aussi déborderait de lumière, et la
montagne qu'il transperçait s'embraserait en un
flamboiement gigantesque.

Nous entrâmes dans la buvette de la gare.
« Grüss Got, messieurs », fit Don, et à nouveau
une voix répondit : « Grüss Got » et nous bûmes
dans les chopes de verre la bière blonde comme
le soleil du matin. En Amérique, boire de la bière
avant midi, même en pleine canicule, c'est aussi
inconcevable que d'apporter à l'église des petits
pois pour les écosser pendant l'office. Et cepen-

dant, partout au Tyrol nous avions bu de la bière
au petit déjeuner. Le train arriva ; « Grüss Got,
messieurs », lança Don ; là encore quelqu'un lui
répondit, et nous sortîmes dans l'éclat glacé et
insupportable de la neige ; nous longeâmes le quai
jusqu'à notre compartiment de troisième classe.
Arrivés là, nous nous retournâmes ; s'il n'y avait
eu le soleil sur la neige, nous aurions pu nous
croire la veille au soir : des visages paisibles de
montagnards, pas aussi nombreux que la veille
cependant, et rien que des hommes maintenant ;
peut-être d'ailleurs se trouvaient-ils là comme les
gens se rencontrent entre deux trains dans les
petites gares en Amérique ; le guide nommé Hiller, qui était sorti de l'église la veille au soir, se
tenait debout devant le marchepied d'un compartiment de première classe, près de la femme au
chapeau parisien, au manteau de fourrure, et au
visage de paysanne ; un visage qu'elle garderait
quelque temps encore, car il faudrait plus de six
mois pour effacer complètement l'empreinte de la
montagne, de la vallée, du village, des fêtes patronales au printemps sur le pré communal (enfin, s'il
y a des prés communaux et des fêtes patronales
en Suisse) et aussi celle des vaches qu'on conduit
au pâturage et qu'on ramène le soir, et qu'on trait
pour faire du fromage ou du chocolat au lait
— sans parler de l'empreinte d'autres activités
auxquelles peut s'adonner une jeune Suissesse.

On entendit une série de coups de corne répé-
tés, à la fois fluets et frénétiques. La femme fouilla
dans son sac, en sortit quelque chose qu'elle
donna à l'homme, puis elle monta dans le train ;
nous fîmes de même ; le train démarra et prit rapidement de la vitesse, dépassant l'homme qui avait
fait demi-tour et faisait sauter dans sa main une

pièce brillante ; le convoi s'engagea entre les talus
de neige recouverts d'une couche fraîche que le
chasse-neige venait de projeter et, forçant l'allure,
s'engouffra dans l'obscurité du tunnel, coup de
poing aveuglant après le scintillement de l'étendue
blanche puis, nouveau coup de poing, déboucha
du tunnel dans la lumière éblouissante, roulant
toujours plus vite, tanguant et oscillant dans les
courbes, passant de la lumière éblouissante à
l'obscurité, de l'obscurité à la lumière éblouissante, cependant qu'à droite et à gauche les cimes,
qui se coloraient de tons pastel, reflets dégradés
de cette irradiation insupportable, se balançaient
dans le ciel, pareilles à des mastodontes, à des
ruminants formidablement obstinés ; le train
roula dans la lumière montante du matin, puis
dans l'embrasement de midi et, en fin de journée,
au couchant, se mit à décrire une large courbe qui,
manifestement, était en pente douce ; à présent
nous y étions : c'était la longue descente de la
« Côte d'Or » ; nous glissions le long d'un plan
incliné, le long du toit du continent, qui finalement atteindrait la cuvette embrumée où som-
meillait Paris ; dans l'encadrement de la vitre le
dernier pic neigeux s'éloigna, disparut.

« Je suis content que ce soit fini, dis-je.

— Oui, fit Don, j'ai eu ma ration de neige pour
le restant de mes jours ; en tout cas, je ne veux
plus en voir pendant un bon bout de temps. »

« Avant ? c'était la même chose, répondit
l'homme.

Les gens en Europe haïssent et craignent les
Allemands depuis si longtemps que personne ne
se rappelle comment c'était avant. »

II

NOUVELLES NON RECUEILLIES
EN VOLUME

Nympholepsie

Bientôt, la crête de la colline eut nettement décapité son ombre ; et lui, poussant celle-ci comme un serpent devant lui, la vit peu à peu s'anéantir et disparaître. Sur la route empoussiérée, ses lourdes chaussures informes étaient grises, et grise de poussière sa combinaison de travail : comme une bénédiction s'étendait la poussière, sur lui et sur la journée de labeur qu'il avait derrière lui. Il avait oublié la chute du blé fauché, ses muscles avaient oublié la fourche piquée dans la gerbe pesante, ses mains le contact du manche de bois lisse d'être usé et doux au toucher comme de la soie ; il avait oublié le trou béant du grenier et le poudroiement du son au soleil, comme une danse immortelle.

Derrière lui, une journée de dur labeur manuel ; devant lui, le manger d'un rustre, et un somme fourbu dans un gîte de hasard. Et le lendemain, de nouveau le labeur, et son ombre sinistre marquerait de ses cercles la fuite d'un nouveau jour. La colline alors brusquement se brisa : bientôt, sur la crête, rien ne fut plus tranchant. Apparurent la vallée, plongée dans l'ombre, et la colline opposée, bidimensionnelle

et dorée de soleil. Au creux de la vallée, la ville
était nichée dans les ombres lilas. Dans les
ombres lilas était la nourriture qu'il allait manger et le sommeil qui l'attendait ; peut-être une
fille, comme une musique mourante, moite de
chaleur, en calicot bleu, allait-elle providentiel-
lement traverser son chemin : et lui alors prendrait place parmi d'autres jeunes gens qui
suaient à battre le blé en or à la surface de la terre
lunaire.

Mais la ville était là : dépassant les murs gris,
des branches de pommiers naguère chargées de
fleurs et vertes encore ; granges et maisons
étaient autant de ruches d'où s'étaient envolées
les abeilles du soleil. Ainsi vu de haut, le tribunal avait tout d'un rêve de Thucydide : on ne
voyait pas que les pâles colonnes ioniques étaient
toutes tachées de jus de tabac. Et de l'atelier du
forgeron montait, comme un appel à vêpres, à
intervalles mesurés le tintement d'une enclume.

Privé de mouvement, il éprouva que son sang
n'était plus bouillant, et que le soir s'écoulait
comme de l'eau ; il vit l'ombre du clocher plaquée
comme un présage sur la terre. Il observa les
petites chutes de poussière provoquées par le
dessous de ses chaussures. Ses pieds étaient
comme encroûtés ; et, rafraîchis, ils prenaient
avec plaisir la tiédeur moite des chaussures.

À l'horizon, le soleil était rouge comme une
gueule de four, et, à ses pieds, l'ombre qu'il
croyait perdue restait tapie comme un chien peu-
reux. Dans les arbres, le soleil ruisselait de feuille
en feuille, et le soleil était comme une petite
flamme d'argent se jouant dans les arbres. Mais
c'est vivant, pensa-t-il en regardant une lueur

dorée dans les pins sombres, une petite flamme
qui cherchait la chandelle qu'elle avait perdue.

Comment sut-il, à cette distance, si c'était une
femme ou une fille — il n'aurait su le dire — mais
il le savait ; et, un moment, il se contenta de
suivre les mouvements erratiques de la silhouette
avec une curiosité vide. La silhouette, faisant une
pause, recueillit le dernier reflet du soleil rouge
sur un méplat vif et doré qui disparut, happé par
le mouvement.

Pendant un instant de clarté, l'image d'une
immémoriale beauté passa, poignante, derrière
ses yeux. Puis ses instincts, naguère propres,
devinrent porcins et, à leur appel, lourdement, il
se mit en marche. Il escalada une clôture sous le
regard contemplatif du bétail et, traversant maladroitement un champ de maïs fauché, il se dirigea vers les bois. Sous ses pieds les vieux sillons
friables jouaient traîtreusement, les pistons de
ses genoux s'entrechoquaient, tandis que des
chaumes acérés gênaient sa marche avec une
indifférence à la fois erratique et immobile.

Il gagna les bois en escaladant une autre clôture et s'arrêta un instant tandis que l'alchimie
du couchant transformait sur lui le plomb de la
poussière en pointes d'or qui jonchaient le
chaume de son menton. Les bois — érables et
hêtres — étaient comme des rayures jumelles
d'or rouge et de lavande fichées dans le sol, tandis que les branches étendues peignaient le couchant de couleurs indicibles : on eût dit mains
d'avares égrenant à regret des écus de soleil. Les
pins, fer et bronze, étaient sculptés tous en un
seul emblème du repos éternel, eux aussi ruisselant d'or, de l'or que l'herbe rare prenait d'arbre
en arbre comme un feu galopant que seul étei-

gnait la masse ombreuse des pins. Sur une
branche balancée doucement, un oiseau lui jeta
un coup d'œil, siffla quelques notes et s'envola.

Devant cette cathédrale d'arbres, il resta un
temps, vidé comme un mouton, tandis que le
monde se vidait des derniers éclats du couchant
comme une baignoire ou un vase fêlé ; et il put
entendre le jour psalmodier de lentes oraisons
dans la nef de verdure. Puis il fit un pas en avant,
lentement, comme s'il s'était attendu à ce qu'un
prêtre s'avance, l'arrête, et lui lise l'âme.

Mais rien ne se produisit. Le jour mourait lentement, sans un bruit, et la pesanteur l'attira vers
le bas de la colline par de paisibles avenues boi-
sées. Là, il n'y avait pas de soleil, quoique le faîte
des arbres fût toujours emplumé d'or et que, derrière lui, les troncs des arbres du sommet fissent
comme une grille derrière laquelle le soir brûlait
lentement. Il connut la peur et s'arrêta.

Il évoqua des fragments du jour passé : l'eau
fraîche bue au cruchon qu'un autre attendait, le
blé s'affaissant sous la lame de la moissonneuse
tandis que l'ahan des chevaux bandait leur enco-
lure, les chevaux rêvant d'avoine dans la grange
aux délicieux effluves d'ammoniaque et de harnais trempé de sueur, les merles traversant
d'oblique l'espace au-dessus du blé, comme
autant de copeaux de papier brûlé. Il pensa au
mouvement rythmé des muscles sous une chemise bleue mouillée de sueur ; il imagina
quelqu'un à écouter, ou à qui parler : toujours
quelqu'un, quelque autre membre de la race et du
genre. L'homme peut tout feindre, hormis le
silence. Or, dans le silence, il connut la peur.

Car il y avait là quelque chose que même le désir
d'un corps de femme ne prenait pas en compte.

Ou bien encore ce quelque chose, utilisant cet instinct dans le but de l'écarter par la séduction des
avenues de la sécurité, de la sécurité où ceux de
son genre trouvaient gîte et nourriture, l'avait
trahi. Si je la trouve, je serai en sécurité, pensa-
t-il, sans savoir si c'était la copulation ou la compagnie qu'il voulait. Il n'y avait là rien pour lui :
sur chaque versant, des collines en pente allant à
la rencontre l'une de l'autre et pourtant à jamais
séparées par un petit ruisseau dont l'eau brune
courait sous les aunes et les saules et qui, toute
lumière disparue, paraissait obscure et un peu ter-
rifiante. Comme la main du monde, comme une
ligne sur la paume de la main du monde — une
ride sans importance. Et pourtant il pourrait s'y
noyer, pensa-t-il avec terreur en regardant des
moucherons qui tournoyaient au-dessus, les
arbres calmes et indifférents comme des dieux, et,
lointain, le ciel, semblable à un voile de soie destiné à cacher sa dissolution.

Jusqu'alors il avait conçu les arbres comme du
bois de charpente ; mais ceux-là, dans leur silence,
étaient plus que cela. Avec le bois on avait
construit des maisons pour l'abriter, on avait fait
des feux pour le réchauffer, de la cuisine pour le
rassasier ; le bois lui avait donné de quoi fabriquer
des bateaux pour naviguer sur les eaux de la terre.
Mais pas ces arbres-là. Ils le regardaient impersonnellement ; ils prenaient lentement leur
revanche. Le couchant était un feu qu'aucun com-
bustible n'avait jamais alimenté, l'eau murmurait
en un rêve obscur et sinistre. Nul bateau sur cette
eau. Et sur tout cela veillait un dieu aux exigences
duquel il devrait obéir longtemps après que les
croyances plus familières se seraient usées comme
un vêtement porté tous les jours.

Et ce dieu ne lui accordait ni intérêt ni désin-
térêt : il semblait n'avoir aucune conscience de
lui comme entité vivante ; il n'était qu'un contre-
venant égaré là où il n'avait rien à faire. Accroupi,
il sentit la terre chaude et poignante tout contre
ses genoux et contre ses paumes ; puis, à genoux,
il attendit, dans l'effroi, l'annihilation abrupte et
redoutable.

Comme rien ne se produisait, il ouvrit les yeux.
Au-dessus de la crête, entre les troncs d'arbres, il
vit une unique étoile. Ce fut comme s'il avait vu
un homme. Il y avait là quelque chose de familier, quelque chose de trop lointain pour se soucier de ce qu'il faisait. Aussi se leva-t-il et, précé-
dant l'étoile, il se mit à marcher vivement en
direction de la ville. Il y avait le ruisseau à traverser, et la peur réapparut dans le temps qu'il lui
fallut pour chercher un gué. Mais il la refoula
d'un effort de volonté, pensant à un repas et à une
femme qu'il espérait trouver.

La conscience quasi physique d'un déplaisir et
d'un courroux imminents, d'un Être qu'il avait
offensé, il réussit à la tenir à distance. Mais elle
n'en planait pas moins, comme une paire d'ailes
en équilibre, au-dessus de lui. Sa peur première
avait disparu, mais bientôt il ne se surprit pas
moins à courir. Il se serait bien remis à marcher,
ne fût-ce que pour se prouver qu'il était sain dans
son intégrité, mais ses jambes ne le lui permirent
pas. Tout à coup, dans la pénombre neutre, apparut un tronc d'arbre au travers d'un ruisseau. Au
pas ! au pas ! lui dit son bon sens ; mais ses
jambes en mouvement l'abordèrent en courant.

L'écorce pourrie glissa sous ses pieds, se sépara
du tronc et tomba dans le noir ruisseau murmurant. Tout se passa comme si, resté sur la rive, il

maudissait son corps maladroit qui glissait et tentait de garder l'équilibre. Tu vas mourir, disait-il à son corps, sentant de nouveau la Présence imminente autour de lui, maintenant que son effort de concentration mentale était vaincu par la pesanteur. Pendant un fragment de temps suspendu lui fut communiquée, par une vision pure, sans intervention de l'intellect, la présence de l'eau noire en attente, du tronc perfide, des arbres animés d'un pouls et d'une respiration, et des branches dressées comme une invocation à un dieu obscur et caché ; puis les arbres et le ciel étoilé basculèrent lentement à sa vue. Dans sa chute étaient la mort, et un rire morne, plein de dérision. Il mourut, mourut encore — mais son corps disait non à la mort. Puis l'eau le prit.

Puis l'eau le prit. Mais il y avait autre chose que l'eau. Elle courait, obscure, entre son corps et ses vêtements, et il sentit ses cheveux se plaquer sur son crâne. Mais là, sous sa main, tressaillante, une cuisse glissa comme un serpent ; parmi les bulles noires, il sentit une jambe nerveuse ; et lorsqu'il coula, la pointe d'un sein lui effleura le dos. Dans le lent chaos de l'eau troublée, il vit la mort comme une femme resplendissante et noyée qui l'attendait ; il vit un corps étincelant, torturé par l'eau ; et ses poumons, rejetant l'eau, aspirèrent une bouffée d'air mouillé.

L'eau brassée vint clapoter à sa bouche, essayant d'y entrer, et la lumière du jour, emprisonnée sous le ruisseau, remonta à la surface au gré des remous. Des méplats chatoyants apparurent, brisèrent la surface et s'éloignèrent ; alors, fouettant l'eau, conscient de ses chaussures détrempées, de ses vêtements alourdis et de ses

cheveux plaqués sur son visage, il la vit s'élancer,
ruisselante, sur la berge.

Fouaillant l'eau, il se lança à sa poursuite. Il lui
sembla qu'il n'atteindrait jamais l'autre rive. Ses
lourds vêtements saturés d'eau collaient à lui
comme des sirènes, comme des femmes ; il vit se
parsemer d'étoiles l'eau brisée de sa tentative.
Enfin, il se trouva dans l'ombre des saules et sentit sous sa main la terre humide et glissante. Là
était une racine, ici, une branche, il se releva,
entendant l'eau dégoutter de ses vêtements, sentant ceux-ci s'alléger, puis s'alourdir à nouveau.

Sa course fut embarrassée par ses chaussures,
qui s'écrasaient comme des éponges gorgées
d'eau, et par ses vêtements informes, qui lui collaient à la peau. Il vit la femme, fantomatique dans le crépuscule privé de lune, s'élancer
au flanc de la colline. Et il courait, le juron aux
lèvres, les cheveux ruisselants, les vêtements
grossiers et les chaussures fangeuses, maudissant son sort et sa chance. Il crut qu'il irait plus
vite sans les chaussures et, sans perdre des yeux
la flamme assourdie qui courait devant lui, il s'en
débarrassa et reprit sa course. Ses vêtements
trempés étaient comme du plomb, et il haletait
lorsqu'il parvint au sommet. Elle était là, dans un
champ de blé, sous la lune de la moisson qui se
levait comme un navire sur une mer d'argent.

Il plongea à sa poursuite. Son sillon brisait
l'argent du champ de blé sous la lune indifférente,
provoquant des remous qui allaient mourir un peu
plus loin dans l'or terne et intact des blés encore
dressés. Elle avait beaucoup d'avance, et les
remous que son passage avait provoqués dans le
blé s'apaisaient devant lui. À la pointe du sillage
tracé par son passage, il vit son corps s'inscrire un

instant sur un rideau d'arbres comme la flamme
d'une allumette ; puis, plus rien.

Courant toujours, il traversa le champ de blé
somnolant sous la lune, et, las, il pénétra dans le
bois. Mais elle était partie, et, dans un paroxysme
de désespoir, il se jeta à plat ventre contre terre.
Mais je l'ai touchée ! pensa-t-il, submergé par la
déception, éprouvant la présence de la terre à travers ses vêtements mouillés, sentant des brin-
dilles sur son visage et sur son bras.

La lune s'éleva, glissant majestueusement
comme un gros navire surchargé sous la poussée
d'un alizé d'azur, comme, aussi, un œil rond et
complaisant fixé sur lui. Il se tordait, pensant à
son corps sous le sien, au bois enténébré, au couchant et à la route empoussiérée qu'il regrettait
amèrement d'avoir quittée. Mais je l'ai touchée !
répéta-t-il, s'efforçant d'ériger ces mots en une
irrécusable consommation. Oui, sa cuisse vive et
tressaillante, la pointe de son sein ; mais penser
qu'elle l'avait fui d'instinct, c'était pire que tout.
Je ne t'aurais pas fait mal, gémit-il, je ne t'aurais
pas fait mal du tout.

Ses muscles, relâchés et vides, éprouvèrent
comme une rumeur la réalité du travail de la
veille et du lendemain, ainsi que les contraintes
de la fourche et du grain. La lune le calmait,
jouant dans ses cheveux mouillés et se jouant des
ombres. En pensant au lendemain, il se leva. La
présence troublante avait disparu ; la nuit et les
ombres ne faisaient que le moquer. Le clair de
lune courait le long d'une clôture métallique : il
comprit que là était la route.

Il sentit la poussière se lever à son passage, il
vit du maïs argenté dans les champs, et des
arbres noirs comme une encre versée. Il évoqua

comme elle lui était apparue — du vif-argent —
et comme elle lui avait échappé — un écu jeté.
Mais bientôt les lumières de la ville apparurent :
l'horloge du tribunal, la présence de rues mani-
festée par un halo de lumière, tout comme en une
féerie miniature. Bientôt il l'eut oubliée ; il ne
pensa plus qu'à détendre son corps dans un mauvais lit, et au réveil, à la faim, au travail.

Interminablement devant lui sous la lune
s'étendait la route monotone. Maintenant son
ombre était derrière lui, comme un chien fidèle,
et, par-delà, une journée de labeur et de sueur.
Devant lui étaient le sommeil, la fortune du pot,
davantage de labeur ; et, peut-être, une fille,
comme une musique mourante, vêtue de calicot
pour se préserver de la chaleur. Demain, son
ombre sinistre ferait de nouveau cercle autour de
lui, mais demain était encore loin.

La lune s'éleva plus haut encore ; bientôt elle
glisserait le long de la pente du ciel, évoquant
non sans intérêt l'argent prêté aux arbres, au blé,
à la colline et aux longs vallonnements monotones de la terre féconde. Sous lui, une grange
prit la lune pour un coin d'argent ; un silo devint
un rêve rêvé en Grèce ; soudain les pommiers
ruisselèrent d'argent comme autant de fontaines
animées de gestes. Sous la lune la ville n'était que
méplats luisants sur lesquels pâlissaient futile-
ment les lumières du tribunal.

Derrière lui, devant lui, le labeur ; à l'entour,
tous les désespoirs immémoriaux de ceux qui
respirent dans le temps. Les étoiles étaient
comme fleurs saccagées flottant à la surface
d'une eau noire où s'engloutissait le couchant ;
alors, ses pieds, mouillés encore, déjà couverts de
poussière, il descendit, lentement, la colline.

Frankie et Johnny

I

« On l'appellera Frank », dit le père, un boxeur qui n'avait jamais gagné un combat, et n'était pourtant jamais resté au tapis. Il parlait d'un ton confiant. « Le tapin, c'est fini pour toi, ma vieille. On se marie, d'accord ? » Et puis un jour, il pencha sa tête ronde aux cheveux lumineux au-dessus d'un bébé rougeaud qui vagissait ; il fut consterné. « Mais c'est une fille ! » murmura-t-il d'une voix étranglée par la surprise. « Une fille, nom d'une pipe, voyez-vous ça ! » Cependant comme il était bien élevé et que c'était un chic type, il déposa un baiser sur la joue brûlante de la mère. « T'en fais pas, ma vieille, te laisse pas abattre. On tâchera de faire mieux la prochaine fois. »

Elle se garda bien de dire qu'il n'y aurait pas de prochaine fois. Elle était toute décoiffée et se contenta de lui adresser un pâle sourire ; durant le court laps de temps où il connut l'enfant (il périt noblement à Ocean Grove Park en voulant porter secours à une grosse dame qui se noyait), il s'habitua à l'idée qu'il avait une fille. Il n'était

Frankie et Johnny

plus gêné de répondre quand on lui demandait si c'était un garçon ou une fille ; il devint même extraordinairement fier de ce petit être vif aux cheveux lumineux. « C'est vrai, c'est mon portrait tout craché », disait-il fièrement à tout le monde ; et son ultime pensée cohérente, alors qu'il luttait contre le courant, gêné par cette masse qui se débattait, fut pour sa fille.

« Nom de Dieu, la fichue garce. » À bout de souffle, il voyait le ciel basculer entre les rouleaux béants, et maudissait le gros paquet de chair molle qui avait raison de ses jeunes muscles. Mais pas question de lâcher, ce n'était pas son genre. L'image de Frankie était plus nette que la brûlure dans sa gorge et ses poumons. « Pauvre gosse, la vie va pas être facile pour elle maintenant », pensa-t-il au milieu des bulles vertes.

Frankie était donc une fille énergique ; c'était du moins l'avis de Johnny son copain. C'est ce que vous auriez pensé, vous aussi, si vous l'aviez vue passer dans la rue un samedi soir ; elle tenait le bras de Johnny et marchait d'un pas conquérant et sensuel, donnant à ses bras minces d'adolescente le mouvement rythmé des scieurs de long, et lançant en avant son jeune corps avec la brusquerie et la régularité d'un métronome. C'est en tout cas ce que pensaient les acolytes de Johnny : lorsqu'il l'emmenait danser à son club sportif, ils la mangeaient des yeux, s'agglutinaient autour d'elle et l'empêchaient d'évoluer sur la piste. Dès le premier soir, elle les avait joliment rembarrés ; ils se tenaient au coin de la rue, plaisantant et taquinant les filles qui passaient et, la voyant approcher, ils avaient poussé des sifflements admiratifs et mis Johnny au défi de la lever. Johnny, à qui son costume neuf donnait du courage, ne dit pas non.

« Salut, mignonne », lui lança-t-il en soulevant son chapeau d'un geste élégant. Il lui emboîta le pas. Frankie le regarda d'un œil gris et froid et, sans s'arrêter, lui répondit : « Tire-toi, p'tit gars.
— Dis donc... » continua calmement Johnny, tandis que derrière lui les copains s'esclaffaient.

« Dégage, pauv' cloche, ou compte tes abattis », répliqua sèchement Frankie. Elle n'avait pas besoin d'un flic pour se défendre, Frankie.

Johnny conserva admirablement son sang-froid. « Vas-y, mignonne, tape, j'aime ça », dit-il en la prenant par le bras. Frankie n'essaya pas de se dégager gauchement comme aurait fait une demoiselle de bonne famille. Elle prit son élan et, de sa main toute menue, elle flanqua une gifle magistrale à Johnny. La scène se passait devant un bar clandestin, dont les portes battantes laissaient apercevoir une salle aux lumières obscurcies par la fumée du tabac.

« J'en veux une autre », dit Johnny qui se tenait tout raide, tout rouge, et Frankie de nouveau le gifla. Un homme sortit de la taverne en titubant. « La gar... dit-il. Casse-lui la gueule, espèce de... » Dans cette rue sordide, le visage brûlant et rouge de Johnny, le visage blanc de Frankie étaient pareils à deux jeunes planètes. Johnny regardant Frankie vit son nez se froncer. « Elle va pleurer », pensa Johnny pris de panique ; dans sa tête bourdonnante, son esprit avait fini par enregistrer les paroles de l'inconnu. Il fit volte-face, et lui sauta presque au visage.

« Tu sais à qui tu parles ? Je t'apprendrai, moi, à parler comme ça devant une dame. » Le pochard répliqua avec le courage que donne l'alcool : « Dis donc... » Johnny lui flanqua un coup de poing, et l'homme se retrouva dans le caniveau, jurant et sacrant.

Johnny se retourna mais Frankie s'était enfuie en pleurant. Il la rattrapa : « Voyons, mon p'tit », mais Frankie ne réagissait pas. Quelle sacrée veine, se dit Johnny qui, transpirant légèrement, la mena vers l'entrée d'une impasse obscure. D'un geste gauche, il lui prit la taille. « C'est fini, maintenant, ne pleure plus. » Frankie se tourna brusquement vers lui et s'accrocha désespérément à son veston. J'ai une sacrée veine, se dit Johnny tout en lui tapotant l'épaule comme on caresse un chien. « Allons, pleure plus, frangine. Je voulais pas te faire peur. Dis-moi ce que tu veux que je fasse. » Désemparé, il regarda autour de lui. Quel pétrin ! Si les copains se pointaient, il aurait bonne mine. Ils n'auraient pas fini de le charrier... D'habitude, quand on est en danger, on appelle un flic, mais Johnny avait de solides raisons d'éviter les flics ; il évitait même le vieux Ryan, et c'était pourtant un copain de son père, un ami d'enfance même. Sacré nom, comment faire ? Pauvre Johnny, si distingué et si nigaud.

Tout à coup une idée lui vint. « Allons, calme-toi, mignonne. Tu veux rentrer chez toi ? Tu me dis où tu habites et je te ramène, d'accord ? » Frankie leva vers lui un visage barbouillé de larmes. Comme ses yeux étaient gris, et comme ses cheveux brillaient sous son petit chapeau de quat' sous ! Johnny sentait son corps ferme, cambré. « Qu'est-ce qui t'tracasse, ma poupée ? Raconte tes ennuis à Johnny, il en fait son affaire. Tu sais, j' voulais pas te faire peur.

— C'était pas toi, c'était ce plouc. »

Rassuré, Johnny cria presque : « T'as vu

comme je l'ai aplati, ce cave. Je l'ai descendu comme si... comme si... J'y retourne, si tu veux et je lui démolis le portrait.

— Non, non, répondit aussitôt Frankie. J'ai été idiote de chialer. C'est pourtant pas dans mes habitudes. » Elle poussa un soupir. « Bon, vaut mieux que je rentre.

— Tu sais, j' suis vraiment désolé d'avoir...

— T'as rien fait de mal ; t'es pas le premier à me faire du plat. Mais d'habitude, je les envoie sur les roses, presto. Bon, on va pas se quitter comme ça, dans la rue, quand même ?

— Si tu m'en veux pas trop après tout ce mic-mac, alors ça veut dire que t'es ma copine. Tu veux bien que je sois ton copain ? Je serai gentil avec toi. » Ils échangèrent un regard ; une brise légère passa sur les fleurs et sur les arbres ; ils n'étaient plus dans une impasse d'une saleté sordide ; leurs lèvres se rencontrèrent et une aube pure d'une blondeur éclatante apparut bravement derrière les collines.

II

Ils marchaient dans un parc ; derrière eux se trouvaient de sombres usines, et devant eux le port, l'eau clapotant contre les pilotis ; deux bacs allaient et venaient, tels deux cygnes dorés qui, prisonniers à jamais d'un rituel stérile, se feraient inéluctablement une cour amoureuse vouée à l'échec.

« Écoute, disait Johnny, avant que je te connaisse, j'étais comme un des bacs que tu vois là-bas ; je traversais et retraversais une espèce de rivière toute noire, j'étais tout seul, je la traversais, je la retraversais continuellement et j'arrivais nulle part ; mais je le savais pas ; moi je croyais que j'allais quelque part. Tu sais, j'avais la tête pleine d'un tas de choses, d'un tas de gens qui s'intéressaient qu'à leurs affaires, et je me prenais pour un caïd. Mais écoute-moi bien.

« Quand je t'ai vue dans la rue, ça a été comme si les deux bacs, au lieu de se croiser, s'arrêtaient, et puis repartaient côte à côte dans la même direction pour être ensemble, rien qu'eux deux, seuls, quelque part. Écoute, mon cœur, avant de te connaître, j'étais un petit voyou ; c'est ce que disait le vieux Ryan ; je fichais rien ; j'étais bon à rien ; je m'intéressais qu'à ma petite personne ; mais quand j'ai flanqué une raclée à ce type, c'est pour toi que je l'ai fait, pas pour moi ; c'est comme si le vent avait balayé toutes les saloperies qui traînaient dans la rue.

« Et quand je t'ai prise par la taille, que je t'ai serrée contre moi et que tu pleurais, j'ai su que t'étais faite pour moi et que j'étais plus le petit voyou que le vieux Ryan disait que j'étais ; et quand tu m'as embrassé, c'était comme ce matin-là où les copains et moi on rentrait d'une virée dans une vieille bagnole ; les flics nous sont tombés dessus, nous ont confisqué la charrette et on a dû rentrer à pied et j'ai vu le jour qui se levait sur l'autre rive, c'était à la fois bleu et noir et les bacs étaient immobiles sur l'eau et il y avait des arbres tout noirs de l'autre côté et le ciel était comme jaune et doré et bleu, et une rafale de vent est passée sur l'eau en faisant de drôles de petits bruits de suçotement. C'est comme quand on est dans le noir et que tout à coup quelqu'un allume l'électricité : aussi simple. Ça m'a fait le même choc quand j'ai vu tes cheveux blonds et tes yeux gris. C'était comme si une rafale de vent m'avait traversé, et comme si des oiseaux chantaient quelque part. Alors, j'ai su que j'étais plus le même.

— Mon Johnny ! » s'écria Frankie. Dans un seul élan, ils s'étreignirent, et avec fougue leurs bouches se rencontrèrent dans l'obscurité tendre et complice.

« Ma chérie ! »

III

« Dis donc, qui c'est ce type que tu fréquentes ? » Debout derrière sa mère assise à sa coiffeuse, Frankie examinait d'un œil cruel le visage de celle-ci. Je serai comme ça, quand je serai vieille ? se demandait-elle, mais au fond d'elle-même la réponse avait jailli : un non véhément. Les mains blanches et molles de la femme âgée s'affairaient nerveusement dans ses cheveux teints ; et puis, exaspérée, elle rabattit ses cheveux sur son front en s'écriant : « Tu réponds pas. Tu penses peut-être que ça me regarde pas ? Qu'est-ce qu'il fait dans la vie ?

— Il... il... travaille dans un garage. Il veut devenir pilote de course. » Pourquoi éprouvait-elle le besoin de justifier Johnny aux yeux de sa mère, Johnny qui était solide sur ses deux jambes et qui se fichait pas mal de l'opinion des autres ?

« Un mécano ? Toi qu'as vu comme la vie est dure pour les femmes, t'es pas plus futée que ça ! Jeune et belle comme t'es, avec un physique qui plaît aux hommes, tu te trouves un mécano, un type qui se balade toute la sainte journée en salopette crasseuse !

— L'argent, c'est pas tout. »

La mère regarda Frankie, interdite, puis retrouvant enfin la parole : « L'argent, c'est pas tout ! Tu veux me répéter ça en face ! T'as vu comment il faut que je me débrouille pour vivre ! Où est-ce que tu serais à l'heure qu'il est si j'en gagnais pas, de l'argent ? Tu les aurais, les fringues que t'as sur le dos ? Ton petit copain de mécano, il peut t'en acheter, des fringues ? Tu crois qu'il peut faire pour toi ce que j'ai fait ? Dieu sait que je te souhaite pas de passer par là où j'ai dû passer, mais si t'as ça dans le sang et que tu peux pas te retenir, alors je préfère que tu racoles le tout-venant dans la rue plutôt que te voir ficelée pour la vie à un petit employé minable. Ah ! c'est pas drôle, la vie, pour les femmes ! » Elle se tourna vers le miroir et entreprit à nouveau de se coiffer. Elle tentait de calmer son ressentiment en s'apitoyant sur elle-même, en noyant sa hargne dans un flot de paroles. Frankie considérait l'image de sa mère dans le miroir sans manifester la moindre émotion.

« Quand ton père est mort sans me laisser un sou, qui c'est qu'est venu à mon secours ? Sûrement pas une de ces pimbêches bourrées de fric, qu'ont fait des études et qui se mêlent de refaire la société. Sûrement pas un de ces curetons au visage de marbre qui vous parlent toujours du salaire du péché et du salut du misérable pécheur. Ceux-là, pour ce qui est de passer la monnaie, bernique ! Tu l'apprendras aussi, quand les hommes aident les femmes comme moi, c'est jamais gratis et quand t'as affaire à eux, il faut penser à toi d'abord et il faut soigner ta devanture si tu veux les avoir et les garder. Un homme qui aide une femme parce qu'il a pitié d'elle, ça n'existe pas. Encore autre chose : se trouver un homme, c'est pas tout. N'importe quelle femme qui a quatre sous de jugeote peut s'en trouver un, mais le garder, c'est une autre histoire ; et c'est ce qui me distingue des pauvres filles qui font le trottoir. En plus, les femmes sont toutes les mêmes : bonne ou mauvaise, il y en aura toujours une pour essayer de te le prendre, ton bonhomme, qu'elle veuille ou non se le garder.

« Tu peux être sûre que personne viendra à ton secours. Ça se passera pour toi comme ça s'est passé pour moi. Dieu sait que j'aurais pas choisi une existence pareille, après les promesses que j'avais faites à ton père. Mais voilà, il a rien trouvé de mieux que de se noyer en voulant sauver des vagues une femme qu'il n'avait jamais vue. Ton père, les femmes l'ont toujours mené par le bout du nez. Il aurait pu profiter d'elles, ou regarder ailleurs, mais il était pas assez malin pour ça. C'est pas que j'avais pas confiance en lui. C'était le meilleur homme que la terre ait porté. Mais mourir comme ça, et si vite. » Elle se tourna à nouveau vers sa fille.

« Viens, mon chéri. »

Frankie s'approcha, non sans réticence ; sa mère la prit par la taille. Frankie se raidit malgré elle, et sa mère n'eut aucune peine à fondre en larmes. « Et maintenant voilà ma propre fille qui me laisse tomber ! Après tout ce que j'ai fait et enduré pour elle, elle me laisse tomber ! »

Fais pas l'idiote, Frankie fut tentée de lui dire mais finalement elle lui saisit les épaules d'un geste maladroit. « Voyons, m'man, calme-toi. Tu sais bien que c'est pas mon genre. Allons, tu vas abîmer ton maquillage, tu vas défaire tout ce que t'as fait. »

La mère se tourna à nouveau vers son miroir, se tapota délicatement le visage avec un chiffon graisseux. « Mon Dieu, que je deviens affreuse quand je pleure ! Mais Frances, tu es si... si froide. J'arrive pas à te comprendre. Je te jure, je voudrais tellement que t'aies plus de chance que moi, et quand je te vois faire les mêmes bêtises que moi, je... je... » À nouveau elle était au bord des larmes. Frankie, debout derrière elle, se pencha et lui étreignit les épaules.

« Allons, je te promets de ne rien faire que je pourrais regretter. Habille-toi vite ; tu as un rendez-vous à quatre heures, rappelle-toi. »

Impulsivement, la mère tourna vers Frankie son visage gonflé par les larmes et la saisit à nouveau par la taille. Cette fois, Frankie se laissa faire. « Tu l'aimes, ta maman, pas vrai, ma chérie ?

— Bien sûr, maman. » Elles s'embrassèrent. « Laisse-moi te coiffer.

— Si tu veux, répondit la mère avec un soupir, tu fais ça tellement plus vite que moi ! Ah, Frankie, si tu pouvais redevenir mon bébé ! » Elle se retourna, faisant face au miroir, avec ses craintes, son problème immédiat, ses entêtements, ses incompréhensions féminines ; les doigts de Frankie s'affairaient adroitement dans la chevelure de sa mère. Le téléphone sonna ; Frankie décrocha. « Qui est à l'appareil ? » demanda une voix grasse qui évoqua aussitôt pour elle une odeur de cigares noirs.

« À qui voulez-vous parler ?

— Mais c'est la petite Frankie, continua la voix d'un ton jovial. Comment on se porte ? Dis donc, devine un peu ce que j'ai dans la poche pour la mignonne blondinette.

— À qui voulez-vous parler, je vous prie ? » répéta Frankie, d'un ton glacial. Sa mère se tenait debout près d'elle, l'œil brillant, la mine soupçonneuse. « Qui est-ce ? » demanda-t-elle. Sans répondre, Frankie lui tendit le récepteur et, traversant la pièce, elle se dirigea vers une fenêtre qui donnait sur un puits d'aération tapissé de fils électriques, plein du piaillement poussiéreux des moineaux. La réponse de sa mère lui parvenait par bribes. « D'accord, d'accord. J'arrive tout de... Oui, bien sûr. J'arrive tout de suite, mon chou. »

Elle se précipita vers le miroir et se tapota à nouveau le visage. « Est-ce que je me fourrerai un jour dans le crâne qu'il faut pas que je pleure avant d'aller à un rancard ! J'en ai une tête... Où sont mes gants, mon chapeau ? »

Frankie se tenait là tout près, chapeau et gants à la main. « Dis-moi, ma chérie, je suis pas trop laide ? Dommage que tu puisses pas venir avec nous. On va faire une belle balade en voiture mais... Oh là là, que c'est triste de vieillir. Je vais pas pouvoir continuer longtemps. C'est pour ça que je me fais tant de bile pour toi. Mon Dieu, que je suis moche ! »

Tout en s'efforçant de la rassurer, Frankie l'aidait à résoudre ses problèmes vestimentaires.

Arrivée à la porte, elle lui lança : « Je serai de retour lundi. Tu sais, si t'as besoin d'argent, il y en a dans le tiroir du haut. Et sois sage. » Elle déposa un rapide baiser sur la joue de Frankie, et soudain l'étreignit avec force. Frankie se libéra. « Allons, va-t'en vite, dit-elle en poussant sa mère dehors, ou tu vas encore pleurer. Au revoir, amuse-toi bien. »

Sa mère était enfin partie. Frankie remonta le store et s'approcha du miroir. Elle examina son reflet sans indulgence ; elle tirait sur la peau de son visage et se pinçait les joues, pour faire apparaître une saine carnation rouge vermeil.

IV

Frankie était étendue sur son lit ; par la fenêtre, elle voyait les toits, et son regard se perdait dans le ciel sombre et lointain. Des centaines de jeunes femmes de par le monde étaient étendues comme elle, pensant d'abord à leur amant, puis au bébé à naître. Naguère Frankie, étendue sur son lit, pensait à Johnny ; parfois elle regrettait son absence mais, à présent, il ne lui arrivait presque jamais de penser à lui. Elle l'aimait, son Johnny, bien sûr, mais les hommes sont de tels balourds ! Ils n'ont aucun tact ; tous ils essaient de créer un synchronisme entre les réalités brutes et inéluctables de l'existence et l'intégrité de leur être. Ce n'est pas une chose à faire.

À vrai dire, Johnny l'agaçait un peu parfois à répéter sans cesse que ce qui est fait est fait. Il essayait de lui faire croire — et de croire par la même occasion — qu'il pouvait, tel un voleur de grand chemin, arrêter, détrousser le destin. Ah ! ce Johnny et son cinéma... c'était bien mauvais quelquefois !

Abasourdie, sa mère était entrée dans une colère terrible. C'est comme si j'avais brûlé un bon du Trésor, se disait Frankie.

« Alors, t'appelles ça quelque chose que tu

regretteras pas ? T'as pensé à moi, à ce que je deviendrai quand je serai vieille, quand les hommes m'auront laissée tomber ? » Elle hurlait presque. « C'est comme ça que tu me remercies de ce que j'ai fait pour toi ? En me donnant une bouche de plus à nourrir ? »

Frankie avait vainement tenté de contenir cette explosion de colère. Elle s'occuperait des sentiments de sa mère, mais plus tard.

« Comment il fera, ton type ? Comment il me remboursera l'argent que tu m'as coûté ? » Peu à peu l'exaspération fit place aux larmes. Elle se fatiguait de ses propres jérémiades et, trottinant dans l'appartement, elle allait chercher pour Frankie, tout en reniflant et en pleurnichant, des glaces, du pain grillé, et les rares aliments que sa fille se forçait à avaler.

« Qu'est-ce que les gens vont penser ? » gémissait-elle. Frankie lui avait répliqué sèchement que les gens n'auraient pas à faire l'effort de penser, et donc de se poser des questions à son sujet ; pouvait-elle en dire autant ? Il faut dire que, depuis le moment où sa mère avait compris, elle s'était conduite comme si Frankie pouvait — et devait — modifier le cours des choses. « C'est vraiment une gamine pénible, ma mère, soupira Frankie, mais elle a été chic avec moi. » Effleurant son jeune ventre de ses doigts, le regard perdu dans le ciel sombre et lointain, elle essayait de se convaincre que le bébé bougeait déjà.

Elle se sentait vieille ; elle avait la nausée. Si seulement sa mère n'était pas aussi idiote ! Elle aurait tellement aimé avoir quelqu'un pour... Vous savez ce que c'est. On marche, on marche, on est épuisé ; on sait qu'on peut quand même continuer, s'il le faut, mais comment, on se le demande ; et puis tout d'un coup il arrive une voiture ; le conducteur vous fait monter, il ne vous dit pas un mot mais il vous emmène à votre destination et vous laisse descendre, sans plus d'histoires. Dieu ? Sûrement pas : elle ne croyait pas beaucoup à la prière. Quand elle avait cinq ans, elle avait dit des prières pour avoir une poupée qui ferme les yeux ; ça n'avait pas marché.

Nom d'un chien, se disait-elle, si seulement j'étais pas malade à crever. C'est ça qui me fiche la frousse. Mais la nausée finirait bien par passer ; avec le temps, tout finirait par s'effacer. Dans un an, pensait-elle, tout serait oublié, à moins qu'il ne m'arrive encore un accident. En tout cas, une chose est sûre : fini le thé, fini le pain grillé !

Frankie, allongée sur son lit, songeait à toutes les autres filles de par le monde qui, étendues sur leur lit dans l'obscurité, songeaient à leur bébé à naître. On est comme le centre du monde, pensait-elle. Elle se demandait d'ailleurs combien de centres du monde il y avait ; et si le monde était une boule avec, dessus, des vies humaines pareilles à des chiures de mouche, ou si la vie de chacun était le centre d'un monde, auquel cas chacun ne voyait que son propre monde, et rien d'autre. Tout cela devait lui paraître sacrément drôle, à celui qui avait tout agencé ! Mais peut-être que lui aussi était le centre d'un monde, et qu'il ne voyait que ce monde-là, et rien d'autre. Et lui aussi, d'ailleurs, n'était peut-être qu'une chiure de mouche sur le monde de quelqu'un d'autre.

Mais elle trouvait plus rassurant de penser qu'elle était le centre du monde. Que son ventre était le centre du monde. Pas question que ça change, se dit-elle farouchement. Je n'ai pas besoin de Johnny ; je n'ai pas besoin de ma mère.

« Seigneur Jésus, qu'est-ce qu'on va devenir ? gémissait la mère. Avec une fille enceinte à la maison, de quoi je vais avoir l'air, moi, devant mes amis ? Qu'est-ce que je vais bien pouvoir leur dire ?

— Pourquoi leur dire quoi que ce soit ? disait Frankie d'un ton las.

— Qui s'occupera de toi ? Qui te donnera un foyer ? Tu t'imagines que tu vas te trouver un type qui te prendra avec ton gosse ? »

Frankie regarda sa mère pendant un long moment. « Et toi, tu crois toujours que j'attends le milliardaire qui en pincera pour moi ? Tu devrais pourtant me connaître mieux que ça.

— Alors, qu'est-ce que tu comptes faire ? Tu penses vraiment que c'est la solution, pour toi et pour moi, que t'épouses ton gars ? Qu'est-ce que tu lui trouves ? »

Frankie tourna son visage défait vers le mur. « Je te le répète, maman. J'ai pas besoin qu'un homme s'occupe de moi.

— Mais bonté divine, qu'est-ce que tu vas bien pouvoir faire ? demanda la mère exaspérée, le visage en larmes.

« Pourquoi t'as fait ça ? »

À nouveau, Frankie tourna les yeux vers sa mère. « Espèce d'idiote. J'ai pas fait ça pour que Johnny m'épouse, ni pour lui soutirer quoi que ce soit. J'ai pas besoin de Johnny. J'ai pas besoin d'un homme pour m'entretenir. J'en aurai jamais besoin. Et si tu pouvais en dire autant, tu resterais pas là à pleurnicher et à t'apitoyer tout le temps sur ton sort... parce que ton sort, tu l'as bien voulu. »

Ayant ainsi réaffirmé son intégrité, elle avait
l'impression, selon les mots de Johnny, qu'elle
était restée longtemps dans le noir, et que tout à
coup quelqu'un avait allumé l'électricité. La vie
lui semblait si évidente, si inéluctable qu'elle se
demandait pourquoi elle s'était fait tant de mauvais sang, et, bizarrement, elle eut une pensée
pour son père, qu'elle avait à peine connu. Elle
le revoyait, riant aux éclats, la soulevant au-dessus de sa tête ronde aux cheveux blonds, et la berçant vigoureusement entre ses mains calleuses.
Une image de son enfance lui revenait en
mémoire, un père sombrant au milieu des vagues
vertes, mourant, mais triomphant.

Dans le lit voisin, les sanglots de la mère s'apaisaient. Bientôt ce fut le silence, l'obscurité, la respiration régulière du sommeil. Frankie, allongée
sur son lit dans l'obscurité bienveillante, caressait doucement son ventre de jeune femme, le
regard perdu dans un monde obscur, comme des
centaines d'autres filles qui pensaient à leur
amant et au bébé à naître. Elle se sentait aussi
impersonnelle que la terre ; elle était une parcelle
ensemencée, féconde, exposée aux forces de la
lune, du vent, des étoiles, des quatre saisons ;
exposée au soleil et aux intempéries, et cela
depuis bien avant le registre du temps ; et cette
parcelle de terre dormait, attendant la fin du
sombre hiver et l'éveil de son printemps, avec
toute la souffrance et toute la violence de finali-
tés inéluctables, tendue vers une beauté qui ne
disparaîtra jamais de la face de ce monde.

Le Prêtre

Il avait presque terminé son noviciat. Demain, il serait confirmé ; demain, il réaliserait son ardent désir, il connaîtrait une parfaite union mystique avec le Seigneur. Cette union, tout au long de sa jeunesse studieuse, il avait été conduit à l'attendre chaque jour ; il avait espéré y parvenir par la confession, en parlant avec ceux qui semblaient l'avoir atteinte, en menant une vie de renoncement et de privation qui à la longue devait avoir raison du feu intérieur qui le consumait. Il aurait voulu connaître un répit ; que s'apaisent ces appétits de chair et de sang qui, lui avait-on enseigné, étaient pernicieux. Il espérait parvenir à un état semblable au sommeil, un état où la clameur de son sang serait réduite au silence. Ou plutôt, domptée. Pour qu'au moins elle cesse de le tourmenter : il se trouverait à une hauteur telle que les voix, perdant graduellement de leur force, n'arriveraient plus jusqu'à lui, échos perdus au milieu des canyons et des sommets majestueux de la gloire de Dieu.

Mais rien n'était venu. Au séminaire, quand il avait conversé avec un prêtre, il regagnait son dortoir en proie à une profonde jubilation spiri-

tuelle, une émotion si intense que son corps
n'était plus qu'une enseigne lumineuse portant
un message enflammé destiné à ébranler le
monde. Ses doutes étaient alors dissipés ; il
n'hésitait plus, il ne pensait plus. Le but de l'existence était clair : il fallait souffrir, offrir son sang,
sa chair et ses os à seule fin d'atteindre la gloire
éternelle, projet magnifique et stupéfiant qui ne
tenait pas compte du fait que les Savonarole et
les Thomas Becket n'étaient pas créés par leur
époque, mais par l'Histoire. Faire partie des élus
malgré les désirs et les harcèlements de la chair,
parvenir à l'union spirituelle avec l'Infini, mourir : comparé à cela, que valait le plaisir physique
que son sang réclamait à grands cris ?

Mais dès qu'il se retrouvait avec les autres
séminaristes, tout cela était vite oublié. Leur
point de vue, leur manque de sensibilité constituaient pour lui une véritable énigme. Comment
pouvait-on être à la fois de ce monde et hors de
ce monde ? Un doute terrible le tenaillait : ne
passait-il pas sans s'en apercevoir à côté de
quelque chose d'essentiel ? Après tout, la vie
n'était peut-être rien d'autre que ce que chacun
d'entre nous en faisait au cours de ce bref passage de soixante-dix années. Qui le savait ? Comment savoir ? Il y avait bien le cardinal Bembo
qui vivait en Italie dans un siècle d'argent et dont
l'œuvre, pareille à une fleur impérissable, propo-
sait un culte de l'amour purgé de tous les tourments de la chair, au-delà de la chair. Mais tout
cela, n'était-ce pas seulement une excuse, un pal-
liatif contre les affres de la peur et du doute ?
Dans la vie passionnée de cet homme mort
depuis des siècles, ne reconnaissait-il pas sa
propre vie, mélange de craintes et de doutes et

d'élans passionnés vers la beauté et la délica-
tesse ? Et pour lui, cette beauté et cette délica-
tesse se trouvaient incarnées non pas par une
Vierge sereine dans son chagrin et immobile
comme une bénédiction vigilante dans la lueur
du couchant, mais par une créature jeune,
mince, faible et (pour ainsi dire) blessée, une
créature dont la vie se serait emparée, dont elle
aurait fait son jouet et qu'elle aurait torturée ;
une petite créature d'ivoire à qui on avait arraché son premier-né et qui levait en vain les bras
dans un crépuscule mourant. En d'autres termes,
une femme, avec toute l'ardeur passionnée que
met la femme à vivre le jour et l'heure qui
passent, car elle sait qu'il n'y aura peut-être
jamais de demain, et que seul le jour d'aujourd'hui a un sens, parce que seul aujourd'hui
lui appartient. Ils ont pris une enfant, se disait-
il, pour en faire le symbole des vieux tourments
de l'homme ; et moi aussi je suis un enfant à qui
l'on a ravi son enfance.

Le soir était comme une main levée au-dessus
de l'ouest ; la nuit tombait et la nouvelle lune
apparut, voguant tel un vaisseau d'argent sur une
mer émeraude. Il demeurait assis sur son lit
étroit, le regard perdu dans le lointain tandis que
les voix de ses camarades s'apaisaient comme si,
en dépit d'eux-mêmes, ils étaient sensibles à la
magie du crépuscule. Au-dehors retentissait et
mourait la rumeur du monde : les trams, les
taxis, les passants. La conversation de ses camarades portait sur les femmes, sur l'amour et il pensait : « Comment ces hommes pourront-ils jamais
devenir des prêtres capables de vivre dans le
renoncement et de se porter au secours des
hommes ? » Au fond, il savait bien qu'ils en

seraient capables, ce qui ne faisait que compliquer le problème. Et il se rappelait les paroles du père Gianotti, un prêtre qu'il n'appréciait guère : « De tout temps, l'homme a tout fait pour se mettre dans des situations qui échappent à son contrôle. Le mieux qu'il puisse faire est de régler sa voilure pour étaler la tempête qu'il a lui-même déchaînée. Et rappelez-vous bien qu'une seule chose ne change pas, c'est le rire. L'homme sème la tragédie et la récolte toujours. Il enfouit dans la terre des graines qu'il a amoureusement amassées, des graines qui ne sont rien d'autre que lui-même, et que récolte-t-il ? Quelque chose qu'il n'avait pas prévu et qu'il se révèle incapable de maîtriser. Le sage est celui qui, quel que soit son état, peut se retirer du monde, et qui rit. L'argent que vous aviez, une fois dépensé, vous ne l'avez plus ; le rire, et seul le rire, est comme la coupe de vin fabuleuse qui ne désemplit jamais. »

Mais l'homme vit dans un monde d'illusion ; il utilise ses minces pouvoirs pour se créer un environnement étrange et bizarre. Lui aussi agissait de la sorte, en dépit de ses déclarations de foi, tout comme ses camarades avec leurs interminables conversations sur les femmes. Et il se demandait combien de prêtres qui vivaient chastement et s'employaient à atténuer la souffrance humaine étaient vierges, et si d'ailleurs la virginité importait vraiment. Ses compagnons n'étaient sûrement pas chastes : on ne pouvait parler de femmes avec cette familiarité sans les connaître, et pourtant ils feraient de bons hommes d'Église. Tout se passait comme si les hommes se voyaient offrir des pulsions et des désirs sans avoir été consultés par le donateur, et qu'il dépendait d'eux et d'eux seuls qu'ils y cèdent ou y résistent. Mais il ne pouvait, lui, accepter cela ; il ne parvenait pas à croire que les pulsions sexuelles, capables de détruire toute la philosophie d'un homme, trouvaient peut-être ainsi leur apaisement. « Que veux-tu au juste ? » se demandait-il. Il n'en savait rien : ce n'était pas tellement qu'il voulait quelque chose de précis, c'était plutôt qu'il redoutait de perdre sa vie et le sens de sa vie pour une phrase, pour des mots vides de sens. « Et pourtant, dans ma profession, je devrais savoir combien peu de valeur il faut accorder aux mots. »

Et s'il y avait quelque chose, une réponse à l'énigme de l'homme, qui était à sa portée et pourtant échappait à sa vue ? Il pensait : « L'homme se contente de peu, ici-bas. Mais manquer ce peu-là ! »

La solution, il ne la trouva pas davantage en se promenant dans la rue. Partout il y avait des femmes : des jeunes filles qui rentraient du travail, et leurs corps jeunes et souples évoquaient en lui la grâce et la beauté, et des élans bien antérieurs au christianisme ; et il se demandait : « Combien d'entre elles ont des amants ? Demain je me flagellerai, je ferai pénitence par la prière et la mortification, mais pour l'instant je veux laisser venir mes pensées comme j'en ai envie depuis si longtemps. »

Il y avait des jeunes filles partout : leurs minces vêtements laissaient deviner leurs formes tandis qu'elles avançaient le long de Canal Street. Des jeunes filles qui rentraient chez elles pour le dîner (et il s'embrasait en pensant aux bouchées de nourriture entre leurs dents blanches et au plaisir physique qu'elles prendraient à mastiquer et à digérer) et la vaisselle. Des jeunes filles qui allaient s'habiller pour aller danser dans l'ambiance suffocante des saxophones, des batteries et des lumières multicolores, qui profitaient de leur jeunesse et qui dégustaient la vie comme un cocktail présenté sur un plateau d'argent. Des jeunes filles qui resteraient à la maison à lire et à rêver d'un amant monté sur un cheval blanc caparaçonné d'argent.

« Est-ce la jeunesse que je désire ? Est-ce la jeunesse en moi qui lance un appel douloureux à la jeunesse des autres ? Est-ce cela qui me trouble ? Mais alors pourquoi l'exercice physique ne me suffit-il pas, la lutte avec d'autres jeunes hommes, par exemple ? Ou bien s'agit-il de la Femme, de l'éternel féminin ? Toute ma philosophie va-t-elle en être bouleversée ? Si l'on doit en ce bas monde subir de telles contraintes, à quoi sert mon Église, et que devient cette union mystique qui m'a été promise ? Et où se trouve la bonne voie ? Dois-je obéir à ces élans et pécher, ou bien m'abstenir et être à jamais tourmenté par la crainte d'avoir gâché ma vie, pour ainsi dire par abnégation ? »

« Je vais purger mon âme », se dit-il. La vie vaut plus que cela, le salut vaut plus que cela. Mon Dieu ! Il y a tant de jeunesse dans le monde ! Partout elle existe dans les corps des jeunes filles dont une journée de travail passée devant une machine à écrire ou derrière un comptoir a terni l'éclat et qui, s'échappant enfin de leur cage, réclament à grands cris l'héritage de la jeunesse en lançant leur corps tendre et agile sur la plate-forme du tramway, chacune rêvant son rêve, mais quel rêve ? « Mais aujourd'hui, c'est aujourd'hui, s'exclama-t-il, et c'est plus précieux qu'un millier de demains ou d'hiers ! »

« Seigneur ! Seigneur ! Faites que demain arrive ! Alors, je suis certain que lorsque je serai ordonné prêtre et serviteur de Dieu, je connaîtrai la paix et je saurai résister aux appels de mon sang. Seigneur ! Faites que demain arrive ! »

Au coin de la rue, il y avait un bureau de tabac ; à l'intérieur, des pères de famille qui avaient terminé leur journée de travail et qui allaient retrouver femme et enfants et s'attabler devant un bon dîner ; ou des célibataires qui rentraient se préparer pour une sortie en compagnie de leur maîtresse ou de leur petite amie. Des femmes, encore des femmes. « Moi aussi, je suis un homme : je ne suis pas différent d'eux ; moi aussi je céderais à ces douces contraintes. »

Il quitta Canal Street, où le clignotement des enseignes lumineuses alternativement emplissait et vidait le ciel crépusculaire ; mais comme il ne les voyait pas, elles n'étaient pas lumineuses, de même que les arbres ne sont verts que si on les regarde. Rêveuse, la lueur des réverbères éclairait le pavé mouillé. Les corps souples, modelés par la hâte, des jeunes filles qui se ruaient vers la nourriture, le divertissement ou l'amour, tout cela était derrière lui à présent : là-bas, loin devant lui, le clocher d'une église se dressait telle une péremptoire prière figée dans la lueur du soir. Demain ! Demain ! disait le bruit rythmé de ses pas.

« Ave Maria, deam gratiam... tour d'ivoire, rose du Liban... »

Il était un petit navire (I)

Vers le milieu de l'après-midi, nous arrivâmes en vue de la terre. Depuis qu'à l'aube nous avions quitté l'embouchure du fleuve et senti les premiers effets de la houle, le visage de Pete avait peu à peu viré au jaune, au point que vers midi — à vingt-quatre heures de La Nouvelle-Orléans — lorsque nous lui adressions la parole, il nous regardait de ses yeux jaunes de chat, l'air furibond, et il vouait Joe à tous les diables. Joe était son frère aîné. Il avait dans les trente-cinq ans, et portait des diamants jaunes gros comme des cailloux. Pete avait dans les dix-neuf ans. Il portait une chemise de soie à rayures lavande et or, et un canotier ; accroupi à l'avant, il ne bougea pas de toute la journée, occupé à tenir son chapeau et à répéter : Bon Dieu de Bon Dieu.

Il ne voulait même pas toucher au whisky qu'il avait fauché à Joe. Celui-ci nous interdisait d'en avoir avec nous, et même si on avait eu sa permission, le capitaine nous aurait interdit de l'introduire à bord. Le capitaine était un antial-coolique militant. Avant de travailler pour Joe, il avait été dans le commerce interlope : on char-geait de l'alcool brut aux Antilles et, avant même

d'arriver en vue de l'île de la Tortue, toute la cargaison était parfumée, vieillie, mise en bouteilles,
étiquetée et mise en caisses. Il disait que jamais
il ne s'était adonné à la boisson, mais que si cela
avait pu lui arriver, il en serait maintenant bien
guéri. C'était un vrai prohibitionniste : il croyait
fermement qu'il fallait radicalement interdire
l'alcool. Il était originaire de la Nouvelle-Angle-
terre, et il avait l'air d'un vieux paillasson.

Pete, donc, avait dû faucher à Joe deux bouteilles que nous avions introduites à bord dans nos
jambes de pantalon et que le nègre avait cachées
dans la cambuse. Entre deux tours à la barre,
j'allais à l'avant où Pete était accroupi, tenant son
canotier, et je buvais une lampée. De temps en
temps, une tête sans corps apparaissait au hublot
de la cambuse, sans aucune expression, pareille à
un masque de carnaval ; le nègre passait alors à
Pete une tasse de café ; celui-ci la buvait et
presque à chaque fois jetait la tasse à la tête du
nègre au moment précis où elle disparaissait.

« Il en a déjà foutu deux en l'air, me dit le
nègre. Y en a plus que quatre maintenant. Le prochain coup, j' lui filerai son café dans une boîte
de levure. »

Pete n'avait rien mangé le matin ; puis il avait
balancé son déjeuner par-dessus bord et m'avait
tourné le dos pendant que moi je mangeais le
mien et qu'il devenait de plus en plus jaune ; et
lorsque nous arrivâmes en vue de l'île — une
balafre de sable que le ressac frangeait de crème
du côté au vent, surmontée d'un bouquet de pins
rabougris et violacés, et qui se détachait sur une
mer noirâtre, crépusculaire — il avait le visage et
les yeux de la même couleur.

Le capitaine ne quittait pas l'intérieur du

bateau. Nous arrivâmes sous le vent de l'île. Tout mouvement cessa et nous continuâmes d'avancer régulièrement sur une eau calme, d'un vert parfaitement limpide. L'île s'étendait à tribord, sombre, inhospitalière, sans le moindre signe de vie. À travers le détroit, on apercevait une traînée basse, comme un nuage violet — la terre ferme. On entendait le ressac tonner et siffler de l'autre côté de l'île, mais ici, à l'abri, l'eau avait l'immobilité d'une retenue de moulin, et les rais obliques du soleil y pénétraient en corridors verts. Alors Pete fut vraiment malade : il se pencha par-dessus bord, maintenant son canotier en place.

Ce fut très vite le crépuscule. Avec la disparition du soleil, le vert limpide de l'eau s'obscurcit. Nous continuâmes d'avancer sur une surface sans ride qui lentement prenait la couleur de l'encre violette. Sur le ciel, les grands pins défilaient, désolés, décharnés. La traînée de terre ferme s'était dissoute. Dans la même direction, au ras de l'eau, un feu luisait comme le bout d'une cigarette. Pete était toujours malade.

Le moteur ralentit.

« Paré, à l'avant », dit le capitaine à la barre. Je me mis à l'ancre.

« Viens, Pete, dis-je, ça te fera du bien, donne-moi un coup de main.

— Va te faire foutre. Elle a qu'à couler, cette saloperie. »

Le nègre monta donc sur le pont et nous parâmes l'ancre. Le moteur s'arrêta et notre erre mourut dans un silence sous lequel on percevait un murmure d'eau.

« Laisse filer », dit le capitaine. Nous fîmes basculer l'ancre par-dessus bord, et l'aussière claqua et siffla à nos pieds.

Juste avant qu'il fît nuire noire, il parut brusquement sur l'eau, dans l'obscurité à deux milles de nous, comme une aile pâle et rigide, et un feu vert, qui disparurent tout aussi brusquement.

« Les v'là, dit le nègre. Et y traînent pas.

— Qu'est-ce que c'est ?

— Y cherchent le rhum. Y vont à Mobile.

— Pourvu qu'ils y restent », dis-je. Dans l'obscurité, ma chemise me semblait plus chaude que ma peau, et sèche, comme un vêtement de sable.

Pete ne voulut pas davantage dîner. Assis à l'avant, tassé sur lui-même, enveloppé dans une couverture crasseuse, il avait l'air d'un gros oiseau grincheux. Il demeura ainsi pendant que le nègre et moi halions le canot pour l'amener le long du bord, jusqu'à ce que le capitaine émerge sur le pont avec trois bêches et une lampe torche. Alors il refusa catégoriquement d'aller dans le canot, et le capitaine et lui s'injurièrent à bout portant dans le noir, chuchotant avec férocité.

Mais rien n'y fit. Nous le laissâmes donc, tassé dans sa couverture, la silhouette oblique de son canotier se détachant rageusement au-dessus de la masse imprécise du bateau immobile, qui n'était ni vraiment dissimulé, ni vraiment distinct sur la perspective du détroit et le reflet fantomatique et diffus de la clarté qui tombait des étoiles et de la nouvelle lune.

Le canot avançait dans l'obscurité, dans un silence coupé seulement par le léger clapotis et les glouglous de l'eau tandis que le nègre maniait les avirons. À chaque invisible coup de rame, je sentais sous mes cuisses le soulèvement faible et régulier du banc de nage. Le long du canot, des serpentins opalescents, où la lune allumait des bulles de feu, s'agitaient en tous sens

dans le néant qui nous portait et qui de temps à
autre donnait sous la quille des coups légers
comme des chuchotements ou des caresses de
paumes douces et discrètes. Bientôt, de part et
d'autre de l'avant, l'obscurité parut moins dense,
comme un feu qui couve, et l'on distingua vaguement la silhouette tassée du capitaine et celle,
indécise, du nègre qui ramait en cadence. Cette
plage moins sombre s'agrandit encore. Avec un
crissement et une faible secousse, le canot se souleva, puis s'immobilisa. Au-dessus de nous, la nouvelle lune était accrochée dans la cime des pins.

Nous halâmes le canot. Debout, le capitaine
scrutait l'horizon. Le sable était blanc, faiblement lumineux sous la clarté des étoiles.
Lorsqu'on le regardait fixement, il paraissait tout
proche du visage. Puis, sans qu'on cessât de le
regarder, il semblait s'éloigner vertigineusement,
au point qu'on en perdait l'équilibre, et se fondre
enfin, sans ligne de partage, dans le ciel étoilé qui
paraissait emprunter au sable un peu de sa qualité de vertigineuse et faible incandescence, et sur
lequel les pins projetaient leurs hautes cimes
déchiquetées, délaissées, altières, un peu
austères.

Le nègre avait sorti les pelles du canot et le
capitaine, après s'être orienté, en prit une. Le
nègre et moi-même prîmes les deux autres et, à
la suite de son ombre indécise, nous traversâmes
la plage pour nous enfoncer dans les arbres. Le
sable était partout recouvert d'une sorte de végétation raide, dure, animée de cette perversité
sans objet qu'ont les fils de fer barbelés rouillés
et à l'abandon. Nous avancions avec difficulté, le
sable cédant sous nos pas avec cette même perversité qui semblait se moquer de nous. Le bruit

régulier du ressac qui s'enflait et sifflait nous arrivait jusqu'au visage à travers l'obscurité, avec le souffle frais et fort de la mer elle-même, et soudain, juste devant nous, dans l'obscurité traîtresse, ce fut une explosion de formes folles et un tumulte intense d'où ne parvenait aucun son. Un instant, je crus que mon cœur s'était arrêté de battre, et le nègre vint buter pesamment dans mon dos ; dans le tunnel jaune que découpa la lampe torche du capitaine, des bêtes cornues, innommables, nous fixaient, les yeux égarés, prêtes à bondir, puis elles pivotèrent et s'enfuirent silencieusement en une débandade insensée de flancs décharnés et de queues fouettant l'air. On eût dit un cauchemar où, poursuivi par des démons, l'on court éternellement sur un sol mouvant où les pieds ne peuvent trouver prise.

Ma chemise me parut alors plus froide que mon corps, et humide, et dans l'obscurité vertigineuse qui suivit l'éclair de la lampe, mon cœur consentit à battre à nouveau. Le nègre me tendit ma pelle, et je m'aperçus que le capitaine avait continué d'avancer.

« Que diable est-ce que ça pouvait bien être ? dis-je.

— Du bétail sauvage, dit le nègre. Y en a plein l'île. Le jour, y vous foncent dessus.

— Oh ! » fis-je.

Nous continuâmes d'avancer péniblement et rejoignîmes le capitaine arrêté à côté d'une dune toute recouverte de ces broussailles raides comme des fils de fer. Il nous demanda de rester là tandis qu'il allait et venait sur la dune, lentement, comme pour y chercher quelque chose, sondant le sable avec sa pelle. Le nègre et moi étions accroupis, nos pelles posées à côté de nous. Ma chemise mouillée de sueur était froide sur la peau. On sentait le souffle égal de la mer, passant sur le sable et parmi les pins.

« Qu'est-ce que du bétail peut bien faire sur cette île ? dis-je en chuchotant. Je croyais qu'elle était inhabitée.

— J' sais pas, dit le nègre. J' sais pas ce que n'importe qui pourrait fabriquer ici, à se balader dans ce sable jour et nuit et à écouter le vent dans ces arbres. » Il était accroupi à côté de moi, nu jusqu'à la taille, la clarté des étoiles, renvoyée par le sable, luisant vaguement sur son corps. « Faut être sauvage, ça c'est sûr », ajouta-t-il.

Je tuai un moustique sur le dos de ma main. Cela fit une éclaboussure tiède, énorme, comme une goutte de pluie. Je m'essuyai les mains sur mes flancs.

« Les moustiques, y sont mauvais ici », dit le nègre.

J'en tuai un autre sur mon avant-bras et sentis deux piqûres aux chevilles en même temps, et une au cou ; je baissai mes manches et boutonnai mon col.

« Ils vont te dévorer, sans chemise, dis-je.

— Non, dit-il. Les moustiques, y me dérangent pas. Tout ce qui vient de la terre, ça me dérange pas. J'ai ce qu'y faut.

— Vraiment ? Sur toi ? »

Quelque part dans l'obscurité les bêtes bougeaient, soulevant les broussailles où l'on entendait des craquements secs. Le nègre tira sur quelque chose qu'il finit par dégager de sa ceinture — une blague à tabac en toile dans laquelle je sentis trois petits objets durs, et qui était retenue à sa taille par une cordelette.

« Tout ce qui vient de la terre, hein ? Et ce qui vient de l'eau, alors ?

— Y a pas de charme pour l'eau », dit-il. J'étais assis sur les talons, me protégeant les chevilles et regrettant de ne pas avoir de chaussettes. Le nègre remit son amulette en place.

« Et alors, pourquoi est-ce que tu vas en mer ?

— Sais pas. Faut ben mourir un jour.

— Mais est-ce que ça te plaît d'aller en mer ? Est-ce que tu ne peux pas gagner autant à terre ? »

De temps en temps, les bêtes bougeaient dans l'obscurité, au milieu des broussailles. On sentait dans l'obscurité le souffle égal de la mer, passant parmi les pins.

« Faut ben mourir un jour », dit le nègre.

Le capitaine revint et nous dit quelques mots ; nous nous levâmes et prîmes nos pelles. Il nous montra où creuser, se mit lui-même au travail avec son outil, et nous creusâmes la dune en rejetant derrière nous les pelletées de sable sec. Le sable oblitérait la trace des pelles aussi vite que nous creusions, glissant le long de la pente en d'invisibles soupirs et chuchotements, et bientôt ma chemise fut à nouveau mouillée, chaude, et là où elle me collait aux épaules les moustiques me transperçaient la chair comme si elle était nue. Pourtant nous progressions, nos trois formes animées de mouvements rythmiques, comme trois silhouettes à contretemps dans une danse rituelle, sur ce fond de fantomatique incandescence, tandis que le souffle profond de la mer agitait sans fin les cimes des pins au-dessus de nous, car enfin la pelle du nègre tinta sur du métal, avec une résonance assourdie que le

souffle de la mer souleva et emporta parmi les
pins où elle disparut.

Nous dégageâmes lentement le métal, une
grande et souple tôle galvanisée, et bientôt le
nègre et moi réussîmes à passer nos mains sous
le bord de la tôle. Dos ployé, jambes tendues,
nous essayâmes de la soulever. Le sable glissa,
avec un sifflement sec. Nous soulevâmes à nouveau. « Han ! » fit à côté de moi le nègre, comme
un grognement, et la feuille de métal se tordit et
se dégagea avec une seule détonation qui retentit comme un coup de feu tiré à l'intérieur d'un
seau en tôle, puis ce bruit disparut aussi,
emporté par le souffle de la mer, et le sable continua de dégouliner, en chuchotements de plus en
plus faibles, sur le métal tordu et dans le trou en
dessous. Chhhhhhhh. Chhhhhhhhhhhhh.

Le nègre et moi demeurâmes appuyés sur nos
pelles, un peu essoufflés, tout en sueur, cependant que l'on entendait à travers les pins le déferlement sans fin de la mer. Le capitaine plaça sa
pelle sous le coin de la tôle pour l'étayer et se mit
à creuser en dessous avec les mains. Je tuai alors
trois autres moustiques sur mes chevilles et
regrettai une fois de plus de ne pas avoir de
chaussettes.

Le capitaine était maintenant dans le trou
jusqu'à mi-corps, et l'on entendit à nouveau sa
voix par-dessus le chuchotement sec qui venait
de cette tombe ; nous posâmes nos pelles et
l'aidâmes à tirer les sacs à l'extérieur. Ils étaient
légèrement humides et le sable y collait ; nous les
sortîmes en les traînant sur le sable, puis le nègre
et moi en prîmes un sous chaque bras et, lui marchant devant, nous regagnâmes la plage. Le
bateau se détachait vaguement sur la clarté des

étoiles qui tombait sur le détroit — ombre parmi
les ombres traîtresses, immobile comme une île
ou un roc. Nous rangeâmes soigneusement les
sacs dans le canot et revînmes sur nos pas.

Indéfiniment nous fîmes l'aller et retour, à
transporter ces sacs encombrants. Ils étaient difficiles à tenir et ç'eût été au mieux un labeur épui-
sant de les porter sur un sol stable, mais dans ce
sable glissant qui vous faisait payer chaque pas
le prix de quatre, sans cesse entouré de ces moustiques qui vous transperçaient sans bruit, vicieu-
sement, et que l'on ne pouvait chasser, ne serait-
ce qu'un instant, l'impression de cauchemar
revint, décuplée — l'impression d'être à jamais
asservi à un obscur besoin, où la nécessité même
de l'effort était sa propre dérision.

Nous chargeâmes le canot et le nègre aux avirons s'éloigna dans l'obscurité en direction du
bateau. Je fis alors seul les aller et retour, et toujours les sacs continuaient de sortir du boyau
noir où le capitaine avait complètement disparu.
J'entendais les bêtes qui se mouvaient dans l'obscurité, mais elles ne faisaient pas attention à moi.
Chaque fois que je revenais sur la plage,
j'essayais de repérer la position des étoiles, pour
voir si elles avaient bougé. Mais même les étoiles
paraissaient immobilisées là-haut, parmi les
crêtes déchiquetées des pins et le souffle sans fin
de la mer soupirant dans leurs cimes.

Pete revint dans le canot avec le nègre, le canotier sur la tête. Il était morose, renfermé, mais il
avait cessé de dire : Bon Dieu de Bon Dieu. Le
capitaine sortit de son trou et le regarda, mais ne
dit rien. Avec un homme en plus, les sacs sortaient plus rapidement, et lorsque le nègre fit son
second voyage jusqu'au bateau, Pete était désor-

mais avec moi. Il travaillait assez bien, comme si sa méditation à bord après notre départ l'avait convaincu de la nécessité de faire ce boulot jusqu'au bout, mais il ne parla qu'une seule fois. Ce fut lorsque, lui et moi, nous nous écartâmes un peu de notre chemin et vînmes buter à nouveau contre les bêtes.

« Nom de Dieu, qu'est-ce que c'est ? » dit-il, et je savais qu'il avait un pistolet à la main.

« Du bétail sauvage. Rien d'autre, fis-je.

— Bon Dieu de Bon Dieu », dit Pete. Puis, sans le savoir, il paraphrasa le nègre : « Pas étonnant qu'ils soient sauvages. »

Indéfiniment nous fîmes l'aller et retour entre la chuintante et inépuisable caverne et la plage, jusqu'à ce qu'enfin Pete, le capitaine et moi-même nous trouvâmes réunis sur la plage à attendre le retour du canot. Bien que je ne l'eusse pas vu se déplacer, Orion était maintenant derrière les grands pins, et la lune avait disparu. La canot revint, nous remontâmes à bord du bateau et, dans la cale noire, empuantie par l'eau de cale, le poisson et Dieu sait quels autres avatars innommables qu'avait connus le bateau, nous soulevâmes et déplaçâmes la cargaison jusqu'à ce qu'elle soit arrimée et assujettie selon l'idée du capitaine. Il dirigea la lampe torche sur sa montre.

« Trois heures », dit-il, le premier mot qu'il eût prononcé depuis qu'il avait cessé d'injurier Pete la veille au soir. « On va dormir jusqu'au lever du soleil. »

Pete et moi allâmes à l'avant nous allonger sur le matelas. J'entendis Pete s'endormir, mais longtemps je demeurai éveillé à cause de la fatigue, et cependant j'entendais le nègre ronfler dans la cambuse où il avait installé son lit car, comme les gens de sa race, il croyait dur comme fer que l'on encourt les plus graves périls à dormir en plein air. Mon dos, mes bras et mes reins me faisaient mal et, chaque fois que je fermais les yeux, il me semblait aussitôt que je peinais dans un sable qui ne cessait de se dérober sous mes pieds, obstinément, pour se jouer de moi, et que j'entendais toujours le souffle noir de la mer là-haut dans les pins.

Ce bruit parut en engendrer un autre qui s'amplifia rapidement : levant la tête, je pus voir un feu rouge et cette aile pâle sur l'eau, apparemment empreinte d'une luminosité propre, qui grandissaient, passaient et déclinaient, et je pensai au centaure de Conrad, mi-homme, mi-remorqueur, remontant et descendant le fleuve au galop, toujours avec cette diligence de myope aux aguets, résolu mais sans but, oublieux de tout, hormis ce qui se trouvait exactement sur sa route, et devenant alors une menace effroyable et violente[1]. Puis cela disparut, le son mourut aussi, et je me rallongeai, cependant que mes muscles étaient parcourus de secousses et de soubresauts qu'accompagnait dans mes oreilles l'écho évanescent du labeur immémorial et du déferlement sans fin de la mer.

---

1. Allusion à *Falk*, longue nouvelle de Conrad (1903), où le capitaine Falk, dont on n'aperçoit que la tête et le tronc au sommet de son remorqueur sans cesse en mouvement à l'embouchure d'un fleuve, évoque aux yeux du narrateur l'image d'un centaure. (*N.d.T.*)

Il était un petit navire (II)

Nous étions toujours occupés à réparer la pompe lorsque le jour se leva. Le nègre nous apporta du café que nous bûmes sans nous arrêter. Au bout d'un moment, j'entendis Pete sur le pont. Il s'approcha et regarda vers le bas de l'escalier d'un air interrogateur, avec son canotier de travers et ses yeux jaunes. Pete était le frère de Joe, qui était le propriétaire du bateau. Puis Pete s'éloigna. Un moment plus tard, j'entendis par le milieu du bateau ses pas lourds talonner la coque. Le tuyau d'échappement était encore brûlant. C'était plutôt délicat de travailler par là.

Soudain le bruit des talons de Pete cessa. Au même moment, la tête du nègre apparut à la cloison qui nous séparait de la cambuse.

« Un bateau », chuchota-t-il. Penchés en avant, le capitaine et moi échangeâmes un regard et dans le silence on entendit le moteur — un vrai moteur, pas un petit diesel comme le nôtre. On eût dit un avion allant à vitesse réduite. Le capitaine chuchota :

« Qu'est-ce que c'est ?

— Un gros, avec un demi-pont. Je vois que deux hommes à bord. Il s'approche vite. »

Le nègre disparut. Nous nous regardâmes, écoutant le bateau. Il s'approchait vite. Puis son moteur s'arrêta et je crus entendre le bruit de l'eau sous son étrave. Puis on entendit Pete parler.

« Est-ce que nous avons des... quoi ? »

J'entendis la voix, sans comprendre les mots.

Pete parla à nouveau. « Des appâts pour la pêche ? On n'en a rien à faire. C'est un yacht particulier. Gloria Swanson et Tex Rickard sont en bas dans la cabine en train de prendre leur petit déjeuner. »

Le moteur redémarra, puis s'arrêta, comme s'ils manœuvraient pour amener le bateau bord à bord. Le capitaine grimpa sur le moteur et regarda par le hublot.

Cette fois-ci, j'entendis les mots. « Et t'es qui, toi ? L'amiral Dewey ? »

On entendit une seconde voix, avec un fort accent de l'Alabama : « Ferme-la. Et toi, mon pote, bouge pas de là où t'es. »

Le capitaine redescendit. Penché vers moi, il chuchota dans sa barbe : « Est-ce que ce crétin a un pistolet ?

— Il en avait un hier soir », chuchotai-je. Le capitaine jura tout bas. Nous nous penchâmes sur le moteur.

« Et qui d'autre est-ce que vous avez là ? » dit la voix de l'Alabama. Rapproche un peu la barque, Ed. J'ai pas l'intention d'aller à la baille une fois de plus ce matin.

— Et pourquoi vous voulez savoir tout ça ? dit Pete.

— Bouge pas et tu vas voir ce que tu vas voir », dit la première voix. C'était une voix aiguë, comme celle d'un garçonnet dans une chorale.

« T'en verras tant que tu vas te prendre pour Houdini[1].

— Ferme-la », dit la voix de l'Alabama. Le nègre passa la tête par la porte. Il parla d'une voix éteinte, comme si les mots naissaient du silence même, sans souffle ni son.

« On est cuit. Qu'est-ce que je fais ?

— Sors pour qu'ils te voient, ensuite dégage le passage et bouge plus », chuchota le capitaine. La tête du nègre disparut. On entendit le frottement de ses pieds nus sur les marches. Puis la voix de l'Alabama dit : « Y a un nègre » et ce fut comme si on avait claqué une porte, violemment, dans une maison vide. On eût dit que le son se répercutait d'une pièce vide à l'autre jusqu'à ce qu'il cesse. Puis on entendit un raclement lent contre le rouf, et quelque chose dégringola lentement l'escalier. Cela descendait lentement, cherchant en quelque sorte à se rattraper entre deux culbutes. Alors, brusquement, je retirai ma main du tuyau d'échappement. Je pensai : Il va falloir que je trouve tout seul le bicarbonate, maintenant.

Pete se mit à jurer. À l'entendre, on eût dit qu'il était en équilibre sur une poutrelle ou un barrot.

« Nom de Dieu, pourquoi t'as fait ça ? hurla la voix aiguë.

— J'peux pas sentir ces sales nègres, dit la voix de l'Alabama. Jamais pu. Et toi, mon pote, bouge pas. Rapproche la barque, Ed. » Pete continuait de jurer.

---

1. Célèbre illusionniste américain, mort en 1926, surtout connu pour les tours où il parvenait à s'échapper des plus invraisemblables « prisons ». (*N.d.T.*)

« Eh bien, pourquoi t'as fait ça ? fit la voix aiguë. Et puis pour qui tu te prends ?

— Ferme-la, andouille. Et toi, mon pote, bouge pas, dit l'autre. Y va te trouer la peau avec ce pistolet.

— Pourquoi il bougerait pas, si ça lui chante ? fit la voix aiguë. Vas-y, Houdini. Avance.

— Bouge pas, mon pote, dit l'autre. Y va pas t'faire de mal si t'es sage. Et maintenant, fiche-lui la paix, espèce de camé. Eh, toi, attrape-moi ça.

— Qui est-ce que tu traites de camé ? fit la voix aiguë.

— Ça va, ça va, j'ai rien dit. » Pete jurait toujours. On aurait dit qu'il allait pleurer. Je pensais toujours au bicarbonate. Je me disais : Je vais lui demander. Quand il descendra, je vais lui demander.

« Ferme-la, mon pote, dit la voix de l'Alabama. C'est du beau, d'jurer comme ça. Et toi, magne-toi avec c'te corde. On va pas y passer la journée.

— Me traiter de camé, moi, fit la voix aiguë.

— Ferme-la, dit l'autre. T'as envie que j'te flanque un coup de crosse sur la gueule ? Ça va comme ça, Ed. » Il y eut une secousse et un raclement lorsque les deux coques se heurtèrent, et une vague gifla notre bateau. Pete jurait toujours. « T'as pas honte de jurer comme ça », dit la voix de l'Alabama, et soudain la voix de Pete s'interrompit. Ses talons résonnèrent une fois sur la coque, puis il y eut un choc mou sur le rouf et l'on entendit des pas sur le pont.

« Attention », chuchota le capitaine. Il s'approcha de l'escalier. À travers le détroit, on apercevait la terre ferme, comme une traînée basse,

puis un homme se découpa sur ce fond, armé
d'un fusil.

« Ah, te v'là, dit-il. Sors de là.

— Ça va, dit le capitaine. Détournez ce truc-
là. Je ne suis pas armé.

— C'est vrai ? » dit l'homme. Il s'écarta.
Le capitaine monta. Son torse disparut, mais ses
jambes continuaient de monter. « Tant pis pour
toi », dit l'homme. Il poussa un grognement,
comme un nègre qui brandit une hache. Le capitaine bascula brusquement en avant. Il manqua
la marche et ses jambes replongèrent dans la
cabine sans cesser de chercher à monter, puis
elles partirent brusquement dans l'autre sens.
Juste avant que ses pieds ne disparaissent, ses
jambes furent traversées simultanément d'une
petite secousse et cessèrent de chercher à monter. Je m'aperçus que je tenais toujours la pompe
et je pensai qu'on n'avait peut-être pas de bicarbonate, et je me demandai si on pouvait s'en passer pour faire la cuisine. Je les entendis faire sauter l'écoutille à l'avant. L'homme regarda de
nouveau dans la cabine.

« Sors de là », dit-il. Commençant à monter les
marches, je trébuchai et me retrouvai sur les
genoux, tandis que la pompe dégringolait
bruyamment les marches.

« Laisse-la où elle est, dit l'homme.

— C'est la pompe, fis-je.

— Hein ? » Je me relevai. Il était roux, avec un
long visage de rouquin, et des yeux d'un bleu de
porcelaine. « Eh ben fichtre, v'là encore un boy-
scout. Qu'est-ce que tu viens fabriquer ici ?

— Je répare la pompe, fis-je. Elle est bouchée.

— Eh ben fichtre, si c'est pas malheureux qu'y

doivent même embaucher les mômes. T'as pas la trouille qu'on aille y dire à ta mère ?

— Vous voulez que je sorte d'ici ? fis-je.

— J'crois que tu ferais mieux de rester là où t'es. Va réparer la pompe, comme ça tu pourras rentrer chez toi. Attends. Retourne-toi voir. » Je lui tournai le dos. « T'es ben trop malin pour chercher à sortir un flingue, hein, dis voir ?

— Oui, dis-je.

— Allez, va », dit-il. Je cherchai la pompe à tâtons. Il resta dans l'embrasure de la porte, assis sur les talons, le fusil en travers des genoux. C'était un fusil à canon scié, comme ceux qu'utilisent les transporteurs de sacs postaux. Je trouvai la pompe. « T'as ben raison, dit-il. Fais pas le mariolle. Si t'as pas de flingue, tout c'que tu risques, c'est de te faire casser la gueule. » Je commençai de mettre la pompe en place.

« Je me suis brûlé la main un bon coup tout à l'heure.

— Hein ? T'as qu'à mettre dessus un peu de bicarbonate et de beurre.

— Je ne peux pas. Vous avez tué le cuisinier.

— Hein ? Eh ben, y n'avait rien à foutre ici. La place d'un nègre, c'est derrière une charrue. » Je me mis au travail sur la pompe. Je les entendais dans la cale et sur le pont à l'avant. L'odeur du moteur commençait à me faire transpirer un peu. Je sentais l'odeur du nègre, là où il avait dormi la nuit dernière, et aussi une autre odeur, comme s'ils avaient cassé un certain nombre de bouteilles. L'homme à la voix aiguë parlait à l'avant ; puis il traversa la cambuse et passa la tête dans la cabine : c'était un rital avec une casquette sale et une chemise de soie verte sans col.

Il avait un bouton de col en diamant et tenait un automatique à la main. Il me regarda.

« Qui c'est, celui-là ? fit-il.

— Personne, dit l'autre. Retourne là-bas et sors la camelote.

— Me traiter de camé, moi ça va pas ? dit le rital. Et puis pour qui tu te prends ?

— Retourne là-bas et sors la camelote », dit l'autre. Je sentais sur la nuque le regard du rital.

« Et toi, qu'est-ce que t'en penses ? fit-il.

— Rien », dis-je. Je travaillai sur la pompe.

« T'as entendu ce que je t'ai dit ? fit l'homme sur le pont. Retourne là-bas et range-moi ce flingue. » Le rital s'éloigna. « J'ai pas plus de temps à perdre avec c't'andouille qu'avec les nègres », dit l'homme dans l'embrasure de la porte.

Je regardai la pompe. « J'ai essayé de la monter à l'envers, fis-je.

— Hein ? » dit-il. Une voix dit quelque chose à l'avant sur le pont. L'homme redressa le torse et regarda de l'autre côté du rouf. « Amenez-le ici », dit-il. Ils s'approchèrent sur le pont, et je vis les jambes de Pete. « V'là ton copain, et il aurait bien besoin de toi, dit l'homme au fusil en se relevant. Maintenant, toi, descends là au fond et tâche d'être sage. » Il poussa Pete dans l'escalier. Pete avait perdu son canotier. Il était tout décoiffé et il avait l'air hagard, hébété. Il descendit les marches comme s'il était ivre et se cogna contre la cloison où il resta appuyé.

« Ils t'ont réglé ton compte ? » fis-je.

Il jura, la voix geignarde. « Pas la moindre chance de m'en sortir. J'avais laissé mon pistolet dans ma veste, et ils m'ont sauté dessus si vite... J'ai pas arrêté de dire à Joe qu'on allait se faire coiffer un de ces jours. J'ai pas arrêté... » Il jura, comme s'il allait se mettre à pleurer. Le rital apparut à la porte avec son pistolet.

« Dis donc, t'as pas fini ? dit l'homme sur le pont.

— Me traiter de camé, moi », dit le rital. Puis il aperçut Pete. « Eh bien, mais c'est Houdini. Tu veux du rab, Houdini ?

— Va te faire foutre, dit Pete, sans se retourner.

— Je t'ai déjà dit de ranger ce pistolet et de sortir de là, dit l'homme sur le pont.

— Va te faire foutre, dit le rital. Et puis pour qui tu te prends ? Tu veux du rab, Houdini ?

— Est-ce que tu vas sortir de là ou est-ce que je descends pour t'aider ? dit l'homme sur le pont.

— C'est à moi qu'tu parles ? » dit le rital. Ils se regardèrent, l'air furibond.

« Si t'ouvres encore une fois l'bec, dit l'homme dans l'embrasure de la porte, j'irai dire au capitaine que c'est toi qu'as tué le nègre. J'irai dire au curé...

— C'est pas vrai, hurla le rital. C'est pas vrai. » Il se tourna vers moi en faisant des gestes avec son pistolet. « T'as bien vu, toi !

— Tu peux être sûr qu'on t'a regardé, fit l'autre. On t'a tous vu lui tirer dessus. Est-ce que tu peux même pas t'rappeler les gens qu'tu descends, espèce d'andouille ? »

Le rital nous regarda les uns après les autres. Pete était appuyé à la cloison, le dos tourné au rital. Celui-ci pleurnichait un peu, le visage tout entier traversé de secousses et de soubresauts.

« C'est pas vrai, fit-il tout bas. C'est pas vrai », hurla-t-il, puis il se mit à pleurer. Il bredouilla quelque chose en italien tandis que les larmes coulaient sur son visage. Celui-ci était sale et les larmes y laissaient comme des traînées d'escargot. Il se signa.

« C'est plus l'moment de prier, dit l'homme dans l'embrasure de la porte. Tu t'imagines que l'Bon Dieu va faire attention à ce que tu dis ? Allez, dégage, espèce de demi-portion de camé.

— Camé, brailla le rital. Salaud !

— Salaud ! » dit l'autre. Il posa le fusil à côté de lui et fit pivoter ses jambes pour descendre l'escalier.

« Me traiter de camé, moi, cria le rital en agitant son pistolet.

— Laisse tomber, dit l'autre.

— Me traiter de camé », gémit le rital. Pete le regardait par-dessus l'épaule. Le rital abaissa le pistolet d'un geste brusque, la tête de Pete plongea pour se protéger et le rital lui planta le pistolet dans la nuque et tira. C'était un gros Colt, qui précipita Pete contre le mur. Le mur le renvoya, comme si on lui avait tiré dessus une deuxième fois et tandis qu'il retombait et se cognait la tête sur le moteur, l'autre bondit sur le rital par-dessus le corps.

Le bruit de l'explosion n'avait pas cessé, renvoyé d'un mur à l'autre. On eût dit que l'air en était empli et chaque fois que quelqu'un bougeait, la secousse se faisait sentir à nouveau, et cela sentait la poudre et une vague odeur de brûlé.

« Me traiter de camé, moi », cria le rital. L'autre homme empoigna le pistolet et arracha la crosse de la main du rital. Celui-ci avait l'index encore engagé dans le pontet et il se contorsionna pour dégager son doigt, sans cesser de

hurler jusqu'à ce que l'autre lui ait arraché le pistolet. Puis le plus grand des deux le saisit par son
plastron de chemise et le gifla, faisant osciller sa
tête d'un côté à l'autre. On eût dit des coups de
pistolet. Puis une voix sur le pont hurla quelque
chose et l'homme traîna le rital jusqu'à la porte
de la cambuse et le poussa brutalement de l'autre
côté.

« Et maintenant, dit-il, va voir là-bas si j'y suis.
Si tu ramènes ta tronche encore une fois ici, je
t'arrange le portrait. » Il revint jusqu'à l'escalier
et tendit le cou pour voir.

Pete était au sol, la tête contre le moteur.
J'entendais l'eau qui clapotait entre les deux
coques et je sentis à nouveau l'odeur de cheveux
brûlés ; je restai là debout, prêt à vomir. L'homme
revint.

« C'est toujours ce garde-côte », dit-il. Il souleva Pete et l'écarta du moteur. L'odeur de cheveux brûlés disparut. « Tu f'rais mieux de remonter par ici, mon pote, dit l'homme. Allons,
viens. » Je montai les marches derrière lui et sentis la brise. Quand elle passa sur moi, je sentis
que j'étais en train de transpirer. Les pieds du
capitaine dépassaient au coin du rouf, les orteils
à plat sur le pont. Mais ce qui me surprit fut que
la matinée n'était guère entamée. Il me semblait
qu'il aurait dû être au moins midi, mais le soleil
n'avait pas encore atteint les cimes des pins sur
l'île. À environ deux milles de la côte j'aperçus à
nouveau le garde-côte, comme la nuit dernière
avançant à vive allure sur l'aile pâle et rigide de
son reflet, sa flamme raide comme un bâton, et,
le regardant passer, je pensai au centaure de
Conrad, mi-homme, mi-remorqueur, allant et

venant au galop, avec son même air de myope aux aguets, toujours solitaire.

« Y vont à Gulfport, dit l'homme. Y a un bal ce soir, j'parie... Tiens, assieds-toi et prends une cigarette. Ça t'fera du bien. » Je m'assis contre le rouf, face à l'île, et il m'offrit une cigarette, mais je détournai la tête. « Ces foutus ritals, dit-il. Bouge pas d'ici. On a bientôt fini. »

Je me laissai aller en arrière et fermai les yeux, prêt à vomir. Ma main me faisait mal, mais pas trop. Je les entendais qui allaient et venaient d'un bateau à l'autre. Quelqu'un entra dans la chambre des machines et repartit vers l'avant, lentement, en heurtant un tas de choses bruyamment. Puis le bruit à l'avant cessa. Je les entendais maintenant dans leur bateau. Des pieds apparurent au coin du rouf, mais je ne levai pas les yeux.

« Eh bien, Houdini, fit le rital, tu veux du rab ?
— File dans le bateau, dit l'autre homme. Toi, tu ferais mieux de réparer cette pompe et de gicler d'ici, dit-il. Salut. »

Les coques se heurtèrent et raclèrent l'une contre l'autre. Le gros moteur démarra et l'on entendit le bruissement de l'hélice dans l'eau. Mais je ne détournai même pas la tête. Assis au coin du rouf, je regardai les pins déchiquetés comme du bronze mal coulé se détachant sur le ciel de cobalt, la balafre décolorée du rivage et l'eau d'un vert intense.

On entendit longtemps le bruit du moteur. Mais il finit par disparaître complètement. Les ailes symétriques, une orfraie fondit sur l'un des pins où elle se posa obliquement, et elle remua lentement les ailes en lissant ses plumes qui accrochaient des reflets de soleil, et je l'observai, prêt à vomir.

Le capitaine s'approcha de l'arrière en se
tenant au rouf. Il avait la tête ensanglantée.
Quelqu'un lui avait jeté dessus un seau d'eau et
le sang qui avait coulé le long de son visage faisait comme une couche de peinture. Il me
regarda un moment.

« Tu as réparé la pompe ?

— Je ne sais pas. Oui, je l'ai réparée. »

Il descendit l'escalier, lentement. Je l'entendis
en bas, puis il revint avec une chemise à la main,
s'accroupit à côté de moi et déchira la chemise
en deux.

« Fais-moi un bandage avec ça », dit-il. Je lui
bandai la tête. Puis nous achevâmes de raccorder
la pompe, démarrâmes le moteur et allâmes à
l'avant. L'écoutille était ouverte. La puanteur
était épouvantable. Je ne regardai pas le fond.
Nous levâmes l'ancre et le capitaine vira à angle
droit pour longer l'île. Avec le mouvement du
bateau, la brise fraîchit ; je m'appuyai contre le
rouf, laissant la brise souffler sur moi partout où
je transpirais.

« Mécanicien, dit le capitaine, occupe-toi de
ces types dans la cale. »

J'allai jusqu'à l'écoutille, mais ne regardai pas
le fond. Je m'assis et fis pivoter mes jambes dans
l'écoutille, laissant le vent souffler sur moi.

« Eh, le mécanicien, dit le capitaine.

— Ils vont pas se sauver.

— Transporte-les dans la cambuse.

— Est-ce qu'ils ne sont pas bien là où ils
sont ? »

Ils en avaient cassé une bonne quantité. Je sentais sous mes pieds le verre cassé, aussi je traî-
nai les pieds sur le plancher pour repousser le
verre. L'odeur était épouvantable.

Il y avait un hublot dans la cloison. Pete passa sans difficulté. Mais le nègre, qui avait le torse nu, était pas mal ensanglanté, car ils l'avaient laissé tomber sur les bouteilles cassées et ensuite piétiné, sans parler de la blessure elle-même qui se remit à saigner lorsque je le déplaçai. Je l'enfonçai dans le hublot, entrai dans la cambuse en faisant le tour de la cloison et tentai de le tirer vers l'intérieur. J'essayai de glisser ma main le long de son corps et d'attraper la ceinture de son pantalon, mais à nouveau il resta coincé et quelque chose se rompit : ma main ne tenait plus qu'un bout de ficelle auquel était accrochée son amulette — une blague à tabac en toile contenant trois petites boules dures — l'amulette qui, avait-il dit, le protégerait de tout ce qui lui arriverait d'au-delà de l'eau ; le sac souillé pendait au bout de la ficelle. Mais enfin je réussis à le faire passer par le hublot.

Ma main me faisait mal à nouveau, et tout d'un coup nous dépassâmes le côté sous le vent de l'île et le bateau se mit à rouler un peu, et je m'appuyai contre le réchaud à pétrole tout incrusté de graisse, me demandant où était le bicarbonate. Je ne le trouvai pas, mais trouvai la bouteille de Pete, celle qu'il avait apportée à bord avec lui à La Nouvelle-Orléans. Je la pris et bus un grand coup. Dès que j'eus avalé, je sus que j'allais avoir mal au cœur, mais je continuai d'avaler. Puis je m'arrêtai et je pensai qu'il me fallait essayer de monter sur le pont, mais je cessai de penser à quoi que ce soit et, me penchant au-dessus du réchaud, je vomis. J'eus mal au cœur un bon moment, mais après cela je bus encore une fois et alors je me sentis mieux.

Miss Zilphia Gant

I

Jim Gant était maquignon. Il achetait des chevaux et des mulets dans trois comtés contigus et, avec l'aide d'un jeune garçon lourdaud et demeuré, il leur faisait parcourir les soixante-quinze milles qui les séparaient des marchés de Memphis.

Ils emportaient avec eux dans la charrette tout un attirail de camping et, à chaque voyage, ils ne passaient qu'une nuit sous un toit. C'était vers la fin du trajet, à un endroit qu'ils atteignaient à la nuit tombante — le premier indice de la main de l'homme dans une quinzaine de milles de jungle marécageuse : cyprès, roseaux, ravines défoncées et pins rabougris — une vieille maison en rondins avec de gros murs et un toit brisé ; nulle trace d'entretien d'aucune sorte — charrue ou terres cultivées — dans les environs proches. Généralement, il y avait entre une et douze charrettes dans le voisinage et, tout près, dans une cour fermée d'une vieille barrière délabrée, les mulets piaffaient, mâchonnaient, le plus souvent encore à demi harnachés. Tout, dans ce lieu, bai-

gnait dans une atmosphère d'abandon transitoire
et sinistre.

C'est là que Gant rencontrait d'autres cara-
vanes semblables à la sienne, ou parfois plus
équivoques encore, et se mêlait à des hommes en
bleu de travail, rudes et mal rasés. Ils mangeaient
une nourriture grossière, buvaient un whisky de
maïs pâle et violent et, dans leurs vêtements
boueux, leurs bottes aux pieds, ils dormaient
devant le feu de bois, sur le plancher de rondins
fendus. La maison était tenue par une femme
assez jeune, au regard froid, à la langue dure et
avare de paroles. À l'arrière-plan, il y avait un
homme entre deux âges avec des yeux de cochon,
rougeâtres et rusés. Une chevelure embrous-
saillée et une barbe donnaient une sorte de férocité au visage mou qu'elles dissimulaient. D'ordinaire, il était imbibé d'alcool au point de devenir
tristement abruti et cependant, parfois, on les
entendait, lui et la femme, s'insulter dans le fond
de la pièce ou derrière une porte close — la voix
de la femme froide, monotone, celle de l'homme
alternant entre un grondement de basse et la
pleurnicherie rageuse d'un enfant.

Après avoir vendu ses bêtes, Gant retournait au
village où habitaient sa femme et son bébé. Ce
n'était guère qu'un hameau, à vingt milles du
chemin de fer, dans une section lointaine d'un
comté très lointain. Mrs. Gant et la petite fille de
deux ans vivaient seules dans la petite maison
pendant les absences de Gant, autrement dit la
plupart du temps. Il lui arrivait de passer chez lui
une semaine sur huit. Mrs. Gant ne savait jamais
exactement le jour ni l'heure de son retour. Souvent, c'était entre minuit et l'aube. Un matin,
alors qu'il faisait à peine clair, elle fut réveillée

par quelqu'un qui, debout, à la porte, criait :
« Hello... Hello ! » à intervalles réguliers. Elle
ouvrit la fenêtre et regarda dehors. C'était l'idiot.

« Oui, dit-elle, qu'est-ce qu'il y a ?

— Hello ! brailla l'idiot.

— Cesse de gueuler, dit Mrs. Gant. Où est
Jim ?

— Jim, il m'a dit de vous dire qu'il ne reviendrait plus, hurla l'idiot. Lui et Mrs. Vinson, ils se
sont mis ensemble et ils sont partis dans la charrette. Jim, il m'a dit de vous dire de plus compter sur lui. » Mrs. Vinson était la femme de
l'auberge, et l'idiot restait là, debout dans la
lumière naissante tandis que Mrs. Gant, en bonnet de nuit blanc, se penchait à la fenêtre et
l'insultait avec la vulgarité brutale d'un homme.
Puis, d'un grand coup, elle referma la fenêtre.

« Jim me doit un dollar soixante-quinze, hurla
l'idiot. Il m'a dit que vous me le donneriez. » Mais
la fenêtre était fermée et la maison de nouveau
silencieuse ; aucune lumière n'avait paru. Néanmoins, l'idiot ne bougeait pas ; il continuait à
hurler : « Hello... Hello ! » devant le mur uni
quand Mrs. Gant sortit en chemise de nuit,
armée d'une carabine, et l'injuria de nouveau.
Alors il regagna la route et s'arrêta dans la lueur
de l'aube, hurlant : « Hello... Hello ! » vers la maison sans vie jusqu'au moment où, fatigué enfin,
il s'éloigna.

Le lendemain matin, au lever du soleil,
Mrs. Gant, portant le bébé endormi enveloppé
dans une courtepointe, se rendit à la maison d'un
voisin et demanda à la femme de garder l'enfant.
Elle emprunta un pistolet à un autre voisin et
partit. Une charrette qui passait, en route vers
Jefferson, la prit en charge et elle disparut lente-

ment, assise, très droite dans son vieux manteau
brun, sur le siège grinçant.

Pendant toute la journée l'idiot répéta l'histoire
du dollar et des soixante-quinze *cents* que Gant
lui avait pris en lui disant que Mrs. Gant le rem-
bourserait. Quand vint midi il l'avait racontée à
tout le monde, individuellement, et, tout enroué,
volubile et tenace, il était prêt à arrêter les
mêmes gens et à leur répéter son histoire tandis
qu'ils s'assemblaient dans la boutique et com-
mentaient l'incident du pistolet. Vieux marin en
salopette déteinte, il les poursuivait, gesticulant,
ébouriffé, l'œil sauvage, avec un peu de bave aux
lèvres, répétant sa même histoire de dollar et
soixante-quinze cents.

« Jim m'a dit de les lui demander. Il m'a dit
qu'elle me les donnerait. »

Il en parlait encore quand Mrs. Gant revint dix
jours plus tard. Elle rendit le pistolet avec un
simple merci. Elle ne l'avait même pas nettoyé et
n'avait même pas enlevé les deux cartouches brû-
lées. Robuste, pas vieille, avec un large visage
énergique, elle avait été accostée plus d'une fois
pendant son séjour dans ces quartiers louches de
Memphis où, avec une mortelle intuition de
femme, une conception inflexible, intransigeante
du péché (elle qui n'avait jamais été plus loin de
sa maison que le chef-lieu du comté, qui n'avait
jamais lu de magazine ni vu un seul film), elle
avait cherché Gant et la femme avec l'intelligence
d'un homme, l'obstination d'une Parque, la
sereine impénétrabilité d'une vestale sortie d'un
temple profané, et elle était retournée à son
enfant, le visage froid, assouvi et chaste.

La nuit de son retour on l'appela à la porte.
C'était l'idiot.

« Jim a dit que vous me le donneriez, ce dollar et... »

Elle le frappa, l'abattit d'un seul coup. Il resta étendu par terre, les mains un peu levées, la bouche entrouverte d'horreur et d'outrage. Sans lui donner le temps de crier, elle se pencha, le frappa de nouveau, le remit sur ses pieds d'une secousse et le maintint debout tout en lui administrant des gifles tandis qu'il poussait des cris rauques. Elle le souleva d'un bloc et le jeta de la véranda jusque par terre ; puis elle rentra dans la maison où les cris avaient réveillé la petite. Elle s'assit, la prit sur ses genoux en la berçant. À chaque oscillation, ses talons faisaient un bruit sec et rythmique et elle calmait le bébé en chantant d'une voix forte, plus puissante que ne l'étaient les cris.

Trois mois plus tard, ayant vendu la maison un bon prix, elle s'en alla, emportant avec elle une vieille malle ficelée avec une corde en coton, la carabine et la courtepointe où la petite fille dormait. On apprit plus tard qu'elle avait acheté un atelier de couture à Jefferson, le chef-lieu du comté.

II

On me raconta en ville qu'elle et sa fille, Zilphia, vécurent pendant vingt-trois ans dans une chambre unique de douze pieds carrés. Une cloison la séparait de l'atelier et elle était meublée d'un lit, d'une table, de deux chaises et d'un poêle à mazout. La fenêtre du fond donnait sur un terrain vague où les fermiers attachaient leurs attelages les jours de marché et où les moineaux sur-

volaient en tourbillons joyeux le crottin des
chevaux et des mules et les déchets de l'épicerie
voisine. La fenêtre était grillée et, pendant les
sept années avant que l'administration n'obligeât
Mrs. Gant à envoyer Zilphia à l'école, les fermiers
qui attelaient et détetaient apercevaient une
petite figure pâle qui les regardait ou qui toussait,
cramponnée aux barreaux, une petite toux sèche
bientôt dispersée dans l'air, laissant le petit visage
redevenu pâle et tranquille et qui faisait un peu
songer aux guirlandes de Noël sur une fenêtre
abandonnée.

« Qui est-ce ? demandait-on.

— La fille à Gant. Jim Gant. Ils habitaient
autrefois à Frenchman's Bend.

— Oh, Jim Gant. J'ai entendu parler de ça. »
On regardait le visage. « Hé, m'est avis que
Mrs. Gant n'a plus grand besoin d'un homme à
c't' heure. » On regardait le visage. « Mais ce n'est
encore qu'une enfant.

— M'est avis que Mrs. Gant n' veut point courir de risques.

— C'est pas elle qui courrait le risque. C'est
celui qui viendrait s'y frotter.

— Ça, sûr et certain. »

Cela se passait avant le jour où Mrs. Gant avait
surpris Zilphia et un garçon blottis sous la même
couverture dans les bois. C'était à l'époque où,
chaque matin, puis à une heure, on les voyait
toutes deux se diriger vers l'école et, à midi et en
fin de journée, revenir à la chambre à barreaux
au-dessus du terrain vague.

Le matin, à l'heure de la récréation, Mrs. Gant
fermait l'atelier et, quand la cloche de la sortie
sonnait, elle était là, debout au coin de la cour,
droite et raide, dans une robe informe d'un noir

mat avec un tablier en toile cirée, la poitrine festonnée d'aiguilles enfilées ; mais elle avait encore une sorte de rudesse élégante. Zilphia traversait la cour et venait vers elle, et toutes les deux s'asseyaient sur un petit mur qui dominait la rue, côte à côte, sans parler, tandis que, derrière elles, les autres enfants couraient en tous sens avec force cris jusqu'au moment où la cloche sonnait de nouveau. Alors Zilphia retournait à ses livres et Mrs. Gant à son atelier et à la couture qu'elle avait laissée de côté.

On racontait que c'était une cliente de Mrs. Gant qui avait fait entrer Zilphia à l'école. Un jour, dans la boutique, elle parlait de l'école à Zilphia. Zilphia avait alors neuf ans. « Tous les petits garçons et les petites filles y vont. Ça te plaira beaucoup. » Elle tournait le dos à la chambre. Elle n'entendit pas la machine à coudre s'arrêter ; elle vit seulement les yeux de Zilphia devenir fixes brusquement, puis s'emplir de terreur. Mrs. Gant était debout auprès d'elles.

« Rentrez chez vous », dit-elle. Zilphia ne se retourna pas pour partir. Elle sembla simplement se dissoudre derrière son visage pâle, hallucinant, et ses yeux terrifiés. La cliente se leva. Mrs. Gant lui fourra un paquet de vêtements dans les bras. « Sortez d'ici », dit-elle.

La cliente recula, les mains levées, et la robe inachevée tomba en cascade sur le plancher. Mrs. Gant la ramassa et la lui donna, les mains durcies par les coups qu'elle se retenait de porter. « Sortez, dit-elle, et ne vous avisez pas de revenir ! »

Mrs. Gant retourna dans la chambre. Zilphia, blottie dans un coin, surveillait la porte. Mrs. Gant la tira par un de ses bras maigres. Elle se mit à battre Zilphia, la frappant sur tout le corps du plat de la main, et le petit bras maigre de Zilphia semblait s'allonger comme un tuyau en caoutchouc tandis qu'elle se débattait, luttait. « Garces ! dit Mrs. Gant. Garces ! » Elle s'arrêta brusquement, s'assit sur le lit et attira Zilphia vers elle, Zilphia résista. Elle fondit en larmes et vomit ; ses yeux noirs se révulsèrent et on n'en vit plus que le blanc ; elle hurlait, secouée de nausées. Mrs. Gant la fit coucher et alla chercher le docteur.

À cette époque, Zilphia était maigre comme un clou, avec un visage pâle, hanté, et de grands yeux encore indomptés. Elle allait à l'école et en revenait à côté de sa mère, et son petit visage était comme un masque tragique. La troisième année elle refusa un jour d'aller à l'école. Elle ne voulut pas dire pourquoi à Mrs. Gant : qu'elle avait honte de n'être jamais vue dans la rue sans sa mère. Mrs. Gant lui interdisait de s'arrêter. Au printemps, elle retomba malade d'anémie, de nervosité, de solitude et de véritable désespoir.

Elle resta longtemps malade. Le docteur dit à Mrs. Gant que Zilphia avait besoin de compagnie, de jouer avec des enfants de son âge, et en plein air. Quand Zilphia fut convalescente, Mrs. Gant revint un jour avec un fourneau miniature. « Maintenant, tu pourras inviter des petites filles et vous pourrez faire la dînette, dit-elle. Ça sera beaucoup plus amusant que d'aller chez elles, n'est-ce pas ? » Zilphia reposait sur un oreiller tout aussi blanc qu'elle. Ses yeux avaient l'air de deux trous qu'un pouce aurait percés dans du papier buvard. « Tu pourras offrir le thé tous les jours, dit Mrs. Gant, et je ferai des robes pour toutes les poupées. »

Zilphia se mit à pleurer. Étendue sur son oreiller elle pleurait, les mains à ses côtés. Mrs. Gant reprit le fourneau. Elle le rapporta au magasin et se fit rendre l'argent.

La convalescence de Zilphia fut longue. Elle avait encore de brusques crises de larmes. Quand elle put se lever, Mrs. Gant lui demanda quelles petites filles elle aimerait aller voir. Zilphia en nomma trois ou quatre. Cet après-midi-là, Mrs. Gant ferma l'atelier à clé. On la vit, dans trois endroits différents, regarder les maisons. Elle arrêtait les passants. « Qui habite ici ? » demandait-elle. On le lui disait. « Qu'y a-t-il comme enfants ? » Le passant la regardait. Elle le fixait obstinément : une femme énergique, encore belle. « Est-ce qu'ils ont des garçons ? »

Le lendemain, elle autorisa Zilphia à aller voir une des enfants. Certains jours, Zilphia revenait de l'école avec la petite fille et elles jouaient dans la grange ou, quand il faisait mauvais, dans la maison. À une certaine heure, Mrs. Gant apparaissait à la grille, drapée dans un châle noir et coiffée d'une capote, et elle et Zilphia retournaient derrière les barreaux de leur chambre qui donnait sur le terrain vague. Et chaque après-midi — derrière la grange, un petit pré descendait jusqu'à un fossé où poussaient de maigres cyprès — au milieu de ces arbres, Mrs. Gant restait assise sur une caisse en bois depuis l'heure de la sortie de l'école jusqu'au moment où Zilphia s'apprêtait à rentrer. Alors elle cachait de nouveau la caisse, faisait le tour par la rue voisine jusqu'à la grille où elle attendait que Zilphia sortît de la maison. Elle ne surveillait pas la grange ni, en hiver, la maison ; elle restait là, tout simplement — une femme qui, depuis douze ans,

s'était mise peu à peu à ressembler physiquement
à un homme au point qu'à l'âge de quarante ans,
elle avait un soupçon de moustache à la commissure des lèvres — avec la patience intemporelle
de son éducation campagnarde et sa froide et
implacable paranoïa, quand le temps était doux,
ou drapée dans son châle pour s'abriter de la
pluie et du froid.

Quand Zilphia eut treize ans, Mrs. Gant se mit
à lui examiner le corps tous les mois. Elle la faisait mettre nue et se tenir devant elle, transie,
tandis que la lumière tombait impitoyablement
à travers les barreaux et que le gris hiver survo-
lait le terrain vague. Après un de ces examens
— on était au printemps — elle dit à Zilphia ce
que son père avait fait et ce qu'elle avait fait. Elle
était assise sur le lit pendant que Zilphia, frisson-
nante, se rhabillait rapidement, et elle lui raconta
la chose froidement, d'une voix sans timbre, dans
un langage d'homme, tandis que le corps frêle de
Zilphia se tassait, semblait se tasser sur lui-
même, comme sous le poids des mots. Puis la
voix se tut. Elle était toujours assise sur le lit,
raide, immobile, et ses yeux fous, glacés, avaient
pris la fixité des yeux d'une statue. Debout devant
elle, la bouche légèrement entrouverte, Zilphia
pensait à quelque rocher ou pilier d'où un flot,
toute digue brisée, se précipitait, rugissant.

Maintenant, elles vivaient comme dans une
sorte d'armistice. Elles dormaient dans le même
lit et, jour après jour, mangeaient la même nourriture dans un silence complet. Assise à sa
machine, Mrs. Gant entendait les pas de Zilphia
traverser la chambre puis s'évanouir au bas de
l'escalier qui menait à la rue. Et elle ne levait
même pas la tête. Pourtant, de temps à autre, elle

fermait son atelier et, les épaules drapées dans
son châle, elle s'engageait dans les rues et les
ruelles les moins fréquentées en bordure de la
ville et, au bout de quelque temps, elle rencontrait Zilphia qui marchait rapidement, sans but.
Alors, ensemble, elles rentraient chez elles sans
échanger un mot.

Un après-midi, Zilphia et le garçon étaient couchés sous la couverture. C'était dans une ravine,
dans les bois en bordure de la ville, à portée de
voix de la route. Il y avait environ un mois qu'ils
faisaient cela, couchés, comme en rêve, sous une
poussée de puberté mutuelle, magnétique, côte à
côte, yeux clos et ne parlant même pas. Quand
Zilphia ouvrit les yeux, elle vit au-dessus d'elle le
visage inversé de Mrs. Gant et son corps en rac-
courci contre le ciel.

« Lève-toi », dit Mrs. Gant. Zilphia, étendue,
immobile, leva les yeux vers elle. « Lève-toi,
putain », dit Mrs. Gant.

Le lendemain, Zilphia quitta l'école. Sous un
tablier de toile cirée elle s'assit sur une chaise
près de la fenêtre qui donnait sur la place ; tout
à côté, la machine de Mrs. Gant tournait,
tournait. La fenêtre n'était pas grillée. Par cette
fenêtre, elle voyait les enfants avec qui elle avait
été à l'école commencer inévitablement à former
des couples, passer devant ses yeux et disparaître, aller quelquefois aussi loin que le pasteur
ou que l'église ; une année elle avait confectionné
la robe blanche d'une fille qu'elle fréquentait
autrefois ; quatre ans plus tard des robes pour sa
fille. Elle resta assise à cette fenêtre pendant
douze ans.

III

En ville on parlait de l'amoureux de Miss Zilphia avec amusement et pitié et, éventuellement, avec inquiétude. « Il va profiter d'elle, disait-on. Ça ne devrait pas être permis. Une personne comme ça... certainement on ne lui vendra jamais de licence même si[1]... » C'était une femme très soignée et très soigneusement coiffée. Sa peau avait la teinte du céleri et elle était grassouillette dans le genre un peu mou. Ses lunettes donnaient à son visage un air étonné, ascétique, en lui élargissant ses iris opaques. Tant qu'elle avait une aiguille entre les doigts et qu'elle sentait qu'on ne l'observait pas, ses mouvements étaient nets, assurés ; mais dans la rue, en chapeau et vêtue des robes que sa mère confectionnait pour elle, ces mouvements prenaient la gaucherie vague, incertaine des myopes.

« Mais, voyons, vous ne pensez tout de même pas qu'elle... Bien sûr, sa mère est folle, mais Zilphia... pauvre fille !

— C'est une honte. Un peintre, une espèce de vagabond. On devrait la protéger. Comment sa mère peut-elle être aussi aveugle ? Je ne peux pas... »

C'était un jeune homme aux cheveux noirs et aux yeux cendrés. Une fois, Mrs. Gant s'aperçut que, depuis deux jours, il peignait l'extérieur de la fenêtre derrière laquelle se trouvait la chaise de Zilphia. Elle installa sa fille dans la chambre

---

1. Il s'agit d'une « licence » de mariage, laquelle, aux États-Unis, doit être achetée. (*N.d.T.*)

de derrière — qui était maintenant un salon
d'essayage ; il y avait deux ans qu'elles habitaient
une petite maison en bois aussi triste qu'une
image de calendrier, dans une rue obscure — et
quand il entra pour peindre les murs, Mrs. Gant
ferma l'atelier et rentra chez elle avec Zilphia. Zilphia eut alors huit jours de congé, pour la première fois en douze ans.

Privée de son aiguille et de ses gestes lents,
mécaniques, Zilphia commença à avoir mal aux
yeux, et elle dormait mal. Elle s'éveillait de rêves
où le peintre exécutait des choses monstrueuses
avec son pinceau et son pot de peinture. Dans ces
rêves il avait des yeux jaunes au lieu de gris et il
mâchait toujours quelque chose et son menton
s'estompait dans la bave imprécise de la mastication. Une nuit, elle s'éveilla murmurant en soi-
même : « Tiens, il a une barbe ! » Parfois elle
voyait simplement en rêve le pot et le pinceau,
qui étaient vivants et accomplissaient d'eux-
mêmes des actes monstrueux à signification
rituelle.

Au bout de huit jours, Mrs. Gant tomba
malade ; l'oisiveté l'avait mise au lit. Une nuit,
elles appelèrent le docteur. Le lendemain matin,
Mrs. Gant se leva, s'habilla, enferma Zilphia dans
la maison et se rendit en ville. Zilphia, de la
fenêtre, suivit des yeux sa mère qui, dans son
châle noir, descendait lentement la rue, s'arrêtant
de temps à autre pour se redresser en se tenant
à la barrière. Elle revint une heure plus tard, en
taxi, ferma la porte et se mit au lit en gardant la
clé sur elle.

Pendant trois jours et trois nuits Zilphia resta
assise au chevet de la femme décharnée, masculine — sa moustache était plus fournie mainte-

nant et vaguement grisonnante — couchée dans
le lit, toute raide, la couverture tirée jusqu'au
menton et les yeux clos. Ainsi, Zilphia ne pouvait
jamais dire si sa mère dormait ou non. Quelquefois sa respiration lui permettait de le savoir,
alors elle fouillait les draps prudemment, minu-
tieusement, en quête du trousseau de clés. Elle
le trouva le troisième jour, s'habilla et sortit.

L'intérieur de l'atelier était à demi terminé et
empestait la térébenthine. Elle ouvrit la fenêtre
et en approcha sa vieille chaise. Quand enfin elle
l'entendit monter l'escalier, elle s'aperçut qu'elle
cousait, et elle n'avait pas le moindre souvenir de
ce qu'était son ouvrage ni du moment où elle
l'avait repris. Assise, aiguille en main, elle leva les
yeux vers lui, clignant légèrement les paupières
derrière ses lunettes jusqu'au moment où il les lui
enleva.

« Je savais bien, après vous avoir ôté ces
lunettes, dit-il. Je vous cherchais, je vous cherchais. Et quand elle est entrée ici où que je travaillais, je l'ai entendue dans l'escalier pendant
longtemps, une marche après l'autre, et puis elle
s'est arrêtée à la porte là-bas, et elle se tenait à
cette porte, toute en sueur, comme un nègre. Et
même après qu'elle est tombée, elle se crampon-
nait pour ne pas s'évanouir tout à fait. Elle restait là sur le plancher, toute suante, et elle comptait l'argent qu'elle tirait de son sac et elle m'a
ordonné de quitter la ville avant le coucher du
soleil. » Il était près de la chaise, les lunettes à la
main. Elle observait le filet de peinture noire sous
ses ongles et sentait son odeur de térébenthine.
« J' vous tirerai de là. Cette vieille femme. Cette
terrible vieille femme. Elle pourrait encore vous
tuer. Je sais maintenant qu'elle est folle. J' l'ai

entendu dire. Ce qu'elle vous a fait. J'ai parlé aux
gens. Quand on m'a dit où que vous habitiez, j'ai
passé devant votre maison. Et je pouvais sentir
qu'elle m'observait. Comme si elle me guettait
derrière la fenêtre. Sans se cacher ; debout, là,
tout simplement, à me regarder, à attendre. Un
soir, j' suis rentré dans la cour. Il était près de
minuit. La maison était toute noire et je pouvais
la sentir debout qui regardait dans le noir où que
j'étais, et qui attendait. Qui me regardait comme
le jour où elle s'était écroulée et qu'elle refusait
de s'évanouir pour de bon avant que j'aie quitté
la ville. Elle restait là étendue sur le plancher,
toute suante et les yeux fermés, et elle me disait
de laisser mon travail et de quitter la ville avant
la nuit. Mais je vous tirerai de là. Ce soir. Maintenant. Plus jamais. Plus jamais, maintenant. » Il
la dominait. Les ténèbres s'épaississaient ; le vol
final des moineaux traversa la place et disparut
dans les acacias autour du tribunal. « Tout le
temps que je vous regardais je pensais à ces
lunettes que vous portiez, parce que je disais toujours que je ne voudrais jamais avoir une femme
avec des lunettes. Et puis, un jour, vous m'avez
regardé et tout d'un coup j' vous ai imaginée sans
lunettes. C'était comme si les lunettes avaient disparu, et alors j'ai compris qu'après vous avoir vue
une seule fois sans lunettes ça me serait égal que
vous en portiez ou non... »

Ils furent mariés au tribunal par le juge de
paix. Puis Zilphia commença à fléchir.

« Non, dit-il. Tu ne vois donc pas que si tu
retournes là-bas, si tu t'exposes à ce qu'elle te
revoie...

— Il le faut, dit Zilphia.

— A-t-elle jamais rien fait pour toi ? Qu'est-ce

que tu lui dois ? Cette terrible vieille femme. Tu ne comprends donc pas, si nous nous risquons à aller là-bas... Voyons, Zilphia, c'est à moi que tu appartiens maintenant. Tu as promis au juge de paix de faire tout ce que je voudrais, Zilphia. Nous sommes partis maintenant, si nous retournions...

— Il le faut. C'est ma mère. Il le faut. »

La nuit tombait quand ils franchirent la grille et s'engagèrent dans l'allée. Elle ralentit. Sa main tremblait, froide, dans celle de son mari. « Ne me quitte pas, dit-elle, ne me quitte pas.

— Je ne te quitterai jamais si tu ne me quittes pas non plus. Mais nous ne devrions pas... Voyons, il est encore temps. Ce n'est pas pour moi que j'ai peur. C'est pour toi, Zilphy... » Ils regardèrent vers la maison. Mrs. Gant, avec son châle noir et sa capote, était sur le seuil, la carabine à la main.

« Zilphy, dit-elle.

— N'y va pas, dit-il, Zilphy.

— Zilphy, je te parle, dit Mrs. Gant sans élever la voix.

— Zilphy, dit-il, si tu y vas... Zilphy... »

Zilphia avança et monta les marches. Elle marchait très raide. Elle semblait s'être rétrécie, s'être affaissée en elle-même, avoir rapetissé, et elle avait l'air toute gauche.

« Rentre dans la maison », dit Mrs. Gant sans tourner la tête. Zilphia avança. « Allons, va, dit Mrs. Gant, et ferme la porte. » Zilphia entra et commença à fermer la porte. Elle vit quatre ou cinq personnes debout, le long de la barrière, se retournant pour voir la scène. « Ferme ! » dit Mrs. Gant. Zilphia ferma la porte soigneusement, tâtonnant un peu autour de la poignée. La maison était silencieuse. Dans le vestibule encombré

les ombres du crépuscule se dressaient comme
un troupeau d'éléphants immobiles. Elle entendait faiblement les battements de son cœur, mais
c'était le seul bruit. Aucun bruit derrière cette
porte qu'elle avait fermée au nez de son mari.
Elle ne le revit plus jamais.

Pendant les deux jours et les deux nuits qui suivirent il resta caché sans manger dans une maison vide de l'autre côté de la rue. Mrs. Gant ver-
rouilla la porte mais, au lieu de regagner son lit,
elle s'assit tout habillée, mais sans son tablier en
toile cirée ni ses aiguilles, sur une chaise près de
la fenêtre, sa carabine à la main. Elle resta là pendant trois jours, droite et raide, les yeux fermés,
transpirant un peu. Le troisième jour, le peintre
sortit de la maison vide et quitta la ville. Cette
nuit-là Mrs. Gant mourut, raide et droite et tout
habillée sur sa chaise.

IV

Pendant les six premiers mois elle pensa qu'il
apprendrait cette mort et qu'il reviendrait. Elle se
donna six mois jour pour jour. « Il reviendra
avant, dit-elle. Il faudra bien qu'il revienne parce
que je lui suis fidèle. » Maintenant qu'elle était
libre elle n'avait même pas pensé aux raisons
qu'elle pouvait avoir de l'attendre. C'est pourquoi
elle laissa l'atelier à demi terminé comme il
l'avait laissé lui-même, symbole de fidélité. « Je
te suis restée fidèle », dit-elle.

Le jour arriva, prit fin. Elle vit s'accomplir
l'échéance, tranquillement. « Voilà, dit-elle. C'est
fini. Dieu merci, Dieu merci ! » Elle se rendit
compte à quel point l'attente, la croyance avaient

été terribles, l'obligation de croire. Rien ne valait
qu'on payât un tel prix. « Rien », dit-elle en pleurant doucement dans l'obscurité, se sentant apai-
sée et triste, comme une petite fille à l'enterrement fictif d'une poupée. « Rien. »

Elle fit achever la peinture. Au début l'odeur de
térébenthine la faisait terriblement souffrir. Cette
odeur qui semblait oblitérer le temps comme elle
avait oblitéré les taches de vingt-cinq années sur
les murs. Sa vie semblait s'étirer comme du caoutchouc. Elle avait l'impression que ses mains se
prolongeaient d'un temps dans un autre, ajus-
taient, épinglaient. Elle put alors penser tranquillement car, par-delà la tranquillité rituelle de
ses doigts, Zilphia Gant et son mari étaient
comme des poupées : furieux et tragiques, mais
complètement morts.

L'atelier marchait bien. Moins d'un an plus
tard, elle avait une associée, mais elle vivait seule
dans la maison. Elle s'abonna à trois ou quatre
journaux, pensant qu'un jour elle verrait peut-
être le nom de son mari. Un peu plus tard, elle
écrivit dans le courrier du cœur des lettres prudentes mais lourdes de sens mentionnant des
incidents que lui seul pourrait reconnaître. Elle
se mit à lire tous les faire-part de mariage, rem-
plaçant le nom des conjoints par le leur. Après
quoi elle se déshabillait et se couchait.

Il lui fallait être très prudente sur la question
sommeil, bien plus prudente que sur la question
habillement. Mais, même sur ce point, elle faisait
parfois des erreurs. Alors elle restait étendue
dans l'obscurité ; sous la fenêtre, le seringa
emplissait le silence d'un très vague soupçon de
térébenthine et elle s'agitait légèrement, se tournait d'un côté sur l'autre comme poussée par une

marée montante. Elle pensait au Christ, murmurait : « Marie n'a pas eu besoin d'un homme pour
le faire. Elle l'a fait. » Ou bien, se levant, furieuse,
les mains crispées à ses côtés, les couvertures
rejetées et les cuisses ouvertes, elle violait à plusieurs reprises son inéluctable virginité avec
quelque chose venu des ténèbres immémoriales
et philoprogénitives. « Je concevrai ! Je me ferai
concevoir moi-même ! »

Un soir elle ouvrit le journal et se mit à lire le
récit d'un mariage dans un État voisin. Elle pro-
céda comme d'habitude à la substitution des
noms, et elle avait déjà tourné la page quand elle
remarqua une odeur de térébenthine. Alors, elle
comprit qu'elle n'avait pas eu besoin d'opérer une
substitution sur le nom du marié. Elle découpa
l'article. Le lendemain, elle alla à Memphis et y
resta deux jours. Une semaine plus tard elle commença à recevoir régulièrement, tous les huit
jours, des lettres qui portaient l'adresse de
l'envoyeur, le nom d'une agence de détective privé.
Elle cessa de lire les journaux et ne renouvela pas
ses abonnements. Chaque nuit, elle rêvait du
peintre. Il lui tournait le dos, maintenant ; c'est
seulement au mouvement de ses coudes qu'elle
pouvait lire l'action familière du pot et du pinceau.
Dans ce rêve il y avait quelqu'un derrière lui
qu'elle ne pouvait pas voir, caché par ce dos qui
était moins un dos d'homme que de bouc.

Elle prit du poids, un mol embonpoint aux
mauvais endroits. Derrière les lunettes d'écaille
ses yeux avaient la teinte douteuse de l'olive et
saillaient quelque peu. Son associée disait qu'elle
ne se préoccupait guère de son hygiène. Les gens
l'appelaient Miss Zilphia ; son mariage, ces trois
jours sensationnels, n'étaient jamais mentionnés.

Quand, chaque semaine, arrivaient les lettres de Memphis, le facteur la plaisantait sur son amoureux citadin et même en cela il y avait moins d'insincérité que de pitié. Au bout d'un an, il y avait encore moins que ça.

Par l'intermédiaire des lettres elle savait comment ils vivaient. Elle en savait plus sur chacun d'eux qu'ils n'en savaient eux-mêmes. Elle savait quand ils se querellaient et elle en exultait ; elle savait quand ils se réconciliaient et cela lui causait un désespoir furieux et impuissant. Parfois, la nuit, elle devenait l'un d'eux, pénétrait tour à tour dans leur corps et, crucifiée à nouveau par son ubiquité, elle jouissait d'extases d'autant plus déchirantes qu'elles étaient une substitution, une transcendance de la chair réelle.

Un soir, elle reçut la lettre qui lui apprit que la femme était enceinte. Le lendemain matin, elle réveilla un voisin en sortant de chez elle, hurlante, en chemise de nuit. On appela le médecin et, quand elle fut guérie, elle dit qu'elle avait pris par erreur de la mort-aux-rats au lieu de poudre dentifrice. Le facteur raconta l'affaire des lettres et tous deux la regardèrent à nouveau avec intérêt et une curiosité attendrie. « Deux fois », dirent-ils, bien que les lettres continuassent à arriver. « C'est affreux. Pauvre fille ! »

Quand elle se fut remise elle avait embelli. Elle était plus mince et ses yeux étaient plus clairs et, pendant quelque temps, elle dormit plus paisiblement la nuit. Les lettres lui apprirent quand la naissance aurait lieu et le jour où la femme alla à l'hôpital. Bien qu'elle fût complètement guérie, elle resta quelque temps sans rêver, mais l'habitude qu'elle avait prise, quand elle avait douze ans, de se réveiller en pleurant reparut, et presque chaque nuit elle restait couchée dans les ténèbres et le parfum de seringa, pleurant doucement, désespérément, dans une sorte de demi-sommeil. Pendant combien de temps cela durerait-il encore ? se disait-elle en elle-même, couchée sur le dos et inondée des larmes d'un calme désespoir dans l'obscurité et la rumeur mouvante de la térébenthine ; pendant combien de temps ?

Cela dura longtemps. Elle quitta la ville pendant trois ans, puis elle revint. Dix ans plus tard les rêves recommencèrent. Puis, deux fois par jour, elle allait à l'école et en revenait, tenant sa petite fille par la main. Dans la rue son attitude était faite de confiance, d'assurance. Elle regardait la ville d'un œil égal et calme. Mais la nuit ses larmes la réveillaient encore, comme par une vieille habitude, et elle s'éveillait, les yeux écarquillés d'un sommeil où, depuis quelque temps, elle rêvait des nègres. « Quelque chose est sur le point de m'arriver », dit-elle tout haut dans les ténèbres calmes et l'odeur. Et en effet quelque chose arriva. Un jour c'était chose faite et ensuite elle ne rêva plus que rarement, et enfin seulement de nourriture.

V

Finalement la lettre lui parvint avec la nouvelle de la naissance d'une fille et de la mort de la mère. La lettre contenait une coupure de journal. Le mari avait été tué par une automobile en traversant la rue pour se rendre à l'hôpital.

Zilphia partit le lendemain. Son associée dit qu'elle serait absente un an, davantage peut-être, afin de se remettre de sa maladie. Les lettres de l'amoureux de la ville cessèrent.

Elle fut absente pendant trois ans. Elle revint en deuil avec une alliance d'or et un enfant. L'enfant, une petite fille, avait des yeux couleur cendre de bois et des cheveux noirs. Zilphia parla tranquillement de son second mariage et de la mort de son mari et au bout de quelque temps l'intérêt disparut.

Elle rouvrit la maison mais elle installa aussi une chambre d'enfant derrière l'atelier. La fenêtre avait des barreaux, aussi n'avait-elle pas à s'inquiéter de l'enfant. « C'était une pièce très agréable, dit-elle. J'y ai été élevée moi-même. » Les affaires marchaient bien. Les dames ne se lassaient jamais de mignoter la petite Zilphia.

On l'appelait toujours Miss Zilphia Gant. « Je ne sais pas pourquoi on ne peut pas l'imaginer épouse. Si ce n'était l'enfant... » Ce n'était plus par tolérance ni par pitié maintenant. Elle était beaucoup mieux, le noir lui allait bien. De nouveau elle avait engraissé là où il n'aurait pas fallu, mais, pour les gens de notre ville, cela — et plus encore — est permis à une femme qui a accompli son destin.

Elle avait quarante-deux ans. « Elle est grasse comme une caille, disait la ville. Cela lui va bien. Très bien même. »

« Ça ne m'étonne pas, disait-elle, à manger comme je mange ! » et elle s'arrêtait à causer avec les gens durant ses trajets à l'école, aller et retour, tenant la petite Zilphia par la main, et son manteau ouvert qui frémissait au vent laissait voir son tablier de couturière en toile cirée noire, les fines lignes droites des aiguilles scintillantes sur sa poitrine noire et les délicats festons que les fils y traçaient au hasard.

L'Esprit d'économie

I

Dans les popotes, on racontait comment MacWyrglinchbeath — un mécanicien de l'air de première classe appartenant à une escadrille de Nieuport[1] qui venait d'être dissoute — avait pendant trois semaines disparu de son unité. On lui avait attribué sept jours de permission pour aller en Angleterre, le temps que l'unité reçoive de nouveaux avions de fabrication britannique. Il avait été vu pour la dernière fois à Boulogne, où un camion l'avait conduit, lui et ses camarades. C'était ce soir-là qu'il avait disparu. Trois semaines plus tard, dans un groupe de bombardement cantonné près de Boulogne, on constatait la présence irrégulière d'un mécanicien de l'air de première classe dont personne jusqu'alors n'avait songé à vérifier l'identité. Au cours de l'enquête qui avait suivi, le sergent armurier avait raconté comment un beau matin l'homme avait surgi parmi les aviateurs, sur la plage où une escadrille venait d'atterrir après un raid. Des

---

1. Avions de chasse de fabrication française. (*N.d.T.*)

remplaçants étant arrivés la veille, le sergent l'avait pris pour l'un d'entre eux ; et il semble bien que tout le monde le prenait pour un des nouveaux mécaniciens. D'ailleurs l'homme, qui s'était révélé consciencieux et capable, manifestait une réelle affection pour l'avion dont il avait la charge. Avec son fort accent écossais, il parlait, lui qui était peu loquace, de l'argent que ça représentait : c'était un péché d'envoyer en l'air, comme ça, une pareille somme d'argent.

« Il a même demandé à voler, disait le sergent. Il m'a pratiquement fait du charme en se portant volontaire pour un tas de boulots en plus de son service, et j'ai fini par accepter. Je l'ai mis une fois ou deux aux lance-bombes. »

On ne découvrit le pot aux roses que le jour de la solde. Son nom ne figurait pas sur les états de l'officier trésorier. Ce fut son insistance, courage sublime ou culot insensé, qui attira l'attention du commandement. On se mit alors à sa recherche, mais il avait déjà pris le large.

Le lendemain, à Boulogne, un mécanicien de l'air porteur d'un titre de permission de sept jours, lequel était sans valeur puisqu'il avait été émis trois semaines auparavant par une unité entre-temps dissoute, ce mécanicien donc, fut arrêté alors qu'il tentait de se faire payer trois semaines de solde qui, disait-il, lui étaient dues, et ce dans le bureau de l'officier chargé des contrôles de police.

C'est ainsi qu'on s'aperçut que MacWyrglinchbeath avait été porté déserteur simultanément par deux unités différentes. Un caporal suivi de quatre hommes, baïonnette au canon, était venu l'extraire de sa cellule. L'accusé, comparaissant au garde-à-vous devant ses juges — en l'occurrence un général, l'officier d'opérations de son groupe de bombardement et le sergent armurier réunis derrière une table — avait raconté son histoire, une fois de plus — la cinquième en trois jours...

« Je m'étais rendu sur la plage pour faire un somme parce que je m'étais dit qu'un lit en ville, ça m' coûterait... J'étais là quand les bombardiers sont arrivés. Alors j'ai suivi les bombardiers.

— Vous étiez détenteur d'une permission. Pourquoi n'êtes-vous pas rentré chez vous ?

— Mon général, j' voulais pas gâcher mes sous. »

Le général le regardait de ses petits yeux porcins. On aurait dit que son visage avait été gonflé avec une pompe à bicyclette.

« Dois-je comprendre qu'au lieu de partir, vous avez passé vos sept jours de permission dans une autre unité ? Sept jours qui sont devenus trois semaines !

— Euh, mon général... Y a pas eu moyen que je les empêche de me la donner, c'te permission d'une semaine. J'en voulais pas, et sur les gros avions j' pouvais avoir la prime de vol. »

Le général le regardait. L'accusé raide, immobile, voyait s'enfler le gros visage rouge.

« Débarrassez-moi de cet homme ! dit-il enfin.

— Demi-tour, droite ! cria le caporal.

— Appelez-moi le commandant du groupe, immédiatement. Je le casserai, il finira ses jours en forteresse !

— Demi-tour, droite ! » répéta le caporal, d'une voix un peu plus forte. MacWyrglinchbeath n'avait pas bougé.

« Mon général », lança-t-il. Le général le regardait ; il avait encore la bouche pleine de ce qu'il avait à dire. Avec sa moustache, il ressemblait à un sanglier dans sa bauge. « Mon général, reprit MacWyrglinchbeath, est-ce que je serai payé pour mes trois semaines, et pour mes sept heures quarante minutes de vol ? »

C'était Ffollansbye qui le connaissait le mieux et c'est lui qui, le premier, proposa sa nomination au grade de sous-lieutenant.

« Imaginez un homme au teint rougeaud, au visage buriné, qui pouvait avoir aussi bien seize que cinquante-six ans, courtaud mais avec des bras de singe ou presque, trimbalant ses bidons d'essence sur l'aérodrome. Ses bras étaient si longs qu'il devait remonter légèrement les épaules et plier les coudes pour empêcher les bidons de racler le sol. Il boitait un peu et m'avait raconté comment ça lui était arrivé. C'était en 14, juste après son arrivée de Stirling. Il s'était engagé dans l'infanterie parce qu'on ne lui avait pas expliqué qu'il avait le choix.

« Mais il n'avait pas tardé à se renseigner. Il faut l'imaginer en train d'écouter tous les bobards qu'on raconte aux jeunes recrues : les soldats qui ne survivent pas plus de deux jours après avoir quitté le sol anglais ; l'ennemi qui tue uniquement les Anglais, les Irlandais et les Écossais des Lowlands, puisque les Highlands n'ont pas encore déclaré la guerre ; et autres inepties. Il emmagasinait tout ça dans sa tête et le soir, avant de se coucher, il faisait son tri. Son choix s'était finalement porté sur l'aviation : le crayon à la main, il avait calculé que c'était dans le Royal Flying Corps qu'il durerait le plus longtemps et qu'il économiserait un maximum d'argent. Ce n'était pas une question de courage ou de couardise car je crois bien que ces sentiments lui étaient totalement étrangers. Il était pareil à un homme qui a perdu son chemin dans la forêt et qui ramasse du bois pour le cas où il finirait par en sortir.

« Il demanda sa mutation, demande qui fut rejetée. Devant son insistance, on avait fini par lui expliquer qu'une préférence personnelle ne constituait pas un motif suffisant, qu'il fallait une raison valable comme, par exemple, des compétences en mécanique ou une invalidité rendant inapte au service dans l'infanterie.

« Il avait bien réfléchi. Le lendemain, après avoir attendu que sa chambrée soit vide, il avait chauffé le poêle à blanc et, enlevant une botte et sa bande molletière, il avait posé le pied à plat contre le flanc du poêle. Voilà pourquoi il boitait. Quant sa mutation fut acceptée et qu'il fut nommé mécanicien de l'air de troisième classe, tout le monde crut qu'il avait déjà combattu.

« Je le revois dans le bureau du groupe de chasse ; il a posé sur la table son avis de mutation et il s'est figé au garde-à-vous devant Whiteley et le sergent, qui s'efforce de prononcer son nom.

« " Comment dites-vous, sergent ? " demande Whiteley.

« Le sergent examine le papier et se frotte les cuisses. Il recommence : "Mac..." et s'empêtre à nouveau. Whiteley se penche pour lire le nom.

« " Mac..." , commence-t-il, mais il s'évertue en vain. Puis il dit : "Beath. On l'appellera MacBeath.

« — Je m'appelle MacWyrglinchbeath, insiste le nouveau.

« — On dit : mon lieutenant, lui dit le sergent.

« — Mon lieutenant, répète le nouveau.

« — Ah, Magillinbeath ! s'écrie le lieutenant.
Écrivez, sergent." Le sergent prend la plume,
écrit M-a-c avec force fioritures et puis s'arrête ;
la plume fait de petits cercles concentriques
au-dessus de la page du registre tandis que son
propriétaire essaie de glisser un coup d'œil vers
la feuille qui est entre les mains de Whiteley.
"Mécanicien de troisième classe, continue Whiteley. Écrivez, sergent.

« — Bien, mon lieutenant", dit le sergent. Les
fioritures s'accentuent ; elles ressemblent de plus
en plus à une charge de cavalerie ; le sergent se
penche encore un peu par-dessus l'épaule de
Whiteley, il commence à transpirer.

« Whiteley relève la tête. "Qu'est-ce qu'il y a ?
demande-t-il d'un ton sec.

« — Le nom, mon lieutenant, dit le sergent. Je
n'arrive pas à... »

Whiteley pose l'avis de mutation sur la table ;
ils l'examinent. "À la division, ils n'ont jamais
appris à écrire, dit Whiteley d'un ton agacé.

« — C'est pas ça, mon lieutenant, corrige le
sergent. C'est qu'ils savent pas l'orthographe.
Allons, mon brave, répétez votre nom.

« — Je m'appelle MacWyrglinchbeath, dit le
nouveau.

« — Ça suffit comme ça, s'écrie Whiteley. Ins-
crivez MacBeath et affectez-le à l'escadrille C.
Continuez. "

« Mais le nouveau tient bon. D'une voix polie
mais ferme, il dit sans s'énerver : "Je m'appelle
MacWyrglinchbeath."

« Whiteley le regarde fixement. Le sergent de
même. Whiteley ôte la plume de la main du sergent et tire à lui le registre. "Épelez !" Le nouveau
épelle, le lieutenant écrit. "Vous pouvez me pro-

noncer ça encore une fois ?" demanda-t-il. Le
nouveau prononce. "Magillinbeath, dit Whiteley.
Sergent, à vous d'essayer."

« Le sergent fixe les lettres inscrites sur la page.
Il se frotte l'oreille. "Mac... wigglinbeach", pro-
nonce-t-il, et il ajoute à mi-voix : "Fichtre !"

« Whiteley se penche en arrière sur son siège.
"Parfait, dit-il. problème réglé. Continuez.

« — Vous avez bien marqué MacWyrglinchbeath, mon lieutenant ? s'enquiert le nouveau
venu. J' voudrais pas avoir des pépins avec ma
solde."

« Cela se passait avant son "solo". Et, bien sûr,
avant qu'il ne se retrouve déserteur. Il trimbalait
ses bidons d'essence d'un bout à l'autre de la
base, un peu plus lent que les autres mais fidèle
au poste, le tout étant de se faire à son allure. Il
expédiait sa solde au voisin qui s'occupait de son
cheval et de sa vache, moins l'argent de son
tabac : à la cantine, il fallait voir sa tête quand
les gars commandaient demi sur demi !

« Il m'avait aussi parlé des conditions dans
lesquelles le marché avait été conclu. Il y avait
urgence et Mac, comme le voisin, était persuadé
que la guerre ne durerait pas et qu'il serait de
retour dans les trois mois. Il y avait de cela un
an maintenant. "Je vas lui devoir une sacrée
somme pour le fourrage des bêtes", me dit-il en
hochant la tête. Et puis soudain il s'immobilisa ;
on pouvait quasiment entendre les rouages de la
machine à calculer. "Bah ! finit-il par dire. Vu la
dureté des temps, les bêtes auront pris de la
valeur."

« Il faut savoir qu'en ce temps-là, un Boche
pouvait surgir au-dessus de l'aérodrome,
mitrailleuse en action. On se précipitait à toutes

jambes vers les trous creusés tout exprès pour ça,
et le Boche, là-haut, vous narguait, vous défiant
d'en sortir.

« On voyait la bataille des fenêtres du mess ; et
à l'époque, nous devions ramasser nous-mêmes
les morceaux. Un jour, un zinc s'est écrasé à
moins de deux cents mètres et, quand nous
sommes arrivés sur les lieux, on sortait le pilote
des débris — les jambes en moins. Il gisait sur le
dos, les yeux ouverts avec cette expression qu'ils
ont tous. Et puis quelqu'un s'était décidé à les lui
fermer.

« Quant à Mac (qu'ils appelaient encore Mac-
Beath), il regardait l'épave, il en faisait et refai-
sait le tour, en murmurant avec des petits claque-
ments de langue désapprobateurs : "Tst, tst, tst.
Quel gaspillage ! Un péché ! Un péché que
j'appelle ça !"

« Il était encore mécano de troisième classe.
Bientôt, après son passage en deuxième classe, il
put envoyer davantage d'argent au voisin. À présent, il tenait sa comptabilité à l'aide d'un calepin d'un sou, d'un crayon, et d'un bout de chandelle pour y voir clair le soir. Sur la première
page, il inscrivait ses recettes et ses dépenses, et
sur les autres, les hauts et les bas de la guerre,
comme l'aurait fait le stylet d'un baromètre enre-
gistreur, avec plus de concision qu'un historien.

« Il fut promu mécanicien de première classe.
Dès lors, sa comptabilité le tint occupé jusque
tard dans la nuit. Je suppose qu'il avait des problèmes financiers, à présent qu'il gagnait en un
seul mois autant ou peut-être plus qu'il avait
jamais gagné sa vie durant. Et un jour il vint me
demander le formulaire à remplir pour devenir
sous-officier. Je le lui remis et, le rencontrant

quelques jours plus tard alors qu'il allait s'acheter une bougie, je m'enquis : "Alors, Mac, tu t'es décidé à devenir sous-off ?"

« Il me regarda avec flegme et, prenant son temps pour me répondre : "Ouais, mon lieutenant." Il faut comprendre qu'à ce moment-là, il ignorait tout des primes de vol. »

Quant à son solo, voici comment Ffollansbye le racontait :

« Sa nouvelle unité était équipée de Pups[1]. Des monoplaces, avait-il sans doute pensé, donc pas de prime de vol. Il demanda sa mutation dans une unité de bombardement. Demande refusée. Ce doit être vers cette époque qu'une lettre de son voisin lui apprit que sa vache avait vêlé. Je l'imagine lisant la missive jusqu'à la dernière ligne, suspendant son jugement, attendant d'avoir fini pour se livrer à des conjectures ou céder à l'inquiétude, réfléchissant (sans l'aide du crayon et du papier, inutiles en la circonstance) aux suites imprévisibles de l'événement sur le plan juridique.

« Un matin, il se réveilla. Le désir, l'impulsion étaient peut-être nés de cette lettre. Le fayotage n'avait jamais été dans sa manière mais il manifesta soudain de l'intérêt pour les avions et la manœuvre des commandes, il se mit à parler aux pilotes, à les interroger sur leurs vols et le soir, dans son lit, il triait et classait les informations. Il déployait un zèle infatigable, fourrant son nez partout et il se démena tellement en présence de la hiérarchie qu'on finit par le nommer caporal. Si j'avais été là à l'époque, j'aurais sans doute cru

---

1. Il s'agit de *Sopwith Pups*, de fabrication anglaise. (*N.d.T.*)

qu'il n'avait jamais pensé qu'à ça depuis son
arrivée.

« Mais, cette fois, il avait "accroché son char à
une étoile[1]" et, comme on allait le voir, pas seulement au sens figuré. Un jour, l'alarme retentit en
plein milieu du déjeuner. Sans prendre le temps
de poser leur serviette, officiers, soldats, tous se
précipitent au-dehors juste à temps pour voir un
Pup rouler sur la piste : il donne de la bande, sa
voilure est à quarante-cinq degrés et le bout
d'une aile racle presque le sol. Poursuivi par le
véhicule de secours qui fait hurler sa sirène, il se
redresse et monte en chandelle d'une hauteur de
cinquante mètres, reste suspendu à son hélice
pendant un temps interminable puis redresse sa
queue d'une secousse et disparaît dans le ciel,
avec sa voilure de nouveau à quarante-cinq
degrés.

«" Qu'est-ce que... ? s'écrie le commandant.

« — Mais c'est le mien ! s'écrie un subalterne.
C'est mon zinc !

« — Qui est-ce qui... ?" s'écrie le commandant. Le véhicule de secours revient en faisant
hurler sa sirène. Le Pup réapparaît lancé à plus
de cent cinquante kilomètres à l'heure. L'avion
s'est retourné. Le pilote ne porte ni casque ni
lunettes ; ils aperçoivent un instant son visage,
qui exprime tout à la fois l'inquiétude, la pru-
dence et l'entêtement. Il continue, esquisse un
retournement qui se termine en glissade, puis en
tête-à-queue. À présent, il se dirige tout droit vers
le véhicule de secours, que le conducteur abandonne pour se précipiter vers le hangar le plus

---

1. L'expression est employée par Emerson dans *Society and
Solitude*. *(N.d.T.)*

proche, avec le Pup à ses trousses. Au moment même où le conducteur se lance dans le hangar en se protégeant la tête avec les bras, l'avion remonte en chandelle, reste à nouveau suspendu à son hélice, puis disparaît ; aussitôt après on entend le bruit sourd d'une masse qui s'écrase au sol.

« Non sans peine, ils retirèrent Mac des débris de l'avion, inconscient mais indemne. Quand il reprit connaissance, il était à nouveau en état d'arrestation. »

II

« C'est ainsi, racontait Ffollansbye, qu'en haut lieu, on était pour la deuxième fois au bord du coup de sang à cause de Mac. Mais cette fois-ci, il n'était pas présent. Il se trouvait dans un camp disciplinaire et il calculait la somme qu'il allait devoir inscrire en déficit dans son calepin, à la première ligne de la page "primes de vol". Entre-temps les paperasses s'étaient accumulées dans son dossier ; au Q.G. du corps expéditionnaire ainsi qu'à Londres, on examinait son cas. En fin de compte, ils préférèrent renoncer, autant pour se couvrir eux-mêmes que pour l'empêcher d'inventer de nouveaux délits non prévus par le règlement de discipline générale.

« Un beau jour on vint lui annoncer qu'il était envoyé en Angleterre, à l'école de pilotage.

« " Et si j'y vais, faudra que j' paye pour c'te malheureux coucou ? "

« On lui répondit que non.

« " Bon, se dit-il. Je suis prêt ! "

« Il se retrouva donc en Angleterre. C'était la

première fois depuis plus de deux ans qu'il mettait le pied du côté de la Manche où il était né,
et comme d'habitude il refusa toute permission.
Peut-être était-ce à cause de l'incertitude juridique qui pesait sur le veau ; peut-être était-ce
parce que après avoir calculé au plus juste des
frais de voyage incompressibles, il s'était dit
qu'une fois arrivé sur place, il ne disposerait pas
d'assez d'argent pour manœuvrer, quelle que fût
la situation. Mais je me trompe peut-être. C'était
peut-être tout simplement dans la nature de
MacWyrglinchbeath. »

Sept mois plus tard, devenu sergent pilote, il
promenait un vieux Reconnaissance Experimental au-dessus de la Somme, en compagnie d'un
officier observateur qui repérait les tirs d'artillerie ; celui-ci était placé à l'avant de l'appareil qui,
avec son nez plat, avait des airs de baignoire.
Énorme avec ses larges ailes et son lourd moteur
Beardmore à quatre cylindres qui vrombissait
derrière MacWyrglinchbeath et au-dessus de sa
tête, l'avion constituait une proie tentante, et
même une victime désignée, pour tout appareil
équipé de mitrailleuses et capable d'atteindre
une vitesse de cent vingt kilomètres à l'heure.
Cependant les heures s'accumulaient dans le carnet de vol de MacWyrglinchbeath.

Entre deux missions, tandis qu'ils était occupés à bricoler le vénérable appareil, l'officier et
le pilote avaient de longues conversations entrecoupées de longs silences. L'officier était par instinct un artilleur et par goût un passionné de
T.S.F. ; il avait pour l'aviation une antipathie
tenace. Il trouvait incompréhensible l'ardeur que
mettait MacWyrglinchbeath à accumuler les
heures de vol. Mais un beau jour, au terme d'un

long et patient interrogatoire, il apprit l'existence du voisin, et celle du tas de shillings qui ne cessait de grandir.

« Alors, comme ça, dit-il, tu t'es engagé pour gagner du fric ?

— C'est que j'aime pas perdre mon temps », répondit MacWyrglinchbeath.

L'officier raconta l'histoire de MacWyrglinchbeath à la table du mess. Un ou deux jours plus tard, un autre pilote, un officier celui-là, pénétra dans le hangar et trouva MacWyrglinchbeath la tête plongée dans la carlingue de son appareil.

« Dites donc, sergent », dit-il, s'adressant au fond de culotte de MacWyrglinchbeath. L'interpellé se redressa lentement et, regardant par-dessus son épaule, tourna vers l'officier un visage maculé de cambouis.

« Oui, mon lieutenant.

— Ça ne vous gênerait pas de descendre un instant ? » MacWyrglinchbeath descendit, avec à la main une clé à molette et un chiffon sale. « Le lieutenant Robinson m'a dit que vous vous y connaissiez en affaires », dit l'officier.

MacWyrglinchbeath posa la clé à molette et s'essuya les mains avec le chiffon. « Bah... J' dirais pas tout à fait ça quand même...

— Allons, sergent, inutile de finasser. Robinson m'a tout raconté... Vous voulez une cigarette ?

— C'est pas de refus. » MacWyrglinchbeath s'essuya les mains sur son pantalon et prit la cigarette. « Je fume la pipe. » Il accepta du feu.

« J'ai une proposition à vous faire. Tout à fait votre rayon, dit l'officier. Tous les mois, à la date d'aujourd'hui vous me donnez une livre, et moi,

je vous donne un shilling[1] pour chaque jour où
je reviens à la base. Qu'en pensez-vous ? »

MacWyrglinchbeath fumait lentement, tenant
sa cigarette comme si ç'avait été un bâton de
dynamite. « Et les jours où vous volerez pas ?

— Je vous paierai quand même. Un shilling. »
MacWyrglinchbeath continua de fumer à
petites bouffées, puis : « Vous pourriez monter
avec moi comme observateur.

— Et qui pilotera mon zinc ? Pas question. Si
je volais avec vous, je n'aurais pas besoin d'un
assureur... Qu'en dites-vous ? »

MacWyrglinchbeath réfléchit, tenant la cigarette dans sa main sale. « Ça demande réflexion,
finit-il par dire. Je vous dirai ça demain matin.

— D'accord. La nuit porte conseil. » Et l'officier retourna au mess.

« Il a mordu. L'affaire est dans le sac !

— Mais qu'est-ce que vous avez en tête, au
juste ? demanda le commandant. Vous dépensez
des trésors d'ingéniosité pour gagner une livre,
alors que vous ne pouvez la gagner qu'en
perdant ?

— Je veux seulement voir le vieux Shylock
perdre une livre de chair. Je compte bien le rem-
bourser si jamais je gagne.

— Et comment ? » demanda le commandant.
L'officier-pilote le dévisagea, clignant légèrement
des yeux. « Est-ce qu'il y a des banques en enfer ?

— Écoutez, dit Robinson. Fichez donc la paix
à Mac. Vous ne les connaissez pas, ces types des
Highlands. Il faut un sacré courage pour vivre
dans des conditions pareilles, et il en faut encore

---

1. Rappelons que la livre était alors divisée en vingt shillings.
(*N.d.T.*)

plus pour accepter de se battre pour un roi qu'ils
considèrent sans doute encore comme un cul-ter-
reux venu d'Allemagne, et dans une affaire qui,
de toute façon, le laissera perdant. Et s'il existe
un homme qui, après trois années passées dans
cet enfer, peut encore regarder l'avenir en face
sans perdre la boule, je lui tire mon chapeau.

— Bravo ! cria quelqu'un.

— Tiens, bois un coup, dit l'autre. Je ne lui
veux pas de mal, à ton Écossais. »

Le lendemain, MacWyrglinchbeath compta
une livre sterling, lentement, précautionneusement, mais sans hésiter. L'officier prit l'argent
sans sourciller.

« On commence aujourd'hui, dit MacWyrglinchbeath.

— D'accord, dit l'officier. Dans une demi-
heure. »

Trois jours plus tard, après une brève conversation avec Robinson, le commandant prit à part
le client de MacWyrglinchbeath.

« Écoutez. Il faut annuler ce pari stupide. Vous
semez le trouble dans tout mon groupe. Robinson me dit que, dès que vous apparaissez dans le
ciel, il ne peut plus observer convenablement les
tirs des batteries ennemies parce que MacBeath
ne pense qu'à quitter le secteur.

— Ce n'est pas ma faute, mon commandant. Je
ne cherchais pas un garde du corps. Enfin, ça
n'était pas dans mes intentions. Je voulais seulement me payer la tête de Mac.

— Eh bien, allez le voir demain matin et
demandez-lui d'annuler le contrat. Si ça continue, nous allons nous retrouver avec l'état-major
sur le dos. »

Le lendemain matin, l'assuré parla à MacWyr-

glinchbeath. L'après-midi, Robinson parla à
MacWyrglinchbeath. Le soir, après le dîner, le
commandant envoya chercher MacWyrglinchbeath. Celui-ci se montra poli, impassible mais
d'une fermeté granitique.

Le commandant pianota sur la table pendant
un moment. « Très bien, sergent, finit-il par dire.
Mais je vous ordonne de respecter strictement les
impératifs de votre mission. Si jamais j'apprends
que vous avez quitté votre patrouille, je vous
interdis de vol. Rompez.

— Bien, mon commandant », dit MacWyrglinchbeath en saluant.

Dès lors il demeura à sa place dans la formation. Ils faisaient des aller et des retour au-dessus des minuscules flocons des obus, des lentes
retombées de fumée. De temps à autre, il observait le ciel au-dessus de lui et derrière lui mais
son regard revenait toujours se porter vers le
nord, dans la direction de l'autre Reconnaissance Experimental qui, présence monotone
dans le lointain du ciel, n'était pas plus gros
qu'un grain de poussière.

Et ceci jour après jour, en compagnie du lieutenant Robinson, lequel, braquant ses jumelles
vers le sol, se tenait penché par-dessus le rebord
de l'habitacle, comme quelqu'un qui a laissé
choir la savonnette hors de la baignoire. Mais
chaque jour le client revenait à la base, le nombre
de shillings grandissait et bientôt le shilling payé
fut un bénéfice net, suivi d'un autre shilling et
d'un autre encore. Enfin le mois arriva à son
terme et MacWyrglinchbeath déboursa une
seconde livre sterling. À présent le profit avait
disparu et quand il tournait les yeux vers le nord,

à intervalles brefs mais réguliers, son regard était plus attentif.

Robinson, penché par-dessus le rebord de l'habitacle, était occupé à observer le sol quand soudain, derrière lui, le lourd moteur s'emballa dans un bruit de tonnerre, et la terre pivota de cent quatre-vingts degrés. Il se redressa brusquement, jeta un regard en arrière et saisit la mitrailleuse. Le ciel était vide et pourtant le moulin du R.E. tournait à la limite de ses modestes possibilités. Mac avait les yeux braqués droit devant lui. Robinson se retourna et aperçut, encadré par les flocons de la D.C.A., l'autre R.E. qui plongeait et fendait l'air comme un vieux canasson arthritique. Au-dessus, les shrapnels se déployaient en gerbes, et Robinson repéra enfin le Fokker qui s'était installé dans l'angle mort de l'appareil. Il orienta sa mitrailleuse vers l'avant et tira quelques coups pour s'assurer de son bon fonctionnement.

Ils approchaient de l'autre R.E. à un angle d'environ quarante-cinq degrés. Celui-ci faisait des zigzags au-dessus de l'Allemand qui s'accrochait à lui et tous trois ne cessaient de perdre de l'altitude. Pour l'Allemand, la première indication de la présence d'un second R.E. fut une salve décochée par Robinson. Ce fut aussi la dernière : l'avion se cabra, flotta un instant, et explosa en flammes. MacWyrglinchbeath, se dérobant par de furieuses esquives à un second avion allemand qui montait dans sa direction, vit alors Robinson s'affaler sur le rebord de l'habitacle, et tout près de lui, il aperçut des marques de traçantes le long de son fuselage. Il fit un écart. Aussitôt, passant en trombe, le deuxième Allemand s'installa en plein sur la queue de l'autre R.E. À nouveau, les

504   *L'Esprit d'économie*

balles sifflèrent autour de MacWyrglinchbeath
mais cette fois elles venaient d'en bas : c'était
l'infanterie britannique qui canardait l'Allemand.

Les trois avions, maintenant à moins de trente
mètres du sol, bondissent au-dessus des secondes
lignes, au-dessus de visages roses tournés vers le
ciel — les artilleurs de la batterie de D.C.A. L'Allemand ne prête pas la moindre attention à
MacWyrglinchbeath. Il colle à l'autre R.E. qui,
poussif et furieux, continue de se dérober par des
zigzags. MacWyrglinchbeath abat un peu plus le
nez de son appareil et défait sa ceinture ; il se
place en plein au-dessus, mais légèrement en
arrière, de l'Allemand. Celui-ci ne semble toujours pas se rendre compte de sa présence.
MacWyrglinchbeath enjambe le rebord de l'habitacle, s'écarte du moteur placé au-dessus de sa
tête, et pousse le manche à balai. L'avion allemand a maintenant complètement disparu sous
l'avant de la carlingue où gît le corps de Robinson. Un instant après, dans un craquement prolongé, se produit le choc attendu. Alors MacWyrglinchbeath coupe les gaz, s'extrait de la
carlingue et se réfugie sur l'aile inférieure pour
ne pas être écrasé par le moteur. « Six shillings ! »
dit-il tandis que le sol soudain s'incline et se
dérobe sous lui.

III

Avec difficulté, il descendit de son Bristol et,
traversant la piste, il se dirigea en boitant vers sa
baraque. Sa claudication s'était aggravée ; il se
déplaçait à la manière d'un crabe, à présent. Quatorze mois après, il se ressentait encore de ses

fractures aux hanches, surtout par ce temps d'octobre humide et froid.

La patrouille était rentrée au complet, les fenêtres du mess des officiers brillaient gaiement dans la lueur du crépuscule ; il n'en continua pas moins son chemin. Il s'imaginait déjà confortablement installé, une tasse de thé ou un verre de gnôle à la main, et la porte de sa cabane serait fermée à clef, à cause des petits garnements du mess. On leur envoyait des gamins, à présent. Les vieux pilotes, les hommes mûrs étaient morts, ou ils avaient été promus, envoyés dans les lointains bureaux de l'état-major. On les remplaçait par des bambins, des élèves des public schools qui n'avaient pas encore terminé leurs études secondaires. Ils n'avaient aucun sens des responsabilités et le silence n'était pas leur fort. Il continua son chemin et, arrivé à sa baraque, il ouvrit la porte.

La main posée sur la poignée, il s'immobilisa sur le seuil et, refermant derrière lui, pénétra dans son réduit. L'ordonnance avait allumé un feu dans le poêle miniature ; il faisait bon. Il posa son casque et ses lunettes puis délaça et ôta ses bottes. Alors, et alors seulement, il s'approcha de son lit et contempla tranquillement l'objet qu'il avait remarqué en entrant. C'était la vareuse de sa tenue de sortie. Elle avait été repassée mais ce n'était pas tout. On avait ôté des épaulettes les insignes du Royal Flying Corps et arraché les chevrons des manches ; on avait fixé une étoile d'officier subalterne sur chaque épaulette et, sur la poitrine, des ailes, au-dessus de la Distinguished Service Medal. À côté de la vareuse se trouvait un vieux ceinturon usagé, dont on avait astiqué la boucle et auquel on avait adjoint un baudrier flambant neuf.

Il les examinait encore du même regard impassible quand la porte s'ouvrit avec fracas ; c'était l'invasion.

« Hé, dis, le pisse-froid ! cria une voix juvénile. Il n'y coupera pas, à sa tournée ! Pas vrai, les gars ? »

Du mess, ils l'avaient vu traverser le terrain dans la lueur du crépuscule.

« Attendons, se disaient-ils les uns aux autres. Laissons-lui le temps de s'habiller. »

Une autre voix s'éleva. « Tu n'aimerais pas voir la tête du vieux quand il ouvrira la porte ?

— Le vieux ? » dit un chef d'escadrille qui s'était installé sous la lampe pour lire le journal. « Il n'est pas vieux. Je doute fort qu'il ait trente ans.

— Trente ans ! Fichtre ! Ce sera déjà beau si j'en aligne vingt !

— Et alors ? À quoi ça sert, l'éternité ?

— Ferme ça !

— *Ave, Caesar ! Morituri...*

— Ferme ça, je te dis ! On en a assez, de tes états d'âmes.

— Oui, c'est plutôt écœurant !

— Trente ans. Fichtre !

— Il en paraît cent, le drôlichon, avec son visage ridé comme une pomme.

— Et après ? C'est un type bien. Et c'est une honte qu'ils ne s'en soient pas aperçus plus tôt.

— Il aurait déjà dû recevoir le D.S.O. et la M.C.[1] deux fois.

---

1. Il s'agit du *Distinguished Service Order* et de la *Military Cross*. (*N.d.T.*)

— Il a même des séjours en taule à son actif.
Pour désertion.

— Allons donc !

— Authentique. Et la première fois qu'il a
piloté, c'est parce qu'il avait chipé un Pup. Aucun
entraînement préalable ; il était mécano à
l'époque. Bref, un solo d'aéroclub.

— Vous savez ce qu'on raconte, qu'il met sa
solde de côté pour après la guerre ? Il l'expédie
intégralement chez lui. Depuis des années.

— Et alors ? s'exclama le chef d'escadrille.
Bande d'écervelés, si seulement quelques-uns
d'entre vous... » Ils couvrirent sa voix de leurs
hurlements mais lui, criant plus fort qu'eux,
lança : « Débarrassez-moi le plancher, tous
autant que vous êtes ! Allez donc le chercher et
ramenez-le ici ! »

Ils détalèrent et le bruit de leurs pas s'assour-
dit dans le crépuscule. Les trois chefs d'escadrille
étaient allés se rasseoir et devisaient tranquillement.

« Ça me fait plaisir, à moi aussi. Il y a longtemps que ça aurait dû être fait. Ffollansbye
l'avait proposé. Un crétin qui était à cheval sur
le règlement a tout fait rater.

— Dommage que Ffollansbye n'ait pas fait
d'assez vieux os pour voir ça.

— C'est révoltant.

— Révoltant. Mac, lui, n'a pas pipé. Quand
Ffollansbye est venu lui annoncer qu'il le propo-
sait comme sous-off, le vieux Mac n'a pas dit mot.
Il a continué son boulot. Et puis il a bien fallu
que Ffollansbye lui dise que ça n'avait pas marché. Mac a hoché la tête, l'a remercié et puis il a
fait comme s'il ne s'était jamais rien passé.

— C'est une honte.

— Oui. Ça ne fait pas de mal d'avoir un type comme ça dans son unité. Service service et après ça, bonsoir. » C'est ainsi qu'installés bien au chaud, ils discutaient le cas MacWyrglinchbeath. Ils entendirent soudain une rumeur de pas précipités ; la porte s'ouvrit et deux des émissaires apparurent sur le seuil. Leurs jeunes visages exprimaient la stupéfaction.

« Eh bien ? demanda quelqu'un. Où est la victime ? »

Mais ils faisaient signe au chef d'escadrille le plus ancien, celui qui était le supérieur hiérarchique de MacWyrglinchbeath.

« Venez, patron », lui dirent-ils. L'officier les regarda mais ne bougea pas.

« Qu'est-ce qui ne va pas ? »

Ils insistèrent, sans s'expliquer davantage. Ils ne consentirent à parler que lorsqu'il les eut suivis au-dehors. « Le vieux schnock refuse, dirent-ils à mi-voix. Incroyable, vous ne trouvez pas ?

— On va voir ça », répondit le chef d'escadrille. Une rumeur de voix confuses et insistantes venait de la baraque de MacWyrglinchbeath.

L'officier entra et, avec peine, se fraya un passage jusqu'au lit de MacWyrglinchbeath. La vareuse et le ceinturon étaient toujours à la même place ; personne n'y avait touché ; MacWyrglinchbeath était assis à côté, occupant la seule et unique chaise de la pièce.

« Fichez-moi tous le camp ! » s'écria le chef d'escadrille en les poussant vers la porte. « Dégagez ! » Il expulsa le dernier d'une bourrade, ferma la porte et revint se camper devant le poêle.

« Eh bien, Mac, que signifie tout ce bastringue ?

— Patron, commença MacWyrglinchbeath

d'une voix lente, c'est sûr que les p'tits, y veulent bien faire », et, levant les yeux, il continua : « On m'a défiguré ma vareuse de sortie et les petits se sont mis dans la tête qu'y faut que je m'harnache et que je les suive au mess des officiers. » Il contempla à nouveau la vareuse.

« Bien sûr, dit le chef d'escadrille. Il y a un an que ça aurait dû être fait. Dépêche-toi d'enfiler ça, grouille-toi, le dîner va être servi. »

Mais MacWyrglinchbeath ne bougeait toujours pas. Perdu dans ses pensées, il avança lentement la main et caressa du doigt les ailes brodées qui se déployaient crânement au-dessus du ruban de soie couleur caramel.

« C'est sûr que les petits, y veulent bien faire, dit-il.

— Une bande d'écervelés, tu veux dire. Mais on est tous très heureux. Il fallait voir le colonel quand la lettre est arrivée ce matin. Il était comme un gamin le jour des étrennes. Quant aux jeunots, ils étaient impatients de te chiper ta vareuse.

— C'est sûr qu'y veulent bien faire, dit MacWyrglinchbeath. Mais ça demande réflexion. » Il caressait les ailes de son insigne, lentement, précautionneusement, avec ses doigts crevassés et encrassés par quatre années de cambouis. Le chef d'escadrille le regardait avec calme et, pensait-il, compréhension.

« Tu as raison, finit-il par dire. La nuit porte conseil. Mais montre-toi au petit déjeuner sinon tu auras encore les gamins à tes trousses.

— Ouais, répondit MacWyrglinchbeath. Mais ça demande réflexion. »

La nuit était tombée. Furibond, jurant entre ses dents, l'officier regagna le mess en marchant à grands pas. Il ouvrit la porte et entra, jurant, sacrant toujours. Ils se tournèrent aussitôt vers lui.

« Alors ? Est-ce qu'il vient ? »

Le chef d'escadrille continuait de déverser son flot d'injures : l'escadre, la division, l'état-major, la guerre, le Parlement, tout y passa.

« Et pourquoi viendrait-il ? Vous viendriez, vous, si on vous avait fait poireauter pendant quatre ans, et qu'on vous nommait au grade de sous-lieutenant comme s'il s'agissait de l'ordre de la Jarretière ? Il a de l'amour-propre, ce type, et il a fichtrement raison. »

Après le dîner, MacWyrglinchbeath alla consulter le sergent responsable du mess. Puis il alla consulter l'ordonnance du commandant. Puis il retourna dans sa baraque, s'assit sur son lit et entreprit de faire ses comptes. À présent l'éclairage lui était fourni, il avait donc toujours le même bout de chandelle mais il en était à son deuxième crayon, lequel était d'ailleurs passablement usé. Il calcula le prix approximatif d'un uniforme neuf, avec les accessoires et sans oublier les frais de blanchisserie. Puis il évalua le coût mensuel moyen des repas du mess, fit les totaux, qu'il déduisit de la solde d'un sous-lieutenant. Comparant le résultat avec son revenu net actuel, il médita longuement le verdict des chiffres, muet et pourtant irréfutable. Enfin, il referma son calepin, autour duquel il entortilla un bout de ficelle graisseux.

Le lendemain matin, il demanda à voir son chef d'escadrille. « Les petits veulent bien faire, c'est sûr, dit-il comme pour s'excuser. Le commandant aussi. Je vous remercie tous. Mais, chef, ça peut pas marcher, vous savez bien que ça peut pas marcher.

— D'accord, dit le chef d'escadrille. Je te comprends. » Une fois de plus, il se mit à tempêter contre les institutions militaires. « Bande de demeurés, avec leurs ficelles et leur ferblanterie. Voilà quatre ans que ça dure ! Avec des types comme ça, c'est pas étonnant qu'on n'ait pas encore gagné ! Tu as raison, Mac. C'est sûr, que ça vient trop tard. » Il s'empara de la main calleuse et molle de MacWyrglinchbeath et la serra avec vigueur.

« Je vous remercie, fit MacWyrglinchbeath. Je vous remercie beaucoup. »

Cela se passait en octobre 1918.

Dès deux heures, il n'y avait plus un mécanicien sur la base. L'avion du commandant était immobilisé sur la piste, moteur au ralenti ; le commandant était dans le cockpit ; il ronflait. La voiture de service, dans laquelle se trouvaient le chef d'escadrille le plus ancien, un officier d'état-major et un officier d'artillerie, filait en tous sens sur l'aérodrome, poursuivie par un quatrième larron dans un S.E. 5, qui jouait à chat avec eux. Il semblait vouloir poser son train d'atterrissage dans la voiture ; chaque fois qu'il ratait son coup, les trois occupants poussaient des hurlements de joie et l'officier d'artillerie brandissait une bouteille ; chaque fois que le chef d'escadrille réussissait à contrer ses efforts par une savante manœuvre, ils hurlaient de nouveau et buvaient une lampée en se repassant la bouteille.

Le mess était jonché de chaises renversées, de bouteilles et d'objets divers assez petits pour servir de projectiles. Sous la table gisaient deux hommes à qui trois heures d'armistice avaient été plus dommageables que plusieurs années de combats. Au-dessus d'eux, à côté d'eux, autour d'eux, le tumulte faisait rage sans discontinuer. Enfin quelqu'un grimpa sur la table et, titubant, essaya de se faire entendre malgré le vacarme.

« Écoutez-moi ! Où est le vieux Mac ?

— Mac ! crièrent-ils à l'unisson. Où est le vieux Mac ? Pas question de se cuiter sans Mac ! »

Ils se ruèrent au-dehors. Dans son cockpit, le commandant ronflait. Alors que la voiture de service réussissait un dérapage contrôlé, l'hélice du *S.E. 5* fit tomber la casquette de l'officier d'artillerie. Quant aux jeunots, une fois arrivés devant la baraque de Mac, ils enfoncèrent la porte : MacWyrglinchbeath était assis sur son lit, le calepin sur les genoux et le crayon en l'air. Il faisait ses comptes.

Armé du marteau arrache-clous qu'il avait dissimulé sous la margelle du puits quatre ans auparavant, il enleva soigneusement les clous avec lesquels il avait condamné la porte et les fenêtres, il les fourra dans sa poche et ouvrit la maison. Il replaça le marteau et les clous à leur place dans une boîte et, d'une autre, il sortit son kilt. Il le secoua : le vêtement était tout raidi, les faux plis résistaient et les mites avaient laissé des traces. Pour tout commentaire, il fit claquer sa langue.

Ensuite, après avoir ôté vareuse, culotte et bandes molletières, il mit son kilt. Avec les fagots qu'il avait engrangés quatre ans plus tôt, il alluma un maigre feu dans l'âtre, se fricota un repas et, après l'avoir avalé, fuma une pipe. Il récura soigneusement le culot de la pipe, étouffa le feu et alla se coucher.

Le lendemain matin, il se rendit chez son voisin, qui habitait cinq kilomètres plus bas dans la vallée. Le voisin l'accueillit sur le seuil de sa porte. La maison était toute de guingois.

« Bien le bonjour, Wully, dit-il sans manifester la moindre surprise. Je m' disais que t'allais rentrer. La guerre, elle est finie, à ce qu'on raconte ?

— Ouais », répondit MacWyrglinchbeath. Debout près de la clôture de pierres sèches et de ronces qui escaladait la colline, ils regardaient le petit cheval à poil long et les deux vaches qui se tenaient, apparemment sans effort, bien plantées sur leurs pattes malgré la pente à 45°, dans le pré adjacent à la grange.

« Tu vas reprendre les deux bêtes, dit le voisin.

— Les trois, que tu veux dire », corrigea MacWyrglinchbeath. Ils évitaient de se regarder. Ils avaient les yeux fixés sur les animaux dans le pré.

« Tu te rappelles que t'en as laissé que deux. »

Ils regardaient les trois bêtes. « Ouais », fit MacWyrglinchbeath. Ils se dirigèrent alors vers la chaumière. Le voisin souleva une dalle de l'âtre et compta, au demi-penny près, l'argent expédié par MacWyrglinchbeath. Le total correspondait exactement à la somme inscrite sur le calepin.

« Je te remercie bien, fit MacWyrglinchbeath.

— C'est pas tout ton magot, quand même ? demanda le voisin.

— C'était pas une guerre comme tu crois.

— C'est bien vrai que nous autres des Highlands, quand on se bat pour les Anglais, on se fait toujours rouler. »

MacWyrglinchbeath rentra chez lui. Le lendemain, il se rendit au bourg, distant de vingt kilomètres. Il se renseigna sur ce que valait une bête de deux ans. Ensuite, il alla consulter un avocat. Les deux hommes conférèrent en tête à tête pen-

dant une heure. Enfin il rentra chez lui et là, avec
son crayon, un bout de papier et son bout de
chandelle long d'un pouce, il fit lentement ses
comptes, les vérifia et réfléchit longuement.
Enfin, il moucha la chandelle et alla se coucher.

Le lendemain, il retourna chez son voisin.
Celui-ci l'accueillit sur le seuil de sa maison toute
de guingois.

« Alors, Wully ? fit-il sans manifester de surprise. T'es venu reprendre les deux bêtes ?

— Ouais », répondit MacWyrglinchbeath.

Idylle au désert

I

« Il me fallait quatre jours pour faire ma tournée. Je quittais Blizzard le lundi et, vers la tombée du jour, j'arrivais chez Painter où je passais la nuit. Le lendemain, j'allais jusqu'à Ten Sleep, puis je faisais demi-tour et je rentrais en coupant à travers la mesa. La troisième nuit je campais, et le jeudi soir je me retrouvais chez moi.

— Et vous ne vous sentiez jamais seul ? lui demandai-je.

— Allons donc ! Quand on trimbale le courrier du gouvernement, la propriété de l'État ! À ce qu'on dit, les types qui passent toute leur vie dans le désert, ils finissent par devenir dingues. Mais un soldat, jamais, que je sache. Tenez, même un gars de West Point, un type de la ville qui a jamais pu ouvrir sa gueule sans qu'il y ait au moins cent personnes pour l'entendre, il peut bien partir en reconnaissance, seul, même pendant six mois. C'est que ce gars de West Point, il est comme moi, il est pas tout seul. Il est avec l'Oncle Sam, et il peut discuter avec lui quand ça lui chante : Washington, les grandes villes bour-

rées de monde et tout ce que ça veut dire pour
un homme. Tout comme Saint-Pierre et la Sainte
Église de Rome : ça voulait dire quelque chose
pour ces prêtres dans le temps, quand les évêques
espagnols traversaient la mesa à dos de mulet,
avec les armées des esprits célestes, et des fusils
qui faisaient encore plus de mal que ces vieux
Sharps, parce que les pauvres indigènes qui se
faisaient descendre avec ces projectiles célestes,
ils voyaient même pas le coup partir, sans parler
du fusil. Et puis moi, j'ai mon flingue, et on peut
toujours tomber sur une antilope. Un jour, j'ai tué
un mouflon sans même descendre du tapecul.

— Un gros ? demandai-je.

— Fichtre oui. Je contournais un épaulement
du canyon, en fin de journée. Le soleil était juste
au-dessus du rebord, et je l'avais en plein dans les
yeux. J'aperçois donc ces deux mouflons juste
au-dessus du rebord. Je voyais les cornes et les
queues se détacher sur le ciel, mais à cause du
soleil je pouvais pas voir les mouflons. Je voyais
bien des cornes et je distinguais des arrière-
trains, mais à cause du soleil je pouvais pas me
rendre compte si ces mouflons étaient de ce côté-
ci du rebord ou juste de l'autre côté, et j'avais pas
le temps de les approcher. J'arrête donc l'attelage
aussi sec, j'épaule mon flingue et je te place une
balle à peu près à cinquante centimètres derrière
les cornes et une autre à pas loin d'un mètre des
arrière-trains, puis je saute du tapecul et je me
mets à courir.

— Vous les avez eus tous les deux ? demandai-
je.

— Non. Rien qu'un. Mais il avait deux balles
dans le corps, une derrière l'épaule et l'autre juste
sous l'arrière-train.

— Vraiment ? dis-je.

— Oui, et les deux balles étaient à un bon mètre cinquante l'une de l'autre.

— Un sacré coup, hein.

— Un sacré mouflon. Mais qu'est-ce que je disais, au fait ? Je parle si peu que, quand je perds le fil, faut que je m'arrête pour essayer de le retrouver. Ah oui, vous me demandiez si je me sentais seul. Il se passait pour ainsi dire pas un hiver sans que j'aie au moins un passager à l'aller ou au retour, même si c'était qu'un des hommes de Painter, qui allait à cheval jusqu'à Blizzard avec quarante dollars en poche, et qui laissait son cheval à Blizzard pour descendre jusqu'à Juarez ; à l'entendre, vers Noël il allait faire sauter la banque avec ces quarante dollars, et il reviendrait, et peut-être qu'il s'installerait à son compte et prendrait Painter pour surveiller le bétail, à condition bien sûr que Painter soit honnête, et travailleur, et qu'il en mette un coup. C'est toujours moi qui les ramenais chez Painter vers le Nouvel An.

— Et leurs chevaux ?

— Quels chevaux ?

— Ceux qu'ils avaient montés jusqu'à Blizzard, et qu'ils avaient laissés là-bas.

— Ah, oui. C'est Matt Lewis qui en était devenu propriétaire. Matt, c'est le loueur de chevaux.

— Vraiment ? dis-je.

— Oui. Matt dit qu'il sait pas quoi en faire. Il espérait toujours que le polo allait prendre dans le pays, comme le mah-jong il y a quelque temps. Mais maintenant, il va falloir qu'il se monte une usine de colle, à ce qu'il dit. Mais qu'est-ce que je disais, au fait ?

— Vous parlez si rarement, dis-je. Est-ce qu'il ne s'agissait pas de la solitude ?

— Ah, oui. Et puis j'avais ces tubards. Ça faisait un passager par semaine, pendant deux semaines.

— Est-ce qu'ils venaient par deux ?

— Non, c'était le même. Une semaine, je l'emmenais et je le laissais, et la semaine d'après, je le ramenais et il attrapait le train pour l'Est. Je crois que l'air, là-haut, à Sivgut, était un peu trop raide pour les poumons des gens de l'Est.

— Sivgut ? demandai-je.

— Oui, Siv, un de ces trucs qu'ils ont pour passer la farine là-bas dans l'Est, à San Antonio et à Washington. C'est ça. Siv[1].

— Ah, bon. Siv. Sivgut. Mais qu'est-ce que c'est ?

— C'est une maison qu'on a construite. Une bonne baraque. Ils venaient tous ici. Ils débarquaient à Blizzard, sans s'être arrêtés à Phoenix où il y a une maison pour ça, ce que vous autres à l'Est, à San Antonio et à Washington, vous devez appeler un ranch pour touristes tubards. Mais ils s'y arrêtaient pas et débarquaient à Blizzard : le type avec ses fringues du dimanche, l'air pas brillant, les yeux fermés et la peau couleur de papier de verre, et elle, une grosse femme qui venait tout droit d'un de ces pays à maïs, là-bas dans l'Est, et qui expliquait qu'à Phoenix c'était trop cher et qu'ils étaient venus ici à Blizzard

---

1. Jeu de mots sur *sieve* (tamis), qui se prononce « siv », et *gut* (tripe, boyau). Une vingtaine de lignes plus bas, le facteur rural commet un autre jeu de mots, assez faible, à propos de ce même Sivgut, ainsi dénommé, dit-il, à cause de la vue : *See good*, voir bien, belle vue. (*N.d.T.*)

parce qu'ils pensaient que des poumons de l'Est
complètement foutus, ça valait quand même pas
ce qu'on leur en demandait à Phoenix. Ou bien
c'était le contraire, c'était la femme qui était couleur de papier de verre avec deux points rouges
sur les joues comme si ses gosses avaient passé
tout un dimanche de pluie à jouer avec des bouts
de papier rouge et un pot de colle pendant qu'elle
dormait, et même qu'elle dormait encore, mais
elle était quand même assez réveillée pour dire
ce qu'elle pensait du prix qu'on demandait à
Phoenix pour des tubards de l'Iowa sur pied.
C'est pour ça qu'on leur a construit Sivgut. C'est
la chambre de commerce de Blizzard qui a fait
ça, avec deux couchettes et de quoi bouffer pendant une semaine, parce que je n'y retourne que
la semaine d'après, pour les ramener et leur faire
attraper le train de Phoenix. C'est une bonne
baraque, et on l'a appelée Sivgut à cause de la
vue. Par temps clair, on voit nettement le
Mexique. Je vous ai pas raconté la dernière révolution au Mexique ? Eh bien, un beau jour — un
mardi, vers dix heures du matin — j'arrive là-bas
et devant la maison je vois le tubard, la main
au-dessus des yeux, qui regarde fixement vers le
sud. "C'est un nuage de poussière, qu'il me dit.
Regardez bien." Je regarde et je lui dis : "C'est
curieux. Ça peut pas être un rodéo, je le saurais.
Et ça peut pas être une tempête de sable, parce
que c'est trop gros et que ça bouge pas." J'ai
repris la route et je suis rentré à Blizzard le jeudi.
C'est là que j'ai appris qu'il y avait eu une nouvelle révolution au Mexique. Elle avait éclaté
mardi juste avant la tombée de la nuit, à ce qu'on
m'a dit.

— Mais, si je ne me trompe, vous avez dit que

vous l'aviez vu à dix heures du matin, ce nuage
de poussière.

— Bien sûr. Mais les choses vont si vite là-bas
au Mexique que la poussière a commencé à se
soulever la veille au soir pour pas les empêcher
de...

— Passons. Parlez-moi de Sivgut, lui dis-je.

— C'est bon. J'arrivais toujours à Sivgut le
mardi matin. Au début, elle était à la porte, ou
bien dehors, devant la baraque, surveillant la
piste pour me voir venir. Mais par la suite, il
m'arrivait d'aller jusqu'à la porte, d'arrêter l'attelage et de crier : "Alors, là-dedans ?" et la maison
avait toujours l'air aussi vide qu'au premier jour.

— Il y avait une femme ? demandai-je.

— Oui. Elle était restée, quand il a été guéri et
qu'il est reparti. Elle, elle était restée.

— Le pays devait lui plaire.

— Je crois pas qu'il y en ait un seul à qui le pays
plaise. Ça vous plairait, vous, un pays où vous iriez
seulement pour guérir d'une maladie qui vous
ferait honte si vos amis étaient au courant ?

— Je comprends, dis-je. C'est lui qui a guéri le
premier. Pourquoi n'a-t-il pas attendu que sa
femme guérisse aussi ?

— Je crois qu'il a jamais trouvé le temps
d'attendre. Je crois qu'il a dû se dire qu'il y avait
un tas de choses à faire chez lui et qu'il était
jeune, comme s'il sortait de taule et que ça faisait un bail qu'il y était.

— Raison de plus pour ne pas abandonner sa
femme malade.

— Il savait pas qu'elle était malade, qu'elle
l'avait attrapée elle aussi.

— Comment ? Il n'en savait rien ?

— Prenez un type qui tombe malade, un type

jeune, qui n'a pratiquement aucune attache, et qui doit venir passer deux ans dans un trou à plus de cinq cents kilomètres du premier feu rouge, là où il y a rien que le silence, le soleil et ces foutues étoiles qui toute la nuit arrêtent pas de le regarder. Pas étonnant qu'il fasse guère attention à quelqu'un qui est là que pour lui faire à bouffer, lui couper son bois et aller lui chercher de l'eau dans un seau en fer-blanc jusqu'à une source à un kilomètre de là, pour le laver comme un gosse. Puis il a guéri, et c'est pas moi qui lui reprocherai de pas s'être aperçu qu'elle avait un poids de plus à porter, surtout si c'était rien que trois petits microbes.

— Alors, je ne sais pas ce que vous appelez des attaches, lui dis-je. Si le mariage n'en est pas une.

— Vous y êtes. Le mariage en est une. Seulement ça dépend un peu de celle avec qui on est marié. Vous savez quelle est mon opinion personnelle, moi qui les ai observés près de dix ans, une fois par semaine, le mardi, et qui leur ai trimbalé dans les deux sens leurs lettres ou leurs télégrammes ?

— Et quelle est votre opinion personnelle ?

— Mon opinion personnelle — et bien que j'aie une preuve, je la présente pas comme parole d'évangile, car j'admets qu'on pense pas comme moi — c'est qu'ils étaient pas mariés du tout.

— Et qu'appelez-vous une preuve ?

— Eh bien, une lettre d'un type où il me disait qu'il était son mari, ça vous semble pas une preuve, non ?

— Et ce mouflon, vous l'avez tué avec une ou deux balles ? lui demandai-je.

— C'est pas des blagues, ça », dit le facteur rural.

II

« Un matin donc, il y a environ dix ans, ce type débarque du train en provenance de l'Est. Il avait pas l'air d'un tubard, peut-être parce qu'il avait qu'une seule valise. En général, quand ils arrivent ici, c'est déjà trop tard, et le médecin leur a dit qu'ils en ont plus que pour un mois, ou au plus six mois. Et pourtant ils débarquent quelquefois avec tout leur barda, sauf le fourneau de cuisine. J'ai remarqué qu'on se donne toujours un mal fou juste pour quitter ce bas monde, et que ça c'est peut-être bien l'habitude la plus dure à perdre. Toutes ces affaires qu'on a ! Je connais des gens en ce moment même qui retarderaient le départ d'un train à destination du ciel, le temps de téléphoner chez eux pour dire à la cuisinière de se dépêcher de leur apporter quelque chose qu'ils avaient complètement oublié parce que ça leur servait à rien. Ils vous passent des années sur terre avec ça dans leur maison, sans même savoir où ça se trouve, mais essayez donc de les embarquer pour le ciel sans qu'ils l'emmènent avec eux.

« Il avait pas l'air d'un tubard. Il avait l'air trop détendu. Faut les voir, assis sur le chariot à bagages, les yeux fermés, pendant que la femme explique à qui veut l'entendre que les poumons de son mari valent même pas ce qu'on en demande ici, dans l'Ouest — eh bien ils ont vraiment pas l'air détendus. Ils sont là en plein milieu, pendant que ça discute. Et ça leur est bien égal qu'on sache que c'est d'eux qu'il s'agit. C'est comme si un homme à cheval avait avalé en même temps une cartouche de dynamite et un caillou pointu.

« Mais pas lui. Il s'appelait Darrel, Darrel Howes. Ou peut-être bien House. Elle, elle s'appelait Dorry. Il a débarqué du train avec son unique valise et il est resté planté sur le quai de notre gare, à tout regarder d'un air supérieur, la gare, et les montagnes, et tout l'espace, et le Bon Dieu lui-même qui pourtant considère les hommes ici-bas comme les hommes considèrent les punaises ou les fourmis.

«" Notre gare est bien modeste, que je lui dis. Faut nous laisser encore un peu de temps. Il y a jamais que deux cents ans qu'on travaille à ce pays, et on a pas terminé."

« Il m'a regardé. C'était un grand type, qui avait jamais mis les pieds plus loin que San Antonio, et encore, avant qu'il vienne se balader ici avec ses fringues de l'Est. Un dandy, comme on dit dans les magazines, je crois.

«" Aucune importance, qu'il m'a dit. Je n'ai pas l'intention d'y rester plus longtemps qu'il ne faut.

« — Faut pas vous gêner, que je lui réponds. Ils vous diront à Washington que ça vous appartient à vous aussi.

« — Ils peuvent bien récupérer ma part si ça leur chante." Puis en me regardant, il m'a dit : "Vous avez une maison ici ? Un chalet."

« C'est alors que j'ai compris ce qu'il voulait dire, ce qu'il était venu chercher ici. Je m'en étais absolument pas douté. Je croyais que c'était peut-être bien un voyageur de commerce, et qu'il vendait des parfums, peut-être bien. "Ah, bon, que je lui dis. Vous voulez parler de Sivgut. Bien sûr. Vous voulez y aller ?"

« C'était bien ce qu'il voulait, là, piqué

debout, comme un dandy d'Hollywood avec son
costume de l'Est et son air supérieur. Je me suis
rendu compte à ce moment-là qu'il crevait de
peur. Après ces trois ou quatre jours passés dans
le train avec pas d'autre compagnie que les
petites bêtes qui l'habitaient, il en était arrivé à
crever de peur.

«" Bien sûr, que je lui dis. C'est un bon chalet.
Ça vous plaira là-haut. J'y vais justement
aujourd'hui. Vous pouvez venir avec moi, si vous
voulez y jeter un coup d'œil. Je vous ramènerai
ici jeudi soir."

« Il a rien répondu. Comme s'il avait la tête
ailleurs. "Mon gaillard, que je me suis dit, tu
auras tout le temps d'écouter tes petites bestioles
avant de mourir. Et il y aura personne pour
t'aider."

« C'était bien ça. Il était jeune, tout simplement. Il était sûrement fils unique et il avait toujours vu sa mère veuve : ça se voyait sur sa figure,
et il avait pas besoin de vous l'expliquer. En tout
cas, on voyait qu'il avait dû passer toute sa vie au
milieu de femmes, et de femmes aux petits soins
avec lui et à quatre pattes devant lui ; et maintenant qu'il avait vraiment besoin de petits soins,
il avait honte de leur dire pourquoi, et il avait
peur de lui-même. Il avait pas l'air de savoir ce
qu'il voulait faire ou ce qu'il fallait faire. Je crois
que tout ce qu'il voulait, c'était quelqu'un qui lui
dise : on va faire ceci ou ça, avant même qu'il
s'aperçoive qu'il y avait quelque chose à faire. À
mon avis, il cherchait à se fuir, à s'égarer dans la
foule, ou dans un endroit inconnu où il se perdrait et pourrait plus se retrouver. J'ai pas changé
d'avis même lorsqu'il a parlé de nourriture. Je lui
ai dit :

«" On en trouvera au chalet. Assez pour une semaine.

« — Vous y passez bien toutes les semaines ?

« — Dame oui. Tous les mardis. J'y arrive le mardi matin. Et le jeudi soir, ces bêtes que vous voyez sont rentrées à Blizzard et mangent leur picotin."

« Les bêtes y étaient, à Blizzard. Moi aussi. Mais lui, il était resté là-haut, à Sivgut. Et il était pas resté debout à la porte, à me regarder partir. Il était dans le canyon derrière le chalet, en train de couper du bois ; c'était d'ailleurs pas un as pour manier la hache. Il m'a donné dix dollars, pour lui acheter de quoi bouffer pendant une semaine. "Vous pourrez jamais manger dix dollars en une semaine, que je lui ai dit. Cinq, ça suffirait largement. Je vais vous apporter ça et vous me payerez après." Mais il n'a rien voulu entendre. En partant, j'avais les cinq dollars.

« J'ai pas acheté de quoi bouffer. J'ai emprunté à Matt Lewis une couverture en peau de bison, parce que le temps avait changé cette semaine-là, et je savais qu'il aurait froid dans le tapecul, pendant les deux jours du trajet jusqu'à la ville. Il a été content de voir la couverture. Il m'a dit que la nuit il faisait plutôt frisquet, et qu'il serait content de l'avoir. Je lui ai donc laissé le courrier et je suis retourné voir Painter ; je lui ai expliqué la chose et il a fini par me donner assez de bouffe pour que ça lui dure jusqu'au mardi suivant. Et je l'ai laissé là une fois de plus. Il m'a encore donné cinq dollars, et il m'a dit : "Je me débrouille un peu mieux avec la hache. N'oubliez pas de m'apporter de quoi bouffer, cette fois-ci."

« J'ai pas oublié. Pendant deux ans, je lui ai apporté à bouffer tous les mardis, jusqu'à son

départ. Je le voyais tous les mardis, surtout pendant ce premier hiver où il a failli y rester. Je le
trouvais allongé sur la couchette, en train de cracher le sang. Je lui faisais cuire un plat de hari-
cots et je lui coupais du bois pour jusqu'au mardi
suivant. Et à la fin, je lui ai porté son télégramme
à la ligne de chemin de fer et je l'ai envoyé. Il était
adressé à une Mme Machin à New York ; je me
suis dit que sa mère s'était peut-être remariée. Ça
voulait rien dire ; il y avait simplement : "J'en ai
pour deux semaines moins long qu'adieu", et
c'était pas signé. J'y ai ajouté mon nom, Lucas
Crump, facteur rural, et je l'ai envoyé. J'ai aussi
payé. Elle est arrivée cinq jours plus tard. Elle a
mis cinq jours pour arriver, et dix ans pour
repartir.
    — Vous avez dit deux ans, il y a un instant, lui
dis-je.
    — C'était de lui que je parlais. Il est resté que
deux ans. Je crois que ce premier hiver a dû tuer
ses microbes, comme pour le charançon du
cotonnier, là-bas dans l'Est, au Texas. En tout
cas, il a commencé à se lever et à couper son bois
lui-même, si bien que lorsque j'arrivais vers les
deux heures, elle me disait qu'il était dehors
depuis l'aube. Puis un beau jour, au printemps
qui a suivi celui de son arrivée à elle, je l'ai aperçu
à Blizzard. Il avait fait les soixante-cinq bornes
à pied, avait pris une quinzaine de kilos, et il
avait l'air aussi solide qu'un poney en liberté. J'ai
fait que l'apercevoir, car il avait l'air pressé, et je
me suis rendu compte à quel point il était pressé
quand je l'ai vu sauter dans le train pour l'Est au
moment où il démarrait. Je me suis dit alors qu'il
cherchait toujours à se fuir.
    — Et lorsque vous vous êtes aperçu que la

femme était toujours là-haut à Sivgut, qu'en
avez-vous pensé ?

— Alors j'ai été sûr que c'était ça qu'il cherchait », dit le facteur rural.

III

« Et la femme, elle est restée dix ans, à ce que
vous dites.

— Oui. Elle est partie seulement hier.

— Vous voulez dire qu'elle est restée encore
huit ans, après son départ à lui ?

— Elle attendait qu'il revienne. Il lui avait
jamais dit qu'il reviendrait pas. D'ailleurs, elle
avait attrapé les bestioles elle aussi. C'était peut-
être bien les mêmes qui avaient déménagé et
changé de fromage.

— Et lui, il n'en savait rien ? Il vivait dans la
même maison qu'elle, et il ne savait pas qu'elle
était contaminée ?

— Pourquoi est-ce qu'il l'aurait su ? Comme si
un homme qui a une cartouche de dynamite dans
le ventre avait le temps de s'occuper du voisin et
de savoir si lui aussi en a avalé une. D'ailleurs,
quand elle avait reçu le télégramme, elle avait
plaqué un mari et deux enfants. Aussi elle pouvait pas croire que lui, il était parti pour de bon.
On causait souvent tous les deux, le premier
hiver, quand on croyait qu'il allait y rester. Elle
était fichtrement plus habile que lui à manier la
hache, et quelquefois il me restait plus rien à
faire quand j'arrivais. C'est pourquoi on causait.
Elle avait à peu près dix ans de plus que lui, et
elle me parlait de son mari, qui avait à peu près
dix ans de plus qu'elle, et de leurs enfants. Son

mari, c'était un architecte, et elle m'a raconté que
Dorry avait été à cette école à Paris, qu'ils
appellent les Bozarts, et qu'ensuite il était venu
travailler avec son mari. Je crois qu'il en fallait
pas plus pour faire perdre la tête à une femme
de trente-cinq ans, peut-être plus, avec un mari
et une maison qui se passaient bien de ses ser-
vices ; et à côté de ça, Dorry avait tout juste vingt-
cinq ans, il revenait tout droit de Paris et de ses
boulevards, et par-dessus le marché il avait l'air
d'un dandy d'Hollywood. Aussi ça a pas dû traîner pour qu'ils se montent le bourrichon tous les
deux, si bien qu'ils ont dû croire dur comme fer
que c'était plus possible de vivre sans qu'ils
disent, elle à son mari et lui à son patron, que
l'amour était — comment est-ce qu'on dit ?
— impérieux, ou impérial, et sans qu'ils aillent se
réfugier au fond d'un canyon venu tout droit d'un
décor d'opérette, avec les machinistes de rab tous
en train de jouer de l'harmonica et de l'accordéon
dans les coulisses.

  « Ç'aurait été parfait comme ça. Ils auraient pu
vivre en dehors de la réalité. C'est la réalité qu'ils
ont jamais eu le courage de refuser. Lui, pourtant, il a essayé. Elle m'a raconté qu'elle savait
pas qu'il était malade, ni où il était passé, jusqu'à
ce qu'elle reçoive notre télégramme. Il lui avait
seulement envoyé un mot disant qu'il était parti
et qu'il reviendrait plus. Puis elle a reçu le télégramme. "Je ne pouvais pas faire autrement",
qu'elle m'a expliqué, avec sa chemise d'homme
en flanelle et sa veste en velours. Elle avait
décollé, et elle faisait cinq ans de plus que son
âge. Mais lui, il devait pas s'en rendre compte. "Je
ne pouvais pas faire autrement, qu'elle m'a expliqué. Parce que sa mère venait de mourir, l'année

d'avant. — Naturellement. J'y avais pas pensé. Et comme elle pouvait pas venir, vous avez dû y aller, puisqu'il avait ni grand-mère, ni femme, ni sœur, ni fille, ni bonne." Mais elle faisait pas attention.

« Elle faisait jamais attention à rien, à part lui dans son lit et la casserole sur le fourneau. Je lui ai dit qu'elle faisait bien la cuisine maintenant. "La cuisine, qu'elle m'a dit, pourquoi pas ?" Je crois pas qu'elle savait ce qu'elle bouffait, si toutefois elle bouffait, ce que je l'ai jamais vue faire. Pourtant, je lui faisais remarquer de temps en temps qu'elle avait trouvé le moyen de faire à manger sans que ce soit brûlé ou que ça ait un goût de vieille semelle. À mon avis, les femmes ont d'autres chiens à fouetter que de faire attention au goût de ce qu'on mange. Mais de temps en temps, pendant ce sale hiver, je me pointais et je la fichais à la porte de la cuisine, et je faisais cuire ce qu'il lui fallait, à lui.

« C'est au printemps suivant que je l'ai aperçu un beau jour, à la gare, où il prenait le train. Après ça, elle et moi, on a plus jamais parlé de lui. Je suis allé la voir le lendemain. Mais on a pas parlé de lui. Je lui ai pas raconté que je l'avais vu sauter dans le train. J'ai posé la ration de la semaine, et j'ai dit, sans la regarder : "Il se peut que demain je repasse par ici. J'ai pas besoin d'aller plus loin que Ten Sleep cette fois. Aussi il se peut que demain je repasse par ici, en rentrant à Blizzard. — Je crois que j'ai de quoi tenir jusqu'à mardi prochain, qu'elle m'a dit. — C'est bon. À mardi prochain."

— C'est ainsi qu'elle est restée, dis-je.

— Oui. Elle l'avait déjà attrapée. Elle me l'a pas dit tout de suite. Je restais quelquefois deux

mois sans la voir. Quelquefois j'entendais le bruit
de sa hache dans le canyon, ou bien elle me parlait de l'intérieur, sans venir à la porte. Alors je
déposais la bouffe sur le banc et j'attendais un
peu. Mais elle venait pas, et je m'en allais. Quand
je l'ai revue, elle faisait vingt ans de plus que son
âge. Et hier quand elle est partie, elle en faisait
trente-cinq de plus.

— Alors, elle a renoncé à lui et elle est partie ?

— J'avais télégraphié à son mari. Environ six
mois après le départ de Dorry. Le mari a mis cinq
jours pour arriver, tout comme elle. C'était un
type bien, un peu vieux. Il voulait pas faire d'histoires. La première chose qu'il m'a dite, c'est : "Je
vous suis reconnaissant. — De quoi ? que je lui
ai dit. — À votre avis, quelle est la première chose
à faire ?"

« On a retourné la question, tous les deux, et
on a pensé qu'il ferait mieux d'attendre en ville
jusqu'à mon retour. J'y suis pas arrivé. C'était la
première fois qu'il m'arrivait de parler comme s'il
y avait pas de lendemain. Je suis pas arrivé à lui
dire qu'il était là. Je suis rentré, et j'ai expliqué
au mari. "L'année prochaine, peut-être, que je lui
ai dit. C'est vous qui essayerez." Elle croyait toujours que Dorry allait revenir et qu'il allait débarquer du premier train. Le mari est donc rentré
chez lui, j'ai mis l'argent dans une enveloppe et
j'ai persuadé Manny Hughes à la poste de m'aider
à commettre un délit — enfin, ce qu'on fait au
gouvernement — avec la machine à oblitérer,
pour que ça ait l'air naturel, et je la lui ai portée.
"C'est recommandé, que je lui ai dit. Il doit y
avoir une mine d'or là-dedans." Elle l'a prise,
avec le numéro truqué, le cachet truqué et tout
le reste, et elle l'a ouverte, en y cherchant la lettre

de Dorry. Dorry, c'est comme ça qu'elle l'appelait : est-ce que je vous l'ai dit ? La seule chose qui lui semblait suspecte dans cette histoire, eh bien c'était la seule qui était authentique. "Il n'y a pas de lettre, qu'elle m'a dit. Il était peut-être pressé. Il doit avoir beaucoup à faire, pour avoir gagné tout ce fric en six mois."

« Par la suite, deux ou trois fois par an, je lui apportais une de ces lettres truquées. J'écrivais au mari une fois par semaine pour lui dire comment elle allait, et deux ou trois fois par an, quand elle commençait à être à court, je prenais l'argent et je lui apportais la lettre. Quand elle ouvrait l'enveloppe, elle avait une façon de repousser l'argent pour y chercher la lettre, et elle me regardait comme si elle croyait que moi ou Manny on avait ouvert l'enveloppe pour enlever la lettre. Peut-être bien qu'elle le croyait.

« J'arrivais pas à la faire manger correctement. Finalement, il y a environ un an, elle a dû rester au lit, elle aussi, dans la même couchette, les mêmes couvertures. J'ai télégraphié au mari, et il a envoyé par train spécial un de ces spécialistes de l'Est qui refusent de vous examiner si vous pouvez pas montrer tout votre pedigree. On lui a expliqué, à elle, que c'était le médecin de l'Assistance publique du coin qui faisait sa tournée annuelle, et qu'il prenait seulement un dollar. Elle l'a payé avec un billet de cinq dollars, et elle a attendu qu'il lui rende la monnaie. Lui, il me regardait. "Dites-le-lui. Allez-y, que je lui ai dit. — Vous pouvez vivre un an", qu'il lui a dit. Et elle : "Un an ? — Dame oui, que j'ai dit. Ça fait un bail. Il faut pas plus de cinq jours pour arriver ici, d'où qu'on vienne. — Ah, oui. À votre avis, est-ce que je devrais lui écrire ? Je pourrais

mettre une annonce dans les journaux — À votre
place, je le ferais pas. Il a beaucoup à faire. Sinon
il pourrait pas gagner tout ce fric. Pas vrai ?
— Vous avez raison."

« Le docteur a donc repris son train spécial
pour New York, où il a dû tout raconter au mari,
de A jusqu'à Z. J'ai eu un câble aussi sec : il voulait renvoyer ce spécialiste de l'Est, ce docteur
pour types à pedigree. Et puis un télégramme : il
avait réfléchi que ça servirait à rien. J'ai donc dit
au gars que j'ai pris pour me remplacer que
j'avais un bon boulot pour lui, et qu'il pourrait se
faire une fois et demie mon salaire pendant un
an. Ça faisait de mal à personne de lui laisser
croire qu'il travaillait aussi pour un de ces gros
syndicats de l'Est, en même temps que pour le
gouvernement. Puis j'ai pris un sac de couchage
et je suis parti camper dans le canyon, en dessous
de la baraque. J'ai trouvé une femme indienne
pour s'occuper d'elle. L'Indienne, qui savait pour
ainsi dire pas parler, a tout juste pu lui dire qu'un
homme riche l'avait envoyée pour rester là. Et
elle y est restée, pendant que moi je campais dans
le canyon, et que je lui racontais que j'étais en
congé et que je chassais le mouflon. Le congé a
duré huit mois. Elle y a mis le temps.

« Alors je suis retourné en ville télégraphier au
mari. Il m'a télégraphié par retour de la mettre
au train de Los Angeles mercredi, et qu'il irait,
lui, en avion à Los Angeles et l'attendrait au train.
C'est pour ça que nous autres on l'a ramenée mercredi. Elle était couchée sur une civière quand le
train est entré en gare et s'est arrêté, et qu'ils ont
décroché la locomotive pour faire le plein d'eau.
Elle était là, sur la civière, attendant qu'on la
prenne pour la mettre dans le fourgon à bagages.

Moi et l'Indienne, on lui avait expliqué que c'était l'homme riche qui l'envoyait chercher. C'est alors qu'ils sont arrivés.

— Qui ?

— Dorry et sa jeune femme. J'avais oublié de vous dire. C'est que les nouvelles passent au moins quatre fois à Blizzard avant de s'y arrêter. Mettons que les nouvelles, ça se passe à Pittsburgh. Bon. Par radio, elles passent en plein au-dessus de nous pour aller à Los Angeles ou à Frisco. Bon. On met les journaux de Los Angeles ou de Frisco dans l'avion, et ils passent en plein au-dessus de nous, vers l'est cette fois-ci, pour aller jusqu'à Phoenix. Puis on met les journaux dans le rapide et les nouvelles passent encore par chez nous, dans l'autre sens, à cent à l'heure, à deux heures du matin. Alors les journaux nous reviennent par le tacot, de l'ouest cette fois-ci, et on arrive enfin à les lire. C'est Matt Lewis, mardi, qui m'a montré dans le journal ce qu'on disait du mariage. Il m'a dit : «" Tu crois que c'est le même Darrel House ? — Est-ce que la fille a du fric ? — Elle vient de Pittsburgh. — Alors c'est lui", que j'ai répondu.

« Ils étaient donc tous descendus des wagons, pour se dégourdir les jambes, comme ils font toujours. Vous savez ce que c'est, ces trains pullman. Des gens qui ont vécu quatre jours ensemble, ils se connaissent tous, comme dans une famille : le millionnaire, la star de cinéma, les jeunes mariés qui ont peut-être bien encore du riz dans les cheveux. Lui, il faisait toujours trente ans, pas un jour de plus ; sa jeune femme s'accrochait à lui et elle baissait les yeux, et les autres voyageurs tournaient la tête quand ils passaient, les vieux qui se rappelaient leur lune de miel à eux, et aussi

les célibataires, qui alors pensaient peut-être à
quelques-unes des plus belles choses qu'on
puisse imaginer en ce bas monde ; et peut-être
que la jeune femme, blottie contre son mari,
cramponnée à lui, pensait elle aussi, et qu'elle se
voyait en pensée toute nue le long de ce quai, et
c'est probable qu'elle aurait refusé onze dollars,
et même quinze, pour un tel bonheur. Ils se sont
approchés, eux aussi, comme les autres voyageurs qui marchaient le long du quai, dépassaient la civière en y jetant un coup d'œil, puis
s'arrêtaient un instant et continuaient, un peu
comme un propriétaire qui trouve au coin de sa
maison un chien crevé ou encore un morceau de
bois qui a une drôle de forme.

— Ils ont continué, eux aussi ?

— Naturellement. Ils se sont approchés et l'ont
regardée, la fille blottie contre son mari et cramponnée à lui, le regard vide ; et Dorry l'a regardée, là, sur le sol, et il a continué, et elle (elle
n'avait plus que les yeux qui pouvaient bouger),
elle les a suivis des yeux, parce qu'elle aussi elle
avait fini par voir le riz dans leurs cheveux. Je
crois bien que jusqu'à ce moment-là elle avait
toujours pensé qu'il allait débarquer du train
pour venir la retrouver. Elle pensait qu'il aurait
pas changé depuis la dernière fois qu'elle l'avait
vu, et qu'elle, elle aurait pas changé depuis la première fois qu'il l'avait vue. Seulement, quand elle
l'a vu et qu'elle a vu la fille et qu'elle a senti le riz
et les jeunes mariés, tout ce qu'elle pouvait faire
c'était de bouger les yeux. À moins qu'elle l'ait pas
reconnu du tout. J'en sais rien.

— Mais lui, qu'est-ce qu'il a dit ?

— Rien du tout. Il a pas dû me reconnaître. Il

y avait beaucoup de monde, et j'étais pas au premier rang. Il a même pas dû me voir.

— Je veux dire, quand il l'a vue, elle.

— Il l'a pas reconnue. Parce qu'il s'attendait pas à la voir là. Même votre propre frère, si vous tombiez sur lui là où vous vous attendiez pas à le voir, là où il vous serait jamais venu à l'esprit qu'il puisse se trouver, eh bien vous le reconnaîtriez pas. Et encore moins s'il était parti depuis dix ans et en avait pris quarante de plus que vous pendant ce temps. Il faut s'attendre à voir les gens pour les reconnaître n'importe où au premier coup d'œil. Et il s'attendait pas à la voir. C'est ce qui était ennuyeux pour elle. Mais ça a pas duré longtemps.

— Qu'est-ce qui n'a pas duré longtemps ?

— Ses ennuis. Quand ils l'ont sortie du train à Los Angeles, elle était morte. C'est alors que les ennuis du mari ont commencé. Les nôtres aussi. Elle est restée deux jours à la morgue parce que, quand il est allé pour la reconnaître, il a pas voulu croire que c'était elle. On a dû se télégraphier deux fois dans chaque sens avant qu'il croie que c'était bien elle. Moi et Matt Lewis, on a d'ailleurs payé les télégrammes. Il avait beaucoup à faire, et il a dû oublier de les payer.

— Il devait vous rester encore un peu de l'argent que le mari vous envoyait pour lui donner le change », lui demandai-je.

Le facteur rural mâchonna sa chique. « Elle était en vie quand il envoyait cet argent. C'était pas pareil. » Il cracha méticuleusement, puis s'essuya la bouche sur sa manche.

« Avez-vous du sang indien ? lui demandai-je.

— Du sang indien ?

— Vous parlez si peu. Si rarement.

« — Si j'ai du sang indien. Fichtre oui. Autrefois, je m'appelais Sitting Bull[1].

— Autrefois ?

— Bien sûr. Je me suis fait descendre il y a quelque temps. Vous avez pas lu ça dans le journal ? »

---

1. Célèbre chef sioux (1831-1890). Mena sporadiquement de sanglantes campagnes contre les États-Unis. Fut finalement tué par la police qui venait, par mesure de précaution, arrêter cet irréconciliable ennemi des Blancs et de leur civilisation. (*N.d.T.*)

Une Épouse
pour deux dollars

« Mais quand donc est-ce qu'elle sera prête ? »
fit Maxwell Johns en s'examinant dans le miroir.
Il se regarda allumer une cigarette et, d'une chi-
quenaude, envoyer l'allumette par-dessus son
épaule. Elle rebondit dans l'âtre et atterrit,
encore allumée, sur le tapis devant la cheminée.

« Et si ça met le feu à la baraque, je m'en fiche
pas mal ! » fit-il d'un ton rageur, tout en arpentant le salon des Houston, d'un luxe plutôt tapageur. Il fixa de nouveau son image et vit un corps
jeune et mince en habit, des cheveux noirs et
lisses, un visage blanc et lisse. Du premier étage,
lui parvenaient les cris de Doris et de sa mère qui
se chamaillaient.

« Écoutez-moi ces beuglements ! grommela-
t-il. Une vraie corrida, et tout ça pour une gon-
zesse en train de se nipper ! Pas de plomb dans
la cervelle, rien que du coton. Bien de chez nous,
fichtre ! »

Une domestique noire entra dans la pièce et fit
mine de s'affairer un moment, son vaste arrière-
train ondulant comme une grande vague recouverte d'une nappe d'huile. Elle lança un coup

d'œil à Maxwell et quitta la pièce avec une moue de dédain.

À l'étage, les hurlements atteignirent un maximum d'intensité. Puis il entendit une bousculade de pas, impatients et rapides — un crépitement clair et impatient, jeune et évanescent.

Un hurlement ultime parut projeter Doris Houston dans la pièce, comme un pépin expulsé d'une orange. Elle avait une taille de libellule, des cheveux couleur de miel et de longues jambes de pouliche. Sur son visage étroit alternaient des plaques d'un blanc cadavérique et d'un rouge agressif.

Elle portait sur son bras un manteau de fourrure et, de l'autre main, elle retenait la bretelle de sa robe. L'autre bretelle avait glissé et pendait contre son bras.

D'un mouvement d'épaule, Doris la remit en place. Ses lèvres maquillées de rouge marmonnèrent quelques mots à peine intelligibles. Entre ses dents blanches luisait une aiguille, avec un fil arachnéen qui flotta dans l'air lorsqu'elle se débarrassa de son manteau et, pivotant sur elle-même, présenta son dos à Maxwell. Celui-ci crut comprendre qu'elle avait marmonné : « Hé ! l'engourdi, recouds-moi !

— Sacré nom d'un chien, grommela-t-il. Ta robe, je l'ai recousue pas plus tard qu'avant-hier soir ! Et je l'ai recousue la veille de Noël, et je l'ai...

— Oh, la ferme ! dit Doris. Comme si tu n'y étais pour rien lorsqu'elle s'est déchirée ! Et maintenant recouds-la pour de bon et ensuite, bas les pattes ! »

Il fit la couture tout en pestant, à grands points rageurs, comme un garçon qui recoud l'enve-

loppe déchirée d'une balle de base-ball. Puis il
cassa le fil et parut jongler un instant avec
l'aiguille, qu'il finit par planter négligemment
dans le coussin d'une chaise.

D'un mouvement saccadé de l'épaule, Doris
remit sa bretelle en place et elle allongea le bras
pour prendre son manteau. Le klaxon d'une automobile beugla au-dehors. « Les voilà, fit-elle d'un
ton brusque. Allons, remue-toi ! »

Il y eut à nouveau un bruit de pas dans l'escalier, comme si des boules de pâte à moitié cuite
tombaient d'une table. Avec ses cheveux crêpelés
et ses diamants, Mrs. Houston fit irruption dans
la pièce.

« Doris ! hurla-t-elle. Où vas-tu ce soir ? Maxwell, ne me ramenez pas encore Doris à je ne sais
quelle heure comme la veille de Noël. Nouvel An
ou pas, peu importe ! Vous m'avez compris ?
Doris, tu rentreras...

— Ouais, ouais, glapit Doris sans se retourner.
Allons, l'engourdi, remue-toi !

— Montez ! brailla Walter Mitchell, qui était
au volant. Doris, à quoi tu penses ? À l'arrière !
Et toi, Lucille, ôte tes jambes de mes genoux.
Comment veux-tu que je conduise ? »

Roulant à une allure folle, ils étaient presque
parvenus à la sortie de la ville lorsqu'une automobile, où se trouvaient aussi deux couples,
déboucha d'une rue latérale. Les conducteurs se
saluèrent à grands coups de klaxon. De front, faisant une longue embardée, ils s'engagèrent dans
la route toute droite qui longeait le Country Club.
Leurs engins vrombissant et oscillant, ils se lancèrent dans une course de vitesse — cent, cent
dix, cent vingt — chapeaux de roues contre chapeaux de roues, pneus mordant sur les bas-côtés.

Mêmes cheveux gominés, mêmes visages jeunes, même farouche détermination, les deux conducteurs paraissaient presque identiques.

Loin devant eux, ils aperçurent une lueur — le portail blanc du Country Club. « Mais ralentis donc ! hurla Doris.

— Ralentir ? Ça va pas ? » grommela Mitchell, accélérateur au plancher.

L'autre automobile les dépassa, à grands coups de klaxon railleurs et avec force braillements incompréhensibles. Mitchell se mit à jurer entre ses dents.

Iiiiiiiiiiii !

L'automobile de tête prit son virage sur deux roues, bondissant, tressautant, gîtant dangereusement, et, à une allure folle, remonta l'allée qui menait au Club. Mitchell coupa brutalement les gaz et laissa l'automobile aller sur sa lancée le long de la route dans la nuit. À plus d'un kilomètre du Club, il arrêta l'automobile qui s'immobilisa dans un grincement de freins, il coupa le moteur et il éteignit les phares, et sortit de sa poche un flacon plat.

« On boit un coup ! fit-il entre ses dents, offrant le flacon à la ronde.

— Je n'ai pas envie qu'on s'arrête ici, dit Doris. Moi, je veux aller au Club.

— Tu ne veux vraiment pas boire un coup ? demanda Mitchell.

— Non, je n'ai pas envie de boire. Je veux aller au Club.

— Ne vous occupez pas d'elle, fit Maxwell. Si quelqu'un vient, je montrerai la licence. »

Un mois plus tôt, aussitôt après que Maxwell eut été temporairement exclu de l'université de

Sewanee[1], Mitchell l'avait mis au défi d'épouser
Doris. Maxwell avait alors emprunté deux dollars
au concierge noir de la Bourse du coton, où Max
« travaillait » auprès de son père, et ils étaient
partis en voiture à cent cinquante kilomètres de
là pour acheter une licence[2]. Et puis Doris avait
changé d'avis. Maxwell avait toujours le papier
dans sa poche, un peu froissé maintenant et un
peu sali par la sueur.

Lucille s'esclaffa.

« Un peu de tenue, Max ! brailla Doris. Bas les
pattes !

— Eh, passe-moi la licence, dit Walter. Je vais
l'attacher au bouchon du radiateur. Comme ça,
ils n'auront même pas à descendre de voiture
pour la voir.

— Je t'interdis de faire ça ! s'écria Doris.

— Est-ce que ça te regarde ? répliqua Walter.
C'est Maxwell qui a déboursé les deux dollars,
pas toi.

— Je m'en fiche ! Il y a mon nom dessus.

— Rends-moi mes deux dollars et elle est à toi,
dit Maxwell.

— Je ne les ai pas sur moi. Ramène-moi au
Club, Walter Mitchell.

— Alors c'est moi qui t'en donne deux dollars,
Max, dit Walter.

— D'accord », fit Maxwell, portant la main à la
poche de sa veste. Doris se jeta sur lui.

« Non, je te l'interdis. Je le dirai à papa.

— Qu'est-ce que ça peut bien te faire ? reprit
Walter. Je vais effacer ton nom et celui de Max

1. voir plus haut, p. 168.
2. voir plus haut, p. 476.

et mettre à la place le mien et celui de Lucille. Il
se pourrait qu'on en ait besoin.

— Je m'en fiche ! Mon nom sera toujours dessus et ce sera un cas de bigamie.

— Tu veux dire d'inceste, ma chère, corrigea
Lucille.

— Peu importe, je m'en fiche ! Je retourne au
Club.

— Vraiment ? fit Walter. Alors dis-leur qu'on
ne va pas tarder ? » Il tendit le flacon à Maxwell.

Doris ouvrit la portière bruyamment et sauta
à terre.

« Attends ! Attends ! s'écria Walter. Je ne voulais pas... »

Ils entendaient déjà résonner sur le macadam
les talons aiguilles de Doris. Walter fit faire un
demi-tour à la voiture.

« Tu ferais mieux de la suivre à pied, dit-il à
Maxwell. C'est toi qui es passé la prendre chez
elle : il faut au moins que tu la mènes jusqu'au
Club. C'est pas loin... guère plus d'un kilomètre.

— Attention ! glapit Maxwell. Voilà une
bagnole qui arrive par-derrière ! »

Walter se rangea sur le côté et braqua son pro-
jecteur orientable sur l'automobile au moment
où elle les doublait. Lucille allongea le cou et
s'écria d'une voix stridente :

« C'est Hap White ! Il a amené ce type de Princeton, Jornstadt, le beau gosse qui tourne la tête
à toutes les filles. Il est du Minnesota, mais il rend
visite à sa tante qui habite en ville. »

L'automobile s'arrêta dans un grincement de
freins à la hauteur de Doris. La portière s'ouvrit.
La jeune fille monta.

« La petite garce ! s'écria Lucille. Elle savait
que Jornstadt serait dans l'auto. J'en mettrais ma

main au feu, et aussi qu'elle avait tout manigancé avec Hap White. »

Walter Mitchell gloussa méchamment, puis se mit à fredonner : « *Adieu la belle...* »

Maxwell jura violemment entre ses dents.

Il y avait déjà cinq passagers dans l'automobile. Doris s'assit sur les genoux de Jornstadt. Il sentait la chaleur et la souple rondeur de ses cuisses. Pour mieux la tenir, il l'attirait contre lui. Doris se tortilla un peu et Jornstadt resserra son étreinte.

Respirant profondément, il huma le parfum qui émanait de la chevelure couleur de miel. Il resserra encore un peu plus son étreinte.

Un instant plus tard, l'automobile vrombissante de Mitchell les doubla.

Dissimulés entre deux véhicules garés devant le Club, Walter et Maxwell virent entrer dans le bâtiment les six occupants de l'automobile de Hap White. Les filles étaient agglutinées comme des abeilles autour de l'étudiant de Princeton, à la chevelure impeccablement sculptée, qui dominait tout le groupe de sa haute stature. Le fracas de l'orchestre était comme un tapis triomphal, déroulé spécialement pour lui, à la fois déférent et ironique.

Walter tendit à Maxwell son flacon presque vide. Max le porta à ses lèvres.

« Il y a un endroit qui conviendrait bien à ce type de Princeton, fit-il en s'essuyant la bouche.

— Dis voir.

— La morgue, fit Max.

— Tu vas danser ? demanda Walter.

— Pas question ! Viens donc au vestiaire. Il y a sûrement une partie de dés en train. »

C'était bien le cas. Agenouillés en cercle, les

544 Une Épouse pour deux dollars

craps[1]. Au-dessus de leurs têtes et de leurs
épaules, ils virent l'étudiant de Princeton, Jornstadt, et Hap White, un jeune homme grassouillet
au visage de chérubin et aux manières obsé-
quieuses. Ils buvaient à tour de rôle dans un
gobelet épais où un nègre versait de l'alcool de
maïs qui était dans une bouteille de Coca-Cola.
Hap fit un salut de la main et dit à Max : « Alors,
mon pote, on a des petits ennuis de famille ?

— Pas du tout, répondit Maxwell sans bron-
cher. File-moi à boire. »

Max et Walter observaient la partie de dés. Hap
et Jornstadt sortirent nonchalamment. Le temps
qu'ils referment la porte, une bouffée de musique
beuglante entra dans la pièce. Du cercle des
joueurs agenouillés s'élevait un bourdonnement
de voix monotone.

« Onze ! On y va pour cinquante cents.

— Tope. Double as ! Tu le laisses au pot, ce
dollar ?

— En quatrième, le quatre !

— Et voilà la preuve par neuf. Je laisse au
pot. »

La bouteille circulait de main en main. On se
mit à ouvrir et à refermer la porte à grand bruit.
Le vestiaire était bondé à présent, obscurci par
la fumée de cigarette. La musique avait cessé.

Soudain ce fut un vacarme infernal. On entendit le crescendo plaintif d'une sirène à incendie,

---

1. Jeu de dés couramment pratiqué aux États-Unis, où le
joueur gagne la mise s'il sort 7 ou 11, la perd s'il sort 2, 3 ou
12, et gagne un point avec les autres combinaisons ; il continue alors de jouer jusqu'à ce qu'il refasse le même point, à
moins qu'un 7 ne lui fasse perdre la mise et la main. (N.d.T.)

les sifflets stridents des égreneuses de coton dis-
séminées dans la campagne environnante, le crépitement de pistolets et de carabines et, plus
sourdes, les détonations de fusils de chasse.
Dehors, sur la galerie, des jeunes filles poussaient
des cris aigus ou étaient secouées de petits rires
nerveux.

« Bonne année ! » fit Walter d'un ton sarcas-
tique. Max lui lança un regard mauvais, se débarrassa de sa veste et fit sauter son bouton de col.

« Faites-moi une place ! » fit-il aux joueurs
d'une voix rageuse.

Un homme de haute stature, à la chevelure
impeccablement sculptée, venait d'entrer nonchalamment par la porte ouverte. Une jeune fille
svelte, aux cheveux couleur de miel, lui donnait
le bras.

À trois heures du matin, Maxwell avait gagné
cent quarante dollars et mis fin au jeu. L'un après
l'autre, les joueurs se relevèrent, raides comme
des gens au réveil. La musique continuait en
sourdine, mais partout dans le vestiaire, avec de
grands effets de manches, on enfilait son manteau. Des jeunes gens réajustaient leur cravate et
lissaient leurs cheveux déjà lisses comme du cuir
verni.

« Fini ? demanda Maxwell.

— C'est pas trop tôt ! » grommela Walter.

Le gros Hap White se faufila dans la pièce. Il
était suivi de Jornstadt, le visage empourpré, l'air
mal assuré.

Quelqu'un marmonna derrière Max : « Y a pas
à dire, ce type de Princeton, il a une bonne descente. Il lui reste un litre de gnole, et de première
bourre. »

Hap White se glissa près de Maxwell et lui dit

d'une voix basse, mal assurée : « Eh, Max, cette licence... »

Maxwell le regarda froidement. « Quelle licence ? »

Hap se tamponna le front avec un mouchoir. « Tu sais bien, cette licence de mariage, pour toi et Doris. On... on voudrait te l'acheter, puisque tu n'en as plus besoin pour toi.

— Je suis pas vendeur, et d'ailleurs elle te servirait à rien du tout. Les noms sont déjà inscrits dessus.

— Ça peut s'arranger, insista Hap. C'est facile, Max. Johns... Jornstadt. Tu piges ? Sur le papier, c'est du pareil au même, et puis, que je sache, un gratte-papier de campagne, ça n'écrit pas pour se faire lire. Tu piges ?

— Oui, j'y suis, fit Max, calme, très calme.

— Pas de problème avec Doris, poursuivit Hap. À propos, voici un message qu'elle t'envoie. »

Max lut le message griffonné et sans signature, de l'écriture enfantine de Doris : « Fiche-moi la paix, espèce de vieux bigame ! » Il fronça les sourcils, l'air sombre.

« Alors, Max ? » continua Hap.

Les mâchoires serrées, bien dessinées, Maxwell avait un air farouche.

« Non, je ne la vends pas, mais je la joue aux dés avec Jornstadt : la licence contre sa bouteille.

— Allons, Max, sois sérieux, protesta Hap. Jornstadt ne sait pas jouer aux dés. C'est un type du Nord. Il ne sait même pas les lancer.

— On additionne, sans plus, dit Max. Deux manches gagnantes. C'est à prendre ou à laisser. »

Hap trottina jusqu'à Jornstadt et lui murmura

quelques mots. L'étudiant de Princeton protesta,
puis finit par donner son accord.

« Bon, fit Hap. Voici la bouteille. Tu mets la
licence par terre à côté.

— Et les dés ? demanda Maxwell. Qui est-ce
qui a un jeu de dés ? Peter, passe-moi les tiens. »

Le nègre roula des yeux blancs. « Mes dés, c'est
qu'y sont pas... y sont... »

Maxwell le foudroya du regard. « Ferme-la, et
file-les-moi, ces dés. On va pas leur faire de mal.
Allez ! »

Peter les extirpa de sa poche.

« Eh, Jornstadt, attends que je te montre »,
s'exclama Hap White.

Jornstadt ne savait pas trop comment s'y
prendre. D'une main malhabile, il lança les dés
sur le sol. Il amena un cinq et un quatre.

« Neuf ! gloussa Hap. Pas mal ! »

C'était même excellent, puisque Max ne réussit à amener qu'un trois et un quatre : sept. La
première manche était pour Jornstadt.

Cependant, Max remporta la suivante, neuf à
cinq. Faisant sauter les dés dans sa main, il
demanda à Jornstadt : « Je continue ? »

L'étudiant de Princeton tourna vers Hap un
regard interrogateur.

« Bien sûr, fit Hap. Laisse-le jouer le premier. »

On entendit le cliquetis des dés dans la main
de Maxwell ; ils tombèrent au sol, roulèrent plusieurs fois, puis s'immobilisèrent.

« Youpi ! applaudit Walter Mitchell à mi-voix.
Double cinq ! Imparable ! »

— Ça vaut la peine que je joue ? demanda
Jornstadt.

— Bien sûr que oui, fit Hap d'un air sombre.
Mais tu n'as pas plus de chance de t'en tirer

qu'une fille qui mettrait le pied dans une chambrée de soldats. »

Maladroitement, Jornstadt fit passer les dés d'une main dans l'autre, puis il les lança. Il amena un cinq. L'autre dé tournoya comme une toupie pendant un moment à vous glacer le sang, puis il s'immobilisa. Maxwell ne pouvait détacher son regard des six points noirs qui semblaient lui lancer des clins d'œil méphistophéliques.

« Hip, hip, hip, hourra, hurla Hap White. Onze ! Quel joueur ! »

Jornstadt ramassa les dés et regarda autour de lui, l'air interrogateur. « J'ai gagné ?

— Oui, tu as gagné », répondit Maxwell d'une voix égale. Il entreprit de remettre son col en place. Jornstadt rendit les dés à Peter qui n'en croyait pas ses yeux. « Merci », lui dit-il. Accompagné d'un Hap White jovial, il quitta nonchalamment la pièce, fourrant bouteille et licence dans sa poche.

Personne ne broncha lorsque Max s'avança jusqu'au miroir et se mit à rajuster sa cravate. Un à un, les joueurs s'éclipsèrent. Maxwell se retrouva seul. Il jeta un regard furieux sur son reflet dans la glace.

Il entendit quelqu'un marmonner tout seul dans les toilettes de l'autre côté de la cloison. Il reconnut la voix de Peter.

« Nom de nom de nom ! faisait la voix plaintive du nègre. C'est pas no'mal ! Y pouvait pas fai' un onze avec ses dés-là, pisqu'y a pas de six dessus. Ces dés-là, c'est pas comme les aut'es. C'est pas no'mal ! Et pou'tant, il a so'ti un onze. J' voud'ais bien savoi' jouer comme lui y sait pas jouer ! »

Maxwell fixait toujours son reflet dans le miroir. Ses lèvres étaient devenues plus blêmes. Il porta la main à la poche arrière de son pantalon. Dans le miroir, le bleu-noir éteint d'un pistolet automatique parut lui faire signe. Après un moment d'hésitation, il replaça l'arme dans sa poche, en murmurant : « Je ne veux pas finir au bout d'une corde. »

De longues minutes, il resta planté là, le regard fixe, son front lisse maintenant plissé par l'effort inhabituel d'une réflexion intense. Peter s'affairait toujours dans les toilettes.

D'un pas décidé, Maxwell passa de l'autre côté de la cloison. Il saisit le nègre par le bras.

« Pete, il faut que tu ailles me chercher ça, gronda-t-il, et en quatrième vitesse. Écoute-moi bien...

— Mais, m'sieu Max, protesta le nègre, c'te gnole-là, c'est de la dynamite ! C'est pas fait pou'les m'sieurs blancs ! C'est bon, c'est bon ! J'y vas ! »

Cinq minutes plus tard, il était de retour, avec un bocal à fruit rempli d'un liquide qui ressemblait à de l'eau. Maxwell le prit et le mit dans la poche de sa veste. Une minute plus tard, Walter Mitchell entra avec Jornstadt et Hap White. Ils avaient leur bouteille avec eux.

Maxwell saisit le bocal et le porta à ses lèvres après avoir dévissé le couvercle.

« Pour boire ça, faut être un homme ! C'est pas de l'eau teintée comme votre truc à vous ! »

Jornstadt ricana. « Une gnole pas faite pour moi, je n'en ai encore jamais vu. File-moi une lampée !

— Touche pas ça, prévint Maxwell. Je t'ai dit qu'il fallait être un homme. »

Le visage de Jornstadt s'empourpra. « Passe-moi ce bocal, je te dis ! »

Max le lui tendit. Hap White le huma au passage et demeura bouche bée.

« Ça, de l'alcool de maïs ? fit-il avec un petit cri. Jornstadt, ne... »

Maxwell lui envoya un méchant coup de coude à la gorge. Jornstadt, qui avait déjà porté le bocal à ses lèvres, ne s'aperçut de rien. Hap, le souffle coupé, ravala sa salive et se tint tranquille, tremblant légèrement sous le regard menaçant de Maxwell. Jornstadt faillit s'étouffer.

« Je savais bien qu'il calerait, fit Max en hochant la tête.

— Répète un peu ce que t'as dit ! » gronda Jornstadt, et de nouveau il porta le bocal à ses lèvres.

L'orchestre jouait *Bonsoir chérie*[1] lorsqu'ils quittèrent le vestiaire. Jornstadt, le regard un peu vitreux, prenait appui sur le bras de Hap White. Maxwell les suivait, un petit sourire aux lèvres. Il souriait toujours lorsqu'il vit Jornstadt se diriger d'un pas chancelant vers l'automobile de Hap White, en tenant Doris par la taille.

Il entendit Hap White qui disait : « On va à Marley. » Lucille, déjà installée dans l'automobile, eut un petit rire nerveux.

« Suis-les ! » fit Maxwell à Walter Mitchell d'un ton hargneux. À Marley, qui était à trente-cinq kilomètres, il y avait un juge de paix.

Jornstadt était avachi sur le siège, la tête retombant sur la poitrine. Son plastron de chemise, naguère immaculé, était sali et débou-

---

1. C'est généralement le signal de la fin du bal. (*N.d.T.*)

tonné. Son col lui remontait jusqu'aux oreilles. Doris et Lucille le soutenaient tandis que l'automobile faisait des embardées. Doris pleurnichait :

« Je ne veux pas me marier. Je veux rentrer à la maison. C'est un ivrogne et un bigame !

— Tu ne peux plus reculer maintenant, dit Lucille. Vos deux noms sont dessus maintenant. Sinon, ce sera un faux.

— Dessus il y a écrit Maxwell Jornstadt, gémit Doris. Je serai mariée à tous les deux à la fois. Ce sera de la bigamie !

— La bigamie, c'est pas aussi grave que de commettre un faux. On va tous être dans le pétrin.

— Non, je veux pas ! »

Un coup de frein brutal arrêta l'automobile devant un wagon de marchandises qui paraissait avoir quitté ses rails. On y avait découpé des fenêtres, ainsi qu'une porte au-dessus de laquelle on pouvait lire sur un écriteau : « Juge de paix ».

« Je veux pas me marier dans un wagon de marchandises ! pleurnicha Doris.

— C'est exactement comme dans une église, fit Lucille d'un ton insistant. Sauf qu'il y a pas d'orgue. Un juge de paix, c'est pas un docteur en théologie, il peut donc pas te marier dans une église. »

La porte du wagon s'ouvrit et un homme d'un âge avancé, ventripotent, tenant une lampe à la main, jeta un regard au-dehors. Il avait enfilé sa chemise de nuit dans son pantalon. Ses bretelles ballaient.

« Entrez, entrez ! » fit-il d'un ton bourru.

L'automobile de Walter Mitchell arriva et

s'arrêta en douceur. Maxwell en descendit et, d'un pas tranquille, se dirigea vers celle de Hap.

Hap essayait de réveiller Jornstadt en lui tapotant le visage.

« Laisse-le, fit Maxwell entre ses dents. Cherche la licence et passe-la-moi. Je prendrai sa place.

— Non, je veux pas », pleurnicha Doris.

Ils entrèrent dans le wagon. Le juge de paix était debout, un grand livre à la main. La lumière d'une lampe à pétrole mettait un reflet jaunâtre sur leurs visages blafards. Le juge regarda Doris.

« Quel âge as-tu, ma petite ? » demanda-t-il.

Doris avait le regard fixe, inexpressif. Lucille se hâta de répondre :

« Elle vient d'avoir dix-huit ans.

— Elle a l'air d'en avoir quatorze, grommela le juge, et elle devrait être au lit chez ses parents.

— Elle a veillé une amie malade », fit Lucille.

Le juge regarda la licence. Lucille sentit sa gorge se serrer.

« Les noms... » commença-t-il. Lucille retrouva sa voix.

« Doris Houston et Maxwell Jornstadt, dit-elle.

— Bonté divine ! s'exclama le juge. Ils ne connaissent même pas leurs propres noms ! Celui-ci m'a tout l'air... »

Soudain il sentit quelque chose se glisser dans la paume de sa main. Maxwell se tenait tout près de lui. La chose qui s'était glissée dans la main du juge, c'étaient les cent quarante dollars que Max avait gagnés aux dés. Les mains du juge se refermèrent sur la liasse de billets comme les griffes d'un matou sur une souris. Il ouvrit le grand livre.

« Par ici, dit Max à Doris trois minutes plus

tard. Désormais, c'est moi qui commande...
Mrs. Johns ! »

Lucille poussa un gémissement. Hap protesta
d'une voix plaintive. Quant à Jornstadt, il ronflait
bruyamment à l'arrière de l'automobile de Hap.

« Oh ! » gémit Doris.

Une aube froide de janvier commençait à
poindre lorsqu'ils atteignirent la vaste demeure
des Houston, au luxe tapageur. Une automobile
stationnait devant la porte.

« Mais c'est la Chrysler du Dr Carberry ! s'écria
Maxwell. Est-ce que quelqu'un... »

Doris avait sauté à terre et s'était élancée avant
même que l'automobile ne se fût immobilisée.
« S'il est arrivé quelque chose, c'est de ta faute !
gémit-elle en se retournant. Je ne veux plus te
voir, espèce de vieux bigame. »

Maxwell la suivit à l'intérieur de la maison. Il
entendit la voix du Dr Carberry : « Il est hors de
danger, Mrs. Houston. J'ai extrait l'objet, mais il
l'a échappé belle. »

Doris criait à sa mère :

« Maman ! Je suis mariée ! Maman, maman, je
suis mariée !

— Mariée, hurla Mrs. Houston. Mon Dieu !
Comme si on n'avait pas déjà eu assez d'ennuis
à la maison depuis hier ! Mariée ! Et avec... »

Elle aperçut Maxwell. « Vous ! » fit-elle d'une
voix stridente, se précipitant sur lui et le menaçant de ses mains potelées. Il fut comme aveu-
glé par le scintillement des diamants qu'elle avait
aux doigts. « Fichez-moi le camp d'ici ! Dehors,
je vous dis ! Fichez-moi le camp !

— Mais nous sommes mar... commença Maxwell. Je vous dis que... »

Mrs. Houston le poussa vivement dans le ves-

tibule, lança un ultime « Dehors ! » retentissant,
et retourna en trombe au salon. La masse ondu-
lante de la domestique noire surgit devant Max,
qui recula d'un pas.

« La po'te est g'ande ouve'te, fit la négresse d'un
ton suffisamment explicite.

— Mais qu'est-ce que tu racontes ? fit Max
d'un ton vif. Je te dis et je te répète que nous
sommes mariés. Nous...

— Vous pensez pas que vous avez fait assez de
bêtises ici pou' c'te nuit ? répliqua la négresse sur
le même ton. P't-êt'e ben qu' demain, au téléphone...

— Au téléphone, bredouilla Max. Je te dis
qu'elle est ma...

— Tout ça, c'est d' vot' faute, fit la négresse
furieuse. Quelle idée d' laisser c't' aiguille piquée
dans la chaise ! C'est sû' que le p'tit il allait la
t'ouver. »

Elle avança, énorme, menaçante. Max se
retrouva soudain dehors, sur la galerie.

« L'aiguille... le petit... bredouilla-t-il d'un air
ahuri. Qu'est-ce que... ?

— Espèce de bon à 'ien d' vau'ien ! Le p'tit, il
l'a avalée ! »

On lui claqua la porte au nez.

Il démarra l'automobile. Elle s'éloigna lentement. « Au téléphone ! Ça va pas ! fit-il soudain.
C'est ma... »

Mais il ne prononça pas le mot. Une automobile s'approchait, qui fit un large écart pour l'éviter. Il ne la vit pas. Il était occupé à fouiller dans
sa poche, d'où il finit par extraire une cigarette
écrasée. Une autre automobile l'évita de justesse
en faisant une brusque embardée.

Le conducteur de la voiture, roulant à bonne

allure, s'était trouvé face à face avec une grosse automobile qui zigzaguait lentement du mauvais côté de la chaussée ; au volant, un jeune homme en tenue de soirée, à neuf heures du matin.

L'Après-midi d'une vache

Mr. Faulkner et moi étions assis sous le mûrier en train de déguster le premier julep[1] de l'après-midi. Il me disait ce qu'il désirait que j'écrive le lendemain lorsque brusquement Oliver apparut au coin du fumoir. Il courait et roulait des yeux blancs. « Mr. Bill, cria-t-il, ils ont mis le feu à la prairie !

— N... de D... ! » s'écria Mr. Faulkner avec cette promptitude qui marque souvent ses actions, « les petits c........ ! », tout en se levant d'un bond et désignant par ce terme son propre fils Malcolm, le fils de son frère, James, et le fils de la cuisinière, Rover ou Grover. En réalité, il s'appelle Grover, mais Malcolm et James (ils sont du même âge que Grover et ont, en fait, été élevés non seulement simultanément mais inextricablement) se sont entêtés à l'appeler Rover depuis le premier jour où ils ont commencé à parler, si bien que toute la maison, y compris la propre mère de l'enfant, l'appelle aussi Rover. Je suis le seul à ne pas le faire, car il n'a jamais été

---

1. Boisson à base de whisky, parfumée de feuilles de menthe. (*N.d.T.*)

dans mes habitudes, ni dans mes convictions,
d'appeler une créature quelle qu'elle soit,
homme, femme, enfant ou animal, par un autre
nom que le sien — de même que je n'autorise personne à m'appeler d'un nom qui n'est pas le
mien, bien que je n'ignore pas que, derrière mon
dos, Malcolm, James (et sans aucun doute Rover
ou Grover) me surnomment Ernest be Toogood[1]
— forme stupide et basse de ce qu'on est convenu
d'appeler esprit ou humour, à laquelle les enfants
— et ces deux-là en particulier — ne sont que
trop enclins. J'ai maintes fois essayé de leur
expliquer (il y a bien des années de cela, car voilà
longtemps que j'y ai renoncé !) que ma position
dans la maison n'est nullement subalterne, étant
donné que, depuis des années, j'écris les romans
et les nouvelles de Mr. Faulkner. Mais j'ai fini par
me convaincre (et même m'habituer à l'idée) que
ni l'un ni l'autre n'ont jamais su, ni cherché à
savoir, ce que ce terme signifie.

Je ne crois pas anticiper sur mon récit en
disant que nous ne savions pas où les trois garçons pouvaient bien se trouver. Comment
aurions-nous pu le savoir ? Tout au plus pou-
vions-nous avoir la vague impression ou conviction, qu'ils étaient probablement cachés dans le
fenil de la grange, de l'écurie — et ceci en raison d'expériences antérieures, bien que, jusqu'alors, les expériences n'eussent jamais été
jusqu'au délit d'incendie. Je ne crois pas non plus
violer les lois formelles d'ordre, d'unité, d'intensité, en disant que l'idée ne nous serait jamais

---

1. Littéralement, Ernest sois Tropbon : variante humoristique du pseudonyme de l'auteur, Ernest V. Trueblood (voir la
notice). (*N.d.T.*)

venue de les chercher là où, plus tard, l'évidence
nous prouva qu'ils se trouvaient effectivement.
Mais je reviendrai là-dessus tout à l'heure : pour
le moment, nous ne pensions pas aux enfants ;
comme Mr. Faulkner aurait pu lui-même le faire
remarquer, c'est dix ou quinze minutes auparavant qu'on aurait dû penser à eux. Maintenant,
c'était trop tard. Non, notre unique souci était
d'atteindre le pâturage quoique sans aucun
espoir de sauver le foin, orgueil et même espoir
de Mr. Faulkner — un joli petit enclos où poussait ce grain, ou fourrage, situé à quelques mètres
du pré proprement dit et à l'abri des incursions
certaines des trois têtes de bétail dont le pré faisait les délices, et qui était destiné à servir soit
d'alternative, soit d'élément de compensation
dans l'alimentation hivernale des trois bêtes.
Cela, nous n'avions aucun espoir de le sauver car
nous étions en septembre et l'été avait été très
sec, et nous savions que cette partie-là, tout
comme le reste de la prairie, allait brûler avec la
vitesse presque instantanée du celluloïd ou de la
poudre à fusil. C'est-à-dire que moi, personnellement, je n'avais aucun espoir, et, sans doute, Oliver n'en avait point non plus. Pour ce qui est de
Mr. Faulkner, je ne sais quel était son sentiment,
car il paraîtrait (c'est du moins ce que j'ai lu ou
entendu dire) qu'un des traits fondamentaux de
la nature humaine est de se refuser à reconnaître
un malheur survenu à ce que l'homme désire ou
possède déjà et aime chèrement, avant que ce
malheur ne l'ait renversé et lui ait passé sur le
corps comme Jagannath[1] lui-même. Je ne sais si

---

1. En hindi, Dieu du monde. Force ou objet inexorable, qui
progresse irrésistiblement, écrasant tout sur son passage.

cet état émotionnel pourrait naître en présence de l'herbe d'un pré, car je n'ai jamais eu de pré et n'ai nulle envie d'en avoir. Non, ce n'est pas le foin qui nous inquiétait. C'étaient les trois animaux, les deux chevaux et la vache, surtout la vache qui, moins douée ou équipée pour la course que les chevaux, risquait d'être atteinte par les flammes et peut-être asphyxiée ou, tout au moins, assez sérieusement brûlée pour se trouver temporairement dans l'incapacité de remplir ses attributions naturelles. Quant aux chevaux, sous l'effet de la terreur, ils pourraient fort bien, pour leur plus grand dommage, se précipiter dans les fils de fer barbelés de la clôture voisine ou encore, faisant demi-tour, s'élancer tête baissée dans les flammes, caractéristique particulièrement intelligente de celui qu'on a coutume d'appeler le serviteur et l'ami de l'homme.

Donc, conduits par Mr. Faulkner, et sans même prendre le temps de passer sous la voûte, nous nous jetâmes à travers la haie et, toujours sous la conduite de Mr. Faulkner qui allait d'un train vraiment ahurissant pour un homme qu'on pourrait qualifier de violemment sédentaire par habitude ou par nature, nous traversâmes au pas de course la cour, les plates-bandes de Mrs. Faulkner ainsi que sa roseraie, bien que, je m'empresse de le dire, Oliver et moi fîmes quelque effort pour éviter de piétiner les fleurs. De là, nous passâmes dans le potager contigu que Mr. Faulkner lui-même n'aurait guère pu endommager en cette saison car il se trouvait vierge de toute matière comestible. Enfin, nous arrivâmes à la palissade

Terme souvent employé en anglais pour personnifier la guerre. (*N.d.T.*)

par-dessus laquelle Mr. Faulkner sauta, toujours
avec cette même agilité, cette même vitesse, ce
même dédain de ses membres, positivement
extraordinaires — non seulement à cause de
cette humeur naturellement léthargique qui est
la sienne et que j'ai déjà mentionnée, mais à
cause de la forme, de la silhouette qui l'accompagne d'habitude (tout au moins dans le cas de
Mr. Faulkner) — et instantanément nous nous
trouvâmes dans un nuage de fumée.

Mais, à l'odeur, il fut tout de suite évident que
cette fumée venait non pas du foin qui avait dû
rester intact bien qu'il fût déjà sec, avant de
s'évanouir en holocauste, sans doute pendant les
quelques secondes qu'Oliver avait mises à nous
annoncer la nouvelle, mais du bouquet de cèdres
au bas de la prairie. Quoi qu'il en soit, odeur ou
non, la scène entière en était recouverte comme
d'un dais. Cependant, en face de nous, nous pouvions voir ramper la ligne de feu derrière laquelle
les trois malheureuses bêtes se serraient pêle-
mêle où s'enfuyaient terrorisées. C'est du moins
ce que nous croyions lorsque, toujours guidés
par Mr. Faulkner, et courant à travers un terrain
infernal et désolé qui ne tarda pas à produire à
la plante de nos pieds un effet assez désagréable
et qui promettait de le devenir encore bien
davantage, quelque chose de monstrueux, une
silhouette sauvage surgit, tête baissée, de la
fumée. C'était Stonewall, le plus grand des chevaux — une brute congénitalement méchante
que personne n'osait approcher sauf Mr. Faulkner et Oliver, et qu'Oliver n'osait même pas monter (du reste, je me suis toujours demandé pourquoi aussi bien Oliver que Mr. Faulkner auraient
jamais pu en voir envie) — c'était Stonewall qui

s'élançait sur nous dans l'intention évidente de profiter de cette occasion pour détruire à la fois et le maître et le serviteur, et soi-même par-dessus le marché, ou peut-être par haine pure et simple de tout le genre humain. Néanmoins, il changea d'avis sans aucun doute car, nous évitant, il disparut à nouveau dans la fumée. Mr. Faulkner et Oliver s'étaient arrêtés le temps de lui lancer un regard. « Ils risquent rien, m'est avis, dit Oliver. Mais où pensez-vous qu'est Beulah ?

— De l'autre côté de ce f.... feu, répondit Mr. Faulkner. Elle recule devant lui en mugissant. » Il avait raison, car presque au même instant nous commençâmes à entendre les plaintes lugubres de la pauvre bête. J'ai souvent remarqué que Mr. Faulkner et Oliver doivent posséder sans doute quelque étrange fluide qui les relie aux bêtes à cornes et à sabots, et même aux chiens, fluide qu'avec joie j'admets ne posséder en aucune façon et même ne pas comprendre. J'entends que je ne le comprends pas en ce qui concerne Mr. Faulkner. Naturellement, pour ce qui est d'Oliver, le bétail de toute espèce est, pourrait-on dire, son métier tandis qu'il musarde (c'est bien le terme exact ; combien de fois l'ai-je observé, immobile, pensif en apparence, appuyé, tel un pèlerin, sur le manche de sa tondeuse, de sa houe ou de son râteau) avec la tondeuse à gazon et les outils de jardin pour lui simples accessoires, simples passe-temps. Mais Mr. Faulkner, un représentant si hautement considéré de l'aimable et antique profession des belles-lettres ! Je ne comprends pas non plus comment il peut se plaire à monter à cheval, et j'ai conçu l'idée que Mr. Faulkner avait peut-être acquis graduellement ce fluide, et au cours de longues années, grâce au contact prolongé de son postérieur avec les animaux qu'il chevauchait.

Nous nous hâtions vers les mugissements de la bête condamnée. Je pensais qu'ils venaient peut-être du milieu des flammes et qu'ils étaient la plainte ultime de son agonie — l'acte d'accusation d'une brute obtuse contre le ciel — mais Oliver dit que non, qu'ils venaient d'au-delà du feu. Et voilà que, soudain, ils se trouvèrent étrangement modifiés. Ce n'était pas un accroissement de terreur, ce n'eût guère été possible. Je ne saurais mieux décrire la chose qu'en disant que, d'après ses mugissements, la vache semblait s'être engouffrée brusquement dans la terre. Nous constatâmes que c'était vrai. Je crois néanmoins que, cette fois, l'ordre exige, et les éléments de suspens, de surprise, autorisés par les Grecs eux-mêmes permettent, que l'histoire progresse suivant la chronologie des événements tels qu'ils se sont déroulés sous les yeux du narrateur, bien que l'accomplissement effectif de l'événement ait rappelé au narrateur un fait, ou une circonstance, qu'il connaissait déjà et dont le lecteur aurait dû auparavant être informé. Je reprends :

Imaginez-vous donc nous trois galopant (en admettant même que la terreur abyssale que dénotait la voix de l'animal n'eût pas été un aiguillon suffisant, nous en avions un autre : le lendemain matin, quand je saisis un des souliers que je portais en ce jour mémorable, toute la semelle s'effrita en une substance qui ressemblait à rien moins qu'à ce qu'on aurait pu gratter au fond des encriers, au temps de notre enfance scolaire, au début du trimestre d'automne) à travers

la plaine infernale, les yeux et les poumons brûlés par cette fumée sur le bord de laquelle rampait la ligne de feu. De nouveau, une forme sauvage, monstrueuse, se matérialisa devant nous en
un mouvement violent, nouvel indice, selon toute
apparence, de l'intention avouée et frénétique de
nous fouler aux pieds. Pendant un instant, je
crus, avec horreur, que c'était le cheval, Stonewall, qui revenait après nous avoir dépassés
quelque peu (les gens font ça ; il se pourrait que
les animaux le fissent aussi quand leurs instincts
les plus subtils sont émoussés par la fumée et par
l'effroi), que, se rappelant m'avoir vu, ou m'ayant
reconnu, il se précipitait sur moi seul maintenant
pour me détruire. Je n'avais jamais aimé ce cheval. Mon émotion était plus que de la simple
peur ; c'était un dégoût horrifié, comme j'imagine
qu'on doit en ressentir à la vue d'un serpent
python, et le cheval ayant sans doute senti cela,
avec sa sensibilité surhumaine, il revenait me
rendre la pareille. Mais c'était une erreur. C'était
l'autre cheval, le plus petit, celui que Malcolm et
James montaient, avec plaisir sans doute,
comme pour imiter, en miniature, la sotte perver-
sion de leur père et oncle — animal mal défini,
au corps rond, aussi doux que le grand cheval
était méchant, avec une lèvre supérieure qui pendait tristement et un regard inarticulé et pensif
(bien qu'à mon avis encore sournois et faux).
Comme l'autre, il fila devant nous et disparut
avant que nous eussions atteint la ligne de feu qui
n'était ni aussi large ni aussi effrayante qu'on
l'eût pu croire, bien que la fumée y fût plus
épaisse et semblât emplie de la voix terrifiée et
devenue sonore de la vache. En fait, la voix de la
pauvre créature semblait maintenant être par-

tout : dans l'air, au-dessus de nous, et dans la
terre en dessous. Toujours à la suite de Mr. Faulkner, nous sautâmes par-dessus le cordon de feu,
après quoi Mr. Faulkner disparut soudain. Alors
qu'il courait encore, il disparut tout simplement,
s'évanouit dans la fumée, sous mes yeux et sous
ceux d'Oliver, comme si, lui aussi, s'était englouti
sous la terre.

C'est bien également ce qu'il avait fait. Avec la
voix de Mr. Faulkner et la terreur bruyante de la
vache qui sortaient de terre à nos pieds, et le cordon de feu qui nous rampait sur les talons, je
compris alors ce qui s'était passé et je résolus
le mystère de la disparition de Mr. Faulkner aussi
bien que celui du changement ultérieur survenu
dans la voix de la vache. Je compris alors que,
déconcerté par la fumée et la sensation d'incandescence sous la plante de mes pieds, j'avais
perdu le sens de l'orientation et ne m'étais pas
rendu compte que nous n'avions pas cessé de
nous rapprocher d'une crevasse, ou ravine, dont
je connaissais fort bien l'existence pour y avoir
souvent plongé mes regards lors de mes prome-
nades, l'après-midi, pendant que Mr. Faulkner
caracolait sur son grand cheval, et sur le bord, ou
l'arête de laquelle Oliver et moi nous nous
tenions à présent, et dans laquelle Mr. Faulkner
et la vache étaient tombés successivement, et ce
en ordre inverse.

« Vous êtes-vous fait mal, Mr. Faulkner ? »
criai-je. Je n'essaierai pas de reproduire la
réponse de Mr. Faulkner. Je me contenterai
d'indiquer qu'elle me parvint en cette vieille
langue saxonne d'une pureté classique que notre
meilleure littérature autorise et sanctionne, et
que, par suite des exigences du style de

Mr. Faulkner et des sujets qu'il traite, j'emploie souvent, mais dont je ne songerais jamais à me servir moi-même, bien que Mr. Faulkner, même dans sa vie privée, en fasse un usage fréquent, et qui, lorsqu'il l'emploie, révèle ce que j'appellerais un état de santé des plus robustes encore qu'exempt de placidité. Je sus donc qu'il n'était pas blessé. « Qu'allons-nous faire maintenant ? demandai-je à Oliver.

— On ferait mieux de descendre dans ce trou, nous aussi, répondit Oliver. Vous ne sentez donc pas ce feu, là, derrière nous. »

L'inquiétude où m'avait plongé le sort de Mr. Faulkner m'avait fait oublier le feu, mais, en regardant derrière moi, je sentis instinctivement qu'Oliver avait raison. Nous nous laissâmes glisser, ou plutôt nous dégringolâmes à pic le long de la pente sablonneuse jusqu'au fond de la ravine où se trouvait Mr. Faulkner qui parlait toujours, et où la vache, toujours dans le même état d'affolement, était maintenant à l'abri. De ce sanctuaire nous regardâmes le feu passer au-dessus de nous, les flammes s'écheveler, papilloter et s'évanouir sur l'arête de la ravine. Alors Mr. Faulkner parla :

« Rattrape Dan et va chercher la grosse corde dans le hangar.

— Qui, moi ? » dis-je. Mr. Faulkner ne répondit pas. Je restai donc avec lui, près de la vache qui ne semblait pas avoir encore compris que le danger était passé, ou qui, peut-être, dans son intelligence plus occulte de brute, savait que la souffrance, l'outrage et le désespoir restaient encore à venir — et nous regardâmes Oliver monter, ou plutôt regrimper, le long de la pente. Il resta absent un bon moment. Cependant, il finit

par revenir conduisant le cheval le plus petit et
le plus traitable, orné d'une partie des harnais, et
avec la corde. C'est alors que commença le travail ardu de sortir la vache. On attacha un des
bouts de la corde à ses cornes, malgré ses violentes protestations. L'autre bout fut attaché au
cheval. « Qu'est-ce qu'il faut que je fasse ?
demandai-je.

— Pousse, dit Mr. Faulkner.

— Où faut-il que je pousse ? demandai-je.

— Je m'en f..., dit Mr. Faulkner. Pousse, **tout**
simplement. »

Mais apparemment la chose était impossible.
La bête résistait, peut-être à la traction de la
corde, peut-être aux encouragements et aux cris
qu'Oliver lui prodiguait d'en haut, ou peut-être
aussi à la force motrice appliquée par Mr. Faulkner (il était juste derrière elle, presque en dessous, l'épaule contre ses fesses, ou ses reins, et ne
cessait de jurer) et par moi. Elle fit un louable
effort, grimpa à mi-chemin de la pente, perdit
pied et reglissa jusqu'au fond. Nous essayâmes
une seconde fois puis une troisième sans plus de
succès. C'est alors qu'un incident des plus regret-
tables se produisit. Cette troisième fois, soit que
la corde eût glissé, soit qu'elle se fût rompue,
Mr. Faulkner et la vache déboulèrent violemment
au fond de la ravine, Mr. Faulkner par-dessous.

Plus tard — dans la soirée, pour être précis —
je me rappelai qu'au moment où nous regardions
Oliver se hisser hors du ravin, j'avais eu l'impression que la pauvre bête me transmettait, comme
par télépathie (une femelle, remarquez bien, une
femelle seule parmi trois hommes), non seulement sa terreur, mais ce qui en faisait l'objet :
qu'elle savait, par un instinct sacré de femme, que

le futur lui réservait ce qui, pour une femelle, est
bien pire que la crainte d'une blessure physique
ou d'une souffrance : une de ces incursions dans
le domaine privé de la femme, là où, victime
désarmée de son propre corps, elle semble se voir
comme l'objet d'un malin pouvoir d'ironie et
d'outrage ; accident rendu plus amer encore du
fait que ceux qui en seront témoins, si galants
hommes soient-ils, ne parviendront jamais à
l'oublier et, aussi longtemps qu'elle vivra, par-
courront la surface de la terre avec ce souvenir
dans l'esprit ;... oui, d'autant plus amer que les
témoins sont des gentilshommes, des gens de la
même classe qu'elle. N'oubliez pas que la pauvre
bête, épuisée, terrifiée, avait été, pendant tout
l'après-midi, la victime aveugle et angoissée de
circonstances qu'elle ne pouvait comprendre :
qu'elle avait subi les fantaisies d'un élément
qu'elle craignait instinctivement et que, pour
finir, elle venait d'être précipitée violemment au
fond d'un précipice dont elle était bien persuadée
ne plus jamais revoir le bord... Des soldats m'ont
raconté (j'ai servi en France dans la Y.M.C.A.)
qu'au début d'une action, il n'était pas rare qu'il
leur arrivât, prématurément si l'on peut dire, de
ressentir une certaine impulsion, un certain
désir, suivis d'un résultat fort logique et fort naturel, et dont l'accomplissement est à la fois incon-
testable et, comme de juste, irrévocable. En un
mot, Mr. Faulkner, sous la vache, reçut la pleine
décharge de la journée d'angoisse et de désespoir
que la pauvre bête venait de passer.

J'ai eu la chance, ou la malchance, de mener
ce qu'on appelle — ou ce qu'on pourrait appeler — une vie tranquille, bien que nullement reti-
rée, et j'ai toujours préféré acquérir mon expé-

rience en lisant ce qui est arrivé à d'autres, ou ce que d'autres croient ou pensent pouvoir arriver logiquement aux créatures de leur imagination, ou même ce que Mr. Faulkner conçoit comme pouvant arriver à certains des personnages qui apparaissent dans ses romans ou dans ses nouvelles. Cependant, je suis tenté de croire qu'un homme si vieux soit-il, ou si protégé soit-il, n'en risque pas moins d'être l'objet de mésaventures que je qualifierais d'initialement et bizarrement originales, bien que pas forcément outrageantes, et qui amènent des réactions presque invariablement incompatibles avec son caractère. Ou plutôt qui amènent des réactions révélatrices du véritable caractère que, pendant des années, il a fort bien pu dissimuler au public, à ses intimes, à sa femme et à ses enfants, et peut-être aussi à lui-même. Je crois que c'est une de ces aventures dont Mr. Faulkner venait d'être la victime.

Toujours est-il que ses actions, pendant les minutes qui suivirent, furent des plus étranges venant d'un homme comme lui. La vache — la pauvre femelle seule parmi les trois hommes — se remit presque tout de suite sur ses pattes et resta là, debout, très agitée encore, bien que plus calme, en proie surtout à une sorte d'humiliation qui la faisait trembler mais n'était pas encore du désespoir. Mr. Faulkner resta un moment à plat ventre par terre sans bouger. Puis il se leva. Il dit : « Attendez ! » Ce que, naturellement, nous n'allions pas manquer de faire jusqu'à ce qu'il nous eût donné de nouvelles directives ou instructions. Alors — la pauvre vache, moi-même et Oliver qui regardait, penché au bord du précipice, à côté du cheval — nous vîmes Mr. Faulk-

ner faire tranquillement quelques pas au fond de
la ravine et s'asseoir, les coudes sur les genoux et
le menton dans les deux mains. Ce n'était pas le
fait de s'asseoir qui était extraordinaire.
Mr. Faulkner le fait souvent — constamment
serait peut-être le terme le plus approprié —
sinon dans la maison, du moins (en été) bien
enfoncé dans un fauteuil sous la véranda, juste
en face de la fenêtre de la bibliothèque où je travaille, les pieds sur la balustrade et quelque histoire de détective à la main ; en hiver, dans la cuisine, ses pieds en chaussettes dans le four de la
cuisinière. C'était l'attitude qu'il prenait maintenant. Comme je l'ai dit, il y a quelque chose de
violent dans le caractère sédentaire de Mr. Faulkner ; une immobilité sans rien de léthargique, si
j'ose m'exprimer ainsi. Cette fois-ci, il se tenait
dans l'attitude du *Penseur* de M. Rodin, mais portée disons à la puissance dix, car le principal
objet de la méditation du *Penseur* semble être de
se demander ce que pourrait bien être la cause
de sa méditation, alors que Mr. Faulkner ne pouvait avoir le moindre doute à ce sujet. Nous le
regardions en silence — moi, la pauvre vache qui
avait cessé de trembler et se tenait tête basse, en
proie à une honte féminine absolue et sans
espoir, Oliver et le cheval, sur la crête au-dessus
de nous. Je remarquai alors qu'Oliver ne se détachait plus sur un fond de fumée. L'incendie était
terminé, bien que les cèdres, sans aucun doute,
continueraient à fumer jusqu'à l'équinoxe.

Mr. Faulkner se leva alors. Il revint lentement
et parla à Oliver aussi tranquillement (et même
plus) qu'il n'avait jamais fait. « Lâche la corde,
Jack. » Oliver dénoua le bout de la corde qu'il
avait attachée au cheval et la laissa tomber, et

Mr. Faulkner la ramassa, fit demi-tour, et conduisit la vache vers l'extrémité du ravin. Pendant un
instant je le regardai avec un étonnement qu'Oliver partageait sans doute ; un moment après,
nous nous serions probablement regardés l'un
l'autre avec un égal ahurissement. Mais nous ne
le fîmes pas. Nous nous mîmes en marche. Sans
aucun doute, nous le fîmes en même temps. Oliver ne se donna même pas la peine de descendre
dans le ravin. Il le contourna simplement tandis
que je me hâtais de rattraper Mr. Faulkner et la
vache. En réalité, nous étions, tous les trois, des
soldats qui sortaient de l'amnésie d'une bataille,
la bataille contre le feu, dans le but de sauver la
vie de la vache. **On a** souvent remarqué en littérature, on a même insisté sur ce fait (on a même
bâti des romans là-dessus, quoique Mr. Faulkner ne l'ait jamais fait) que l'homme, en présence
d'une catastrophe, fait tout sauf ce qui serait le
plus simple. Mais il résulte de mon expérience,
bien qu'elle se borne presque entièrement à cette
seule après-midi, que j'ai acquis la conviction que
c'est en face du danger, du désastre, que l'homme
fait la chose la plus simple. C'est tout bonnement
une erreur.

Nous suivîmes le ravin jusqu'à l'endroit où,
tournant à angle droit, il pénètre dans les bois qui
se sont abaissés à son niveau. Derrière Mr. Faulkner et la vache nous remontâmes à travers bois
et, bientôt, nous arrivâmes à la noire désolation
de la prairie. En nous attendant, Oliver avait déjà
pratiqué dans la clôture un trou, ou orifice, par
lequel nous passâmes. Mr. Faulkner toujours en
tête, je le suivais à côté d'Oliver qui menait le cheval et la vache, et nous retraversâmes le terrain
désolé témoin de notre course désespérée vers les

infortunés en péril. Pourtant nous obliquions un peu vers la gauche afin de nous rapprocher de l'écurie, ou grange. Nous avions presque atteint feu le carré de foin quand, sans avertissement préalable, nous nous trouvâmes face à face avec trois apparitions. Elles n'étaient pas à dix pas de nous quand nous les aperçûmes, et je crois que ni Mr. Faulkner ni Oliver ne les reconnurent. Moi, en revanche, je ne m'y trompai pas. En fait, j'eus la sensation subite et fort curieuse, non pas tant que j'avais anticipé ce moment, mais que je l'attendais depuis un temps qu'on pourrait fort bien évaluer en années.

Imaginez, si vous voulez, que vous vous trouvez transporté brusquement en un monde où toutes les valeurs oculaires ou chromatiques sont inverties. Imaginez-vous face à face avec trois petits fantômes, non pas blancs, mais du noir le plus pur, le plus absolu. L'esprit, l'intelligence se refusent tout simplement à croire qu'après leur récent délit, ou infraction, ils aient pu, avant que le foin prît feu, aller s'y cacher et être encore en vie. Et pourtant, ils étaient bien là. Selon toute apparence ils n'avaient plus ni sourcils, ni cils, ni cheveux, plus d'épiderme du tout. Ils étaient d'un noir identique, et le seul détail qui permettait de distinguer Rover, ou Grover, des deux autres était les yeux bleus de Malcolm et de James. Ils restaient là à nous regarder, complètement immobiles, jusqu'à ce que Mr. Faulkner leur dît, toujours avec cette douceur tranquille, cette placidité qui, d'après ma théorie que l'âme plongée soudain dans quelque catastrophe imprévue et révoltante se montre sous ses vraies couleurs, était depuis de longues années la vraie nature intime de Mr. Faulkner. « Rentrez à la maison. »

Ils firent volte-face et disparurent du même coup car ce n'était que par le blanc des yeux que nous pouvions les distinguer de la surface infernale de la terre. Peut-être nous avaient-ils précédés, ou peut-être les avions-nous dépassés. Je ne sais. Du moins, nous ne les revîmes pas, car bientôt nous quittions le terrain calciné témoin de notre calvaire et nous entrions dans la cour de l'écurie où Mr. Faulkner se retourna, saisit le cheval par la bride tandis qu'Oliver conduisait la vache à son domicile privé et indépendant d'où bientôt nous parvint un bruit de mastication, comme si, délivrée maintenant de toute crainte et de toute honte, elle ruminait, jeune vierge rêveuse et — je l'espère — libre à nouveau de rêver à sa fantaisie.

Debout sur le seuil de l'écurie (à l'intérieur de laquelle, à propos, je pouvais entendre le grand cheval méchant, Stonewall, déjà occupé à manger, piaffer de temps à autre ou frapper la cloison de son sabot, comme si, tout en mangeant, il ne pouvait s'empêcher de faire quelque bruit de menace ou de dérision à l'adresse de l'homme même qui le nourrissait) Mr. Faulkner se déshabilla. Puis, à la vue de toute la maison et de qui voudrait ou ne voudrait pas le regarder, il se savonna avec du savon à laver les cuirs, après quoi, debout près de l'abreuvoir, il attendit qu'Oliver eût lancé, eût déversé, sur lui seau d'eau sur seau d'eau. « Ne t'occupe pas de mes vêtements pour l'instant, dit-il à Oliver. Va me chercher à boire.

— Autant pour moi », dis-je. Je trouvai que l'occasion justifiait, quand bien même elle ne l'aurait pas garanti, cet écart passager dans la langue familière du moment. Bientôt donc

(Mr. Faulkner s'était enveloppé dans une couverture légère qui appartenait à Stonewall) nous
nous trouvions assis de nouveau sous le mûrier
avec le second julep de la journée.

« Alors, Mr. Faulkner, dis-je au bout d'un
moment, est-ce que nous continuons ?

— Continuons quoi ? dit Mr. Faulkner.

— Vos suggestions pour demain », dis-je.
Mr. Faulkner ne dit rien. Il se contenta de boire
avec cette violence statique qui était son caractère habituel ; et je compris ainsi qu'il était redevenu lui-même et que le véritable Mr. Faulkner
qui, momentanément, nous était apparu, à Oliver et à moi, dans la prairie, avait regagné cette
retraite inaccessible d'où seule Beulah, la vache,
avait su le tirer, et que, sans nul doute, nous ne
le reverrions plus jamais. Aussi, au bout d'un
moment, je dis :

« Alors, avec votre permission, je me risquerai
demain à passer aux faits et j'emploierai les
matériaux que nous avons créés nous-mêmes cet
après-midi.

— À ta guise, dit Mr. Faulkner, d'un ton qui me
sembla plutôt sec.

— Seulement, cette fois, continuai-je, je tiens
à user de ma prérogative, de mon droit, de raconter cette histoire dans mes propres termes et
dans mon propre style, pas dans le vôtre.

— N... de D... ! dit Mr. Faulkner, je te le
conseille. »

Mr. Acarius

Mr. Acarius n'appela son médecin qu'en fin
d'après-midi. Pourtant, à l'université, les deux
hommes avaient appartenu à la même promotion, à la même « fraternité » ; ils se rencontraient encore plusieurs fois par semaine soit
chez des amis communs, soit dans les mêmes
clubs, au bar, dans les salons ou au restaurant ;
il savait que, quelle que fût l'heure, il serait reçu
immédiatement. Quelques instants plus tard,
impeccable dans un complet strict de Madison
Avenue, il se trouvait debout en face de son ami
assis à son bureau, le buste émergeant à peine
des paperasses accumulées pendant la journée,
son réflecteur perché effrontément sur l'oreille,
avec tous les attributs de sa fonction serpentant
sur la blancheur immaculée de son habit
sacerdotal.

« Je veux me soûler, dit Mr. Acarius.

— Très bien », répondit le médecin, occupé à
griffonner quelques mots en bas d'une feuille qui
était de toute évidence une fiche de malade.
« J'en ai pour dix minutes. Pourquoi ne vas-tu
pas m'attendre au club ? »

Mr. Acarius ne bougea pas. « Regarde-moi,

Ab », prononça-t-il. Ces mots furent dits d'un tel
ton que le médecin redressa le buste et éloigna
son siège du bureau pour regarder Mr. Acarius,
toujours debout devant lui.

« Répète un peu », fit le médecin. Mr. Acarius
s'exécuta. « En langage clair, s'il te plaît, continua
le médecin.

— J'ai eu cinquante ans, hier, reprit Mr. Acarius. J'ai très exactement l'argent qu'il me faut
pour me payer l'utile et le superflu jusqu'à ce que
la bombe nous tombe dessus. En attendant, en
attendant la bombe évidemment, je n'aurai pas
vécu. Dans les décombres, à supposer qu'il y en
ait, on ne retrouvera que la carcasse de mon
Capehart[1] et les cendres de mes Picasso. Parce
que ma personne n'aura pas laissé la moindre
tache, la moindre trace. Jusqu'à aujourd'hui,
j'acceptais cette situation ou, plus exactement, je
m'y étais résigné. Mais à présent, c'est fini. Avant
de quitter la scène, avant d'être effacé de la
mémoire de quelques maîtres d'hôtel et des
annuaires de quelques clubs, je...

— Il n'y aura plus de clubs ni de maître
d'hôtel, fit le médecin. Je m'en tiens à ton postu-
lat concernant la bombe, bien sûr.

— Tais-toi et écoute, dit Mr. Acarius. Avant que
ça ne se produise, je veux vivre une expérience,
je veux faire ma propre expérience de la race
humaine.

— Trouve-toi une maîtresse, dit le médecin.

— J'ai essayé, je recherche peut-être aussi
l'avilissement.

— Dans ce cas, marie-toi, Bon Dieu ! C'est le

---

1. Marque d'un combiné T.S.F.-tourne-disque. (*N.d.T.*)

plus sûr moyen. Tu parcourras toute la gamme, tu courras de la cave au grenier et retour, et pas seulement une fois, l'expérience se répète chaque jour. C'est du moins ce qu'on me dit.

— C'est du moins ce qu'on te dit ! J'ai remarqué qu'un célibataire vous conseille toujours d'essayer le mariage, comme il vous dirait d'essayer le haschisch. Un mari, lui, vous dit toujours : "Marie-toi." Ce que je traduis par : "Nous avons besoin de toi."

— Alors, soûle-toi, dit le médecin, et que jamais ton ombre ne raccourcisse ! Bon, nous voici arrivés, j'espère, au cœur du problème. qu'attends-tu de moi au juste ?

— Ce que je veux... fit Mr. Acarius, ce n'est pas seulement...

— Non, tu ne veux pas seulement te givrer comme du temps où tu étais étudiant ; la gueule de bois le lendemain matin, deux comprimés d'aspirine, un verre de jus de tomate, des tonnes de café noir... et puis à cinq heures du soir, on remet ça et tout est oublié jusqu'à la prochaine fois. Non, ce que tu veux, c'est jouer au clochard sans avoir à fréquenter les clochards. Tu tiens autant à fréquenter les clochards que tu désires les voir prendre l'ascenseur juqu'au vingt-deuxième étage de la Barkman Tower. Tu voudrais t'encanailler mais pour ce qui est du carburant, tu préfères un whisky de bonne marque. Tu veux être un pourceau, mais pas un pourceau qui se néglige.

— C'est ça, répondit Mr. Acarius.

— C'est bien ça ?

— C'est bien ça.

— Alors revenons à notre point de départ. Qu'attends-tu de moi au juste ?

— J'essaie de te le dire, dit Mr. Acarius. Je ne vaux pas mieux que les clochards, c'est sûr, et même je vaux moins qu'eux puisque je suis riche. Parce que je suis riche, il n'y a rien qui m'incite à fuir, à m'évader. Simple zéro sur l'abaque de l'humanité, mon importance est trop infime pour que ma disparition entraîne le moindre changement dans l'équation. Je peux tout de même faire l'expérience, le voyage, comme la chiure de mouche sur la manette de la machine à calculer, même si ça ne change pas l'addition. Je peux tout de même en m'évadant faire l'expérience de la dégradation physique, prendre part à...

— Bref, la bamboula, mais en gentleman !

— Je peux me laisser aller, m'abandonner à l'opium de l'évasion, en connaissant d'avance les affres inévitables du lendemain ; ne rien perdre de l'angoisse, la connaître au contraire, seulement la connaître, de telle sorte que je n'aurai fait que multiplier les affres permanentes de l'esprit, de l'esprit écorché vif, par le coefficient gueule de bois...

— ... avec un valet de chambre pour te servir à boire quand tu en seras arrivé là, pour te glisser au lit, t'apporter l'aspirine et le bromure trois jours après, ou quatre ou peut-être davantage — le temps qu'il te faudra pour absoudre tes géniteurs, dit le médecin.

— Je savais bien que tu ne me comprenais pas, dit Mr. Acarius, d'accord pour le whisky, meilleur sans aucun doute que l'alcool à brûler du clochard ; mais le valet et le duplex ne comptent qu'au départ, pour démarrer l'opération. Leur rôle s'arrête là. Même s'il me faut du whisky pour m'avilir l'âme, mon angoisse, lorsque je reprendrai conscience, se rapprochera de celle du clochard qui, pour affronter son insupportable angoisse, n'a à sa disposition que de l'alcool à brûler.

— Qu'est-ce que tu racontes là ? demanda le médecin. Tu veux vraiment te retrouver à Bellevue, avec les éthyliques ?

— Non, pas à Bellevue, dit Mr. Acarius. La cloche, je ne suis pas fait pour ça, nous étions bien tombés d'accord là-dessus ? Non, ce qu'il me faut, c'est une de ces cliniques dont le clochard ne connaîtra jamais l'existence ; dans le meilleur des cas, il dispose d'une porte cochère ou d'une bouche d'aération, et dans le pire des cas, il est ramassé par la police et, comment disent-ils ? "jeté au trou". Dans mon cas, ce sera un trou capitonné, bien sûr, puisque je ne sais pas mieux faire. Mais il y aura des humains et je ferai partie des humains.

— Tu veux bien répéter ? fit le médecin. En clair, s'il te plaît.

— C'est tout, dit Mr. Acarius. L'Homme. Mes semblables. L'humanité. Je serai avec l'homme victime de ses appétits les plus vils et luttant pour s'arracher à son abjection. C'est peut-être même ma faute si je suis incapable de me défoncer avec autre chose que du whisky ; ce sera donc au whisky dans un trou capitonné, dans un lieu où pour un prix modique ceux dont les pauvres nerfs sont écorchés se voient accorder la paix, la tranquillité, la compassion, la compréhension...

— Quoi ? fit le médecin.

— ... et il est possible que ce qui pousse mes compagnons vers l'hôpital — trop de maîtresses ou trop d'épouses, ou trop d'argent, ou trop de responsabilités, ou toute autre raison qui incite à l'évasion les gens qui ont les moyens de se payer

l'évasion au prix de cinquante dollars la journée — ne mérite pas d'être mentionné dans la
même phrase que ce qui pousse vers l'alcool à
brûler celui qui ne peut s'offrir quelque chose de
mieux. Du moins nous aurons raté notre évasion
ensemble et ensemble nous apprendrons au bout
du compte que l'évasion, ça n'existe pas, qu'on ne
s'évade jamais et que, bon gré mal gré, il faut
faire sa rentrée dans le monde, s'y supporter, supporter les blessures, les angoisses, les suffoca-
tions et qu'une fois la tentative effectuée et la certitude acquise, les hommes doivent s'entraider et
s'apporter mutuellement le réconfort.

— Mais de quoi parles-tu au juste ? dit le
médecin.

— Pardon ? demanda Mr. Acarius.

— Tu crois vraiment que tu vas trouver tout ça
dans ce genre d'établissement ?

— Pourquoi pas ?

— Alors, c'est moi qui te demande pardon, dit
le médecin. Continue.

— J'en ai terminé. Voici ce que j'attends de toi.
Des cliniques de ce genre, tu dois en connaître
des quantités. Choisis la meilleure...

— Bien sûr, la meilleure, fit le médecin, éten-
dant le bras vers le téléphone. J'ai ce qu'il te faut.

— Il vaudrait peut-être mieux que j'y fasse un
tour ?

— Pourquoi ? Elles se ressemblent toutes. Tu
connaîtras bien assez celle que j'appelle quand tu
en seras sorti.

— Mais je croyais t'avoir entendu dire que
c'était la meilleure, dit Mr. Acarius.

— Exact », répondit le médecin, en raccro-
chant le téléphone. Le trajet fut de courte durée.
Situé dans une avenue chic le long de Central

Park, l'immeuble ressemblait extérieurement à tous les autres immeubles du quartier ; il ne différait guère de celui au sommet duquel habitait Mr. Acarius ; les différences n'apparaissaient qu'à l'intérieur, elles étaient d'ailleurs peu sensibles. Il y avait un standard téléphonique dans le hall et, tout autour du hall, des cloisons de verre épais derrière lesquelles, de toute évidence, se trouvaient des bureaux. Répondant à l'interrogation muette de Mr. Acarius, le médecin expliqua : « Les pochards ? Tous dans les étages. On les fait entrer par la porte de derrière, sauf lorsqu'ils ont l'usage de leurs jambes et dans ce cas ils ne s'attardent pas dans ce hall ; d'ailleurs ils ne le voient que deux fois au grand maximum. Quoi d'autre ? » Le médecin avait lu une autre interrogation dans le regard de Mr. Acarius. « Bon, allons rendre visite au docteur Hill. Après tout, si tu es toujours décidé à perdre ta virginité d'amateur, il est bien normal que tu examines les traits du grand prêtre qui préside aux destinées de l'établissement. »

Le docteur Hill n'était pas plus âgé que le médecin de Mr. Acarius ; de toute évidence, il y avait même entre eux le souvenir commun de maint congrès : Atlantic City, Palm Beach, Beverly Hills. « Réfléchis, Ab, dit le docteur Hill. Vous êtes bien certains de ne pas vous être trompés d'endroit ?

— Le docteur Hill estime peut-être que ce serait prendre la place de quelqu'un qui en a ou peut en avoir plus besoin que moi ?

— Non, non. Il y a toujours de la place pour un dypsomane de plus.

— Idem pour l'adultère, ajouta le médecin de Mr. Acarius.

— Certes, répliqua le docteur Hill, mais ça ne se soigne pas ici.

— Est-ce que ça se soigne ailleurs ?

— Je n'en sais rien, répondit le docteur Hill. Quand voulez-vous commencer ?

— Pourquoi pas maintenant ? dit Mr. Acarius.

— Ici, dit le docteur Hill, on ne soûle pas, on dessoûle. Pour la première opération, il faut s'adresser à l'extérieur sinon nous risquerions des poursuites pour concurrence déloyale.

— Donnez-nous quatre jours pour arriver au poteau, dit le médecin de Mr. Acarius. Ce sera amplement suffisant. »

On tomba d'accord sur les quatre jours. Pour la première fois depuis l'université, Mr. Acarius s'abandonna totalement à l'alcool, ou du moins il essaya. Au début, il lui sembla qu'il ne progressait pas, qu'il ne pourrait pas respecter le contrat qui le liait à son médecin et au docteur Hill. Mais le soir du troisième jour il estima plus prudent de ne pas quitter l'appartement, et l'après-midi du quatrième jour, quand son médecin vint le prendre, ses jambes lui administrèrent la preuve de son incapacité à marcher sans aide, à tel point que son médecin lui lança un regard presque admiratif.

« Saperlipopette ! Tu es fin prêt pour l'ambulance. La jambe molle, les orteils en gélatine. Tu tiens vraiment à arriver les pieds devant, comme si un panier à salade t'avait ramassé sous le pont de Brooklyn.

— Non, fit Mr. Acarius, mais il faut se dépêcher.

— Tu n'as pas changé d'avis, par hasard ? demanda le médecin.

— Mon vœu est exaucé.

« — Oui, continua la médecin, la fraternité dans la souffrance. Tous ensemble à s'entraider, à se réconforter dans l'expérience de toute l'angoisse du monde, à comprendre qu'il faut être un homme et ne pas la fuir. Comment ça s'est passé ? Une cure de paix et de tranquillité pour les pauvres nerfs écorchés qui vous harcèlent et exigent compassion, compréhension ?

— Ça va, mais dépêche-toi, Je vais être malade. »

Ils se dépêchèrent donc. Mr. Acarius était soutenu par son valet et un garçon d'ascenseur qui se rappelait avec émotion les étrennes reçues durant toutes ces années. Il descendit par l'ascenseur, traversa le hall et se retrouva dans la voiture de son médecin. Ils arrivèrent dans le vestibule de l'autre immeuble où, du fond d'un abîme vertigineux de détresse à l'âcre goût de bile, Mr. Acarius découvrit ce qui leur barrait le chemin : une femme d'un genre plutôt vulgaire, à l'élégance tapageuse, vêtue d'un coûteux manteau de fourrure et qui aurait pu être une danseuse de music-hall sur le retour, se démenait pour pénétrer dans l'ascenseur. On l'en empêchait par la force. Si quelqu'un n'intervient pas tout de suite, pensa Mr. Acarius, tout cela n'aura plus aucune importance. Apparemment quelqu'un intervint, son médecin peut-être mais Mr. Acarius était trop mal en point pour savoir qui au juste. Il se retrouva enfin dans l'ascenseur, la grille se ferma sur une silhouette au visage trop fardé qui hurlait. « La paix et la sérénité, dit le médecin.

— Ça va, répéta Mr. Acarius, mais dépêchons-nous. »

Ils arrivèrent à temps ; il était enfin dans son

espace à lui et l'infirmière — arrivée quand et d'où ? — réussit même à installer la cuvette au bon moment. Il se retrouva allongé sur le lit, épuisé tandis que comme prévu des mains expertes lui enlevaient ses vêtements et lui enfilaient un pantalon et une veste de pyjama. Ce n'étaient pas les mains du médecin, ni celles de l'infirmière : il s'en rendit compte en ouvrant les yeux. C'était un homme au visage d'acteur, aux traits fatigués et cependant empreints d'une grande distinction. Il était vêtu d'un pyjama et d'une robe de chambre et, au premier regard, Mr. Acarius comprit avec une sorte de satisfaction sereine qu'il s'agissait d'un autre patient. Il avait eu raison : tout se passait comme il l'avait espéré, mieux, comme il l'avait prévu. Étendu sur son lit, vidé, épuisé, il se sentait enfin en paix tandis qu'il observait l'homme qui, prenant son veston et son pantalon, s'était précipité dans la salle de bains et en était ressorti les mains vides. Il était penché sur la valise de Mr. Acarius quand l'infirmière entra, portant sur un plateau un petit verre rempli d'un liquide ainsi qu'un gobelet d'eau.

« Qu'est-ce que c'est ? demanda Mr. Acarius

— C'est pour vous soigner les nerfs, répondit l'infirmière.

— Pas maintenant, dit Mr. Acarius. Je veux souffrir encore un peu.

— Vous voulez *quoi* ? »

L'inconnu intervint : « Cet homme souffre, Goldie. Allons, donne-lui quelque chose à boire, il faut bien que tu inscrives quelque chose sur sa pancarte.

— Tu parles ! » répondit l'infirmière.

L'inconnu, s'adressant à Mr. Acarius, lui dit :

« Goldie, il faut l'avoir à l'œil, elle vient de l'Alabama.

— Et vous, vous pouvez me dire quand il ne faut pas vous avoir à l'œil ? »

Elle jeta un regard alentour, sans doute sur les vêtements que Mr. Acarius venait de quitter car elle demanda d'un ton acerbe : « Où est le costume ?

— Je l'ai rangé dans la valise », répondit l'homme en balançant chemise, sous-vêtements et chaussures dans la valise qu'il referma prestement. Il traversa la chambre et plaça le bagage dans un étroit placard qui se touvait dans un coin ; il en referma la porte, laquelle apparut munie d'un petit cadenas. « Tu me fais confiance ou tu veux le fermer toi-même ? dit l'homme à l'infirmière.

— Un instant », répliqua-t-elle d'un ton sec. Elle posa le plateau sur la table, entra dans la salle de bains et réapparut. « Ça va, fit-elle, vous pouvez le fermer. » L'homme s'exécuta. Elle se dirigea vers le placard, vérifia le cadenas et reprit le plateau. « Sonnez quand vous voudrez boire ça », dit-elle à Mr. Acarius. Elle s'arrêta sur le seuil de la porte et lança à l'autre patient : « Et vous, à présent, sortez, laissez-le se reposer.

— Bien », répondit le patient. L'infirmière était sortie ; le patient fixa la porte des yeux pendant une trentaine de secondes puis revint près du lit. « Il est derrière la baignoire, dit-il.

— Quoi ? demanda Mr. Acarius.

— Oui, dit l'inconnu. Parce qu'il faut se méfier des infirmières même quand elles sont chouettes comme Goldie. Attendez un peu, vous verrez avec l'infirmière de nuit. Vous m'en direz des nouvelles. Mais rien à craindre à cette heure-ci. »

Il se pencha vers Mr. Acarius et se mit à lui parler rapidement : « Je m'appelle Miller, vous êtes
un client du docteur Cochrane, n'est-ce pas ?

— Oui, répondit Mr. Acarius.

— Alors, ça ira. Cochrane a une si bonne réputation dans la maison qu'on accorde à ses
malades le bénéfice du doute. Judy est en bas ;
c'est la petite amie de Watkins ; elle a déjà essayé
de monter. Mais pas question que Watkins puisse
la voir, Goldie l'a coincé dans sa chambre et ne
le quitte pas des yeux. Mais, vous, vous pouvez.

— Je peux quoi ? fit Mr. Acarius.

— Vous pouvez appeler la réception, dire que
Judy vient vous voir, qu'on la laisse monter », dit
Miller en tendant le téléphone à Mr. Acarius.
« Elle s'appelle Lester.

— Quoi ? demanda Mr. Acarius. Quoi ?

— Bon, ça va. Je vais le faire moi-même. Comment vous appelez-vous ? Je n'ai pas bien saisi
votre nom.

— Acarius, dit Mr. Acarius.

— Acarius », répéta Miller. Il prit le combiné
et dit : « Allô ! Ici Mr. Acarius, chambre vingt-
sept. Faites monter Miss Lester, je vous prie.
Merci. » Il reposa l'appareil et prit la robe de
chambre de Mr. Acarius. « Enfilez ça pour être
prêt à la recevoir. On s'occupe du reste. Il faudra
faire vite parce que Goldie va se douter qu'il se
passe quelque chose dès qu'elle entendra l'ascenseur monter. »

L'opération fut vivement menée. À peine Miller avait-il quitté la pièce que Mr. Acarius, debout
en robe de chambre, entendit l'ascenseur s'arrêter, et des pas rapides, sonores, heurter le sol du
couloir ; c'était des chaussures de femme. Tout à
coup sa chambre lui parut pleine de monde : la

femme vulgaire, un peu forte, un peu fanée, qu'il avait vue hurlant dans le hall, entra et se précipita sur lui en criant : « Mon chéri ! Mon chéri ! » suivie de Miller et d'un autre homme en pyjama et robe de chambre. Celui-là, plus âgé, avait dépassé la soixantaine ; il n'avait pas, lui, les traits d'un acteur mais un de ces visages comme on en voit en quantité dans les réunions de Shriners[1], dans les boîtes de nuit ou dans les théâtres, à l'entracte, aux premières des opérettes. Fermaient la marche l'infirmière et le garçon d'ascenseur. Épouvanté, Mr. Acarius entendit la harpie s'écrier d'une voix rageuse : « Grouillez-vous, bande de salauds ! » Elle tenait grand ouvert son manteau de fourrure ; Miller et son acolyte saisirent brutalement le haut de son corsage qui céda et révéla la présence de deux flacons d'une demi-pinte coincés dans les bonnets de son soutien-gorge. Tout à coup, la chambre se vida, aussi soudainement, aussi violemment qu'elle s'était remplie, mais pas pour longtemps : d'ailleurs les deux séquences lui parurent presque simultanées, comme superposées. Il entendait encore le tumulte au bout du couloir, la voix du sexagénaire implorant l'infirmière ou quelqu'un autre, en tout cas celui ou celle qui s'était emparé des deux flacons, lorsque retentit à nouveau un bruit de talons de femme. La harpie fit à nouveau son entrée mais cette fois à fond de train ; elle avait relevé sa robe et sa combinaison et les tenait en boule sur son ventre ; une troisième bouteille, d'une pinte cette fois, apparut, qu'elle s'était attachée avec du sparadrap entre

---

1. Association fraternelle pseudo-maçonnique, fondée en 1871. (*N.d.T.*)

les cuisses, des cuisses qui couraient vers
Mr. Acarius. Elle lui cria : « Prends-la, mais
prends-la donc ! » tandis que Mr. Acarius, incapable de bouger, la regardait avec des yeux ronds.
Elle arracha la bouteille, la fourra dans le fauteuil où il était assis, derrière son dos puis, se
retournant et lissant de la main sa jupe sur ses
hanches, elle prit un ton hautain de princesse ou
de reine, pour lancer à l'infirmière qui entrait :
« Une fois suffit, je vous interdis de porter la
main sur moi. »

Le tumulte finit par s'apaiser ; Mr. Acarius était
resté là prostré, épuisé, tremblant. Il n'avait toujours pas bougé lorsque, peut-être dix minutes
plus tard, Miller entra, accompagné du sexagénaire. « Du bon boulot, fit-il. Où est-elle ? »
Mr. Acarius fit un geste vague ; Miller glissa la
main dans le fauteuil et en sortit la bouteille de
whisky.

« *Mon rêve, je te vois...* dit le sexagénaire.

— Ah, oui, dit Miller, je vous présente Watkins.

— *Mon rêve, je t'entends...* dit Watkins. La
meilleure cachette, c'est ici.

— Exact, répondit Miller. C'est vrai aussi pour
le géranium.

— Va le chercher », dit Watkins, et Miller sortit. Watkins s'approcha de Mr. Acarius et fourra
la bouteille au fond du lit, sous les couvertures.
Mon rêve, je te vois, Mon rêve, je t'entends. Il
demanda : « C'est votre première visite ici ?

— Oui, répondit Mr. Acarius dans un souffle.

— Vous vous y ferez, dit Watkins.... *oui, mon
rêve, C'est toi* », continua-t-il. Miller rentra, portant un géranium en pot sous sa robe de
chambre, et un journal qu'il déplia et étala par
terre ; il vida le pot sur le journal, plante et ter-

reau ; à l'intérieur du pot apparut une autre bouteille d'une pinte.

« Avec ça, on est parés, dit Watkins. Peut-être qu'on n'aura pas besoin de votre costume.

— Mon costume ? murmura Mr. Acarius.

— L'escalier de secours passe tout juste devant ma fenêtre, expliqua Miller, tout en emballant les restes du géranium dans le journal. La semaine dernière, Watkins a réussi à mettre la main sur la clé et à la garder assez longtemps pour déverrouiller la fenêtre. J'ai toujours mes chaussures et ma chemise, mais on n'avait pas de pantalon. À présent, plus de problème. S'il y a urgence, l'un de nous peut descendre par l'escalier de secours et aller acheter une bouteille au magasin du coin. Mais à présent, c'est inutile. C'est même inutile de se risquer à maquiller les pancartes ce soir, dit Miller à Watkins.

— Peut-être, dit Watkins, occupé à enlever le terreau qui restait sur la bouteille. Va chercher un verre dans la salle de bains.

— On ferait peut-être bien de remettre tout ça dans le pot, dit Miller, en soulevant le journal et son contenu.

— Flanque ça à la poubelle », dit Watkins. Miller jeta dans la corbeille à papier de Mr. Acarius le journal avec les restes du géranium, balança le pot par-dessus puis, allant dans la salle de bains, il en revint avec un gobelet vide. Watkins avait déjà débouché la bouteille. Il se versa une rasade et la but. « Donne-lui à boire, à lui aussi, dit-il à Miller. Il l'a bien mérité.

— Non, murmura Mr. Acarius.

— Vous auriez intérêt, dit Miller. Vous avez une sale mine.

— Non, murmura Mr. Acarius.

— Vous voulez que j'appelle Goldie pour qu'elle revienne avec le bromure qu'elle a essayé de vous refiler tout à l'heure ?

— Non, murmura Mr. Acarius.

— Fiche-lui donc la paix, fit Watkins. Même ici on est en Amérique. On est libre de ne pas boire si on n'en a pas envie. En tout cas, planquons ça comme il faut.

— Exact, fit Miller.

— *Mon rêve, je te vois...* » fit Watkins.

Mr. Acarius ne sortait pas de sa prostration. Un peu plus tard, un garçon d'étage arriva avec le repas du soir sur un plateau ; sans réagir, il se contenta de regarder les plats comme s'ils étaient empoisonnés. L'infirmière entra ; elle portait toujours son plateau mais cette fois en plus de l'eau, il y avait un petit verre de whisky.

« Il faut manger, dit-elle. Ceci va peut-être vous ouvrir l'appétit.

— Non, murmura Mr. Acarius.

— Allons, allons, dit l'infirmière. Il faut y mettre du vôtre.

— Impossible, murmura Mr. Acarius.

— Bon, bon, dit l'infirmière, mais il faut manger un peu sinon je vais devoir raconter ça au docteur Hill. »

Il fit donc un effort, mâchonna quelques bouchées ; peu après, le garçon revint enlever le plateau ; aussitôt après ce fut Miller qui entra ; il prit au fond du lit de Mr. Acarius une des bouteilles, celle que Watkins avait ouverte. « Merci encore, dit-il. Vous n'en voulez vraiment pas ?

— Non », murmura Mr. Acarius, qui put enfin retomber dans sa torpeur, conscient seulement de la lente montée d'un silence claustral et vespéral. Par la porte ouverte, il apercevait le cou-

loir. De temps à autre d'autres individus passaient, en robe de chambre et en pyjama ; ils
semblaient tous se diriger vers une autre porte
éclairée, au bout du couloir. Alors qu'il nouait la
cordelière de sa robe de chambre, il reconnut
sans peine la voix de Watkins : « *Mon rêve, je te
vois...* » Avançant avec difficulté, il aperçut l'intérieur d'une pièce, le bureau ou la pharmacie, ou
quelque chose de ce genre ; une armoire était
ouverte, une clé était dans la serrure, accrochée
à un anneau où pendaient d'autres clés et, d'une
bouteille brune sans étiquette, l'infirmière versait
du whisky à la ronde, remplissant les petits
verres que lui tendaient, l'un après l'autre, ses
fidèles. « *Mon rêve, je t'entends*, dit Watkins.

— Parfait, lui dit Miller d'un ton amical. C'est
toujours ça de pris. On va être au régime sec
après minuit quand Goldie sera partie. »

Mais ce n'était pas ce que voulait Mr. Acarius.
Enfin seul avec l'infirmière, il le lui dit. Elle lui
répondit : « Il est un peu tôt pour vous mettre au
lit, vous ne trouvez pas ?

— Il faut que je dorme, il faut absolument que
je dorme.

— Très bien, allez-y, mettez-vous au lit et je
vous l'apporte. »

Il se mit donc au lit, avala la gélule. Il sentait
le froid de la bouteille contre ses pieds mais bientôt elle se réchaufferait ou même bientôt, très
bientôt peut-être, cela n'aurait plus aucune
importance ; pourtant il n'imaginait pas vraiment comment il pourrait jamais retrouver le
sommeil. Il n'avait aucune idée de l'heure mais
cela non plus n'avait aucune importance. Appeler son médecin à cette heure-ci, le faire appeler
par l'infirmière, qu'il vienne le chercher, qu'il le

ramène dans un lieu sûr parmi les gens sains
d'esprit et soudain il se sentit tomber de cette
absence de paix dans une autre absence de paix,
dans un fracas venu du bout du couloir. Il était
tard, il le sentait. Le plafonnier était éteint mais
il y avait encore dans la pièce une lumière tami-
sée, provenant de la lampe de chevet. Soudain il
entendit des pas dans le couloir, des pas précipités. Watkins et Miller entrèrent. Watkins était
vêtu d'un imperméable de femme de couleur vert
jade, dont le col entrouvert laissait dépasser la
tige brisée, pendante, d'une amaryllis ; une
écharpe de soie écarlate entourait sa tête à la
manière d'une guimpe de religieuse. Miller avait
à la main la bouteille brune sans étiquette que
Mr. Acarius avait vu mettre sous clé dans
l'armoire deux, trois heures auparavant, peut-
être plus, peut-être moins. Miller s'évertuait à la
fourrer dans le lit de Mr. Acarius lorsqu'une infirmière entra et Mr. Acarius comprit immédiatement que c'était la « nouvelle », celle qui semait
la terreur. C'était une femme d'un certain âge qui
portait le pince-nez en bataille. Elle glapissait :
« Rendez-moi ça ! Rendez-moi ça ! » et se tournant vers Mr. Acarius, elle lui dit : « J'ouvre
l'armoire et je vais prendre la bouteille mais l'un
des deux lascars a fait tomber mon bonnet et
quand je me suis baissée pour le ramasser, il a été
plus vite que moi, il a subtilisé la bouteille !

— Alors, il faut me rendre celle que vous
m'avez volée, que j'avais mise dans la chasse
d'eau ! dit Miller.

— Je l'ai vidée dans la cuvette ! s'écria
l'infirmière d'un ton triomphant.

— Vous n'aviez pas le droit, dit Miller. Elle
m'appartenait, je l'avais achetée avec mon

argent. Elle n'était pas la propriété de l'hôpital, vous n'aviez pas le droit d'y toucher.

— Nous verrons bien ce que le docteur Hill en pensera, dit l'infirmière, qui s'empara prestement de la bouteille non étiquetée et sortit de la pièce.

— Oui, nous allons voir ça, s'écria Miller, en lui emboîtant le pas.

— *Mon rêve, je t'entends...*, dit Watkins. Bougez un peu les pieds », continua-t-il, et plongeant la main dans le lit, il en sortit la bouteille non entamée. Mr. Acarius ne bougea pas : il en était incapable. Quant à Watkins, il ouvrit la bouteille et but au goulot. Le couloir retentissait toujours des cris indignés de Miller mais bientôt celui-ci fut de retour dans la chambre.

« Elle m'a empêché de me servir du téléphone, dit-il. Elle est assise dessus. Il va falloir qu'on monte le réveiller.

— Elle n'a aucun sens de l'humour, dit Watkins. On ferait bien de liquider celle-ci avant qu'elle ne la trouve. » Buvant au goulot, ils se passèrent et se repassèrent la bouteille. « Il va falloir renouveler le stock, lui faucher les clés.

— Oui, mais comment ? demanda Miller.

— On lui fait un croc-en-jambe et on lui prend les clés.

— C'est risqué.

— C'est risqué seulement si elle se cogne la tête. Il faut s'arranger pour la faire sortir dans le couloir : là, il y a de la place.

— D'abord, allons réveiller Hill, dit Miller. Ces abus d'autorité sont intolérables, pas question que je laisse passer.

— Intolérable », dit Watkins. Il vida la bouteille et la jeta dans la corbeille à papier. Mr. Acarius se retrouvait seul ; la situation, à vrai dire,

n'avait guère changé puisqu'il était trop tard pour
appeler quinconque au téléphone, et qui
d'ailleurs aurait-il appelé ? Il était coupé de tout
secours, c'était comme s'il s'était réveillé sur un
plateau peuplé de dinosaures dans un pays inaccessible, oublié des humains, où seule une bête
sauvage peut vous protéger des autres bêtes sauvages ; dans le groupe de patients qui tendaient
rituellement leur verre à l'infirmière, il se rappelait avoir remarqué un type qui avait l'allure d'un
chauffeur de poids lourd, ou d'un boxeur ; celui-
là pourrait peut-être lui venir en aide, à supposer, bien sûr, qu'il ne dorme pas ; Mr. Acarius se
demandait d'ailleurs comment quiconque pouvait encore dormir à l'étage, surtout maintenant
que lui parvenaient à travers le plafond les éclats
de voix du docteur Hill fulminant de rage ; et
Mr. Acarius, allongé dans son lit, en proie à une
souffrance presque paisible, pensait : Oui oui il
faut la sauver et puis je partirai partirai
n'importe où par n'importe quel moyen ; il en
était toujours là quand les vociférations du docteur Hill qui avaient atteint leur paroxysme
furent suivies d'un bruit sourd, étrange que
Mr. Acarius ne put percevoir que comme
l'annonce d'un autre bruit et il y eut, en effet, un
choc violent.

  Il était debout ; l'infirmière et le garçon d'étage
s'étaient déjà précipités dans le couloir ; là, une
porte demeurée ouverte laissait voir le départ
d'un escalier en ciment au bas duquel gisait Watkins. Assurément, il avait toute l'apparence d'un
cadavre. Ou plutôt, il semblait être au-delà de la
mort : il semblait être en paix, les yeux clos, un
bras placé en travers de la poitrine, la main molle
semblant serrer légèrement la tige brisée de

l'amaryllis. « Oui, oui ! s'écria Mr. Acarius, tremble, prie pour qu'il le soit ! »

Miller avait dit qu'il avait fourré le costume derrière la baignoire, et il était bien là, roulé en boule. Mr. Acarius n'avait ni chemise ni chaussures ; il portait des chaussons et sa veste de pyjama. Il n'avait aucune idée non plus de l'endroit où se trouvait la chambre de Miller, avec la fenêtre déverrouillée donnant sur l'escalier de secours. Mais il n'hésita pas. J'ai fait ce que je pouvais, se dit-il. Que le Seigneur pourvoie au reste.

Et une puissance, en effet, pourvut au reste. Le garçon d'étage, aidé par deux patients, portèrent le corps de Watkins jusque dans sa chambre ; une courte attente et le couloir était libre. Il trouva la chambre de Miller sans difficulté : il lui suffit de choisir une porte et de l'ouvrir. Il avait toujours été sujet aux vertiges et pourtant il se trouva sur l'escalier de secours, dans l'obscurité avant même de s'être rappelé sa peur du vide, pensant avec stupeur qu'il y avait un monde, une époque où on avait le loisir de redouter ce qui n'était qu'un espace vertical. Il savait, de façon abstraite, que les escaliers de secours ne descendent pas jusqu'au sol et qu'une fois arrivé à la dernière marche, on doit sauter ; la nuit était noire et il ne savait pas dans quoi il allait sauter, et pourtant, une fois de plus, il n'hésita pas, se laissa aller dans le vide et atterrit sur une surface cendrée. Il y avait aussi une barrière, une allée et maintenant il apercevait la merveilleuse étendue de Central Park, désert à cette heure : il lui suffisait de franchir cet espace pour retrouver son sanctuaire domestique. Il se mit à courir dans le parc, trébuchant, haletant, suffoquant ;

soudain une voiture le rattrapa. Elle ralentit ; une
voix l'interpella : « Eh ! vous, là-bas ! » Déjà les
uniformes bleus, les écussons l'entouraient mais
il s'efforçait toujours de courir, en se débattant,
en donnant des coups, en tapant au hasard. Ils
finirent par le maîtriser et l'un d'eux renifla son
haleine. Une voix dit : « C'est pas le moment de
gratter une allumette ! On appelle le panier à
salade !

— Rassurez-vous, messieurs », dit le docteur
Cochrane. C'est alors seulement que Mr. Acarius, haletant, réduit à l'impuissance, en pleurs
maintenant, aperçut une voiture arrêtée derrière
le véhicule de police. « Je suis son médecin, on
m'a téléphoné de l'hôpital pour me dire qu'il
s'était échappé, je le prends sous ma responsabilité, aidez-moi seulement à le faire monter dans
ma voiture. »

Ils l'aidèrent : leurs mains étaient fermes,
dures. La voiture démarra. « C'est ce vieil
homme, dit-il en pleurant, ce vieillard terrible qui
aurait dû être chez lui en train de raconter des
histoires à ses petits-enfants pour les endormir !

— Tu ne savais pas qu'il y avait des flics dans
la voiture ? demanda le médecin.

— Non, s'écria Mr. Acarius, seulement des
membres du genre humain. »

À présent, il était chez lui, agenouillé devant le
meuble de son bar ; les choses ne traînèrent pas :
il en sortit non seulement le whisky qui restait
mais tous les autres alcools, cognac, vermouth,
gin, liqueurs, et les prenant dans ses bras, il courut jusqu'à la salle de bains. L'une après l'autre,
les bouteilles allèrent se briser dans la baignoire
tandis que, debout dans l'encadrement de la
porte, le médecin l'observait.

« Alors, on voulait faire son entrée dans l'espèce humaine et toutes les places étaient prises, fit le médecin.

— Oui, dit Mr. Acarius en larmes. Il est imbattable. On ne peut pas le battre. On ne pourra jamais. Jamais. »

Sépulture Sud

Quand Grand-père mourut, mon père dit ce qui sans doute lui venait spontanément à l'esprit parce que ses paroles étaient involontaires parce que s'il avait pris le temps de penser, il ne l'aurait pas dit : « Bon Dieu, maintenant nous allons perdre Liddy. »

Liddy était la cuisinière. C'était l'une des meilleures cuisinières que nous ayons jamais eues et elle ne nous avait pas quittés depuis que Grand-mère était morte sept ans auparavant ; alors la cuisinière précédente était partie ; et maintenant, avec ce nouveau décès dans la famille, elle allait partir également, avec regret, parce qu'elle aussi nous aimait bien. Mais il en allait comme ça des nègres : ils quittaient la famille pour laquelle ils travaillaient quand quelqu'un y mourait, comme obéissant non à une superstition mais à un rite : le rite de leur liberté : non pas le fait d'être libérés du travail, mais la liberté d'aller d'un travail à l'autre, de faire d'un décès dans la famille l'impulsion, le prétexte de leur départ, puisque la mort seule était assez importante pour motiver l'exercice d'un droit aussi important que la liberté.

Mais elle ne partait pas encore : leur départ à
elle et à lui (Arthur, son mari) serait empreint
d'une dignité à la mesure de la dignité de Grand-
père, de son âge et de son rang dans notre famille
et dans notre ville, mesure qui serait aussi celle
de sa sépulture. Sans parler du fait qu'Arthur lui-
même vivait son apogée comme membre de
notre domesticité, comme si les sept années qu'il
avait passées à notre service n'avaient été que
l'attente de cet instant, de cette heure, de ce jour :
assis (non plus debout : assis) tout frais rasé, les
cheveux rafraîchis le matin même, arborant une
chemise blanche toute propre, une cravate de
mon père et son propre veston, sur une chaise
dans l'arrière-boutique du joaillier tandis que
celui-ci, Mr. Wedlow, inscrivait sur une feuille de
parchemin, de sa belle écriture cursive, l'avis officiel du décès de Grand-père et l'heure prévue
pour l'enterrement ; après quoi, lorsqu'elle serait
attachée au plateau d'argent par des nœuds de
ruban noir et des rameaux de fleurs imitation
immortelles, Arthur la porterait de porte en porte
(non pas celle des entrées de service ou des cui-
sines mais celle des entrées principales) dans
notre ville, sonnant d'abord puis présentant le
plateau à quiconque ouvrirait, non pas en tant
que serviteur apportant le faire-part officiel mais
en tant que membre de notre famille exécutant
scrupuleusement un rite, puisque la ville entière
savait déjà que Grand-père était mort. C'était
donc un rite, et Arthur en personne était maître
du moment, maître de l'entière matinée en vérité,
parce qu'il n'était pas seulement un de nos
domestiques, mais plutôt un messager de la Mort
disant à notre ville : « Un instant, mortel ; sou-
viens-toi de Moi. »

Puis Arthur serait occupé pour le reste de la journée aussi, vêtu maintenant de sa veste de cocher et portant le chapeau de castor que lui avait légué le mari de la cuisinière qui avait précédé Liddy, qui lui-même l'avait hérité du mari de celle qui avait précédé celle-là, à attendre avec le cabriolet les trains par lesquels notre famille et nos relations arriveraient. Et maintenant la ville allait commencer la série des visites officielles, brèves et rituelles, presque sans mots et lorsqu'il y en avait, ce n'étaient que des chuchotements, des murmures. Parce que le rituel disait que Mère et Père devaient supporter en privé la première atteinte du deuil, se portant mutuellement réconfort et consolation. Aussi était-ce la famille la plus proche qui devait recevoir les visiteurs : la sœur de ma mère et son mari, de Memphis, parce que Tante Alice, la femme de Charles, le frère de mon père, devait consoler et réconforter l'Oncle Charley — pour autant, du moins, qu'elle accepterait de rester en haut. Et pendant ce temps les voisines viendraient à la porte de la cuisine (le temps de l'entrée principale était révolu : c'était la cuisine et l'entrée de service maintenant) sans frapper, accompagnées de leur cuisinière ou de leur garçon d'écurie portant les plateaux de nourriture qu'elles avaient préparés pour nous et l'afflux de nos parents, et en vue du souper qu'à minuit prendraient les hommes, les amis avec qui mon père chassait et jouait au poker, et qui allaient veiller toute la nuit le cercueil de Grand-père lorsque l'entrepreneur des pompes funèbres l'aurait apporté et l'y aurait déposé.

Et tout le jour suivant aussi, tandis qu'arriveraient les couronnes et les gerbes ; et alors tous

ceux qui le désireraient pourraient aller dans le
salon pour voir Grand-père dans son cadre de
satin blanc et portant son uniforme gris au col
orné des trois étoiles, rasé de frais lui aussi, les
joues seulement rehaussées d'un peu de rouge. Et
tout ce jour-là aussi, jusqu'au moment où, après
notre déjeuner, Liddy dirait à Maggie et aux
autres enfants : « Maintenant, les enfants, allez
jouer dans le pré jusqu'à ce que je vous appelle.
Et obéissez bien à Maggie maintenant. » Parce
que ce n'était pas à moi. Je n'étais pas seulement
l'aîné mais j'étais un garçon, la troisième génération d'aînés depuis le père de Grand-père ;
quand viendrait le tour de mon père ce serait à
moi de dire avant même de prendre le temps de
penser : Bon Dieu, maintenant nous allons
perdre Julia ou Florence ou le nom que porterait
alors la cuisinière. Il me faudrait être là moi
aussi, dans mon costume du dimanche, un brassard de crêpe autour du bras, nous tous excepté
ma mère et mon père et l'Oncle Charley (Tante
Alice était là pourtant, parce que les gens l'excu-
saient parce qu'elle savait toujours bien organi-
ser les choses quand elle en avait l'occasion ; et
l'Oncle Rodney aussi, quoiqu'il fût aussi le frère
cadet de mon père) dans la pièce du fond que
Grand-père appelait son bureau, dans laquelle on
avait apporté le flacon de whisky habituellement
rangé sur le buffet de la salle à manger, par respect pour la cérémonie de l'enterrement ; oui,
l'Oncle Rodney aussi, qui n'était pas marié — le
fringant célibataire qui portait des chemises de
soie et employait une lotion parfumée après
s'être rasé, qui avait été le favori de Grand-mère
et celui d'un bon nombre d'autres femmes
aussi — le commis voyageur du grossiste de

Saint Louis qui, lors de ses brèves visites, apportait à notre ville un souffle, une odeur, presque
un éclat de cette métropole étrange qui n'était
pas pour nous : monde urbain grouillant de chasseurs d'hôtel, de cabarets à spectacle et de bars-
dégustation, lui que je vois, dans le plus lointain
souvenir que j'en ai gardé, debout devant le buffet, le flacon de whisky à la main — et qui l'avait
à la main à ce moment-là, mais la main de Tante
Alice était là aussi et tous, nous entendions son
chuchotement furibond :

« Ah non, tu ne vas tout de même pas te présenter avec une haleine pareille ! »

Puis, l'Oncle Rodney : « Bon, ça va, ça va. Va
me chercher une poignée de clous de girofle dans
la cuisine. » De sorte que ça aussi, l'odeur des
clous de girofle inextricablement mêlée à celles
du whisky et de la lotion et des fleurs coupées faisait partie de la dernière sortie que fit Grand-père
de sa maison, nous retenus encore dans le
bureau tandis que les dames pénétraient dans le
salon où était le cercueil, les hommes s'arrêtant
dehors sur la pelouse, solennels et silencieux, ne
se découvrant pas avant que commence la
musique, se découvrant alors, toujours debout, la
tête nue légèrement inclinée dans le chaud soleil
du début de l'après-midi.

Puis ce chant, cet hymne qui ne signifiait alors
plus rien pour moi : pas un rythme lugubre à la
mort, pas même un rappel de la réalité, que
Grand-père était parti et que je ne le reverrais
jamais. Parce que jamais il ne pourrait retrouver
la signification qu'il avait jadis eue pour moi
— la terreur, non pas de la mort mais des non-
morts. J'avais juste quatre ans alors : Maggie, ma
cadette, savait à peine marcher, nous deux dans

un groupe d'enfants plus âgés à demi cachés par les fourrés au coin de la cour, moi, du moins, en ignorant la raison, jusqu'à ce qu'il passe — le premier que j'eusse jamais vu passer — le corbillard noir, emplumé, les cabriolets noirs et les voitures noires, de cette allure lente, lourde de sens, remontant la rue soudain désertée, comme il me sembla avoir soudain que la ville entière le serait.

« Quoi, dis-je. Un macchabée ? Qu'est-ce que c'est qu'un macchabée ? » Et ils me le dirent. J'avais déjà vu des morts : des oiseaux, des crapauds, les chiots que celui qui précéda Simon (Sarah était sa femme) avait noyés, enveloppés dans un sac de toile, dans le réservoir d'eau parce qu'il avait dit que la belle chienne setter de mon père s'était fourvoyée, et je les avais vu aussi, lui et Sarah, battre jusqu'à les réduire en cordes informes et sanguinolentes des serpents dont je sais maintenant qu'ils n'étaient pas dangereux. Mais que cela, cette ignominie, arrive aux gens aussi, il me semblait que Dieu lui-même ne le permettrait pas, ne le pardonnerait pas. Aussi ceux qui étaient dans le corbillard ne pouvaient-ils pas être morts ; ce devait être un état qui ressemblait au sommeil : un tour joué aux gens par les mêmes forces ennemies et puissances du mal que celles qui avaient contraint Sarah et son mari à battre les serpents inoffensifs jusqu'à ce qu'il n'en reste plus qu'une pulpe sanguinolente et informe ou à noyer les chiots — tous plongés impuissants dans ce coma par quelque inexplicable et sinistre plaisanterie, jusqu'à ce que la terre fût bien tassée, laissés là à geindre et se débattre et hurler dans l'irrespirable obscurité à jamais sans issue. C'est pourquoi cette nuit-là je fus presque pris d'une crise d'hystérie, m'accrochant aux jambes de Sarah et haletant : « J' veux pas mourir ! J' veux pas ! Jamais ! »

Mais c'était le passé maintenant. J'avais quatorze ans maintenant et ce chant était l'affaire des femmes, de même que le discours du pasteur qui le suivit ; puis les hommes entrèrent — les huit porteurs qui étaient les amis de chasse et de poker et d'affaires de mon père, et les trois porteurs honoraires qui étaient trop vieux maintenant pour porter un fardeau : trois vieillards en gris eux aussi, mais en gris de deuxième classe (deux d'entre eux étaient dans le vieux régiment le jour où, dans la division Bee, il s'était replié devant l'avance de McDowell pour aller se ressaisir à Jackson devant Henry House). Portant le cercueil, ils sortirent donc, les dames se reculant un peu pour nous faire place, sans nous regarder, les hommes, dehors, dans la cour ensoleillée, ne regardant pas plus le cercueil qui passait que nous, tête nue, légèrement inclinés ou même légèrement détournés comme s'ils eussent rêvé ou s'ils n'eussent prêté aucune attention à la scène ; on entendit un bruit étouffé, à moitié creux, qui nous fit sursauter, lorsque les porteurs, amateurs eux aussi, finirent par introduire le cercueil dans le corbillard ; puis, avec une sorte de célérité solennelle, ils firent le va-et-vient entre la voiture et le salon pour transporter toutes les fleurs ; puis, vivement maintenant, presque en hâte, comme s'ils s'étaient déjà dissociés non seulement de l'enterrement mais aussi de la mort même, ils tournèrent au coin où attendait la carriole qui les emmènerait par les petites rues jusqu'au cimetière où ils seraient déjà à attendre quand nous arriverions ; de sorte que tout Sudiste étranger à notre ville, voyant ce véhicule

plein d'hommes vêtus de noir et rasés de frais
parcourant à un trot vif une petite rue écartée à
trois heures de l'après-midi un mercredi, serait
dispensé de demander ce qui s'était passé.

Oui, une procession : le corbillard, puis notre
cabriolet, avec mon père, ma mère et moi, puis
les frères et sœurs, leurs femmes et leurs maris,
puis les cousins aux premier, deuxième et troisième degrés, leur proximité du corbillard dimi-
nuant en raison directe de leur lien avec Grand-
père, remontant la rue désertée, traversant la
place, aussi vide maintenant que le dimanche, si
bien que je me sentais tout gonflé de sno-
bisme et d'orgueil à la pensée que Grand-père
avait eu tant d'importance dans la ville. Puis parcourant la rue vide qui mène au cimetière, avec,
à chaque mètre ou presque, des enfants postés le
long des barrières et regardant avec la terreur et
l'excitation même dont je me souvenais, me souvenant de la terreur et du regret que j'avais eu
jadis à souhaiter habiter rue du Cimetière de
façon que je pusse les voir tous.

Et maintenant déjà nous pouvions les voir,
gigantesques et blancs, plus grands sur leurs pié-
destaux de marbre que la clôture croulant
sous les roses et le chèvrefeuille, se dessinant,
parmi les arbres mêmes, magnolias, cèdres et
ormes, contemplant l'est à jamais de leurs yeux
de marbre vides — non pas des symboles : non
pas des anges de miséricorde ou des séraphins
ailés ou des agneaux ou des bergers, mais les effigies des gens eux-mêmes, tels qu'ils avaient été
dans la vie, en marbre maintenant, pérennes,
inaccessibles, héroïques par leur taille, s'élevant
haut au-dessus de leur poussière dans l'implacable tradition de notre protestantisme baptiste-

méthodiste, fort, intraitable, exubérant mais
sévère, sculptés dans la pierre italienne par de
coûteux artistes italiens et acheminés à grand
prix par voie de mer pour venir s'ajouter au
nombre des sentinelles invincibles qui gardent le
temple de nos mœurs sudistes, valables pour le
banquier et le marchand et le planteur ni plus ni
moins que pour le dernier métayer qui ne possédait ni la charrue qu'il guidait ni le mulet qui la
tirait, et qui décrétèrent, exigèrent que, si spar-
tiate que fût la vie, dans la mort le sens des dollars et des *cents* était aboli ; que peu importait
que Grand-mère eût fendu du bois pour son fourneau jusqu'au jour même de sa mort, car elle
devait entrer dans la terre en satin et en acajou
et en poignée d'argent même si les deux premiers
étaient synthétiques et le troisième allemand —
cérémonie nullement en l'honneur de la mort ni
même du moment de la mort, mais en l'honneur
de la dignité : l'homme victime de l'accident ou
même du meurtre figuré en effigie non à l'instant
de son trépas mais au faîte de sa sublimation,
comme si dans la mort enfin il niait à jamais les
douleurs et les folies des affaires humaines.
   Grand-mère aussi : le corbillard s'arrêta enfin
près de la plaie béante de la fosse qui attendait,
le pasteur et les trois vieillards en gris (arborant
les médailles de bronze pendantes insignifiantes
qui ne symbolisaient pas la valeur mais seulement les réunions d'anciens combattants,
puisque dans cette guerre tous les hommes des
deux camps avaient été braves et que par suite les
seules accolades consacrant la distinction individuelle avaient été celles du plomb jailli des fusils
de pelotons) attendant à côté, munis maintenant
de carabines, tandis que les porteurs ôtaient les

fleurs, puis le cercueil, du corbillard ; Grand-
mère aussi dans sa tournure et ses manches à
gigot, avec le visage dont nous nous souvenions
hormis les yeux vides, ne rêvant à rien, tandis que
descendait le cercueil et que le pasteur trouvait
un endroit où s'arrêter enfin, et que la première
motte faisait ce bruit profond et paisible et à moitié creux en tombant sur le bois invisible et que
les trois vieillards tiraient en désordre leur salve
et chevrotaient leur cri de guerre discordant.

Grand-mère aussi. Je me souvenais de ce jour,
six ans auparavant, la famille réunie, mon père
et ma mère et Maggie et moi dans le cabriolet
parce que Grand-père était sur son cheval — le
cimetière, notre concession, l'effigie de Grand-
mère dans son tout premier éclat maintenant sortie de la caisse d'emballage, grande sur le piédestal éclatant surmontant la tombe elle-même,
l'entrepreneur, chapeau à la main, et les ouvriers
noirs qui avaient sué pour l'ériger s'effaçant pour
nous laisser, nous la famille, la regarder et
approuver. Et un an plus tard, après le morne
temps qu'il avait fallu pour le sculpter en Italie
et la morne traversée atlantique, Grand-père
aussi, sur son piédestal, à côté d'elle, non en soldat qu'il avait été et que je voulais qu'il fût, mais,
selon la longue inflexible tradition de l'apothéose
à son apogée, le juriste, le parlementaire, l'orateur qu'il n'était pas : en redingote, la tête nue
renversée en arrière, le tome sculpté ouvert dans
l'une de ses mains sculptées et l'autre tendue
dans le geste immémorial de la déclamation,
cette fois ma mère et Maggie et moi seulement
dans le cabriolet parce que Père montait le cheval maintenant, venus pour l'inspection privée et
l'approbation de rigueur.

Et trois ou quatre fois l'an je revenais, ne sachant pourquoi, seul, pour les contempler, non pas seulement Grand-père et Grand-mère mais eux tous, profilés sur le fond du vert luxuriant de l'été et l'embrasement royal de l'automne et la ruine de l'hiver avant que fleurisse à nouveau le printemps, salis maintenant, un peu noircis par le temps et le climat et l'endurance mais toujours sereins, impénétrables, lointains, le regard vide, non comme des sentinelles, non comme s'ils défendaient de leurs énormes et monolithiques poids et masse les vivants contre les morts, mais plutôt les morts contre les vivants ; protégeant au contraire les ossements vides et pulvérisés, la poussière inoffensive et sans défense contre l'angoisse et le chagrin et l'inhumanité de la race humaine.

NOTICES
ET
BIBLIOGRAPHIE

ABRÉVIATIONS

I. COLLECTIONS

APDC Archives privées de Dorothy Commins.

APJFS Archives privées de Jill Faulkner Summers.

CFUM Collection Faulkner de l'université du Mississippi.

CFUV Collections Faulkner de l'université de Virginie.

NYPL New York Public Library.

II. OUVRAGES PUBLIÉS AUX ÉTATS-UNIS

LCWF James B. Meriwether, *The Literary Career of William Faulkner*, Princeton University Library, 1961.

MQ *The Mississippi Quarterly.*

NOS *William Faulkner : New Orleans Sketches*, ed. Carvel Collins (Rutgers University Press, 1958), New York, Random House, 1968.

III. OUVRAGES PUBLIÉS EN FRANCE

CNO *Croquis de la Nouvelle-Orléans suivi de Mayday* (édition établie par Carvel Collins, introduction de C. Collins, traduction de M. Gresser), Paris, Gallimard, 1988.

Dr M *Le Docteur Martino et autres nouvelles*, traduction de R.N. Raimbault et Ch.-P. Vorce, Paris, Gallimard, 1948.

EDLO *Essais, discours et lettres ouvertes* (édition établie par James B. Meriwether, traduction de J. et L. Bréant), Paris, Gallimard, 1969.

EPA *Elmer, suivi de Le Père Abraham* (édition établie par James B. Meriwether, traduction et préface par M. Gresset), Paris, Gallimard, 1987.

FAU *Faulkner à l'Université* (cours et conférences prononcés à l'université de Virginie [1957-1958], recueillis et préfacés par Frederick L. Gwynn et Joseph L. Blotner, traduction de René Hilleret, avant-propos de M. Gresset), Paris, Gallimard, « Connaissance de soi », 1964.

IAD *Idylle au désert et autres nouvelles* (édition établie par Joseph Blotner, avant-propos de M. Gresset, introduction de J. Blotner, traductions de M.E. Coindreau, D. Coupaye, M. Gresset, F. Pitavy), Paris, Gallimard, 1985.

LC *Lettres choisies* (édition établie par Joseph Blotner,

traductions de D. Coupaye et M. Gresset), Paris, Gallimard, 1981.

OR I   *Œuvres romanesques I* (édition établie par Michel
Gresset), Paris, Gallimard, « Bibliothèque de la
Pléiade », 1977.

OR II   Œuvres romanesques II (édition établie par André Blei-
kasten et François Pitavy), Paris, Gallimard, « Bibliothèque de la Pléiade », 1995.

PPECJ   *Proses, poésies et essais critiques de jeunesse* (publiés et
commentés par Carvel Collins ; traduction et préface
par Henri Thomas ; illustrations de William Faulkner),
Paris, Gallimard, 1966.

13 H   *Treize histoires*, traduction de R.N. Raimbault et
Ch.-P. Vorce, avec la collaboration de M.E. Coindreau,
Paris, Gallimard, 1949.

NOUVELLES INÉDITES

ADOLESCENCE

Dépôt : CFUV, dactylogramme de 26 pages.

Très tôt, Faulkner avait composé des poèmes suivant les modèles conventionnels de la pastorale et de la ballade. Puis, le 17 mars 1922, il publia un essai critique prônant, comme source de l'art dramatique, la langue et les sujets de l'Amérique [1]. Une semaine plus tôt, il avait publié un texte en prose où figurait, comme seul personnage humain, un travailleur agricole itinérant [2]. Plus tard, il déclara qu'il avait écrit « Adolescence » au début des années vingt [3]. Même si elle contient encore des images qui rappellent tel ou tel de ses poèmes, on peut constater que cette nouvelle va dans le sens souhaité par l'essai critique et illustré par le texte en prose, tout en annonçant certains romans à venir [4]. Par son mariage avec un homme au statut social inférieur au sien, par les enfants qu'elle a, et par sa mort, la femme de Joe Bunden préfigure Addie Bunden dans *Tandis que j'agonise*. Sa fille Juliette a le corps mince et le comportement de garçon manqué de plus d'une jeune héroïne à venir, à commencer par Pat Robyn dans *Moustiques*. La relation de Juliette avec Lee Hollowell, surtout par son contenu érotique, annonce les liaisons entre Donald Mahon et Emmy dans *Monnaie de singe*, et entre Harry Wilbourne et Charlotte Rittenmeyer dans *Les Palmiers sauvages*.

1. « Les Livres et la vie — Le Drame américain : Inhibitions », *PPECJ*, pp. 63-67.
2. « La Colline, *PPECJ*, pp. 59-62.

3. *LCWF*, p. 86.
4. Voir *OR I*, pp. 1520-1521. (*N.d.T.*)

AL JACKSON

Dépôt : Bibliothèque Newberry (Chicago), 2 dactylogrammes de 3 pages chacun.

À la fin de l'hiver 1925, Faulkner et Sherwood Anderson devinrent amis et prirent plaisir non seulement à se raconter des histoires, mais à échanger des lettres où ils se livraient délibérément à des exercices dans la tradition du *tall tale* [1]. Quand Anderson reçut la première des lettres de Faulkner, il lui suggéra de la récrire. Cela fait, Anderson écrivit une réponse où il développait l'histoire et inventait un personnage de berger de poissons nommé Flu Balsam, qui avait maille à partir avec Al Jackson, le personnage inventé par Faulkner, et avec un maquignon texan. Faulkner envoya alors une deuxième lettre. Dans *Moustiques*, il devait se souvenir de cet échange épistolaire [2].

1. Conte oral : terme appliqué au type d'anecdote de la « frontière » américaine qui est caractérisé par l'hyperbole ou par un genre abrupt de litote, et émaillé de détails réalistes concernant les personnages ou les usages locaux, dont l'accumulation crée un effet romanesque, grotesque ou humoristique. (*N.d.T.*)
2. Voir Claire Bruyère, « Les Œuvres croisées de Sherwood Anderson et de William Faulkner », *Sud*, n° 48/49 (1983), pp. 217-233. (*N.d.T.*)

DON GIOVANNI

Dépôt : NYPL, dactylogramme de 12 pages, sans pagination.

Comme un certain nombre d'autres textes écrits par Faulkner à La Nouvelle-Orléans pendant la première moitié de l'année 1925, celui-ci était apparemment destiné au *Times-Picayune*. Sur la première page du dactylogramme figurent le nom et l'adresse de l'auteur : « 624 Orleans Alley / New Orleans. » Bien que la nouvelle soit restée inédite, il est révélateur que Faulkner en ait utilisé des éléments dans trois romans. Herbie, le protagoniste, devait devenir Mr. Talliaferro dans son deuxième roman *Moustiques*, où Morrison devient Dawson

Fairchild, l'écrivain anonyme le sculpteur Gordon, et
Miss Steinbauer Jenny. La cohabitation de Morrison et de
l'écrivain dans le même immeuble fait penser aux deux amis
de Faulkner, Sherwood Anderson et William Spratling (chez
qui habitait Faulkner). La calvitie naissante et la digestion difficile d'Herbie rappellent J. Alfred Prufrock, le personnage épo-
nyme du poème de T.S. Eliot, à qui *Moustiques* allait faire
encore plus clairement allusion. Quand Miss Steinbauer
repousse Herbie, elle emploie la méthode qu'Eula Varner utilise pour repousser l'instituteur Labove dans *Le Hameau*. La
description du téléphone à la fin de la nouvelle se retrouve dans
Pylône. Dans son dactylogramme, Faulkner avait commencé
par un paragraphe qu'il répétait mot pour mot à la place où il
figure ici — la cinquième —, mais qu'il a omis de biffer à la
place initiale. On l'a supprimé.

PETER

Dépôt : NYPL.

   En mars 1925, après s'être installé dans une chambre de
l'appartement de William Spratling au 624 Orleans Alley,
Faulkner accompagna parfois son ami lorsque celui-ci partait
dessiner dans divers quartiers de la ville. Jeune architecte
chargé de cours à l'université Tulane, Spratling ne cessait de
peindre, de dessiner et d'exécuter des plans de détail pour les
architectes locaux. Deux des « croquis » qui furent publiés dans
le *Times-Picayune*, « Venu de Nazareth [1] » et « Épisode [2] »,
relatent de telles expéditions. Dans le premier, Faulkner décrivait Spratling comme quelqu'un « dont la main a été formée
pour le pinceau comme la mienne, hélas, ne l'a pas été... ».
Quoique les sept pages sans pagination du dactylogramme de
« Peter » ne portent pas le nom de Faulkner, il ne fait pas de
doute qu'elles sont de lui. Il est difficile de les placer chronolo-
giquement dans la série des croquis écrits pendant la première
moitié de 1925. Comme « Le Prêtre [3] », ce croquis contient
incontestablement des éléments qui étaient de nature à cho-
quer les lecteurs du *Times-Picayune*. Et Faulkner n'a pas pu
manquer de comprendre que la langue, sinon le sujet même,
de « Peter » devaient être tabous pour un journal en 1925. Sous
la forme qu'elle a, avec le passage du dialogue entre guillemets
au dialogue de forme dramatique, puis retour au dialogue nar-

ratif, cette nouvelle était peut-être une esquisse, ou même un essai de nature expérimentale, dans le sens de ce qu'on allait retrouver dans son second roman, *Moustiques* (1927), qui s'appuie sur cette période de la vie de l'auteur à La Nouvelle-Orléans. Les images qu'il emploie pour décrire la mère de Peter annonçaient aussi le portrait de la femme de Charles Bon dans « Évangéline » et dans *Absalon ! Absalon !*

1. CNO, pp. 107-116
2. CNO, pp. 177-181.
3. « La Nouvelle-Orléans », CNO, pp. 54-55

CLAIR DE LUNE

Dépôt : CFUV.

Selon Faulkner, la première version de cette nouvelle date de 1919, 1920, ou 1921, et elle constitue « l'une des toutes premières nouvelles que j'ai écrites [1] ». Le dactylogramme de seize pages de cette première version qui nous est parvenu est incomplet. On y voit Robert Binford et son ami George boire des Coca-Cola au drugstore un samedi soir, et apercevoir deux « donzelles » qu'ils tombent d'accord pour essayer de « lever » plus tard, après le rendez-vous qu'a George avec son amie Cecily. Avec l'aide de Robert, celle-ci s'est échappée pour aller retrouver George, qui essaie de l'attirer dans une maison vide. Elle résiste, mais au moment où elle va céder aux instances de George, celui-ci change d'avis. Pendant leur retour en ville, elle s'engage à le retrouver dans la maison le lendemain soir. Il y a des ressemblances entre certains éléments de cette nouvelle et certains passages du premier roman de Faulkner, *Monnaie de singe* (1926), où l'on voit Cecily Saunders prendre George comme ami, puis comme mari. Le 3 novembre 1928, Alfred Dashiell refusa une nouvelle intitulée « Clair de lune », qu'il déclara avoir déjà vue à *Scribner's Magazine* [2]. Faulkner fit à nouveau allusion à cette nouvelle dans une lettre à son agent, Morton Goldmann — lettre non datée mais peut-être expédiée au début du printemps de 1935. La version de « Clair de lune » qui est donnée ici provient d'un dactylogramme de quatorze pages ; elle est beaucoup plus proche du style de la maturité de Faulkner que la version en seize pages qui constitue peut-être la première forme que prit la nouvelle après le stade manuscrit.

1. *LCWF*, p. 87.
2. James B. Meriwether, « Faulkner's Correspondence with *Scribner's Magazine* », *Proof* III (1973), pp. 253-282.

LE CAÏD

Dépôt : CFUV, dactylogramme de 37 pages.

Comme « Mistral [1] », « Neige » et « Évangéline », cette nouvelle utilise un narrateur à la première personne et un confident du nom de Don, qui partage la fonction narrative. Le personnage de Don fut probablement inspiré par William Spratling, l'ami de La Nouvelle-Orléans avec lequel Faulkner avait voyagé en Europe en 1925, comme le rappelle le décor des deux premières de ces quatre nouvelles. « Le Caïd » fut proposé sans succès à *The American Mercury* avant la date du 23 janvier 1930, puis, après cette date, à quatre autres magazines. Le style laisse penser qu'elle fut composée après les *Croquis de La Nouvelle-Orléans*, mais avant les œuvres plus mûres de la fin des années vingt, telles que *Sartoris*. On en retrouve des éléments dans plusieurs œuvres postérieures. Le personnage le plus familier est Popeye, dont l'aspect physique et le cadre où il évolue sont ici tout à fait ce qu'ils allaient être dans *Sanctuaire*. Certains des traits de Wrennie Martin font penser à une esquisse de Temple Drake. Quant à Dal Martin, il est remarquable en ce qu'il préfigure des éléments constitutifs de personnages aussi disparates que Thomas Sutpen, Wash Jones et Flem Snopes. L'outrage que lui inflige le planteur chez qui son père est métayer annonce *Absalon ! Absalon !* : c'est un affront comparable qui pousse Sutpen à concevoir l'ambition de propriétaire dont la satisfaction lui permettra de s'élever socialement. La relation entre Martin et le planteur, en particulier quand celui-ci, étendu dans son hamac, se fait servir des *toddies* par Martin, fait penser à plusieurs scènes entre Wash Jones et Thomas Sutpen dans *Absalon ! Absalon !*. L'ascension de Martin évoque celle de Flem Snopes dans la trilogie des Snopes (*Le Hameau, La Ville, Le Domaine*), et le cénotaphe qu'il élève sur la tombe de sa femme annonce peut-être même celui d'Eula Varner Snopes. Quant au lien qui associe le Dr Gavin

Blount au passé, on le retrouve chez Gail Hightower dans
Lumière d'août.

1. *13 H.*, pp. 217-249.

HISTOIRE TRISTE

Dépôt : APJFS, dactylogramme de 33 pages ; CFUM, fragments manuscrits et dactylographiés.

Cette nouvelle version du « Caïd » fut envoyée au *Saturday
Evening Post* le 14 novembre 1930, sans plus de succès que la
précédente. Dactylographiée sur la même machine, elle présente bien d'autres traits communs avec la précédente : ressem-
blance entre Martin et Flem Snopes, entre Blount et Hightower, ainsi qu'entre Blount, avec son « visage tendu de grand
nerveux et de grand timide », et Horace Benbow dans *Sartoris*
et dans *Sanctuaire*. Par son expérience d'enfant qui se cache
dans un cagibi et qui est sujet à des nausées, Blount préfigure
aussi Joe Christmas de *Lumière d'août*. Quant au thème de
l'affinité des femmes avec le mal, on le retrouvera dans *Sanctuaire* et dans *Lumière d'août*. Mais ce qu'il y a de plus intéressant dans cette nouvelle, c'est sans doute, par comparaison
avec « Le Caïd », la possibilité qu'elle offre de voir Faulkner faisant ce qu'il devait faire si souvent, inlassablement : changer le
point de vue narratif (et, ici, la fin du récit elle-même) dans sa
recherche infatigable de la façon la plus efficace de raconter
une histoire.

UNE REVANCHE

Dépôt : CFUV, fragment manuscrit intitulé « Rose du Liban » ; CFUM,
manuscrit de 10 feuillets et dactylogramme de 31 pages intitulés « Rose
du Liban », et dactylogramme de 53 pages intitulé « Une Revanche ».

Le 7 novembre 1930, Faulkner expédia une nouvelle intitulée « Rose du Liban » à l'adresse du *Saturday Evening Post*, qui
la refusa. L'année suivante, il tenta deux fois encore de la
vendre, toujours sans succès. Ces efforts ne furent pourtant pas
tout à fait vains, dans la mesure où il ne fait guère de doute

que l'obsession du passé qui caractérise Gavin Blount, M.D.,
devint une des dimensions majeures du personnage de Gail
Hightower, D.D., dans *Lumière d'août*. De même, la mort de
Charley Gordon dans un poulailler de Holly Springs préfigure
celle du grand-père de Hightower. Par la suite, Faulkner retra-
vailla cette nouvelle sous le titre « Une Revanche », et l'agent
Harold Ober reçut la nouvelle version le 13 octobre 1938. Il
tenta apparemment, mais en vain, de la vendre, et une lettre
de lui à l'auteur, datée du 2 novembre 1938, approuve la décision de la récrire encore. Nous ne savons pas si Faulkner le fit,
mais la nouvelle ne fut jamais publiée. Dans le dactylogramme
de trente et une pages intitulé « Rose du Liban », Faulkner
commençait, au présent, par une scène montrant Gavin Blount
en train de raconter à l'une de ses clientes l'histoire de Lewis
Randolph. Dans le dactylogramme de cinquante-trois pages
intitulé « Une Revanche », il ne se contente pas de modifier la
chronologie, il identifie le commandant de l'unité de Charley
Gordon à un ancêtre de Gavin Blount, et il en fait le rival malheureux de Gordon auprès de Lewis Randolph. Il intensifie
aussi les sentiments que celle-ci inspire à Gavin Blount.

UN HOMME DANGEREUX

Dépôt : APJFS, fragments manuscrits et dactylographiés ; CFUM, dactylogramme de 13 pages et fragments manuscrits et dactylographiés.

Cette nouvelle fut envoyée le 6 février 1930 à *The American
Mercury*, qui la refusa. Faulkner avait déjà tenté plusieurs fois
de traiter ce sujet, sous la forme de manuscrits et de dactylogrammes, tant complets qu'incomplets. L'origine de la nouvelle
revient apparemment à Estelle Faulkner : sous le titre
« Lettre », puis « Lettre à Grand-maman », le texte avait été au
moins partiellement dactylographié avec le nom d'Estelle sur
la page de titre. Il s'agissait d'une femme au passé malheureux :
un père rigide, un mari cruel et peut-être meurtrier. Le couple
vit de l'argent reçu de la mère du mari. Celui-ci lui cache qu'il
quitte sa femme pour continuer à recevoir l'argent. La femme
se lie d'amitié avec un agent des chemins de fer — mais les fragments de manuscrit et de dactylogramme de cette version
s'arrêtent là. La version que nous donnons, avec l'accent mis
sur Mr. Bowman, contient peut-être des souvenirs du père de
Faulkner, qui gérait une écurie de louage et une société de

transport, et qui avait lui-même été agent des chemins de fer du temps de la petite enfance de l'écrivain. Comme Mr. Bowman, Murry Falkner était également connu pour son tempérament violent : il n'était que trop prompt à faire usage de ses poings, voire, le cas échéant, du revolver qu'il portait sur lui.

ÉVANGÉLINE

Dépôt : CFUM et APJFS, manuscrit de 15 feuillets et dactylogramme de 40 pages.

Faulkner avait mentionné William Spratling, son ami de La Nouvelle-Orléans, dans les croquis « Venu de Nazareth », « Épisode » et « Peter ». Il l'avait aussi utilisé comme modèle pour l'un de ses personnages dans « Don Giovanni ». Après le voyage que les deux amis effectuèrent ensemble de Gênes à Paris en 1925, Faulkner avait pris Spratling pour modèle du personnage de Don dans « Mistral », nouvelle qui fut refusée en juin et juillet 1930, et finalement publiée dans *Treize histoires*, en 1931. De même, « Neige », que Faulkner fit parvenir à son agent Harold Ober en 1942 (ce pourrait être la révision d'une version antérieure), utilisait Don et un narrateur à la première personne. La même méthode apparaît dans « Évangéline », que Faulkner fit parvenir le 17 juillet 1931 au *Saturday Evening Post*, qui la refusa, et, le 26 juillet de la même année, au *Woman's Home Companion*, qui la refusa également. Au début de 1934, il revint à ce matériau en substituant, pour raconter l'histoire de Sutpen dans ce qui allait devenir *Absalon, Absalon !*, au narrateur à la première personne et à Don deux personnages nommés Chisholm et Burke, puis à ceux-ci Quentin Compson et Shreve McCannon. Quant au titre de la nouvelle, il devait réapparaître comme nom de la femme et de l'une des filles de Calvin Burden quand *Lumière d'août* fut publié en octobre 1932.

PORTRAIT D'ELMER

Dépôts : CFUM ; CFUV pour le dactylogramme d'*Elmer* de 123 pages.

En août 1925, à Paris, Faulkner passa le plus clair de son temps à écrire un roman intitulé *Elmer* [1]. Le 10 septembre, il écrivit à sa mère : « Le roman progresse élégamment ; j'en ai environ 27 500 *mots maintenant.* » Pourtant, trois jours plus tard, il écrivait qu'il avait mis ce roman de côté pour en commencer un autre. Mais il avait toujours *Elmer* en tête : en effet, quand il récrivit à sa mère le 21 septembre, il lui dit qu'il l'avait abandonné temporairement, et qu'il était à moitié achevé. Il semblait satisfait : « C'est un personnage, cet Elmer. Il est grand et presque beau et il veut devenir peintre. Il obtient à peu près tout ce qu'un homme peut désirer : de l'argent, un titre européen, il épouse la fille qu'il voulait et puis elle lui rafle sa boîte de peinture, la remet à quelqu'un d'autre. C'est pourquoi Elmer ne deviendra jamais peintre. » Il se remit au manuscrit, mais quand celui-ci eut atteint 31 000 mots, probablement en octobre ou en novembre, il l'abandonna pour de bon. Vaguement autobiographique, écrit dans un style expérimental, y compris quelques passages chargés de symbolisme freudien, le récit avait commencé à s'enliser quand Faulkner y avait introduit quelques aristocrates britanniques décadents. Bien plus tard, il devait dire à James B. Meriwether que c'était « drôle, mais pas assez [2] ». Pourtant, tout n'était pas perdu : il utilisa des éléments de son récit dans *Moustiques, Les Palmiers sauvages* et *Le Hameau*. Il ne cessa pas non plus de tenter de sauver son projet originel. Des fragments intitulés « Troubles de croissance » et « Elmer et Myrtle », qui nous sont parvenus, sont peut-être le produit de tout premiers essais, mais ce sont peut-être aussi des faux départs de nouvelles. Un autre fragment, « Portrait d'Elmer Hodge », représente certainement une tentative faite pour traiter le sujet sous forme de nouvelle. « Portrait d'Elmer » date du milieu des années trente. Le 30 octobre 1935, son agent, Morton Goldman, proposa un dactylogramme de cinquante-sept pages sous ce titre à Bennett Cerf, de Random House. Le 7 novembre, Cerf écrivit à Faulkner en regrettant de ne pas l'avoir reçu à temps pour en tirer une édition limitée au moment de Noël, et que ce projet serait peut-être réalisable à l'automne suivant. Cerf n'en faisait pas moins quelques réserves sur des thèmes qu'il n'estimait pas suffisamment développés, et particulièrement sur la fin. Il disait franchement à Faulkner son opinion : en conservant à l'histoire la longueur qu'elle avait, « vous gâchez un matériau qui vaut tout ce dont vous avez déjà disposé pour un livre plus long, ainsi que certaines des meilleures pages que j'ai lues sous votre signature ». Le projet d'édition limitée à l'automne de 1936 fut abandonné. À cette date, d'ailleurs, Faulkner était devenu un auteur de Random House.

1. Cf. titre abrégé en *EPA* ci-dessus.
2. *LCWF*, p. 81.

AVEC PROMPTITUDE ET CIRCONSPECTION

Dépôts : CFUV, dactylogramme de 47 pages ; propriété de Howard Hawks, dactylogramme de 100 pages ; APJFS, dactylogramme de 38 pages.

Faulkner a beaucoup exploité son bref séjour dans la R.A.F., particulièrement dans des nouvelles comme « Tous les pilotes morts [1] » et dans son roman *Parabole* [2]. Il a déclaré que cette nouvelle-ci avait vu le jour à l'époque de « Chacun son tour [3] », qui fut publié dans le *Saturday Evening Post* le 5 mars 1932. Cependant, « Avec promptitude et circonspection » n'avait toujours pas trouvé d'acquéreur en 1939 ; c'est alors que Faulkner en récrivit au moins une partie au dos des pages du dactylogramme qui servit à la composition du *Hameau*. Un dactylogramme incomplet de quarante-sept pages, qui date peut-être de cette époque, permet de connaître les activités du jeune Sartoris entre ses premières expériences dans le Royal Flying Corps et sa mission fatale, telle qu'elle est relatée dans « Tous les pilotes morts « et dans *Sartoris*. Cette version de quarante-sept pages peut être rapprochée d'un scénario écrit par Faulkner pour Howard Hawks : intitulé *Histoire de fantôme*, ce scénario ne fut jamais réalisé. Mais, comme dans cette version de la nouvelle, on y trouve le récit des aventures amoureuses qui opposent immanquablement Sartoris à des officiers plus gradés que lui. Faulkner révisa ce dactylogramme de quarante-sept pages en y opérant des coupes judicieuses : il élimina une description détaillée des efforts déployés par Sartoris pour échapper à Britt, son chef d'escadrille, un récit de leur visite à une maison de campagne dans le Kent, et enfin l'escapade de Sartoris à Londres, où il entend faire ses adieux à une fille nommée Kit. Le fragment de cinquante-sept pages s'arrête au moment où, au-dessus de la Manche, le Camel de Sartoris va s'écraser sur le pont du bateau. Le dactylogramme de la version révisée — celle que nous donnons ici, et qui est divisée en trois parties — est partagé en deux segments, chacun paginé à partir de 1. Le premier segment consiste en dix-sept pages dactylographiées qui correspondent à la première partie. Les deux parties suivantes figurent sur un segment dactylographié de vingt et une pages. Sur la première de ces pages, on trouve le titre de la nouvelle, ainsi que le nom et l'adresse de Faulkner. Avait-il décidé que l'ensemble était trop long pour des magazines comme le *Post* ou *Collier's*, et qu'il fallait le publier en deux livraisons successives ? Toujours est-il que Harold Ober essaya de vendre la nouvelle, mais il dut informer Faulkner (le 23 avril 1940) qu'elle avait été rejetée comme « trop datée ».

1. *Dr M*, pp. 149-185.
2. Voir M. Gresset, « La France de Faulkner », *Sud*, n° 48/49 (1983), pp. 261-292. (*N.d.T.*)
3. *13 H*, pp. 74-94.

NEIGE

Dépôts : CFUV, dactylogramme de 21 pages, et double de 18 pages ; APJFS, dactylogramme de 18 pages.

Publication en France : NRF, n° 372 (janvier 1984), pp. 76-94, trad. Didier Coupaye et Renée Gibelin.

Faulkner a exploité plus d'une fois dans son œuvre le séjour qu'il effectua en Europe, avec William Spratling, en 1925. Dans « Mistral [1] », qui fut peut-être écrit peu de temps après son retour, un narrateur à la première personne et son ami Don essayent de résoudre une énigme policière dans les Alpes. Comme aucun magazine ne voulait de cette nouvelle, Faulkner l'inclut dans son premier recueil, *Treize histoires* (1931). La même année, il réutilisa les deux personnages principaux de « Mistral » pour percer un autre mystère — ce fut « Évangéline ». Ces données permettent de penser que la genèse de « Neige » — histoire d'amour et de mort dans les Alpes — remonte peut-être à l'époque de « Mistral », et que, ne réussissant pas à placer cette nouvelle, il la révisa (plus tard), notamment en en récrivant le début. Cette hypothèse, au demeurant, ne s'appuie sur aucune preuve tangible. (Le portrait du général prussien et de sa fiancée ne manquera pas de rappeler à certains lecteurs Caddy Compson au bras de son général allemand, comme on les trouve campés dans l'« Appendice Compson [2] », que Faulkner écrivit en octobre 1945 pour le *Portable Faulkner* de Malcolm Cowley [1946].) Les dossiers de Harold Ober révèlent qu'il reçut une version de « Neige » en vingt et une pages le 17 février 1942 ; il répondit que c'était une belle histoire, mais qu'il craignait qu'elle ne convienne qu'à un

magazine littéraire. Le jour suivant, en écrivant à Faulkner que
Harper's avait refusé « Le Gambit du cavalier », il ajouta que
cette nouvelle et « Neige » seraient plus faciles à placer si
Faulkner pouvait les simplifier. Le 21 février, Faulkner répondit qu'il pouvait probablement simplifier « Neige », bien qu'il
n'y trouvât rien d'obscur. Ober la proposa donc telle quelle et,
le 15 avril, quand il écrivit à Faulkner pour lui dire que *The
American Mercury* l'avait refusée, il en profita pour citer
quelques lignes de la critique détaillée qu'en avait fait le rédacteur Edward Weeks. Occupé à d'autres choses, Faulkner ne
révisa pas sa nouvelle. Le 6 mai, Ober l'informa qu'un autre
rédacteur avait pris sa nouvelle pour exemple de ce que Faulkner pouvait faire de « pire dans l'ellipse », et qu'un autre encore
l'avait déclarée « confuse ». Le 22 juillet, Ober reçut une autre
version de « Neige », en dix-huit pages. « C'est récrit, disait
Faulkner, et simplifié ; cela fonctionne toujours par implica-
tion, mais j'ai essayé de boucher les trous, etc., pour expliciter
le plus possible. » Le changement le plus remarquable était le
passage d'un récit à la troisième personne à un récit à la première, de sorte que la forme de « Neige » était maintenant celle
de « Mistral » et d'« Évangéline ». Faulkner avait aussi supprimé des descriptions mineures comme celle de Don, de ses
efforts pour parler français, et du train où il monte avec le narrateur. Les sentiments antinazis étaient toujours manifestes,
mais plus efficaces parce que moins lourds. Mais la révision fut
vaine. Ober ne put vendre cette nouvelle, qui paraît donc ici
pour la première fois.

1. *13 H*, pp. 217-249.
2. *OR I*, pp. 633-650.

II

NOUVELLES NON RECUEILLIES
EN VOLUME

NYMPHOLEPSIE

Dépôt : NYPL, dactylogramme de 8 pages.
Publication en France : Le Magazine littéraire, n° 133 (février 1978), pp. 23-25, intr. et trad. M. Gresset.

Le 10 mars 1922, Faulkner publia une courte prose intitulée « La Colline [1] » dans *The Mississippian*, le journal des étudiants de l'université du Mississippi où, deux ans et demi auparavant, il avait publié un poème intitulé « L'Après-midi d'un faune [2] ». « Nympholepsie », que James B. Meriwether date du début de 1925, « dans le premier ou le deuxième mois de son séjour à La Nouvelle-Orléans [3] », non seulement réunit des éléments des deux publications précédentes, mais encore préfigure le tribunal du comté d'Yoknapatawpha, ainsi que certains de ses habitants les moins fortunés [4].

1. *PPECJ*, pp. 59-62, trad. H. Thomas. Au sujet de ce texte véritablement inaugural, voir M. Gresset, « Faulkner's "The Hill" », *The Southern Literary Journal*, VI, 2 (1974), pp. 3-18, et *Faulkner ou la fascination* (Paris, Klincksieck, 1982), chapitre II, « Locus solus ». (*N.d.T.*)
2. *PPECJ*, pp. 101-102, trad. H. Thomas.
3. *MQ*, XXVI (été 1973), p. 403 (présentation de la première publication de « Nympholepsy »).
4. C'est le moins qu'on puisse dire de ce texte, qui constitue en réalité, avec « La Colline », un extraordinaire « doublon » littéraire, l'un (« La Colline ») étant une version officielle, disons même autocensurée, et soignée comme un poème, alors que l'autre (« Nympholepsie »), qui s'inscrit dans les failles du premier, en révèle toute la face cachée (celle du désir), et se situe nettement sur l'« autre scène » — celle de l'imaginaire. Voir, sous le titre « Lever de rideau sur le théâtre faulknérien », l'intro-

duction de M. Gresset à la confrontation de ces deux textes dans *Le Magazine littéraire*, n° 133 (février 1978), pp. 21-22. (*N.d.T.*)

FRANKIE ET JOHNNY

Dépôt : CFUV, dactylogramme de 23 pages. Cette nouvelle a été publiée par James B. Meriwether dans *MQ*, XXXI (été 1978), pp. 453-464.

Publication en France : NRF, n° 382 (novembre 1984), pp. 1-15, trad. Didier Coupaye et Renée Gibelin.

Le 4 janvier 1925, Faulkner quitta Oxford pour La Nouvelle-Orléans dans l'idée de trouver un emploi à bord d'un bateau en partance pour l'Europe où, comme Robert Frost et T. S. Eliot l'avaient fait avant lui, il espérait pouvoir vivre de sa plume et se faire un nom d'écrivain. Cependant, son séjour à La Nouvelle-Orléans dura six mois, pendant lesquels il sut profiter du climat intellectuel propice pour écrire et publier dans le *Times-Picayune* et dans une revue de création toute récente, *The Double Dealer*. C'est dans le numéro de janvier-février de cette revue qu'il publia une série de onze « croquis » intitulés « La Nouvelle-Orléans [1] ». Sous le titre « Frankie et Johnny », le troisième de ces croquis mettait en scène un jeune gangster qui raconte à la première personne sa brève rencontre avec une fille aux cheveux dorés et aux yeux gris. Ce croquis était apparemment la condensation de la deuxième partie d'une nouvelle restée inédite (et sans titre), dont Faulkner avait retranché le premier paragraphe et à laquelle il avait apporté quelques autres modifications. C'est cette nouvelle inédite que nous donnons ici. Plus tard, Faulkner devait reprendre et développer les données de « Frankie et Johnny » pour en faire « Apprentissage [2] », qui parut le 31 mai dans le *Times-Picayune*. Dans cette nouvelle version, Johnny trouve la mort, et, quoique son amie ait pour nom Mary et qu'à la fin elle soit comparée à la « petite sœur la mort » (ce qui, via le récit allégorique intitulé *Mayday* [3], annonce le monologue de Quentin dans *Le Bruit et la Fureur*), elle est toujours la fille aux yeux gris de la nouvelle originelle. Ce personnage annonce d'ailleurs Dewey Dell, dans *Tandis que j'agonise*.

1. *CNO*, pp. 53-65.
2. *CNO*, pp. 155-161.
3. *CNO*, pp. 223-268.

LE PRÊTRE

Dépôt : NYPL, dactylogramme de 8 pages non paginées.

Pendant son séjour à La Nouvelle-Orléans, Faulkner travaille à ce qu'il espérait publier comme une série de courts textes, sous le titre collectif « Le Miroir de la rue de Chartres », dans le supplément dominical du *Times-Picayune*. Même si le seul texte à porter ce titre fut le premier de la série, qu'il publia en l'intitulant « Miroirs de la rue de Chartres », Faulkner conserva le titre générique projeté en *le* dactylographiant en tête de chacun de ces textes, qui parurent néanmoins sous leur titre respectif. « Le Prêtre » portait le numéro cinq dans la série ; d'après James B. Meriwether, il devait suivre « Jalousie », qui parut le 1er mars 1925 à la quatrième place dans la série. Selon James B. Meriwether, « Le Prêtre » fut refusé de crainte qu'il n'offensât certains lecteurs, et il fait remarquer que Faulkner en conserva le titre et certains caractères en publiant un fragment du petit cycle de textes intitulé « La Nouvelle-Orléans » dans *The double Dealer* [1].

1. Ce fragment a été publié dans *MQ*, XXIX (été 1976), pp. 445-450. Tous ces titres figurent dans la traduction des *Croquis de La Nouvelle-Orléans*.

IL ÉTAIT UN PETIT NAVIRE

Dépôt : CFUM.
Publication en France de la version I : Delta (Montpellier), n° 3 (novembre 1976), pp. 3-16, intr. et trad. François Pitavy.

À plusieurs reprises, Faulkner raconta qu'il avait travaillé comme *bootlegger* pendant son séjour à La Nouvelle-Orléans, en 1925 [1]. Il avait, dit-il, fait la connaissance d'une famille italienne dont les fils importaient de l'alcool cubain, que leur mère transformait ensuite en gin, en scotch ou en bourbon pour les vendre dans le café familial. Selon son frère John, cette expérience de *bootlegger* était largement exagérée : c'est comme simple passager que, selon lui, William avait dû faire... une tra-

versée ou deux. Quoi qu'il en soit de cette expérience, il ne fait
guère de doute que Faulkner s'en inspira pour en tirer des
personnages tels que celui de Pete Ginotta dans *Moustiques*, et
ceux des deux versions de cette nouvelle. Trente ans plus tard,
quand il écrivit « Mississippi » sous une forme semi-autobio-
graphique, il revint sur l'épisode en en résumant brièvement
les deux versions [2], sans la violence qui caractérise la seconde
(et qui rappelle celle qui affecte la relation entre Popeye et
Tommy dans *Sanctuaire*). Faulkner déclara une fois à Frederick L. Gwynn [3] qu'il avait détruit deux romans. Il est possible
que les deux versions de cette nouvelle soient tout ce qu'il réussit à « sauver », de l'un de ces deux romans.

De ces deux versions, il ne reste qu'une douzaine de feuillets
manuscrits, et quatre douzaines de pages dactylographiées.
Mais la seconde figure d'une part sur des pages numérotées de
1 à 14, de l'autre sur des pages numérotées de 11 à 27, numéros qui furent ensuite biffés à la main et remplacés par une
pagination manuscrite de 252 à 268, ce qui paraît indiquer la
fin d'un livre. (L'un des manuscrits porte également, comme
sous-titre, « L'industrie de la prohibition dans les eaux du
Sud. ») La première version fut apparemment proposée, sans
succès, à *Scribner's Magazine* en novembre 1928, et finalement
publiée dans *Contempo I* (1er février 1932). À la mi-
décembre 1928, Faulkner fit à nouveau parvenir une nouvelle
intitulée « Il était un petit navire » à *Scribner's*, qui la refusa de
nouveau. C'était probablement la deuxième version, restée
inédite. Le jeune narrateur mécanicien rappellera peut-être à
certains lecteurs David West, le jeune maître d'hôtel de *Moustiques* ; il est probable que « Il était un petit navire » date de la
même époque que ce roman, le deuxième de l'écrivain. Faulkner semble avoir emprunté son titre, à des fins d'opposition ironique, à une chanson d'écoliers anglais :

> Nous brillons au rugby,
> Au billard, au croquet ;
> Nous sommes bons matelots
> À bord d'un petit navire.

1. Par exemple, dans *FAU*, pp. 33-34. (*N.d.T.*)
2. *EDLO*, pp. 44-46. (*N.d.T.*)
3. *Co-editor*, avec Joseph Blotner, de *Faulkner à l'Université*. (*N.d.T.*)

MISS ZILPHIA GANT

Dépôt : CFUV, manuscrit de 9 feuillets, dactylogramme de 18 et 23 pages.
Publication en France : NRF, n° 232 (avril 1972), pp. 1-19, intr. M. Gresset, trad. M. E. Coindreau.

Quand, à la mi-décembre de 1928, Faulkner proposa cette nouvelle à *Scribner's Magazine*, c'était la seconde fois qu'il le faisait. Elle fut refusée à nouveau, tout comme elle fut refusée par *The American Mercury*, à qui elle fut proposée ensuite. En mars 1930, les droits en furent achetés par *The Southwest Review* qui, par la suite, devait la trouver trop longue et la revendre au Book Club of Texas. C'est sous ce nom d'éditeur qu'elle parut le 27 juin 1932, dans une édition spéciale de trois cents exemplaires, précédée d'une préface de Henry Nash Smith où celui-ci, opposant l'auteur à un romancier traditionnel comme Henry James, remarquait : « Au contraire, la vie des personnages de Faulkner semble se dérouler au-dessous des niveaux de la conscience » — et de les comparer à des gens « qui ont été psychanalysés mais qui ne sont pas guéris ». Non moins intéressante, quoique pour d'autres raisons, était la note liminaire qui précédait le texte : « Mr. Faulkner nous dit que *Miss Zilphia Gant* est l'amorce d'un roman qu'il projette dans un avenir proche. » En réalité, il est difficile de trouver dans l'œuvre postérieure un écho à la fois global et précis de la situation ici décrite ; en revanche, il l'est moins d'y trouver des détails (la mort de Mrs. Gant, par exemple, anticipe celle de Miss Jenny DuPre dans « Il était une reine [1] »), ni surtout de rattacher Miss Gant à toute une galerie faulknérienne de femmes abandonnées, frustrées, ou solitaires.

1. *Dr M.*, pp. 93-111.

L'ESPRIT D'ÉCONOMIE

Dépôt : CFUV, fragments manuscrits et dactylographiés.

Cette nouvelle parut dans *The Saturday Evening Post*, CCIII (6 septembre 1930). C'était la troisième nouvelle de Faulkner à paraître dans un magazine à diffusion nationale (« Une rose pour Emily [1] » avait paru en avril dans *Forum*, et « Honneur [2] » dans *The American Mercury* en juillet de la même année). Elle fut sélectionnée pour paraître dans une publication annuelle de Doubleday, *The O. Henry Memorial Award Prize Stories*. Comme « Avec promptitude et circonspection », c'est une histoire d'aviation de la Première Guerre mondiale, dont la modalité comique s'oppose au tragi-comique « Chacun son tour [3] » et aux tragiques « Ad Astra [4] » et « Tous les pilotes morts [5] ».

1. *13 H.*, pp. 135-146.
2. *Dr. M.*, pp. 321-335.
3. *Dr M.*, pp. 149-185.
4. *13 H.*, pp. 51-73.
5. *13 H.*, pp. 74-94.

IDYLLE AU DÉSERT

Dépôt : CFUV, manuscrit de 4 feuillets, dàctylogramme de 19 pages.
Publication en France : NRF, n° 240 (décembre 1972), pp. 52-70, intr. et trad. F. Pitavy.

Proposée sans succès à un total de sept magazines en 1930 et 1931, cette nouvelle fut publiée par Random House, le 10 décembre 1931, dans une édition limitée à quatre cents exemplaires. On trouvera, dans le cas de cette femme qui abandonne son mari avec deux enfants pour s'enfuir dans l'Ouest avec un amant, une anticipation de la situation initiale du récit titulaire dans *Les Palmiers sauvages*. (Dans une note placée après sa traduction, François Pitavy suggère que la raison pour laquelle Faulkner eut tant de mal à placer cette nouvelle est peut-être « le contraste entre le ton et le thème de l'histoire, qui dut surprendre les lecteurs chargés d'accepter ou de refuser ce texte d'un auteur assez peu connu avant la publication de *Sanctuaire*... Faulkner, en effet, joue ici de la curiosité méfiante que ce facteur rural des solitudes de l'Arizona, à la langue savoureuse et imagée, ne manque pas d'inspirer au personnage anonyme qui nous rapporte l'histoire. Sentant cette réticence, le facteur manifeste un respect moqueur à l'égard de ces distingués "types de l'Est" dont fait probablement partie son interlocuteur »).

UNE ÉPOUSE POUR DEUX DOLLARS

Dépôt : CFUV, dactylogramme d'une page ; CFUM, fragments manuscrits et manuscrit de 15 feuillets (sous le titre « L'Arbre de Noël »).

Quelque temps après son retour d'Europe en décembre 1925, peut-être au début de l'année 1927, quand il travaillait à *Sartoris*, ou même un an ou deux plus tard, Faulkner écrivit trois feuillets d'une nouvelle intitulée « Le diable bat sa femme ». Il n'acheva pas cette histoire, qui met en scène Doris, une jeune femme, Hubert, son mari, tous deux en proie à des problèmes conjugaux, et Della, leur domestique, qui parvient à les résoudre. Certaines des qualités de Della se retrouvent dans la Dilsey du *Bruit et la Fureur*, à quoi travaillait Faulkner en 1928. Mais d'autres éléments de la nouvelle subirent diverses transformations. À la fin de 1933 ou au début de 1934, Morton Goldman, l'agent de Faulkner, demanda à celui-ci où en était une nouvelle intitulée « L'Arbre de Noël ». Faulkner répondit : « La nouvelle L'ARBRE DE NOËL dont tu me parles est la suite de celle que tu as maintenant et qui porte le même titre : les mêmes personnages qui se sont mariés au bal, avec les dés et la licence falsifiée, etc. La première version date d'il y a plusieurs années, et puis je l'ai égarée. Je l'ai récrite de mémoire, la première partie, pour en faire la nouvelle que tu as maintenant, et j'avais oublié le nom des personnages : d'où la différence [1]. » Le besoin d'argent poussa Faulkner à dire à Goldman que si un rédacteur en chef manifestait de l'intérêt, il était prêt à faire parvenir un résumé du reste de la nouvelle, ou de la récrire de mémoire. En tout cas, il n'écrivit pas moins de quatre versions de cette nouvelle : manuscrit et dactylogramme, complets et incomplets. Dans ce qui fut peut-être un synopsis d'une page rédigé par lui quand il travaillait pour Metro-Goldwyn-Mayer en 1932, ses personnages étaient

Howard Maxwell, Mrs. Houston et sa fille, Doris. Dans une autre version de quinze feuillets manuscrits, Faulkner poursuit l'histoire de Howard et de Doris jusqu'à leur mariage, et donc jusqu'à une fin heureuse. Mais, même ainsi modifiée, « L'Arbre de Noël » ne trouva jamais d'acquéreur ; pourtant, pendant le printemps et l'été 1935, le besoin d'argent était toujours aussi pressant. C'est peut-être alors qu'il récrivit l'histoire d'amour bizarre entre Doris Houston et Howard Maxwell, maintenant baptisé Maxwell Johns. *College Life* ayant organisé un concours de nouvelles doté de cinq cents dollars, Faulkner, apparemment, saisit l'occasion. La nouvelle fut acceptée et publiée dans le volume XVIII (janvier 1936) de cette revue, mais elle ne gagna aucun des prix du concours.

1. *LC*, p. 102.

L'APRÈS-MIDI D'UNE VACHE

Dépôt : APDC, dactylogramme de 17 pages. (L'exemplaire de M.E. Coindreau a été offert par lui à la bibliothèque de l'université de Princeton.)
Publication française : *Fontaine*, n° 27-28, « Écrivains et poètes des États-Unis d'Amérique » (juin-juillet 1943), pp. 66-186 à 81-201, intr. et trad. Maurice Edgar Coindreau ; repr. dans « Écrivains et poètes des États-Unis d'Amérique », *Fontaine*, Paris, 1945, pp. 67-81.

Quand il rentra chez lui à la fin de la Première Guerre mondiale, Faulkner s'essaya à plusieurs genres et styles de vers ; pendant l'été 1919, il écrivit un poème de l'amour frustré dont le titre était emprunté à Stéphane Mallarmé : « L'Après-midi d'un faune [1]. » Ce poème parut dans *The New Republic* le 16 août 1919, puis dans le journal des étudiants de l'université du Mississippi. Le 28 janvier de l'année suivante, il publia dans le même journal un poème qui invitait la comparaison avec une œuvre de François Villon : il était intitulé « Une Ballade des femmes perdues [2] », Comme on pouvait s'y attendre, ce genre de poème provoqua diverses réactions, dont l'une prit une forme imprimée dans *The Mississippian* du 12 mai 1920. Sous le pseudonyme de Lordgreyson, les auteurs d'« Une Ballade d'une vache perdue », probablement Drane Lester et Louis M. Jiggitts, prenaient pour sujet la génisse Betsy, perdue et errant loin de son étable. C'était un exercice de style amusant, que Faulkner pouvait fort bien avoir encore en tête dix-sept ans plus tard, lors d'une soirée où il se sentait « plutôt déprimé à la suite d'une cuite ». À l'époque, il travaillait sans plaisir pour la Twentieth Century-Fox. Après le dîner du 25 juin 1937, il lut à ses invités une nouvelle intitulée « L'Après-midi d'une vache » qui, leur dit-il, était signée par un jeune homme plein de talent nommé Ernest V. Trueblood. Le seul auditeur à paraître apprécier le jeu d'esprit de Faulkner fut son traducteur français, Maurice Edgar Coindreau, qui passait quelques jours à Beverly Hills pour y travailler avec l'auteur à sa version du *Bruit et la Fureur* [3]. Le jour suivant, Faulkner lui fit cadeau, comme souvenir de sa visite, d'un double du texte. En février 1939, alors qu'il travaillait à la deuxième partie du premier chapitre du « Long Été », le livre III du *Hameau*, Faulkner semble avoir repensé à cette nouvelle : il en introduisit certains éléments dans le récit, traité comme parodie des récits d'amour courtois, de l'amour d'Ike Snopes pour la vache de Jack Houston. Il acheva cette histoire dans la troisième partie, qui clôt le chapitre. Peu après, à l'époque où les autorités allemandes interdisaient l'impression de livres américains dans la France occupée, « la lecture de romans de Faulkner et de Hemingway, dit Jean-Paul Sartre, devint pour certains un symbole de résistance [4] ». On s'explique dès lors pourquoi Faulkner, très francophile, approuva le projet de faire paraître la nouvelle, traduite par M. E. Coindreau, dans le numéro de juin-juillet 1943 de la revue *Fontaine*, publiée à Alger. Au début de 1947, Reed Whittemore, directeur de la revue *Furioso*, demanda l'autorisation de publier la nouvelle dans un numéro spécial. Faulkner écrivit à son agent Harold Ober : « Vendez ce texte si vous pouvez. Moi, je l'avais trouvé drôle ; mais j'ai dû me tromper de public. » C'est ainsi que « L'Après-midi d'une vache » fut finalement publié en anglais, sous le nom d'Ernest V. Trueblood, dans *Furioso*, 2 (été 1947) — dix ans après avoir été écrit, et presque trente après « L'Après-midi d'un faune » et « Une Ballade d'une vache perdue. »

1. *PPECJ*, pp. 101-102.
2. *PPECJ*, pp. 107-108.
3. Voir M. E. Coindreau, « Faulkner tel que je l'ai connu », *Preuves*, n° 144 (février 1963), pp. 9-14. (*N.d.T.*)
4. Jean-Paul Sartre, « American Novelists in French Eyes », *Atlantic Monthly*, CLXXVIII (août 1946), p. 115. (*N.d.T.*)

MR. ACARIUS

Dépôt : APJFS, dactylogramme ; APDC, double du dactylogramme.

Le 19 février 1953, peu de temps après l'avoir écrite, Faulkner fit parvenir à Harold Ober, sous la forme d'un dactylogramme de dix-neuf pages, une version de cette nouvelle alors intitulée « Weekend Revisited [1] ». Ober la fit redactylographier, puis il écrivit à Faulkner qu'il l'envoyait au *New Yorker*, précisément à Lillian Ross, avec qui Faulkner avait eu l'occasion de parler de ce texte, et qui s'attendait à en recommander la publiciation. Mais, le 5 mars, William Shawn écrivit à Ober qu'il renonçait à le publier. Le 7 avril, *Collier's* prit la même décision, puis ce fut au tour d'*Esquire*. Faulkner ne perdit pas confiance pour autant : le 11 novembre 1954, il écrivit à Ober pour lui demander s'il avait du nouveau, et il ajoutait : « Je crois que cette nouvelle n'est pas seulement drôle, mais vraie... » Il ne devait pourtant jamais la voir publiée. Elle parut après sa mort dans son magazine favori, *The Saturday Evening Post*, CCXXXVIII (9 octobre 1965).

1. Michel Gresset, dans « Weekend, Lost and Revisited », *MQ*, XXI (été 1968), a établi la parenté de cette nouvelle avec le premier roman de Charles R. Jackson *The Lost Weekend* (New York, Farrar & Rinehart, 1944), qui dépeint l'enfer d'un alcoolique. (*N.d.T.*)

SÉPULTURE SUD

Dépôt : APDC, fragments manuscrits et dactylographiés.
Publication en France : NRF, n° 159 (mars 1966), pp. 568-576, trad. M. Gresset.

Anthony West avait fait parvenir à son ami Faulkner une photographie prise par Walker Evans [1], représentant un cimetière ombragé au premier plan duquel se dressent une demi-douzaine d'effigies de marbre de dimensions humaines. Lors d'un séjour à New York à la mi-septembre 1954, Faulkner rencontra West dans les bureaux du magazine *Harper's Bazaar*. Faulkner lui dit qu'il avait trouvé la photographie belle. Espérant quelques pages pour le magazine, West lui demanda alors s'il voulait écrire quelque chose à ce sujet. Sans s'engager, Faulkner se mit promptement au travail. Des fragments nous sont parvenus d'une version intitulée « Sepulchure [2] South : in Gaslight », et d'une autre intitulée « Sepulchure South : Gaslight ». Le texte (qui n'est pas à proprement parler une nouvelle) parut sous le titre « Sepulture South : Gaslight « dans *Harper's Bazaar*, LXXXVIII (décembre 1954).

1. L'auteur des photographies qui accompagnent le récit de James Agee, *Louons maintenant les grands hommes*, Paris, Plon, « Terre humaine », 1972. (*N.d.T.*)

2. Ce mot n'existe pas en anglais : il s'agit d'une graphie phonétique du mot « sépulture ». Pour une hésitation comparable concernant un titre (*L'intrus*), voir *LC*, pp. 298-303, et *OR I*, p. LXXXVIII. (*N.d.T.*)

BIBLIOGRAPHIE

J'indique d'abord ici les sources biographiques, bibliographiques et textuelles dont s'est servi Joseph Blotner pour établir ses notes, y substituant (ou y ajoutant) seulement la traduction française quand elle existe, et le tome I des *Œuvres romanesques* dans la « Bibliothèque de la Pléiade », pour la chronologie indexée qu'elle contient (pp. XXII-CXL).

Joseph Blotner, *Faulkner : A Biography*, New York, Random House, 1974.
— ed., *Selected Letters of William Faulkner*, New York, Random House, 1977.
— *Lettres choisies*, trad. D. Coupaye et M. Gresset, Paris, Gallimard, 1981.
James B. Meriwether, *The Literary Career of William Faulkner : A Bibliographical Study*, Princeton, N.J., Princeton University Library, 1961 ; édition révisée : Columbia, S.C., University of South Carolina Press, 1971.
— « The Short Fiction of William Faulkner : A Bibliography », *Proof : The Yearbook of American Bibliographical and Textual Studies*, I (1971), pp. 293-329.
Michel Gresset, éd., *William Faulkner : Œuvres romanesques I*, Paris, Gallimard, « Bibliothèque de la Pléiade », 1977.
Tous ces ouvrages contiennent un index.

The Literary Career of William Faulkner reproduit le calendrier des nouvelles envoyées par Faulkner aux magazines et à son agent, Ben Wasson, en 1930 et 1931. Une étude utile sur ce calendrier est celle de Max Putzel, « Faulkner's Sending Schedule », *The Papers of the Bibliographical Society of America*, 71 (I, 1977), pp. 98-105.

La liste qui suit reprend les travaux cités dans les notes, à l'exclusion des titres de Faulkner, abrégés ou pas.

Bruyère, Claire, « Les Œuvres croisées de Sherwood Anderson et de William Faulkner », *Sud*, n° 48/49 (1983), pp. 217-233.

Coindreau, Maurice E., « Faulkner tel que je l'ai connu », *Preuves*, n° 144 (février 1963), pp. 9-14.

Gresset, Michel, *Faulkner ou la fascination*, Paris, Klincksieck, 1982.

— « Faulkner's "The Hill" », *The Southern Literary Journal*, VI, 2 (1974), pp. 3-18.

— « La France de Faulkner », *Sud*, n° 48/49 (1983), pp. 261-292.

— « Lever de rideau sur le théâtre faulknérien », *Le Magazine littéraire*, n° 133 (février 1978), pp. 21-22.

— « Weekend, Lost and Revisited », *The Mississippi Quarterly*, XXI (été 1968), pp. 173-178.

Lang, Béatrice, « An Unpublished Faulkner Short Story : "The Big Shot" », *The Mississippi Quarterly*, XXVI (été 1973), pp. 313-324.

McHaney, Thomas L., « The Elmer Papers : Faulkner's Comic Portraits of the Artist », *The Mississippi Quarterly*, XXVI (été 1973), pp. 281-311.

Meriwether, James B., « Faulkner's Correspondence with *The Saturday Evening Post* », *The Mississippi Quarterly*, XXX (été 1977), pp. 461-475.

— « Faulkner's Correspondence with *Scribner's Magazine* », *Proof*, 3 (1973), pp. 253-282.

— « Frankie and Johnny », *The Mississippi Quarterly*, XXXI (été 1978), pp. 453-464.

— « Nympholepsy », *The Mississippi Quarterly*, XXVI (été 1973), pp. 403-409.

— « The Priest », *The Mississippi Quarterly*, XXIX (été 1976), pp. 45-50.

— « Sartoris and Snopes : An Early Notice », *The Library Chronicle of the University of Texas*, VII (été 1962), pp. 36-39.

— « Two Unknown Faulkner Short Stories », *Recherches anglaises et américaines* (Strasbourg), IV (1971), pp. 23-30.

Pothier, Jacques, « La Parole en dérive », *Sud*, n° 48/49 (1983), pp. 72-96.

Sartre, Jean-Paul, « American Novelists in French Eyes », *The Atlantic Monthly*, CLXXVIII (août 1946), pp. 114-118.

DU MÊME AUTEUR

Aux Éditions Gallimard

Roman

SANCTUAIRE. (Folio n° 231)

TANDIS QUE J'AGONISE. (Folio n° 307)

LUMIÈRE D'AOÛT. (Folio n° 621)

SARTORIS. (Folio n° 920)

LE BRUIT ET LA FUREUR. (Folio n° 162)

PYLÔNE. (Folio n° 1531)

L'INVAINCU. (Folio n° 2184)

L'INTRUS. (Folio n° 420)

LES PALMIERS SAUVAGES. (L'Imaginaire n° 2)

ABSALON ! ABSALON ! (L'Imaginaire n° 33)

DESCENDS, MOÏSE. (L'Imaginaire n° 246)

REQUIEM POUR UNE NONNE. (Folio n° 2480)

PARABOLE. (Folio n° 2996)

LE HAMEAU. (Folio n° 1661)

LA VILLE.

LE DOMAINE.

LES LARRONS. (Folio n° 2789)

ELMER *suivi de* LE PÈRE ABRAHAM.

Nouvelles

TREIZE HISTOIRES. (Folio n° 2300)

LE DOCTEUR MARTINO ET AUTRES HISTOIRES.

LE GAMBIT DU CAVALIER (Folio n° 2718).

HISTOIRES DIVERSES.

L'ARBRE AUX SOUHAITS.

CROQUIS DE LA NOUVELLE-ORLÉANS *suivi de* MAYDAY.

Poèmes

LE RAMEAU VERT.

LE FAUNE DE MARBRE — UN RAMEAU VERT (Poésie
Gallimard).

Littérature

FAULKNER À L'UNIVERSITÉ. *Cours et conférences prononcés à l'Université de Virginie (1957-1958).*

PROSES, POÉSIES ET ESSAIS CRITIQUES DE
JEUNESSE.

ESSAIS, DISCOURS ET LETTRES OUVERTES.

Scénarios

DE GAULLE : SCÉNARIO (Édition préparée par Louis
Daniel Brodsky et Robert W. Hamblin).

STALLION ROAD *suivi de* L'AVOCAT DE PROVINCE ET
AUTRES HISTOIRES POUR L'ÉCRAN.

Dans la collection Folio bilingue

AS I LAY DYING/TANDIS QUE J'AGONISE.

A ROSE FOR EMILY/UNE ROSE POUR EMILY — THE
EVENING SUN/SOLEIL COUCHANT — DRY SEPTEM-
BER/SEPTEMBRE ARDENT.

Correspondance

CORRESPONDANCE MALCOM COWLEY-WILLIAM FAULKNER (Lettres et souvenirs de 1944 à 1962, commentés par Malcom Cowley).

LETTRES CHOISIES.

LETTRES À SA MÈRE 1918-1925. Édition préparée par James G. Watson (coll. « Arcades »).

Dans la Bibliothèque de la Pléiade

ŒUVRES ROMANESQUES, I (Sartoris — Le Bruit et la Fureur — Appendice Compson — Sanctuaire — Tandis que j'agonise).

ŒUVRES ROMANESQUES, II (Lumière d'août — Pylône — Absalon, Absalon ! — Les Invaincus).

ALBUM FAULKNER (Iconographie choisie et commentée par Michel Mohrt).

COLLECTION FOLIO

Dernières parutions

Composition JOUVE.
Impression Bussière Camedan Imprimeries
à Saint-Amand (Cher),
le 3 juin 1998.
Dépôt légal : juin 1998.
Numéro d'imprimeur : 982970/1.
ISBN 2-07-040475-7./Imprimé en France.